过程之美

唐前诗赋的文体互动与文学生成

唐定坤◎著

中国社会科学出版社

图书在版编目(CIP)数据

过程之美:唐前诗赋的文体互动与文学生成/唐定坤著.—北京:中国社会科学出版社,2022.10
ISBN 978-7-5227-0402-9

Ⅰ.①过… Ⅱ.①唐… Ⅲ.①古典诗歌—文体—文学研究—中国②赋—文体—文学研究—中国—古代 Ⅳ.①I207.22

中国版本图书馆 CIP 数据核字(2022)第 107706 号

出 版 人	赵剑英
责任编辑	郭晓鸿
特约编辑	骆 珊
责任校对	王佳玉
责任印制	戴 宽

出 版	中国社会科学出版社
社 址	北京鼓楼西大街甲 158 号
邮 编	100720
网 址	http://www.csspw.cn
发 行 部	010-84083685
门 市 部	010-84029450
经 销	新华书店及其他书店

印 刷	北京明恒达印务有限公司
装 订	廊坊市广阳区广增装订厂
版 次	2022 年 10 月第 1 版
印 次	2022 年 10 月第 1 次印刷

开 本	710×1000 1/16
印 张	28.5
插 页	2
字 数	455 千字
定 价	148.00 元

凡购买中国社会科学出版社图书,如有质量问题请与本社营销中心联系调换
电话:010-84083683
版权所有 侵权必究

目　　录

序 / 1

绪论 / 1
　　第一节　现状与问题 / 2
　　第二节　观念与方法 / 7
　　第三节　相关概念说明 / 16

第一章　荀赋立体的分异态势 / 24
　　第一节　赋自《诗》出的历史实情 / 25
　　第二节　从诗句到散句的体制分异 / 31
　　第三节　从手法到特征的升格拓展 / 38
　　第四节　从题材到功能的文体位移 / 45

第二章　别子为祖与《诗》学攀附 / 55
　　第一节　"别子为祖"的主次旁衍 / 56
　　第二节　观念的承续建构 / 64
　　第三节　功用的讽颂要求 / 71
　　第四节　文本的构结与语用的导向 / 81

第三章　赋主诗从的文体丕变 / 91
　　第一节　张衡蔡邕赋的转向 / 93
　　第二节　三曹七子的承变 / 101

第三节　诗的演进与崛起 / 112
第四节　文体的消长与互动 / 124

第四章　赋物题材与体物诗化 / 137
第一节　从客观显物到风格强调 / 138
第二节　从"体物"到"感物"的诗化理路 / 147
第三节　"浏亮"对"体物"的规限和导引 / 170

第五章　铺陈手法的分途流衍 / 184
第一节　以"物""事"为本的铺陈 / 186
第二节　"六朝体"的转向 / 214
第三节　铺陈入诗的文体改造 / 237

第六章　形式探索与体格兼融 / 270
第一节　形式追求的必然进程 / 272
第二节　从表意"排类"到骈偶联对 / 283
第三节　从文章讽诵到声律讲求 / 305
第四节　骈俪化的省思与文体兼融 / 328

第七章　赋体用"诗"与文体混同 / 352
第一节　从音乐之"乱"到文本展演 / 354
第二节　从赋末系"诗"到赋借诗格 / 365
第三节　从赋中用"歌"到同型诗化 / 379
第四节　诗化试验与文体混同 / 397

余论 / 415

征引书目 / 426

后记 / 445

序

　　作文固有法度可循，论文首严体制之辨。中国古代文学创作都是依照一定的体制规范递相拟作而不断演化，形成各体文学的源流传统而又交越互用。汉魏六朝诗赋为盛，相与演进，必须通合二体，突破诗、赋研究的界限，才能解其纷繁，明其轨迹。在这方面，唐定坤《过程之美——唐前诗赋的文体互动与文学生成》是一个成功的案例。此书的写作，有别于赋体"诗化"的简明提法，而是就诗赋二体的互动呈现汉魏六朝文学的生成过程，避免向来一体文学史的单向叙述，对汉魏六朝文学的复杂现象进行历史的还原。

　　基于文本的文体学研究是本书研究的独特路向。文体形成于文本的递相拟作，本质上属于创作学的范围，文本乃是文体研究所依赖的根本。固然文学与社会、历史、政治、学术、文化等密切相关，文学的外部研究诸如典制、经学对文学的影响十分重要，但凡此研究都应以文本探讨为指归。外部研究最见考证的功力，为了扭转20世纪文学理论研究的空泛倾向，当下的学界愈重实学，最为突出地表现于论文的发表和博士论文的评价。然而矫枉过正也导致古典文学研究对于文本的轻视，已经显示偏离文学本身研究的迹象。在这方面，唐著本书依据大量的文本细读，具有切实的心得，其研究的取径非谓不高。

　　文学是语言的艺术，文本由语言文字构成，然以画地为牢的学科分野，语言和文学却被隔断为不同的学术领域。静止的语言学研究并不关注字句在文学文本的实际运用，文学的堂皇大论也很少落实于文本字句的讲求。在诗赋研究领域，语言的运用迄今并未获得应有的重视。实际上诗赋二体的演变及其交互影响，就显现于语用的讲求及其变化之上。

唐著最得力者，乃在于诗赋文本的语用分析和比较，借此解析了荀子赋，明其《诗》语和《老子》韵文的祖述，推断其与赋体起源并无切实的关联。在语用的实证面前，基于经学本位的汉人赋论显露了真实的目的。而且汉赋与六朝赋的区别以及诗赋二体的交融，尽管必须追溯多方面的原因，但语言的运用却是最为直接的表征。

该书能够驾驭纷繁复杂的文学现象，结合诗赋理论与创作实际，纵向描述汉魏六朝的诗赋演变与交互影响。诗赋理论是创作的总结和提升，也基于一定的思想和学术乃至哲学的观念，表明某种主张，但与创作实际并不完全符合，甚至出现不小的隔离。最为明显的就是班固"赋者古诗之流"的观念，不仅汉人所述，而且后代论赋者屡屡转述，其实乃是基于《诗》学经义对赋体创作提出的讽谏要求。本书对此进行了周密的论证，抉发其所以立论的原因，并联系汉赋创作实际予以反证，堪称切实之论。

关于唐前诗赋演变及其交互影响，本书提出"赋主诗从的文体丕变"，其释曹丕《典论·论文》"诗赋欲丽"，指出是从赋的铺陈藻丽而来，明确诗受赋体影响，可谓独具慧眼。关于赋的起源，该书借用了清人王芑孙"别子为祖"之说，显示追赋为《诗》"以卑附高"的过程，庶几通脱之见。这种理论的借用是到位的，表明该书善于借用诗赋理论并作引申阐述。赋论自汉代以来，虽代有创见，但多因仍蹈袭。无论从数量还是理论的通达来说，则至清代以迄晚近学者为最，如章学诚、王芑孙及晚近章太炎、姚华之论，始以近代学术眼光看待赋体，故能摆脱汉人赋论以来基于《诗》学经义的基本判断。例如章氏明确指出汉人赋并不主情，那么何论比兴，则自班固攀赋于《诗》，下及刘勰《文心雕龙》批评汉赋乏情而无比兴之论，究与汉大赋创作实际不侔。又如刘熙载《赋概》，要言不烦，判断精确，论赋者当有明鉴。

本书关注学术前沿，广泛吸收今人的研究成果，弥纶众说而不肯盲从，根于晚近学术，审察汉魏六朝，显露著者的雄心。在撰写本书之前，著者沉潜陈寅恪、章太炎学术有年，每于会意处，喜不自胜。本书所论，也往往取于晚近学者之说，故能出脱诗赋理论的恒久传统，期以对汉魏六朝诗赋交互演进展开系统的阐述。这种尝试是值得鼓励的，不论本书是否达到很高的目标，只此胆力，足慰我心。诚然学术本非一途，本书的论题也尚可继续，尤其是本于一种观念，欲达一定理想，不免先入为主，剑走偏锋。尽管如此，不是平稳老实，而是才力自负，总能感到著者追求学术的欲跃之志，在不安分的心态中保持鲜活的灵性和学术的热情，这是最为可贵的。

当学问成为一种谋生的职业，做学问的辛苦和回报之低就困扰着学问中人，而且学位、职称的评审、考核都足以挫伤这类人的精神。但有面对这些而犹以学问为乐者，一定是对学问怀着极大的兴致和敬重。尤其对于研究古代文学的人来说，诗词歌赋本是难以抵御的魔力。学位、职称、论文、项目都是需要过去的关卡，劬劳负重，艰难前行。不是每一个学者都能扬名立万，只是怀着学术的梦想和文学的挚爱，足以激荡人心。

以我对学界的接触，定坤就属于这一类不多的人。他的求学经历并不顺利，也没有可以炫耀的"985"资本。加以其人写诗作赋，不谙处世，单纯而不免狂傲，执着而并非恪守，似乎总不老成，注定吃苦不少。但就是这样一个人，却乐于坐谈学问，滔滔不绝，根本不想学问的艰辛和成就，心中仍然有梦，冉冉时日宽闲。也许学术之本，就是一股热情贯通的生命过程。固然我希冀其大的成就，但更为欣慰的是他乐在其中的状态，对于一切而言，快乐就好。

易闻晓

庚子年正月廿日

绪　　论

　　本书的研究对象是唐前的诗和赋。以唐代以前为时间断限，是文史研究特别是文学研究中常见的做法，或称"唐前"，或称"先唐"。如在文学领域，迄今所见的专著就有李剑国《唐前志怪小说史》[①]、王德华《唐前辞赋类型化特征与辞赋分体研究》、郭建勋《先唐辞赋研究》、任慧《先唐时期文学史书写研究》、王允亮《俯仰在兹——先唐地理观念与文学论稿》，等等。这可能与文献处理有关，清人严可均辑《全上古三代秦汉三国六朝文》，为使之与《全唐文》相接，他将隋文一并收入；近人逯钦立辑《先秦汉魏晋南北朝诗》，做法亦与之相同。民国学者刘师培《搜集文章志材料方法》也概论"自秦汉迄隋"，他在文中说明理由，乃是"足考古代文集卷目者，实以《隋经籍志》为大宗"[②]；但刘氏的《中国中古文学史讲义》却又专以六朝文学为对象，并不涉及隋，他注意到隋及初唐风格不异，可合为一期，且此书影响深远，如王瑶、曹道衡等都有以"中古文学史"为题的专著。刘氏论文学的两说并取，倒是呼应了他提倡处理文学史分期"不可为地理及时代之见所囿"的观点[③]。这里实际上涉及了第二个问题，那就是隋代的文风。众所周知，齐、梁、陈、隋迄初唐，都在重视辞藻的风气之列，确然难以从文学上予以鲜明的区隔，故论家处理隋代，往往各取所需，皆有充足之理由。本书所取"唐前"断限，则不仅立足于这两点，还带有文

[①] 李剑国：《唐前志怪小说史》，天津教育出版社 2005 年版。以下为行文方便，只有关系到观点引用的文献，才标明出处；并对今代作者一律直称尊名，不加后缀，非谓不敬也。

[②] 刘师培：《中国中古文学史讲义》，上海古籍出版社 2000 年版，第 116 页。

[③] 刘师培：《汉魏六朝专家文研究》，收入其《中国中古文学史讲义》，第 119、153 页。

> 过程之美

体学上的考量：因为从诗赋两种文体的发展和互动来看，梁陈迄隋都没有太大的区别，迄初唐虽承续齐梁骈俪之风，却逐渐兴起了近体诗和律赋，其间展演的正是"赋亡"而"诗兴"、古赋"绝"而律赋起的标志性进程。这是我们需要提前交代的。

第一节 现状与问题

文学史上自明代以来就有著名的"一代之文学"之说，如称诸子文章、汉赋、六代骈语、唐诗、宋词，其间隐含了文体兴衰更迭的文学总结。"一代之文学"的确能独标其重要性，然而也遮蔽了文体互动共生、此消彼长的过程之美。在唐前，自《汉书·艺文志》别"诗赋略"，"诗赋"作为一个整体概念就逐步与实用文章拉开了距离。本来自赋体的产生起，就与《诗》有密不可分的关系，班固"赋者古诗之流"的经学源流建构，及至皇甫谧、刘勰、李善等人的踵武阐释，形成了影响深远的"诗源说"；与之相呼应，汉末乐府及文人徒诗的兴起，亦与赋体有着重要的互动。可以说，唐前文学的演进是在二者彼此合作、互相渗透、此起彼伏、交互影响中展开的。另外，如明人总结前代之文，最爱强调"文莫先于辩体"[①]，自体制切入文学研究乃是不可或缺的本位视角；所谓体有因革，谢榛《四溟诗话》卷四谓"诗赋各有体制"[②]，二体发展本亦各有轨则，这彰显了二体互动研究的必要性和复杂性。

当代对文学史的研究不仅起于西方学术史观念，在根本上还受西方文学观的影响。以此民国特别是新中国成立以来的唐前文学研究，主要在"文学性"较强的诗领域展开，无论在深度和广度上都取得了较为明显的成绩，像余冠英《汉魏六朝诗论丛》、萧涤非《汉魏六朝乐府文学史》、王钟陵《中国中古诗歌史》、葛晓音《八代诗史》和《先秦汉魏六朝诗歌体式研究》、赵敏俐《中国诗歌史通论》、傅刚《魏晋南北朝诗歌史论》等都是代表；新时期以来，在一些综合性的文学研究专著中，仍然隐有重诗而轻赋的倾向，如袁行霈编《中国文学史》、罗宗强

[①] （明）吴讷、徐师曾：《文章辨体序说 文体明辨序说》，人民文学出版社1962年版，第80页。
[②] （清）丁福保辑：《历代诗话续编》，中华书局1983年版，第1205页。

《魏晋南北朝文学思想史》。就赋而言，日本铃木虎雄、中岛千秋等倒是较早对之展开系统研究，国内则要待20世纪80年代后才迅速复苏，并有后发赶超之势，尤其于汉赋和六朝赋的分段研究、中国赋学和赋论史的整体研究、唐前名家辞赋的精深研究方面，都有了深入的拓展。① 从文学史的角度来看，马积高《赋史》、郭维森与许结《中国辞赋发展史》较早导夫先路；其后程章灿《魏晋南北朝赋史》、曹道衡《汉魏六朝辞赋》、踪凡《汉赋研究史论》、何新文《中国赋论史》、王琳《六朝辞赋史》，及至郭建勋、冷卫国、王德华等都有专著问世，它们或重于全程赋学演进，或重于全部赋论的钩沉，或重于断代的赋学风格演进，或重于唐前赋学的业绩描述，或重于文体的流变考述，在赋学和赋论、赋学与周边文化关系等方面都有所建树。这些研究也或多或少关系到诗赋二体的互动，比如程书特别注意到建安和南朝两个节点的诗赋关系，王书在《导论》中概论了六朝赋与六朝诗的互动；如此兼顾，作为赋学专书固属题中之义，但如果置之于文学史的整体考量，显然还多存发覆之处。

单篇论文倒是在二体的互动方面有不少深入之作。据《中国知网》数据，迄今以唐前的"诗赋"为题的文章（含硕博论文），就有280余篇。概论这些研究，有几个特点：一是硕士论文数量不少，其中还含博士论文3篇；主要是因为唐前作家往往兼作二体，使之从内容上和视角上都容易支撑起一篇足够分量的论文。二是单个作家的诗赋研究较多，集中在曹植、庾信、陆机、谢灵运、谢朓等名家；其中仅曹植就有蔡敏《曹植诗赋研究》（2011年，复旦大学）和于国华《曹植诗赋缘情研究》（2016年，吉林大学）两篇博士论文。三是大多将诗赋作为一个整体而选择某一共有的视角进行研究，如莫道才《六朝诗赋文的同步骈化与文体交融》、何亮《诗赋对汉魏六朝小说文体叙事的意义》、盖翠杰博士论文《风俗视域下魏晋南北朝诗赋研究》（2017年，山东大学）、刘志伟《题材选择与魏晋诗赋文体演进》等。值得注意的是，钱志熙的《汉魏六朝"诗赋"整体论抉隐》从文献处理和文人创作的实情等角度，明确提出"诗赋整体论"的文学史事实②，这对于抉发诗赋是六

---

① 许结：《二十世纪赋学研究的回顾与瞻望》，《文学评论》1998年第6期。
② 钱志熙：《汉魏六朝"诗赋"整体论抉隐》，《文学遗产》2019年第4期。

朝文学的大宗、提醒论者注意六朝文人的创作常有"越界"而互渗的不自觉意识，都具有积极的意义。但"诗赋整体论"还必须要上升到二体的分异，这不仅关系到文章辨体，还与唐前二体发展的不平衡相关。不少论者对此也有深入的考察，相对来说，在赋源与《诗》的关系上，讨论最多，这当然与班固"赋者古诗之流"的"诗源说"、汉代赋体与经学的关系密不可分。金前文博士论文《汉赋与汉代〈诗经〉学》（2006年，华中师大）、王思豪博士论文《汉赋用〈诗〉考论》（2011年，南大）皆专门致力于此；特别是后者又在此基础上深入研究，先后发表了《中国早期文学文本的对话：〈诗〉赋互文关系诠解》、《汉赋用〈诗〉的文学传统》（与许结合著）等文，从用《诗》、解《诗》、修辞等角度深邃而细密地揭示了二者的关系。[①] 此外吴光兴《诗赋·辞赋·赋颂——两汉辞赋文学的方向性及其认同问题》、曹虹《"不歌而诵谓之赋"考论——关于赋体定义的一点厘清》等文也都提出了不同的见解。而于诗和赋的分异，亦有一些论者从局部现象出发以求管中窥豹。孙少华《孔臧四赋与西汉诗赋分途发微》注意到汉初存在四言诗体赋，并逐渐向纯粹的四言赋体发展，是西汉诗、赋分途的见证[②]；易闻晓师《谢灵运诗赋的关联与分异》讨论大谢诗赋的关系，亦牵涉了二体的不同性质[③]；卢冠忠《论六言诗与骈文六言句韵律及句法之异同》根据冯胜利的汉语韵律构词学，从韵律规范音步节拍的角度探讨六言诗句与骈句的高下，对于考察二体的分异别资启发[④]；伏俊琏《杂赋与乐府诗的关系》从作品内容和传播的角度考察杂赋流入乐府的情况[⑤]；韩高年《南朝诗赋的形式美学倾向及其价值》则从形式美学的角度指出此际诗赋美学追求的共性[⑥]。

---

① 王思豪：《中国早期文学文本的对话：〈诗〉赋互文关系诠解》，《文学评论》2018年第3期；许结、王思豪：《汉赋用〈诗〉的文学传统》，《中国社会科学》2011年第7期。王文最终修订为《义尚光大：汉赋与诗经学互证研究》一书，于商务印书馆2022年3月出版。
② 孙少华：《孔臧四赋与西汉诗赋分途发微》，《文学遗产》2009年第2期。
③ 易闻晓：《谢灵运诗赋的关联与分异》，《山西师大学报》2011年第6期。收入其《诗赋研究的语用本位》，中国社会科学出版社2015年版。
④ 卢冠忠：《论六言诗与骈文六言句韵律及句法之异同》，《社会科学论坛》2014年第4期。
⑤ 伏俊琏：《杂赋与乐府诗的关系》，《西北师大学报》2007年第4期。
⑥ 韩高年：《诗赋文体源流新探》，巴蜀书社2004年版，第300—320页。

尽管赋从散句之"文法",诗从"诗句"之"句法",但赋体初起即与《诗》有密切的关系,加之二者地位的差异较大,致使彼此的影响和消长在不同的时代表现不一,整体的观照就显得相当重要。傅刚注意到,不仅六朝诗是"流动"的,诗、文、赋也"互相渗透、流动",亦即"文、赋的诗化,和诗的文、赋化,是整个魏晋南北朝显著的现象,它说明了在魏晋南北朝文学的发展演进中,诗、文、赋地位的不稳定性"。① 这一现象其实早已有学者关注,朱光潜在1943年的《诗论》第十一章、十二章就指出,赋影响了诗走上"律"的道路②;徐公持《诗的赋化与赋的诗化——两汉魏晋诗赋关系之寻踪》(1992年)、马积高《略论赋与诗的关系》(1992年),也从整体上指出了二体相互影响的概况。而20世纪90年代台湾地区赖贞蓉《魏晋诗歌赋化现象之研究》、李立信的《论六朝诗的赋化》、许东海的《论张协、鲍照诗歌之"巧构形似"与辞赋之关系》、易苏民的《辞赋对律诗之影响》等也是从类似角度展开研究的。正如徐公持之文所言,概括地讲,唐前诗赋的互相渗透主要包含赋的诗化和诗的赋化,这一看法影响较大③:郭维森、许结《中国辞赋发展史》分别概论晋赋的诗化和南朝时的诗赋双向交流,并指出"结构的小品化、内涵的抒情化和形式的韵律化"为"诗化"的三大要素,就是对徐说的拓展④;郭建勋《辞赋文体研究》也从诗吸收赋的铺陈、对偶等手法和常用题材,赋则吸收诗的篇幅小品化、语言抒情化、诗歌技巧两个维度来阐述⑤;王琳《六朝辞赋史》也是从这两个方面着手展开概述的,而且在赋的诗化描述上与许、郭之说大同小异。⑥ 就大略而言,地位的不平衡还会使得彼此的影响出现主次的换位,亦即关系到诗赋的地位消长。在这方面,林庚倒是较早注意到赋和诗的"水火不容",他承章太炎之说指出汉代有赋家无诗人,唐代有诗人无赋家,中间魏晋六朝则二者并存,由此有着"诗赋的消长"⑦,所

---

① 傅刚:《魏晋南北朝诗歌史论》,商务印书馆2017年版,第40—41页。
② 朱光潜:《诗论》,北京出版社2009年版,第178—205页。
③ 徐公持:《诗的赋化与赋的诗化——两汉魏晋诗赋关系之寻踪》,《文学遗产》1992年第1期。
④ 郭维森、许结:《中国辞赋发展史》,江苏教育出版社1986年版,第28页。
⑤ 郭建勋:《辞赋文体研究》,中华书局2007年版,第213页。
⑥ 王琳:《六朝辞赋史》,世界图书出版西安有限公司2014年版,第22—25页。
⑦ 林庚:《唐诗综论》,商务印书馆2011年版,第56—60页。

说虽然简略，亦可资启发；可惜此后仅见张国风《一种过渡的折衷状态——诗、赋、骈文、散文的相互消长》、林继中《文学自觉与诗赋的消长》等寥寥数文注意到这点，它们或过于简略而缺乏深刻的细节洞察，或是仅关注于某一时段而缺乏全程的考量。

上引马积高《略论赋与诗的关系》注意到纵论这些问题的复杂性，他当时便认为"赋与诗的关系这个题目，可以写一本书"①，故题许"略论"不当纯作谦虚之辞看。六年后许结《二十世纪赋学研究的回顾与瞻望》发表在《文学评论》上，又特别指出文体的交叉研究是赋学研究值得重视的三大问题之一，在这方面的业绩是远比不上诗的。② 二十多年又过去了，起码在唐前诗赋的交叉互动上，仍无专著系统讨论这个问题。诗赋文体的互动表面看来，主要指向诗的赋化和赋的诗化，实际上需要辐射到二体关系的三个维度：分异、影响、消长。展开而言，包含各自的源流辨体，各时段文人看待二体的观念和视角，在语言、手法、句式、题材、功能、形式美学等方面的各自发展倾向，二体体格的局限与优势，二体的组合嫁接，时代风格对文体的影响，文体的改造能力，文体地位有起伏兴衰及其原因解释，等等。其关系到的细节和问题非常复杂。略举一例，张戒《岁寒堂诗话》卷上称："建安陶阮以前诗，专以言志；潘陆以后诗，专以咏物……言志乃诗人之本意，咏物特诗人之余事……潘陆以后，专意咏物，雕镌刻镂之工日以增，而诗人之本旨扫地尽矣。"③张戒是站在成熟的唐宋诗角度来对潘岳、陆机进行批评的，进入历史的现场，"陶阮以前诗"何以专言志，潘陆以后之诗何以专咏物，咏物何以"雕镌刻镂"，这些问题与时代的风气、赋体的发展、赋论的影响、诗赋二体对体物的接纳等因素都不无关系。因此，仅停留于从"诗的赋化"和"赋的诗化"两个方面去认识这个问题，还远远不足以展示肌理清晰、立体丰富的过程之美。要有效地考察这一复杂现象，基于二体的分异、影响、消长，对于前人的观念与角度、文章的体格和体貌、文体的组构与改造这三对命题是我们必须要关注的。这也是本书潜藏在章节话题背后的主要切入视角。

---

① 马积高：《略论赋与诗的关系》，《社会科学论坛》1992年第1期。
② 许结：《二十世纪赋学研究的回顾与瞻望》，《文学评论》1998年第6期。
③ 丁福保辑：《历代诗话续编》，第450页。

第二节 观念与方法

从哲学上讲，观念和方法有着内在的逻辑衔接，对对象认识的系统化看法，只有经过具有技术性和操作性的方法实践，才能发挥出研究的功能。现代学术起源于西方新学与传统考证学的结合，主于追求系统而客观的研究方法，文学往往作为冰冷的材料被肢解，进而置之于对应的结构之中，一面消解了活泼泼的中国语文传统，另一面也搁置了传统文学在美学维度的高下正变；主体不在场的审美判断往往易致凿枘不合，文章之学的精义泰半被置换成观念抽绎下的现代知识概念。方法的运用，初衷不是为了解剖无味之鸡肋，庖丁目无全牛的技艺，只有在依乎天理而切中肯綮之时，才会产生沛然而踌躇满志之感，解牛者如是，观之者亦如是；现代西方学术方法与中国传统文学的遇合，最少应该是相乖而相合，如此才有激活传统文学密码的机会，才可能重新认识或获得元气淋漓的中国文学之美。由此，方法亦须反溯观念。介于诗赋互动的复杂性，本书特别追求三种观念和方法的汇通，即以文学文本和文体发展的统合认知为本位，采取立体动态的辨体法；以文学史的细节还原研究为主要任务，采取凸显互动的比较法；以文学自性化的诠解为审美旨趣，采取创作学语用角度的阐释法。或许这只是心向往之的预设，但它仍昭示了著者此前及至未来所努力的方向。

文学首先是人学，是人的观念思想的社会反应，传统自孟子以来有"知人论世"之说，现代西方社会学的批评方法则为之丰富了学术的理据，亦为之拓展了方法论的外延。文学作品与作家思想、社会制度、社会文化、其他艺术之间都会产生交集，好的文学思想研究会获得文学的深刻性和思想情感的灵动性，达成一种圆满的内在诠解，此所以罗宗强《魏晋南北朝文学思想史》能开一时风气；好的文学关系研究则能拓宽文学的广阔世界，使文学获得一种外部的融通解释，此所以程千帆《唐代进士行卷与文学》能从陈寅恪《元白诗笺证稿》中辟出蹊径。然而文学研究首先要面对的是文学作品，根据古代文章辨体优先的原则，古代文学作品必然基于文学文体的自足，这也是站在现代学科视野下的基本认知。所谓文学的本位观念，不是仅仅停留在对个别文学文本的审美认知，而是由此推及类型化文本而尽量提升出普遍的文学规律，又不至于遮蔽一般文学文本的主要体格特征。这就关系到从文本到文体的统合性考察。由此推及传统文学中丰富的文章辨体，以之作为一种研究的方法来加以运用。传统辨体之说主要用于创作，即胡应麟所称"文章自有体裁，凡为某体，务须寻其本色，庶几当行"①，近代学人对此已具有方法论的理论自觉，比如姚华便曾通过明辨文体的正变流源，来建构自己的曲学知识体系。② 从这一角度看，辨体实有三个维度，一从创作的独特追求讲，二从写作的总结借鉴讲，三从客观的现代研究讲；三个维度有区别又有交叉，这使得作为方法的"辨体"具有立体的、动态的性质。其中最值得关注的就是创作的独特追求，这反映了创作现象的临文实际情境，包含了作家的心理机制、写作的一般规律、个体的独特习惯等，它最具有不稳定性，也最不符合文学研究所追求的规律性和系统性。明人孙鑛曾说："《醉翁亭记》、《赤壁赋》自是千古绝作，即废记、赋法何伤？且体从何起？长卿《子虚》，已乖屈宋；苏李五言，宁规四诗？……何独诧于欧记苏赋也？故能废前法者乃为雄。"③ 现代作家林语堂也认为："文学是没有一定体裁，有多少作品，就有多少体裁。文评家将文分为多少体类，再替各类定下某种体裁，都是自欺欺人的玩意。"④ 追求戛戛独造的作家毫不遮掩对理论工作者的鄙夷。西人本雅明在评价法国意识流小说家普鲁斯特时也说："一切伟大的文学作品都建立或瓦解了某种文体，也就是说，它们都是特例。"⑤ 这是研究者必须要正视的问题。写作的总结借鉴居中，一方面在临文情境上联通于创作的独特追求，是创作的初级阶段；另一方面小结经验，又具有一定的现代客观研究理论总结的品格，可又都和二者并不完全相同。比如《文选》和《文心雕龙》，前者编总集固然具有"集其清英"而"欲

---

① （明）胡应麟：《诗薮》，上海古籍出版社1958年版，第20页。
② 参见拙文《姚华戏曲研究的辨体意识》，《四川戏剧》2018年第11期。
③ （明）孙鑛：《与余君房论文书》，《姚江孙月峰先生全集》卷9，嘉庆十九年孙氏重刊本，第16页。
④ 林语堂：《新的文评·序言》，《中国新文学大系·散文二集》，上海文艺出版社1986年版，第312页。
⑤ ［德］瓦尔特·本雅明：《启迪》，汉娜阿·伦特编《本雅明文选》，张旭东、王斑译，生活·读书·新知三联书店2012年版，第215页。

兼功"① 的经验总结意图，亦存有"后天英髦，咸资准的"② 的写作借鉴功能意图，所以从理论上看其文体分类就难免有乖错之处；后者则自谓"同之与异，不屑古今，擘肌分理，唯务折衷"③，倒是更接近于今人的客观研究，故在现代学术观念看来确为体大思精而享有至誉。有论者认为，"刘氏论文，萧氏选本，'选'分类必明晰可辨，'论'辨异而更重会通。"④《文选》可视为写作的借鉴性总结选本，《文心雕龙》则从属于理论体系的建构性阐释，功能不同，侧重点自不同，得之在此，失之在彼。古人的辨体之论，倒是大半用于写作的一般性借鉴总结，并不能完全包举创作具有"创造力"的独特性追求。刘勰已然注意到"才童学文，宜正体制"，"童子雕琢，必先雅制"⑤；明清人重视辨体亦承于此，徐师曾《文体明辨序说》称"是编所录，唯假文以辨体，非立体而选文"⑥，标明先有文后辨体，就是为了写作借鉴的方便。《红楼梦》第七十八回"老学士闲征姽婳词"中，宝玉谈"姽婳词"的创作"似不称近体，须得古体或歌或行长篇一首，方能恳切"，众人表扬他"每一题到手，必先度其体格宜与不宜，这便是老手妙法。就如裁衣一般，未下剪时，须度其身量"⑦，将临文写作的情境完好地演绎了出来。所以辨体法不可轻视，不宜径取古人陈说。我们不妨引钱锺书的讨论来概论这一问题：

> 盖文章之体可辨别而不堪执着，章学诚《文史通义·诗教》下驳《文选》分体，知者较多，不劳举似。《南齐书·张融传》载融《问律自序》云："夫文岂有常体，但以有体为常，政当使常有其体"；"岂有常体"与"常有其体"相反相顺，无适无莫，前语

---

① （梁）萧统：《文选序》，（唐）萧统编，李善注《文选》，胡克家刻本影印，中华书局1977年版，第2页。
② （唐）李善：《唐李崇贤上〈文选注〉表》，萧统编，李善注《文选》，第3页。
③ （南朝）刘勰：《文心雕龙·序志》，范文澜注本，人民文学出版社1958年版，第727页。
④ 许结：《中国辞赋理论通史》，凤凰出版社2016年版，第324页。
⑤ 此二句分别见《文心雕龙》的《附会》和《体性》篇。按前句"才童"原作"才量"，詹锳《文心雕龙义证》以为当随《太平御览》卷五八五引改，并引《体性》篇"童子雕琢，必先雅制"互证。詹说甚是。见詹锳《文心雕龙义证》，上海古籍出版社1989年版，第1593页。
⑥ 吴讷、徐师曾：《文章辨体序说 文体明辨序说》，第78页。
⑦ （清）曹雪芹：《红楼梦》，光明日报出版社2012年版，第525页。

谓"无定体","常"如"典常""纲常"之"常",后语谓"有惯体","常"如"寻常""平常"之"常"。王若虚《滹南遗老集》卷三七《文辨》:"或问:'文章有体乎?'曰:'无。'又问:'无体乎?'曰:'有。''然则果何如?'曰:'定体则无,大体则有'";不啻为张融语作注。……名家名篇,往往破体。①

他注意到张融"岂有常体"与"常有其体"的"相反相顺",实际上就是站在现代客观研究的角度来看待古人的辨体:以王若虚之语为张氏作注,所引材料悉皆古人用为写作借鉴的总结性经验之谈,这应和于刘勰"设文之体有常,变文之数无方"的理论总结;提出"名家名篇,往往破体",则是兼顾了"创作的独特追求"这一维度的实情。可见作为现代客观研究的辨体方法,并不单纯指向对客观文本的统计概括、对古人辨体论说的引陈为据,不宜径信陈说或径作公约数的提取,而应当囊括前两种维度,并警惕自身的工具化、系统化之弊,才会对文体获得一种融通的、立体的、动态的理解,从而有契于中国文学之本位。

唐前诗赋文体的互动,本质上是对两种文体交互影响的过程进行历时性研究,由此构成了文学史学。这就要求不仅要研究文体作为文学的审美品格,还要注重文体演进中内部质素的损益和变动,决定了我们必须展演血肉丰满的细节过程。唐前文学史的还原是困难的,首先是众所周知的资料相对匮乏和文献面貌复杂,很多赋文都是通过类书保存下来的,颇难断其作为篇章的原始性,这使得其他困难的系数相应增大。后现代史学还认为,历史本来就是一种叙事者的话语重构,真正"零度叙事"的思想史是不可能存在的②;现代研究的系统追求往往因学术观念的先行,而建构出一种高度凝练和概括的话语体系。章太炎说"历史教科书""不是历史",凡"开卷说几句历史的统系,历史的性质",

---

① 钱锺书:《管锥编》第三册,中华书局1979年版,第889—891页。
② 在这方面,美国海登·怀特的《后现代历史叙事学》、法国罗兰·巴特的《写作的零度》等都有相关讨论。就中国学术史、思想史的具体情况而言,其实也存在着近似的问题,可以参看葛兆光《中国思想史》导论《思想史的写法》第四节《从"六经皆史"到"史皆文也":作为思想史资源的后现代历史学》,复旦大学出版社2007年版,第115—136页。

无异于"填册",即便合了"科学",本质上都是"削足适履"①;陈寅恪也注意到"其言论愈有条理统系,则去古人学说之真相愈远"②。对于文学史,史之追求尤其容易与文学之审美相背离,完全依赖理论概括对之所作出的切分,很容易疏离创作的实际。来裕恂《汉文典·文章典》:"汉以前之文,因文生法;唐以后之文,由法成文。因文生法者,文成而法立;由法成文者,法立而文成。"③ 以唐后"由法成文"之"法"印证唐前"因文生法"之"文",固是不可;"因文生法"也意味着唐前诗赋先无定"法",自然就更难对之进行史学的切分和概括了。因此本书不采取"赋的诗化"和"诗的赋化"的简约框架来对诗赋的互动进行扩展处理,而宁愿在繁复的细节中爬梳文体交互演进的真相。借用蒋寅的话说,即"重视进入过程的文学史研究"。有所不同的是,虽然重视细节过程意味着"从各个层面进行多角度的透视"④,尽量兼及文学的写作、传播与批评、文学观念的演变、作家的活动与交往、社会风气、思想的演进、个人心态等,但本书则一以文体的内在品格为中心,一则应和于本研究基于文学本位的"文体学"视角,二则慎防于面面俱到而遮掩其本来之旨趣。刘师培论文学史宜以挚虞之作为典要,盖其《文章志》乃"以人为纲者",《文章流别》乃以"文体为纲者",合此两书的做法,则可"兼为通史文学传之资"。⑤ "以人为纲"和"以文体为纲"正是本书要兼取的重要角度:在诗赋互动的文学史上,荀子、班固、扬雄、陆机、沈约等人都是绕不开的关键人物,《赋篇》《两都赋》《洛神赋》《文赋》《春赋》等都是绕不开的重要篇章,这些内容的讨论占据有不少的篇幅;本书以诗赋互动的重要问题为章节,实际上也是依赖于"以人为纲"和"以文体为纲"的问题意识。细节的注重由此也衍生出凸显互动的辨体比较方法。吴曾祺云:"大凡辨体之要,于最先者,第识其所由来;于稍后者,当知其所由变。故有

---

① 章太炎:《中国文化的根源与近代学问的发达》,陈平原编《章太炎的白话文》,贵州教育出版社2001年版,第67—68页。
② 陈寅恪:《金明馆丛稿二编》,生活·读书·新知三联书店2001年版,第280页。
③ 王水照编:《历代文话》第九册,复旦大学出版社2007年版,第8505页。
④ 蒋寅:《进入"过程"的文学史研究》,《山西大学师范学院学报》2001年第1期;又参其《清代诗学史》(第一卷)导论,中国社会科学出版社2012年版,第67—72页。
⑤ 刘师培:《中国中古文学史讲义》,第114页。

名异而实则同，名同而实则异；或古有而今无，或古无而今有：一一为之考其源流，追其派别，则于数千年间体制之殊，亦可以思过半矣。"①辨体是讨论文体互动的基础，——"考其源流""追其派别"是必要的，更重要的是，在诗赋二体关系密切、彼此互渗这一前提下，"名异而实则同""名同而实则异"实际上就内涵了称名与彼此文体品格的交越互用；像荀子《赋篇》究竟是否真出于《诗》，陆机的"诗缘情""赋体物"的交越互用，"形式美学"之于诗赋二体的接受程度，诗赋消长兴亡的反向步调，这些都必须要采取凸显互动的辨体比较才能揭示问题的真相。总之，注重细节的文体学史研究，不拘执于对前人论断的概括分析和静态总结，而着重于对发展的、尚未稳定的文体进行本质的揭示，着重于对动态的、充满过程感的"文体发生"现象进行分析展演。

  什么是文学？传统中国的文学内涵了从礼制到文献等多重变迁，后来衍为文史虚实分际的辞章讲求，而以文章文体之学为中心。晚近受西方纯文学观的影响，主要取"情感内涵说"和"审美超功利说"两种文学观来建构中国文学②，迄今亦大致不出此二说。但这与中国传统文学的实情并不完全相契，当初章太炎《国故论衡·文学论略》便曾对这个问题展开过全面的检讨，他认为西来"文辞""学说"之分尽管"得其大齐"，起码在赋以"奥博翔实"为"能事"③这个层面，是不能获得圆满的解释的，故而探讨中国文学应当基于文体之"法式"④。所以我们将诗赋完全当成文学作品来考察固不错，但究其审美内涵的观照，实不拘限于西方文学的定义，而是尽量以之为重要参照，从守持中国文学自性、发掘民族文学话语体系的角度着手，以中国文学自性化的观念去析论唐前诗赋的演进，阐释其中的体貌之美。这里最少包含三个有别于西学的思辨层次：中国文学依违于实用与审美之际；中国文学的创造力和影响力总是表现为以文章之学所依赖的文体学建构；中国文学作品的审美旨趣只有在创作的阐释中才能"本土"最大化。吴承学考

---

① 吴曾祺：《涵芬楼文谈·辨体第六》，王水照编《历代文话》第七册，复旦大学出版社2007年版，第6576页。
② 可参看周兴陆《"文学"概念的古今榫合》，《文学评论》2019年第5期。
③ 章太炎：《国故论衡》，上海古籍出版社2003年版，第53页。
④ 参见拙文《章太炎文学界定的文体学意涵》，《贵州师范学院学报》2012年第4期。

察早期文体的产生,认为"从礼学之'得事体'到文章学的'得文体'是一种理所当然的延伸"①,表明早期文体或多或少隐含了"事体"的实用讲求,这一传统使得文学的功能总是依违于儒家之政教,汉赋附《诗》与六朝赋重雅玩就是最好的体现。而名家名篇的"破体"或曰"建体"成功与否,则是通过其新体的受拟程度所展示的生命力来决定的。至于文学作品审美旨趣阐释的"本土"最大化路向,又与中国文论注重服务于创作实践的品格相关,与中国哲学的"原道"方式有关②,近年来已引起不少论者的关注。在著者看来,文学自性化的观念会通,关键是创作阐释法的可能和实施。乔亿《剑溪诗说》论赋谓"扬子云曰:'能读千赋,则能为之',非为材料也。如此然后尽文章之变态"③;徐增《而庵诗话》则称"作诗之道有三,曰寄趣,曰体裁,曰脱化"④,表明诗赋创作都需自往古而通变。《文镜秘府论》南卷"定位"讨论作文的句式声响及交错为用的问题,最后总结道:"欲其安稳,须凭讽读,事归临断,难用辞穷。"⑤钟嵘《诗品序》最后也有类似的说法,这又表明临文创作绝非是简单的触景生情或主题先行的文字呈现,而是本于往古经验的当下推敲,其中包含了有待钩沉的"技术性"理论,何况齐梁至初唐还留下了不少关于创作轨范的总结。易闻晓师指出,文学本位的研究必须基于语用角度,亦即"文学之所以成为文学,最为根本的原因,就在于语言的运用"⑥,以此讨论诗赋特别注重名物、手法、语词等方面,确然冥契于前引古人讨论文学创作的基本实情。沿着这条路往前探索,我们就可以看到创作阐释法的可能,以及它与文体、语用的联结和依赖。这倒是与西方历经结构主义和形式主义后的文学研究有了会通的可能。韦勒克、沃伦《文学理论》根据"文学研究的合情合理的出发点是解释和分析作品本身",认定"语言的研究只有在服务于文学的目的时,只有当它研究语言的审美效果时,

---

① 吴承学:《中国古代文体学研究》,人民出版社2011年版,第7页。
② 参见拙文《"原道"观与中国文论的生成特征》,《重庆邮电大学学报》2019年第5期。
③ 郭绍虞辑:《清诗话续编》,上海古籍出版社1983年版,第1704页。
④ (清)丁福保辑:《清诗话》,上海古籍出版社2015年版,第439页。
⑤ [日]遍照金刚著,卢盛江校考:《文镜秘府论汇校汇考》,中华书局2015年版,第1413页。
⑥ 易闻晓:《诗赋研究的语用本位》,中国社会科学出版社2015年版,"弁言"第1—2页。

简言之，只有当它成为文体学（至少，这一术语的一个含义）时，才算得上文学的研究"①，并提出文学的重要研究就是区分"文学语言"和"生活语言"。也因此，本书特别注重决定体格体貌的题材、手法、句式、语言等"技术性"文体要素。清人陈祚明评六朝诗有一段较为客观的话，似未为论家注意：

> 后人评览古诗，不详时代，妄欲一切相绳。如读六朝体，漫曰"此是五古"，遂欲以汉魏望之，此既不合；及见其渐类唐调，又欲以初盛律拟之，彼又不伦。因妄曰"六朝无诗"，否亦曰六朝之诗自成一体可耳，概以为是卑靡者，未足与于风雅之列。不知时各有体，体各有妙，况六朝介于古、近体之间，风格相承，神爽变换，中有至理。……故梁、陈之诗，不可不读。②

一反唐人抵齐梁间"彩丽竞繁"之说，跳出以理想的诗学要求去苛评前人的观点，跳出以今律古的美学批评惯性，兼顾了诗学史的演进，肯定了"六朝体"在诗歌发展进程中不可或缺的作用。笔者披览西晋拟乐府与文人徒诗、东晋玄言山水诗、齐梁间新体诗时，往往拍案于它们在题材、手法、句式、语言等方面，与前之"汉魏"、后之"唐调"的递转之妙，于焉深觉陈氏之言真得唐前诗的"了解之同情"③。而准之于赋体，发展方向虽然是相反的，却亦有体格减损而深化其美的微妙演进，凡此皆昭示了此间丰富的"过程之美"。要之，所谓"时各有体，体各有妙"，站在创作阐释法的角度，不仅理应获得中国文学自性化的审美阐释，而且还可以获得唐前诗赋二体盛衰消长、正变高下的美学依据。

从根本上说，唐前诗赋的文体互动，从属于辞章学范畴的问题。《汉书·艺文志》"诗赋略"统摄二体别为一目，已具有"文类"的倾向，刘天惠《文笔考》谓"西京以经与子为艺，诗赋为文矣"④。这一

---

① ［美］勒内·韦勒克、奥斯汀·沃伦：《文学理论》，刘象愚等译，浙江人民出版社2017年版，第129、166页。
② （清）陈祚明：《采菽堂古诗选》，上海古籍出版社2019年版，第955页。
③ 陈寅恪：《金明馆丛稿二编》，第279页。
④ 徐志啸：《历代赋论辑要》，复旦大学出版社1991年版，第101页。

在汉代就已形成的"诗赋整体论"意识,迄两晋、齐梁虽兴起辨体而各自发展,它们作为韵文之代表仍多近似的文学品格;从创作的层面看,作家在二体内部交越互用实属自然现象,他们亦由此而极少去析论诗赋之间的互动原理,于焉留给我们的可靠相关理论材料就少之又少。我们所能确认的只有三点:一是不少恒定的诗赋作品,这些作品数量虽比不上后代丰富,但皆赖正史和类书的保存,历经了时间的陶洗,率多经典,作为讨论文体特性的材料大多具有典型性;二是唐前诗赋整体上以后者的地位为重,下迄南朝虽有较大的消长变化,魏收"会须能作赋,始成大才士"①的强调仍资说明此点;三是永明时期声律化进入文学以后,相关讨论的理论材料稍多,皆可辅以辞章之证。由此重辨体、重比较、重创作之阐释,则非惟不得已之用,更由于论题的要求使然。恰如程千帆所说,民国以来受西学的影响,皆以考据为学问,然则"考据与辞章之性质不同",如谓"考据重知,辞章重能",则"未可以考据之方法治辞章"。② 以此论,学界对唐前诗的研究较多,本书以赋为主而有所扬避,所求者亦在于与辞章研究层面创作实情的相吻合;同时,清代以来既然学术三分,考据和义理皆从领域之分延伸出相关的方法论,甚至考据法发展为一种治学问的"公理",系治辞章之必不可少者③,则治辞章亦有着此外的方法。在这一方面,晚近许多学者早已作出了不少成功的尝试,如姚华治曲学便明确意识到考证"最妨文趣",故在辑校考证传统曲学的同时,又另以《曲海一勺》来作现代学术的系统阐释。④ 其实严格说来,一切文学的本位研究都应该基于对此的探索或理解。辞章学的中心是文体,关键是语用,统摄了强烈的"技术性",以此在研究角度上力求打破语言和文学、研究和创作之间的壁

---

① (唐)李延寿:《北史》,中华书局1974年版,第2034—2035页。
② 张伯伟编:《程千帆古诗讲录》,人民文学出版社2020年版,第1—5页。
③ 关于"义理""考据""辞章"的意蕴,可参见读余英时《清代学术思想史重要观念通释》,收入其《中国思想传统的现代诠释》,江苏人民出版社2004年版,第216—225页。按古代文学的现代研究,主要受五四以来傅斯年等人提倡的"史料学"观念影响,以强大的考证学传统与西方"科学方法"相遇合而影响迄今。但从学科的方法自觉来讲,无疑是不足的:"辞章"在传统本是一门学问,在今天也不仅是审美的问题,其中所包含的文体、章句、修辞等要素尤其需要本于"文学"学科的方法发掘。
④ 参见拙文《姚华的治曲方法与现代学术转型》,《戏曲研究》第110辑,文化艺术出版社2019年版。

垒，涉及题材、手法、句式、语词、声律、篇法、创作观念诸问题；从文学史的角度来看，二者的体用互洽就形成了有生命力的、有传统的、有发展性的特定文体。借用余英时以"内在理路"清理思想史的说法，每一种特定文体本身都有一套问题，需要不断地解决，这些问题，有的暂时解决了，有的没有解决；有的当时重要，后来不重要，以此可以获得本位的"内在理路"诠解。① 要阐释一种文学现象，政治的、思想的、经济的、历史的、文献的因素固然可以，但这些"外缘"的解释还不够，过度重视"外缘"解释无疑容易形成文学的"文化化"，使得文学研究越来越不像"文学"；辞章本位的阐释，与文学史（亦属辞章学史）中文体和语用相勾连的"内在理路"阐释，是可以弥补这一偏差的，而且这与前者并不矛盾冲突。本书所作，算是对此的一种勉力尝试。最后要稍作补充，论者在著此书之前已进行了若干严肃的诗赋写作，除却为了使创作阐释法尽量具有"在场性"、以追求"对诗性思维进行诗性的思考"②以外，还表明著者欲对文学自性化的审美意蕴注入鲜活的生命力，庶几自勉为激活传统诗赋文体、联通当代诗赋创作的努力。章太炎说："学术本以救偏，而迹之所寄，偏亦由生。"③ 本书既选择这种"一偏"之好的视角，加之学力不逮，存在的问题故所难免。如能借此而延伸出读者的相关批评或思考，甚至诗赋创作者的些许启发，著者亦足以自慰了。

第三节　相关概念说明

本书主要以诗赋互动的重要问题节点为纲目，大致应和于文学史的一般进程。为了展示细节的肌理和过程的丰富性，往往根据问题的需要而展开相关论述，故其间的重要概念不依出场先后，而是置之于相应的节点来作详细阐释。为了便于阅读和理解，这里先对相关概念作简单交代。

---

① 参读余英时《清代思想史的一个新解释》，收入其《中国思想传统的现代诠释》，第157—159页。
② ［美］哈罗德·布鲁姆：《影响的剖析：文学作为生活方式》，金雯译，译林出版社2016年版，第16页。
③ 章太炎：《与〈国粹学报〉书》（第二通），《章太炎全集·书信集》（上），上海人民出版社2017年版，第328页。

绪　论

一　赋体

赋作为一种文体，历来对其界定的争论颇大。《汉书·艺文志》称"不歌而诵谓之赋"，刘勰称"赋者铺也；铺采摛文，体物写志也。"但这两种说法都分别遭到后人的质疑。其中重要原因，在于赋之渊源，这又包含《诗》源说、《诗》《骚》并源说、诸子说、隐语说等不同的看法。由于汉赋只强调赋的功能，刘勰的说法多有调和折中的色彩，后代律赋文赋又很难为此二种定义所囊括，致使今人难以准确对之进行界定。有人将之归于诗歌之一体，更有不少论者变传统"非诗非文"之说为"亦诗亦文"的"两栖类"文体①；前说固然是以西律中，后说亦是从形式上对之进行静态的概括和阐释，实未明传统之文章辨体，未抵赋体之内在本质。美国康达维将之比喻为"石楠花"，以其有不同的品种，且可交配出离其本来面目很远的新品种②，这真是无奈之举；程章灿干脆认为赋"是一个不断发展变化的概念，如同变量函数，难以给出一个确定值"③。本书不同意这些看法，之所以如此，是因为他们欲归"古赋"和"律赋"于一体。如上节所论，辨体作为一种方法既然应该注重三重维度的兼顾，那么，将所有材料都当作"存在即合理"的等价研究对象，并对之汇通概括而提取共性，就是不明智的做法。赋本是一种文体，由于体貌之变和敷陈扬厉为文的流衍，就衍生出许多新品种，由是上升为一种文类。但这里有正变高下的价值判断，古人从创作的角度看如此，今人研究如果考量到中国文学的自性亦当如此。因此本书将赋体界定为以铺陈手法规限物事题材的一种韵文；理论上则来源于清人俞玚的"赋家俱以体物为铺张"，以及日人铃木虎雄的"赋以事物为铺陈者"，具体展开见第五章。这个定义是指向体格要求的，由此可以解释题材之赋情、理，以及赋在体貌流变中的"体各有妙"，还能解释历史上人们对律赋和文赋、及至"赋亡"的相关判断，理应符合赋作为文学文本的审美自性。

---

① 前者以简宗梧、迟文浚等人为代表，后者影响更大，郭绍虞、王力、褚斌杰、高光复、曹道衡、韩高年等人皆持是说。可参见踪凡《汉赋研究史论》，北京大学出版社2016年版，第19、46页。
② [美]康达维：《论汉赋的源流》，《文史哲》1988年第1期。
③ 程章灿：《魏晋南北朝赋史》，江苏古籍出版社2001年版，第12页。

由此引出赋的分类，这是非常困难的，源于赋体隆盛而旁衍，各时期体貌不一。但在汉代是可以粗略分梳的，马积高从赋的源起上分为"骚体赋""文赋""诗体赋"三类[①]，目前基本为学界接受。这个分法虽是从体式特点而来，内涵了赋体兼容它体之特性，然而"文赋""诗体赋"的称呼皆有不妥处，赋体属"文"，从句式上看，前二类乃是散句之"文"的同类组合，"诗体赋"之"诗""赋"为异类却不可组合，本书在第一章、第二章、第七章对这一问题都有所讨论。根据前举赋体以手法规限题材之定义，我们将汉代赋分为散体京苑大赋、骚体抒情赋、四言咏物小赋。综括各种赋的分类，大致可依祝尧《古赋辨体》的时代结合体貌之说，详见下文"'两汉体'与'六朝体'"部分。

二 "散句"与"诗句"

二词并用时，用以表示文体句式之根本区别。"散句"指散化句式，前人多用于与其他句式相区别。自骈偶大兴之后，唐人古文运动极力反对四六，故起骈散之分，如吕祖谦称"诏书或用散文，或用四六，皆得"[②]，以"散文"与"四六"骈文相对，句式准之亦然；清人讨论文法，即称"骈句""散句"之用，不烦引证。而杨慎《升庵诗话》引叶晦叔论诗则曰："七言律大抵多引韵起，若以侧句入，尤峻健。如老杜'幽栖地僻'是也，然犹是对偶。若以散句起，又佳，如'苦忆荆州醉司马'是也。"[③] 则"散句"又指不对偶（对仗）的诗句。可知"散句"在前人处本指不用骈偶手法，而相对散化的句式。

但前人论"散句"皆在同种文体中。当它和"诗句"并举则性质不一，表明所从的"赋体"和"诗体"的文体分异，应合于"诗有清虚之赏，赋惟博丽为能"[④] 的体格分疏。这里要从语法性质上去进行判定，"诗句"从"句法"，宋人诗话称"辨句法，备古今"[⑤]，炼句则有

[①] 马积高：《赋史》，上海古籍出版社1987年版，第4—6页。
[②] （宋）王应麟：《玉海·词学指南》，江苏古籍出版社1987年版，第3699页。
[③] 丁福保辑：《历代诗话续编》，第855页。
[④] （清）王芑孙：《读赋卮言》，见孙福轩、韩泉欣《历代赋论汇编》，人民文学出版社2014年版，第209页。
[⑤] （南宋）许顗：《彦周诗话》，何文焕辑《历代诗话》，中华书局1981年版，第378页。

"活法""死法""句法劲健"等说①，正在于句式经由锤炼后，可以产生阙略召唤、倒装横插、明暗呼应、藏头歇后等语法效应，从而能够营造意境；以西人韦勒克、沃伦《文学理论》研究文学之说，即是产生了区别于"日常语言"的"文学语言"。其中关键，乃在于形式的固定和冒春荣所谓"以句法就声律"的双重规限所致，亦即稳定的句式和声律要求，迫使诗句在锤炼中逐步脱离"日常语言"，成为内涵诗艺张力的"诗句"。与之相对应，"散句"则从"文法"，即具有明显的"日常语言"气息，遵从于日常话语表达的语法逻辑，注重主干成分的完足、表意次序的先后，具有即言表意的等量指向。详情见第六章。要补充的是，"骈句"和"散句"虽并举有所区别，可从语法性质看，又都属"文句"，只是骈偶手法的规限使得"骈句"较之"散句"更有文学的品格。

三 "体格"与"体貌"

格有法式的意思，《礼记·缁衣》："言有物而行有格。"郑玄注："格，旧法也。"②《后汉书·傅燮传》："由是朝廷重其方格。"李贤注："格，犹标准也。"③沈约提出"四声八病"，强调诗的声律规范，传其有《诗格》一卷；唐人有大量"诗格"类著作，指的都是诗的法式、规则或标准。引为"体格"则指文体的法式规范、格式标准。薛雪《一瓢诗话》："格有品格之格，体格之格。体格一定之章程。"④刘熙载谓"格式之格"⑤，都是此义。一种文体有一种文体之相关规定，包含形制、手法、风格导向等；不同的文体，其"体格"特征是不同的。古人论体格主要指向于创作的体制要求，一般称"合体""得体"，刘祁《归潜志》称"文章各有体，本不可相犯"，若彼此杂用，则"非惟失体，且梗自难通"⑥，即是此意。

---

① 可参读易闻晓《中国古代诗法纲要》第四章《句法》，齐鲁书社2005年版，第133—193页。
② （东汉）郑玄等：《礼记正义》，阮元刻《十三经注疏》整理本，北京大学出版社2000年版，第1788页。
③ （南朝）范晔：《后汉书》，中华书局1997年版，第1876页。
④ （清）薛雪：《一瓢诗话》，丁福保辑《清诗话》，第713页。
⑤ （清）刘熙载：《艺概注稿》，袁津琥注，中华书局2009年版，第394页。
⑥ （金）刘祁：《归潜志》，中华书局1983年版，第138页。

"体貌"则指文体风貌,刘勰《文心雕龙》中很多"体"的用法即指向于此,罗宗强以为刘氏所言包含"某一历史时期的文章总体风貌""体貌类型""对作家作品的体貌的品评"三个方面。① 按貌即"皃",《说文解字》:"皃,颂仪也。"段注:"皃言其外,引申之凡得其状曰皃。"② 所以体貌即文体的形貌,指向于文体的风格倾向,罗氏所释三种内涵皆在此列。本书所称体貌,主要指向"某一历史时期的文章总体风貌"。关于个人体貌,刘勰《文心雕龙》则有"体性"一词,故不用于此。文体本质上是以体格要求来立体,不同时代及至不同人对同样文体的书写,都会带有不同的体貌,体貌因此而带有时代或个人体性的印记。但体貌的追求不能完全脱离体格,论家往往据此而断文学文本的"尊体"或"破体"属性,如果体貌追求完全脱离了文体的体格,那就由量变引发质变,就产生了"体亡"。比如骈句作赋形成骈赋,这是一种体貌称谓,但如果完全丧失了铺陈写物的体格,那么也就意味着此赋有名无实了;南朝人以诗入赋的文章改造,也可以从这一角度获得通达的理解。

四 "两汉体"与"六朝体"

这是祝尧《古赋辨体》提出的概念,他标举"楚辞体""两汉体""三国六朝体""唐体""宋体"五类,根本上是"体貌"的区分。前论体貌指向于风格倾向,往往具有时代印记,祝氏的分体则以时代为主,风格为辅。

本书借此之说,主要指审美风格之别,时代意蕴次之,如"诗分唐宋"之谓;更进一步,则"两汉体""六朝体"之说,必须和"体各有妙"的审美认知结合起来。"两汉体"最具赋之完备要素,符合赋体之"以事物为铺陈者";其体之美在于铺陈物事的双重维度,即名物事类之多的"奥博"气象,和物事情态之美的"渊丽"体势,合成渊懿绚丽、苞括宇宙的大赋美学。汉赋的题材、句式、用字、声音,皆与之相呼应。杨慎从诗家的角度谓司马相如《上林赋》用"联绵字",即有

---

① 罗宗强:《魏晋南北朝文学思想史》,中华书局2016年版,第400页。
② (清)段玉裁:《说文解字注》,上海古籍出版社1981年版,第406页。

"皆言草木从风之形与声也。但其用字既古,其音又与俗音不同"① 之说,略资理解。详情见第四章。

"六朝体"稍显复杂,系祝氏"三国六朝体"的简称。根据赋体表现于题材、句式、用字的流变,可分为"建安""两晋""齐梁"三个阶段。诗学史上有"建安体""齐梁体"之说,所以本书论赋亦借用之,即"六朝体"是六朝赋"体貌"之总名,其中分为"建安体""两晋体""齐梁体"的"体貌"演进。"六朝体"鲜用大赋巨题,句式多为六言句腰虚字句,用字简约,本身就有诗化的倾向。清人洪若皋谓若与司马相如相比,则"自潘左以下,徒得其流动耳"②,"得其流动"一语颇精允,一则指出"六朝体"从"两汉体"来,其实是从"两汉体"写物事情态"渊丽"之体势所流变而来的;二则指出"六朝体"具有"流动"之美,申论之即"六朝体"含有萧散流丽之体势美。若析言之,则"建安体"尚有"两汉体"的铺陈余绪,"两晋体"转为体物描写,"齐梁体"在形式美学中转向诗境化。详论见第五章、第六章。

五 "赋亡""诗兴"

严格说来,"赋亡""诗兴"是指"赋亡"而"诗兴",用于描述两种文体的盛衰消长,这要待本书的结束才能见出其大概。由于二体在整体上的互动与这一发展态势戚戚相关,故先行提出稍加申说。

"赋亡"之说大致以唐律赋的产生为时限,故而后代"古赋""律赋"之争,实亦与此话题相关。这一命题自明人以来多见讨论,李梦阳、何景阳、胡应麟、祝尧、徐师曾、毛奇龄、陈鹏年、来裕恂及至晚近章太炎、刘师培、姚华、黄侃等人先后都有论断,大意皆无甚区别,在此不一一展开。概而言之,主要包含赋体每况愈下的"文体正变说",和"一代有一代之文学"的"文体代变说",赋体消亡的原因则归之于声律的局限或经义的丧失;因为诗体完全替代赋体的地位而形成新体代变的"一代文学",是在唐代以后的事,所以我们主要关注"文体正变说"。晚出转能概括,兹举来氏之说为代表:"赋者,敷陈其事

---

① (明)杨慎:《升庵诗话》,《历代诗话续编》,第640页。
② (清)洪若皋:《梁昭明〈文选〉越裁》,踪凡《司马相如资料汇编》,中华书局2008年版,第308页。

而直言之也。义在托讽,是为正体。其始创自荀况宦游于楚,作为五赋。……汉兴,贾谊、枚乘、司马相如、扬雄、张衡之流,著作尤盛。……此则古赋也。三国、两晋,征引俳词,宋、齐、梁、陈,加以四六,则古赋之体变矣。逮乎三唐,更限以律,四声八韵,事事骈偶,其法愈密,其体愈变。至宋,以文体为赋,虽亦用韵,实非赋之正宗。"① 以文体正变而形成赋体的每况愈下,而以直举汉赋"托讽"的功用"古义"为上,也就是以宗经的《诗》学功用为标准,贬低律赋文赋;迄民国学人方能稍有出脱。今之论者悉视为"复古"之论。"宗经说"固然不利于认识文学之审美,"复古"的批评亦显轻率。"复古"常与"开新"并用,此类话语隐含有社会学中的进化论和革命论质素,文学从属于审美,故不宜于简单地以自然之进化术语、以"新"革"旧"之革命话语来评价其正变演进。与之相比,文学史上却无"诗亡"之说,何以如此?二者反向步调的映照意味,实在值得深思,惜无人关注于此。据此"赋亡"说宜于从赋的体格和体貌等问题上去作辞章之学的本位认知;亦即应当基于对"两汉体""六朝体"的"体各有妙"的认识,其中当然也包含了文体正变高下的文学审美价值判断。如孙洙评张衡《二京赋》:"西京角觚,盛作铺衍;东京大傩,无关钜典,论者讥之,是矣!然赋不厌侈,作者或欲包涵万有,穷天地之奇而泄其秘,未可知也。"② "或欲"的猜测才是客观的文学辨体认知,唯此才跳出了传统经义功用观,契合于"体各有妙"的体格审美判断;而论"六朝体"则当转向"体物"之妙与六言之"势",迄唐律赋及宋文赋,仍以体格特征为准绳,庶几可以理解"赋亡"。关键在于体貌的演变是否完全损弃了体格,量变是否造成了质变,新体的审美意涵如何。

"赋亡""诗兴"指向于此消彼长的文体态势,二者的发展不同步、不平衡,既与社会历史因素相关,亦与它们自身的立体原则相关。赋在一开始就发出夺目之光;诗则反之。赋之体格流变,是沿着诗化的路向前进的;诗的发展缓慢,且不断吸收赋体的写法,一直到了声律化的齐梁时代才基本建立起稳定的体式形态。齐梁之前的"声文""形文"都

---

① 来裕恂:《汉文典·文章典》,王水照编《历代文话》第九册,第8656页。
② (清)孙洙:《山晓阁重订文选》,黄霖等编《文选汇评》,凤凰出版社2017年版,第85页。

是赋先于诗，但至"永明体"的讨论则以诗为中心，赋反而次之，乃在于声律化更适宜于诗，终使"赋亡"而"诗兴"。可以参见第六章和结束语。由于"诗兴"还关系到唐代近体的进一步轨范和历史外因的促进，逸出了本书范围，故书中仅对这一概念进行了一定的理论检讨，相对来说更重于描述"赋亡"。

第一章　荀赋立体的分异态势[*]

任何研究唐前诗学的人，都离不开对赋学的观照，反之亦然。毫无疑问，诗赋二体作为唐前文学的大宗，关系密切而互为依赖，彼此影响又各具轨则。从班固"赋者古诗之流也"[①]的理论建构到汉代赋家"不见乐府五言"[②]的创作实情，下至魏晋的诗赋辨体，延续为南朝赋的诗化和文体趋同，无不昭示了这一命题演进的繁复多变。今代学者或注重从文学史进程中研究二体之影响交融，谓之赋的诗化和诗的赋化；或注重就某一时段文本的特性作静态的文体辨异，焦点多在三国和南朝时期的作家文本。但实际上二体的密切关系及分异融合，在赋体发轫之初就已兆其端。按刘勰折中前人之说，一方面虽称"荀况《礼》《智》，宋玉《风》《钓》，爰锡名号，与《诗》画境，六义附庸，蔚成大国"；但另一方面，在上承班固以来广为前人所认定的赋自《诗》出的文体源流时，又以"风归丽则，辞剪美稗"[③]的论诗法则展开了对赋的批评，遂使诗赋的源流叙事遮蔽了二者的立体分异，影响了后之论者的观察。比如赋界称荀赋为四言诗体赋，认为此类咏物赋实源于《诗》，便未注意到赋之初起表面承《诗》而来，实际上却与《诗》体相疏离；又如学界定义赋为"亦诗亦文"的"两栖"文体，便未能从本质上厘清诗赋边界而进行动态的文章辨体。揆其实情，荀赋造作的历史语境不仅蕴含了《诗》与赋的复杂关系，而且在文本层面昭示了赋与诗之文

---

[*] 本章曾刊于《中山大学学报》2021年第6期，收入本书时有所增改。
① （唐）李善注：《文选》，第21页。
② 章太炎著，陈平原导读：《国故论衡》，上海古籍出版社2003年版，第92页。
③ 范文澜：《文心雕龙注》，人民文学出版社1958年版，第134、136页。

体分异，伏下了诗化的可能。文体的演变往往在缘起之初就孕育了其体格特征、发展倾向、内在局限等重要命题，这正是我们首先从赋的源起着手讨论二体分异趋同的根本原因。

第一节 赋自《诗》出的历史实情

班固《汉书·艺文志》"诗赋略"所载赋分四类，分类的依据未明，遂成为千古谜案，如姚振宗、刘师培、章太炎等皆有独特的看法，今人梳理这些不同看法的标准，竟有六七类之多①，率难得到令人满意的答案。因之有学者以为这个分类不是据文体而是据皇家图书编排情况而来②，讨论赋体源起不必完全以之为据。从现存的作品来看，根据通常的说法，汉赋的起源大致不过三途：散体骋辞大赋承宋玉而敷衍为"京殿苑猎"类的宏大题材，以呈现"体国经野，义尚光大"③的大汉主题，是为赋国主流；骚体赋源自屈骚，承担了文人发摅情志的功能；四言咏物小赋承自荀子，以赋名篇最早，却因为体例的"演而未畅"④而最为"君子略之"⑤。马积高《赋史》分赋为文赋、骚体赋、诗体赋三类，即本于此，而多为今代论者取用。本来三途各具文学功能，庶几并进而有着不同的发展轨迹，但东汉班固"赋者古诗之流也"的文体源流建构完全将赋的生成纳入了《诗》的流变，其主要策略则是通过《汉志》"称《诗》""谕志"的制度发掘，纳屈原赋和荀子赋入"恻隐古诗"⑥的经义系统，用以《诗》衡赋的功用性批评建构起赋的经学源流体系。此说影响巨大，遂将多维化的分体源流转化为一维化的文类源

---

① 孙振田：《〈汉书·艺文志·诗赋略〉赋类前三种分类义例再考释》，《四川师范大学学报》2016年第5期。

② 邓稳：《由〈汉志〉编撰实情考论"赋略"分类与排序》，程章灿编《古典文献研究》第十八辑下卷，凤凰出版社2016年版。又尹海江《〈汉书·艺文志〉中赋的分类与排序》认为，这个分类是有一个"道之夷隆，学之粗密"的内容和形式两相考虑的品第高低标准，即兼顾赋的时代影响力和学术类别来编排的。《江汉大学学报》2010年第5期。

③ 范文澜：《文心雕龙注》，第135页。

④ 姚华：《弗堂类稿》，中华书局仿宋本1930年版，第29页。

⑤ 程廷祚：《骚赋论》："荀卿《礼》《智》二篇，纯用隐语，虽始构赋名，君子略之。"（清）程廷祚：《青溪集》，宋效永校点本，黄山书社2014年版，第66页。

⑥ （东汉）班固：《汉书》，中华书局1997年版，第1756页。

流，而最终形成为历代论家多所认同的赋自《诗》出的文体生成观。按班说之所以有影响，实与汉代对经学的重视有关。自西汉司马迁即已认为司马相如赋"虽多虚辞滥说，然其要归引之节俭，此与《诗》之风谏何异"①，下至扬雄仍认定赋之讽"恐不免于劝"②，皆以《诗》学讽谏来评价赋体的得失。所以班固作赋欲从正面表彰赋的"或以抒下情而通讽谕，或以宣上德而尽忠孝"③ 功能，实是承续汉人以《诗》的讽谏功能来评赋的传统，只不过增加了颂的一端，这本在毛《诗》"美刺说"范围之内，固亦属于经学视野下能予以合理接受的范畴。近来有学者发现班固强调"赋者古诗之流"的目的其实是为了改"《诗》可以观"为"赋可以观"，以力求推尊赋的地位来承续《诗》的经学地位而形成新的礼乐传统④，所说甚是。可以说班固纳赋体于《诗》的经学源流建构是汉代士人所能认同的普遍观念⑤。下至晋以后的左思、皇甫谧、挚虞、刘勰，皆一以仍之，并在刘勰"赋自《诗》出，分岐异派"⑥ 的强调中得到了进一步的凸显，迄清末经学未解散之前而一直未有质的改变。

从中国文人的创作实情来讲，任何人的文体书写其实都可以看作一己的情志表达，而一己情志必然有关于当下时局语境，所以班固强调屈、荀"恻隐古诗之义"的说法可以说较为牵强，实在不能作为赋源自《诗》的主要证据。但班固之说能够流行，除了契合经学语境而能让论家获得这种似是而非的以《诗》衡赋的认同之外，实在另有渊源。以赋源的三途而论，散体大赋和骚体赋在本质上皆和楚骚是近亲，而与《诗》并无直接关联，只有四言咏物的荀赋才具有和《诗》纠葛不清的关系，所以赋自《诗》出的真相必然在于荀赋对《诗》的汲取实情，由此才能窥见诗赋二体在文体层面的复杂关系。

现存荀赋主要是《赋篇》的咏物五章，其后所附的《佹诗》和另

---

① （西汉）司马迁：《史记》，中华书局1997年版，第3073页。
② 汪荣宝：《法言义疏》，中华书局1987年版，第45页。
③ （唐）李善注：《文选》，第21页。
④ 蒋晓光：《思想史视阈下的"赋者古诗之流"》，《四川师范大学学报》2019年第6期。
⑤ 关于汉人对赋的经学建构，可参见本书第二章。
⑥ 范文澜：《文心雕龙注》，第136页。

第一章　荀赋立体的分异态势

一篇《成相》实亦可作赋看。关于《佹诗》的性质要先作说明，今见《荀子》将之收入赋篇分咏五物之后，这应该是西汉刘向校雠荀书时合并的，实际上《佹诗》的内容和风格都与前咏五物截然不同。赵逵夫便考证《赋篇》包含荀卿两篇不同时代的作品，按前半部分分咏五物有隐体为赋之意，后边的《佹诗》以四言为主，包含了"小歌"，全系对政治失序的现实世界的批判，有着强烈的抒情性，两部分性质的差异是明显可见的①；但赵氏将前半部分解释为"隐体"，后半部分解释为"赋"则不妥，这既不符合赋体源起的相关情况，又不符合历代称引荀赋的特点。最可能的情况是，《佹诗》具有强烈的抒情性，吸收了楚辞式的表达而有近于赋，因此而被后人附收于分咏五物之后。② 按《汉书·艺文志》四类赋单列荀赋一类二十五家，章太炎解释为"孙卿效物"③，刘师培解释为"阐理之赋"④，"效物"铺陈以"阐理"可以看作荀赋的体貌。刘勰谓"荀况《礼》《智》，宋玉《风》《钓》"的"爰锡名号"，《赋篇》属初立体制和初具规模的赋作；尽管荀子和宋玉二人赋作的先后已不可考，但相较于宋赋开散体的成熟文本形态，荀在宋前之说合乎文学演进的逻辑。而他的这五章咏物赋和《佹诗》同收入《赋篇》《成相》不以赋命名，确实正好也呈现了早期《诗》赋间的复杂关系。

我们可以先从文本的称名和传播这两个方面来展开考察。首先从称名看，五章分赋礼、智、云、蚕、箴五物，为何最早是这组咏物的作品冠之为赋？尽管后代有论者认为这可能并非荀子本人题名，但即便是稍后的文人总撮五章而称《赋篇》，也存在着对这些作品体貌的确认，即惟此称赋而却不取《成相》冠名。从表面上看，按李善注班固"赋者古诗之流"："《毛诗序》曰：'《诗》有六义焉，二曰赋。'故赋者古诗之流也。"⑤ 即刘勰谓"六义附庸，蔚成大国"。则此赋的称名似从《诗》六义而来。而《毛诗序》中的六义显然有汉人建构的影子，仍需

---

① 可参见赵逵夫《荀子赋篇包括荀卿不同时期两篇作品考》一文，收入其《屈原和他的时代》，人民文学出版社2002年版，第597页。
② 可参看本书第七章第一节。
③ 章太炎：《国故论衡》，第90页。
④ 刘师培：《论文杂记》，陈引驰编《刘师培中古文学论集》，中国社会科学出版社1997年版，第232页。
⑤ 李善注：《文选》，第21页。

上推至《周礼·春官》称大师教"六诗"① 之"赋"这一源头，考虑到周代用诗皆指向《诗》，庶几勉强可以称为赋出自《诗》六义，只是《诗》中之赋是手法，转为赋是文体。而若从客观史料来考察则另有隐情。按《说文解字》："赋，敛也。"知赋的本义最初与赋税相关，用为赋敛。段玉裁注："《周礼·大宰》：'以九赋敛财贿。'敛之曰赋，班之亦曰赋。经传中凡言以物班布与人曰赋。"②《尚书·禹贡》："厥赋惟上上错。"《传》曰："赋，谓土地所生，以供天子。"③ 可知早期赋税内容皆为有价值的有形之物，这一赋敛之物的实物指向，推出了赋的"赋物义"④。赋敛赋物之义下转到《诗》中六义，再到赋体之中，赋字与"布、敷、铺，并声近而义同"⑤ 是一以承之的，这样一来，赋体的"铺采摛文，体物写志"⑥ 义承自《诗》六义的近亲意味就弱化了，而毋宁说是与敷布赋物一脉相承。另外，荀子《赋篇》恰好又是分咏礼、智、云、蚕、箴五物，且以铺陈直言为主要的表达手法，这就勾连起了一条以"赋物"为核心的文学演进理路，下至宋玉《风赋》取"物色"题材仍之，刘咸炘所称"盖以荀宋赋庶物耳"⑦，这点后文详论。可见赋之称名从《诗》六义来之说仅得其名，而赋之"布、敷、铺"义与其形成的赋物传统所发挥的重要作用不当忽略；唯此还可以别出抒情的《佹诗》不列于《赋篇》之前为赋之代表，以及歌谣辞《成相》在当时不当称为赋的理由。

其次，从传播的角度来看，荀子造作《赋篇》和《佹诗》大致契合于《诗》赋在"行人之官"⑧ 的手中同源而分离的过程。春秋外交"赋《诗》言志"是传播《诗》的主要方式，"赋"本为动作词，郑玄谓"或造篇，或诵古"⑨，"诵古"为赋《诗》中成篇无疑。而《汉书·

---

① 郑玄等：《周礼注疏》，阮元刻《十三经注疏》，中华书局1980年影印本，第796页。
② 段玉裁：《说文解字注》，上海古籍出版社1981年版，第282页。
③ 孔安国等：《尚书正义》，阮元刻《十三经注疏》，中华书局1980年影印本，第146页。
④ 许结：《中国辞赋理论通史》，凤凰出版社2016年版，第17页。
⑤ 王念孙：《广雅疏证》，中华书局2019年版，第250页。
⑥ 范文澜：《文心雕龙注·诠赋》，第135页。
⑦ 刘咸炘：《推十书》戊辑二，上海科学技术文献出版社2009年版，第728页。
⑧ 刘师培谓"诗赋之学，亦出行人之官"，见陈引驰编《刘师培中古文学论集》，第244页。
⑨ 毛亨等：《毛诗注疏》，上海古籍出版社2013年版，第808页。

艺文志》："传曰：不歌而诵谓之赋，登高而赋，可以为大夫。言感物造耑，材知深美，可与图事，故可以为列大夫也。"① 章太炎释"登高"为"讲坛之上，揖让之时""赋者孰谓？微言相感，歌诗必类"。② 这指明了行人之官在"赋《诗》"的过程中演变出了即兴赋诵而类于《诗》的文本，刘勰所称"郑庄之赋《大隧》，士芮之赋《狐裘》，结言扼韵，词自己作，虽合赋体，明而未融"③，早已把这一过程清晰地描述了出来。行人之官的职能身份决定了即兴的诗赋辞令必须要承担"微言相感"的交际目的，所以"体物"或曰"感物"的赋辞必然要承担"写志"功能的赋义；而交际的现场微妙性使得文辞不可能恣意展开，只能"欲隐约以见其志"④，这就决定了辞令"体物"之"显"和文义"微言"之"隐"。荀子《佹诗》在《战国策·楚策四》"客有说春申君章"⑤、《韩诗外传》卷四"客有说春申君"条，皆录该文十四句，系"为书而谢"之辞，称"因为赋曰"⑥，这通合于行人之官或游士注重以文体的辞令来达到"微言相感"的文义这一临场赋诵的劝谏活动；又称诗为赋，则当为"诗与赋未离"⑦ 的原始状态，只是即兴赋诵演变成了退而"造篇"的书信，便渗入了认真构思的可能。以此推之于五章咏物的明确称"赋"，不仅因为"赋物"本义的题材取用而别增一层重要理由，其中君臣问答重赋物的"显"和赋义的"隐"、文辞考究而大似"谐隐"敷陈之"谜"⑧，皆已不是游士说君的临场客观实录，而是深思精构的文本造作。所以站在行人职官的传播者身份以及"不歌而诵"的传播方式来讲，赋的确从用《诗》中发展而来。

然而用《诗》的传播方式只能说明场合使用的相同，不能证明文

---

① 班固：《汉书》，第 1755 页。
② 章太炎：《国故论衡》，第 87 页。
③ 范文澜：《文心雕龙注·诠赋》，第 134 页。
④ 顾实：《汉书艺文志讲疏》，王承略编《二十五史艺文经籍志考补萃编》（第 4 卷），清华大学出版社 2011 年版，第 149 页。
⑤ 范祥雍：《战国策笺证》下册，上海古籍出版社 2006 年版，第 893 页。
⑥ 许维遹：《韩诗外传集释》，中华书局 1980 年版，第 154—156 页。
⑦ 章太炎：《国故论衡》，第 86 页。
⑧ 刘勰《文心雕龙·谐隐》："谜也者，回互其辞，使昏迷也。……荀卿《蚕赋》，已兆其体。"范文澜：《文心雕龙注》，第 271 页。按隐谜之体本亦源自临场即兴所赋，属进谏君王的辞令之官所为。荀赋与隐谜相似、同时又较之篇幅为长，正反映了早期赋体"明而未融"的演进过程。

体的源流关系。相对来说，文本形态的拟效改造才能窥见本质，所以从文体的内部质素着手才是重点。按荀子《赋篇》恰以四言为主，确类于《诗》体，姚华谓"荀卿之学，源出西河，粹乎诗体之传，及其为文，则辞正而旨约，志闲而气肃，《礼》坚其中，《诗》被其外"①，刘咸炘谓"荀赋短促，犹存《诗》式"②。陆侃如、冯沅君《中国诗史》特别注意到，荀赋在文学史上的位置相当重要，与《诗经》、《楚辞》、赋三者皆有密切关系，尤其是前者：

> 荀况在《诗经》的传授上，本极重要。他的作品中，四言的分子也很多，常常有模拟的痕迹。③

这一文本的观察颇有代表性，今之论者大致不出此说，此即荀赋"变《诗》"而"效物"的理论之源，也是"诗体赋"称名的重要理论原因。其言"模拟"《诗》之四言，除了句式字数相同外，部分遣词亦有迹可寻。如《礼》中的"爰有大物"，源自《诗·邶风·凯风》："爰有寒泉，在浚之下。"④《云》中的"卬卬"，源自《诗·大雅·卷阿》："颙颙卬卬，如圭如璋。"《知》中的"湛湛淑淑，皇皇穆穆"，淑淑，俞樾以为通踧踧，按《诗·小雅·小弁》："踧踧周道，鞠为茂草。"又《诗·大雅·假乐》："穆穆皇皇，宜君宜王。"又《蚕》的义理，杨倞注与《诗·大雅·瞻卬》的"妇无公事，休其蚕织"有关⑤。但并非全取自《诗》，《知》首二句"皇天隆物，以示下民"，便取自《尚书·汤诰》："惟皇上帝，降衷于下民。"⑥可以推见遣词虽以《诗》为主却不斥其他典籍。一方面，既用《诗》之四言，则牵涉用韵，所以《赋篇》各章的四言主体，也当然是用韵的，只是据咏物对象的不同而呈现不一：《礼》《箴》一韵到底，《蚕》《云》用两韵，《知》用三韵，

---

① 姚华：《弗堂类稿》，第29页。
② 刘咸炘：《推十书》戊辑二，第728页。
③ 陆侃如、冯沅君：《中国诗史》，百花文艺出版社1999年版，第130页。
④ 毛亨等：《毛诗注疏》，第185页。下引《诗》作品皆出自该书，不再作注。
⑤ 王先谦：《荀子集解》，《诸子集成》本第2册，上海书店出版社1986年版，第317页。
⑥ 孔安国等：《尚书正义》，《十三经注疏》本，第22页。

《佹诗》通篇以四言为主，情况则稍显复杂。这是从四言体式和语辞、用韵的三个方面可以观察到的二者关系，可如果我们考虑先秦文本的实际情况，则这种关系未必是牢固的。首先，荀赋四言为主，间有杂言，这种情况并非《诗》所独有，比如《老子》就是四言为主的语录体；其次，取辞在创作学上从属于"依经立义"的传统，任何后起文章的造作无不广取前代经典，荀子本宗儒家经义，系《诗》的重要传人，用《诗》语固得其宜；再次，诸子行文，若有四字句接连出现，便多用韵，如《老子》四言数章皆有韵，纵横家说辞的铺陈句式这种情况也不少。而且，从文章造作来看，诸子主要作文，鲜有作近于《诗》体的"歌"，如果仅凭四言体式的相同，认定后者"模拟"了历经前后数百年而成熟的四言《诗》体，显然缺乏说服力。所以我们仍需进一步考察。

第二节　从诗句到散句的体制分异

上引《知》中"潽潽淑淑"，《老子》第二十章有："俗人昭昭，我独昏昏。"① 昏昏、潽潽、惛惛三词皆同音为训。值得注意的是，《云》中的"往来惛惫，通于大神，出入甚极，莫知其门"，《老子》第一章有"玄之又玄，众妙之门"的"门"，又《老子》第五十九章有"无不克则莫知其极，莫知其极，可以有国"，这几句不惟语辞及取义脱胎于《老子》，"出入其极，莫知其门"的句式构造也从"莫之其极"来。这不仅提醒我们将目光移向《老子》，而且由取辞进推向句式构造也是一个必须要考虑的来源。

从文体造作的角度来讲，语辞取用其实只是材料的汲取，仅关乎体貌，句式构造和手法运用才是支撑起文本形态及至体格特征的关键，这更关系到文学创作的思维方式。先看前者。按《赋篇》五章皆由谜面的多维度描写和谜底的设辞以问作答两部分构成，前者以四言为主，后者变为杂言，结构相同。兹以《云》为例：

---

① 陈鼓应：《老子注译及评介》，中华书局1984年版，第137页。以下《老子》引文皆出自该书，不再作注。

过程之美

  有物于此，居则周静致下，动则綦高以钜，圆者中规，方者中矩，大参天地，德厚尧禹。精微乎毫毛，而大盈乎大寓。忽兮其极之远也，攭兮其相逐而反也，卬卬兮天下之咸蹇也。德厚而不捐，五采备而成文。往来惛惫，通于大神，出入甚极，莫知其门。天下失之则灭，得之则存。弟子不敏，此之愿陈，君子设辞，请测意之。

  曰：此夫大而不塞者与？充盈大宇而不窕，入郄穴而不偪者与？行远疾速，而不可托讯者与？往来惛惫，而不可为固塞者与？暴至杀伤，而不亿忌者与？功被天下，而不私置者与？托地而游宇，友风而子雨，冬日作寒，夏日作暑，广大精神，请归之云。①

  此篇句式变化最多，大致由形容词前置兮字句、二元合成句、语气词结尾的排比句、虚字连接的陈述句共四种特殊句式和剩余的一般四字句构成。这里并不求分类的逻辑严密，只是为了便于寻找特殊句式构造的来源，而《赋篇》存在着大量的特殊句式，这恰恰是构成文体特征的重要成分。形容词前置兮字句接连出现三句："忽兮其极之远也，攭兮其相逐而反也，卬卬兮天下之咸蹇也。""忽"为迅速貌；"攭"，杨倞注"分判貌"②；"卬卬"，杨倞注"高貌"。兮字前的形容词或为一字，或为重叠的两字，俱为强调而状物。上溯这种句式，《老子》十五章便曾密集出现："豫兮若冬涉川，犹兮若畏四邻，俨兮其若客，涣兮其若释，敦兮其若朴，旷兮其若谷，混兮其若浊。"又二十章"傫傫兮若无所归"，前置形容词为两字重叠。这种长句式为《诗》中所无。二元合成句指由两个具有二元关系的句子合成而表意的组合句，如"居则周静致下，动则綦高以钜""圆者中规，方者中矩""天下失之则灭，得之则存"，在强调"反者道之动"的《老子》中更为常见，二十六章有"重为轻根，静为躁君""轻则失根，躁则失君"。七十七章"高者抑之，下者举之；有余者损之，不足者补之"。但这种合成句《易》里面也存在不少，如系辞中"在天成象，在地成形""仰以观于天文，俯以

---

  ① 王先谦：《荀子集解》，《诸子集成》第 2 册，第 314—316 页。下文所引荀子《赋篇》内容皆出自该书，不再作注。

  ② 王先谦：《荀子集解》，《诸子集成》第 2 册，第 315 页。

察于地理""其静也专，其动也直"。① 而在《诗》中则偶见。语气词结尾的排比句主要在谜底的设辞部分，文中"此夫大而不塞者与"以下连用了六个以语气词"与"结尾的疑问句。按《老子》十章："载营魄抱一，能无离乎？专气致柔，能如婴儿乎？涤除玄览，能无疵乎？爱国治民，能无为乎？天门开阖，能为雌乎？明白四达，能无知乎？"以六个疑问语气词"乎"结尾的句式构成排比。尽管《云》用的语气词不同，但《礼》《蚕》同用"与"、《箴》《知》用"邪"、《知》《云》包含《佹诗》有以虚词"也"排比结尾的陈述句，这最少指明了一条语气词结尾排比句的发展途径，荀子的三度变换为用，或许只是规避雷同，其源仍无关乎《诗》。

虚字连接的陈述句，指向于以虚字充当散语结构的连接功能的句式，这同样可以看到与《老子》的相同之处，更能见出荀赋取法的本质指向。为了便于展开，我们取出现最多的"而""以"两个虚字，扩大到五赋中去统合观察，根据虚字所处的位置，选取典型句式统计如下二表：

（1）"而"字连接句：

位置\作品	《赋篇》	《老子》
1 位	而弃盈乎大寓。（《云》）	城中有四大，而人居其一焉。（25 章）
2 位	粹而王，驳而伯。（《礼》） 精微而无形。（《智》） 德厚而不捐。（《云》）	不争而善胜，不言而善应，不召而自来，绎然而善谋。（73 章）
3 位及以上	无一焉而亡。（《礼》） 五彩备而成文。（《云》） 百姓待之而后泰宁。（《智》）	故不可得而亲，不可得而疏。（56 章） 万物归焉而不为主。（34 章） 民莫之令而自均。（32 章）

（2）"以"字连接句：

位置\作品	《赋篇》	《老子》
1 位	以施下民。（《智》）	以正治国，以奇用兵，以无事取天下。（57 章）

---

① 王弼：《周易注校释》，楼宇烈校释，中华书局 2012 年版，分别见第 253、235、237 页。

续表

位置 \ 作品	《赋篇》	《老子》
2 位	蛹以为母，蛾以为父。（《蚕》） 可以禁暴足穷。（《智》）	古之善为道者，非以明民，将以愚之。 安可以为善？（65 章）
3 位及以上	行义以正，事业以成。（《智》） 动则萦高以钜。（《云》） 生者以寿，死者以葬。城郭以固，三军以强。（《礼》）	报怨以德。（63 章） 故或下以取，或下而取。（61 章） 天得一以清；地得一以宁。（39 章） 圣人无常心，以百姓心为心。（49 章）

"以"字构句本多用为介词，但介词的弱化则变成连词，而"以"字之前为主词，这就使得它具有连接前后和顿逗主词的意味，为了论述的方便我们取其同而并归入虚字连接句。可以明确看到，无论"以""而"两个虚字处在哪一个句位，都能在《老子》中找到大致相应的表达。只是相较之下，荀子《赋篇》更为整饰化，这或许是"不歌而诵"的表达要求所致。四字句用这两个虚字的情况，在《诗》中也有，但《诗》中虚字主要是语辞的凑足四字成句为用，如"汉之广矣，不可泳思""诞降嘉种，维秬维秠"；而就连接功能的虚字来讲，出现的频率和比例都远不如荀赋。

总结这四种特殊句式，皆与《老子》相关而去《诗》较远。按《荀子·天论》："老子有见于诎，无见于信。"① 又《荀子·解蔽》的"虚一而静"之说便源自老子"致虚极，守静笃"和"涤除玄览"的虚静说，而其弟子韩非有《解老》《喻老》二篇，亦见师门对《老子》的重视，俱可证明荀赋句式构造取法《老子》的可能。近来有学者注意到荀赋的某些句式来源不仅多远绍《老子》，还分别见于《文子》《管子》和《庄子》等先秦诸子散文。② 即是说，荀赋句式构造的取源不是《诗》句，而是从类于《老子》的散体句式系列发展而来的。散句的表达受日常叙事的时间线性逻辑支配，其本质属文，当以文法论，从而有着次第表述和从容不迫的意味，这就同《诗》之用句拉开了距离；也正因为如此，荀赋才会使用大量的虚字连接句，才堪构成日常生活的表

---

① 王先谦：《荀子集解》，《诸子集成》第 2 册，第 213 页。
② 李炳海：《荀子赋文本生成的多源性考论》，《诸子学刊》2017 年第 1 辑，第 105—136 页。

意言说。

　　这种散句需要和《诗》体的四言构造进行对比才能见出质的区别，尤其是《赋篇》中的一般四字句与《诗》四言的分野。《诗》体以四言为主，或为合乐的需要，但正以四字一句的形式限定发展成为"雅润为本"的"正体"① 雅言。按刘勰谓"四字密而不促"②，陆时雍谓"四言优而婉"③，二说相映成趣，正好可以见出这种句式构造的特点。现代西方语法学为此提供了很好的观察视角，任何完足的表意必须具备主谓宾三个句法主干成分，如果四字足一意，则几乎每一个字都具有指实的语法功能，此即其"密"处，即所谓拙直厚重，如"将子无怒""田畯至喜"；但《诗》因合乐咏歌的需要而必然要追求形成重章复沓、一唱三叹、悠婉舒缓的抒情效果，四字成句足意便无法获得这种功能，进而就形成了两句足一完备之意的表达，如"关关雎鸠，在河之洲""采采芣苢，薄言采之"，于斯可谓"密而不促"。当取两句八字来表意时，句法主干本来四字即可，于是就出现了语辞虚字和叠字补足四言的情况，以"字不够，语辞凑""字不够，叠字凑"来达成"足四原则"④，正是这些虚字叠字，才冲淡了"四言简质，句短而调未舒"⑤ 的表达，形成了"优而婉"的审美效果。要之，表意用四字一句足矣，抒情却赖两句足一意；于是在那些无关乎抒情的诗篇或诗的片段中多取四字足意，以抒情为主的篇章则必多两句足意的诗行，甚至以此种句式为分章结构的标志，《诗》主抒情故多用之。另一方面，从音律节奏来讲，成伯玙《毛诗指说·文体》："发一字未足舒怀，至于二音，殆成句矣。"⑥ 单字无以成为节奏，必待二字组合。推为《诗》四字句则由 2+2 节奏组成，这致使两句足意的抒情句式在按拍吟咏的过程中必然走向追求双音节叠韵联绵词的出现和运用，以使其意义节奏符合音律节奏，诗意的韵律和意味就此产生；反之，一句足意的表意句必然多为单

---

　　① 范文澜：《文心雕龙注》，第67页。
　　② 范文澜：《文心雕龙注》，第571页。
　　③ （明）陆时雍：《诗境总论》，丁福保辑《历代诗话续编》，中华书局1983年版，第1402页。
　　④ 何丹：《诗经四言体起源探论》，中国社会科学出版社2001年版，第19—23页。
　　⑤ 胡应麟：《诗薮》，上海古籍出版社1958年版，第21页。
　　⑥ （唐）成伯玙：《毛诗指说·文体》，文渊阁《四库全书》本，经部第70册，上海古籍出版社1987年版，第177页。

字，唯此才能在有限的句式空间内完成表意功能，从诵读的效果来讲，这种单字表意不切合于诵读顿逗，则不如前者畅谐有味。葛晓音认为双音词的使用与顿逗相重合的现象是"使四言脱离散文形态的基本要素"，而从一句足意发展为两句足意的"诗行建构方式"，更是《诗》体诗化的重要原因。① 只是《诗》所呈现的是五百年间的复杂文本，故而仍不乏散化表意之句，其间不仅指呈了散句进化到诗句间种种句式的复杂现象，而且可以推见四言句式限定、两种句式的组合运用、吟咏诵读诸要素在中合之后，产生既凝练含蓄又疏阔悠扬的诗味这一立体过程。在此不必展开，只需对比荀赋造句即见分野。如《云》中"有物于此""生者以寿"，这种一般四字陈述句，不须两句凑足吟咏，一句即以完成表意。而"有物于此"的目的则是为了引发"物"的铺陈，不必如《诗》的两句足意，也不必如《诗》般即便一句表意之后，另章再取相类似的典型句构成重章复沓的规律性结构，更不必考虑其表意符合诵读的顿逗与否，而纯以文法为主，纯以内在的表意为主，从"居则周静致下"迄"莫知其门"这十六句，一顺而下，铺排云的状态、变化等，遂以此而构成了疏离《诗》四言的赋体。清人孙梅《四六丛话》云："又有文赋，出荀子《礼》《智》二篇，古文之有韵者。"② 乃是卓越的识断，在明辨源流中佐证了荀赋的"古文"性质，显然和《诗》体的性质完全不一样。

  按赋体以铺陈为要，朱熹定义赋为"敷陈其事而直言之"③，铺陈径取直言，直言谓之散句，所以骋辞大赋也称"散体大赋"，其中"述客主以首引"④ 的主客问答结构应和于"散体"，性质已明。这使得直言赋句一方面必然排斥"雅言"《诗》体的含蓄句式，另一方面亦不必受限于句式的多少和短长。从前者看，行人之官自即兴"赋诗言志"中分化出来的进谏文本，"不歌而诵"而欲以达到现场效果的旨趣，必然引发一定的整饬化辞章追求，这是赋体初起即以古老的四言为主的重要原因，或许与流行的《诗》体四言有一定关系；但直言径以表意为上，若全取诗意凝结的典雅造语则不利于此，所谓委婉劝谏也是就整体

---

① 葛晓音：《先秦汉魏六朝诗歌体式研究》，北京大学出版社 2012 年版，第 28—35 页。
② （清）孙梅：《四六丛话》，人民文学出版社 2010 年版，第 69—97 页。
③ （南宋）朱熹：《诗集传》，中华书局 2011 年版，第 4 页。
④ 范文澜：《文心雕龙注》，第 134 页。

性而言的，细节则不克雕饰而直取敷陈。所以"变《诗》"是表象，而毋宁说是疏离《诗》体的句式，暗取《老子》以下的散化四言。迄汉代散体大赋亦有在某些片段连用四言者，实际上自宋玉《高唐赋》以来，便已渐舍弃了虚字连接句，而取用为铺陈罗列，即以四言散语一顺追求表意的铺陈①；这与荀赋四言的直陈散化正相呼应，由此形成了汉赋散语铺陈的表达传统。从后一点来看，铺陈并不受限于句式的多少，而只求目的的达成，就宏观而言，这造成了多句表达一个方面的内容，可谓多句一意；就微观而言，亦可谓一句承担一个小的细节表达，即谓一句一意，悉皆拒绝前论《诗》句的诗意凝结表达。同时，铺陈直言的目标限定必然接纳杂言，所以我们看到荀赋以四言为主却杂有三言六言，并多虚字连接，这既是杂言对四言的间破，亦何尝不可看作是赋体对《诗》体四言的疏离和分异。及至汉代散体大赋成为主流，虽间杂四言，而不纯以为体，即便在咏物小赋中，完全取用四言的情况亦为罕见，仍然是这种立体分异的延续。

下至诗的兴起所形成的诗赋二体分异，其理仍同。胡应麟《诗薮》内编卷一"诗与文判不相入，乐府乃时近之"，指明乐府是诗与赋的中间状态，如"《鼓吹曲》多用虚字，如者、哉、而、以之类，句之近文者也"。②按汉代乐府大兴，借《古诗十九首》终演化为文人五言诗，及至七言诗的兴起，这一演变仍然类同于《诗》体四言散句演化为诗意句的进程，盖以乐府叙事而仍取散句，定型为五言诗以后，直言散句成分仍亦不少，只是连并七言都在 2+3（含 2+2+1）或 2+2+3（含 2+2+2+1）的节奏规限中走上了诗的句法声律化道路。林庚指出"诗是一种有节奏的语言"③，具有强烈的去散文化的特征；不仅形式的限定使得节拍同构起如联绵叠韵般的两字音组，而且其单字一方面间破了二二诵读节奏，另一方面也承担起了诗化的功能，成为锻炼用字和调整语序的关键，这使得五七言离散句越来越远，而最终形成了具有句法功能和审美意味的"诗句"④。显然，这种"有意味的形式"已大不同于

---

① 易闻晓：《大赋铺陈用字考论》，《复旦学报》2017 年第 1 期。
② 胡应麟：《诗薮》，第 14 页。
③ 林庚：《诗的语言》，《新格律与语言的诗化》，经济日报出版社 2000 年版，第 33—34 页。
④ 诗句的声律句法化，可以参读本书第六章。

骚体用兮字的五七言句，更不适于铺陈直言，即所谓"七言五言，最坏赋体"①。以此回视赋与《诗》及诗的文体关系，显然都不当拘执于文学史上前贤的源流建构，而必须要注重它们彼此之间的立体分异，诚如清人王芑孙《读赋卮言》所称"（赋）已画境于诗家，可拓疆于文苑"②，明示赋属"文苑"，与"诗家"有别。而明人王世贞《艺苑卮言》则谓："骚、赋虽有韵之言，其于诗文，自是竹之与草木，鱼之与鸟兽，别为一类，不可偏属。"③ 清人王之绩《铁立文起》说得更明："赋之为物，非诗非文，体格大异。"④ "非诗非文"包含了赋体对诗体的疏离性，断非"亦诗亦文"，及至称赋为诗文"两栖类"文体⑤，都是容易混淆二者的根本差别，而不深契于传统之文章辨体的。

第三节 从手法到特征的升格拓展

班固纳赋入《诗》的经学源流建构，不仅影响了赋学的创作和批评纠结于《诗》"讽谏"的经学功用，还影响了其他《诗》学话语进入赋学批评系统，于是《诗》之手法也就被广引于赋论。如《诗》中比兴，浦铣便称"赋中最多比体"⑥，陈绎曾《汉赋谱》专列"比体"一目⑦，铃木虎雄谓"赋者不限赋法，亦得用兴法，比法也"⑧。沈德潜《赋钞笺略序》云："（赋）盖导源于《三百篇》而广其声貌，合比兴而出之。"⑨ 问题不在于赋用比兴与否，而在其所用之比兴是否自《诗》出，或谓与《诗》之比兴是否同一。在大多数的论家看来，答案是肯

---

① 王芑孙：《读赋卮言》，孙福轩、韩泉欣《历代赋论汇编》，人民文学出版社2014年版，第210页。关于五七言坏赋体的问题，可以参读本书第七章。
② 孙福轩、韩泉欣：《历代赋论汇编》，第209页。
③ 丁福保辑《历代诗话续编》，第962页。
④ 孙福轩、韩泉欣：《历代赋论汇编》，第876页。
⑤ 郭绍虞《〈汉赋之史的研究〉序》："赋之为体，非诗非文，亦诗亦文。""无论从形式或性质方面视之，它总是文学中的两栖类。"见陶秋英《汉赋之史的研究》，中华书局1939年版，第1页。韩高年亦有《赋的诗文两栖特点的成因》探讨这一问题，载《社会科学战线》1999年第5期，收入其《诗赋文体源流新探》，巴蜀书社2004年版。
⑥ 浦铣著，何新文校证：《历代赋话校证》，上海古籍出版社2007年版，第377页。
⑦ 陈绎曾：《文诠》，收入《续修四库全书》第1713册，上海古籍出版社2002年版。
⑧ ［日］铃木虎雄：《赋史大要》，殷石臞译，山西人民出版社2015年版，第42页。
⑨ 沈德潜：《沈德潜诗文集》，潘务正校点本，人民文学出版社2011年版，第2007页。

定的,沈氏讲得最为明白。但以此进推荀赋手法的"承《诗》""效物",则必然扞格难通。实际上《诗》之三体三用历来在经学话语体系中都被予以了通合性的阐释,二者互为依赖。李仲蒙谓:"叙物以言情谓之赋,情物尽也;索物以托情谓之比,情附物也;触物以起情谓之兴,物动情也。"① 则三用都指向于《诗》吟咏情性的表达功能,其中暗涵了体用相关的逻辑意味。《诗》中之赋虽具有施之于一章的整体性,但必然契合于整首吟咏情性的需要,古人于此特多强调,皎然《诗式》:"赋者,布也。象事布文,以写情也。"② 陆时雍:"《三百篇》赋物陈情。"③ 可知《诗》中之赋系铺陈直言以抒情。而毛公"独标兴体"④ 固当意识到兴之为用的优越性,前论《诗》体抒情必以两句完足一意,于是逼出兴必以两句咏物,以兴起两句足意的情事表意,即朱熹解释的"先言他物以引起所咏之词也"⑤,如"蒹葭苍苍,白露为霜。所谓伊人,在水一方"。按孔安国注兴为"引譬连类"⑥,这里的物和情具有二元连类关系,存在着一个叙名物和叙情事的线性表达结构。比的取类则较为灵活广泛,刘勰已意识到"比之为义,取类不常",只是仍和兴一样都只有"随意性、暂时性、片断性"的功用。所以"《诗》的体制决定了赋、比、兴的表现手法"⑦,三用的表达也具有符合《诗》四言抒情的对应机制。

按六义之赋变成赋体,而赋体仍用赋法,三处赋虽有一以贯之者却存在着较大的差别,宜加辨析。六义之赋是以铺陈整体的一章节来抒情,赋体初起则以敷陈和赋物为中心,换言之赋体的核心正在铺陈之法和赋物的题材,这才是赋最为重要的文体内涵,需要深入抉发。⑧ 按题材是最容易在文章造作中转换的,林纾《春觉斋论文集·流别论》:

---

① 胡寅:《斐然集》,中华书局1993年版,第386页。
② 张伯伟:《全唐五代诗格校考》,陕西人民教育出版社1996年版,第195页。
③ 丁福保:《历代诗话续编》,第1420页。
④ 范文澜:《文心雕龙注·比兴》,第601页。
⑤ 朱熹:《诗集传》,第2页。
⑥ 刘宝楠:《论语正义》,中华书局1990年版,第689页。
⑦ 易闻晓:《中国诗法学》,商务印书馆2017年版,第370、369页。
⑧ 题材和手法问题都是赋作为一种文体的重要内涵,此处略举其要,本书第四章和第五章有详细的考察。

"'赋者，铺也，铺采摛文，体物写志也。'一立赋之体，一达赋之旨。"① 近人刘咸炘亦称"铺采摛文"言"赋之体"，"体物写志"言"赋之旨"。② 明断铺陈才是"立赋之体"的关键，并由此成为赋最主要的体制特征，而不同于诗的形式立体；于是从六义的表情手法之赋到赋体的赋法就形成了"手法上升为原则，原则开新出方法"的发展理路。这一点，在汉代扬雄"诗人之赋丽以则，辞人之赋丽以淫"的论断里也能得到佐证，扬雄尽管区分诗人辞人之赋，可推绎其论，显然是本于赋之"丽"的文体风格特征，亦即暗含了体貌的指认；赋何以丽，则又与铺陈有关，唯铺陈以丽。故铺陈才是本，才是赋升之为文体的立体原则，此原则绝非简单的"六义"手法所能包含。又前引刘咸炘《推十书·文式》专论赋曰：

> 后世赋专诗名，比兴兼该，故称为"古诗之流"而不曰《诗》之一义。……所谓铺者，非指后世雕镂景物扬厉声采而言也，此赋与《诗》三义之赋异。彼与比兴对，专指实写；此则主写志而陈华词，其中实兼比兴，两者稍异。③

这真是卓越而鲜见的辞章学辨析，指出"六义"之"赋"乃指直陈"实写"而与"比兴"相对，即所谓"诗有赋义而鲜铺陈，比物托景，取足达意，寥寥不繁"④；赋体之赋则差别甚大，乃是指直陈华词，可以兼容比兴，具有升格的意涵。即是说，当此前的表现手法上升成为立体的原则时，文章的具体造作就会围绕此原则反过来发展出多样的铺陈方法。具体而言，包含吸纳诸多表现手法及至一切有用的文体要素以转换为铺陈之用，和对新方法的探索开新；正是这种内在的原则要求而不是外在的形式限定，给予了赋体强大的文体容纳空间和改造能力，终使其"蔚成大国"。

先看赋体之吸纳，以铺陈立体的原则致使赋体博纳多方而广容

---

① 林纾：《春觉斋论文》，人民文学出版社1959年合订本，第49—50页。
② 刘咸炘：《推十书》戊辑二，第728页。
③ 刘咸炘：《推十书》戊辑二，第729—730页。
④ 刘咸炘：《推十书》戊辑二，第955页。

《诗》用,这稍有不同于赋体散句对四言《诗》体句式的疏离,其重心在于对诸手法进行积极的转换和改造,惟此才堪完成多角度铺陈题旨的任务。"变《诗》"而改造必有异于本来面目,徐师曾比较二者:"(荀子)所作五赋,工巧深刻,纯用隐语,若今人之揣谜,于诗六义,不啻天壤。"① 可谓卓识。首先《诗》主情而荀赋"阐理"表彰儒家经义,在文体功能上就别于泾渭,自然会影响到用的转换。"纯用隐语"指明与《诗》之三用不同之因,五赋的谜面是赋物的隐语,全为铺陈,其实谜底也是铺陈,只不过换了句式,皆不同于六义之赋以一个整体章节的"实写"来抒情,更不同于比兴"随意性""片断性""暂时性"的抒情。相对于《诗》通合体用的表达机制,赋的表达完全不受章节形式限制,通篇可用;比的情况则较为复杂,《云》《蚕》《箴》三篇借咏物来言志,可以看作"通篇以赋为比",但《礼》《智》二篇是直陈儒家经义,其中就有"片断性"的比,唯此略近于《诗》,这与比"取类不常"的特点有关;至于兴,则五篇皆不用,这是因为以物兴情不适宜于"阐理之作"。五赋的谜面铺陈物事,既为铺陈之赋法,也可以看作比法,这当与其隐体的结构有关系;而谜底的铺陈交代,则有"言志"的意味,由此在章法上构成"咏物言志",或称"托物见意"②,倒是颇类同于先秦诸子叙事的托事言志方式,符合诸子"以立意为宗"而虚饰本事的"文学发生学"③。换言之,荀赋中的这些写法完全可看成对"谐隐"敷陈之类的诸子叙事方式的承续,且其文体源流的逻辑相对更加融通合理,从这点讲与三用手法确实"不啻霄壤"。即便看成对《诗》体三用的升格改造,亦必契合于赋体以铺陈为原则所表现的强大吸纳力。当赋"蔚成大国"之后,大赋及骚体赋甚至将这种文体吸纳功能发挥得淋漓尽致,对赋、比、兴的升格拓展至为广博,与《诗》之三用所去更远。需要补充的是,魏晋以下《诗》中比兴转化为五言诗中的兴象意象,其本质则是手法转为审美,而赋体仍然对此有着强大的吸收能力,齐梁之际萧衍父子及庾信等人的"诗化赋"就是这

---

① 吴讷、徐师曾:《文章辩体序说 文体明辨序说》,人民文学出版社 1962 年版,第 101 页。
② 钱澄之:《田间文集》,上海古籍出版社 2011 年版,第 174 页。
③ 可参拙文《卞和献宝:一个文学发生学的典型案例》,《重庆邮电大学学报》2017 年第 6 期。

过程之美

一路向的产物。

再看《赋篇》在铺陈原则下的方法开新，这较之于对各种手法的吸纳，更能凸显出荀赋立体初具规模又"演而未畅"的文本形态，并由此别出不同于《诗》及诗的文体特征。可以从句式、用字、章法结构三个方面展开观察。句式仍是重点，可以概括为直陈一顺、二元合成空间、排比、形容词前置兮字四类句式，俱以铺陈写物为原则和宗旨。荀赋五篇首先采用了"爰有大物"直陈式的开头，这一写法直陈通篇咏一物的主旨，开出一顺而下的"效物"铺陈，刘永济从表意上称之为"累句一意"①，我们可称"直陈一顺铺陈句"。《礼》作"爰有大物"，《智》作"皇天隆物"，《云》《蚕》《箴》俱作"有物于此"，表达稍加变化，功效如一。以下则围绕此"物"展开各个角度的铺陈，如《蚕》首起"有物于此"，下至四言结束的"人属所利，飞鸟所害"，分别围绕"此物"的形状、习性、生长变化、生命过程，来加以陈说，赋"蚕"的各种可能性得到了展开。以之对比《诗》中类似的起句，即见差别。《诗·邶风·凯风》："爰有寒泉，在浚之下。有子七人，母氏劳苦。"朱熹注："兴也。"②"爰有"的对象是"寒泉"，咏物两句而兴出七子不能事母致孝的抒情主题，这是前论《诗》语受制于短章结构和比兴手法的不得不然。而此赋只点明"物"，或许是受猜谜形式的影响，变微观为宏观，为以下的一顺铺陈作铺垫，有利于"效物"多元空间的展开：于是铺陈便不受篇幅章法的限制，不断变换赋物角度，或描写，或形容，或比拟，或议论，或正面，或侧面，虽多两句一变，而已略具诸方赋物的骨架。二元合成句和排比句已见前章所引，其铺陈功能则稍待陈说。前者运用颇多，五篇皆有数处，如《礼》："生者以寿，死者以葬。"《知》："桀纣以乱，汤武以贤。"《蚕》："下覆百姓，上饰帝王。"前章论这种句式本不为荀赋独有，但《赋篇》五章皆多次为用，显然荀子意识到了这种有类于骈偶的二元表意，具有合为整体一元的空间铺陈功效，故以之为赋。只是两句即止，尚受制于"微言"的交际语境和潜在的二元思维，未及一一展开，要下至汉赋以空间词作

---

① 刘永济：《文心雕龙校释》，武汉大学出版社2013年版，第108页。
② 朱熹：《诗集传》，第26页。

引，容纳大量一顺而下的铺陈，才见博阔的空间和恢宏的气势。排比句用作铺陈也显系有意而为。前论"邪""与""也"三种语气词结尾的句式构成排比，五章中的使用频率如下："邪"结尾，《知》连用五句、《箴》连用三句；"与"结尾，《礼》连用五句、《云》连用六句、《蚕》连用四句；"也"结尾，《知》连用五句、《云》连用三句。需要补充的是，其《佹诗》居然也连用了"矣"字结尾三句，"也"字结尾四句。这种句式不受制于字数的多少，甚至有两句合表一意的杂言，但最少都是以三个句式单元并列为用，三复为言，间不容发，一泻而下，炫人耳目，颇能达到排比铺陈以增气势的表达功效。如此密集的出现，这是此前诸子文本中从未有过的，当然更不可能在以抒情为旨趣、有篇章形式限定的《诗》中接连出现，至此这种用于赋体铺陈的句式已然成熟。形容词前置兮字句用于铺陈，更见荀子首制赋的用句开新。按赋物必须见其形貌性质，方能查见此物的属性，因此形容强调是铺陈必备的一环；而前置形容字以强调物状，凭借"兮"的语气一顿，就形成了凸显物貌的独特状物效果。《蚕》："儵儵兮其状。""儵儵"前置强调蚕的形状，杨倞注"无毛羽之貌"①；"兮"字后接"其状"，指明状物。又前引《云》的"忽兮其极之远也，攭兮其相逐而反也，卬卬兮天下之咸蹇也"，不仅前置形容字，同时连用三句虚字"也"结尾还构成了双重铺陈，俱见良苦用心。值得注意的是，并不咏物的《佹诗》也有类似句式："昭昭乎其知之明也，郁郁乎其遇时之不祥也，拂乎其欲礼义之大行也，闇乎天下之晦盲也。"同样前置形容字以作强调，不过语气词变成了"乎"，所状的不是物貌，而是情貌。可见荀子确然考虑了句式的状物和形容功效以达成铺陈的旨趣；且此等句式不惟属于散句，还是以形容字和兮字为表意功能的关键，自是不拘字数，自非《诗》所能为。这后来广为赋家所承，并有所发展，如宋玉《高唐赋》："其始出也，晫兮若松榯；其少进也，晰兮若姣姬，扬袂鄣日，而望所思；忽兮改容，偈兮若驾驷马、建羽旗。"② 在"兮"字后又加以形容，组合成双重形容的铺陈之效，而接连使用，屡变句式，令人目不暇接，颇

---

① 王先谦：《荀子集解》，《诸子集成》第 2 册，第 316 页。
② 李善注：《文选》，第 265 页。

见状物之功，已越荀赋的单一形容。枚乘《七发》："其少进也，浩浩澄澄，如素车白马帷盖之张。其波涌而云乱，扰扰焉如三军之腾装。其旁作而奔起也，飘飘焉如轻车之勒兵。"① 表面与荀句相异，其实一脉相承，或变"兮"为"焉"，或取消虚字，或变为长句，皆取双重形容，俱见荀赋草创之功。

用字以资形容状物而达成铺陈之效，在五章中亦可见。来裕恂《汉文典·文章典》谓"文章之声情神韵，全赖描写摹拟以传之，故其功用，悉在形容"②，"描写摹拟"以"形容"是铺陈的重要内容之一，"形容"在于用字，用字形容除了形容字外，唯取双声叠韵和叠字的联绵组构最能传达"声情神韵"。按方以智《通雅》"双声相转而语谑谈"定为"重言""谑语"③，可分为"重言"叠字联绵和异字联绵两种。"重言"叠字联绵应是最早的形容方式，手法简单，所谓"骈字者，字必重叠也。单举一字，不足以见其意味，必须骈举之，而后形容若绘焉"④，在此基础上才发展出复杂的双声叠韵等异字联绵。荀赋叠字计六处。《礼》有"潜潜淑淑，皇皇穆穆"，"潜潜"，昏昧貌，杨倞注为"思虑昏乱也"；"淑淑"即踧踧，局促貌。⑤ 此外《云》有"卬卬"，《蚕》有"儴儴"，如上所引，俱资形容所咏之物的形状。异字联绵计有两处。《知》有"周流"，回环貌。《箴》有"赵缭"，杨倞注当为"掉缭"，即"长貌"。可见此赋同时首开"描写铺陈"。而《诗》中亦偶见，如《诗·大雅·崧高》："申伯之功，召伯是营。有俶其城，寝庙既成。既成藐藐，王锡申伯。四牡蹻蹻，钩膺濯濯。"朱熹传："赋也。……藐藐，深貌。蹻蹻，壮貌。濯濯，光明貌。"⑥ 六义之"赋"的用字受制于四言两句足意的表达，故叠字在一句中需和此外的表意实字组合；借此对比荀赋"潜潜淑淑，皇皇穆穆"的两句连叠，专事描写形容以为铺陈，实字表意可以由另外的句子承担，显然不再受制于诗

---

① 李善注：《文选》，第483页。
② 王水照：《历代文话》第九册，复旦大学出版社2007年版，第8518页。
③ 方以智：《通雅》，上海古籍出版社1988年版，第241页。
④ 王水照：《历代文话》第九册，第8521页。
⑤ 王先谦：《荀子集解》，《诸子集成》第2册，第314页。
⑥ 朱熹：《诗集传》，第283页。

四言的凝结表达结构，拓展了铺陈的空间，具有了"累句一意"而一泻铺陈的可能。只是荀赋的联绵铺陈所用仍少，稍乏气势，要待散体大赋的兴起，如枚乘《七发》："纯驰皓蜺，前后络绎。颙颙卬卬，椐椐强强，莘莘将将。壁垒重坚，沓杂似军行。訇隐匈磕，轧盘涌裔，原不可当。"① 变为了数句形容一顺而下的表达，纷至沓来，应接不暇，才堪获得淋漓尽致的敷陈功效。

最后，从章法结构看，亦专为赋物铺陈设置而有别于《诗》。五章咏物皆有意引猜谜的形式敷衍成篇，而设客（臣、弟子）问以整饬之言、主（君、五泰、王）答以杂言句式，略有纵横家劝人主的形迹，显系"文"的逻辑架构，已然预设了一定的铺陈空间，较《诗·郑风·溱洧》的截取主客问答片断式抒情，显然具有了容纳诸方描写的可能。只是与其句式、用字的情况相一致，悉有初具规模"演而未畅"的体貌特征，要待宋玉吸收楚辞演为明晰的散体大赋文章构架后，才堪见出宏阔的铺陈空间；这同时也昭示了"相如之徒，敷典摘文，乃从荀法"② 的开新之路。

第四节 从题材到功能的文体位移

赋虽以铺陈为立体原则和为文旨趣，但受其本义的影响，铺陈的手法和赋物的题材实有合二为一、互为依赖的倾向，即是说，赋以手法立体，但此手法已然暗中统摄了对应的题材范围，谓之赋物题材立体亦可，正如《诗》中体用通合的表达机制，这是需要注意的。枚乘《七发》称描述游宴为"比物属事，离辞连类"③，王延寿谓"物以赋显"④，成公绥称赋"贵能分赋物理，敷演无方"⑤，刘勰谓"铺采摛文，体物写志"，又称"写物图貌，蔚似雕画"，皆注意到了赋体与赋物题材的

---

① 李善注：《文选》，第 483 页。
② 王芑孙：《读赋卮言》，《历代赋论汇编》，第 208 页。
③ 李善注：《文选》，第 480 页。
④ 王延寿：《鲁灵光殿赋》，《文选》，第 168 页。
⑤ 成公绥：《〈天地赋〉序》，房玄龄《晋书》，中华书局 1997 年版，第 2371 页。

对应关系，而以清人俞玚"赋家俱以体物为铺张"① 一语道出其中关键。所以赋之铺张（铺陈）必施于物，赋以体物正在于其立体的铺张原则。铺张（铺陈）以赋物，可谓赋的体格。何以赋之铺张必施之于物，《说文》："物，万物也。牛为大物，天地之数起于牵牛。"② 王国维以为"古者谓杂帛为物，盖由物本杂色牛之名，后推之以名杂帛"③。可见物的代指是从大而复杂的具体实物开始的，唯此有形复杂之物才有价值而可堪为赋。后由此发展成为遍举的共名，《荀子·正名》："故万物虽众，有时而欲遍举之，故谓之物。物也者，大共名也。"④ 从宏观的"大共名"讲，物必囊括一切，按"比物属事"，"赋以陈事，故曰体物"⑤，则物事相连，即谓物事；随着文化向精细化发展而析出物事情理，或以物事相对有形可依，情理抽象难解，故论家每以对举。所以返观赋体的"赋物传统"，必以赋敛"实物"这一本义为先，进而推及物事情理。荀子《赋篇》中的《云》《蚕》《箴》三章准此；《礼》《智》二章，虽以抽象之"理"为书写对象，但开篇称"爰有大物""皇天隆物"，谜面部分也是将之当作实物来加以描写铺张的，乃是用物"大共名"的指称内涵。物既析言为四，则以赋的铺张效果而分出高下之别：情之抽象，以真挚而动人，反复铺陈必易失于真；理之抽象，以深思而服人，益加铺陈则易使人昏昧；唯以形象的物事可以"图貌"求工而"蔚似雕画"，愈加铺陈而愈见博阔宏富，这正是后代称"赋以陈事，故曰体物"的"物""事"题材功能认定。所以《礼》《智》二章的抽象说理不如另外三章实物铺写为佳，庶几"以议论为便，于是乖体物之本"⑥，只以拟之于有形之物的描写而可堪称赋。后代赋扩容题材，而仍以物事类为上；反之，则有违"赋家俱以体物为铺张"的体用原则而消解其体。这是荀赋开出的以手法立体而暗涵题材规限的文体意蕴，会影响到后代赋体的发展及诗化的倾向，殊为关键。

---

① 黄霖等：《文选汇评》，凤凰出版社2017年版，第367页。
② 段玉裁：《说文解字注》，第53页。
③ 王国维：《观堂集林》，中华书局1959年版，第287页。
④ 王先谦：《荀子集解》，《诸子集成》第2册，第278页。
⑤ 李善注：《文选》，第241页。
⑥ 何焯：《义门读书记》，中华书局1987年版，第868页。

稍后宋玉散体大赋的取材仍承此义。其《九辩》虽承自《离骚》，但与屈原以抒情为中心的写法不同，有变为赋物的迹象。王世贞谓《骚》辞"总杂重复，兴寄不一"而"不暇致诠"①，胡应麟则谓《离骚》"复杂无伦"而"以含蓄深婉为尚"②，其体着重在于情感的反复吞吐，不以理性经营篇章细节，所谓"东一句，西一句，地上一句，天上一句"③，即便笔及名物芳草及古贤美人，也以之为情感的点染和寄托而不克连篇铺陈。《九辩》开篇写秋，便以燕、蝉、雁、鹍鸡等名物接连铺陈渲染，稍注重于体物品貌，只是仍以一己情志为中心而不称赋。至于其《风赋》入《文选》"物色"类目，固属正格；其实萧统编《高唐赋》《神女赋》《登徒子好色赋》入"情"类，这几篇铺陈描写的重心皆在于物，而于"情"为寡，《高唐赋》重在铺写高唐"朝云"之"大体"、《神女赋》重在铺写神女、《登徒子好色赋》重在铺写"东家之子"和"群女出桑"，皆可看作以骋辞赋物为中心。此外其《钓赋》虽赋事，然铺写玄渊钓"巨鱼"属有形之物，对比大王钓"天下"则属抽象之理，而仍以实物形容之。但由于缺乏实证，宋玉赋物似乎尚不能完看作对荀赋一脉的敷衍扩张，而更可能是时代转向的文体造作，其中最为主要的原因就是以"隐体"为赋④，可与荀赋立体相互参证。荀赋用隐当是针对齐王讽谏而发，按"昔楚庄齐威，性好喜隐"，齐楚二国皆风行隐谐行为。从政治劝谏的意图来看，隐则导向"遁辞以隐意，谲譬以指事"，故而"或体目文字，或图象品物"⑤；但从游戏功能来看，只有以物设譬的谐隐才堪娱乐的最大化，也易于为文的纵横逞辞，这正是以隐为赋而"以体物为铺张"的关键。荀子宗儒重礼，故其五赋不欲华辞。宋玉本好文辞而取法楚骚，按"王以为小臣"⑥的身份可推见其人戏嫚，

---

① 王世贞：《艺苑卮言》，《历代诗话续编》，第962页。
② 胡应麟：《诗薮》，第5页。
③ 刘熙载著，袁津琥注：《艺概注稿》，中华书局2009年版，第418页。
④ 从历史的实情看，隐体为赋，是赋体功用论中非常重要的环节。故朱光潜明确提出"赋就是隐语的化身"，亦有不少学者干脆以为赋源于隐语，如郗文倩《从游戏到赞颂——"汉赋源于隐语"说之文体考察》。我们以为，赋的初起与谐隐谏上关系密切，这在根本上影响了赋的物题材指向，详情也可参读本书第四章第一、二节。朱说见其《诗论》，北京出版社2009年版，第31页；郗文刊于《中国文学研究》2005年第3期。
⑤ 范文澜：《文心雕龙注》，第271页。
⑥ 习凿齿著，黄惠贤校补：《校补襄阳耆旧记》，中华书局2018年版，第2页。

所以诸赋在君臣对答中展开劝谏而又有"悦笑"的隐体痕迹；刘勰称"宋玉含才，颇亦负俗"①，谓逞才调笑，颇类俳优，如其《登徒子好色赋》《钓赋》可堪代表。"隐体"为赋决定了赋体的讽上功能和辞章韵文性质；宋赋逞辞铺张而大力发展了赋物的一面，于是生成了在内容上广纳物事、汪秽博富，在书写上凭虚驾构、纵横骋辞的文体魅力，其体广博的空间预设远大于荀赋的初具规模，丰富了隐体游戏娱乐的成分，有似于纵横家之恢张谲宇，而不类于隐体的回互其辞，终于有别于荀赋而成为一代汉大赋的开创者。按汉代虽有抒情的骚体赋和四言咏物小赋，而皆地位不显，终不敌"京殿苑猎，述行序志"类大赋的队伍庞大，其理即在此类题材从属物事，颇能大张铺陈原则。可以说，宋赋立体的关键在于隐体游戏娱乐成分的张扬和政治劝谏成分的弱化甚至消退，这也昭示了惟赋物事才堪发挥其长，而对"演而未畅"的荀赋有所呼应。

　　但荀赋文本形态及所内含的文学意蕴同时也伏下了诗化的可能，其中隐含了消解铺陈手法和赋物题材的因素，并在后代不断的批评中驱使赋从以手法规限题材的立体转向功能的单一强调，从而发生了诗化的文体位移。首先从结构和表达来看，《赋篇》的二元结构书写，乃是本于隐体借物劝谏以发挥政治功用的文本呈现，但却伏下了赋体的功用性批评和内容转向借物抒情的可能。一方面，谜面的描写与谜底以问句来议论说理构成后世"作赋以讽"的"准章法结构"，这在"夫是之谓蚕理""夫是之谓箴理"的《蚕》《赋》二章体现尤为明显；关键是政治劝谏的意图严肃而明晰，即刘勰反复强调的"辞虽倾回，意归义正""会义适时，颇益讽诫""义欲婉而正"②，所以完全可以将之当作政治应用文体来看③。这就使得赋体初起就和《诗》一样具有政治功用要素。下至宋玉开散体大赋尽管大力发挥了游戏娱乐的一面，仍未完全放弃其劝谏功用，而毋宁是"荀宋开其源，马扬导其流"④，赋终究没有

---

　　① 范文澜：《文心雕龙注·杂记》，第270、254页。
　　② 范文澜：《文心雕龙注·谐隐》，第136页。
　　③ 马世年：《荀子赋篇体制新探——兼及其赋学史意义》，《文学遗产》2009年第4期。
　　④ 何焯评：《景福殿赋》，谓"作赋以讽谕为宗，荀、宋开其源，扬、马导其流"。见《文选汇评》，第293页。

发展成为纯然的逞辞游戏之体。显然，政治讽谏的功用性批评会制衡赋向铺陈蹈厉一端的极度发展；换言之，赋越发挥其铺陈原则，越容易"没其讽谕之义"①，从而引发讽谏失效的批评。所以从这一角度讲历代论者对赋展开《诗》学功用性批评也算不得冤枉。另一方面，赋物出理、"托物见意"的二元结构，隐含着凭借外物来书写内心情志的同构机制，这使得"物—理（志）"的结构书写极易演变为"物—情"的结构书写，作者赋物的运思就会从"分赋物理"的理性观物发展成为"触兴致情"②的感性体物，于是赋物题材这一重心就容易转向表面"体物"实则主"情"的功能性强调，庶几同于诗。

  从篇幅上看，荀赋五章每章都可以作为独立的一篇赋来看，而其容纳"作赋以讽"诸要素的短小篇幅为后世树立了"言省""义正"和"丽以则"的赋体典范，庶几符合于文质相称的诗学原则，伏下了消解赋体篇幅而诗化的可能。后世赋家多对铺陈蹈厉的大赋加以苛评，扬雄"诗人之赋丽以则"、挚虞"古诗之赋，以情义为主，以事类为佐。今之赋，以事形为本，以义正为助。情义为主，则言省而文有例矣"③、刘勰谓"风归丽则，辞剪美稗"，皆暗含了赋应当走向文辞与情义相称之意。其中挚虞明确表扬荀赋"颇有古诗之义"而否定宋玉，站在《诗》学的立场，"演而未畅"的荀赋竟然是"言省"而"义正"的赋体典范。这种批评自会促成篇幅的减损，必然会压缩"苞括宇宙，总揽人物"④的铺陈空间，对铺陈手法的运用形成制约和消解；从内容上讲就是刊删赋物之辞而张扬情义之本，导向文质相称的诗学原则，这正是藉物抒情类小赋所以产生的理论源头之一。至此，综括这两个方面并联系荀宋赋的演进，我们会得出三个结论：一是荀赋立体的描写赋物和劝谏义理二维之间，具有相对立、制约、遮蔽的性质，这正是赋体的先天矛盾。二是荀赋所伏下诗化因素，彼此有交越，表征了诗化作用是复杂的合力造成的。三是荀赋政治劝谏所流衍的功用性批评贯穿始终，不

---

 ① 班固：《汉书》，第1755页。
 ② 范文澜：《文心雕龙注·诠赋》，第135页。
 ③ 挚虞：《文章流别志论》，穆克宏编《魏晋南北朝文论全编》，上海远东出版社2012年版，第79页。
 ④ 刘歆：《西京杂记》，王根林校点本，上海古籍出版社2012年版，第19页。

管是对《诗》学之"则""情义"的强调，还是对"物—情"结构中"情"的强调；而对于以铺陈原则赋物以立体的客观事实，却多不为论家抉发表彰，这就形成了手法题材立体和功能批评的错位，当过度强调赋的表达功能时，也就预示着赋体将走向诗化和消亡。

这需要参之于赋的诗化史，大体反映为四个演进阶段。首先，在改造骚体入赋的过程中发展出了骚体赋一脉，拓展了赋可抒情的文体功能。按楚骚在情感的表达上重沓繁复，亦可谓之铺陈，这是汉人称骚为赋的重要原因，其体则在经由贾谊《吊屈原赋》《鹏鸟赋》的过渡后形成了不拘执于楚地名物书写的骚体赋。骚体赋在散体大赋之外别立一体，专致于文人发摅情性，使得赋物的题材同时也扩容为抒情，于是抒情既充当了赋的题材又成为了赋的表达功能。骚体赋从题材来讲虽不敌赋物的散体大赋，但从表达功能上讲，则与之构成了文人言志的公私二域，所以有学者干脆称其为汉代的抒情诗①。另外也要看到，状物小赋别是一体，尚未因骚体赋的兴起而与之合流成藉物抒情的小赋，这需要正确认识《橘颂》与荀赋之别。《橘颂》系情感主题先行，乃以情感投射物事而造就写物的象征意味，具有移情于物而主观化的色彩，写楚物而为颂固当从属不同于《诗》的楚骚系统；后者写物验之以理，对物具有客观化的体察，故属不同于《诗》的状物之赋。章太炎以为"荀卿效物"而与"《橘颂》异状"，可谓卓识，庞俊疏"孙卿效物而不主情，屈原摅情而喻于物"②；姜亮夫云："美橘之有是德，故曰颂。颂者，容也。此就文之用而言。至其体实与荀子诸物赋大殊，盖战国南疆新兴文体之一，荀卿屈原皆优为之。惟荀卿哲人，故诸赋无切身寄情之情；而屈原文家，故《橘颂》有兴叹致美之辞；此其大殊也。"③ 二者的差别一在于主情与否而体各有别，《橘颂》虽为颂有"兴叹致美之辞"，楚骚只是在汉人溯源这个角度称赋，体制则与之别为一体④；二在于"效物"和"喻物"体现了客观状写和主观移情的分野，在后者只能说颇类于《诗》之抒情，而并无赋物的铺陈意味，不能看作诗化

---

① 赵敏俐：《中国诗歌通史》（汉代卷），人民文学出版社2012年版，第6页。
② 庞俊：《国故论衡疏证》，中华书局2008年版，第431页。
③ 姜亮夫：《重订屈原赋校注》，天津古籍出版社1987年版，第531页。
④ 骚与赋之别，可参看本书第二章。

之赋，不能施之以成熟文章的辨体意识。因此这一阶段只能看作是为赋的诗化准备了条件，过程尚未展开。

第二个阶段则经由《诗》学功用批评发展出了借物抒情的小赋。及至汉大赋的兴起以逞辞铺张为要，就在立体和功用间形成了"劝百讽一"的尴尬，所以不断遭到以《诗》之讽谏功能为原则的批判，其中以司马迁"虚辞滥说"①和扬雄悔赋"讽则已，不已，吾恐不免于劝也""诗人之赋丽以则，辞人之赋丽以淫"②最堪代表。故而下至汉魏之际，赋作的篇幅大为缩减，抒情小赋兴起，这固然与时序代变等"外缘"相关，但不应忽略赋在经学功能批评下的内在演进理路这种因素。从赋物题材的传统来看，两汉小赋或取荀子状物说理，或取状物比德，率多宴饮应制日常娱乐之赋，鲜有借赋物以抒情者；抒情则以骚体赋为之，不相杂越。稍有例外如孔臧《杨柳赋》开篇称"嗟兹杨柳，先生后伤"，结尾又有"乃作斯赋，以叙厥情"③，但其《蓼虫赋》《鸮赋》皆取以物说理，可见作者承荀赋而欲求变化的文章造作心态。迄汉末三国之际，以《诗》衡赋批其"淫词"已成大势，但此际经学消解，抒情大兴，使赋在篇幅减少的同时开始着意于向借物抒情的方向发展，以获得"丽"和"则"的新平衡。在现存汉末三国的八九十篇咏物小赋中，除却应制娱乐之类外，不乏转向借状物而抒情者，如祢衡《鹦鹉赋》、王粲《迷迭赋》、曹丕《莺赋》、曹植《橘赋》、繁钦《暑赋》、刘桢《瓜赋》等；另一方面，抒情化的意识明确，而并不执着于客观写物以抒情，发展出了即事抒情、即物抒情等赋法，皆注重情感的发掘，在无意于诗化的抒写中呈现出诗境的趣味，如张衡《归田赋》、曹植《愁霖赋》、王粲《登楼赋》和《寡妇赋》、曹丕《悼夭赋》和《感物赋》等。

所以下至晋代，发展为诗化最为重要的第三阶段，步入了明确的理论强调，当赋物题材转向诗体"吟咏情性"这一功能性的强调时，状物的重心也就转向了"体物"，理论强调便从"论文辞"转向了"论文心"④，文

---

① 司马迁：《史记》，第3293页。
② 汪荣宝：《法言义疏》，第45、49页。
③ 费振刚等：《全汉赋校注》，广东教育出版社2005年版，第155页。
④ 章学诚《文史通义·文德》："古人论文，惟论文辞而已矣。刘勰氏出，本陆机氏说而倡论文心。"叶瑛校注本，中华书局1985年版，第278页。

过程之美

本的书写则因主体情绪的渗入而开出了物情一体的诗境。陆机明确提出"赋体物而浏亮"①,初看从班固"感物造耑,材知深美"②来,但班说"感物"为造其耑,并取决于"材之深美",仍属客观感察物貌而赋,陆机的"赋体物"虽表面别于"诗缘情",实际上"体"字包含了主观的情感体悟,"浏亮"则包含了情感和理性对铺陈"淫词"的消解和洗礼③,他自己就写了许多缘情之赋,所以有论者干脆认为"缘情""体物"是互文④,这种解释完全是基于要弥纶赋论观点与同代赋作表现的错位。而明代谢榛谓"浏亮非两汉之体"⑤、胡应麟谓"六朝之赋所自出"⑥,皆敏锐地捕捉到了这一时段"体物赋"的独特之处。又陆云《与兄平原书》便屡以"情"来评论赋作,其《岁暮赋》序:"感万物之既改,瞻天地而伤怀,乃作赋以言情焉。"⑦将此序最后一句改成"作诗以言情",亦何尝不可,他强调的重心是主体的"感"物之"改"和作文以言之"情";赋体对"万物"的题材规限意识已然隐退,抒情的功能性强调愈加得到凸显,此论庶几可以为"体物"论的补注,凡此皆证明了赋论转入了"论文心"的情本功能。这样一来,"体物"在创作上的表现就逐渐从"赋物"走向即景即情的"兴物"和即物即理的"应物",从客观铺陈转向情景合一和物理合一,铺张逐渐消解,诗境由斯而生。以潘岳《秋兴》为例,便呈现出了从"体物"到"应物"的进阶,从而建立起了新的审美⑧;嗣后玄学的发展更加助成主体与物境的和合,赋物的题材愈加淡化,于是迄刘宋终于发展出了如鲍照《芜城赋》、江淹《别赋》等注重选象造境的抒情赋,赋中之物都以体物出境为旨。及至刘勰总结咏物小赋:

---

① 李善注:《文选》,第241页。
② 班固:《汉书》,第1756页。
③ 关于陆机赋论的诗理路,是赋体诗化的重要标志,不同于汉魏主抒情而无意诗境化的表达,彼时作家尚未对二体建构起明确的分梳意识。可参读本书第四章。
④ 程章灿:《魏晋南北朝赋史》,江苏古籍出版社2001年版,第160页。
⑤ 丁福保:《历代诗话续编》,第1146页。
⑥ 胡应麟:《诗薮》,第141页。
⑦ 陆云著,刘运好校注:《陆士龙集校注》,凤凰出版社2010年版,第52页。
⑧ 曹虹:《中国辞赋源流综论》,中华书局2005年版,第196页。

> 至于草区禽族，庶品杂类，则触兴致情，因变取会。拟诸形容，则言务纤密；象其物宜，则理贵侧附。斯又小制之区畛，奇巧之机要也。①

旗帜鲜明地指出"触兴致情"的创作实情。所以不必惊奇他接下去论赋"睹物兴情""情以物兴""物以情观"，这种物情互兴的观点与论诗何异！表面上是要在题材之"物"和主体之"情"两者间建立起新的平衡，实际上却带有时代取向而在极力凸显赋体应具"抒情"之功能，荀宋以来建立的物事题材及其书写特征皆被"触兴致情"的物情化表达所消解。所以此际之赋多涵诗境，炼字炼句亦随之而加强，于是篇幅愈短则愈类于诗，诗赋的不同，庶几仅在于句式的整齐与否了。

下至南朝"永明体"前后的尾声阶段，声律化大兴而蔚为新体旨趣，在诗赋形式美学的探求中，文人们发现赋不如诗，"新变""代雄"的时代观念促使他们以诗化为中心和旨趣进行一切文章的新探索。不唯谢灵运、谢庄等人沿袭了赋中诗境的写法，又沈约、萧氏父子、庾信等人大量实验骈句和五七言诗句入赋。流风所至，不仅出现了如萧纲《采莲赋》、萧绎《荡妇秋思赋》和《对烛赋》、庾信《春赋》、萧悫《春赋》等诗化赋，也出现了沈约"八咏"（《登台望秋月》《会圃临春风》《岁暮愍衰草》等八篇）、谢庄《山夜忧》《怀园引》、任昉《静思堂秋竹》、朱异《田饮引》等名不题赋实则亦诗亦赋的作品。② 至此，铺陈的原则及其规限的赋物题材皆消解殆尽，赋家剩下的只是即物抒情的诗境体察，和诗化形式的技法探索；或许文学的创新是他们痴迷于新体探索的动力，但终究在以《诗》学讽谏和诗歌抒情为本位的功能性批评中完成了赋体的诗化和趋同，这也就意味着一代汉赋在发生了文体的位移后行将"消亡"。

回视荀赋立体之初的与《诗》分异和汉代赋家的豪情抒写，这一结局真是出乎当初之意料；然而仔细省思"因枝而振叶"的文体发展理路，又足以让览者获得了一种意料之中的呼应理解。只是我们不应当

---

① 范文澜：《文心雕龙注》，第135页。
② 不宜简单地将一些不题名的作品都看作赋的诗化，其中情况较为复杂，从文体消长的角度讲非常有必要对之作出区分。可参看本书第七章第四节。

过程之美

忽略荀赋体制初成的"演而未畅",这里所能窥见的,仅仅是诗赋二体分异趋同的大略走向;二体互动的进程实际上此起彼伏,千状万态,它们在彼此发展的映照下不断得到凸显和深化,诸如宋赋对《诗》的彻底分异、赋体借《诗》以自重、诗赋句式的根本分异、铺陈赋物相统合的赋体特性、赋之升格为立体原则、"相如之徒,敷典摘文,乃从荀法"的文体铺陈源流、赋体原则对篇法功用的制约消解、汉赋六朝赋的发展演进、诗的后来居上与赋的必然诗化,凡此等等,都需要获得"过程之美"的丰富展演。

第二章　别子为祖与《诗》学攀附

上一章我们讨论了赋体初起时与《诗》并无近亲的关系，充其量只能算是"庶子"，其变《诗》而"效物"的实质是与之形成了立体的分异。但是，赋体完全成熟及至独立的过程却不是那么简单，汉代赋家的创作及其赋论实与《诗》学交互纠葛，尤其是其间关涉到文体的拓展和观念的改造，易致览者头绪纷繁，殊觉治丝益棼。要厘清复杂事件的本末且又能紧扼其要，并不是一件容易的事。好在阐释学上常常有理论的借用，一种复杂的学术现象，往往会因跨界理论的借用而使之涣然冰释，如余英时借库恩的"范式"之说解释胡适在近代学术思想史上的地位便是显例①。在《诗》赋的关系上，清人王芑孙便曾从文体发生学的角度给出过"别子为祖"的解释，目前尚未为人注意。按其"别子为祖"说不仅关系到新文体的产生和特点，还包含了汉代赋家以赋附《诗》而追求"统系"的观念建构；在前者着重于文体发生时诸种因素的描述和定位，在后者却道出了文体发生学中"以卑附高"的普遍观念。

今代学者吴承学曾注意到古代文学创作中，存在着一种"破体为文的通例"，即根据文体正变高下的观念，后起的同时也是低品位的文体可以借用古朴的、高品位的文体，反之则易遭到批评。②蒋寅在此基础上进一步指出，文体互参中这种"以高行卑"的体位定势，与古人的审美评价有关系。③实际上从本质而言，这种创作观念正是基于文体发生学中的一种久远传统：在强大的宗经尊古的观念影响下，一种新文

---

① 参读余英时《中国近代思想史上的胡适》，联经出版事业公司1984年版。
② 吴承学：《中国古典文学风格学》，北京大学出版社2011年版，第115—119页。
③ 蒋寅：《中国古代文体互参中"以高行卑"的体位定势》，《中国社会科学》2008年第5期。

过程之美

体生发时往往要攀附固有高品位文体以获得其自身的合法性,特别是那些能蔚为大宗的新文体,就是通过这一途径获得"别子为祖"的文体尊严的;即是说,站在文体发生的角度,"以高行卑"是文体初起回向渊源文体借势而获取地位的必要手段和必由途径,我们可以称之为"以卑附高",当完成这一过程之时,就是新文体成熟之时。这一文体发生学的传统首先就是在赋体的独立及至成熟的过程中形成的。这样看来,梳理赋体"别子为祖"而附《诗》的真相,不仅有利于厘清赋与《诗》之复杂关系,更有利于理解后代新文体的生成以及文体互参的创作现象。

第一节 "别子为祖"的主次旁衍

以"别子为祖"解释赋体的生成,源自王芑孙《读赋卮言》的《导源》:

> 荀况论赋言"请陈佹诗",班固言"赋者,古诗之流"。曰佹,旁出之辞;曰流,每下之说。夫既与《诗》分体,则义兼比兴,用长箴颂矣。单行之始,椎轮晚周;别子为祖,荀况、屈平是也;继别为宗,宋玉是也;追其统系,《三百篇》其百世不迁之宗矣。①

《导源》是王氏《读赋卮言》的第一篇,以"别子为祖"开头,可谓开宗明义,反映了他欲以此说统率赋史源流的良苦用心。按王氏此说不仅借"别子为祖"描述了赋与《诗》的关系,还以"祖""宗"的地位明确指认了赋体生成过程中,荀子、屈原、宋玉各自所发挥的作用。这是一个颇有意蕴的概括。近代章太炎也说:"赋本古诗之流,七国时始为别子之祖。"② 所论接近,只是章氏之论较为简单,需反观王说才见其内涵。按王芑孙的"别子为祖"说借自《礼记·大传》中的宗法制概念:

---

① 王芑孙:《读赋卮言》,《历代赋论汇编》,第208页。
② 章太炎:《文学略说》,收入南京大学中文系古典文学教研室编印《章太炎先生国学讲演录》,第213页。

> 别子为祖，继别为宗，继祢者为小宗。有百世不迁之宗，有五世则迁之宗。①

郑玄注："别子，谓公子，若始来在此国者，后世以为祖也。"继别为宗，则"别子之世适（嫡）也，族人尊之，谓之大宗。"孔颖达疏："别子，谓诸侯之庶子也。"② 这是指非嫡长子分封为新诸侯，到新的领域内形成了新的宗族，也就是庶子旁出而新开一支，故称"别子为祖"，别子的长子延续此族，则当为"大宗"。这个制度催生了封建社会氏族的分支发展，最终形成若干以血缘根基为基础的氏族单位；而追溯所有氏族之源，则形成"百世不迁之宗"，凡此构成了宗法制度的重要内容。③ 王芑孙据荀子和班固之言，得出赋相对于《诗》来说是"旁出""每下"的晚出别支文体，即相当于一种庶子关系，所以称之为"别子为祖"；他又将赋体开始"别子为祖"的时间推为"晚周"，标举荀子、屈原、宋玉的作用，这一时间节点是赋学史所公认的。

王氏此说最切合赋体且也最具意义的有三点：一是明确拉开了赋与《诗》的距离，别出荀子、屈原为"祖"而宋玉为"宗"。尽管论者对荀、屈、宋等于赋源作用大小的定位上有见仁见智的判断，但王氏在建构赋的源流上具有强烈的主次、亲疏、先后意识，则远较此前诸家的"《诗》源说"以及后来章学诚所论赋起源于诸子的"多元说"精当。二是指出赋"既与《诗》分体"之后，作为"祖"具有扩容领域的特征。三是"追其统系，《三百篇》其百世不迁之宗矣"之说，这暗含了赋体若上追血缘关系尽管只是《诗》的庶子，而仍当奉其为"百世不迁之宗"，此说虽仍未脱传统的尊经之说，仔细体察则在包含了强调"祖""宗"的同时，又透露了赋体具有"追其统系"而"以卑附高"攀附《诗经》的事实。当然攀附的实情具体来说主要是由汉代赋家来完成的。这正吻合于宗法制度中庶子最初分封而别立一支时，其建构始祖的合法地位必然在扩大自身领域时，还要通过与君王的血缘认同来获得，也就是说，别子为祖的合法性，是通过壮大自身并返向渊源确认彼此的血缘关系而形

---

① 郑玄等：《礼记正义》，阮元刻《十三经注疏》整理本，第1174—1175页。
② 郑玄等：《礼记正义》，阮元刻《十三经注疏》整理本，第1175页。
③ 可参读钱宗范《周代宗法制度研究》，广西师范大学出版社1989年版。

塑起来的，这一点相当重要，尤其需要阐发，我们将在后文详细展开。

先看第一个方面，对于荀子屈原的"别子为祖"，相当于强调这二人是赋的近亲，开宗的人物则为宋玉。此说符合赋学史的基本实情，首先较之萧统的"荀宋表之于前"①、刘勰强调荀宋"爰锡名号，与《诗》画境"之说精当；二说皆含有等量齐观荀宋所发挥的作用的意味，实际上荀子虽立赋体而与《诗》分异，但站在居主体地位的汉大赋的角度来看则"体制初成，演而未畅"②，远不可与宋玉相比。同时将屈原放在近亲之"祖"的位置也很恰当。按屈原作品的辨体，乃是以情感为经来反复铺陈，以情感投射物事，从铺陈的辞采繁富来讲，称"辞"；从情感的悱恻深沉和方言语气词的特殊构结来讲，称"骚"；从手法的铺陈为要来讲，称"赋"。但汉人称"辞"实非文体，《史记·屈原贾生列传》谓"屈原既死之后，楚有宋玉、唐勒、景差之徒者，皆好辞而以赋见称"③，显指构成赋的辞采无疑，属于赋的必要条件；扬雄称"辞人之赋丽以淫"，又屡次用"辞"，皆指向赋之丽辞的内在属性。④要之屈原之作主于"言幽怨之情"而非"体万物之情"⑤，所以其本质属性是骚而非赋。但班固《汉书·艺文志》举四家赋首标屈赋，汉人亦有称屈赋者，下至《文选》和《文心雕龙》则别骚赋为二，这又是矛盾。对此刘永济解释得甚为精彩："昔昭明选文，骚赋异卷；彦和论艺，别赋于骚；而班志艺文，但称屈赋，不名楚骚。尝思其故，盖萧、刘别其流而班氏穷其源耳。"⑥ 即是说，汉人称骚为赋，乃是欲追溯赋

---

① 萧统：《文选序》，李善注《文选》，第 1 页。
② 姚华：《弗堂类稿》，第 29 页。
③ 司马迁：《史记》，第 2491 页。
④ 侯文学：《扬雄辞赋观的形成及其文学史意义》，《清华大学学报》2020 年第 1 期。
⑤ 程廷祚《骚赋论》："骚则长于言幽怨之情，而不可以登清庙；赋能体万物之情状，而比兴之义缺焉。"见其《青溪集》，第 65 页。
⑥ 刘永济：《十四朝文学要略》，中华书局 2007 年版，第 95 页。又其《文心雕龙校释》亦有类似说法，所说更详细，兹录备于此，以供参考："舍人论文，骚赋分篇，与刘、班志《艺文》，纳骚于赋，似异实同。盖刘、班以骚亦出于古诗六义之赋，欲明其源，故概以赋名之也。舍人谓汉赋之兴，远承古诗之赋义，近得楚人之骚体，故曰'受命于诗人，拓宇于《楚辞》'，盖以析其流也。至其推究汉赋之本源，以为出于荀、宋，亦具特识。详观汉人之作，凡入刘向所定《楚辞》者，皆依仿屈子之体，以幽忧穷蹙，怨慕凄凉为主者也。《文选》所载马、班、扬、张京殿苑猎诸赋，意主讽谏，而辞极敷张，所谓侈丽闳衍之辞也。二者虽同出六义之赋，而分别显然。故辨章流别者，未容混为一谈也。"《文心雕龙校释》，第 20—21 页。

之源起。而从赋学史的实际情况来看，宋玉广铺陈以赋物，确实是从屈原反复铺陈情感的写法转换而来的，这反映了"祖""宗"之间的承续关系。

强调宋玉为"宗"，大张赋域，这在赋学史上亦斑斑可考。宋玉《风赋》《高唐赋》《神女赋》无论在"王对玉问"的君臣主客问答还是王曰"试为寡人赋之"的为赋导引上，以及在铺陈的手法和用字、句式上，都下开了汉大赋的写法；至于题材上写高唐之山水神女、东家之姝，皆在不同程度为汉赋所继承。这点前人多有指出，如王世贞谓"长卿《子虚》诸赋，本从《高唐》物色诸体，而辞胜之"①，张惠言也称司马相如"原出于宋玉，扬雄恢之"②，孙月峰、何焯皆以为相如赋从宋玉《高唐》诸篇来③。所以也就有不少论者直指赋始于宋玉，如程廷祚谓："赋何始乎？曰：宋玉。"④ 晚清姚华最能跳出传统经学视野，其论赋源犹与王芑孙"别子为祖"的主次建构相似，他以为"三百篇之《诗》，言其敷陈，亦称曰赋，然未尝独名一体"，即否认《诗》与赋的近亲关系；又谓"荀子赋篇，其始创矣，体制初成，演而未畅"，至于屈原之作，则以"楚隔中原，未亲风雅"，故能"独守乡风，不受桎梏，自成闳肆"，所以"于《诗》为别调，于赋为滥觞"，显然与王芑孙定荀、屈为"祖"之说相通；在赋体生成的关键作用上，仍归之于"宋玉之所为"，因其"斟酌楚（屈原）赵（荀卿），调和况（荀）平（屈），所纳较多，厥涂遂广"⑤。要之，"别子为祖"说成功解决了与《诗》的关系问题，揆此以论，赋体的生成既未斩绝《诗》学的渊源，毕竟从功用和赋的命名上来讲赋与《诗》都有千丝万缕的关系；另一方面又未完全受制于传统宗《经》之说，成功与之拉开了距离，显得通达而具有说服力。此外，"别子为祖"说对《诗》、荀子、屈原、宋玉诸家影响于赋体的远近亲疏、主次先后的梳理和关系建构，

---

① 王世贞：《艺苑卮言》，何文焕《历代诗话》，中华书局1983年版，第981页。
② 张惠言：《茗柯文编》，上海古籍出版社2015年版，第20页。
③ 黄霖等：《文选汇评》，第174—175页。
④ 孙福轩、韩泉欣：《历代赋论汇编》，第511页。
⑤ 姚华：《论文后编》，收入其《弗堂类稿》，第30页。姚华的赋源说对王氏"别子为祖"说有一定吸收，参见拙文《姚华赋学观的现代学术意涵》，《贵州文史丛刊》2020年第4期。

特别是标举宋玉为宗,还具有"截断众流"式的学术史意义。恰如胡适讲思想史"从老子、孔子讲起"①,只因上古三代杳不可考,不易说得清楚。在赋体生成的问题上,章学诚谓"原本《诗》《骚》,出入战国诸子"②,便是一个争论不休的话题,源于赋以铺陈为"立赋之体"③的文体吸纳力和兼容性,不唯《诗》《骚》,举凡《庄》《列》寓言之遗、苏张纵横之体、韩非《储说》之属、《吕览》类辑之义,皆可以在汉大赋中找到取用源流的痕迹。如果统谓之多元合力的影响,显然亦有折中主义之嫌。正因为赋的源起是一个不易盖棺定论的问题,标举远祖庶子关系、近亲"祖""宗"的主次影响,就不失为一个通达清晰、而又能照见肌理联系的说法。

王芑孙称赋"既与诗分体,则义兼比兴,用长箴颂矣","既""则"的因果逻辑推论,表明了赋体"别子"而"为祖"后,在"义"和"用"上皆具有强大的升格吸纳能力,唯此才堪建构起赋体"蔚为大国"的文体领域。在作为《诗》的庶子别出一支而升格之后,显然会反向汲取"不迁之宗"的一切特性,这本于赋体的铺陈手法升格为立体原则后,所形成的强大吸纳力和兼容性。"义"借用"诗六义"而指向于手法,"用"是指文体的功用。仔细体察这一描述,较之浦铣谓"赋中最多比体",沈德潜称"(赋)盖导源于《三百篇》而广其声貌,合比兴而出之",都要高明,后者的静态的描述只是将之作为一种现象予以拈出,王氏"则义兼比兴,用长箴颂矣"的因果推导显然包含了赋体因"别子为祖"而升格才能"义""用"皆广这一逻辑理路,隐含了《诗》赋深层关系及赋的文体张力,这或许正是阐释学上理论借用的表达力量。

不言"用长雅颂",而称"用长箴颂",则其义不仅包举了赋"统六义而具函"④,还指出了赋体具有吸纳其他文体的能力,所以"别子

---

① 蔡元培:《中国哲学史大纲序》,见胡适《中国哲学史大纲》,上海古籍出版社1997年版,第2页。
② 叶瑛:《文史通义校注》,第1064页。
③ 林纾:《春觉斋论文》,第49页。
④ 潘锡恩:《六义赋居一赋》,见林联桂著,何新文校证《见星庐赋话校证》,上海古籍出版社2013年版,第109页。

为祖"的理论阐释应当统摄"祖"所囊括的广大文类领域。王芑孙接着称荀况、屈平的"别之为祖"和宋玉的"继别为宗":"下此则两家岐出,有由屈子分支者,有自荀聊别派者。……相如之徒,敷典摘文,乃从荀法;贾传以下,湛思渺虑,具有屈心。抑荀正而屈变,马愉而贾戚,虽云一彀,略已殊途。"① 就是此意。从这个角度讲,赋体"蔚为大国"之后也就升格成了一种并含诸体的文类,建立起了一代文学的宏阔领域。这体现于《汉志》中《诗赋略》的分类囊括。清人姚振宗说:"诗赋多而杂体寡,故《七略》以诗赋为目。"② 其实汉代文章以赋为主,诸体大都带有赋体铺陈踔厉的写法,所以赋取广义而兼有文类之意。这可以从两个方面来观察,一是诸家赋体及其流变,二是赋体的旁衍。从赋的源起及体式的角度来看,可以将之分为三种:散体京苑大赋,骚体抒情赋,四言咏物小赋。③ "别子为祖"强调宋玉为宗的主要地位,根本原因就是宋玉所开的散体骋辞之赋是汉赋的主流,其题材多在"京殿苑猎"之属,其创作多以凭虚博涉为要,而以"体国经野,义尚光大"④ 表彰有汉一代的大国豪情。这以司马相如《子虚赋》《上林赋》为代表,程大昌《演繁露》卷十一:"亡是公赋上林,盖该四海言之。其叙分界则曰:'左苍梧,右西极';其举四方则曰:'日出东沼,入乎西陂,南则隆冬生长,涌水跃波,北则盛夏含冻裂地,涉冰揭河。'至论猎之所及,则曰:'江河为阹,太山为橹。'此言环四海皆天子园囿,使齐、楚所夸,俱在包笼中。彼于日月所照,霜露所坠,凡土毛川珍,孰非园囿中物?"⑤ 所以《西京杂记》托名相如论赋:"合纂组以成文,列锦绣而为质,一经一纬,一宫一商,此赋之迹也。赋家之心,苞括宇宙,总览人物。"⑥ 实亦"榷艺至言",未可以之"为赝书而

---

① 孙福轩、韩泉欣:《历代赋论汇编》,第 208 页。
② 姚振宗:《汉书艺文志拾补》,王承略编《二十五史艺文经籍志考补萃编》(第 2 卷),清华大学出版社 2011 年版,第 346 页。
③ 这一分法仍是从马积高《赋史》的"骚体赋""文赋""诗体赋"三分法来的,此说目前基本为学界接受。其实"文赋"的"文"不妥,盖三类赋本质都属于"文";"诗体赋"亦因此而容易引发不从属于"文"的误会,并且这一异体组构称呼在根本上是不够科学的,本书第七章有相关讨论。故而我们根据赋体以铺陈规限赋物的定义,将通行说法作了相关调整。
④ 范文澜:《文心雕龙注》,第 135 页。
⑤ 程大昌著,周翠英注:《〈演繁露〉注》,中国社会科学出版社 2018 年版,第 222—223 页。
⑥ 刘歆:《西京杂记》,第 19 页。

遂轻之也"①。魏晋以下此类大赋仍具有重要地位,故左思《三都赋》能引发"洛阳纸贵"的影响,孙绰则谓"《三都》《二京》,五经鼓吹"②。而作之者虽少,一方面时风有变,至"晋来用字,率从简易"③,小学渐亡,审美转向清省简约,故陆云谓"大文难作"、大赋"难工"④;另方面前代典范已立,比如京都大赋,再作难出新意,东晋庾阐作《扬都赋》献庾亮,谢太傅便曾发出"屋下架屋""事事拟学,而不免俭狭"⑤ 的批评。骚体抒情赋本于《离骚》,其地位次之,据班固"贤人失志"⑥ 之赋和"润色鸿业"⑦ 之赋的双向强调,则不当轻视这类主于个人抒情的作品。其题材依托多在"述行序志"⑧ 之属,其创作多以深情幽婉为主,如贾谊《鵩鸟赋》、冯衍《显志赋》、班固《幽通赋》、张衡《思玄赋》、刘歆《遂初赋》等,主要在纪行、玄思、悲士不遇、悼骚等重要题材领域产生佳篇。但汉代骚体赋虽取法楚辞,一方面在主体情思上变屈原的三代理想和家国之思为一己进退,每况愈下⑨;另一方面在写法上失落香草美人,多以反复议论抒情为主,执着于纪行所见,缺失了"琳琅满目"⑩ 的楚地名物和无羁想象加以调节敷写,遂使长篇繁杂,诵之无味。要注意两晋以下此类骚体赋通过去掉"兮"字演变为骈赋,另得一格。或因赋家在临文创作之际发现骚体以虚字构结句式,诵之有绵长舒缓的节奏,易于骈对的造作,遂逐渐骈化,陆机《文赋》可为代表,稍后谢灵运《撰征赋》、谢朓《酬德赋》、沈约《郊居赋》皆是。所以不当局限于"兮"字来理解骚体赋,刘熙载《赋概》:"骚调以虚字为句腰,如之、于、以、其、而、乎、夫是也。"⑪ 颇可注

---

① 储大文:《存砚楼文集》卷十六《杂文·作赋》,文渊阁《四库全书本》第1327册,上海古籍出版社1987年版,第370页。
② 余嘉锡:《世说新语笺疏》,中华书局2011年版,第227页。
③ 范文澜:《文心雕龙注》,第624页。
④ 陆机:《与兄平原书》,《陆士龙集校注》,第1054、1090页。
⑤ 余嘉锡:《世说新语笺疏》,第226页。
⑥ 班固:《汉书》,第1756页。
⑦ 班固:《两都赋序》,《文选》,第21页。
⑧ 范文澜:《文心雕龙注》,第135页。
⑨ 易闻晓:《楚辞与汉代骚体赋流变》,《武汉大学学报》2020年第2期。
⑩ 李泽厚:《美的历程》,广西师范大学出版社2001年版,第100页。
⑪ 袁津琥:《艺概注稿》,第472页。

意，盖此类虚字的功能亦与楚辞"兮"字相呼应，皆可使句式更加灵活，遂能转变形态以延续骚体赋的生命力。① 四言咏物小赋承自荀子《赋篇》，影响虽小，仍有一脉延续。此"四言"非《诗》体四言，已如上章所论，只以临场短制主取四字句的实用方便，所以也并不一定都是纯粹的四言足篇。孔臧《蓼虫赋》《鸮赋》《杨柳赋》，刘胜《文木赋》等可为代表，将荀子赋物说理转为赋物比德或托物寄兴。汉代以下仍多用于即席应制等场合，大致不脱荀赋体式，《西京杂记》载"梁孝王忘忧馆时豪七赋"，含枚乘《柳赋》、路乔如《鹤赋》、公孙诡《文鹿赋》、公孙乘《月赋》、羊胜《屏风赋》、邹阳《酒赋》及代韩安国而作的《几赋》，虽为近代学者所疑，但却颇为符合宴饮即兴的赋制语境。按三国时蜀国的费祎和东吴的诸葛恪即席作《麦赋》《磨赋》②，又东吴张俨、张纯、朱异即席分赋犬、席、弩③，亦即此类。魏晋以后这类赋则与骚体相结合，融为即物抒情而诗化的小赋。四言咏物小赋终不敌宋玉之流，刘永济以为："后世文人好华者多，故宋玉之流独盛。又赋贵敷陈，今以比拟为之，则篇体局促，势难夸张。"④ 所说甚是，故而尽管有"碎金屑玉"而终致"憗遗《选》外"⑤。

赋体的旁衍指汉代赋风大盛，衍生出同时具有赋的体性的文章，甚至某些作品虽自有体名，但后代亦将之当作赋来看。如七体、连珠、问对三体，大多数的赋论家也将之当作赋来看。七体在《文选》中单列一目，如枚乘《七发》，论家一般将之当作大赋成熟的标志性作品。三

---

① 郭建勋：《辞赋文体研究》，中华书局2007年版，第210页。本书第五章第二节专论"六朝体"，对此有详细的展开，可参看。
② 《三国志·诸葛恪传》裴注引《诸葛恪别传》："权尝飨蜀使费祎，先逆敕群臣曰：'使至，伏食勿起。'祎至，权为辍食，而群下不起。祎啁之曰：'凤凰来翔，骐驎吐哺，驴骡无知，伏食如故。'恪答曰：'爰植梧桐，以待凤皇，有何燕雀，自称来翔？何不弹射，使还故乡！'祎停食饼，索笔作《麦赋》，恪亦请笔作《磨赋》，咸称善焉。"陈寿：《三国志》，中华书局1997年版，第1430页。
③ 《三国志·朱异传》裴注引《文士传》云："张悖子纯与张俨及异俱童少，往见骠骑将军朱据。据闻三人才名，欲试之，告曰：'老鄙相闻，饥渴甚矣。夫骠裹以迅骤为功，鹰隼以轻疾为妙，其为吾各赋一物，然后乃坐。'俨乃赋犬曰：'守则有威，出则有获，韩卢、宋鹊，书名竹帛。'纯赋席曰：'席以冬设，簟为夏施，揖让而坐，君子攸宜。'异赋弩曰：'南岳之幹，锺山之铜，应机命中，获隼高墉。'三人各随其目所见而赋之，皆成而后坐，据大欢悦。"《三国志》，第1316页。
④ 刘永济：《文心雕龙校释》，第21页。
⑤ 王芑孙：《读赋卮言》，《历代赋论汇编》，第214页。

体之外,"用之符命,即有《封禅》、《典引》;用之自述,而《答客》、《解嘲》兴"①。刘永济认为凡以敷布之法用于"述哀""箴颂""论说"②,皆赋之旁衍。程千帆则扩而充之,认为凡"两京之文,若符命、论说、哀吊以及箴、铭、颂、赞之作,凡挟铺张扬厉之气者,莫不与赋相通"③。此说不虚,相关作品多见,前人于此早有发现,如项安世便谓"贾谊之《过秦》、陆机之《辩亡》,皆赋体也"④。当然最为典型的例证便是颂体,曾在汉代与赋互称,彼时文体意识尚不明晰,文士往往据表达的需要站在不同的角度称名,如西汉的骚、辞、赋混称,到了东汉,因为时代的转换而在学界和文坛逐渐出现礼颂当代之风,于是常称赋为"赋颂"。显然,赋体的流变及赋的旁衍,足资说明赋体领域"蔚为大国"的实情,唯此才堪"别子"而为"祖",而不必胶着于《诗》。

第二节 观念的承续建构

庶子之为"庶子",在于自身晚出而无法获得宗法传统的认定,故其地位相对卑下。所以"别子为祖"地位的获得,有赖于"庶子"变为大宗,不唯另开领域别立一枝,关键是所开领域的生命力和独立地位,这取决于"别子"之"祖"的合法性建构问题。拟之于赋,正在于以卑附《诗》的尊体建构过程,这个过程相当复杂,大致不出观念的建构和文章的改造,其具体展开则可以从三个方面来考察:以《诗》赋源流观念的理论建构来确认血缘关系,这里隐含宗经传统中回向《诗》学的必然性;《诗》教功用要求的赋学移用,这既是观念建构亦是文章改造;文本的具体表现,可以佐证汉赋《诗经》化的具体演进。可以说这一过程是不断形塑赋体和不断重新调适的过程,也是赋体不断裂变甚至消解其体格特征的过程。

赋体的地位在很长一段时间内都是卑下的,无论是从文本的真正作用还是赋家身份来看,俱不难确认。按赋的初起即与隐体有关,带有一

---

① 章太炎:《国故论衡》,第91页。
② 刘永济:《十四朝文学要略》,第102—103页。
③ 程千帆:《赋之旁衍》,收入其《俭腹抄》,上海文艺出版社1998年版,第58页。
④ 项安世:《项氏家说》,《历代赋论汇编》,第1097页。

定的娱乐性质，刘勰称"宋玉含才，颇亦负俗"，即逞才调笑，颇类俳优，如其《登徒子好色赋》《钓赋》便有谐隐而讽的意味，今托其名下的《大言赋》《小言赋》非为无因，王世贞《艺苑卮言》谓："《大言》《小言》，枚皋滑稽之流耳。"① 这由"王以为小臣"的身份亦可推见其人戏嫚，所谓人赋合一。《汉书·贾邹枚路传》载枚皋"不通经术，诙笑类俳倡。为赋颂，好嫚戏。……又言为赋乃俳，见视如倡，自悔类倡也"②。实乃一脉相承。在严肃的政治家眼里，往往无视赋家及赋体的功用，董仲舒《春秋繁露·重政》："能说鸟兽之类者，非圣人所欲说也。圣人所欲说，在于说仁义而理之，知其分科条别。……不然，传于众辞，观于众物，说不急之言而以惑后进者，君子之所甚恶也。奚以为哉！"③ 所以一度用力作赋的扬雄晚年亦不得不发出"颇似俳优淳于髡、优孟之徒，非法度所存"的慨叹，自是"辍不复为"。④ 可知自比倡优的身份认同完全无法支撑起赋家及赋体的尊严，其在西汉尤甚，司马相如、东方朔、枚皋等人可堪代表，"此等人在汉世，其进用亦仅恃人主之好尚"⑤。自然也就可以推见政治家读赋，不过一时娱乐之需要而已。下至汉宣帝表彰"辞赋大者与古诗同义，小者辩丽可喜"⑥，这种情况也只是稍有改变。东汉班固《两都赋序》极力推崇赋的地位："斯事虽细，然先臣之旧式，国家之遗美，不可阙也。"⑦ "斯事虽细"云云，亦可见地位之不高。甚至到了汉末蔡邕仍谓："其高者颇引经训风喻之言；下则连偶俗语，有类俳优；或窃成文，虚冒名氏。"⑧ 虽有高下之分，仍不难看到其中所隐含的俳优传统。应该看到，有汉一代赋体的地位皆卑下，东汉才逐渐有所上升，这一上升的过程当然也是赋体攀附《诗》学的结果。

一般而言，人们认为对《诗》学的攀附源于汉武帝时期经学地位的确立，即以强大的宗经传统迫使赋体不得不回身俯首《诗经》。从中

---

① 丁福保：《历代诗话续编》，第983页。
② 班固：《汉书》，第2366—2367页。
③ 董仲舒：《春秋繁露》，上海古籍出版社1989年版，第33—34页。
④ 班固：《汉书》，第3575页。
⑤ 吕思勉：《秦汉史》，上海古籍出版社2005年版，第705页。
⑥ 班固：《汉书》，第2829页。
⑦ 李善注：《文选》，第22页。
⑧ 范晔：《后汉书》，第1996页。

过程之美

国文章生发的逻辑理路来看,战国时期诸子共有的经典已然渐渐推出,秦火以后,百家焚毁,汉尊儒学,唯有儒家经典供为文章范式,所谓"五经之含文",尊经是必然的取向,所以刘勰说"后进追取而非晚"①,不仅就作者而言,就后起文章而言也是合适的,唯此而建构起了新文体与经学的源流关系。问题在于何以不回向《易》《礼》《春秋》《书》诸经寻找资源,而主要依附于《诗经》呢,这显然是不应当忽略的问题。其中原因复杂,不少论者认为是由赋家的身份所决定。如简宗梧从史志著录中考察西汉作者身份,得出"儒家泰半兼赋家,而赋家兼为诸子十家者,几乎全是儒家"②;许结根据钱穆解释赋家队伍的兴起在于"中官"(内官)制度的确立这一点,结合汉代史料推导赋者多属"侍郎"之职,故而职在"言议"而以献赋为用,这正是赋家身份与经义的重要关联。③ 姑且不说这种身份与《诗经》的攀附并不形成必然的对应关系,其实赋家献赋"言议"的效果并不好,班固称"言语侍从之臣,若司马相如、虞丘寿王、东方朔、枚皋、王褒、刘向之属,朝夕论思,日月献纳"④,已见地位低下而待为人主之用的意味,这宜与此前扬雄的慨叹对读。扬雄称:"如孔氏之门用赋也,则贾谊升堂,相如入室矣。如其不用何?"⑤ 一方面显示出欲依附儒家的意识,另一方面"如其不用何"的慨叹也从侧面佐证了赋的功用很难发挥到儒家经义讽谏的预期效果。曹虹便注意到,"从扬雄的《解嘲》、《太玄赋》到张衡的《思玄赋》、《归田赋》,已可看出汉赋作者由外向的干预时政转入内向的心理平衡、由儒家的政治观转向道家的人生观的过渡。"⑥ 则讽谏难得其效,转为道家的取向。足见经义的依附并不全然是因为儒者的身份而所作出的必然要求。然而从作者来考察,这至少提示我们社会文化的视角确实不当忽略,据此类推,回向《诗经》与汉代经学背景中《诗》的特别流行也大有关系。按西汉从文景之际起便立四家《诗》博士,而自武帝独

---

① 范文澜:《文心雕龙注》,第22页。
② 简宗梧:《汉赋源流与价值之商榷》,文史哲出版社1980年版,第119页。
③ 许结:《中国辞赋理论通史》,第768页。
④ 李善注:《文选》,第21页。
⑤ 汪荣宝:《法言义疏》,第50页。
⑥ 曹虹:《中国辞赋源流综论》,第96页。

尊儒术以后，史载诸帝除年幼的汉平帝外，皆好《诗经》，如昭帝习《鲁诗》《韩诗》，元帝习《鲁诗》《齐诗》，成帝习《齐诗》，哀帝习《鲁诗》《齐诗》，总之《诗经》在西汉皇帝中的普及程度远胜于其他诸经，"在诏书中称引经典也独以《诗经》为多"①。宫室之中《诗》学的普及程度也远非其他经所能比拟，所以才会出现"以三百五篇当谏书"②的局面。在这样的社会文化背景下，汉赋附《诗》也就容易理解了。

　　但还必须要注重所谓"前经学"时代，也就是在武帝尊经之前，实际上赋就有附《诗》的倾向了，这又与文体和文本大有关系。首先，从赋体的起源看，赋确实与《诗》有割不断的联系。赋的称名和《诗》六义之"赋"的关系，如上章所论赋体初起与赋物传统有关，并不全然是从《诗》六义来；但汉代六义指向不明，《诗》也和赋一样具有文章之学的性质，附《诗》显系就近资源的借用，这无疑很容易让人把二者联系起来。其次，从功用上看，赋与《诗》用于同种传播场域，皆是"行人之官"外交的辞令工具，郑玄谓"或造篇，或诵古"，即分属二体；究之于"赋《诗》言志"的经典式外交，"诵古"显然含有交际的礼制内容，"造篇"临场之赋必然后起，据此可以说赋是从诵《诗》活动中发展出来的。按"九能"有"升高而赋……可以为大夫"③，《汉志》引以解释"不歌而诵谓之赋"，章太炎从社会学的角度考察，认为行人之官"短长诸策，实多口语，寻理本旨，无过数言，而务为纷葩，期于造次可听。溯其流别，实不歌而诵之赋也"④，所以他才料定"赋者孰谓？谓微言相感，歌诗必类"⑤，这是赋体源起有类于《诗》的真实情况，当然也会成为赋依附于《诗》的重要理由。再次，从赋的文本形态来看，其所呈现的辞章追求与功用指向都与《诗》有相类之处。且不说"演而未畅"的荀子《赋篇》文本所具有的二元结构，包含了明显的政治劝谏意图而有类于《诗》之功用，从宋玉开出

---

①　王承略：《四家〈诗〉在汉代不同的学术地位和历史命运》，《儒家典籍与思想研究》，北京大学出版社2011年版。
②　皮锡瑞：《经学历史》，中华书局1959年版，第90页。
③　毛亨传：《毛诗注疏》，郑玄笺，阮元刻《十三经注疏》，中华书局1980年影印本，第316页。
④　章太炎：《文学说例》，舒芜编《近代文论选》，人民文学出版社1999年版，第411页。
⑤　章太炎：《国故论衡》，第87页。

的骈辞大赋文本形态来看，尽管因铺陈辞藻而招致"没其风谕之义"的批评，但正借此以立体，则说明辞章或谓修辞才是大赋的关键。辞章之学恰恰也是《诗》学所追求的重要内容之一，亦即晚周以来《诗》的外交辞令功能，孔子称"不学《诗》，无以言"，又谓"辞达，而已矣"①，汉世扬雄则谓"辞胜事则赋，事辞称则经"②，在这一角度上二者完全相通，俱属辞令之学。所以刘勰才说："《诗》主言志，诂训同《书》，摛风裁兴，藻辞谲喻，温柔在诵，故最附深衷矣。"③ 这样看来，赋体选择以卑附《诗》是合力作用的必然结果，不仅与经学及《诗》的流行这一社会背景大有关系，还与其文本的因缘相关，前者作为外因促使赋聚焦于《诗》学，后者却因为先天"庶子"的血缘关系而使汉代赋论家从观念上直接联通了与《诗》的一脉承续。

这等于告诉我们，站在汉代赋论家的角度，赋体这些与《诗》相关的要素也给汉人附《诗》的观念建构提供了有利的条件。这种观念建构主要体现在两个方面，即"《诗》亡赋兴说"和"《诗》源说"，二者密切相关，也可以说是一体之二面。按班固《两都赋序》：

> 或曰："赋者，古诗之流也。"昔成、康没而颂声寝，王泽竭而诗不作。大汉初定，日不暇给。至于武、宣之世，乃崇礼官，考文章。内设金马、石渠之署，外兴乐府、协律之事，以兴废继绝，润色鸿业。是以众庶悦豫，福应尤盛，白麟、赤雁、芝房、宝鼎之歌，荐于郊庙。神雀、五凤、甘露、黄龙之瑞，以为年纪。故言语侍从之臣，若司马相如、虞丘寿王、东方朔、枚皋、王褒、刘向之属，朝夕论思，日月献纳。而公卿大臣御史大夫倪宽、太常孔臧、大中大夫董仲舒、宗正刘德、太子太傅萧望之等，时时间作。或以抒下情而通讽谕，或以宣上德而尽忠孝，雍容揄扬，著于后嗣，抑亦《雅》《颂》之亚也，故孝成之世，论而录之。盖奏御者千有余篇，而后大汉之文章，炳焉与三代同风。④

---

① 杨伯峻：《论语译注》，中华书局1958年版，第176、168页。
② 汪荣宝：《法言义疏》，第60页。
③ 范文澜：《文心雕龙注》，第22页。
④ 李善注：《文选》，第21—22页。

序文首标"赋者,古诗之流也",这是《诗》源说的重要话语,多为论家注意,下面即是逻辑论证过程,最能体现汉人攀附《诗经》的观念建构。其立论先从周代兴衰讲起,"昔成、康没而颂声寝,王泽竭而诗不作。大汉初定,日不暇给。"这里的逻辑设定是成、康以后的政治衰亡而使得《诗》不作,以反向推导大汉初定以后,至武宣之世的"兴废继绝,润色鸿业",即是说,《诗》之亡是政治上的乱世所导致的;反之,根据《诗》作而颂兴是成、康治世之文学体现,推出当今治世谊有《诗》颂之作。李善注指出,将《诗》的兴亡系于政治治乱,这一思路源自《孟子》"王者之迹熄而《诗》亡,《诗》亡然后《春秋》作",朱熹集注:"王者之迹熄,谓平王东迁,而政教号令不及于天下也。《诗》亡,谓《黍离》降为《国风》而《雅》亡也。"① 即政教衰而雅颂变。但班固只引《诗》亡的远古说法,不标举"亡"之后的"《春秋》作",这是值得注意的。焦循《孟子正义》注"王者之迹"为"王者不省方,诸侯不入觐,庆让不行,而陈诗之典废",近于朱子的解释;其后又说"孔子伤之,不得已而托《春秋》以彰衮钺,所以存王迹于笔削之文,而非进《春秋》于风雅之后"。② 《孟子》强调的是政教衰颓之后圣人的欲挽时风,这是"《春秋》作"的逻辑理路。显然,班固引周代之"亡"的重心不在"亡而有它作",而在反比今代的"兴而有它作";换言之,要据周代"王者之迹熄而《诗》亡",合理建构起汉代"王者之迹新起而'赋'兴"的文学观念。时代有了新变,则表彰政治的文章亦随之而变,今代政治的"兴废继绝"所引发的"大汉之文章"当"炳焉与三代同风",则赋所具有的"文章"品格当等同于《诗》;即是说,以"大汉继周"③ 的政治承续,来建立"文章"之变的合理性。这种"文章"之变主要指向文体的代变,可谓"《诗》亡而赋兴";于是赋体"抒下情"和"宣上德"的表达功用,就具有了"《雅》《颂》之亚"的文体品格。这才是"赋者,古诗之流"的真相。

---

① 朱熹:《四书章句集注》,中华书局1983年版,第295页。
② 焦循:《孟子正义》,中华书局1987年版,第572页。
③ 《汉书·乐志》:"今大汉继周,久旷大仪,未有立礼成乐,此贾[谊]、仲舒、王吉、刘向之徒所为发愤而增叹也。"班固:《汉书》,第1075页。

过程之美

显然,班固有用"代变"以强行替换解释"流变"的嫌疑。他本来是从强调"或以抒下情而通讽谕,或以宣上德而尽忠孝"的功用角度,来连接赋与《诗》之间的血缘关系的;通观《两都赋序》,逻辑推论的关键一在政治因变引发文体代变,二在《诗》赋二体的功用性相类,而并未从文体上直接指明赋源自《诗》。仔细推论,班说的"《诗》亡"而"赋兴"的"流变"逻辑是不够严密的,必须要放入政治兴亡中去作对应诠释,如果合观此前的《汉志》,就容易理解得多。班固《汉志》自谓承刘歆《七略》,"今删其要,以备篇籍。"则只删减未增益,那么《汉志》的观点首先应当是西汉末刘向歆父子的,班固的录用表明紧承其说。《汉志》序《诗赋略》:"春秋之后,周道浸坏,聘问歌咏不行于列国,学《诗》之士逸在布衣,而贤人失志之赋作矣。"清楚地交代了政治衰颓之后,"聘问歌咏"的典制不行,于是学《诗》之士变而作赋,故有荀卿荀原之作"恻隐古诗之义",以至于汉代兴盛以来,"枚乘、司马相如,下及扬子云,竞为侈俪闳衍之词。"①按《汉志》又称"不歌而诵谓之赋","诵古""造篇"的主体是"行人之官",也就是这里的"学《诗》之士",他们"逸在布衣,而贤人失志之赋作",故作赋者即诵《诗》者。《汉志》不仅标举了《诗》亡而赋兴的历史真相和演进过程,还将荀卿屈原也纳入这一流变体系,以此梳理了赋的发展。两相比较,在赋为《诗》亡之后的承变这一点,班说与之一脉相承,只是班固的重心在赋兴盛后地位合法性的强调上。这恰好呈现了赋体被纳入"古《诗》之流"的建构进程,背后透露的是汉代论家以赋攀附《诗经》而获取文体地位的建构意识。需要补充的是,这也是汉人论文体以附经的惯常思路,如王逸《离骚章句序》:"其后周室衰微,战国并争,道德陵迟,谲诈萌生,……而屈原履忠被谮,忧悲愁思,独依诗人之义而作《离骚》,上以讽谏,下以自慰。"② 正是"依经立义"原则下的以《骚》附《诗》,颇具概括性,最少淮南王刘安、班固的评价亦与之相通,皆可作为以赋附《诗》的佐证。

厘清了刘班论证的内在逻辑,则《诗》源说的建构过程也清晰可

---

① 班固:《汉书》,第1756页。
② 洪兴祖:《楚辞补注》,中华书局1983年版,第48页。

见。从历史的实情来讲,"流"指远源流变,而非直接源起。刘说从制度上直指真相,表明二体在早期作者身份大略相同,以及历史因变而造成的文体流衍,但将荀卿屈原纳入中间环节则显示出了一定的经学建构意识;班说承刘说大力表彰二体之功用相承,有以"代变"混同解释"流变"而附《诗》的明显意图,并伏下了将"《诗》亡赋兴说"转化为"《诗》源说"的逻辑进路。故浑言之可谓班固首起"《诗》源说",析言之则"赋源于《诗》"或谓"《诗》源说"皆有遮蔽刘班原义之处。应该说,刘班之说,是大致符合赋远源于《诗》的真相的,只因他们一心以赋体攀附《诗经》,一心建构经学源流体系,在流变的表达上语焉不详,并未明确标示赋为"古《诗》之流"的"流"字的真义,未清晰指明赋与《诗》的血缘关系其实仅在于早期之作者和"功用",未明确指出从文体形态而言赋与《诗》相去甚远,反而所有的表达都指向于赋与《诗》的关系不同一般。这正好引导了后人只重其同而略其异,留下了后人解释赋源于《诗》的发挥空间,将一个模糊的表达固化成为《诗》源说。如西晋皇甫谧《三都赋序》:"子夏序《诗》曰:'一曰风,二曰赋。'故知赋者,古诗之流也。"① 刘勰则谓"《诗》有六义,其二曰赋",又谓赋"受命于《诗》人",所引证据正是"刘向明不歌而诵,班固称古《诗》之流"②,便直接忽略班说"流"字的真义,变以《诗》六义之赋为赋体之源。至李善注班固的"赋者,古《诗》之流也"便明确提出:"《毛诗序》曰:'诗有六义焉,二曰赋。'故赋为古诗之流也。"③ 直以"六义"来释"流"字,变相确认《诗》为赋源。皆将刘、班以赋附《诗》之说进行了极大的推衍,完全坐实了班固的《诗》源说。显然,回到历史现场,以赋体攀附《诗经》的焦点,关键还在于《诗》、赋二体在表达功用上的真相。

第三节 功用的讽颂要求

从观念的逻辑建构来讲,联通了赋体和《诗经》的流变血缘关系,

---

① 严可均辑:《全晋文》,商务印书馆1999年版,第756页。
② 范文澜:《文心雕龙注》,第134页。
③ 李善注:《文选》,第21页。

过程之美

则必然要将《诗》教功用移以要求于赋，于是《诗》的功用标准转而成为赋的功用要求，主要体现在"讽""颂""观"三个方面。这种功用性要求既是观念性建构，亦体现于具体的文章造作，所以无论在汉代赋论还是赋作文本中，都不难见到这一点。赋具有同于《诗》的功用观念之所以能成功建构，首先基于"志"的表达一以贯之。按《汉志》：

> 古者诸侯卿大夫交接邻国，以微言相感，当揖让之时，必称《诗》以谕其志，盖以别贤不肖而观盛衰焉。故孔子曰"不学《诗》，无以言"也。春秋之后，周道浸坏，聘问歌咏不行于列国，学《诗》之士逸在布衣，而贤人失志之赋作矣。①

行人之官在交际中"称《诗》以谕其志"，这是"赋《诗》言志"的成例，关键在于春秋以后，《诗》亡而赋作，学《诗》之士所作之赋表达的正是一脉相承的"贤人"所"失"之"志"。对于此，刘熙载便指出："古人赋诗与后世作赋，事异而意同。"② 张惠言说得更明确："赋乌乎统？曰：统乎志。"《诗》和赋都是言"志"的作品，站在这一角度，当然可以说"故知赋者，《诗》之体也"③。其实，不惟《诗》赋同"统乎志"，其"微言"传"志"的表达模式也是相同的。顾实注上引"微言相感"："微言者，隐语之类也。故《学记》曰：'不学博依，不能安诗。'依或作衣，衣者，隐也。（《白虎通》）司马迁曰：'《诗》、《书》隐约者，欲遂其志也。'（《史记自序》）盖虽春秋公卿赋诗断章，孔子雅言《诗》《书》礼乐，要无非欲隐约以见其志也。"④ 以隐语之类"遂其志"，是士族典雅外交的辞令方式，也是《诗》教的主要意涵。张舜徽释为："《诗》教主温柔敦厚，深于《诗》者，则可以使于四方，折冲樽俎。相与言谈之顷，不直截言之，而比喻言之；隐约其

---

① 班固：《汉书》，第 1755—1756 页。
② 袁津琥：《艺概注稿》，第 445 页。
③ 张惠言：《茗柯文编》，第 19 页。
④ 顾实：《汉书艺文志讲疏》，王承略编《二十五史艺文经籍志考补萃编》（第 4 卷），第 149 页。

辞，情文相感。"① 用《诗》之形制所形成的"比喻言之"而"隐约其辞"，是达成《诗》之教化的关键。按赋体初起时的形态即以隐体的形式作劝谏，无论是荀赋还是宋赋皆如此，其实汉代赋家劝谏君王依然奉行"隐约以见其志"的辞令表达方式，程大昌评司马相如赋："夫既劝之以中帝欲，帝将欣欣乐听。而后徐徐讽谕，以为苑囿之乐有极，宇宙之大无穷，则讽或可入也。夫讽既不为正谏，凡其所劝不容不出于寓言，此子虚、乌有、无是所以立也。"② "徐徐讽谕"以及"不容不出于寓言"，都是"隐约以见其志"的微言隐语型辞令方式。刘咸炘称为"志不直叙，立文取谲，尚婉多风，故铺采摛文以达其旨，此《诗》教也"③，所指益明。其中根本原因当然不再是称《诗》外交的政治礼制所需，而是由赋体的社会功能所决定，盖其"本供皇帝阅览。不中上意，则所说不入，或遭重罪，故不能不揣摩人主之好尚，冀其说之渐入也"④。

赋与《诗》皆能表达"志"，似乎也可将"志"看作赋体的表达功能，其实不然，毕竟"心所念虑"的政治教化"怀抱"⑤指向太过宽泛，任何文体的表现内容皆可视为作者之"志"，如果仅停留于此，二体的血缘建构显然是疏远肤阔的。《汉志》在这一点意识非常明确，言"志"只是桥梁，目的是要进推"志"背后"讽"的功能：

> 春秋之后，周道浸坏，聘问歌咏不行于列国，学《诗》之士逸在布衣，而贤人失志之赋作矣。大儒孙卿及楚臣屈原离谗忧国，皆作赋以风，咸有恻隐古诗之义。其后宋玉、唐勒，汉兴，枚乘、司马相如，下及扬子云，竞为侈俪闳衍之词，没其风谕之义。是以扬子悔之，曰："诗人之赋丽以则，辞人之赋丽以淫。如孔氏之门人用赋也，则贾谊登堂，相如入室矣，如其不用何！"⑥

---

① 张舜徽：《汉书艺文志通释》，湖北教育出版社1990年版，第231页。
② 黄霖等：《文选汇评》，第183—184页。
③ 刘咸炘：《推十书》戊辑二，第729—730页。
④ 段凌辰：《西汉文论概述》，《河南大学学报》第1卷第2期，1934年6月1日。
⑤ 关于"志"的内涵，汉人释为"意""心所念虑""心意所趣向"等，朱自清《诗言志辨》以为多与政治、教化分不开。参见《朱自清古典文学论文集》，上海古籍出版社2009年版，第193—194页。
⑥ 班固：《汉书》，第1756页。

关键在于"志"中的"风"（讽），这才是"古诗之义"，才可以稳健地将赋之功用系于《诗经》；评价荀子、屈原、宋玉、唐勒、枚乘、司马相如、扬雄诸人的赋，标准就是是否存在"风谕"之义，扬雄"丽以则"之说，"则"字不过是指向"风谕"的新变话语而已。这一段话，可以看作汉代尤其是东汉建构赋体同具《诗经》之"讽谏"功能的宣言，具有标志性的典范意义。

汉代赋论文献不多，但仍能见出此说的前缘，按司马迁在评价司马相如赋时已提出了讽谏说："《春秋》推见至隐，《易》本隐之以显，《大雅》言王公大人而德逮黎庶，《小雅》讥小己之得失，其流及上。所以言虽外殊，其合德一也。相如虽多虚辞滥说，然其要归引之节俭，此与《诗》之风谏何异？"① 司马迁学鲁诗而重"刺"，他评相如以《春秋》《易》《大雅》《小雅》的经义为引，进而以多"虚辞滥说"的相如赋攀附《诗》之"风谏"，显然也从属于鲁诗重"刺"的精神谱系。可以说，正是《诗》的流行建构起了论家"以三百五篇当谏书"的评价角度和解释思维。他如王逸《离骚经序》："犹依道径，以风谏君也。"② 再如王褒因奏赋而擢为"谏大夫"，宣帝认为赋"尚有仁义风谕"③，悉皆如此。当然，《诗》的流行也反映到了赋的文本造作之中，典型如孔臧《谏格虎赋》："于是，下国之君乃顿首，曰：'臣实不敏，习之日久矣。幸今承诲，请遂改之。'"又其《蓼虫赋》："惟非德义，不以为家。安逸无心，如禽兽何。逸必致骄，骄必致亡。匪唯辛苦，乃丁大殃。"④ 司马相如《上林赋》："悲《伐檀》，乐乐胥。"所谓"乐乐胥"，取自《诗·小雅·桑扈》"君子乐胥，受天之祜"⑤，讽喻君王"佚游"之乐。故其赋"卒章归之以节俭，因以风谏"⑥。讽谕也因此发展出了各种类型，如《七发》所具有的"言医"的启发之讽，东方朔《答客难》的解嘲之讽；又如扬雄四赋虽然标明"还奏《甘泉赋》以

---

① 司马迁：《史记》，第 3073 页。
② 洪兴祖：《楚辞补注》，第 2 页。
③ 班固：《汉书》，第 2829 页。
④ 费振刚等：《全汉赋校注》，第 153、159 页。
⑤ 李善注：《文选》，第 129 页。
⑥ 司马迁：《史记》，第 3002 页。

风""还上《河东赋》以劝""聊因《校猎赋》以风""上《长扬赋》……藉'翰林'以为主人,'子墨'为客卿以风",却已然有了解经模式下"以颂为讽"的意味。① 仔细推揣汉以来之赋,率多讽意,似乎如后人所说"为旨无他,不本于讽喻,则出之为无谓"。② 实际上,"讽"体现于文本的真正源起是谐隐赋物而讽上的功用传统,详情我们下节展开,西汉赋家的书写正是基于这一传统而与《诗》学之功用逐渐相结合,其附《诗》的观念并不浓郁。反观西汉论家,他们要对赋作严肃而理性的评价,也必取大行于宫廷的"三百五篇当谏书",于是无意中就遮蔽了谐隐为赋而讽上这一源头,其中折射出来的正是他们有意赋攀附《诗经》的文体建构观念,尤其是扬雄作为赋家和论家的双重身份,其赋作"以颂为讽"的转变更为典型。

《汉志》显然特别注意到扬雄的悔赋。如果说从枚乘到司马相如的"竞为侈俪闳衍之词"与其为赋的功用指向尚无违和之感,那么扬雄悔赋的行为在一方面强调着讽谏功用的同时,另一方面也就表征着赋体的本来特征和强调功用之间已然呈现出鲜明的体用紧张,至此赋的创作也就亟待转变。在这一点上,扬雄比任何汉代赋家的认识都要深刻。《汉书》本传记载他的悔赋:

> 雄以为赋者,将以风也,必推类而言,极丽靡之辞,闳侈钜衍,竞于使人不能加也;既乃归之于正,然览者已过矣。往时武帝好神仙,相如上《大人赋》,欲以风,帝反缥缥有凌云之志。繇是言之,赋劝而不止,明矣。又颇似俳优淳于髡、优孟之徒,非法度所存,贤人君子诗赋之正也。于是辍不复为。③

其晚年在《法言·吾子》篇中的反思一以贯之,所指益明:"或曰:'赋可以讽乎?'曰:'讽乎!讽则已,不已,吾恐不免于劝也。'"④ 从司马迁到《汉志》都是以《诗》的讽谏功能来要求赋,以提升赋的文

---

① 王德华:《唐前辞赋类型化与辞赋分体研究》,浙江大学出版社2011年版,第298—301页。
② 林纾:《春觉斋论文》,第49—50页。
③ 班固:《汉书》,第3575页。
④ 汪荣宝:《法言义疏》,第45页。

体尊严和合法地位，赋家的创作也显然正向这一逐渐建构起来的新传统靠拢。问题在于，一种文体之所以能兴起，其必然有着自身的品格趣味，亦即后人所谓"体格""体貌""体势"，在这一点上，只有扬雄给予了客观的肯定，其早年作赋便纯粹是拟司马相如，雅服相如的高妙在于其赋"弘丽温雅"①"典而丽，虽诗人之作，不能加也。""长卿赋不似从人间来，其神化所至邪？"②悉皆无关乎讽的功用。他称"弘丽温雅"，显然是基于一个"真正的文学爱好者"③身份，以对赋体追求博阔广纳、凭虚构造进而纵横骋辞的本质特征所获得的深刻体认。后人于此似乎并未注意，唯清王修玉编《历朝赋楷》："昔司马长卿论赋云：'合綦组以成文，列锦绣而为质。'扬子云云：'诗人之赋丽以则，辞人之赋丽以淫。'味二子之言，则赋之体裁自宜奥博渊丽，方称大家。"④近人章太炎称赋以"奥博翔实"为"能事"⑤，能从积极的一面认识大赋体制特性。晚年注重学术的扬雄，正是在此基础上，才深刻洞见了赋体与赋用的矛盾，即赋以追求丽辞为上，但却妨碍了讽谏功用的实现；赋体颂用固然可以施之为文本，可以如后之林纾所言"一立赋之体"而"一达赋之旨"，理论上的融通却不一定可以付诸实践，究竟"吾恐不免于劝"。这一大赋体用之间的悖论，一经拈出，便会让赋家陷入进退两难之境，所以下至东汉末张衡作《二京赋》仍谓"卒无补于风规，祇以昭其愆尤"。如此看来，扬雄之说一方面承续了司马迁以来对赋的讽谏功能的强调，可以视之为赋体以卑附《诗》进一步的观念建构，经学意识十分明确；另一方面也意味着对赋的体性认识到达一定高度以后，终要让位于强大的《诗经》学传统所影响的功用性要求，这必然要引导赋体的创作发生转型，及至于消解西汉以来赋的骋辞体性。

扬雄之后，赋体攀附《诗经》的功用性批评在内部发生了转移，理论上体现为班固《两都赋序》中"雅""颂"观念的建构，刚好区别

---

① 班固《汉书·扬雄传》："先是时，蜀有司马相如，作赋甚弘丽温雅，雄心壮之，每作赋，常拟之以为式。"第2515页。
② 刘歆：《西京杂记》，第27页。
③ 徐复观：《两汉思想史》（二），九州出版社2014年版，第428页。
④ 王修玉：《历朝赋楷》卷首"选例"，《四库全书存目丛书·集部》影清康熙刻本，第404册，第3页。
⑤ 章太炎：《国故论衡》，第53页。

于《汉志》所标举的"风谕";从攀附方式上讲,则表征为以理论造作文章,而不同于西汉的以观念阐释文本为主。按班固《两都赋序》开篇即从"成康没而颂声寝"讲起,以下论"大汉初定,日不暇给",引出"兴废继绝,润色鸿业"的说辞,历数西汉司马相如、虞丘寿王、东方朔、枚皋、王褒、刘向等赋家的"日月献纳",和倪宽、孔臧、董仲舒、刘德、萧望之等的"时时间作",总结他们的赋是"或以抒下情而通讽谕,或以宣上德而尽忠孝",其实"抒下情而通讽谕"是真,"宣上德而尽忠孝"却并不全然符合前人的创作实情,而毋宁说是自己欲作赋的理论建构。所谓"雍容揄扬,著于后嗣"的赋作,被他拔高到"《雅》《颂》之亚",拔高到"炳焉与三代同风"的地位,都是为了铺垫自己要作的"大汉之文章",以使自己的《两都赋》在政治地位上能达到"极众人之所眩曜,折以今之法度"的目的。六臣注"《雅》《颂》之亚":"亚,次。……言讽谕之事著于后代,亦为《雅》《颂》之次。"① 将赋的功用从"讽谕"等量转换为"《雅》《颂》之次",相当于说"讽谕"之赋是新的《雅》《颂》。可以说,在整篇序文的表述上,"抒下情而通讽谕"是前代赋作的总结,"宣上德而尽忠孝"的"《雅》《颂》之亚"才是自己所追求的赋风,内中隐含了"讽""颂"之间过渡、承续、转变的逻辑进路。兹观《两都赋》内容,也正是这一理论的演绎,《西都赋》极力铺陈西都之侈靡华丽,本质是讽,目的是为了引出《东都赋》的"博我以皇道,弘我以汉京",重心在颂扬东都洛邑的礼制之美,即所谓"宫室光明,阙庭神丽,奢不可逾,俭不能侈","顺时节而蒐狩,简车徒以讲武,则必临之以《王制》,考之以《风》《雅》"。何焯《义门读书记》卷四十五所评更加明白:"前篇极其眩曜,主于讽刺,所谓抒下情而讽谕也。后篇折以法度,主于揄扬,所谓宣上德而尽忠孝也。二赋犹《雅》之正变。"② 按《后汉书》本传谓"固感前世相如、寿王、东方之徒,造构文辞,终以讽劝,乃上《两都赋》,盛称洛邑制度之美,以折西宾淫侈之论",显然已注意到了这一点,"感前世"之"讽劝"而上《两都赋》,有承讽为颂之意。要

---

① 萧统编,李善等注:《六臣注文选》,中华书局2012年版,第24页。
② 何焯:《义门读书记》,第857页。

之转成雅颂之声，不失前代作赋以讽谕为主的传统。

　　班固《两都赋序》在赋的功用性建构上同《汉志》一样具有标志性意义，显然不当仅视为他的一己观念。程廷祚《再论刺诗》："汉儒言诗，不过美、刺二端。《国风》、《小雅》为刺者多，《大雅》则美多而刺少……或于颂美之中，时寓规谏。"① 在《诗经》昌明的汉代，由刺而美、由讽而颂的过渡是顺其自然的逻辑延伸。经过武宣之世以后，汉代经学地位越发凸显，下至东汉释经学得到了进一步的发展，四家《诗》先后论争，《毛诗》渐渐胜出，关键是雅乐和礼制化的导向很突出，美颂礼制的经义问题就成了赋家创作的潜在依据。劳孝舆《春秋诗话》云："盖当时只有诗，无诗人，……期于'言志'而止。人无定诗，诗无定指，以故可名不名，不作而作也。"② 讲的是晚周《诗》的情况，下至东汉仍相类似，这是相当重要的背景：文章创作只在赋体一域，《诗》只是作为经学之一种而被阐释，自然就会以彼阐释之功用精神，依附于此创作之文本；或谓以此之实践文本，攀附彼之功用精神。所以赋的讽谏要求在东汉转为美颂要求，乃是顺理成章的事，如汉代王符所言："诗赋者，所以颂善丑之德。"③《东都赋》表彰礼法制度，正是时代的反映。后代论家亦曾注意于此，如刘熙载《赋概》谓汉赋"马、扬则讽谏为多，至于班张则揄扬之意胜，讽谏之义鲜矣"④，便明确提出班张的"揄扬"转型。只是"揄扬之意"并不排斥讽谕的传统，或以颂为讽，或以讽托颂，或专事美颂，要之正是《诗》学功用的进一步丰富和发展。其中班固已如前述，此外张衡本传谓其"乃拟班固《两都》作《二京赋》，因以讽谏"⑤，则以颂为讽，如《东京赋》："乃新崇德，遂作德阳"，"奢未及侈，俭而不陋，规遵王度，动中得趣。于是观礼，礼举仪具。经始勿亟，成之不日。犹谓为之者劳，居之者逸。慕唐虞之茅茨，思夏后之卑室"。⑥ 即是颂德崇礼。班昭《大雀

---

① 程廷祚：《青溪集》，第38页。
② 董运庭：《春秋诗话笺注》，中国社会科学出版社2013年版，第19页。
③ 汪继培笺：《潜夫论》，《诸子集成》本第8册，上海书店出版社1986年版，第8页。
④ 袁津琥：《艺概注稿》，第446页。
⑤ 范晔：《后汉书》，第1897页。
⑥ 李善注：《文选》，第55—56页。

赋》:"上下协而相亲,听《雅》《颂》之雍雍。"冯衍《显志赋》:"颂成康之载德兮,咏南风之高声。"李尤《东观赋》:"臣虽顽卤,慕《小雅·斯干》叹咏之美。"① 再如马融《广成颂》甚至已直题作"颂",内容则如"方今大汉收功于道德之林,致获于仁义之渊,忽蒐狩之礼,阙槃虞之佃。暗昧不睹日月之光,聋昏不闻雷霆之震,于今十二年,为日久矣"②,王延寿《鲁灵光殿赋》序中的"物以赋显,事以颂宣"③,又都是以颂为讽的呼应。

按《毛诗序》主张"美刺说",应该说非"美"即"刺"是四家《诗》的普遍解释向度。这种释经风气影响到赋体依附《诗经》的功用要求,表面似可对应为非"讽"即"诵",但根据我们上述的梳理,可以知道"颂"的确与释《诗》风气相关,"讽"表面上是通过《诗》言"志"的传统建构起来的,本质上主要延续的是谐隐为赋而讽上的传统。尤其是西汉初虽流行《诗》,但经的地位尚不明显;只有东汉的以颂为讽,颂不离讽,一方面固然承续和发展了赋"讽"的功能,另一方面也与释《诗》学中的非"美"即"刺"大有关系,这时的《诗经》已然是赋体攀附的显性资源。至此我们可以说,赋体重"讽"和"颂"的功用,尤其是后者与汉代《诗经》学大有关系,是攀附《诗》而尤以《诗经》为主所形成的结果。

为此,我们就要注意到一个问题:《诗经》的形成显然对周秦之《诗》具有遮蔽性,进而会影响到赋体功用建构的回身攀附的聚焦和理论取用;其中最为明显的就是赋体尚有同于《诗》之可"观"的功能,但在汉代却并未得到大发展,有必要简单交代。这以班固《汉书叙传》评价司马相如赋为代表:"文艳用寡,子虚乌有。寓言淫丽,托风终世。多识博物,有可观采。蔚为辞宗,赋颂之首。"④ 其中"多识博物,有可观采"一语,便是对赋体铺陈赋物、博阔容物的礼制化表达。又《三都赋序》亦称"先王采焉,以观土风"⑤,可视作同一性质的话语。

---

① 费振刚等:《全汉赋校注》,第558、369、581页。
② 严可均:《全后汉文》,商务印书馆1999年版,第178页。
③ 李善注:《文选》,第168页。
④ 班固:《汉书》,第4255页。
⑤ 李善注:《文选》,第74页。

这一说法源自《论语·阳货》载孔子云"诗可以兴，可以观，可以群，可以怨"，郑玄释"观"为"观风俗之盛衰"①，朱熹据此解为"考见得失"②，儒学家将这个词和政治风俗得失联系在一起，逻辑理据取自《礼记·王制》："天子五年一巡守，……命大师陈诗，以观民风。"③ 由此形成了一种以天子为视角的礼制化解释，而定型为此后人们对"观"字的理解。细察孔子"兴""观""群""怨"，皆是以普通读《诗》之人为视角，所以后边才接"事君""事父"之语，这样其原意最少不是专指观"风俗""得失"的政治功用，而是基于"多识鸟兽草木之名"诸名物情事的自然观察，借之以了解社会风俗、丰润自我，这才是孔子《诗》教的基础。

回头再看班固的"多识博物"，当本于孔子的"多识鸟兽草木之名"；关键在于"有可观采"，"采"字显然也本之于"采诗"之说。按班固《汉志》："古有采诗之官，王者所以观风俗，知得失，自考正也。"④ 即此处"采"字的注脚，所以"有可观采"即"采诗观风"之意。结合"托风终世"的表达，可以看出班固的重心不在普通读者的"多识博物"，而在礼制化的天子"有可观采"上。换言之，班固强调"赋可以观"是站在王教礼制考见风俗得失的角度而言的；其"寓言淫丽"承自司马迁评价司马相如的"虚辞滥说"，但下了"有可观采"这一转语，确实就隐含了以礼制化来为赋体因追求"丽辞"而遭"虚辞滥说"之非议这一文体特点正名的意图。⑤ 下至东汉末王延寿谓"物以赋显"，表面看是讲赋的记录功能，其实也是与"赋可以观"之说一脉相承的。本来，赋体赋物的传统和铺陈的"立体之旨"决定了对物事表达的闳侈钜衍，赋家必以"奥博翔实"为"能事"，其"包括宇宙，总揽人物"的文章造作之法，早就决定了赋有可观之处，实在不必依附于礼制。如汉宣帝谓赋有"鸟兽草木多闻之观"⑥，晋代葛洪《抱朴

---

① 刘宝楠：《论语正义》，第 689 页。
② 朱熹：《四书章句集注》，第 178 页。
③ 郑玄等：《礼记正义》，阮元刻《十三经注疏》，中华书局 1980 年影印本，第 1327—1328 页。
④ 班固：《汉书》，第 1708 页。
⑤ 蒋晓光《思想史视阈下的"赋者古诗之流"》一文认为班固是用赋可以观来实现"赋体修辞手法正名的目的"。见《四川师范大学学报》2019 年第 6 期。
⑥ 班固：《汉书》，第 2829 页。

子·钧世》所言毛诗"华彩之辞"不如《上林赋》《三都赋》等的"汪秽博富"①，宋代吴淑《事类赋》的类辑知识，及至论家赞赋为"博物之书"、讥赋为"类书"，俱皆反映了赋具有可"观"的宏博物事内容，这同样冥契于孔子"《诗》可以观"的原初要义。只是班固引《诗》的礼制化倾向，无视"多识博物"的赋体意义，而缩小了"观"的读者范围，使得"赋可以观"仅成为帝王视角所独享的文体功能，故未引起同代共鸣，不如"讽""颂"显得重要而广为赋家有意援引。可见，在经由回向《诗经》的功用性建构后，赋体在实质上尽管仍是可"观"之文，而在汉人的眼中，它主要是讽谏之文、美颂之文。

第四节 文本的构结与语用的导向

现在我们以文本为主要对象，来考察赋体《诗》化和攀附《诗经》带来的文体演变。赋文本的《诗》化倾向应和于其附《诗》的"讽""颂"观念，这主要体现在篇章的构结上。构结是对文本的观念性组构，包含有明确的主题建构指向，它基于某种观念原则对文本结构进行个性化处理，但不等于类型化的文本结构及其书写。在西汉重"讽谏"功用的强调下，赋体构结被论家解释为"劝百讽一"，亦即"曲终奏雅"。这仍出自于扬雄的深刻体认，其言载于《汉书·司马相如传》结尾对相如之赞：

> 司马迁称"《春秋》推见至隐，……相如虽多虚辞滥说，然要其归引之于节俭，此与《诗》之风谏何异？"扬雄以为靡丽之赋，劝百而讽一，犹骋郑卫之声，曲终而奏雅，不已戏乎！②

这段文字常被论者引用，但止于单独讨论扬雄的"曲终奏雅"。其实论及赋家四人而关涉较多：首先是对司马相如赋的评价，这是引发诸家争论的焦点；其次是司马迁评价相如虽多"虚辞滥说"而与"《诗》之讽

---

① 葛洪：《抱朴子》，《诸子集成》本第8册，第155页。
② 班固：《汉书》，第2609页。

谏何异",这是赋论史上所见第一次以《诗》评赋,发"讽谏"功用说之滥觞;再次是扬雄自悔赋的辞章特色与其构结,达不到"讽谏"的目的;最后是班固反对扬雄之说,认为"不已戏乎"。四个方面又是一个整体,包含了赋体构结形态的演变,其中司马迁的评价已如前所论,这里重点讨论被忽略的后两个方面。

按扬雄所谓"劝百讽一""曲终奏雅",不是一个简单的结构问题,它指的是赋体正文主体部分极力发挥"靡丽"的辞章,而结尾以《诗》之"讽"来突出功用,恰如极力发挥"郑卫之声",而最终以"雅"乐来结尾归正,以此进推出赋之体与用的相悖,突出"讽谏"功用的失效。这里包含着观念结构的指呈和价值判断两个问题。从前者来看,这个比拟是恰当的,如《七发》广陈音乐、饮食、乘车、游宴、田猎、观涛六事,极尽铺陈描写,尤其观涛一节,较宋玉《高唐赋》大有推进。而最后归之于"要言妙道",则只有寥寥数语:

客曰:"将为太子奏方术之士有资略者,若庄周、魏牟、杨朱、墨翟、便蜎、詹何之伦,使之论天下之精微,理万物之是非。孔老览观,孟子持筹而算之,万不失一。此亦天下要言妙道也,太子岂欲闻之乎?"于是太子据几而起,曰:"涣乎若一听圣人辩士之言。"涊然汗出,霍然病已。①

不唯点到为止,还颇有"言医"的功效,能让太子"涊然汗出,霍然病已",显然是理想化预设为达到了讽谏君上的功效。这影响于司马相如《子虚赋》的书写,其以"子虚"对"齐王"问展开地理物产、校猎、美色等的铺陈,最后欲使对方雅服;至《上林赋》紧承其结构,并假"亡是公"之口广述上林苑的周流览观、万类尽有,天子游猎的解酒罢猎、侵淫促节,皆使览者惊倒,遂觉汪洋博秽,盛况空前,最后归之于"讽"的结尾则以寥寥数语一笔带过。从结构上看,难免让人觉得匆匆卒篇,草草收场,虽归于讽谏雅正,实在大失比例,足为"劝百讽一"的典型。从价值判断来看,扬雄认为"靡丽"的辞章遮蔽

---

① 李善注:《文选》,第484页。

了"讽谏"的功效，这与他晚年"恐不免于劝"的"悔赋"观念相通，带着明显的贬义意味，实质上是把赋体的结构问题转化为赋体在《诗》学观念下的构结问题。扬雄所谓"讽一""奏雅"，与司马迁"风谏何异"的评价一脉相承，都是以《诗》学话语来阐释赋学文本。关键还在于班固的评价，他认为扬雄此说"不已戏乎"，按张揖释此句："不亦轻戏乎哉！"① 意谓在班固看来，扬雄这种"劝百讽一""曲终奏雅"的说法，未免将赋的"讽谏"功效"轻戏化"了，而司马迁所说"与《诗》之风谏何异"才是事实。班固之价值判断姑且不论，但谓扬雄视赋如"戏"，或为比拟，恰恰道出了扬雄之前赋体真正的功用特征，那就是游戏性、娱乐性；在扬雄自己，也未尝不这么认为，他晚年悔赋"辍不复为"，乃因觉得赋体"颇似俳优淳于髡、优孟之徒，非法度所存"，便是显证。而这恰恰是理解赋体"劝百讽一"构结问题真相的关键。

按赋体本于赋物，起于谐隐以谏，以"昔楚庄齐威，性好喜隐"，荀赋赋物以谏虽"体制初成，演而未畅"，在构结上呼应于功用的"微言相感"，便已有了赋讽二元的结构形态；宋玉大张赋的修辞，二元结构仍之，而保存了谏上的结尾，形成了在主体部分"前后左右广言之"②，在结尾讽谏的功用上却轻轻带过的新型二元形构，于是赋的游戏性娱乐性大为突出，讽上的功用弱化，仅资点缀。这在宋玉或为有意诙笑嫚戏，却开出了一代大赋的体制。西汉初的骈辞散体大赋，在构结上正是本于此，其娱乐消遣的功能也大于讽谏的功能，其结构体现为"先丽而后则"且以丽为主，借用扬雄表彰司马相如赋"弘丽"的说法，可以概括为"弘丽而谏"③，这才是"劝百讽一"作为结构的观念来源。其实连并西汉咏物小赋，如枚乘《柳赋》、孔臧《谏格虎赋》都是这种谐隐二元赋物讽谏结构的发展，不过不如大赋骈辞的"百""一"巨大反差而已。从文本结构的层面来看，"劝"是以谐隐劝为娱

---

① 班固：《汉书》，第 2610 页。
② 司马光：《涑水纪闻》，邓广铭点校本，中华书局 1989 年版，第 55 页。
③ 祝尧《古赋辩体》评班固《两都赋》："先丽而后则，赋之所以为赋。"见《历代赋论汇编》，第 48 页。祝说出自扬雄"诗人之赋丽以则"，相对来说，这个表达较为符合班赋之义谛。只是在"丽"作为辞章形态的指向上仍不如"劝百讽一"精确，"则"亦有明显的《诗》学痕迹，所以我们沿着这一思路改为"弘丽而谏"，且并不打算将之当成一个结构术语来建构，只是为了区分作为《诗》学话语的"劝百讽一"而暂作借用。

乐消遣，"百"是谐隐游戏骋辞的曼衍无际，"讽"是谐隐传统的委婉谏上，故而与政治有关，但并不执着于《诗》的"讽"和"雅"，其目的性也不严肃。总之这种文本结构上的"劝百讽一"的实质是基于谐隐娱乐传统的"弘丽而谏"，与《诗》学上的严肃"讽谏"没有本质的关系。下至司马相如、枚皋、东方朔等皆诙谐善戏，不管目的如何，在文本上仍从此格，一以游戏骋辞为主。而从枚皋的"自悔类倡"到扬雄的"雕虫"之悔，反映的则是文士政治意识的觉醒；换言之，西汉前期之赋"劝百讽一"的形构是娱乐游戏消遣文本的必然表现，赋家悔赋则意味着以严肃的政治观念来批判游戏娱乐之赋，表现为以严肃之经学功用来要求消遣之赋的娱乐功用，以《诗》学"讽一""奏雅"的经义话语来重估赋体结构，形塑一种新的文本构结观念，这就无意中遮蔽了赋体文本结构"弘丽而谏"的观念来源。总之，单从形构的描述来讲，扬雄"劝百讽一"的比拟是恰当的，只是他的描述本质是一种经学话语阐释，形塑了一种《诗》学话语构结的可能，而非西汉的创作实践的总结。这不仅极易误导读者对赋体结构认知的《诗》化理解，消解了赋体在谐隐传统下"弘丽而谏"的观念结构，消解了逞辞的娱乐性，而且在经由经学话语的建构后，转化为一种《诗》学轨范下的创作原则。如扬雄自己的四大赋便有《诗》学"曲终奏雅"的构结特点，东汉以下张衡《二京赋》，甚至晋代陶渊明《闲情赋》结尾的"终归闲正"[①]，皆能看到这种观念构结的回响。

  扬雄反对"劝百讽一"的赋体结构，认为于讽谏无效，这是他晚年悔赋的观念，实际上他早年作赋即有这样的省思，其四赋虽有"曲终奏雅"的形式，但篇章构结上已特别注意到了讽的效果。如《长杨赋》的结构便开篇议论三帝的功业，再写长杨校猎，结尾则以颂的形式归之于讽，其中议论三帝功业占了一半以上篇幅，显然在篇章构结上注重了《诗》学观念的注入，已不同于谐隐观念下西汉赋的"弘丽而谏"结构，从而下启东汉赋风的转变。[②] 及至班固虽然批评扬雄的"劝

---

  ① 袁行霈：《陶渊明集笺注》，中华书局2011年版，第309页。
  ② 祝尧《古赋辩体》评扬雄《甘泉赋》："虽曰陈古昔帝王之迹以含讽，然近谀佞而非柔婉，风之义变甚矣。虽曰称朝廷功德等以仿《雅》《颂》，然多文饰而非正大，《雅》《颂》之义又变甚矣。"《历代赋论汇编》，第46页。

百讽一"之说，可是他提出的"《雅》《颂》之亚"的功用性建构却仍是与扬雄一脉相承的，即是说，他是执和扬雄同样的《诗》学视角来批评扬雄的说法，观念如一，而进一步改变了赋体文本的构结方式。这种完全不同于谐隐"弘丽而谏"结构的构篇，我们称之为"礼颂敷篇"，即以礼颂为关键内容去敷衍篇章，打破了西汉主于辞章而略于功用的稳定二元形构，呈现出礼颂化主导篇章的不恒定结构，而呼应于他论赋体"宣上德而尽忠孝"的"美颂"观念建构。

按"《雅》《颂》之亚"的"美颂"观念在文本呈现层面本与礼制相关，因为"美颂"作为精神理念必依赖于三代美好的礼制传统，才能得以彰显。班固《两都赋序》对于这二者作了逻辑上的钩连。他称武宣之世"崇礼官，考文章。内设金马、石渠之署，外兴乐府、协律之事"，又称"白麟、赤雁、芝房、宝鼎之歌，荐于郊庙。神雀、五凤、甘露、黄龙之瑞，以为年纪"，明确提出汉代的重礼乐，这是"大汉继周"的政治礼制意识，以此进而推导出需要一代文章"炳焉与三代同风"，说明"《雅》《颂》之亚"的建构本身就是以政治上的礼制为基础的。其《两都赋序》又曰：

> 且夫道有夷隆，学有粗密，因时而建德者，不以远近易则，故皋陶歌虞，奚斯颂鲁，同见采于孔氏，列于《诗》《书》，其义一也。稽之上古则如彼，考之汉室又如此。斯事虽细，然先臣之旧式，国家之遗美，不可阙也。臣窃见海内清平，朝廷无事，京师修宫室，浚城隍，起苑囿，以备制度。西土耆老，咸怀怨思，冀上之眷顾，而盛称长安旧制，有陋雒邑之议。故臣作《两都赋》，以极众人之所眩曜，折以今之法度。①

引"皋陶歌虞，奚斯颂鲁"的旧事，按《皋陶歌》收于《尚书》，"奚斯颂鲁"则指收入《诗》的《鲁颂·閟宫》篇，这是稽考上古"文章"采入《诗》《书》之事，属于政治礼乐内容。又"然先臣之旧式，国家之遗美，不可阙也"一句，高步瀛以为"先臣，当指司马相如诸人，

---

① 李善注：《文选》，第22页。

二句皆指汉代言也"①。以本朝前代礼制引出今代礼制，一方面强调将《诗》之美颂功用移用于赋，另一方面也强调汉赋是礼乐之制下的"新文章"，美颂和礼乐互为表里，所以美颂之赋多半都含有礼乐的表彰，并以之敷衍成篇，其义即在于此。按班固二赋的结构显然从"劝百讽一"中调适而来，《西都赋》极力铺写西都之侈丽，《东都赋》则从"风俗之移人"切题，即何焯所谓前篇"主于讽刺"、后篇"主于揄扬"，形成"讽""颂"的平衡。其《东都赋》纯以礼颂构结，既重"宪章稽古"，更重"京洛之有制"，如谓"顺时节而蒐狩，简车徒以讲武，则必临之以《王制》，考之以《风》《雅》，历《驺虞》，览《驷铁》，嘉《车攻》，采《吉日》，礼官整仪，乘舆乃出"，全取《雅》《颂》诗义以与礼制相经纬。尤其结尾附《明堂》《辟雍》《灵台》《宝鼎》《白雉》五诗，乃是以《颂》诗的摹写来实现礼制的表达。所以祝尧谓此赋"后篇折以法度，赋中之《雅》也，篇末五诗，则又《赋》中之《颂》也"②；何焯也有类似评价，认为"二赋犹《雅》之正变，五诗则兼乎《颂》体矣"，所以"体制自足冠代"。③

礼颂敷篇的构结方式并没有形成固定的文本结构。擅于文体造作的扬雄，其四赋就已兆其端，结构各有不同，《河东赋》《羽猎赋》《甘泉赋》专颂一德，与《蜀都赋》皆舍弃了主客问答的结构设置，注重以颂为讽的篇章构结；而以《长杨赋》最为明显，已以如所述。班固二赋后起，其"讽""颂"平衡的二元结构又大不同于扬雄诸赋；又其《终南山赋》今见三十六句，而仍以最后连用六句作颂语："唯至德之为美，我皇应福以来臻。埒神坛以告诚，荐珍馨以祈仙。嗟兹介福，永钟亿年"④。再如傅毅《洛都赋》虽系残篇，但开篇是完整的，可以看出前半篇重在叙述建洛都而依礼制，既包含"序立庙祧""区制有矩"的宫殿修建，还包含"革服朝，正官寮，辩方位，摹八区"⑤的朝廷礼仪书写，正是以礼颂为中心来贯穿文本而作构结。又如张衡《二京赋》

---

① 高步瀛：《文选李注义疏》，中华书局2018年版，第18页。
② 祝尧：《古赋辩体》，《历代赋论汇编》，第48页。
③ 何焯：《义门读书记》，第857页。
④ 侯文学：《班固集校注》，人民出版社2019年版，第88页。
⑤ 费振刚等：《全汉赋校注》，第408—409页。

仿班固《两都赋》，细察礼颂敷篇的方式则有变化，上篇极力写西京商贾、游侠、骑士、辩论之士以及角抵百戏杂技等风土人情，下篇《东京赋》却转而"以礼制为本，以遵俭尚朴为指归"①，将礼颂精神贯穿其中；而在描写上又不同于班固大写礼制和极力陈颂，只以"于是观礼，礼举仪具"来稍加点缀，然后"历数大典，安祥整暇，气肃度舒"②，以平正典雅之笔描写君王祭祀、出游、京都大傩方相等事态，并不太多地直陈礼乐，反倒是在结尾以"卒无补于风规，祇以昭其愆尤"作讽的点缀。再如马融《广成颂》《长笛赋》，及至短篇赋物的《琴赋》，题材、体式不同，皆取不同的礼颂敷篇构结。

但不管采用哪种结构来呈现，礼颂敷篇的构结方式都会使得汉赋文本在经由《诗经》的攀附以后，能够"恭俭庄敬似《礼》"③，呈现出彰显礼乐政教而崇德遵道的特点，显得雅驯肃穆，雍和厚实，确然由此而脱去谐隐卑下之格，成为"炳焉与三代同风"的"大汉文章"。刘咸炘《推十书·文式》谓："郊祀、耕藉、畋猎诸作，皆记典礼，原于大、小《雅》，非京都宫苑之比也。……扬雄而后，渐归典质。"④礼颂贯穿于篇中，实际上正是汉代经学发达的精神体现，是故题材、风格皆带上了"典质"的特点。只是，从文章美学的角度来看，这已然完全相异于西汉赋凭虚骋辞而具娱乐性的意味，庶几质实而板重，失去了一种"不似从人间来"的"神化"气质。由此我们也可以说，过度的"以卑附高"，无意中也会消解新生文体的特性，造成一种文体裂变。

最后要讨论一下造语用《诗》的情况，汉赋攀附《诗经》当然离不开语用层面的取法，但是不宜夸大这一点。因为从文体构成的要素来看，文章造作的句式、结构等形式问题，以及题材观念、风格导向等所形成的体性问题才是根本。语辞的取用是多元开放的，唯有风格的炼化才是关键，所谓"古人作赋，虽用经语，亦必烹炼"⑤。作为包容性极

---

① 黄霖等：《文选汇评》，第64页。
② 黄霖等：《文选汇评》，第85页。
③ 袁栋：《书隐丛说》卷十一，《续修四库全书》第1137册，上海古籍出版社2002年版，第545页。
④ 刘咸炘：《推十书》戊辑二，第730页。
⑤ 何新文：《历代赋话校证》，第385页。

强的大赋，前代典坟都可以并为资源，如枚乘《七发》谓"要言妙道"便广纳"庄周、魏牟、杨朱、墨翟、便蜎、詹何之伦"，连并孔、老、孟子，悉为"论天下之精微，理万物之是非"的工具；只是周代流行的《诗》《书》，以及晚周以来就开始凸显的"六经"，则以其重要性而成为中心，但并不单独标举《诗》。在汉赋文本中，并提"六经"的情况就很多，如司马相如《上林赋》既总提"游乎六艺之囿"，又分而铺陈观"《春秋》之林"，奏《诗》篇之乐，"修容乎《礼》园"，"翱翔乎《书》圃"，以终乎"述《易》道"①，不烦罗列，并不独标一经。又如扬雄《河东赋》："敦众神使式道兮，奋六经以摅颂。"班固《东都赋》："盖六籍所不能谈，前圣靡得言焉。"既谓"六艺""六经""六籍"，则"莫不洞穴经史，钻研六书"②。所以康绍镛《七十家赋钞序》："盖赋者，《诗》之讽谏，《书》之反覆，《礼》之博奥，约而精之。"③正见语辞袭用的兼取诸家。明谢榛《四溟诗话》谓："汉人作赋，必读万卷书，以养胸次。《离骚》为主，《山海经》《舆地志》《尔雅》诸书为辅。又必精于六书，识所从来，自能作用。"④赋家所读之书，岂以"六经"为限，"精于六书"实为字学，此是旁搜博采之基，要之必以诸家并举，方见胸次苞括。

至于《诗》语的取用，也是和赋体攀附《诗经》的历程相呼应的。根据许结、王思豪的统计，两汉用《诗》440次，分属西汉96次，东汉344次；其中用《诗》名10次，用《国风》188次，用《雅》191次，用《颂》37次。⑤从数据分析来看，西汉赋用《诗》主于《风》，至扬雄则出现了变化，其用《风》8次，《雅》15次，《颂》3次；下至东汉则主于用《雅》和《颂》，这完全符合于上文论赋体在西汉附《诗经》的"讽谏"和东汉附《诗经》的"雅颂"的功用观念建构。仍需指出的是，西汉用《风》为主，并不全然是附《诗经》的结果，而与"前经学"时代赋体产生时就具有的谐隐讽上的功用性质有关，

---

① 李善注：《文选》，第129页。
② 阮元：《四六丛话》序，见其《揅经室集》，中华书局1993年版，第738页。
③ 张惠言：《七十家赋钞》，《续修四库全书》第1161册，上海古籍出版社2002年版，第1页。
④ 丁福保：《历代诗话续编》，第1175页。
⑤ 许结、王思豪：《汉赋用〈诗〉的文学传统》，《中国社会科学》2011年第7期。

也与文本要表现的内容相关。如枚乘与司马相如的赋娱乐性质较为突出，前引枚乘论"要言妙道"并取诸家，其列孔孟于老庄之后，但仍用了《风》4次，《雅》3次；司马相如用了《风》11次，《雅》2次，《颂》1次。至于取用方式，除了用篇名以外，还有取用《诗序》、化用语辞等形式。总的来看，用《诗序》和篇名，多在东汉而主于以礼颂化构结篇章，用语辞则不限时代，其使用的多寡与攀附《诗经》的功用观念建构相关，但符合于赋体造作的一般语用规则，与取其他经子之语并无太大特殊，这里就不再举例展开了。

回附《诗》学，以卑附高的细节是曲折复杂的，文体源流观念、讽颂功用要求、文本构结和语用的导向，皆昭示了赋体"别子为祖"的文体建构进程。站在文体学的角度，后起文体唯有"以卑附高"，才能获得"别子为祖"的地位，这是新文体生发时的内在要求和发展路径；反映于文章造作，也就形成了"以高行卑"的创作传统。不惟赋体，如后代之词学、曲学的兴起，也可于此获得一种通达的理解，姚华论"元人之曲，亦别子为祖也"，"古今推之，所谓别子为祖是也"，"别子为祖，支派治分"①，就是基于这种观察。然而也要看到，过度的"以卑附高"，同时也可能伤害新文体的体格之美，即如赋体的攀附《诗》经，也隐含了对其文体特性的消解。站在汉代经学家的角度，结果是美好的，可谓达到了他们预期的效果。东晋孙绰曰："《三都》《二京》，五经鼓吹。"足见晋人已从"五经"层面去认识汉代的京都大赋。后人引"诗六义"论赋，完全接受了皇甫谧、刘勰、李善加之于班固的赋源于《诗》之说，如康熙《御制历代赋汇序》表彰六义之赋"继诗之后"而能"单行"，"卓然自见于世"②，张惠言谓赋"主于一而用其五"③，等等。汉人司马迁、扬雄、班固等以赋体攀附《诗经》的观念阐释，也成为后世赋论的经典母题，恰如许结所言："汉代赋论诸概念及论述范畴，正是汉人看待辞赋创作的'集体意识'，在某种意义上已构成中国赋论史上被反复摹写、不断言

---

① 姚华：《弗堂类稿》，第262页。相关论述可参邓见宽《菉猗技进　且待传衣》，收入《姚华评介》，贵阳文史研究委员会编1986年版，第69—70页。
② 陈元龙：《历代赋汇》，凤凰出版社2004年版，第1页。
③ 张惠言：《茗柯文编》，第19页。

说的不祧之宗。"①

　　这等于提醒我们，从文学上考察汉赋，离不开《诗》学的映照。《诗经》是汉代赋论的核心依凭资源，是汉赋演变的主推因素。其中赋体在西汉"弘丽而谏""劝百讽一"的文本结构特征，以谐隐之"戏"的功用倾向为主，以讽上的政治功用为点缀；于是"弘丽"的主体部分在内容的博阔、辞章的纵横、凭虚的神游中展开，由此形成了赋体最诱人的魅力，或可视为"文学自觉时代的起点"②的最好理由。随着《诗》学的介入，西汉赋家开始以"讽谏"的《诗》学功用来阐释赋体，扬雄以"劝百讽一"的《诗》学观念重估了汉赋的结体，并抉发出了经学时代赋体和赋用之间的紧张矛盾；下至班固则踵事增华，将"讽谏"功用观念的阐释构结转变为"美颂"功用观念的创作要求，于是出现了礼颂敷篇的东汉赋文本，使得赋的丽辞与雅颂礼制的结合水乳交融。这一进程固然完成了朝廷礼乐正声的建构，完成了"炳焉与三代同风"的大汉文章合法地位的建构，但站在文学的角度，《诗经》学攀附所获得的固化观念又会反过来形成一种经学干预，进而不断重新形塑赋体，消解已有的经典赋体形态，并减损大赋文体汪秽博富、凭虚神游的诱人魅力。即如转型之际的扬雄，便已"不胜杜撰结涩之苦"，不如"相如富丽中有疏爽"③，遑论东汉赋更加礼制化，质实而颇乏文采。从汉赋的整体演进来看，东汉赋由西汉的凭虚而转入"征实"④，及至东汉末在经学式微后抒情性的迅速抢位，促使大赋王国轰然倒塌，都可以在赋体"别子为祖"回附《诗经》的进程中获得相应的解释。从文体通变的内在理路来看，以铺陈立体的赋并没有恒定的文本形态，赋圣司马相如之后无以复继，注重经学化的扬子必变之以体；在建构起礼制化、质实化的东京赋风后，赋体又亟待一种新的突破，以重新激活辞章之学的魅力。至此，抒情之风渐渐兴起，新变即将到来。

---

　　① 许结：《中国辞赋理论通史》，第218页。
　　② 龚克昌：《汉赋——文学自觉时代的起点》，收入《中国辞赋研究》，山东大学出版社2003年版，第88页。
　　③ 此郝敬评扬雄《甘泉赋》语，转引自费振刚等《全汉赋校注》，第246页。
　　④ 易闻晓：《汉赋"凭虚"论》，《文艺研究》2012年第12期。

第三章　赋主诗从的文体丕变*

　　汉魏之际的文学在文学史上有着特殊的地位，在后世诗人的眼中，建安文学往往能激荡起灵魂的呼应，无论陈子昂的"恢复汉魏风骨"，还是卢照邻的"新声起于邺中"①，皆对此不吝赞美。其间的风云气象，可以刘勰《文心雕龙·时序》的总结为代表：

> 　　自献帝播迁，文学蓬转，建安之末，区宇方辑。魏武以相王之尊，雅爱诗章；文帝以副君之重，妙善辞赋；陈思以公子之豪，下笔琳琅；并体貌英逸，故俊才云蒸。仲宣委质于汉南，孔璋归命于河北，伟长从宦于青土，公幹徇质于海隅，德琏综其斐然之思，元瑜展其翩翩之乐，文蔚、休伯之俦，予叔、德祖之侣，傲雅觞豆之前，雍容衽席之上，洒笔以成酣歌，和墨以藉谈笑。观其时文，雅好慷慨，良由世积乱离，风衰俗怨，并志深而笔长，故梗概而多气也。②

真所谓文学即是人学，相信任何具有一定历史底蕴和文学审美的读者，读到这些文字，头脑里都能涌现出一幅幅群英荟萃、挥翰逞才而动人心魂的历史画卷。在这里，刘勰将"五言腾涌"③ 的文学局面，与作家们的高才神思、梗概气质以及时运代序，浑融自然地呈现了出来。今代学

---

* 本章曾刊于《中国韵文学刊》2016 年第 4 期，收入本书时作了大量的增改。
① 卢照邻：《乐府杂诗序》，祝尚书《卢照邻集笺注》，上海古籍出版社 2011 年版，第 365 页。
② 范文澜：《文心雕龙注》，第 673—674 页。
③ 范文澜：《文心雕龙注》，第 66 页。

者概括这种建安文学的特殊之处,莫若鲁迅1927年所提出的"文学自觉说"最具冲击力,影响亦为深远,他说,"曹丕的一个时代可说是文学的自觉时代,或如近代所说是为艺术而艺术的一派",建安文人有着"反对寓训勉于诗赋的见解"①。后来李泽厚在此基础上进一步提出"人的觉醒"和"艺术的自觉"②,为学界普遍接受。当然也不乏异样的声音,如龚克昌便提出汉赋为"文学自觉时代的起点"③。实际上我们在上一章讨论的时候,就可以看到汉赋只有在"前经学"时代的娱乐性较强,但很快被导向经学的攀附,这种短时段现象尚不足以支撑起"自觉时代"的说法。我们不必另起新说,这里关系到文学定义的问题,鲁迅之说是从日人铃木虎雄而来,本质上基于"兴感怡悦"为中心的"纯文学"观④,这种由英国浪漫主义文学批评家戴昆西(De-Quincey)"知的文学"和"情的文学"的划分中延伸出来的"情感内涵说",与源自王国维译介康德区分纯粹审美性和实用性而延伸出来的审美超功利说,是五四时期"纯文学"观念的两大源头,构成了此后中国文学研究中的文学意蕴⑤以这样的文学观念去反观建安文学所开拓出来的抒情性和审美超功利性,及至"人的觉醒",确实能凸显出建安文学与汉代文学的不同,以及其在文学史上的独特意义。所以"文学的自觉"这一西学观念的借用,最少在确定文学标准的基础上,对描述建安文学是合适的。而我们要关注的焦点则是,这种"自觉"如何在文体层面展开:在东汉赋完全附《诗》成功之后,礼颂敷篇的文本构结产生了哪些变化;《诗经》学渐次消歇之后,赋体的绝对主导地位是否发生了改变;从《诗经》到四言"诗"的转换是怎样实现的;五言诗为什么会迅速抢位,成为文人抒情的新体样式;乐府、歌诗、徒诗、文人诗之间的边界是什么,它们在这一阶段产生了哪些变化;"诗赋欲丽"体现的是一种诗赋合流的风格学概念吗,承载文学"自觉"

---

① 鲁迅:《魏晋风度及文章与药及酒之关系》,《鲁迅全集》第一卷,人民文学出版社2005年版,第526页。
② 李泽厚:《美的历程》,第119—138页。
③ 龚克昌:《中国辞赋研究》,第88页。
④ 《摩罗诗力说》称:"由纯文学上言之,则以一切美术之本质,皆在使观听之人,为之兴感怡悦。文章为美术之一,质当亦然。"鲁迅:《摩罗诗力说》,收入《鲁迅全集》第一卷,第71页。
⑤ 可参读周兴陆《"文学"概念的古今榫合》,《文学评论》2019年第5期。

的诗体和赋体之间又发生了什么互动,等等。

第一节 张衡蔡邕赋的转向

东汉中后期,赋一方面固然在经由攀附《诗经》以后获得了"别子为祖"的文体地位,形成了礼颂敷篇的构结方式;但另一方面,固化即意味着解体时代的到来。从政治上看,自安帝到桓灵二帝期间所弥漫着的外戚宦官专权日益严重,最终酿成了党锢之祸,经学所建构的伦常秩序逐渐失效,"章句渐疏,而多以浮华相尚,儒者之风盖衰矣。"① 于是匹夫抗争,处士横议,士人与统治阶层的关系恶化,转为梗概使气,注重自我性情的发抒,形成了士之"个体自觉"与"群体自觉"②。在这样的观念影响下,赋的功用描述开始有了微妙的变化,如与张衡、马融等友善的王符(约85—约163年),在《潜夫论·务本》中说:"诗赋者,所以颂善丑之德,泄哀乐之情也。"③ 这一提法在赋史上具有转折性的意义,似无人注意。盖其一面提"颂善丑之德",能见出班固"美颂"说的影子,属于东汉赋学礼制化下的文学批评话语;另一方面,"泄哀乐之情"已开始挣脱"讽谏"说的经学藩篱。"泄"通"洩",毛传《诗·大雅·民劳》"俾民忧泄":"泄,去也。"郑笺:"犹出也,发也。"④ 这毋宁是《楚辞》"惜诵以致愍兮,发愤以抒情"的影写。从"诗"来讲,此前之诗专指《诗经》,这里却已为"泄哀乐之情"的书写篇章。按王符本意是批评"学问之士,好语虚无之事,争着雕丽之文""长不诚之言""伤道德之实",他是从士风转移的角度来讲的,显然是针对儒学秩序解散的放矢;他不全以经学礼制来批评诗赋,而是杂入情性之本,将诗赋的功能转用于个人情感的抒发,不仅可见社会风气之变,而且意味着诗赋的转变时代即将到来。

---

① 范晔:《后汉书·儒林传》,第2547页。
② 由来讲文学的自觉,注重在建安时代,李泽厚虽谓人的觉醒,亦稍粗疏。余英时则认为早在东汉中后期,就已经出现了士人的"个体自觉"和"群体自觉",所述较为详细,可参其《汉晋之际士之新自觉与新思潮》,收入其《士与中国文化》,上海人民出版社2003年版。
③ 汪继培笺:《潜夫论》,《诸子集成》本第8册,第8页。
④ 毛亨等:《毛诗注疏》,第1655页。

过程之美

下至建安时代曹丕（187—226年）能公然说出喜爱"郑卫之音"的话①，即可想见这五六十年间，从经学秩序的解散到个体抒情的凸显是经历了怎样的动荡和变化。

汉魏之际诗赋文体丕变的具体展开，当以张衡与蔡邕为第一转关。按班固《汉书》依《七略》次赋四家：屈原赋，陆贾赋，孙卿赋，杂赋。今人据文学定义之审美内涵判别大赋"写实"与小赋"抒情"，略可见出"正宗"与旁衍"别派"之关系②，其实"考镜源流"，这两类赋皆与"屈原赋"有关。楚骚以铺陈来抒情，经宋玉转为铺陈赋物而开出骋辞大赋；又楚骚抒幽愤怨怼之情而"以情为本"，在形态上则句式散化而以骚语为表征，影响于骚入赋域，一变而为贾谊《鹏鸟赋》《吊屈原赋》，及至司马相如《大人赋》《长门赋》③；再变而为刘歆《遂初赋》、班彪《北征赋》、班昭《东征赋》。自骚体变为纪行之赋，则抒情之内核、骚语之表征犹然。④所谓"汉承楚音"，在西汉骋辞大赋及东汉礼制化后的美颂之赋的冲击下，主于私人领域抒情的骚体赋仍是一支不可忽略的潜流；到了张、蔡二人手里，潜流则开始变成了显流。

张衡、蔡邕二人在东汉末之文学地位，前代论家已有公认。刘勰《文心雕龙·才略》称"张衡通赡，蔡邕精雅；文史彬彬，隔世相望"⑤，《蔡邕画像颂》称其"文同三闾"⑥，曹丕则在多篇文章中以时人比张、蔡。我们要关注的则是他们在文学史上的承续作用，按沈约《宋书》卷六十七《谢运灵传论》："若夫平子艳发，文以情变，绝唱高

---

① 繁钦和曹丕曾有过讨论艺妓的通信，繁钦谓都尉薛访车子"能喉啭引声，与筲同音"，又谓："窃惟圣体，兼爱好奇，是以因笺，先白奏曲，伏想御闻，必含余欢。"曹丕则答以"披书欢笑，不能自胜"，并表彰自己艺妓的歌声："激清角，扬白雪，接孤声，赴危节。于是商风振条，春鹰度吟，飞雾成霜。斯可谓声协钟石，气应风律，网罗《韶》《濩》，囊括郑卫者也。"身为君上的他如此谈论艺妓与音乐，可见风气之转。分别见严可均辑《全后汉文》卷九十三，第943页；《全三国文》卷七，商务印书馆1999年版，第63—64页。
② 程千帆：《汉赋流别》，收入其《俭腹抄》，第55—57页。
③ 章太炎《国故论衡》："《鹏鸟》方物《卜居》。而相如《大人赋》，自《远游》流变。"第90页。
④ 刘熙载《艺概·赋概》："叙事记游，出于《涉江》、《哀郢》者也。"袁津琥：《艺概注稿》，第95页。
⑤ 范文澜：《文心雕龙注》，第699页。
⑥ 严可均：《全后汉文》，第802页。

踪，久无嗣响。至于建安，曹氏基命，二祖陈王，咸蓄盛藻，甫乃以情纬文，以文被质。"① 所说切于实情，但只讲到了张衡。其实张、蔡二子皆上承西京文学，下启三曹七子。张衡（78—139 年）早于蔡邕（133—192 年）55 年，他过世时蔡邕刚满 6 岁，这正好分属交替的两个时代，因此二人的作品基本反映了汉末赋体演变的实情。按张衡早年所作的《二京赋》② 上承西汉骋辞大赋，虽模拟班固《两都赋》，仍属"推类而言，极靡丽之辞，闳侈钜衍，竞于使人不能加"③ 的鸿篇巨制，实际上却在反拨班固而强调赋"卒无补于风规"的同时，暗含了对时局的批判意味。④ 故虽同为大赋，已然隐含了一定的抒情题旨，只是仍受制于《诗经》的经义话语。而在京都大赋之外的其他赋体则稍有不同。其《思玄赋》袭用屈赋之"骚怨"，属于骚体赋长篇，是"宣寄情志"⑤ 之作；其《归田赋》乃在庄骚之间，《定情赋》亦用骚体。这些篇章都可以见出抒情的意味，而并不像其京都大赋那样对经义话语有所依赖。其中原因，正在于他早年作赋仍在班固礼颂敷篇的传统之中，晚年则随着世风之变，注重"由外向的干预时政转入内向的心理平衡"⑥。下至蔡邕，其赋多短篇，承变的倾向更加明显，其《释诲》序云："感东方朔《客难》及扬雄、班固、崔骃之徒设疑以自通，乃斟酌群言，䠥其是而矫其非，作《释诲》以戒厉云尔。"⑦ 足见对前汉纵横家赋体的摹仿。《述行赋》为纪行之赋，乃屈赋之变；其他的《汉津》《霖雨》《协和婚》《静情》《伤故栗》诸赋，莫不用骚辞语气，俱不难见出情志之抒写。按两汉大赋以"京殿猎苑"类题材为正宗，无论西汉之"讽"还是东汉之"颂"，都极力追求以"奥博翔实"为"能事"，而未曾"动

---

① 沈约：《宋书》，中华书局 1974 年版，第 1778 页。
② 按其本传称作他此赋"精思傅会，十年乃成"，则始作时间未定。陈文新《中国文学编年史》以张衡入京的第二年算起，则作成此赋在 106 年，彼时张衡 29 岁。湖南人民出版社 2006 年版，第 249 页。
③ 班固：《汉书·扬雄传》，第 3575 页。
④ 其创作目的之论见《后汉书》本传，李善注《二京赋》亦有所引。关于班张二赋的不同，可参看曹道衡《略论〈两都赋〉和〈二京赋〉》，收入其《中古文学史论文集续编》，中华书局 2011 年版，第 1—16 页。
⑤ 范晔：《后汉书》，第 1914 页。
⑥ 曹虹：《中国辞赋源流综论》，第 96 页。
⑦ 曹虹：《中国辞赋源流综论》，第 1980 页。

人哀乐"①，彰显了赋不主情的体制特性。士人偶有深婉悱恻之情，必用骚体，是所以大赋之外，屈赋主情之内核与骚语之表征，一息绵延不绝；上引贾谊《鵩鸟赋》、司马相如《长门赋》、刘歆《遂初赋》、班彪《北征赋》、班昭《东征赋》等皆可见，张、蔡之骚体赋正是承自这一支潜流。然一考其语词体格，旁及抒情，就会发现其中的转变意味明显，有必要加以申说。

按上引张衡《思玄赋》，其用语多本《离骚》。如"俗迁渝而事化兮，泯规矩之圆方"②，语本《离骚》"固时俗之工巧兮，偭规矩而改错"③"何方圆之能周兮，夫孰异道而相安。"又其"何孤行之茕茕兮，子不群而介立"，语本《思美人》"独茕茕而南行兮，思彭咸之故也"；又"苟中情之信修兮，慕古人之贞节"，语本《离骚》"苟中情其好修兮，又何必用夫行媒"，等等。然有两点要注意，一是这种骚语祖述略不同于班彪《北征》等本自骚语的表象摹仿。《后汉书》本传云：

> 后迁侍中，帝引在帷幄，讽议左右。尝问衡天下所疾恶者。宦官惧其毁己，皆共目之，衡乃诡对而出。阉竖恐终为其患，遂共谗之。衡常思图身之事，以为吉凶倚伏，幽微难明，乃作《思玄赋》，以宣寄情志。④

这是张衡为汉顺帝"引在帷幄"遭宦官谗议，退而求全身所作的赋，"宣寄情志"不同于前代司马相如《长门赋》的代人言情，盖晚岁感于世情，宣泄愤懑，诚是宏大主题中的抒情写志之作。沈约所谓"文以情变"⑤，洵为的论。二是赋归于"玄"。"思玄"之题业已说明愤世而归于玄理，其乱辞应和题旨云："天长地久岁不留，俟河之清只怀忧。愿得远渡以自娱，上下无常穷六区。超逾腾跃绝世俗，飘遥神举逞所

---

① 章太炎：《国故论衡》，第53页。
② 张衡著，张震泽校注：《张衡诗文集校注》，上海古籍出版社2009年版，第199页。本章引张衡作品皆以此本参李善注《文选》，下不作注。
③ 洪兴祖：《楚辞补注》，第15页。本章引《楚辞》作品皆以此本为准，下不作注。
④ 范晔：《后汉书》，第1914页。
⑤ 沈约：《宋书·谢运灵传论》，第1778页。

欲。天不可阶仙夫稀，柏舟悄悄吝不飞。松乔高跱孰能离，结精远游使心携。回志揭来从玄谋，获我所求夫何思！"能够读到入世无门退而全身的道家思想观念。下至其名篇《归田赋》，语辞杂取《诗》《骚》，在"归田"的题旨上却回转于"感老氏之遗诫，将回驾乎蓬庐"，而能"于焉逍遥，聊以娱情"。如果对比他自己的《二京赋》，就可以看到其间转变的跨度之大，所以有学者以为，"从《二京赋》到《归田赋》，暗示了辞人之赋到诗人之赋的递转。这一递转的意义就在于把主体意识和抒情因素带入赋中，并由此开拓了赋的题材和意趣。"① 这一方面告诉我们，赋家作赋具有了新的题材意趣；另一方面也可见出，主体意识和抒情因素入赋，稍不同于此前汉人私人领域的骚体赋抒写，最少在题材的转变上有着统摄宏大抒情的考量，赋家的主体性进一步得到凸显。

下至蔡邕，这种意味更加突出。如其《释诲》拟效东方朔《答客难》，蔡氏已不再执着于东方朔承自纵横家意味的"托古慰志，疏而有辨"②，而在于"龊其是而矫其非"；且乱辞变为骚体，正在发遑心曲，以抒情志。又其《述行赋》紧承东汉的纪行赋题材和写法，但其序曰：

> 延熹二年秋，霖雨逾月。是时梁冀新诛，而徐璜、左悺等五侯擅贵于其处。又起显阳苑于城西，人徒冻饿，不得其命者甚众。白马令李云以直言死，鸿胪陈君以救云抵罪。璜以余能鼓琴，白朝廷，敕陈留太守发遣余到偃师。病不前，得归。心愤此事，遂托所过，述而成赋。③

此序叙中常侍徐璜等五侯擅权，其中"心愤此事"正系感叹时事的抒愤之语，将个人情志与家国之痛联系在一起，较张衡《思玄赋》的"宣寄情志"更显深沉，俱属宏大主题的深度抒情，断非对楚骚的简单模拟。至其用语，如"心郁悒而愤思"④ "心恻怆而怀惨"，语出《离

---

① 曹虹：《中国辞赋源流综论》，第37页。
② 范文澜：《文心雕龙注·杂文》，第254页。
③ 严可均：《全后汉文》，第709页。
④ 严可均：《全后汉文》，第709页。凡诸人常见文皆引自此书，赋则并参费振刚《全汉赋校注》，下不作注。

骚》;"操吴榜其万艘兮""济西溪而容与兮"语本《涉江》;"潦污滞""山风汩""气憯憯""云郁术"本于宋赋;"仆夫疲而瘏兮,我马虺隤以玄黄",则杂用《诗》《骚》。皆是"宣幽情而属词",颇能体现沿途所见的民生乱象,而营造出愤懑忧国的士人形象,读之令人涕下。

  同为纪行之赋,只要将蔡邕的《述行赋》相较于刘歆《遂初赋》、班彪《北征赋》、班昭《东征赋》,即可看出赋风的转向。尽管前后篇幅短长略同,亦为祖述骚语,但抒情的悱恻动人却可判高下。按班彪《北征赋》首起用"余遭世之颠覆兮",虽具骚味,却语本贾谊《吊屈原赋》,抒情直露;以下"朝发轫于长都兮""纷吾去此旧都兮""游子悲其故乡""揽余涕以于邑兮,哀民生之多故"诸语,几乎全用《离骚》语,仅略变字词,庶几亦步亦趋。班昭《东征赋》略同《北征赋》,骚语袭用稍少,然"遂去故而就新兮,志怆恨浪而怀悲""心迟迟而有违""唯令德为不朽兮,身既没而名存。"数句已露消息,是为个人抒情之作。概而言之,这类纪行赋及至汉代中期以下的骚体赋,摹仿楚骚太甚,既失去了楚骚香草美人的点染,又多以实际行程作线索,拘执于具体的物事,或空泛地拟效楚骚情感,或谨守于一己之情志。相比于楚骚的"复杂无伦"而易深沉悱恻,汉人的骚体赋则"整蔚有序"① 而似为文而造情,理性代替了感性,写实代替了想象,摹拟遮敝了深情。所以朱熹在《楚辞辨证》中毫不客气地批评汉人模拟骚赋"诗意平缓,意不深切,如无所疾痛而强为呻吟者"②。回到张、蔡二人之作,张衡的"宣寄情志"与"归田"书写,拓展了新的题材意趣,抒情中杂入了老庄之学,注重主体意识的切入;蔡邕之"述行"则将个人情志与家国之思交融在一起,发撼时代之思,更有"诗人之赋"的深沉抒情意味,而愈加动人。总之,张、蔡之大赋长赋,表面上延续西汉诸赋之体制,及至语辞、构思,实质上却经由骚体,渐次嬗变为偏重于"情志"的深沉悱恻之作。

  西汉虽代有主情之屈赋,然较之终不够悱恻,其或偶一得见,正人情经历之作,不可代表时势世风。至张、蔡之转关则非个别现象。《后

---

① 胡应麟《诗薮》:"骚与赋句无甚相远,体裁则大不同。《骚》复杂无伦,赋整蔚有序;《骚》以含蓄深婉为尚,赋以夸张宏钜为工。"第5页。
② 朱熹:《楚辞集注》,上海古籍出版社1979年版,第172页。

汉书》较之《汉书》，增立《独行传》与《文苑传》二目。范晔《独行传》序以为诸人"措之则事或有遗，载之则贯序无统。以其名体虽殊，而操行俱绝，故总为独行篇焉"①。赵翼《廿二史答记》卷五解释说，"盖其时轻生尚气已成习俗，故志节之士好为苟难，务欲绝出流辈，以成卓特之行，而不自知其非也"；"驯至东汉，其风益盛，盖当时荐举征辟，必采名誉，故凡可以得名者，必全力赴之"。② 时势衰敝，党锢成祸，善文者既重彼如此，故进而举志节，退而抒孤愤。譬诸赵壹进则"倨傲""长揖"，退则作《刺世疾邪赋》"以舒其怨愤"。③ 而典型如稍后的祢衡（173—198 年）更是使气恃才之辈，据《后汉书·文苑传》载，他"少有才辩"，先后事曹操、刘表、黄祖，终因"恃才倨傲"而为黄祖所杀。其名作《鹦鹉赋》称鹦鹉为"西域之灵鸟"、源出于"虞人"之"垅坻"，只因命运而"闭以雕笼""流飘万里"，"羁旅"而不能归，只能"眷西路而长怀，望故乡而延伫"④，何焯即谓"全是寄托，分明为才人写照"⑤；当时此作颇有影响，很多士人自比鹦鹉英才，"鹦鹉"的同题竞写也是汉魏间今见数量最多的。但恰因"独行"世风如此，才使得祢衡的这种特立独行在当时并未有独标的意义，他的怀才不遇事件要下至唐代崔颢和李白才阐释出来而名满天下。⑥ 按范晔所立《文苑传》三十一人，从他们的存世文章和存目来看，率多抒情写志之作。此一现象关涉汉魏诗赋之变者有两点值得注意：世积乱离而退抒孤愤，良由奋笔疾书，是故屈赋之深婉绵长式抒情乃不适用，抒情之赋体制将趋短小；又进既无当于政治，退则或发愤而抒情，或遁逃于老庄。

张衡和蔡邕借大赋长赋以抒情的篇章，仅《释诲》《述行赋》《思

---

① 范晔：《后汉书》，第 2665 页。
② 赵翼：《廿二史札记》，《赵翼全集》本第二册，凤凰出版社 2009 年版，第 87 页。又，关于汉末士风对文学的影响，可参看许结《汉代文学思想史》，人民文学出版社 2010 年版，第 338—342 页。
③ 范晔：《后汉书》，第 681—682 页。按此赋当作于党锢之祸之后，刘汝霖《汉晋学术编年》将之附于 178 年，华东师范大学出版社 2010 年版，第 403 页；而陈文新《中国文学编年史》（汉魏卷）以为时间更早，在 169 年，第 319 页。
④ 费振刚等：《全汉赋校注》，第 970 页。
⑤ 此俞玚评点《昭明文选》六十卷语，见黄霖《文选汇评》，第 339 页。
⑥ 参拙稿《李白接受崔颢〈黄鹤楼〉诗考论》，《中南民族大学学报》2020 年第 1 期。

玄赋》三篇，余赋皆为短制，要归于抒情，必取用骚语。张衡小赋除《归田赋》外，残存的《定情赋》《舞赋》皆用了骚体；蔡邕今存小赋能观概貌者计十二篇，明显用骚体的有《霖雨赋》《汉津赋》《协和婚赋》《静情赋》《短人赋》《瞽师赋》《琴赋》《伤故栗赋》《蝉赋》九篇。这些小赋虽多自类书辑出，难断全貌，然从整体上看亦可推出大概。其中以蔡邕《青衣赋》字数最多，也不过三百余字。又诸赋皆已无"曲终奏雅"的"乱辞"，乃因抒情便利，随物以发摅，不必胶着于大赋"劝""讽"的构篇，也不必拘囿于荀赋咏物的二元结构，一抒胸臆足矣。又归老庄之超然，则体现为赋写内容与政治的疏离，而别出雅玩的题材和写法，在未经玄学的思辨和浸润的赋家手里，老庄的引入多是围绕题中要义而展开，或取老子幽玄之义，或取庄子的天道自然，唯寄托于日常物事之道，以清新典雅的语辞出脱经学的板重。张衡《髑髅赋》写张平子和髑髅的对话，完全取意于《庄子·至乐》中庄子与髑髅的对话；其《冢赋》写冢的形貌和祭祀，但已然脱去经学气，而有一种平和冲淡的意味；《归田赋》已直取庄子，语词则诗骚合一，句意多庄骚一体，如"谅天道之微昧，追渔父以同嬉"，辞祖楚骚，意接庄周；《定情赋》有"大火流兮草虫鸣，繁霜降兮草木零"，语辞取《诗·豳风·七月》中的农事描写，杂以骚语"草木零"，句式纯取骚体，此则意在骚怨与雅正之间。这样的语辞和取义整合方式，极易走向清新超逸、典雅幽玄的风格，大不同于前代礼颂敷篇的主流赋作。刘勰谓其诗"清典可味"[1]，殊可评赋，补其"雅正超逸"，庶几可得其小赋要义。而蔡邕的《笔赋》《琴赋》《弹棋赋》《圆扇赋》都是文人雅玩的题材，内容上也非荀赋"效物"谏上的简单继承，从语辞上看，杂取前代，不主经语，故有清新优雅的格调。他的《青衣赋》《短人赋》尤其注重常人不关注的题材，前者将诚挚的笔墨赋予一位奴婢，这与《协婚赋》同取一种欣赏的视角，完全无视经学礼义的道德内容，读来颇让人觉得有一种深情在，无怪乎引发张超写《诮青衣赋》来非议。所以我们说，张衡、蔡邕二人的赋作，代表了时风的转向：在功能上逐步出脱了汉代攀附《诗经》后的美颂表达，而转向个人的抒情为主，

---

[1] 范文澜：《文心雕龙注·明诗》，第66页。

其中又以蔡邕更为突出；在题材内容上改变了以宏大书写为绝对主体，而有了新的拓展；在篇幅架构上则走向短篇而消解了大赋的构结方式；在风格上经由肃穆板重转向清新典雅，以及抒情的直切化；在思想上则由儒家的经学礼制转向道家的幽玄和个人的情感体验。所以今人谓建安"文学的自觉"，又论所谓"纯文学"，必当以此一阶段为滥觞。

第二节　三曹七子的承变

在蔡邕的时代，三曹七子中除了曹操外都是作为晚辈走上文坛中心的，有论家特别注意到，他们大都曾当面受到过蔡邕的影响①。《三国志》载曹操、孔融皆与蔡邕"素善"，且"融之所作，多范伯喈"②；更值得注意的是，曹操与蔡邕的关系是"管鲍之好"③。阮瑀少年曾受学于蔡邕④，王粲年幼时曾得到蔡邕的称赞，蔡邕还赠给他数车书。⑤蔡邕的地位，其实相当于当时的文坛盟主，又加上其命运在乱世中尤显悲惨，所以死后很长一段时间都还有影响，曹操厚待其女蔡文姬，便是基于这些原因。《后汉书·孔融传》记载了一个有趣的故事："（孔融）与蔡邕素善，邕卒后，有虎贲士貌类于邕，融每酒酣，引与同坐，曰：'虽无老成人，且有典刑。'"⑥ 虽是后辈对他的追忆，正见影响之深。再晚一点的曹丕曹植兄弟，更是以之为就近的典型。如曹丕《典论·论文》评王粲、徐幹之赋"虽张、蔡不过也"⑦，不言班马扬诸辈，直以张、蔡二人为评比模范，足见影响次第，以及此中的文学认同。今考三曹七子之赋，自题材功能而至语词风格而归于体制，皆可见出自汉末

---

①　程章灿：《魏晋南北朝赋史》，第40—44页。按张衡、蔡邕对建安文学的影响，许多专著都有所涉及，只是注意的角度不一，如程书便从赋学上提及这一点，本文关注的焦点则在于文体演变。本节吸收了程书的一些论述，特此说明。

②　刘师培：《中国中古文学史讲义》，第22页。

③　《蔡伯喈女赋序》："家公与蔡伯喈有管鲍之好，乃命使者周近持玄玉璧于匈奴，以妻屯田都慰董祀。"夏传才、唐绍忠校注：《曹丕集校注》，河北教育出版社2013年版，第54页。

④　按《三国志·王粲传》附《阮瑀传》："瑀少受学于蔡邕。"第600页。

⑤　《三国志·王粲传》："献帝西迁，粲徙长安，左中郎将蔡邕见而奇。……邕曰：'此王公孙也，有异才，吾不如也。吾家书籍文章尽当与之。'"第597页。

⑥　范晔：《后汉书》，第2277页。

⑦　夏传才、唐绍忠：《曹丕集校注》，第235页。

张、蔡以来的影响递衍，而尤以蔡邕为直接。先论题材影响，据《历代赋汇》略列如下表：

蔡邕赋	建安文人从赋	摹似人次	合计
《述行赋》	王粲《初征赋》，阮瑀《纪征赋》，曹丕、曹植、繁钦《述征赋》，曹植、繁钦《述行赋》，应玚《撰征赋》，徐干《序征赋》，杨修《出征赋》	10人次	拟写蔡邕6篇共计30人次
《青衣赋》	王粲、应玚、杨修、陈琳《神女赋》，曹植《洛神赋》	5人次	
《检逸赋》	王粲《闲邪赋》，应玚《正情赋》，曹植《静思赋》，阮瑀、陈琳《止欲赋》，繁钦《弭愁赋》	6人次	
《霖雨赋》	应玚、王粲、曹丕、曹植《愁霖赋》	4人次	
《团扇赋》	曹植《扇赋》，徐干《圆扇赋》	2人次	
《弹棋赋》	王粲、曹丕、丁廙《弹棋赋》	3人次	

仅现存史料所见，蔡邕的六篇赋，竟有30余人次近于同题模仿，其中以《述行赋》的拟写最多，足有10人次，正见出他作赋在题材方面的重要影响，庶几可以推测三曹七子初为赋时就是以之为典型的。但有两个问题必须要予以解释：第一是同题模仿是否"为文而造情"，是否因此而损益了张、蔡赋所开辟出来的抒情小赋导向；第二是为何述行之赋拟写最多。

这就要考虑到对蔡邕赋的摹写所包含的同题竞写活动语境，那就是邺下文学活动这一创作背景，其中主要是由三曹引领并推波助澜的。按"曹公父子，笃好斯文"①，二帝"雅爱辞章""妙善辞赋"，更重要的是，二帝通脱的性格，尤其是曹操开阔的胸襟，能网罗天下才士，组织起邺下文人集团。曹植《与杨德祖书》："昔仲宣独步于汉南，孔璋鹰扬于河朔，伟长擅名于青土，公干振藻于海隅，德琏发迹于此魏，足下高视于上京……吾王于是设天网以该之，顿八纮以掩之，今悉集兹国矣。"② 可见曹氏父子广纳天下才士，彬彬一时之盛。而荟萃群英于一城，则每多宴饮同题活动，如曹丕《登台赋》序："建安十七年春，上游西园，登铜雀台，命余兄弟并作。"③ 曹操、曹植也作有《登台赋》，

---

① 钟嵘著，曹旭集注：《诗品集注》，上海古籍出版社2011年版，第20页。
② 李善注：《文选》，第593页。
③ 夏传才、唐绍忠：《曹丕集校注》，第60页。本章曹丕之作皆出此本，以下无特殊引用不再注。

今天仍可见到。《古文苑》载王粲《羽猎赋》，章樵注引挚虞《文章流别论》曰："建安中，魏文帝从武帝出猎，赋，命陈琳、王粲、应玚、刘桢并作。"①诸公今亦有赋存。又曹丕《浮淮赋》序："建安十四年，王师自谯东征，大兴水军，浮舟万艘……虽孝武盛唐之狩，轴轳千里，殆不过也，乃作斯赋云。"而王粲亦有"从王师以南征"②的同题之作。今见完全同题的赋甚多，如《鹦鹉赋》，计有祢衡、陈琳、应玚、王粲、阮瑀、曹植；《槐树赋》，计有王粲、曹操、曹丕、曹植、傅巽；其他如《迷迭赋》《七体》《大暑赋》《柳赋》，等等，都不乏同题之作。这些同题赋俱不离三曹的组织之功，由是他们才会成为第二转关的关键人物，沿着张衡、蔡邕开启的创作转向而有了进一步的深化和拓展。

要注意的是，这类同题赋不能视为简单应制之作，按上引曹植《与杨德祖书》描述天下英才毕聚时，同时也流露出的是一种对七子的尊重，隐含着文人惺惺相惜之情。又曹植的《赠徐幹诗》谓："顾念蓬室士，贫贱诚足怜。"又谓："宝弃怨何人，和氏有其愆。弹冠俟知己，知己谁不然。"③便直接透露出一种与文士平等相交的诚挚情感，完全没有王公贵族的等级眼光；他的《赠王粲诗》《赠丁仪诗》也都是非常真诚动人的，可与此对读。而这固非曹植一人的情怀，二帝悉皆如此，对待当时名士有一种深情在焉。如文帝曹丕死后，吴质所作《思慕诗》："怆怆怀殷忧，殷忧不可居。徙倚不能坐，出入步踟蹰。念蒙圣主恩，荣爵与众殊。自谓永终身，志气甫当舒。何意中见弃，弃我就黄垆。茕茕靡所恃，泪下如连珠。随没无所益，身死名不书。慷慨自俯仰，庶几烈丈夫。"④便显深沉悲痛，并非敷衍的应酬之作。因之刘勰谓"文帝、陈思，纵辔以骋节；王、徐、应、刘，望路而争驱。并怜风月，狎池苑，述恩荣，叙酣宴；慷慨以任气，磊落以使才"，显然也可以看作是邺下文人竞翰骋才的写实。这样三曹七子的同题竞拟、彼此唱

---

① 章樵：《古文苑》，明成化十八年刻影印本，中国书店2000年版，卷七。
② 欧阳询：《艺文类聚》，上海古籍出版社2013年版，第262—263页。
③ 曹植著，王巍校注：《曹植集校注》，河北教育出版社2013年版，第8页。本章曹植之作皆出此本，若无特殊引用不再注。
④ 逯钦立：《先秦汉魏晋南北朝诗》，中华书局1983年版，第412页。

和，就体现了一种"各相慕习"①的心态，其赋作也包含了各自的个性和深情。如关于出妇之赋，起于刘勋出妻王氏，曹丕《代刘勋出妻王氏作二首》："王宋者，平虏将军刘勋妻也，入门二十余年。后勋悦山阳司马氏女，以宋无子出之。还于道中作诗。"②二曹、王粲皆作《出妇赋》，各人虽都表同情，但写法不一，曹丕重在写出妇心理之凄绝悲痛，曹植则全面着笔叙其命运，王粲在写出妇之外还对其丈夫展开了"不笃终始"的批评；同样，三子对阮瑀早逝后其遗孤妻子的"悲苦"同情，并写《寡妇赋》亦相类似。

在这样的背景下，既有前辈之赋导夫先路，摹仿拟写同题之作自然蔚为一时风气，而不足为奇。但集中于《述行赋》的拟写，则还有一个原因，那就是乱世奔波，使得诸人都有这样的生活体验。就抒情而言，汉末衰世抒愤的力度只以加重，刘勰所谓"世积乱离，风衰俗怨"，刘师培所谓"献帝之初，诸方棋峙，乘时之士，颇慕纵横"③，乱离既多，战事又起，奔波之中遂多感慨。"惟日月之逾迈兮，俟河清其未极。冀王道之一平兮，假高衢而骋力。惧匏瓜之徒悬兮，畏井渫之莫食。"④仲宣《登楼赋》之慨叹，正宜抒众多文人之心志，所以他们的创作不能看成闲情雅致的语辞模仿。其实，上表统计王粲《初征赋》，阮瑀《纪征赋》，曹丕、曹植、繁钦《述征赋》，曹植、繁钦《述行赋》，应玚《撰征赋》，徐幹《序征赋》，杨修《出征赋》，乃是建安十三年七月至十一月，曹操率军南征，诸子从而所作。这一年曹操一路南下，势如破竹，豪气干云，直至最后爆发赤壁之战，所以诸作很可能是奉命题写，以有感于乱世将息与新气象之将生。将述行的视线推而广之，则陈琳、王粲、应玚的同题《羽猎赋》，曹丕王粲的同题《浮淮赋》等亦可看作同俦之作。可见述行赋的流行，宜乎视为乱世题材的标志。要补充说明的是，我们当然也不能将建安述行赋的流行全归功于摹拟蔡邕，毕竟汉代刘歆

---

① 沈约：《宋书·谢灵运传》，第1778页。
② 此序出自《玉台新咏》卷二，该书以二诗为王宋作，《艺文类聚》则归之于曹丕，逯钦立据此收入《先秦汉魏晋南北朝诗》曹丕下。序见徐陵《玉台新咏》，世纪出版集团、上海古籍出版社2007年版，第55页。
③ 刘师培：《中国中古文学史讲义》，第7页。
④ 费振刚等：《全汉赋校注》，第1033页。

《遂初赋》、班彪《北征赋》、班昭《东征赋》等建立起了述行抒情的新传统而有一脉影响，但建安诸子之踵武书写，与前辈盟主蔡邕《述行赋》的深情抒写以重新表彰这一传统肯定是分不开的。

除了《述行赋》外，蔡邕的《青衣赋》《检逸赋》写美女，《霖雨赋》写天气时令，《弹棋赋》《团扇赋》写文人雅玩，这几类赋在三曹七子的手中都有很好的展开。从语辞上看，与蔡邕开辟出来的骚体抒情一脉相承。如曹植写述行的《东征赋》"挥朱旗以东指兮，横大江而莫御"，本于《离骚》《九歌》；写时令的《感节赋》"内纡曲而潜结，心怛惕以中惊"，脱自宋赋；写美女的《静思赋》"愁惨惨以增伤悲，予安能乎淹留"，亦为祖袭骚语；《愁霖赋》则全用骚语。阮瑀写美女的《神女赋》："鸣玉鸾之嘤嘤，答玉质于苕华，……申握椒以贻予，请同宴乎粤房。苟好乐之嘉合，永绝世而独昌。"亦为骚调余绪，俱不难见出蔡邕同题之赋的先导痕迹。而王粲《登楼赋》"遭纷浊而迁逝兮，漫逾纪以迄今。情眷眷而怀归兮，孰忧思之可任"；《浮海赋》"乘菌桂之方舟，浮大江而遥逝"；《大暑赋》"天地翕其同光，征夫瘁于原野"，无论取用"兮"字与否，语词祖述于庄骚的痕迹明显。曹丕之用骚语，则俯拾皆是，《寡妇赋》"惟生民之艰危"，"水凝兮成冰，雪落兮翻翻"。《感离赋》"招延伫兮良久，忽踟蹰兮忘家"，《浮淮赋》"扬云旗之缤纷兮"，等等。又应玚、王粲、曹丕、曹植的同题《愁霖赋》，语词意味则绝类蔡邕同题之作。不一而足。细察可知，所拟非惟造语辞气，而有用情之深。

这种抒情的倾向较之蔡赋更进了一步，曹植《前录自序》旗帜鲜明地提出"余少而好赋，其所尚也，雅好慷慨"①，论家推为"批评史上第一次明确地表达了对强烈情感的爱好"②。情感审美判断见仁见智而难论深浅，我们需要证之于文本，有两个方面可以提供明显的佐证，即赋序和题材的明显变化。从赋序上看，汉赋固然已有，但不为多，多半交代凭虚缘起，所谓"述客主以首引"，借以引发正文，又或作观念建构，以获得正文的合法性，大都体现为宏大叙事的构结，这是长篇赋

---

① 王巍：《曹植集校注》，第386页。
② 王运熙、杨明：《魏晋南北朝文学批评史》，上海古籍出版社1989年版，第47页。

文的结构形态；至于短篇，则几乎无序，更何况短篇在汉代不为主流。蔡邕赋的长篇《述行赋》《释诲》也有序，正在汉赋的传统之中，但短篇小赋有序的仅两篇，皆非写实而抒情的必然需要。《短人赋》之序较长，然自我的抒情性并不浓郁，"是以陈赋，引譬比偶。皆得形象，诚如所语。"① 点明本篇用比法，即借赋短人而讥讽现象，非惟写实而抒。另一篇《伤故栗赋》之序极简单："人有折蔡氏祠前栗者，故作斯赋。"② 仅此一句，表明因事而发，含即兴抒情的意味。《古文苑》题作《胡栗赋》，百三家本、《艺文类聚》《太平御览》《初学记》都题作《伤故栗赋》；然此赋正文内容今见计14句，前12句描摹栗树的形貌品性，是汉代咏物赋的写法，最后两句："适祸贼之灾人兮，嗟夭折以摧伤。"则转为抒情，所以题目作《伤故栗赋》更为合适，也就点明了抒情的意味③。而序和正文的映照，也说明此赋多少含有即物抒情的意思，与《短人赋》有所不同；只是序文甚为简要，尚未构成普遍的书写现象。这种小赋大都不用序的现象，说明其创作承荀赋而下后，仍保持着"效物"的理性传统，赋物并非抒情的现实之所必需，而是对之施予理性普遍书写的余绪。蔡赋的两篇序文可以说是稍转消息；但到了建安诸子的手中，则情况大变。如今见曹丕小赋计15篇有序，曹植小赋计12篇有序，七子中小赋有序的也不少。赋序增多，一方面是说明创作缘由，深层的原因则是抒情说明的现实需要。如曹丕的《戒盈赋》《悼夭赋》《寡妇赋》《感物赋》、曹植的《愍志赋》《叙愁赋》《离缴雁赋》等，赋序内容皆指向于当下真实事件的抒情说明。曹丕《寡妇赋》序："陈留阮元瑜与余有旧，薄命早亡。每感存其遗孤，未尝不怆然伤心，故作斯赋，以叙其妻子悲苦之情。命王粲并作之。"④ 曹植《离缴雁赋》序："余游于玄武陂中，有雁离缴，不能复飞，顾命舟人

---

① 费振刚等：《全汉赋校注》，第926页。
② 费振刚等：《全汉赋校注》，第934页。
③ 这并非说明，即物抒情赋是蔡邕的独创，最少在孔臧《杨柳赋》中就有"嗟兹杨柳，先生后伤"的抒情意味。本书第一章讨论荀赋时提到"物"—"理"二元结构转为"物"—"情"二元结构是顺理成章的事情，其详细进程颇为难考，不过可以确认的是，这种写法至蔡邕以下才开始渐渐受到重视。
④ 夏传才、唐绍忠：《曹丕集校注》，第59页。

追而得之,故怜而赋焉。"① 足资说明风气转移,赋家们作赋的目的是对当下生活的实情抒发,较之于蔡赋,抒情的目的鲜明,程度更深。

而且从题材上也能看出明显的变化。今见蔡邕小赋,以咏人类和赋物类为最多,赋物类又以文人雅玩为主,包含《笔赋》《弹琴赋》《蝉赋》《弹棋赋》《团扇赋》诸篇;从题目上看,完全抒情的则只有《伤故栗赋》《静情赋》两篇,《静情赋》今佚,但陶渊明《闲情赋》序引用此篇与张衡《定情赋》,谓之"检逸辞而宗澹泊"②,说明含有以礼节情的意味在,故其抒情性仍多少受制于礼制。而翻开建安赋家的集子,赋题迳表抒情者比比皆是,如思友、伤夭、愁霖、喜霁、出妇、寡妇、思友、哀己、感物、伤魂、感节、怀亲、归思、慰情、叙愁、悲命、慜骥等等,数不胜数。以曹丕为例,可分三类:抒情,纪行,赋物。其抒情小赋包含《愁霖赋》《喜霁赋》《离居赋》《感离赋》《永思赋》《出妇赋》《悼夭赋》《寡妇赋》《感物赋》《哀己赋》《蔡伯喈女赋》《闲思赋》《思新赋》,计13篇;而赋物类则只有《玉玦赋》《弹棋赋》《迷迭赋》《马脑勒赋》《车渠椀赋》《槐赋》《柳赋》《莺赋》,计8篇。考察到曹丕的帝王身份,则其赋物的比例算高的。凡此种种情况表明,建安赋家几乎完全视赋为个体抒情的工具,既不同于张衡作赋尚有受执于经学话语的意识,也不同于蔡邕小赋的咏物传统,极大地拓展了张、蔡赋特别是蔡赋退而抒情的偶见书写。似乎在建安赋家手里,赋并不曾具有过讽颂功能,而是以一己的抒情为主,只有在赋物的题材和内容上,才使人将赋这一文体同前代的传统联结起来。③ 如果仔细观察与荀赋赋物说理、汉赋赋物比德的差异,还会发现在形式上通达自由得多,仍反映了一代文体的重要转型,此处不作展开。

如果说建安七子在抒情的方向上主要是沿着蔡邕的路向作新天地的开拓,那么,在辞采的一方面,则主要是沿着张衡的路向衍伸。按沈约

---

① 王巍:《曹植集校注》,第175页。
② 按陶渊明《闲情赋》序谓:"初,张衡作《定情赋》,蔡邕作《静情赋》,检逸辞而宗澹泊,始则荡以思虑,而终归闲正。"袁行霈:《陶渊明集笺注》,第309页。
③ 当然这并不是说建安赋毫无汉赋经学功用传统下的讽颂意识,比如建安诸子征伐赋中的颂美、陈琳咏物赋的讽谏等,正像经学的消歇并不意味着完全解散,晋代注经仍然延续了这一学脉;其实从文学发展的"内在理路"来看,作为一种久远的文学传统,不会忽然完全斩绝,总会在大变动之后呈现出一些回应的潜流。

过程之美

《宋书·谢灵运传论》云：

> 周氏既衰，风流弥著，屈平、宋玉，导清源于前，贾谊、相如，振芳尘于后，英辞润金石，高义薄云天。自兹以降，情志愈广。王褒、刘向、扬、班、崔、蔡之徒，异轨同奔，递相师祖。虽清辞丽曲，时发乎篇，而芜音累气，固亦多矣。若夫平子艳发，文以情变，绝唱高踪，久无嗣响。至于建安，曹氏基命，二祖陈王，咸蓄盛藻，甫乃以情纬文，以文被质。[①]

评价张衡重在"艳发"，指向辞藻的艳丽发舒和才力富赡，"绝唱高踪"，则意味着其赋有高蹈之气息，能生发出想象的意境。细绎沈约的文学史论，推崇张衡是建立在比较此前"清辞丽曲，时发乎篇，而芜音累气，固亦多矣"这一基础的反拨之上的，所以张衡赋的"绝唱高踪"，也可以说是由破除"芜音累气"的"清词丽曲"抒写出来的。上文论及张衡小赋的清新、雅正、超逸，也与此相吻合。沈约论诗赋已然注重辞藻和意境，这种对张衡的推崇明显是指向于他的小赋，令我们想到了其名作《归田赋》。沈约又谓张衡影响建安文学的关键在于"文"，他说"二祖陈王，咸蓄盛藻，甫乃以情纬文，以文被质"，显然"以情纬文，以文被质"之说较张衡的"文以情变"递进一步，"文"变成了能"被质"的"盛藻"，可见演进消息。沈约的说法，除了对"情"的强调忽略了蔡邕的重要作用外，大致都是准确的。在建安诸子的赋文中，辞采所体现之"文"、清丽雅正的风格、"绝唱高踪"的意境追求就多有祖述张衡之处。如曹丕《临涡赋》"鱼颉颃兮鸟逶迤，雌雄鸣兮声相和"，承自张衡《归田赋》的"交颈颉颃，关关嘤嘤"，以及"于时仲春令月，时和气清"；陈琳《神女赋》"感仲春之和节"，亦有《归田赋》"于时仲春令月，时和气清"的影子；曹植词采华茂，集中随处可以见到影响，如《登台赋》"仰春风之和穆兮，听百鸟之悲鸣"，《节游赋》"于是仲春之月，百卉丛生"。诸家赋取法《归田赋》不仅见出张衡赋影响之大，也使建安赋带上了一些清丽的风格。又曹植《酒赋》

[①] 沈约：《宋书》，第1778页。

序："余览扬雄《酒赋》，辞甚瑰玮，颇戏而不雅，聊作《酒赋》，粗究其终始。"① 亦可与张衡追求的"雅正"相通。至于"绝唱高踪"的意境追求，建安赋就更多了，这主要缘于辞采华丽和文气的追求、抒情的深沉、篇章构结的无意诗化等要素的结合。

　　除了取辞和风格之外，句式的骈化和辞采美丽的形式艺术追求，也延着张衡的路向而推进。本来西汉文章主"气体高格"，而"东京才力富赡，弥以整练"②，这个"整练"而骈化的进程是缓慢的，至东汉末才有所发展，从赋来讲，关键人物正是张衡。李调元《赋话》谓"扬马之赋，语皆单行，班张则间有俪句"③，所说即是，张衡的骈俪化是才力丰赡的表现，但仍非有意识的全力为骈。这种情况到了建安赋家手里，出现了重大变化，刘师培《论文杂记》说："东汉之文，渐尚对偶。若魏代之体，则又以声色相矜，以藻绘相饰。"④ 建安赋家不仅重骈化，且注重描绘的声色之感，注重辞藻修饰的选择搭配。这方面当然以曹植为代表，如其《离缴雁赋》："远玄冬于南裔兮，避炎夏乎朔方。白露凄以飞扬兮，秋风发乎西商。感节运之复至兮，假魏道而翱翔……于是纵躯归命，无虑无求，饥食粱稻，渴饮清流。"将骈俪的句式追求与赋物、抒情、描写结合在一起，颇能呈现"绝唱高踪"的意境美。当然最堪为代表的还是《洛神赋》，此赋句式已然不受限于抒情之骚体，颇能"以情纬文"，以气驭篇。如其描写洛神形貌一节：

　　　　其形也，翩若惊鸿，婉若游龙。荣曜秋菊，华茂春松。仿佛兮若轻云之蔽月，飘飘兮若流风之回雪。远而望之，皎若太阳升朝霞；迫而察之，灼若芙蕖出渌波。秾纤得衷，修短合度。肩若削成，腰如约素。延颈秀项，皓质呈露。芳泽无加，铅华弗御。云髻

---

① 王巍：《曹植集校注》，第180页。
② 刘永济《十四朝文学要略》："两京之作，风尚各殊。衡而论之，大抵西京多开创之才，东京见依仿之性；西京气体高格，殊有远致，东京才力富赡，弥以整练；西京如天马之行空，东京则王良之揽辔。"第99页。
③ 孙福轩、韩泉欣：《历代赋论汇编》，第80页。
④ 陈引驰编：《刘师培中古文学论集》，第234页。

> 峨峨，修眉联娟。丹唇外朗，皓齿内鲜。①

句式骈化整饬，长短参差变化，描写的角度多变，或直接形容，或通感想象，或作比喻，或作直笔，或作工笔，或作写意，风格流丽，英词丽藻，络绎缤纷，真所谓"华丽好看"，读之颇有风神之想。虽然曹植才华独步，但这种辞采追求却是建安的普遍风尚，这段描写，如果与王粲《神女赋》的神女描写对读，就会发现他们竞呈辞藻的抒写心理。按曹丕《典论·论文》评价屈原和相如之赋高下，不推相如，而推屈原"据托譬喻，其意周旋，绰有余度"，又谓"文以气为主"②，这些对赋体的评价亦成为当时赋体创作的普遍追求。显然，凭虚奥博的大赋已成为过去式，典雅礼化的经学意味已然消解殆尽，他们追求的是手法技巧的艺术之美，他们所取得的抒情小赋业绩，较之张衡，已经开创出更广阔的新天地了。

另外，从思想上看，建安诸子较之张衡的由儒入道有所不同，较之蔡邕的儒家观念也有所不同。此时经学式微，武帝好刑名之学，颇尚事功，曹丕表彰"盖文章经国之大业，不朽之盛事"；曹植表面上谓"辞赋小道，固未足以揄扬大义"③，其实只是未足尊位而欲求政治的一种托词，他本身的不断书写和高才宏文就是一种无言的倡导。在这样的引导下，建安士人都有一种建功立业、忧患苍生的心态；尽管蔡邕也有乱世之感，但建安文人则拥有一种希望和生机，多了一种梗概之气，他们的作品里就多了一种蓬勃向上的精神气质，一种慷慨悲歌的时代感受，其中所蕴含的乱世朝不保夕的忧生之嗟也更加深沉激烈。所以建安赋能比张衡、蔡邕的小赋更动人。在篇章结构上，建安文人则承张、蔡的小品化写法，一以短篇为主，不拘执于"劝""讽"的二元构结，反倒即事书写，即物抒情，或者咏物抒情，颇有似于扬雄"诗人之赋丽以则"的理想化抒写，完全消解了两汉大赋的篇章构结方式，同时也酝酿出了赋体新变的生机。按扬雄之"则"本指《诗》之讽谏原则，晋代挚虞改为"古诗之赋"和"辞人之赋"相对，即本于此，据这种儒家观念

---

① 王巍：《曹植集校注》，第212页。
② 夏传才、唐绍忠：《曹丕集校注》，第239、237页。
③ 曹植：《与杨德祖书》，李善注《文选》，第594页。

的"则"写赋，无疑是主题先行。建安文人以抒情为宗，赋序本身表明了当下情事的真实性，文章造作只在发摅"此在"的深情，则无意中开拓出了一种新的平衡，即以英词丽藻来抒发一己情感，遂能成就真正的"诗人之赋丽以则"。如王粲的《登楼赋》，可看成这方面的典范之作。此赋首起即写登楼所见，融铺陈于描写，大开大阖而注重空间的拓展；而"北弥陶牧，西接昭丘。华实蔽野，黍稷盈畴"的描写，又注重骈句的炼字，终以"虽信美而非吾土兮，曾何足以少留"而转入抒情。接着追忆历史，遂有深沉之感，最后描写个人心理感受，尤其动人：

> 步栖迟以徙倚兮，白日忽其将匿。风萧瑟而并兴兮，天惨惨而无色。兽狂顾以求群兮，鸟相鸣而举翼。原野阒其无人兮，征夫行而未息。心凄怆以感发兮，意忉怛而憯恻。循阶除而下降兮，气交愤于胸臆。夜参半而不寐兮，怅盘桓以反侧。①

白日将匿，步履栖迟，风云惨淡，鸟兽失群，四野茫茫，此心凄怆，交愤而莫能宣之于口，盘桓而难消憯恻之心。只要想到作者惧"日月之逾迈"而"俟河清其未极"的期待，想到作者"惧匏瓜之徒悬""畏井渫之美食"的无奈，就会体察到这一段描写所蕴含着的悲凉情境。真正做到了以"无取乎富丽"，来达到"言尽而意不尽"②的写法。

综观建安之赋，大赋仅有徐幹《齐都赋》、杨修《许昌宫赋》、刘桢《鲁都赋》，皆为归曹前的京都之赋，别此之外略存几篇"七体"。据刘知渐《建安文学编年史》，建安作家有赋传世18家，作品共184篇，可知率多抒情小赋之作。但抒情的说法还远为不够，刘熙载云："楚辞风骨高，西汉赋气息厚，建安乃欲由西汉而复于楚辞者。"③ 其实是建安抒情小赋的表象，未为的论。我们分别从功能、题材内容、语辞风格、思想倾向、篇幅架构等方面，考察了赋体从张衡、蔡邕到建安文人之间的演进，最少得到以下结论：第一，今见建安小赋，除曹植

---

① 俞绍初辑校：《建安七子集》，中华书局2014年版，第104页。
② 黄霖等：《文选汇评》，第262页。
③ 袁津琥注：《艺概注稿》，第435页。

《洛神赋》外，余皆至多不过三百余字，是为短制①，最明显在他们上承蔡邕《述行》的同题之作，篇幅全都大减，蔡作一千余字，他赋至多三百余字，可知建安以来的抒情小赋，一般默认为短篇。第二，建安时期的"世积乱离，风衰俗怨"，较之东汉尤甚，故文人赋内主于抒情，乃阳取屈赋，阴承蔡张。第三，其间或有老庄影响，或因气节卓行，流波所及，而兼作文人雅玩或抒性情的"纯文学"，在语词则祖述张衡为多，"咸畜盛藻"，渐次清新华丽。第四，蔡邕《述行》属纪行之赋，尚余乱辞，逮及建安，却只能偶见这一写法②，它赋仍之，或因乱世"通脱"③，行文随物抒情，适可而止，不需胶着枝节，不拘执于汉赋的理性化篇章构结。第五点也是最重要的一点，种种迹象表明，建安赋经由张衡和蔡邕的转向，几乎完全跳出了经学的樊篱，而形成了新的以抒情为主要功能的短篇文本形态，可以谓之"诗人之赋"。这对赋体本身来说既具有消解的意味，又开辟出了新的文体生机，这个问题相当复杂，本节只能钩玄提要。显然，要深入理解这一问题，还必须考察赋家作为"诗人"的双重身份和诗赋两种文体的互动消长。

第三节 诗的演进与崛起

伴随着汉末赋体的转变，诗取得了迅猛的发展，有踵武赋风之势。刘勰《文心雕龙》关于诗的文体论，分《明诗》《乐府》次第展开，以诗本徒诗、乐府本乐歌（摹拟之诗亦属之）别之，后世之区分大致准此。牟世金发现："刘勰在'论文叙笔'部分，只以《明诗》《乐府》《诠赋》三篇专论一体；《颂赞》以下，则是每篇合论二体或数体。"④

---

① 特殊如《洛神赋》，则似可看作"咸畜盛藻"、"以情纬文"的意外，毕竟邺下文人唱和，按曹丕《又与吴质书》所说："每至觞酌流行，丝竹并奏；酒酣耳热，仰而赋诗。"临场唱和之赋不会太长，这是汉初以来承荀赋就发展而来的即席为赋传统，比如《西京杂记》载"梁孝王忘忧馆时豪七赋"、三国时蜀国的费祎和东吴的诸葛恪即席所作《麦赋》《磨赋》等，皆为短篇。曹文见《曹丕集校注》，第110页。

② 今存建安抒情小赋，仅见曹植《蝉赋》和应玚《撰征赋》结尾有乱词。

③ "通脱"之说见鲁迅《魏晋风度与文章及与药及酒之关系》，实发自刘师培《中国中古文学史讲义》，可参看刘书第7页。

④ 牟世金：《文心雕龙研究》，人民文学出版社1995年版，第244页。

足见对三体的重视，这是南朝时的辨体，能使后世读者判然而明。其实刘勰一般合诸体为"文类"，则亦可以一篇立类，如《杂文》；赋、诗、乐府则既是文体，又蔚为大宗，升为文类，其复杂性也就体现为内部的源流演变，不可忽视。不过若溯其源，良多混淆，其中关捩，正在汉魏之际的诗体丕变。

古来歌与诗常合用不分。刘勰《文心雕龙·明诗》称"召南行露，始肇半章；孺子沧浪，亦有全曲；暇豫优歌，远见春秋；邪径童谣，近在成世"①，正谓歌诗合一，古歌谣可以看作乐府乃至徒诗的前身，歌、曲、谣都是对文辞之言的一种表达方式。《尚书·尧典》称"诗言志，歌永言"②，《汉书·艺文志》谓"诵其言谓之诗，咏其声谓之歌"③，所说甚为清晰，点明关键在文辞之"言"，表达方式不一乃是使用场合和功能的问题。刘勰据此论诗，认为"民生而志，咏歌所含"④，即查见源流。周朝采诗编《诗》，歌与诗悉称为诗，在春秋战国时期则因《诗》交际的重要性，而成为专名，这种情况一直延续到西汉，《史记》所指诗人，便专指用《诗》美刺者。至汉世宗儒学，兴乐府，则浑然难辨，盖有《诗》，有诗赋，有诗，有赋，有歌，有歌诗，有乐府。汉人宗经，故刘向歆、班固的《六艺略》别次《诗》为一类，由是《诗》与歌诗渐别。刘勰"昔子政品文，《诗》与歌别"正当作如是观。此外文辞，再分为不可歌者与可歌者，率皆次入《诗赋略》。即是说，《诗赋略》中的"诗赋"是以赋为主的总名，包含一切文辞，刘天惠《文笔考》称"西京以经与子为艺，诗赋为文"⑤，故归为一类。段凌辰《汉志诗赋略广疏》："汉世韵文，惟诗赋两种足以独立成体。其余韵文，立名虽异，其修辞方式，不能出诗赋之外。故刘班以诗赋韵文之总汇，不顾名号之异，其体无别，即以入录。"⑥ 所以四家赋可能也包含了不以赋称名的韵文。《汉志》引传曰："不歌而诵谓之赋"，又有"诵

---

① 范文澜：《文心雕龙注》，第66页。
② 孔安国等：《尚书正义》，《十三经注疏》本，第85页。
③ 班固：《汉书》，第439页。
④ 范文澜：《文心雕龙注》，第68页。
⑤ 刘天惠：《文笔考》，徐志啸《历代赋论辑要》，复旦大学出版社2001年版，第101页。
⑥ 段凌辰：《汉志诗赋略广疏》，《河南大学学报》1934年第1期。

其言谓之诗",乃是将汉代"诗赋"分为不可歌的赋诵类和可歌的歌诗类。有学者专以此作为论汉诗的线索,可谓抓住要害①,我们讨论诸体,显然也可以此二类来统摄分析,为了描述文辞与音乐的离合,我们称赋诵类诗为徒诗。赋诵类是不可歌者,按理包含诗和赋,问题是《诗赋略》只收了不可歌的"赋"和可歌的"歌诗"。不可歌的"诗"根本未收,足见"诗"作为一种文体其实在班固前没有地位,或者说较少,章太炎谓"汉世为赋者多无诗"②即本此,这点后文再论。

再看"歌诗"类。《汉书·艺文志》云:

> 自孝武立乐府而采歌谣,于是有代赵之讴,秦楚之风,皆感于哀乐,缘事而发,亦可以观风俗,知薄厚云尔。③

此段为读者所熟,然自文体观之,当有值得注意处:乐府自歌谣而出,是采原始歌谣的加工文辞,当然还必须入乐;但这段话用于序"歌诗"类,并选了"歌诗"二十八家三百一十八篇,则这里的"歌诗"和"乐府"相同。歌诗就实在社会意义与文章之事而言,地位颇低,必在赋后,"亦可以观风俗,知薄厚云尔"中的"亦可以"三字,正与班固论十家之小说家为末流的语气相同,殊可为证。歌诗就宗经之政治意义而言,尚存"采诗观风"的"讽喻"之义,仍隶属于《诗》,故在名义上仍依"诗赋"顺序,实则赋主诗(歌诗)从;另面若据实而依"赋诗"之序,则因赋亦为手法而易生歧义,所以"诗赋"之序目与内容次序之相悖,正是宗经观念和文体现实的平衡处理的结果。后世每多论者对于这种矛盾殊不理解,如章学诚便以为班固次"诗赋"之目只因"赋"文辞繁多故才在正文中将之列于"诗"前,实则不然。④《诗赋

---

① 赵敏俐:《中国诗歌通史》(汉代卷),第1—7页。
② 章太炎:《国故论衡》,第92页。
③ 班固:《汉书》,第1756页。
④ 叶瑛:《文史通义校注》,分别见第792、1064、1065页。章学诚以为"诗赋"不附于《诗》之后,"则以部帙繁多,不能不别为部次也"。而在"诗赋略"之中,赋的"篇第"多倍于诗,故排赋前诗后,一定之规,影响萧统编《文选》;但他随后又认为刘、班的行为"颠倒"矛盾,他于自己的解释亦不自信。其实他全以篇幅的多寡来解释于理未惬,盖"部帙繁多"而别列"诗赋"是目录学命题,"诗赋"称序及先赋后诗却是文学(指向表彰文体与宗经观念)命题。

略》的这段文字宜和《汉书·礼乐志》对读：

> 乃立乐府，采诗夜诵，有赵、代、秦、楚之讴。以李延年为协律都尉，多举司马相如等数十人造为诗赋，略论律吕，以合八音之调，作十九章之歌。①

表面看来，这段文字与《诗赋略》相同，但有细节上的差别。首先，这里的"十九章之歌"，即"司马相如等数十人"所作的《安世房中歌》《郊祀歌》等，全部收入了《汉书·礼乐志》，却未收入《诗赋略》。但两处皆指明这是乐府机构所完成的工作，性质相近，称呼却不同：即《诗赋略》所载，是乐官的"歌谣"加工之作，称之为"歌诗"；《礼乐志》所载，是乐官取"司马相如数十人"所造的"诗赋"所加工，称之为"歌"。根据这一性质，可以将"歌诗"和"歌"统称为乐府，后代选家辑乐府也是依于此；但当时必有分别，郊庙祭礼之"歌"入《礼乐志》，则以其礼制性而较之"歌诗"的地位要高。其次，班固已然将"诗"作为《诗经》之外的总名，这是非常重要的一点，这种情况在西汉是没有的。这段文字中，"乃立乐府，采诗夜诵"与《诗赋略》的"自孝开立乐府而采歌谣"是一回事，所以这里的"诗"指"歌谣"；又"司马相如等数十人造为诗赋"，这里的"诗"又指不入乐的徒诗，班固自己作《两都赋》有"请将授子以五篇之诗"，即指他自己作的《明堂》《辟雍》等五篇徒诗；同时，《礼乐志》所载的"歌"（即乐府），亦称"诗"，如"《安世房中歌》十七章，其诗曰"。可以看到西汉之诗指《诗》的专名，而自东汉以来，诗成为总名，凡赋之外的韵文皆开始称诗，包含诗、歌、乐府、徒诗、《诗》，可以代指其中任何一种；乐府则在汉代似乎专指音乐机构，包含歌诗（民间采诗）和歌（文人造作郊庙祭礼之歌）。乐府的称呼后来有所变化，历代颇有争议②，但早期关系则当作如是观。

上论诗赋歌诗乐府徒诗之别，已见汉世赋主诗从，诗又以乐府为

---

① 班固：《汉书》，第1045页。
② 由来乐府诗、徒诗、歌诗、赋的早期关系递相缭绕不清，如章学诚《文史通义·汉志诗赋略》、章太炎《国故论衡·辨诗》、黄侃《〈文心雕龙〉札记·乐府》等皆有不同意见。

上，乐府中又以歌（文人造作乐府）为上，歌诗（民间所采诗）次之，徒诗最下。徒诗在《诗赋略》和《礼乐志》中都不见收，其自实用而外，几无保存，只以乐府盛行，改窜入歌诗乐府而已；下至建安时代，徒诗的崛起恰恰是文学发展的焦点，唯此才引发诗赋的文体消长和丕变，所以我们必须要注意它的演进。东汉徒诗少见，《后汉书》首立《文苑传》称某某有诗赋赞若干，则此"诗"在理论上必囊括《诗》外之所有子类，事实上《文苑传》所述三十一人中，载其作诗的仅王隆、夏恭、傅毅、边韶四人①，诸人之作，除了傅毅的《冉冉孤生竹》和《迪志诗》外皆已无存，但《孤竹》一篇，有很明显的乐府痕迹，不能算严格意义上的徒诗，足见有赋无诗的大体实情。所以需要从其他史料钩沉徒诗的演进。按徒诗之作，先在四言，次兴五言，《文心雕龙·明诗》论之已详，这里先论四言。西汉士人造作文章，宏大叙事取散体大赋，发摅性情取骚体赋，而并无作诗意识，四言诗一直在用《诗》的传统之中，美刺功能凭"以三百五篇当谏书"即可达成。如谓作诗，也是歌诗，赵敏俐通过考察发现，帝王才是歌诗的最大消费者②，在这种语境中徒诗无法发展。现存所见文人作歌诗，也即上文引"司马相如等数十人造为诗赋"，收在《礼乐志》中的《安世房中歌》和《郊祀歌》十九章。前者为汉初高祖唐山夫人作，是四言，完全取用的是《雅》《颂》的写法，符合用于祭祀的传统；后者有四言，但杂有三、五、七言，风格仍之。这是文人作歌诗的初始情况，其取法完全受限于使用场合和经典的依凭；即便文人作诗，此时唯有《诗》为效法对象，所以首作四言徒诗的韦孟也在这一传统中。按《汉书·韦贤传》，约在孝惠文景之时，韦孟"为楚元王傅，傅子夷王及孙王戊。戊荒淫不遵道，孟作诗风谏"③。其所作诗为四言二十四句，刘勰谓"汉初四言，韦孟首倡。匡谏之义，继轨周人"④，仿效的是凡伯作《板》和卫武公作《抑》劝谏周王，上承的是《诗》的讽谏传统，胡应麟称之为"典

---

① 分别见胡旭《历代文苑传笺证》（一），凤凰出版社 2012 年版，第 25、26、35、70 页；又，另载王逸有"《汉诗》百二十三篇"，此《汉诗》当为《汉史》之误，见同书第 56—58 页。
② 赵敏俐：《中国诗歌通史》（汉代卷），第 8—16 页。
③ 班固：《汉书》，第 3101 页。
④ 范文澜：《文心雕龙注·明诗》，第 66 页。

则淳深，商周之遗轨"①。而傅毅的《迪志诗》也取法《颂》，寄托了辅佐汉世中兴之志。班固《两都赋》所附《明堂诗》《辟雍诗》《灵台诗》《宝鼎诗》《白雉诗》，前三首为四言，不仅取法《雅》《颂》，而且是赋尾附诗，分明是要以这五首摹诗来提升赋体"雅颂之亚"的地位。②所以汉人不太作诗，很可能是《诗》已足用，而一旦有作，则以《诗》为典范，用为宏大叙事。而班固收韦诗入史，也正因为这类四言拟《诗》的经学实用功能。

再看五言的情况。挚虞谓"五言者，'谁谓雀无角，何以穿我屋'之属也"③，刘勰也称"五言见于周代，《行露》之章是也"④，将五言的起源上推至《诗经》，这与定荀赋出自《诗经》的思路一样，是不确的。仅以字数来确认源起，则凡先秦诸典籍有五言者，何尝不可谓为起源。又许学夷谓"班固《咏史》，质木无文，当为五言始，盖先质木，后完美也"⑤，如果推为确认的文人徒诗，是说得过去的。但五言的兴起实和乐府分不开，萧涤非称"五言诗出于西汉民间乐府不始班固"⑥。汉世乐府大兴，本身也由杂言转化为整饬之作，其间不乏五言者，当然我们不排除中间经过了文人的加工。如《后汉书·樊晔传》载凉州百姓所为之歌："游子常苦贫，力子天所富。宁见乳虎穴，不入翼虎寺。大笑期必死，忿怒或见置。嗟我樊府君，安可再遭值。"⑦樊晔"光武时为天水太守"，则这是现在看到的较早而完整的五言乐府，说明两汉之际整饬的五言已出现。这种类似的歌诗，在《华阳国志》中也有。所以东汉期间乐府五言逐渐走向成熟，这是毫无疑问的。问题在于五言一直不为文人所关注仿写，他们只取乐府，不为徒诗，东汉班固的首次尝试极不成熟，此外苏李之作，率皆见疑，所存寥寥数首⑧，尚且与乐

---

① 胡应麟：《诗薮》，第8页。
② 关于班固的赋尾系诗，可参见本书第七章第二节。
③ 挚虞：《文章流别志论》，穆克宏《魏晋南北朝文论全编》，第79页。
④ 范文澜：《文心雕龙注·章句》，第571页。
⑤ 许学夷：《诗源辨体》，人民文学出版社1998年版，第65页。
⑥ 萧涤非：《汉魏六朝乐府文学史》，人民文学出版社1984年版，第15—24页。
⑦ 逯钦立：《先秦汉魏晋南北朝诗》，第208页。
⑧ 东汉五言徒诗存世情况，今可考在张、蔡之前的仅傅毅、班固、应亨三人之作，及至苏武、李陵之作的辨伪，皆可参看陆侃如、冯沅君《中国诗史》，第228—236页。

府纠葛不清，如傅毅有《孤竹》诗乃乐府写法，汉末赵壹《刺世疾邪赋》所附二首五言，也是浅直的乐府作法。确论之作，在《古诗十九首》，然若自语辞考辨，则多近于汉乐府，二者影响痕迹颇重①，"闾里歌谣，则犹远同汉风，试观所载清商曲辞，五言居其十九，托意造句，皆与汉世乐府共其波澜。"② 若就严格意义的徒诗创作上来讲，十九首乃语辞改诗，不为徒诗之真正创作，只是这恰恰反映了文人五言取法乐府的路径。所以后代有不少文人直接称其为"古乐府"，如《文选》卷二六谢灵运《道路忆山中诗》注："古乐府有《明月皎夜光》。"③ 唐人的《北堂书钞》里也有这种称呼。即便就文人拟作乐府而言，或采诗润辞，或依声和辞，东汉都难见真正离乐之文辞创作。因此，相对于祖袭"讽谏"和《雅》《颂》之风的四言来说，五言的地位更低，余冠英称之为"是从民间来的通俗体"，不管是五言拟乐府还是偶所一作的徒诗，诗人"所用的语言"都要"比四言诗通俗得多"④。

这种情况的巨大转变仍发生在东汉末。历史学家钱穆站在史学的角度，特别注意到东汉文人与"纯文学"的产生关系，其《读文选》云：

> 文苑立传，事始东京，至是乃有所谓文人者出现。有文人，斯有文人之文。文人之文之特征，在其无意于施用。其至者，则仅以个人自我作中心，以日常生活为题材，抒写性灵，歌唱情感，不复以世用撄怀。是惟庄周氏所谓无用之用，荀子讥之，谓知有天而不知有人者，庶几近之。循此乃有所谓纯文学……⑤

论及东汉文人"不复以世用撄怀"，"纯文学"渐次兴起，显然是基于现代以抒情和审美为内涵的超功利文学定义，前论赋体的转变已有所见。其实这种"纯文学"还要加上文人诗尤其是五言徒诗的迅速崛起。无论是四言还是五言，其转变几乎都同赋的步调一致，是以张衡、蔡邕

---

① 易闻晓：《乐府古辞与古诗十九首关系考辨》，《贵州文史丛刊》2009年第1期。
② 黄侃：《〈文心雕龙〉札记》，上海古籍出版社2000年版，第29页。
③ 李善注：《文选》，第381页。
④ 余冠英：《汉魏六朝诗论丛》，商务印书馆2016年版，第68页。
⑤ 钱穆：《读文选》，《新亚学报》1958年第3卷第2期。

为第一转关而开启新方向的。只是张、蔡二人诗的成就远不如赋,往往为人所忽略。按二人存诗不多,但都有"无意于施用"的歌诗乐府,张衡今存《同声歌》《定情歌》及残歌数篇,蔡邕有《饮马长城窟行》和《琴歌》,可以看到汉末文人已经大量加入到了歌诗的创作中,这必然促使他们在此基础上进行徒诗的创作;张衡《四愁诗》称诗,犹有乐府"解"的痕迹,更能进一步证明文人诗自乐府转写而来的演进,犹似《古诗十九首》改写汉乐府。显然此系时风,东汉孔融《临终诗》、辛延年《羽林郎》、宋子侯《董娇饶诗》,都在这种乐府抒写的传统中。但张衡的徒诗《怨篇》值得注意,这是一组四言,诗前有序:"秋兰,咏嘉美人也。嘉而不获用,故作是诗也。"其诗曰:

猗猗秋兰,植彼中阿。有馥其芳,有黄其葩。虽曰幽深,厥美弥嘉。之子之远,我劳云何。
同心离居,绝我中肠。
我闻其声,载坐载起。①

从用韵上看,当为三首(章),第一首(章)应该是完整的,后二首(章)是辑出的残句。此诗完全不同于此前韦孟、班固、傅毅四言的作法,既无《诗》之讽谏意味,亦不取《雅》《颂》传统,而毋宁说是五言歌诗《同声歌》的四言姊妹篇。从第一首(章)看,完全跳出了传统的《诗》教作法,而是在精神气质上从乐府中汲取营养,同时兼取骚体赋物的芳洁写法,化去《诗》语的板重肃穆,当得起刘勰评价的"清典可味",可作"不复以世用为撄怀"的个人抒情作品看;后两节残篇尚有乐府气息,应和于标题《怨诗》,此前班婕妤有《怨歌行》,后来的曹植亦有《楚调·怨诗行》,估计张诗亦从属于这一乐府传统,只是第一首(章)颇能出脱乐府。其实同代如朱穆《与刘宗伯绝交诗》,秦嘉《赠妇诗》,皆与之类似,出脱了《诗》四言的经学气息,只是作家地位的原因,不如张衡影响大。而下至蔡邕《酸枣令刘熊碑诗》《答对元式诗》《答卜元嗣诗》同为四言,虽不如张诗出色,稍有

---

① 张震泽:《张衡诗文集校注》,第11页。

过程之美

《诗》的经学气息，但从标题上看已知转为写实的徒诗，已然脱去了乐府的影子。又其《翠鸟诗》值得注意：

> 庭陬有若榴，绿叶含丹荣。翠鸟时来集，振翼修形容。回顾生碧色，动摇扬缥青。幸脱虞人机，得亲君子庭。驯心托君素，雌雄保百龄。①

这是他今存唯一的五言徒诗，却不妨碍为其集中佳制。全诗善于描写，有色彩感，颇能藻饰，"回顾生碧色，动摇扬缥青。"骈对自然，欲实而虚，欲动而静，极能骋思想象。又如"绿叶含丹荣""振翼修形容"等，重于颜色形貌，颇有"风度典刑"，所谓"咏物则佳"②，即便放入曹植集中亦不逊色，庶几能达到五言"清丽居宗"③之旨。对比此前的五言徒诗，如旧题苏武诗、郦炎《见志诗》，却几乎全是乐府的转写，故蔡邕这首五言同样是一种"纯文学"的转变，体现为文人出脱乐府叙事传统的辞藻化倾向和清丽风格导向。

通观有汉四百余年，文人的重心全在赋上，诗几无发展，只是到了东汉才引发人们对乐府摹写的兴趣，而仍进程缓慢，班固《汉书》对"诗"这一概念的外延的运用说明此时界域稍广。迟至张衡的《怨诗》与蔡邕的《翠鸟诗》，虽开启了一种出脱传统的新路向，只可惜这样的诗寥寥无几，极易为他们赋的成就所遮蔽，要待建安才人大张其军，才为人所注意。建安时代不唯赋作纷呈，诗也同样蓬勃发展。兹统计三曹七子诗歌如下表④：

作者	乐府存诗（首）	徒诗存诗（首）	合计（首）
曹操	23	0	23
曹植	约42	约38	约80

---

① 逯钦立：《先秦汉魏晋南北朝诗》，第193页。
② 王夫之：《古诗评选》，上海古籍出版社2011年版，第145页。
③ 范文澜：《文心雕龙·明诗》，第50页。
④ 依李善注《文选》，逯钦立《先秦汉魏晋南北朝诗》，夏传才、唐绍忠《曹丕集校注》，以及俞绍初辑校《建安七子集》，中华书局2014年版；易健贤《魏文帝译注》，贵州人民出版社1998年版。各家所收诗人作品有出入，本表有一定取舍，但不影响整体判断。

续表

作者	乐府存诗（首）	徒诗存诗（首）	合计（首）
曹丕	22	22	44
孔融	0	7	7
陈琳	1	5	6
王粲	12	13	25
徐幹	4	5	9
阮瑀	4	7	11
刘桢	0	13	13
应玚	0	6	6
合计	约108	约116	约224

考虑到魏诗今多散佚，统计不甚准确，只能略作比较。但由此也可看出，乐府徒诗各为半数，较汉世文学大有不同，徒诗制作已渐成风气。先详论乐府，此际的创制与汉世有异，西汉设乐府，采歌诗，至东汉渐衰。汉末曹操既好"刑名之学"，则视乐府机构为游乐无益之事，于是不再采诗，民歌来源既绝①，曲调也不可能得到深入的继承与发展。所以刘勰说："至于魏之三祖，气爽才丽，宰割辞调，音靡节平。"②但这并不意味着乐府辞章的滞后，《宋书·乐志》载武帝、文帝、明帝皆有不少篇制，"盖乐词以曹氏为最富矣。"③曹操的多首乐府，皆属拟作，并有不合曲者；《文心雕龙·乐府》："子建士衡，咸有佳篇，并无诏伶人，故事谢丝管，俗称乖调，……"黄侃注云："案子建诗用入乐府者，惟《置酒》《大曲·野田黄雀行》《明月》《楚调·怨诗》及《鼙舞歌》五篇而已，其余皆无诏伶人。"④曹氏拟乐府辞，不依本曲，其意则已逸出乐府曲制之外，使乐府诗不再完全受限于乐曲本身，终成诗国之一体。风气既开，则乐府的制作势必自乐调内外作各种延展。姚华云："一调既作，各有本辞，后之嗣者，调则相沿，其辞率多更制，又

---

① 刘师培：《中古文学史讲义》已指出魏武好"刑名之学"为决定建安文学走向的重要原因。关于曹操对乐府之态度，以及建安乐府体制度的转变，可参萧涤非《汉魏六朝乐府文学史》，第121—122页。
② 范文澜：《文心雕龙注》，第102页。
③ 黄侃：《〈文心雕龙〉札记》，第38页。
④ 黄侃：《〈文心雕龙〉札记》，第42页。

或循题而拟为之。拟古之作，或拟其声，或拟其意，或声意并拟，或题虽由旧，辞旨全别。"① 所说甚是，拟乐府必易离乐从文，况复"但有乐府之名，无被管弦之实，亦视之为雅俗之诗而已矣"②，与徒诗渐相合一，抑或刺激徒诗的发展，悉皆拓展了徒诗的领域，前引张衡、蔡邕之作即属这种情况，只不过在建安才人这里体现更为明显而已，此不详论。又乐府语词，不唯承自汉乐府歌诗，三祖"咸蓄盛藻"，七子踔厉风发，如"梧桐攀凤翼，云雨散洪池"（曹丕《猛虎行》），"有美一人，婉如清扬"（《善哉行》），"鳞介尊神龙，走兽宗麒麟"（曹植《薤露行》），"骋我径寸翰，流藻垂华芳"（曹植《薤露行》），"惊风飘白日，光景驰西流"（曹植《野田黄雀行》其一），及至"旨酒盈觞杯"（阮瑀《七哀诗》），"思逝若抽萦"（王粲《从军诗》）等等，皆非乐府本色之辞，杂入乐府，甫增文采，别见用心。黄侃《诗品讲疏》："文帝弟兄所撰乐府最多，虽体有所因，而词贵独创，声不变古，而采自己舒。"③ 所论确然。

按《尧典》"诗言志"，徒诗乃在抒发情志，只因先秦诗大抵以四言为主，节奏变化有限，其体板重肃穆，不宜于一句以抒情，而适于礼制。刘勰所谓四言以"雅润为本"，"雅"当源于《诗经》雅诗之格，而《诗经》实乃后世之乐府④，徒诗则略存于古逸之辞，殊无文采⑤，其或摹写《诗经》，板重无文。只以句式限制，即便如善四言的张衡所作，刘勰评为"清典可味"，就抒情而言，仍不能与五言相比，这根本上是由体制决定的。五言虽仅多一字，但以今日语法分析，与四言大不相同，盖四言一句只能足意，未有余字调节，所以才变为两句足意的抒情；五言多一字，则既可抒情，又间破了二二节奏，使句式变得灵活。故而经学式微后的建安才人一旦发现五言之妙，便不在乎其"俗体"

---

① 姚华：《弗堂类稿》，第36页。
② 黄侃：《〈文心雕龙〉札记》，第35页。
③ 黄侃：《〈文心雕龙〉札记》，第29页。萧涤非、罗根泽所论此时之乐府乃"以旧曲翻新调"，大致相同。分别见萧涤非《汉魏六朝乐府文学史》，第123、124页；罗根泽《乐府文学史》，东方出版社2012年版，第67页。
④ 余冠英：《汉魏六朝诗论丛》，第9页。
⑤ 陆侃如、冯沅君：《中国诗史》之《附论古逸》部分讨论了这个问题，这也是较为明显的事实，陆书见第123页。

的地位，反而视之为"一种新颖的艺能"①，凡擅之者则称之为"妙绝时人"②。喜好五言的另一面，就是在抒情领域无视四言之体，这样，前引张衡四言《怨诗》的清丽抒写，在建安时代自然也就被选择性忽略了。所以，建安五言自张、蔡以下，一变而为徒诗的主要体式，"暨建安之初，五言腾踊，文帝陈思，纵辔以骋节，王、徐、应、刘，望路而争驱。"③足见彬彬之盛。其语词则易见所本。如曹丕"经历万岁林，行行到黎阳"（《黎阳作》），"行行"本于《古诗十九首》之"行行重行行"；"弦歌奏新曲"（《于谯作》）之"弦歌"本于《古诗十九首》之"上有弦歌声"；"良辰启初节，高会构欢娱"（《孟津》）必祖述《古诗十九首》之"今日良宴会，欢乐难俱陈"；"西北有浮云，亭亭如车盖"（《杂诗》）亦袭用《古诗十九首》之"西北有高楼，上与浮云齐"。又如曹植《赠西仪》之"黍稷委畴陇"，承《诗经·王风·黍离》之意，《情诗》之"始出严霜结，今来白露晞，游子叹黍离，处者歌式微"，纯是《诗经》和汉乐府之语。它如阮瑀《诗》之"揽衣起踯躅""置酒高堂上"皆袭用《古诗十九首》，"我心摧已伤"乃乐府之语；徐幹《于清河见挽船士新婚与妻别作》之"愿为双黄鹄，比翼戏清池"，亦出自《古诗十九首》。按，上文已引《古诗十九首》本是文人袭用汉乐府所改的徒诗，大抵可以看作是乐府一路，而非真正独立之创作，可见建安文人之五言，大抵皆从汉乐府出，此所谓"建安五言，毗于乐府"，虽广徒诗，"体有所因"④。它如刘桢"源出于'古诗'"⑤，王粲"受古文学的熏染最深"⑥，"古诗""古文学"云云，大都不出《诗经》范围，亦可视为一类。要之，已有之徒诗语辞多自乐府中脱化而出，乐府则多在不拘曲调中渐次解散，悉皆走上了递增文采的抒情之路，形成了"不复以世用撄怀"的"纯文学"。只是相较于赋体的递衍影响而言，张衡四言出脱《诗经》传统的抒写方式，在建安才人这里

---

① 钱志熙：《汉魏六朝"诗赋"整体论抉隐》，《文学遗产》2019 年第 4 期。
② 夏传才、唐绍忠：《曹丕集校注》，第 110 页。
③ 刘勰：《文心雕龙·明诗》，第 49 页。
④ 黄侃：《〈文心雕龙〉札记》，第 29 页。
⑤ 曹旭：《诗品集注》，第 133 页。
⑥ 陆侃如、冯沅君：《中国诗史》，第 244 页。

几无回响,唯有五言的世界才是他们的兴趣所在;于是,蔡邕五言徒诗《翠鸟诗》出脱乐府的辞藻化倾向自然也就成为建安文人关注的焦点了,这还有待于我们的进一步考察。

第四节 文体的消长与互动

汉末赋逐渐出脱《诗经》的"讽""颂"功能,转为抒情之体;乐府诗衰微,徒诗偶见。至建安则不啻为第二转关,抒情赋意味加深,诗类迅速崛起,产生了诗赋地位主从的消长变化。试看下表①:

时代	汉末		三国									合计
诗人	张衡	蔡邕	曹操	曹丕	曹植	孔融	王粲	陈琳	徐幹	阮瑀	应场	刘桢	
赋	6	16		35	51	0	26	12	15	4	15	6	164
诗	12	7	23	44	80	7	25	6	9	11	6	13	224
乐府/徒诗	9/3	2/5	23/0	22/22	42/38	0/7	12/13	1/5	4/5	4/7	0/6	0/13	108/116
合计	赋22/诗19 乐府11/ 徒诗8		赋164/诗224 乐府108/徒诗116										

汉末张、蔡之作,体现为赋主诗从已如上所述。而至三国,情况稍有变化,考虑到诗的写作,无论在篇幅还是铺陈手法,还是在创作依赖的知识资源上,都要比赋简单,因此224篇这个数目,相比较164篇的赋而言,仍不算多,赋的主导地位仍未动摇。但于诗而言,自历史的纵向演变考察,上文已引论两汉见之于史籍的诗人寥寥无几,作品亦屈指可数,则可知在此时,确载诗人名下的两百多篇数目是为一大进步,差可比拟于赋体。造成这种局面,既有文体的原因,也有历史的原因。所谓"张衡研京以十年,左思练都以一纪"②,不仅是神思的问题,还基于"赋兼才学"③的体制要求。司马相如为《上林赋》,"意思萧散,不复

---

① 本表统计所依各家版本与上表同。
② 范文澜:《文心雕龙注》,第136页。
③ 袁津琥:《艺概注稿》,第467页。

与外物相关。控引天地，错综古今。忽然而睡，焕然而兴，几百日而后成。"① 虽然是文学的描写，"几百日而后成"在表明作赋之费时上则并不夸张。扬雄为《甘泉赋》"梦五脏出地，以手收内之，及觉，大少气"，可谓"尽思虑""伤精神"②。枚皋虽然"为文疾，受诏则成"，但快速为赋却"好嫚戏"③，其赋学地位由此而不高。汉代君臣好赋，本乃大国豪情的心态寄呈，所以赋家不以为苦事，仍热衷于大赋的造作。但到了汉末，乱世流离，大国之梦不复存在，赋家不遑精思细虑，大赋遂转为抒情小赋。另一方面，乐府的摹拟和徒诗的造作，相对来说要容易得多。乐府叙事，但文人摹拟转以抒情为重，徒诗就是沿着这条路发展出来的；上表中二者在创作数量上大致等同，也可推出这种诗体内部的变迁。文人在由摹拟而自制的创作进程中，很快发现了诗体抒情之便利，于是小赋亦抒情，诗亦抒情。诗既相对小赋为易，就迅速崛起了。只是汉赋所建立起的强大文章传统，仍使之具有主体地位，诗尤其是五言诗则是作为一种"妙绝时人"的"新颖的艺能"而崛起的。

若将诗与其他如赞、诔、书、表、令等具实用性文体相比，也可以看出其地位的变化。盖因实用性文体自两汉以来，至张、蔡皆为常用，而至三曹七子，虽因时势而形成"骈辞之风"④，数量相对而言并无多少增加，终被诗赋后来追上，形成一时无两之势。试观：

  所著书、论、诗、赋，凡六十篇。——《典论·自叙》⑤
  盖奏议宜雅，书论宜理，铭诔尚实，诗赋欲丽。——《典论·论文》⑥。
  撰录植前后所著赋、颂、诗、铭、杂论，凡百余篇。——曹叡《追录陈思王遗文诏》⑦

---

① 刘歆：《西京杂记》，第19页。
② 朱谦之辑校：《新辑本桓谭新论》，《新编诸子集成续编》本，中华书局2009年版，第52页。
③ 班固：《汉书》，第2359页。
④ 刘师培：《中国中古文学史讲义》，第7页。
⑤ 夏传才、唐绍忠：《曹丕集校注》，第252页。
⑥ 夏传才、唐绍忠：《曹丕集校注》，第237页。
⑦ 陈寿：《三国志》，第576页。

所举三例,是建安文学领导人物的严谨文章之言,可资代表建安时期严肃的学术观点。从中可见,诗、赋与其他实用文体的称名先后顺序并无统一,足见其别为一种明显的文体,地位提升到与它体并列,正与上论相参,此其一;就诗赋本身而言,由来赋主诗从,"诗赋"称序乃因宗经之名,而无先后之实,但至此时的称序不一,足见《诗》学本位解体,此"诗"非彼"诗",其文学意义开始落到实处,并知赋和诗的地位消长,正与上表相印证,此其二;诗赋并称,乃因二者具有共同的特点——"丽",即辞藻所呈现出来的特征,亦即今人之谓"纯文学",此其三。

  曹丕论"诗赋欲丽"的观点值得注意,论家多从辨体的角度来解读,以谓诗赋二体的合流,根据上文讨论的赋主诗从的变化,则这一说法还隐含了两种文体在互动和影响方面的意蕴,需要加以抉发。"丽"指赋体特征,最早是用于形容外表、服饰之美,因此移用于汉赋指语言形式之美。① 司马迁称"《子虚》之事,《大人》赋说,靡丽多夸"②。扬雄对此有着赋体理论的自觉,他称司马相如赋"文丽用寡"③,又谓学相如"作赋甚弘丽温雅""极丽靡之词"④;尤其是他区分"诗人之赋丽以则,辞人之赋丽以淫",明确指向赋的文体特性就是"丽"。扬雄的"丽"是从与《诗》人之"则"相对立的角度提出来的,带有明显的《诗》学话语批评倾向,故对赋体之"丽"的风格描述又有所消解。这几乎成为汉人乃至后代论家评价赋体的共识,其中原因当然是一直以来论家都未出脱赋论的《诗》学话语评价体系。但曹丕之说不同于扬雄及至汉人之说,首先是出脱经学的束缚,而自文章之学的观念予以风格的确认和表扬;这点亦当是时代的转变,曹植《七启序》:"昔牧乘作《七发》、傅毅作《七激》、张衡作《七辨》、崔骃作《七依》,辞各美丽,予有慕之焉。"⑤ 可与其说相参证。其次,他的"丽"是

---

① 韩高年:《诗赋文体源流新探》,第208—209页。
② 司马迁:《史记》,第3285页。
③ 汪荣宝:《法言义疏》,第507页。
④ 班固:《汉书》,第3515页。
⑤ 王巍:《曹植集校注》,第364页。

"建立在'气'之上的表现形式"①，也就是和他的"文以气为主"紧密相连的，当然根本上是以主体强烈的抒情性对之进行驾驭。然而我们要关注更重要的一点，那就是他为以此"丽"字并加之于诗赋二体上，显然对新兴之诗没有建立起完全独立的评价话语，而是移赋之体貌于诗。所以建安"诗赋欲丽"的文体共性，其实隐含了赋之"丽"影响于诗之"丽"的创作实情；其说不仅反映了时代文风，还准确地标举出诗歌创作的风格原则，为当时诗的崛起和发展从理论上指明了方向，这可以说是他了不起的理论贡献。要稍加补充的是，诗赋二体从共性来讲当时还不止于"丽"，起码抒情性也是他们共同的倾向，这其中同样存在着文体功能的影写，有学者就注意到诗之抒情不是来自《诗经》和汉乐府，而是来自楚骚的深情，如建安乐府抒情主体凸显，多"已不同于汉乐府民歌纯然以第三人称叙事"②。只是考虑到《典论·论文》作于他 31 岁始立太子之时③，可能"乱离"的体验不多，"梗概"之气也不足；又或是文中主要是讨论文体特性，而非偏于讲文体共性，此说是可以理解的。由于上文已大量讨论到了抒情性问题，这里我们只关注前者。

要描述诗赋二体皆"丽"相对容易，但要辨析赋体影响于诗体之"丽"则是非常困难的，这源于创作影响的动态进程。沈德潜《古诗源》指出："孟德诗犹是汉音，子桓以下，纯乎魏响。"④ 按"汉音"是指摹拟《诗经》的讽颂风格，或者乐府的质朴倾向；钟嵘《诗品》称"曹公古直，甚有悲凉之句"⑤ 亦可互释，"古直"二字实谓其诗祖袭《诗经》之"古"、旁采乐府之"直"。"魏响"则有了质的变化，其功能内涵指向出脱经学的抒情，这已见于前论；其风格内涵就是源于赋体的"丽"。如刘桢《公宴》："月出照园中，珍木郁苍苍。清川过石渠，流波为鱼防。"《赠徐幹》："细柳夹道生，方塘含清源。轻叶随风

---

① 冷卫国：《汉魏六朝赋学批评研究》，商务印书馆 2012 年版，第 147 页。
② 王德华：《唐前辞赋类型化特征与辞赋分体研究》，浙江大学出版社 2011 年版，第 24—25 页。
③ 见易健贤《魏文帝集全译》附年谱，第 624 页。又按，文帝"一改乃父悲凉之习"，当与其生活经历有关。
④ 沈德潜：《古诗源》卷五，中华书局 2018 年版，第 91 页。
⑤ 曹旭：《诗品集注》，第 478 页。

过程之美

转,飞鸟何翻翻。"此种清丽诗笔,前朝只在张衡抒情小赋《归田赋》中见着痕迹。最典型的当然是曹丕与曹植,他们诗辞章上的"便娟婉约"与"词采华茂"①,显然主要来源于赋,这同时也是曹丕"诗赋欲丽"的特定内涵。其间的内部影响则须勘进一层,可以从题材内容、语词取意、手法展开几个角度来讨论。

先从题材内容上看,我们不妨说,同题诗赋的实质是以成熟的赋体推之于新兴的诗体的文学试验。曹丕写于26岁时的《寡妇赋》:"惟生民兮艰危,于孤寡兮常悲。人皆处兮欢乐,我独怨兮无依。抚遗孤兮太息,俯哀伤兮告谁?三辰周兮递照,寒暑运兮代臻。历夏日兮苦长,涉秋夜兮漫漫。"这是在阮瑀死后为其妻所作,同样的题材他也写了《寡妇诗》:"霜露纷兮交下,木叶落兮凄凄。候雁叫兮云中,归燕翔兮徘徊。妾心感兮惆怅,白日忽其西颓。守长夜兮思君,魂一夕兮九乖。"二体皆用骚语,但赋取之则为骚体赋,是抒情的正格,其开头以散句入,中间略作铺陈,篇幅不克展开,以突出情境为要;诗取骚语显然是一种探索,在徒诗抒写无典范可凭的情况下,同题之赋即是资源,又以写景起兴,不乏铺排,如谓其诗曰赋,似亦为可。同题材的移用较为顺当,皆依抒情之本,以求辞藻之"丽",这可看作曹丕以赋为诗的证据。此外他还有《代刘勋妻王氏杂诗》五言,仅六句聊为点缀,诗曰:"翩翩床前帐,张以蔽光辉。昔将尔同去,今将尔同归。缄藏箧笥里,当复何时披。"这一内容亦有《出妇赋》,是以虚字为字腰的六言作成,计二十六句,其中的骈句、形容、描写、比喻等,都很好地体现了辞藻之"丽"。而曹植《鼙舞歌》五首颇似舞赋,可与傅毅《舞赋》对读,以察见影写;其《孟冬篇》庶几写田猎,纯粹以赋为诗,可与此前的狩猎赋参读。又王粲有《初征赋》《述征赋》《羽猎赋》等从军纪行之赋,但亦有《从军诗》数首②,二者亦多影写痕迹。相对来说,诗出脱了汉乐府的直浅,而亦重藻饰,但不如赋体逞"丽"的程度,正见取法赋体的影响和自身发展的探索。只是抒情类题材的小赋影响于诗为多,赋体基于赋物传统的物色题材,此段作品仍为不少,却未沾溉于

---

① 分别见沈德潜《古诗源》,第94页;曹旭《诗品集注》,第117页。
② 今存其完整的《从军诗》五首。但逯钦立辑出两组残句,用韵不同,足见这组诗数目不少。见《先秦汉魏晋南北朝诗》,第363页。

诗，纪昀《清艳堂赋序》："建安以前无咏物之诗，凡咏物者多用赋。"①这也说明诗未成熟，尚在探索的过程，其"丽"的程度自不如赋的斑斓多彩。

  从语词取意上看，徒诗虽自乐府影写而来，但径取赋语赋句的地方也可见，或多或少彰显了诗体作为"俗体"攀附赋体之雅的观念。建安四言只有曹操较多，以下诸人大多只在乐府中用四言，徒诗几无一见，王粲有五首四言，算是最多的，四言句式及语辞多承《诗经》的讽颂格调，张衡《怨篇》的清丽写法似未为之注意。他们都以"五言"俗体为主，其句式承自乐府散句，语辞也多在改造乐府的汉代传统思维之中，只是那些鲜明的文人印迹，昭示的都是受赋语赋句的影响。这以曹植之用赋最为明显，构成了他改造文人诗的重要语词来源，如其名篇《赠白马王彪》用"鸱枭""豺狼""苍蝇""逸巧"并举比兴，当祖述贾谊《吊屈原赋》；而"孤兽走索群，衔草不遑食"，及至《杂诗》之"嗷嗷鸣索群"，当与《白鹤赋》之"怅离群而独处"、《离缴雁赋》之"忽颓落而离群"为互文。又《杂诗》之"江北岸""潇湘沚""荣耀"云云，既本《九歌》，又有其《洛神赋》中"荣耀秋菊，华茂春松"的影子。某些句式在自己的近题抒写中也能看出影响次递，如其《白鹤赋》："冀大网之解结，得奋翅而远游。"当影响《野田黄雀行》："拔剑捎罗网，黄雀得飞飞。"《鹦鹉赋》："遇旅人之严网，残六翮之无遗。"亦被及《野田黄雀行》："不见篱间雀，见鹞自投罗。"曹植自己在《酒赋》中便明确提出："余览扬雄《酒赋》，辞甚瑰玮，颇戏而不雅。"这种改俗为雅的赋体观念，何尝又不是诗体观念。胡应麟谓其"《名都》《白马》《美女》诸篇，辞极赡丽"②，"赡丽"之诗辞，自是赋辞之"丽"的影写。曹丕的体现亦然。如其《孟津诗》："曜灵忽西迈，炎烛继望舒。"这是本于张衡《归田赋》："于是曜灵俄景，继以望舒。"《芙蓉池作》："卑枝拂羽盖，修条摩苍天。惊风扶轮毂，飞鸟翔我前。丹霞夹明月，华星出云间。上天垂光彩，五色一何鲜。"全无乐府痕迹，"卑枝""修条"的二元空间句式乃从赋的空间铺陈化出，芙蓉池的明

---

① 纪晓岚：《清艳堂赋序》，《纪晓岚文集》，孙致中校点本，河北教育出版社1995年版，第203页。

② 胡应麟：《诗薮》，第29页。

艳描写，多自作辞。即如七言乐府《燕歌行》虽采自乐府，而仍多雅词，"援琴鸣弦发宫商，短歌微吟不能长。"显然有文人意味的调整。"山川悠远路漫漫"，将乐府语与楚骚语合为一体。前引黄侃所提出的文帝兄弟"虽体有所因，而词贵独创。……采自己舒"，"独创""己舒"云云，多是从赋语或赋作观念中启示而来。

　　从手法展开来看，赋体影响诗较为明显，且复杂，这种进程在整个六朝都有迹可循，这里略为展开。就建安文学这一起点而言，乐府初起而用文法散句，其主于叙事的特征使之获得相对较为自由的文体空间，这使得它在转为文人摹拟和改造的过程中，很容易吸纳赋体的铺陈手法，从而使诗在描写上因铺陈而深化，并拓展了文人诗的篇幅①。建安士人的乐府拟写，仍有主于叙事者，如阮瑀的《驾出北郭门行》，写孤儿在生母墓前哭诉，按驾车、下车、闻声、问啼者、对话的展开、孤儿回答的叙事，都依时间先后，便是对乐府本色的仿写。但曹丕的《大墙上蒿行》本乐府相和歌辞瑟调曲，《古今乐录》已谓其"不歌"②，便改变了叙事的写法，全诗较长，先取汉乐府写法谓时日流逝，接下去中间数节极力铺陈服饰之美丽，宝剑之锋利，以及宫室、舞乐、酒会之豪奢，以劝勉人生当纵情享受；重点全在中间的铺陈，将乐府的叙事转为描写，且用杂言写法，庶几为赋，只是开头"我今隐约欲何为"的追问开出人生慨叹，结尾"为乐常苦迟，岁月逝，忽若飞。何为自苦，使我心悲"的点染收束了抒情之旨，才使全诗别出了赋体。这种写法有转向文人徒诗而逐渐出脱乐府叙事的过渡痕迹，至文人徒诗则更进了一步。徐幹《于清河见挽船士新婚与妻别诗》：

　　　　与君结新婚，宿昔当别离。凉风动秋草，蟋蟀鸣相随。冽冽寒蝉吟，蝉吟抱枯枝。枯枝时飞扬，身体忽迁移。不悲身迁移，但惜岁月驰。岁月无穷极，会合安可知。愿为双黄鹄，比翼戏清池。③

---

① 关于赋的铺陈手法入诗，可以参读本书第五章第三节。
② 郭茂倩：《乐府诗集》，中华书局1979年版，第569页。
③ 逯钦立：《先秦汉魏晋南北朝诗》，第378页。

造语取乐府辞写法，可见徒诗就实事而作，初无所取，唯在乐府；题谓见船夫与妻离别，则差比新乐府。全诗开篇就是叙事而起，从"初结婚"到"宿昔"离别，是叙事的展开，接下来"凉风"五句却以写景铺陈离别之不舍，杂以抒情，正是赋法的汲取，最后的祝辞则又以乐府语为收束。可见章法取乐府，手法取自汉赋，在叙事转向抒情的过程中，叙事空间则转为铺陈描写的空间，篇幅仍可自由延伸。

朱自清注意到："从赋的兴起，中国才有大规模的描写诗……汉魏时代赋最盛，诗受赋的影响也逐渐在铺陈词藻上做工夫。"[①] 这是大致符合实情的，只是落实到具体的影写上，从赋及乐府而及徒诗，有从篇幅转写到细节精细化处理的进阶。无论建安乐府还是徒诗，取法铺陈以作描写的长篇数不胜数。如曹植的乐府《孟冬篇》《名都篇》《美女篇》《斗鸡诗》等，皆用铺陈描写较多，经过了文人赋化的加工；而且这不当视作是他的独创，如上所说是基于叙事空间的自然转化，是本于《陌上桑》《羽林郎》《秋胡行》等的描写传统。如其《美女篇》，不仅可与《陌上桑》对罗敷形貌的描写对读，还当回到他自身的《洛神赋》描写去对读。该诗前部分：

> 美女妖且闲，采桑歧路间。柔条纷冉冉，落叶何翩翩。攘袖见素手，皓腕约金环。头上金爵钗，腰佩翠琅玕。明珠交玉体，珊瑚间木难。罗衣何飘飘，轻裾随风还。顾盼遗光彩，长啸气若兰。行徒用息驾，休者以忘餐。借问女安居，乃在城南端。青楼临大路，高门结重关。容华耀朝日，谁不希令颜？[②]

与罗敷"采桑城南隅"的描写形成了互文，"青丝为笼系，桂枝为笼钩。头上倭堕髻，耳中明月珠。缃绮为下裙，紫绮为上襦。"从采桑到头、耳、腰、衣的描写，两诗如似同题。只是《陌上桑》从侧面描写视角着墨于"行者""少年""耕者""锄者"，被曹植浓缩为"行徒用息驾，休者以忘餐"两句写意，以转为抒情。而诗中对美女的描写，

---

① 朱光潜：《诗论》，第62页。
② 王巍：《曹植集校注》，第93页。

过程之美

又与《洛神赋》的神女描写"披罗衣之璀粲兮,珥瑶碧之华琚。戴金翠之首饰,缀明珠以耀躯",是一脉相承的。特别"顾盼"以下四句的写意,《洛神赋》中亦有:

> 体迅飞凫,飘忽若神,凌波微步,罗袜生尘。动无常则,若危若安,进止难期,若往若还。转盼流精,光润玉颜,含辞未吐,气若幽兰。华容婀娜,令我忘餐。①

描写洛女的神采,不受制于篇幅,更加恣意骋辞,庶几可为诗中四句的注脚。这种从赋到乐府的描写,转变较小,若进阶为徒诗,则又有所不同。曹植同题《闺情诗》刚好展示了三体的影写:

> 有美一人,被服纤罗。妖姿艳丽,蓊若春华。红颜韡烨,云髻嵯峨。弹琴抚节,为我弦歌。清浊齐均,既亮且和。取乐今日,遑恤其他。②

篇幅较《美女篇》大为减少,乃因徒诗要努力走出乐府叙事篇幅的影响。但铺陈描写仍之,同时徒诗离乐而多了文辞的考量,用词典雅而描写精巧,更多文人雅化的格调。只是题材的近似,而可视作出脱乐府音乐影响的文人诗训练。这种情况并非是偶一为之,又如其《弃妇诗》,也在题材、赋法、用词等出脱乐府方面都体现了影写的进阶。推及其他诗人,可见一时风气。如曹丕《芙蓉池作诗》《于玄武陂作诗》皆擅描写,当自赋出。又其《黎阳作诗三首》(其一)《至广陵于马上作诗》,皆有纪行赋之意味,盖纪行之诗也。而其残诗"行行游且猎""由车出邺宫"两首③,完全也是从校猎赋中影写而来的。七子之中,刘桢《公宴诗》《赠从弟诗》《斗鸡诗》《射鸢诗》,徐幹《情诗》都有这种类似的写法,不烦具列。只是在细节描写上较之乐府描写的粗疏,更加精致。如王粲《从军诗》:"蘦蒲竟广泽,葭苇夹长流。"《杂诗》:"曲池

---

① 王巍:《曹植集校注》,第213页。
② 王巍:《曹植集校注》,第127页。
③ 逯钦立:《先秦汉魏晋南北朝诗》,第404—405页。

扬素波，列树敷丹荣。"刘桢《赠五官中郎将》："明灯曜闺中，清风凄已寒。"应玚《侍五官中郎将建章台集诗》："远行蒙霜雪，毛羽日摧颓。常恐伤肌骨，身陨沉黄泥。"等等。总之，凡至于文人徒诗，则描写的篇幅减小，字句之间的锻炼意味较足，描写转以细节为胜，"丽"的语言意味较之乐府更进一层。

需要补充的是，尽管赋主诗从，尤其是五言新体的产生大量取资于赋，但并不意味着诗不会反向影响及赋。有些赋就是从乐府题材中来，又或是同题创作的竞写，如前举建安众多作家的《寡妇赋》《出妇赋》，此前汉乐府中这类闺怨作品不少，也是重要的题材内容，赋家们未尝没有受到影响。下至晋代束晳《贫家赋》："至日中而不孰，心苦苦而饥悬。丈夫慨于堂上，妻妾叹于灶间。悲风嗽于左侧，小儿啼于右边。"①我们都能读到汉乐府《东门行》《妇病行》等的影子。此外，就抒情功能而言，诗以情境为胜，必然导向从形态书写的角度去出象足境，篇幅容易走向短小化，从这点讲较之赋体为胜。又诗求文约意丰，含蓄蕴藉，建安抒情小赋并不一味求"铺采摛文"，体制短小，同时追求即物铺陈，适可而止，亦当与诗不无关系。只是相对来说，这一反面影响的力度要小得多。

诗赋二体交互发生影响，另一面也意味着作家们在分异二体之间的差别。原始乐府和赋一样，都是取用散句敷篇，属于文法体系；但文人拟乐府在篇幅的整饬化进程中，尤其是杂言整饬化为五言，就会逐渐出脱散语，形成具有凝结性、跳跃性和节律感的诗语，从而渐渐与赋语拉开距离。这一过程同样复杂，建安文人们最初的诗赋颇有相同之处，但慢慢就分异出了体制之别，这是他们在文章造作的进程中逐渐体悟出来的文体分异，不少文本中都留有痕迹。如曹植乐府《灵芝篇》尚多杂言，保存了叙事之本；而篇末竟然有乱辞，或为乐府的音乐特点所致，亦当与赋之乱辞有密切关系。但以赋的章法入诗，此后却未见续写，只能说明诗人发现诗不宜以赋的结构来布局。又如其徒诗《赠白马王彪》，在描写中不乏铺陈，在结构上以顶针缀篇，这自然是从乐府中来，用于联结长篇的气脉；但赋的起段另有提语，每铺陈完一个主题另

---

① 严可均：《全晋文》，第929页。

起提语布置章法，不须连成一气，正可见出诗人在汲取乐府和赋体之间的考量斟酌。又如曹丕的《寡妇诗》和《寡妇赋》都是用骚体散句写成，嗣后就再难看到建安文人取这种句式入诗，显然是作家初为诗而藉赋影写，随后却发现不宜以骚语作诗，徒诗更不宜杂言化；这与齐梁时期文人有意以骚体入诗的破体变格本质不一。另外，上论赋的铺陈影响于乐府和徒诗，但徒诗的篇幅相对于乐府要短小，这同样是基于作家的一种诗赋分异意识：乐府和徒诗虽同被建安文人用于抒情，但乐府受制于音乐性和叙事传统，徒诗则被诗人们当作"新艺能"的兴趣精雕细琢，在那些同题诗赋里面，诗的篇幅相对较小、描写工夫和辞藻运用较赋和乐府都精致化，也反映了一种文体的自觉。前引曹丕、曹植、王粲的同题诗赋都不难看到这一点。比如曹植《白鹤赋》："冀大网之难结，得奋翅而远游。"对比其诗《野田黄雀行》："拔剑捎罗网，黄雀得飞飞。"赋以动作词加之于前，以便铺陈相关内容，不使句子轻浮；诗之句式则相当简洁，且"飞飞"求语词之有力，不作更多说明，点到为止以增言外之意，形成意境。"罗网""黄雀"也因有所寄托而具有当下语境的物情化和意象化的意味，而不同于《白鹤赋》通篇只赋一物的传统。王粲《登楼赋》："华实蔽野，黍稷盈畴。虽信美而非吾土兮，曾何足以少留！"《从军诗》其五："鸡鸣达四境，黍稷盈原畴。馆宅充廛里，士女满庄馗。自非贤圣国，谁能享斯休。诗人美乐土，虽客犹愿留。"赋语自"华实"而至"黍稷"，以四字句稍加点出铺排空间，实质上是以散句总括前意而变为长句抒情，长短交错，唯以抒情化消解了赋之铺陈。诗语则自听觉之"鸡鸣"而至视觉之"黍稷"，正需跳跃而生想象空间，又列"馆宅""士女"，显然是以赋之铺陈入诗，其间四句描写在内容和角度上都有变化，消减了赋的铺陈意味，下接四句慨叹，形成了即物抒情的效果；这些内容是以稳定均匀节奏的五言形式轨范来多角度进行表达的，不同于散句错落的赋体表述，从而更显抒情的诗味。

要注意这种诗赋体制的分异，乃是本于诗从诗句赋从文句的文体分野而必然出现的文体探索，在当时相对来说又是局部的、隐性的、非理性的，应该说仅是基于一种创作的潜意识区分。从理论的标举来看，刘师培《中古文学史》所说"文章各体，至东汉而大备。汉魏之际，文家承其体式，故辨别文体，其说不渝"①，初看符合实情。如汉代赋颂不分，而魏文帝《答卞兰教》："赋者，言事类之所附也。颂者，美盛德之形容。"② 邯郸淳《上受命述表》亦谓："作书一篇，欲谓之颂，则不能庇雍容盛懿，列神玄妙；欲谓之赋，又不能敷演洪烈，光扬缉熙。"③ 表明建安时明辨赋颂的意识。又曹植《卞太后诔表》："臣闻铭以述德，诔尚及哀。"④ 桓范《世要论·赞象篇》："夫赞象所作，所以昭述勋德，思咏政惠。此盖诗颂之末流矣，宜由上而兴，非专下而作也。"⑤ 只是这种文体明辨尚未见于诗赋，尽管其间不排除材料的散佚，然而诗赋作为文学文类的"整体"传统仍在；他们明辨的文体重点乃在于实用之文，契合于建安重刑名实用之学的乱世背景，这是不难推导的。从作者创作的层面来看，建安时代的抒情化才是最核心的要素，"世积乱离"催生了文章的"梗概之气"，这同时也容易令人误解为"赋"的诗化。比如顾随就注意到，欲成为伟大的文学家必须具备"感觉敏锐""感情热烈""理智发达"三个件，"感情热烈"是建安才人们的共性，他们大多也"感觉敏锐"，"理智发达"则只有文帝最佳，这真是卓越的文学识见，唯此建安时代的诗文才能令读者倾倒；他又谓文帝写散文用"写诗之谨严笔法"，有"情操"（"操"即"纪律中有活动，活动中有纪律"），有诗之美而可称为"散文诗"⑥，此乃鉴赏之高明，表明了建安文章的抒情之力、抒情之韵、抒情之美。而落入具体的时代语境则宜有辨析，盖他所说之"诗"乃是后世之诗，用为一种借机说法的比喻，在当时诗体发展尚未成熟、诗体的表现功能尚未得到丰富发展的情况下，并不存在着作者以成熟的诗化写法来作赋的实际可能。从二体的发展变化来看，一如前文所说，赋体在消解经学功能的进程中愈发强调辞章之"丽"，此消彼长，故成资源；诗体的成长则是不断汲取赋体之"丽"，尤其是铺陈的手法所促成的，在这一进程中，新

---

① 刘师培：《中国中古文学史讲义》，第 20 页。
② 夏传才、唐绍忠：《曹丕集校注》，第 108 页。
③ 严可均：《全三国文》，第 258 页。
④ 王巍：《曹植集校注》，第 465 页。
⑤ 严可均：《全三国文》，第 389 页。
⑥ 顾随：《中国古典文心》，北京大学出版社 2014 年版，第 184—193 页。

过程之美

起的五言徒诗利于抒情的特长，渐渐从四言诗、乐府书写的传统中被凸显了出来，自此诗始能与赋抗衡。站在文体的角度，建安时代根本不存在所谓的诗赋合流，不存在着本于辨体的赋之诗化①，而是文体之间的丕变分异、地位消长和强弱影响，这是一个以抒情浪潮为背景的、复杂而充满张力的演进过程。由此也产生了另一种遮蔽：那就是在激情之浪的汹涌裹挟下，汉赋解散为抒情而合流于"诗言志"，同时也有趋同二体文学功能的倾向；建安文人似乎来不及明辨赋体的职能究竟是赋物还是抒情，还是兼而可之，来不及深入分疏"诗赋欲丽"的立体分异究竟在哪里；诗在出脱乐府后的文人"新艺能"优势究竟是什么。所有这些，都还要等到激情的浪潮消退之后，文人们再来作理性的审思。

---

① 可参看本书第四章第二节。

第四章　赋物题材与体物诗化

在文论史上，陆机"诗缘情而绮靡，赋体物而浏亮"是一个具有时代新义和重大影响的观点。就诗而言，从五言诗的发展上，深化了"诗言志"在"吟咏情性"方面的意蕴，即"第一次铸成'诗缘情而绮靡'这个新语"①。就赋而言，亦为统摄时代精神的理论，明代谢榛谓"'浏亮'非两汉之体"②、胡应麟谓"六朝之赋所自出也"③。"体物"二字影响更大，"物"的拈出，在赋论史上第一次明确以题材来标举体格。刘勰《文心雕龙·物色》："文贵形似，窥情风景之上，钻貌草木之中。吟咏所发，志惟深远；体物为妙，功在密附。"④ 所谓"体物为妙"，乃是在陆机"体物"的基础上，进一步阐发赋物题材的传统，并从理论上将长久以来的"物色"创作提升到了一定的高度。昭明太子《文选》也单列了"物色"类赋选。大约后人论赋的体格，鲜有出脱此二字者，如谢朓《酬德赋序》："沈侯之丽藻天逸，固难以报章，且欲申之以赋颂，得尽体物之旨。"⑤《北史·魏收传论》称赞魏收"体物之旨，尤为富赡。"⑥《酉阳杂俎》谓进士王恽"才藻雅丽，尤长体物，著《送君南清赋》，为词人所称"⑦。所以清人魏谦升《赋品》专列"浏亮"一品，称"体物一语，士衡薪传"。此外，论家还特别标举他分辩

---

① 朱自清：《朱自清古典文学论文集》，第223页。
② 丁福保：《历代诗话续编》，第1146页。
③ 胡应麟：《诗薮》，第141页。
④ 范文澜：《文心雕龙注》，第694页。
⑤ 谢朓著，曹融南校注：《谢宣城集校注》，上海古籍出版社1991年版，第1页。
⑥ 李延寿：《北史》，第2048页。
⑦ 段成式：《酉阳杂俎》，曹中孚校点本，上海古籍出版社2012年版，第131页。

诗赋二体的贡献。实际上，这一论断包含了诗赋二体的互动，特别是"缘情""体物"之说，关系到二体体格的分疏互参，历来论家大都只注重二体的分异，而于彼此在内涵上的交越及在文体生成中的互动，或存而不论，或语焉不详，或论而不切。我们以为，此说在明确标举出赋物题材传统的同时，又隐含了赋物理论的诗化倾向；"物"主题是贯穿这一进程的关键要素，其间"体物"之说与汉代班固"感物"之说有承变，"体物"与"浏亮"二义尤须作文体概念和创作学上的区分。所以本章以"物"题材及其书写为中心，去考察赋的体格及其诗化轨迹。

第一节 从客观显物到风格强调

后人之所以认可陆机的"赋体物而浏亮"之说，主要是"体物"二字道出了赋的体格。从理论上讲，体格是一个后起词，指文体的格式规范，用于轨范作家创作的文体标准。薛雪谓"体格一定之章程"①，刘熙载谓"格式之格"②，就是此意。体格常常也指向于文体的风格导向，故有体格声调、格调之说，只是名家常常出现"破体"现象，所以体格之说很难恒定如一。就作为早期文体的赋而言，其体格的确认更加困难，这源于其立体的关键不像诗一样以外在的形式轨范为标准，而在于手法及其所规限的题材，即"赋家以体物为铺张"；更加重要的是，汉人论赋从来就是站在《诗》学的立场，在理论上他们根本就没有明确标举出赋的体格标准，这又致使赋体不断发生改变。其实详加考索，赋体从生成到汉代的演变，都是隐含了"赋物"题材这一要素的，迄建安则发生了转向，这是理解陆机"体物"论的前提，也是"物"主题发展变奏的基础。

从语源上来看，如我们第一章所讨论，赋之本义指赋敛财物；根据早期文献中此字的运用，可知赋敛内容皆为有价值的有形实物，这就从赋的题材内容上推出了"赋物"之义。从赋体初起的功能来看，"昔楚庄齐威，性好喜隐"，齐楚二国皆风行隐谐行为，故荀子宋玉始为赋皆

---

① 薛雪：《一瓢诗话》，《清诗话》，第713页。
② 袁津琥：《艺概注稿》，第394页。

以隐体为讽谏。荀子主礼而庄重，宋玉主辞而诙谐，根据政治劝谏的意图，隐则导向"遁辞以隐意，谲譬以指事"，故而"或体目文字，或图象品物"①；而根据谐隐活动的游戏性倾向，则只有以物设譬才堪娱乐的最大化。王闿运《王志》曰：

> 赋者，诗之一体，即今谜也。亦隐语而使人自悟，故以谕谏。夫圣人非不能切戒臣民，君子非不敢直忤君相，刑伤相继，政俗无裨，故不为也。庄论不如隐言，故荀卿、宋玉赋因作矣。……要本隐以之显，故托体于物。②

隐体为赋的政治语境乃是在娱乐游戏的场景中不便直谏，由此形成"本隐以之显"的辞章韵文特征，所以必然"托体于物"，这是赋体初起即具有"物"题材指向的根本原因。荀子《赋篇》分咏礼、智、云、蚕、箴，皆是以"爰有大物"式开篇来标明内容的以物为隐谏；宋玉《风赋》《钓赋》都明显具有以"风"和"钓"为讽的意图，"风"为实物，"钓"为事而亦归之于物，在谐隐活动和功用的指向上与荀赋如一。又宋玉《风赋》入《文选》"物色"类目，而其《高唐赋》《神女赋》皆承物题，《登徒子好色赋》等则稍见变化，下至汉赋大致承荀宋的写法而扩张，虽推及"物事"及至"情理"③，而仍以"物"为主。刘咸炘特别注意到刘勰论赋称引屈原而又并提荀宋："以屈、宋为大，而荀、宋并称，盖以荀、宋始赋庶物耳。然屈、荀皆楚人而同时，荀非沿屈，未可与宋玉、景差侪也。且屈体衍长，变体已成，荀体短促，犹存诗式，后世合和二家，兼取其义耳，非本同也。宋玉《风》、《钓》之体，亦非荀卿《蚕》《箴》之伦也。"④ 即谓辞章引发体式之变，"物"题材却一以贯之，这才是赋学史由荀子、屈原而至宋玉的演进实情。

---

① 范文澜：《文心雕龙注》，第271页。
② 王闿运：《湘绮楼诗文集》，岳麓书社1996年版，第46页。
③ 关于物题材的"物""事""情""理"扩容推进，汉代赋家没有明确标举，但体现于实际创作之中，这个问题要到陆机"赋体物"的论断中才引发起后人的积极关注，所以我们放到下一节考察。
④ 刘咸炘：《推十书》戊辑二，第728页。

过程之美

枚乘《七发》描述游宴时称"比物属事,离辞连类"①,指向于面对题材书写的方法,可以看作赋家感性的认知,虽尚未及于理论的明确标举,却表明汉初赋家对赋本于写"物"的敏感。而首先明确从理论上指出赋的"物"主题的,则是汉代的班固。他在《汉书·艺文志》中说:

> 《传》曰:"不歌而诵谓之赋,登高能赋,可以为大夫。"言感物造耑,材知深美,可与图事,故可以为列大夫也。古者诸侯卿士大夫交接邻国,以微言相感,当揖让之时,必称《诗》以谕其志,盖以别贤不肖而观盛衰焉。故孔子曰"不学《诗》,无以言"也。春秋之后,周道浸坏,聘问歌咏不行于列国,学诗之士逸在布衣,而贤人失志之赋作矣。大儒孙卿及楚臣屈原离谗忧国,皆作赋以风,咸有恻隐古诗之义。②

其中"感物造耑"所指向的题材及表达意蕴历来不为人注意,需要详加分解。《传》曰的取义即"九能",出自汉儒毛亨对《诗·鄘风·定之方中》的解释:"建邦能命龟,田能施命,作器能铭,使能造命,升高能赋,师旅能誓,山川能说,丧纪能诔,祭祀能语,君子能此九者,可谓有德音,可以为大夫。"③"升高能赋"为"九能"之一,故班固引为"可以为列大夫",这是赋体雏形时期在"造篇"层面的功用解释,班固据此释赋,则在他眼中赋体表现为"感物造耑,材知深美"八字。有学者认为"不歌而诵谓之赋"不是赋体的定义,前面数句乃是讲《诗》,以《诗》教精神来引出下边赋体的兴起,形成赋亡诗兴的承续。④ 可是要考虑到"感物造耑,材知深美"这八字的解释,按郑玄"赋者,或造篇,或诵古"的注疏,必然指向"造篇",不然"感物"和"造耑"二词便没有着落;所以这个开头即便不是赋体的定义,但

---

① 李善注:《文选》,第480页。
② 班固:《汉书》,第1755—1756页。
③ 毛亨等:《毛诗注疏》,阮元刻《十三经注疏》版影印本,第316页。
④ 曹虹:《"不歌而诵谓之赋"考论——关于赋体定义的一点釐清》,收入其《中国辞赋源流综论》,第13页。

谓之为指向赋体"造篇"的雏形状态，料应符合班固的原意和历史的实情。这八字不仅佐证了上论的赋物传统，还大致代表了汉人对待赋物题材的一般观念。

"感物造耑，材知深美"的说法，不能聚焦在"感物"尤其是"感"字上来作抒情化的理解，此非班固本意。颜师古注："耑，古端字也。因物动志，则造辞义之端绪。"① 据此则"感物"为"因物动志"，"志"呼应于班说所引"称《诗》以谕其志"，指向于汉代经学视域下与以政治伦理道德为主体的"志意"，这是"造辞义之端绪"的原因。《说文解字》释"感"："动人心也。"释"耑"："物初生之题也。"② 则"耑"呼应"物"字，合指能感知于物的特性，就其本源初始而"造篇"；赋物从其本，这符合于交际注重就名实而发议论这一名学思维方式，唯此才容易切物而打动人，才称得上"材知深美"。显然，班固的重点不在"感"字上，而在对"物"主题的"造耑"和"材知深美"的体认上，因为只有能"造耑"赋物才能彰显和匹配"列士大夫"的能力，才能最大限度地发挥作赋以"谕志"的功能。所以班固之说，隐含了"赋物"（题材）—"造耑"（方法）—"谕志"（功能）的文体叙事逻辑。在班固的观念建构里，后者的确认才是关键；然而在根本上三者又是彼此关联的，理应予以通合的解释。从赋物的题材来看，汉代骈辞大赋尽管重"铺采摛文"，但仍上承"以荀宋赋庶物"的传统。比如司马相如虽未明确提出赋物题材，但汉武帝"读《子虚赋》而善之"，乃召见相如，相如曰："然此乃诸侯之事，未足观也。请为《天子游猎赋》，赋成奏之。"③ "未足观"及观《上林赋》，本质指向"比物属事"的"汪秽博富"。班固一方面评价相如赋"多识博物，有可观采"；另一方面自己作赋也是以"先臣之旧式，国家之遗美"为准则，备制度礼法之事以为可观。王延寿《鲁灵光殿赋》："物以赋显，事以颂宣。匪赋匪颂，将何述焉？"④ 所指赋颂二体，在汉代交越互用，可见"物事"的题材倾向。成公绥《天地赋》序也称赋

---

① 班固：《汉书》，第1756页。
② 段玉裁：《说文解字注》，分别见第513、336页。
③ 司马迁：《史记》，第3002页。
④ 李善注：《文选》，第168页。

"贵能分赋物理，敷演无方"。左思《三都赋》取汉代京都大赋写法，刘逵注《吴都赋序》："非夫研核者不能练其旨，非夫博物者不能统其异，世咸贵远而贱近，莫肯用心于明物。"卫权《三都赋略解序》："余观《三都》之同，言不苟华，必经典要，品物殊类，禀之图籍。"① 可以见到，从荀子、宋玉到汉代枚乘、司马相如，及至班固理论的提出，下至汉末魏晋，赋物推及物事的题材指向是一脉相承的；只是班固对"谕志"的经学功用强调，或多或少遮蔽和消解了"物"之题材特点，这一传统的影响同样是巨大的。

"造耑"而溯源，必从物之始，必从物之实，这是名实之学所建立起来的早期思维方式，所以它既是赋物方法，也是思维方式；又因为铺陈手法的立体规限，使得赋物必然落实于极力描摹"物事"对象的起源、形貌，以切于"物事"本身，获得形神皆似的结果。魏谦升据此列"造端"一品，谓"奇情异采，穷力追新"，即指切于"物事"的写法，又谓"曰有秘钥，先声夺人"②，指向终切于"物事"的效果。刘熙载谓"赋取穷物之变"，"赋以象物，按实肖象易，凭虚构象难。能构象，象乃生生不穷矣"③，也是就这一角度而言的。从班固《两都赋》的内容来看，敷陈西京之盛，推许东都礼制，包含了"炳焉与三代同风"的大汉继周意图，具有批评前代赋家而正本清源的意味，确实是注重从"造耑"的角度来赋物。刘勰谓"拟诸形容""象其物宜""刻形镂法""写物图貌""蔚似雕画"，即当从赋物的角度获得体制的理解。当然说得最透彻的还是陈绎曾："司马相如善词赋，长于体物：一曰实体，羽毛花实是也；二曰虚体，声色高下飞步是也；三曰比体，借物相兴是也；四曰相体，连绵排双体状是也；五曰量体，数目方隅岁日变态是也；六曰连体，衣服宫室器用天地万物是也。相如尤长于相体。"④ 其谓相如尤长于"相体"亦即"象体"，乃是"以物之象貌，形容其精微而难状者"，指司马相如善于大量使用形容词和联绵词来形

---

① 房玄龄：《晋书》，第 2376 页。
② 何沛雄：《赋话六种》，生活·读书·新知三联书店 1982 年版，第 26 页。
③ 袁津琥：《艺概注稿》，第 461、462 页。
④ 陈绎曾：《文筌》，收入《续修四库全书》第 1713 册，第 504 页。

容物貌，可以看作沈约表彰"相如巧为形似之言"①的注脚。这种对"写物图貌"的重视，尽管完全可能因为凭虚骋辞而导向"恢张谲宇，抽绎无穷"的风格倾向，但同时也保证了汉赋赋物的客观呈现特征，不至于使主体的情感与书写的"物事"对象相融合。当然，这里还有另一个原因，那就是《诗》学之"讽"的功用强调，进一步保证了赋物主题不会导向"物"—"情"的抒写模式。

有学者注意到汉人的这种"或以感物以颂德，或以咏物以讽谏"的"感物"方式，表现出明显的政教致用思想，本质上是经学支配下的"比德"书写②，起码对于《诗》化后的赋体造作是合适的。上引班固《两都赋》序已见其"以《诗》衡赋""以赋附诗"的建构意图，按"汉代经学尚'志'抑'情'"③，宏大叙事无不带上经学的视域，颜师古注"感物"为"因物动志"，"志"即班说所引"称《诗》以谕其志"的"志"，所以"感物"并非是以"物"感"情"；章太炎谓"《风》、《雅》、《颂》者，盖未有离于性情，独赋有异"④，所指赋不主情可添一佐证。站在"物"主题的角度来看，抽取"感物"之说不仅是对班固之说的断章取义，还因"感"的情感意涵容易产生汉赋主借物抒情的曲解；所以下至西晋皇甫谧承袭班说，或许就是担忧于此，才干脆将"感物造耑"改为"因物造端"⑤，从而影响了前引颜师古注此句沿用其说，这正标举出汉大赋的赋物并不主情，而是基于一种客观赋物以写"志"的文体，从这点讲，班固"感物造耑，材知深美"的本质就是"因物写志"。与之相映照，情感本位的"感物"只适宜于比兴手法。王延寿《鲁灵光殿赋》序值得注意：

> 诗人之兴，感物而作。故奚斯颂僖，歌其路寝。而功绩存乎辞，德音昭乎声。物以赋显，事以颂宣。匪赋匪颂，将何述焉？⑥

---

① 沈约：《宋书》，第1778页。
② 许结：《中国辞赋理论通史》，第298页。
③ 侯文学：《汉代经学与文学》，人民文学出版社2010年版，第229页。
④ 章太炎：《国故论衡》，第52页。
⑤ 严可均：《全晋文》，第756页。
⑥ 李善注：《文选》，第168页。

过程之美

他说"诗人之兴，感物而作"，显然是对《诗》中之"兴"的诠解，所举"奚斯颂僖"之例，虽称赞其"德音"，但有主观"感物"而兴情的意味。而谓"物以赋显，事以颂宣"，表明赋体以"物事"题材为中心，"显"字表赋有记述之功，上承班固《两都赋》序中从礼乐角度称赞赋体为"大汉之文章"、具有记载彪炳勋业的功效，这无疑标举出赋体具有客观呈现"物事"的功能。总而言之，班固的"感物"说极易使人发生误解，"感物造耑，材知深美"八字才能略陈其义，"因物造耑"更适合汉赋写作的实情，以此我们结合王延寿的说法，以"客观显物"来概括汉赋的赋物特点，更为合适。

另外，汉人没有直接点明赋的铺陈特点，却注意到了赋物铺陈所导致的"弘丽"审美风格，这以扬雄为代表。扬雄以为赋"极丽靡之辞，闳侈巨衍"，与他佩服相如赋的"弘丽温雅"①、区别"诗人之赋丽以则，辞人之赋丽以淫"，无不表明他已然发现了赋体"丽"的辞章风格。只是扬雄的言说最为人所关注的却是他的晚年悔赋，而他的悔赋话语恰恰又是以《诗》用为原则来立论的，"丽"的确认毋宁是以《诗》学原则予以否定批评，重心在赋体应立《诗》学之"则"上，这就意味着他对赋体"弘丽"风格的揭橥被其《诗》学话语形态所遮蔽了。同时，"丽"的形成与赋物和"造耑"大有关系，皇甫谧序《三都赋》："然则赋也者，所以因物造端，敷弘体理，欲人不能加也。引而申之，故文必极美；触类而长之，故辞必尽丽。"② 赋物之题材，必以铺陈之手法、"造耑"之思维而展开，才能形成"美""丽"的风格。只是汉人既然对赋体"欲使人不能加"的"丽靡之辞"抱着否定的态度，那就不会进一步去推求造成"丽"风格的铺陈手法了，所以通观两汉赋论，不见表彰铺陈之义。

这种情况到汉末魏初发生了变化，随着经学的松动，文章之学得到大力表彰，开始具有独立自觉的意味。曹丕明确提出"诗赋欲丽"，可以代表时风，这一方面是对扬雄赋"丽"说的继承，另一方面则完全

---

① 《汉书》："先是时，蜀有司马相如，作赋甚弘丽温雅，雄心壮之，每作赋，常拟之以为式。"第3515页。

② 严可均辑：《全晋文》，第756页。关于赋的铺陈、题材、风格之间的统合关系，参看下章第一节。

第四章　赋物题材与体物诗化

出脱了《诗经》学批评的思维，从文章之学上对赋体的风格予以了直接的表彰和强调。如果说汉人之"丽"具有《诗》学批评的意味，那么曹丕所代表的建安之"丽"完全是文学化、艺术化的批评话语。不唯如此，曹丕统称"诗赋欲丽"，大有将赋体之"丽"移之于诗体的意味，这种风格强调，蔚为建安盛藻，并与建安文学的抒情浪潮融成一种创作的合力，进一步消解了赋体的铺陈之义①，从而使得赋物的传统也随之而发生了变化。

赋体中本有骚体赋一脉，在汉代仅于私领域发挥抒情作用，为强大的经学传统和《诗经》功用性强调所遮蔽，是为潜流。骚体赋在对物的处理上承续了《诗》中比兴的精神，祝尧《古赋辨体》曰："《长门》《自悼》等赋，缘情发义，托物兴辞，咸有和平从容之意，而比兴之义未泯。"②尽管赋中比兴与《诗》中比兴不是一回事，但在叙事以言情的模式上是一脉相承的，这又与《楚辞》中以楚物来抒情具有一定的关系。汉代骚体赋虽多，业绩却不甚理想，朱熹批评他们模拟楚骚"词气平缓，意不深切，如无所疾痛而强为呻吟者"③，大致是实情，其中原因甚多，关键是只能摹拟不能开新，尚未探索出成熟的"物"—"情"书写方式，而致使情之主题不能动人。东汉以后赋物的方式开始发生转变，这是随着赋体功能的转变而转变的。王符《潜夫论·务本》称："诗赋者，所以颂善丑之德，泄哀乐之情也。"标志着赋的抒情功能开始得到公领域的承认，赋的书写于焉开始出脱了《诗经》学功用的规限。所以东汉后期以下的咏物赋尽管还保持着客观显物的传统，但却有了"感物"兴情的转向，也就是渐渐转向"物"—"情"的书写方式。如马融《长笛赋》："是故可以通灵感物，写神喻意，致诚效志，率作兴事。"这是感物而兴。杨修《孔雀赋》："临淄侯感世人之待士，亦咸如此，故兴志而作赋，并见命及。"④这是感事而赋。无论"感物""感事"，皆已不同于班固"感物"的客观显物之意。迄建安时期抒情成为一时之浪潮，曹植《前录自序》明确指出"余少而好赋，其所尚

---

① 关于汉赋的铺陈和建安赋对铺陈的消解情况，我们放到下章详论。
② 祝尧：《古赋辨体》，《历代赋论汇编》，第42页。
③ 朱熹：《楚辞集注》，第172页。
④ 分别见费振刚《全汉赋校注》，第801、1025—1026页。

也，雅好慷慨"①，在理论上标举了抒情的时风。曹丕干脆迳取"感物"二字为题，以为《感物赋》，其序谓："丧乱以来，天下城郭丘墟，唯从太仆君宅尚在。南征荆州，还过乡里，舍焉。乃种诸蔗于中庭。涉夏历秋，先盛后衰，悟兴废之无常，慨然永叹，乃作斯赋。"其赋曰：

    伊阳春之散节，悟乾坤之交灵。瞻玄云之蓊郁，仰沉阴之杳冥。降甘雨之丰霈，垂长溜之泠泠。掘中堂而为圃，植诸蔗于前庭。涉炎夏而既盛，迄凛秋而将衰。岂在斯之独然，信人物其有之。②

"悟兴废之无常"是由物是人非的今昔变化中体悟出来的，"物"是总称，包含玄云、沉阴、甘雨、长溜、中堂、圃、蔗等，已非就某一具体特定的物事而肖其形似，出脱了汉代咏物小赋一篇独赋一物的传统，而转向"物"——"情"的抒写方式，从今人的角度看，这是将赋诗化了。换言之，建安赋不再受汉赋"物事"题材为主的规限，完全将骚体抒情之赋变成了显流，以抒情为主而广赋诸题。所以建安赋除了传统的咏物之赋以外，既孳乳了大量的"感物""感事"之赋，如《愁霖赋》《喜霁赋》《感离赋》《感婚赋》《感节赋》等，也产生了大量直接抒情的赋，如《叙愁赋》《哀己赋》《永思赋》《伤魂赋》《慰情赋》《愁思赋》《幽思赋》《潜志赋》等。在前者，固然是汉代赋"物"主题在书写方式上的转变，在后者，更是无意中消解了赋物的题材规限。

  显然，尽管汉代赋学念兹在兹的是《诗》用的功能性批评，但他们同时也肯定以"物事"为主的题材规限，在表达上呈现出客观显物的特点；本于此，汉人发现了赋体之"丽"的风格特征，却并不给予过多的肯定和表彰，所以连并赋的铺陈之义也存而不论。建安时期的作家们在理论上并未谈及"物事"题材，而主要是出脱汉代经学论大力强调"诗赋欲丽"的风格论；在实际创作中，他们受抒情时风的影响，将"物"主题转化为诗性的"感物"抒写，开启了赋体诗化的旅程，这毋宁是从某种程度上消解了赋体"物事"为主的题材规限。汉人肯

---

① 王巍：《曹植集校注》，第368页。
② 夏传才、唐绍忠：《曹丕集校注》，第57页。

定"物"主题，但受《诗》学功用论的影响，常常在实际创作和经学理论的悖论中左冲右突，始终未能明确标示赋的体格，可谓有意为赋的《诗》化；建安作家淡化了"物"主题，以抒情性渗透于诗赋创作，以赋之"丽"移于诗之"丽"来探索诗的写法，即谓"文学的自觉"，无意中开启了赋的诗化之旅，而愈失体格之要。可以看到，"诗赋欲丽"的极力强调和抒情浪潮的腾涌，使得建安诗赋二体的边界不明，在"物"主题被淡化的情况下，诗赋的体格是亟待分疏的。

第二节 从"体物"到"感物"的诗化理路

诗赋的体格分疏是在陆机的手中完成中，《文赋》对此的理论标举不容忽视，既有对前代诗赋性质的概括，也有时代新义的表彰。同时，这一诗赋分体理论本于创作实践，又隐含了交越互用的可能，伏下了赋体诗化的发展路向，在其弟陆云对"情"本体的大量强调中得以凸显。这对于此后赋的诗化、铺陈手法的转向、"六朝体"的形成、"诗体物"的兴起，都有重要影响，其间意涵复杂深微，有待一一辨析。

一 陆机"诗缘情""赋体物"的体格分疏

杜甫《醉歌行》称"陆机二十作《文赋》"[①]，但后人多不认同，今人逯钦立认为当作于陆机四十岁后，饶宗颐也认为是其晚岁之作[②]，二人所考周密可信，杨明则进一步将之系于302年的42岁时[③]，此时上距曹丕提出"诗赋欲丽"的217年，已经过了85年。在这80多年里，空气中布满了政治杀戮的气息，士人生存的焦虑越来越深，"雅好慷慨"的抒情冲动渐渐消散，尤其在正始之际，士人们避祸唯恐不及，林下谈玄之风蔚起，及至太康之间，短暂的和平使得太康之英们获得一种玄想清谈后的平和冲淡。于是激情的浪潮消退，文学从玄思中获得了理性的审思，许多在建安之际不及清理的问题，这时都得到了认真的回视。

[①] 仇兆鳌：《杜诗详注》，中华书局1979年版，第241页。
[②] 逯钦立：《汉魏六朝文学论集》，陕西人民出版社1984年版，第421—434页；饶宗颐：《饶宗颐二十世纪学术文集》卷十一，台北新文丰出版有限公司2003年版，第495—496页。
[③] 陆机著，杨明校笺：《陆机集校笺》，上海古籍出版社2016年版，第1077—1088页。

过程之美

按陆氏本东吴大族，章太炎《陆机赞》："机之族，始于陆绩，说《易》明《玄》，为经术大师。"①《世说新语》载"陆士衡、士龙鸿鹄之裴回"，而"以玄默为稼穑，以义理为丰年"②，故二陆自小就有较深的玄学修养。由祖上重《易》之经学到二陆之重玄学，正是学术史从汉代解经侧于章句之烦琐到晋代转为玄学之清通这一"内在理路"的缩影，以经学之厚重转入玄学之清通，则易形成卓越的识见。③ 陆机的"体物"说就是在这一背景下提出的，《文赋》云：

> 体有万殊，物无一量，纷纭挥霍，形难为状。辞程才以效伎，意司契而为匠，在有无而僶俛，当浅深而不让。虽离方而遁员，期穷形而尽相。故夫夸目者尚奢，惬心者贵当。言穷者无隘，论达者唯旷。诗缘情而绮靡，赋体物而浏亮。碑披文以相质，诔缠绵而凄怆。铭博约而温润，箴顿挫而清壮。颂优游以彬蔚，论精微而朗畅。奏平彻以闲雅，说炜晔而谲诳。虽区分之在兹，亦禁邪而制放。要辞达而理举，故无取乎冗长。④

"体有万殊，物无一量"的总论，表明作者是从文章之"体"与书写之"物"的关系中，分别提出十体的写法的。故而其"体物"说要放到他的整个立论系统中去理解，才能见出其中所暗含的与诗体的关系，以及"体物"的具体意蕴和创作导向。

具体说来，对其"体物"论的理解要基于两个前提，才不至于发

---

① 章太炎：《太炎文录初编》，《章太炎全集》本，上海人民出版社2014年版，第237页。
② 余嘉锡：《世说新语笺疏》，第381—382页。
③ 自汉代经学而至六朝玄学，学术史有其发展的"内在理路"，一方面玄学并未全取代经学，经学在三国时式微，但在六朝仍有发展，只是偏重于训诂修身而非王道立政，此是大士族立身之本，玄学的兴起恰恰从另面也意味着经学传统的强大；另一方面，经学玄学二者并非是完全对立的，经学又常以玄学的面目获得新发展，从某种程度上说玄学也是经学发展的"必然"结果。以此转向之后的知识和思想的特征表面与此前不同，实际上仍一脉相承而戚戚相关。如以玄学之简要反拨经学之烦琐，本身就具有经学发展的内在连续性，汪文学提出中间的"尚通意趣"为其过渡，这在东汉中后期的知识群体中就已有所追求，以"尚通"破除烦琐，转入玄学之清通简要，由此形成从重章句训诂之"学"到以尚通人意趣和贯通性视野而能重"识"的转变，这一考察揭示了诸多玄学话语何以能直击人心的理论来源。参看汪文学《汉晋文化思潮变迁研究——以尚通意趣为中心》，贵州人民出版社2019年版。
④ 李善注：《文选》，第241页。

生误读。陆机所论十体，都是一种创作学上的体悟总结，不可视为纯粹的理论总结，更不可视为现代的客观研究理论。如其序中所言，作者"每观才士之所作，窃有以得其用心"，虽然包含了理论的逻辑推求，但"得其用心"则不乏阅读前人作品的体悟；又谓"每自属文，尤见其情"，更标明这是沦肌浃髓之言。按陆云《与兄平原书》第八通提到此文时，并提陆机《述思赋》《咏德颂》《扇赋》《感逝赋》《漏赋》，称"兄顿作尔多文，而新奇乃尔，真令人怖"①，则《文赋》为陆机"得其用心"的深思熟虑之作无疑，最少具有当时作赋的深切体会。王礼卿《文赋课微》："盖物相各殊，风格斯分；文体不同，格律自异，属文时必须司契以尽相，辨体以应律也。"② 指出十体皆"辨体以应律"的创作法，极是。尽管作者欲总结出操斧伐柯的创作门径，而仍不忘"恒患意不称物，文不逮意"，所以"慨投篇而援笔"，是时时体现作者创作的甘苦之意的。杨明指出，今人将其视之为文学理论作品，按作者原意，与其说是发作文之理论，不如说是"体物、描述"，即描述自己创作的过程，而"不是从推论来的"，与他赋音乐等作品无两样，只是题材的特殊罢了③。这至少提醒我们，它从属于辨体法则中的写作总结借鉴论，不能当作严谨而完备的理论知识来加以确认。

其次也是最为重要的，就是十体的论断本质上是内含审美理想追求的体格分疏，而非功能分野，这是理解诗赋二体复杂关系的关键，不容混淆。就体格而言，古人多有深切的理解，如清人顾施祯《昭明文选六臣汇注疏解》以为，"体有万殊，物无一量"以下乃是"言体格"，十体论则是"作文之极则"，"文之审定其体格有如此"④。清人方竑《文赋绎意》以为"其要在体物而不遗"⑤，所谓其"要"，是指体要，即体格之关键。今代前贤亦不乏体会者，如程千帆谓"本节论文辞体式"⑥，他所说的"文辞体式"就是"格式""体格章程"；王礼卿则谓"推论

---

① 刘运好：《陆士龙文集校注》，第1112页。
② 陆机著，张少康集释：《文赋集释》，人民文学出版社2002年版，第125页。
③ 杨明：《陆机集校笺》，第5页。
④ 杨明：《陆机集校笺》，第123页。
⑤ 张少康：《文赋集释》，第124页。
⑥ 程千帆：《文论十笺》，黑龙江人民出版社1989年版，第170页。

体格之殊，物相之别，亦即尽相辨体之法"，又谓"此论文体有殊，律度各异，辨体以应律之法也。盖曲尽物相，妙合文体，乃为文之基，明此而后可语于利害妍蚩也"①，这是古人明体格以为创作之准则轨范的解释思路。问题的关键更在于，陆机创作学视阈中的体格论断，并非泾渭分明逻辑缜密的理论陈说，回到本文论题，等于是说，诗赋二体的体格分疏还要区别于功能分野，这样才能准确理解陆机的意思。按"诗缘情""赋体物"的体格分疏，表明诗是以功能表达角度的"缘情"为创作的关键，唯此才能展示出诗的文体特性；赋是以题材导向角度的"体物"为创作的关键，唯此才能展示出赋的文体特性。而并不是说，诗以"缘情"为文体功能，赋以"体物"为文体功能。如果从文体功能下论断，那等于是以汉人以《诗》衡赋的功用论逻辑理路来加以理解，但陆机在论证的角度上显然了无经学之味，承续的是曹丕以"诗赋欲丽"讨论文体本身的视角。在这里，体格分疏描述的是诗赋二体各自的切要因素，而非功能分野下互不杂越的本质限定。简言之，陆机讨论的是诗赋各自应该怎么写（即突出什么）才算合体，而非一定要写什么（即题材功能）才算合格；此外当然还包含它们"绮靡""浏亮"的审美风格理想，这点我们后边再论。

在此基础上，我们才能理解诗赋二体"缘情""体物"的体格分疏，并不妨碍彼此在题材、功能方面的交越互用。由体格的分疏而至内部要素的互用，看似复杂其实并不矛盾。徐复观《陆机文赋疏释》于此曾经作过比较全面的诠解，我们不妨详加引论：

> 按此段乃总论文章之共同要求，及各体裁题材之各别要求，以作后文"因论作文所由"的张本。……文体之体，似乎是在曹丕《典论·论文》中首先出现；至陆机而有更深刻的表达。在无限变化中，仍有相同地条件与要求，此文学批评之所以能成立。"辞程才而效伎"以下十句，是陆氏所提出的写作时的共同地基本条件、要求。体裁题材一经成立，它是客观的存在，即有由这种客观存在，各作者发出适合于其自性目的的要求。诗赋是体裁之分，碑诔

---

① 张少康：《文赋集释》，第125—126页。

第四章 赋物题材与体物诗化

> 铭箴颂论奏说是体裁加上题材之分。既有体裁题材之分，便有自性目的之分；例如诗的自性目的是"缘情"，赋的自性目的是"体物"。缘情的要求是绮丽，作者便须适应这种要求而以绮靡为诗之体；体物的要求是浏亮，作者便须适应这种要求以而以浏亮为赋之体。……这里便浮出文类与文体的密切关系，也浮出文章分类在中国文学中的重要性。……但绮靡不足以尽诗体，也不一定能算是诗的基体（体的基型）。①

所说稍显不够清通，宜略加阐发。"各体裁题材之各别要求"其实指的就是体格之异，也是古人创作文章"辨体为先"的原因。陆机之说虽承曹丕而来，但区别在于曹是以风格论体，陆则以体格论体，抓住了文体的独立特性，可以作为创作的轨则，操斧伐柯的门径，所以远较曹说深刻。徐氏所指"自性目的"，就是体格要求，符合其"自性目的"的文体即为"基体"，这实际上指的是传统创作准其体格要求，而得其"本色"的写作理路，"基体"相当于合乎"本色"的"尊体"。徐氏明确提出体格要求之所以存在的科学依据，并指出创作依照文体"自性目的"而作的文学事实。但他最有价值的地方，还在于指出"绮靡不足以尽诗体"，也就是说，合乎体格要求的"本色"之作，不足以尽一种文体，如诗不仅有"绮靡"之作，还有建安以来的"风骨"之作；文体增多，其中有"本色"之作，也发展出了非"本色"之作，由此就推出了文类。在这一大前提下来理解诗赋二体，诗以"缘情"虽从功能强调的角度来标举体格要求，但又不尽止于此；赋以"体物"虽从题材书写的角度来强调体格要求，也不尽止于此，这样就留下了诗赋二体在功能和题材方面互涉互用的理论空间。换言之，诗强调的是以"缘情"为体格，但不妨碍从题材上借"体物"而"缘情"；赋强调的是以"体物"导向为体格，但不妨碍"体物"而指向于"缘情"的功能。这样，再去观察陆机诗中存在的大量"感物"之说，赋中存在的"缘情"之作，也就不相抵牾了。或许今人在创作一途的阙如，往往理解有隔，未能进一步澄清二体的交越互用；其实它们既非对立的关系，

---

① 张少康：《文赋集释》，第 126—127 页。

也非"互文"的关系①，明白了陆机强调的是体格分疏而非功能分野，就知道称其"体物"说为"变调"处理，具有"片面的深刻"②，也都是不甚恰当的。

二 赋"体物"的题材导向

"体物"表面指物的书写，实际上已暗含了题材的导向，这个问题看似简单，放到题材的演变史中去看却又非常复杂，有必要对之详加讨论。容我们先提出论点，所谓赋"体物"的题材导向，是指本于赋"物"题材而推衍出来的表达导向，即从题材上看，由赋"物"传统所形成的"物题材"会向事、情、理扩容，由于情理皆本之物事，故赋的题材大致又可分为物、事二类；但从表达上看，事又本之于物，所以最终仍要落实到体"物"的书写之上。这一问题本身是具有历史逻辑的，只有站在赋体演进的角度，结合题材及表达二者，才能理解其具体意涵。以下我们详细展开。

如上节所论，赋体初起所形成的赋物传统即标举了题材的性质，但自宋玉至汉人则逐渐扩容推衍，陆机之论正是承此题材及其书写的深化。这一进程与古人的"物""事"观念相关，需深入考察。按第一章所引论，《说文》："物，万物也。牛为大物，天地之数起于牵牛。"王国维以为"古者谓杂帛为物，盖由物本杂色牛之名，后推之以名杂帛"。所称物义皆由具体之物到代指之物，暗含了由具象到抽象的引申理路，这契合于赋体从咏实物到抽象之物的推衍进程，只是施之于对此物题材的表达，则需进一步考察。《管子·心术》上："物固有形，形固有名。"③ 正是物据形而命名的名学思路。《列子·黄帝》称"凡有貌像声色者，皆物也"④，据此"貌像声色"的独特限定而命物之名，即为具象可感的"名物"。《说文·口部》"名"训"自命"，称"夕者冥也，冥不相见，故以

---

① 称陆机的"诗缘情而绮靡，赋体物而浏亮"为"互文"的用法，是目前学界的主流。代表学者如周汝昌、张少康、程章灿、韩高年等。周说见《陆机〈文赋〉"缘情绮靡"说的意义》，载《文史哲》1963年第2期；张说见《文赋集释》，第131页；程说见《魏晋南北朝赋史》，第160页；韩说见《诗赋文体源流新探》，第276页。
② 曹虹：《中国辞赋源流综论》，第171页。
③ 管仲：《管子》，《诸子集成》本第5册，上海书店出版社1986年版，第221页。
④ 杨伯峻：《列子集释》，中华书局2012年版，第47页。

第四章 咏物题材与体物诗化

口自名"①,以物有名故称"名物","冥不相见"而命名表明"名物"在交际场合的指类功能。又《周礼·地官·载师》:"以物地事。"郑《注》:"物,物色之,以知其所宜之事。"② 这是萧统立赋"物色"一类的依据,指明"物色"可以由其"貌像声色"而可进推对应之"事"。《左传·昭公九年》:"服以旌礼,礼以行事,事有其物,物有其容。"杜《注》:"物,类也。"孔疏:"言行事各有其物类也。"③ 也称依据"物类"性质而"行事",表明"物"的含义由其"貌像声色"的从属性质可引申推衍出所属事类,故可以"事"训"物"。《玉篇》直接释物为"事也"。经典中遍见,如《诗·大雅·烝民》:"有物有则。"传:"事也。"④《礼记·哀公问》:"敢问何谓成身,孔子对曰:不过乎物。"注:"物,犹事也。"⑤《易·家人》:"君子以言有物,而行有恒。"疏:"物,事也。"⑥ 因此而形成物事、事物的并称,析言之由"物"及"事","物"可称"事"而"事"中含物。进而推之,这反映了"中国古代的'物'观念,是内在包含辨别、类别与法则,一言以蔽之,是内在包含秩序的"⑦,所以才会有在哲学上道家借物体道所发展出来的体物理,以及文学上因审美心理主客"物"—"情"的同构而形成的体物情。由实存"名物""事"进推出背后的"理"和"情",故论者每以"情理"和"物事"对举,并可推衍为独立的文章题材;同时,这里也暗含了在表达上具有从"物""事"推出"理""情"的可能。这一由"物"及"事"及"情"及"理"的题材扩容,并见于陆机之前的赋史。上举荀赋直咏一物,已有形象抽象之别;宋赋《高唐赋》《神女赋》则已不限于一物,而有由物及事的倾向,至于《登徒子好色赋》《钓赋》,则完全可看作"事"类题材,而且在民间似乎确有以"事"为主的"俗赋"⑧;值得注意的是,枚

---

① 段玉裁:《说文解字注》,第 56 页。
② 郑玄等:《周礼注疏》,《十三经注疏》本,第 387—388 页。
③ 杜预等:《春秋左传正义》,阮元刻《十三经注疏》,中华书局 1980 年影印本,第 2057 页。
④ 毛亨等:《毛诗注疏》,第 1782 页。
⑤ 郑玄等:《礼记正义》,阮元刻《十三经注疏》整理本,第 1611 页。
⑥ 王弼等:《周易正义》,阮元刻《十三经注疏》,中华书局 1980 年影印本,第 50 页。
⑦ 李若晖:《中国早期的"物"观念》,《陕西师范大学学报》2017 年第 1 期。
⑧ 从地下出土的西汉《神乌赋》到北大简载西汉《妄稽》到三国曹植《鹞雀赋》,再到今见敦煌《丑妇赋》来看,民间似乎一直有着"事类"主题的俗赋,且可能带有唱诵表演的性质,但这种大小传统的互动不多,对赋的铺陈体物的体格影响不大,故本书对这一领域不作过多的关注和展开。

乘《七发》写游宴："于是使博辩之士，原本山川，极命草木，比物属事，离辞连类。"① 标举对"比物属事"的"离辞连类"，其实就是当时汉赋的写法，隐约透露出汉人作赋是以"物""事"为中心、采取类的观念而归"物"于"事"。"情"类如崔篆《慰志赋》、马芝《申情赋》、繁钦《愁思赋》，"理"类则如扬雄《太玄赋》、刘騊駼《玄根赋》等，不如"物""事"为广。其中的主要原因，与铺陈立体大有关系，我们放到下一章去详解。

在陆机之前，枚乘、班固、王延寿、成公绥等人都或多或少先后注意到赋物传统，只是皆无人从文体上论及"物"的具体意蕴，甚至亦不为后代论家所注意。陆机"赋体物而流畅亮"则在其"体有万殊，物无一量"的认知上，以讨论诗、赋、碑、诔、铭、箴、颂、论、奏、说十体体格的理论向度而引发了后人积极的关注。按六臣注《文选》，李善曰："赋以陈事，故曰体物。"李周翰曰："赋象事，故体物。"② 皆以赋陈其"事"的历史实情来解释体"物"的原因，且亦契合于物事并称的语源训诂。清方苞"赋以陈事，风雅之变"③ 之说解释了唐人以"事"释"物"的学理逻辑，即本于《诗》六义之"赋"，推出赋"体物"之说乃"风雅之变"。这一阐释倒是符合班固以下以赋附《诗》建构赋学源流的进程。按《毛诗序》未详加解释"赋"之意蕴，但郑玄释《周礼·春官》的"六诗"之赋为"赋之言铺，直铺陈今之政教善恶"④，以"政事"释赋义，亦即后来朱熹"铺陈其事"之所本，此即六义之赋乃赋"事"之滥觞。⑤ 而李善注班固"赋者古诗之流也"："《毛诗序》曰：'《诗》有六义焉，二曰赋。'故赋者古诗之流也。"正是承皇甫谧、刘勰以六义之"赋"释赋体的做法，从逻辑上讲即是以《诗》中手法之"赋"来解释文体之"赋"，所以他们才会取《诗》中之赋铺陈其"事"之义，凭借以"事"训"物"的词源学媒介，来解释陆机的

---

① 李善注：《文选》，第480页。
② 李善等：《六臣注文选》，第312页。
③ 张少康：《文赋集释》，第124页。
④ 郑玄等：《周礼注疏》，《十三经注疏》本，第717页。
⑤ 实际上，《诗》中之赋的对象也有赋物的指向，即李仲蒙释"赋者，叙物以言情也"，但站在经学的立场，"政教之善恶"才是关注的焦点，所以只及于赋事。

"体物"之"物"。问题的关键在于，赋物传统的实情其实是从"名物"实物义推衍为"事"义的，无论是雏形期隐体借物讽上的赋源实情，还是赋体初成时荀宋赋及至汉赋由"物"及"事"题材的推衍扩张，悉皆表明了后人从六义之赋的角度来以"事"释"物"，不仅倒置了逻辑因果关系，而且也有缩小陆机"体物"论中"物"的题材指向的嫌疑。

上引晚清王闿运解释"赋体物而浏亮"："要本隐以之显，故托体于物，而贵清明也。"指明赋体初起于"隐"而托体于"物"，故陆机才称"清明"；"托体于物"道出了赋的体格本于题材，"物"乃题材之谓。陆机并论十体，都是从体格上讲的，"诗缘情"和"赋体物"相对，这就必须统合理解。"缘情"是对抒情功能的把握，"体物"则是对物题材书写的把握，皆从各自的体格特征来展开。可见王说出脱经学而直接上溯赋体起源的赋物传统，颇能表彰陆机之义，这较上引诸家借《诗》中表"政事"之"赋"释"体物"之"物"的解释，显然更切于实情。不过，上引论家的以"事"释"物"，却也从另一个角度凸显了赋题材的"物""事"为本。按赋题材虽扩容为"物""事""情""理"四者，但本于天人合一的中国文化思维模式，言"物""事"则暗含了"情""理"，故陆机"体物"之说实亦可称体物情体物理；反之，言"情""理"则又依托于"物""事"，如曹丕《永思赋》、曹植《愁思赋》的抒情题材亦可视为"事"类之赋，荀子《礼》《知》二篇明明是说理，却以"爰有大物""皇天隆物"来开头，分明也是依于"物"题材。这就可以得到两个重要的结论，首先，"物"题材扩容为四之后，"物""事"亦可统摄"情""理"，这是前后二者之间的题材辨证，可称之为"物""事"为本。征之于陆机之赋，凡今所见确然能归之于"物""事"二类，"物"题材类包含《浮云赋》《白云赋》《幽人赋》《鼓吹赋》《漏刻赋》《羽扇赋》《列仙赋》《陵霄赋》《织女赋》《瓜赋》《桑赋》《果赋》《鳖赋》，计13篇；"事"题材类包含《感时赋》《祖德赋》《述先赋》《思亲赋》《述思赋》《遂志赋》《怀土赋》《行思赋》《思归赋》《别赋》《叹逝赋》《愍思赋》《大暮赋》《应嘉赋》《感丘赋》《文赋》《豪士赋》，计17篇。但实际上《叹逝赋》《愍思赋》《述思赋》是可以看作"情"类题材的；"理"类陆集则无。其次，从表达上看，由于"情""理"类乃是依托于"物""事"类而书写,"事"类又以"事"中含"物"而亦终落实于"物",所以四者皆以写"物"为中心,舍此无以完成题材的赋写。这在陆机赋中皆有所体现,"物""事"类的"物"书写自不待言,"情"类如陆机《述思赋》,曾得到其弟陆云的反复推崇,《与兄平原书》称"情言深至,《述思》自难希";又称"省《述思赋》,深情至言,实为清妙,恐故复未得,为兄赋之最"①,皆见能深于情之发撼。但其内容有:"寒鸟悲而饶音,衰林愁而寡色。""苟彼途之信险,恐此日之行戾。""观尺景以伤悲,抚寸心而凄恻。"又都是以围绕物来抒写的。

至此,我们可以对陆机"赋体物"作一基于题材和表达角度的立体解释:赋起于赋物,虽题材由物推及事、情、理,而仍以写物为标格和中心,故称"体物"。一方面,陆机"体物"论的内容紧承了班固"感物造耑,材智深美"之说,是围绕着赋的"物"主题来建构的;另一方面,前面提及陆说在观念视角上又是承自曹丕"诗赋欲丽"出脱经学而专论文艺的思维②,而曹说恰恰又无意中消解了赋物的题材规限。这样看来,陆机的"体物"说总括前人,在知识资源上重拾班固之说,在观念视角上承自曹丕;站在"物"主题的角度看,则经历了"肯定"(班固的表彰)——"否定"(曹丕的消解)——"肯定"的思辨回转。这一"物"主题的理性发掘和特别强调,完全是符合历史事实的。有学者注意到,就题材而言咏物的赋鼎盛于魏晋,总数达400余篇,其中晋代在300篇左右③,足为赋域主流。从历史的发展来看,赋的经学功能被消解后,其体格的题材规限就会迅速回归到物本身,能变宏大叙事为具体咏物。从创作上看,"物"主题的题材性质颇易于拓展,尤其是具象名物,总是最先吸引赋家眼球,凡所未被书写者,便会

---

① 刘运好:《陆士龙文集校注》,第1078、1111页。
② 关于陆说的思维观念承自曹丕"诗赋欲丽"出脱经学而专论文艺,在汉末经学式微、正始以后玄学大兴的历史背景中,其文论固已离汉代政教思维较远,这是不难推见的。《文心雕龙·明诗》:"晋世群才,稍入轻绮,张、潘、左、陆,比肩诗衢。采缛于正始,力柔于建安;或析文以为妙,或流靡以自妍,此其大略也。"虽是论诗,而于辞章艺术而言,实受赋的影响为多,可资佐证。范文澜:《文心雕龙注》,第67页。
③ 廖国栋《魏晋咏物赋研究》统计魏晋咏物赋计428篇,其中晋代咏物赋达320篇,台北文史哲出版社1990年版,第2、66页;王琳《六朝辞赋史》则统计晋代咏物赋为295篇,世界图书出版西安有限公司2014年版,第21页。

迅速为其纳入创作视野,如毌丘俭的《承露盘赋》、贾岱宗的《大狗赋》、杨泉的《织机赋》等,皆是此前未为人注意之物题材。东吴杨泉《太湖赋》序:"夫具区者,扬州之泽薮也,有大禹之遗迹,疏川导滞之功,而独阙然未有翰墨之美。余窃愤焉。"又其《蚕赋》序:"古人作赋者多矣,而独不赋蚕,乃为蚕赋。"① 虽然有表彰江南风土文化之意,却也隐含了物题材拓展的开新意识,就是这方面的典型。又如西晋初傅玄《紫华赋》序:"紫华一名长乐华,旧生于蜀,其东界特饶,中国奇而种之。余嘉其华纯耐久,可历冬而服,故与友生,各为之赋。"② 不为人注意的新物事,正好可以成为竞比书写的题材。此外,我们知道同题赋以魏晋为多,其中大体是以咏物类题材为中心的,有论者发现,这些同题赋与咏物赋的兴起便有关系。③ 可以说,陆机的"赋体物"是当时赋的"物"类题材现象的理论总结,确能代表一种建安激情时代之后的理性审思;同时也明确揭示了题材拓展之后赋的写"物"标格,未失传统赋物之本。唯其如此,他的"体物"体格论才能切中赋体的关键,而为后人广加援用。

三 从"体物"到"感物"

在经由曹丕对"物"题材的消解之后,"体物"的思辨回转,就蕴含了不同于班固"感物造耑"、王延寿"物以赋显"、成公绥"贵能分赋物理,敷演无方"诸家的时代新义。"物"主要指"物""事",殆无疑义。"体""物"的组合则新有所指。按《广雅》:"体,身也。"④ 即"总十二属"的身体,动作化后引申为以身体来感知,所谓体察、体验即是。《礼记·中庸》:"体物而不可遗。"明言体物,或为陆机所本。朱熹注:"其言体物,犹《易》所谓干事。"⑤ "干事"源自《易·乾》:"贞者,事之干也。""贞固,足以干事。"孔颖达疏:"言天能以中正之气成就万物,使物皆得干济。""言君子能坚固贞正,令物得成,

---

① 严可均:《全三国文》,第748—749页。
② 严可均:《全晋文》,第462页。
③ 侯立兵:《汉魏六朝赋多维研究》,人民出版社2007年版,第90—93页。
④ 王念孙:《广雅疏证》,第486页。
⑤ 朱熹:《四书章句集注》,第25页。

使事皆干济。"① 朱熹释"体物"为"干济"达成之意,暗含了理学的格物建构,有本于体察物理的意味。这恰恰呼应了陆机的"体物"之说。按吴棫《韵补》所收陆机遗诗:

> 物情竞纷纭,至理自宜贯。达观傥不融,居然见真赝。②

这几句话相当重要,充分体现了陆机面对"物"题材的表达观念。他讲"物情",又谓"至理自宜贯",首先道出了物中蕴含有情、理的可能,这呼应于上文我们对"物""事""理""情"的题材辨正;其次,"竞纷纭"显然视物情一体,"宜贯"表明了物与理之相通,包含了主客一体的追求。如此观物体物,必然引发主体和物象的交融,从而导向赋的诗化。以此考之于其赋的写作,即会发现,存在着具有客观性的体物(实为观物)之情理,以及主观性的接物之情理两种写法。后者才是诗化的关键,以下我们详细展开。

  首先看客观性的体物(观物)之情理。外物有情,儒道皆张其旨,关键是赋物的书写。此前之赋,乃是客观显物而写志,"志"具有儒家经义的内涵,表征为《诗》学之"讽""颂"二维。刘熙载云:"《史记·屈原传》曰:'其志洁,故其称物芳。'《文心雕龙·诠赋》曰:'体物写志。'余谓志因物见,故《文赋》但言'赋体物'也。"③ 在汉人确是"志因物见",这是陆机立论的知识来源。但陆机称"物"却已承自曹丕而出脱了汉儒政教之"志"的范围,乃是时风的延续,时人赋作于此有所反映。陆机赋作之外,如潘岳《射雉赋》主娱悦情性便再无以狩猎为讽谏之意味,而像皇甫谧序左思《三都赋》,只以题材的重大,原作构思有政治干谒的意味,不得不稍加经学的引申,实际上乃是经学功能批评不绝的余响;及至晋陶渊明《闲情赋》称"始则荡以思虑,而终归闲正。将以抑流宕之邪心,谅有助于讽谏"④,"讽谏"不过指向于自我的"邪心",与汉儒经义无关,实际上完全演变成了文体

---

① 王弼等:《周易正义》,《十三经注疏》本,第15页。
② 逯钦立:《先秦汉魏晋南北朝诗》,第693页。
③ 袁津琥:《艺概注稿》,第448页。
④ 袁行霈:《陶渊明集笺注》,第309页。

传统的构篇讲求。回看陆机所"体",乃为"物"背后的情理,主要是从玄言中来,以老庄的万物含道,进推为物中蕴含了物理和物情。即是说,陆机"体物"之说借用了玄学"体道"而体察物理的思路,这不仅本于他的家世生平都沾溉了玄学之风,也是玄风浸润下的赋家为赋的惯常思维。嵇康《琴赋》序即谓"丽则丽矣,然未尽其理也",赋中论"非至精者不能与之析理",一方面也承认"诗赋欲丽"之说;另一方面推许"尽其理",物不尽理,则非能文。又成公绥《天地赋》序称"赋者,贵能分赋物理,敷演无方",赋物必进推其理,乃在于物中自有天道,不论何物,不论大小,皆能进推之;反观则谓"体道"必经由"体物",所以受玄学影响的赋家,论赋亦常常包含了论玄学。张华《鹪鹩赋序》"言有浅而可以托深,类有微而可以喻大"①,乃是最好的注脚。但赋物毕竟是赋体文学的"规定动作",体察物之玄理必然要本于"拟诸形容""象其物宜""写物图貌"的具体展开,所以晋赋具有极力在篇中阐发"物自体"②的特征,以在此基础上进推出"情""理"之契,这正是陆机赋论较之于汉人的演进。兹观其赋,"物"主题含理及情的表达在在可见。如《遂志赋》:"惟万物之运动,虽纷纠之相袭。随性类以曲成,故圆行而方立。"③题旨虽承赋写个人情志的作品,于物却从其"运动""纠纷"中获得"随性曲成"的处世之方,是借物以取玄理。又《漏刻赋》:"伟圣人之制器,妙万物而为基。形罔隆而弗包,理何远而不之。"咏物而以物理贯穿其中,是"至理自宜贯"的实践。体察物理当为时风,如陆云《愁霖赋》:"考幽明于人神兮,妙万物以达观。"④《逸民赋》:"物有自遗,道无不可。万殊有同,齐物无寡。"亦为同类体物而推理的写法。这些写法一方面上承张华《鹪鹩赋》"委命顺理,与物无患"的玄学物理书写,另一方面也在物的刻画和极力的展开中丰富了前人之说。在此基础之上,由物理进推物情,显然也是顺理成章的事。按陆机《幽人赋》:"是以物外莫得窥其

---

① 严可均:《全晋文》,第 611 页。
② 许结谓晋人"赋体物"更多关注"物自体",较之汉人"比德"书写不同,甚是。只是这种"物自体"在晋人手中有分别,陆机的表达较为复杂。许结:《中国辞赋理论通史》,第 298 页。
③ 杨明:《陆机集校笺》,第 91 页。本章陆机诗赋凡未作注出处者,皆选自该书。
④ 刘运好:《陆士龙文集校注》,第 99 页。本章陆云诗赋凡未作注出处者,皆选自该书。

奥，举世不足扬其波。"将一切体察的凭借全推之于物，"物外莫得窥其奥"即舍此物无以为推理，这里已然隐含了文学题旨全凭"外物"的书写而抵达之意，符合《文赋》"意不称物"所内含的文章皆以物的表达为关键之说。又其《豪士赋》序："夫我之自我，智士犹婴其累；物之相物，昆虫皆有此情。"前取玄理，后返庄生万物之"有情"，可谓明显体现了从物理推及物情的"物"主题抒写思路。具体则如其《感时赋》："伊天时之方惨，曷万物之能欢。"《述思赋》："观尺景以伤悲，抚寸心而凄恻。"及至陆云《喜霖赋》："兼明畅而天地晔兮，群生悦而万物齐。"皆是这种以物推情的思路。在这些案例中，体物而推理而推情，都是以物书写为中心的，"理"和"情"或是赋物的连带推衍，或是为文的功能性主旨，上承的都是赋物题材的传统，应和于赋"体物"的体格定义。同时，物的书写整体上呈现为客观性，作家对对象的把握，延续了汉赋客观显物的传统，即所谓"象其物宜，则理贵侧附"[①]；作者对于主体情感的融入具有一种理性的克制，似乎唯其如此，才更能标举出赋"体物"的特性。

　　但体物的书写并不都指向纯然的客观性。陆机《演连珠》："镜无畜影，故触形则照，是以虚己应物。"谓"虚己应物"，本自道家涤除玄览而齐物体道，其目的不在体道而在体理，即由道入玄，物我合一。玄学的体物本就有主体的澄澈参与，体物书写因此而转为主观性的凸显，乃是顺理成章的延伸。如其《羽扇赋》："其在手也安，其应物也诚；其招风也利，其尽气也平。"描写羽扇"应物也诚"，本指羽扇招风尽气皆能完全回应，能根据使用者的需要准确地攫取风气。从思维上讲，这其实是基于物本身有理而所作的人为描述，但他不直接言说扇具有物理，而是将其"应物"人格化，就是说，扇如人一样应物有诚，显然这里内含了"以一己之心态契于物理"的主观性介入意味，主体性在此得到了与物一体的展开，只是理的客观性和主体的退藏而不易觉察。"应物"与其说是称扇称物，倒不如说是自己的人格依附，所以从本质上讲，"应物"表达具有超越客观体写物的"理""情"的可能，而导向以我接物的主观体悟和抒写。之所以会

---

① 范文澜：《文心雕龙注》，第135页。

如此，关键在于，"体物"的"体"字发挥了"体察""体悟""体验"的主体切入功能；从玄学进程来讲，实际上也是由客观理解物理到主观冥合物理的进阶，至此则人之玄思与外物情理达到了冥契合一的境界，赋之写法则可以看作这一思想的文学表现。所以，"体""物"的组合，必然经由理性客观的"体物"（观物）向感性主观的"体物"（感物）转变，这正是由"体物"而"感物"的逻辑进路，表现为主体情感的强烈介入和突出抒写。只是主观"体"物理（感物）与客观"体"物理（观物）颇难区分，且后者在正始之赋中已然获得了逐渐的展开，陆机"体物"的特别之处也就主要表现为"感"物之"情"；又因为主观性的强烈介入，具有以"情"接"物"的特征，"感物"就容易呈现出物情一体的境界。这正是陆机沿着正始以来的作家赋物推理的道路而开拓出来的新写法。后代刘熙载《艺概·赋概》云："在外者物色，在我者生意。二者相摩相荡而赋出焉。若与自家生意无相入处，则物色只成闲事，志士遑问及乎？"又称"为赋必有关着自己痛痒处"[1]，强调体物而终归之于情，庶几可以为解释这一创作现象的心理机制。

"感物"的基础是"物感"，即物本身具有情而能感动于人，陆机《怀土赋》序讲得最为明白：

> 余去家渐久，怀土弥焉。方思之殷，何物不感？曲街委巷，罔不兴咏，水泉草木，咸足悲焉。[2]

"何物不感"的强调，不仅指出了万物皆可感人而入之于赋，还将创作中物情与主体情感的交融描述了出来。实际上《文赋》："遵四时以叹逝，瞻万物而思纷。""情曈昽而弥鲜，物昭晰而互进。"皆从理论上反复描述了物与情的关系，物在作家眼中成为物象，实与心象相关，物、象、心在创作过程中融为一体；从"感"的性质来讲，物、象又是与情相联系的，所以这种"物感"说在理论上就伏下了抒情的可能，而

---

[1] 袁津琥：《艺概注稿》，第457、456页。
[2] 杨明：《陆机集校笺》，第97页。

具有诗化的倾向。

如果称"物感"说是一种文艺心理学原理,那么"感物"说则是基于此的一种创作思路。关键在于陆机将之大量移用于赋,构成了其"体物"论的另类抒写。试观下例:

  1. "矧余情之含瘁,恒睹物而增酸。历四时以迭感,悲此岁之已寒。"(《感时赋》)
  2. "感亡景于存物,愧颓年于拱木。"(《怀土赋》)
  3. "羡品物以独感,悲绸缪而在心。"《行思赋》
  4. "经终古而常然,率品物其如素。""寻平生于响像,览前物而怀之。""感秋华于衰木,瘁零露于丰草。"(《叹逝赋》)
  5. "览万物以澄念,怨伯姊之已远。"(《愍思赋》)
  6. "顾万物而遗慨,收百虑而长逝。"(《大暮赋》)
  7. "寄冲气于大象,解心累于世罗。""穷览物以尽齿,将弭迹于余足。"(《应嘉赋》)
  8. "遵四时以叹逝,瞻万物而思纷。悲落叶于劲秋,喜柔条于芳春。"(《文赋》)
  9. "嗟行迈之弥留,感时逝而怀悲。""悲缘情以自诱,忧触物而生端。""伊我思之沈郁,怆感物而增深。"(《思归赋》)

例子不胜枚举,情况非常复杂,宜加重视。首先从体物书写的本身来看,蕴含了与诗之体格的借用。"睹物""感物""品物""览物""顾物""瞻物""触物",其义皆近,都是直接标举主体的感物,进推出感物之后的情感变化;《叹逝赋》《应嘉赋》《思归赋》甚至多次运用这种写法,更不要说感于具体之物的抒写了。这些词的反复出现,正体现了作者作赋重"体物"而"感物"的创作路向,即以强烈的主观情感融入"物"主题,以"感物"为标的,达成心物合一、物情合一的境界。按刘勰《文心雕龙·明诗》:"人禀七情,应物斯感。感物吟志,莫非自然。"[①]专论"感物"而作诗的原理,"感物"的本质是抒情,主要用于以抒情

———————
  ① 范文澜:《文心雕龙注》,第65页。

为主的诗体。以此反观陆机这种"感物"的抒写，实际上就是诗化的写法，是"体物"而"缘情"的文体交越互用。其次，从题材的导向来看，助推了赋"体物"的诗化倾向。我们发现这些写法除了第 8 例外都属于"事"类题材，但第 8 例为《文赋》的理论小结，饶宗颐注意到《文赋》中的这一段文字关系到陆机的《感时赋》《叹逝赋》《述思赋》《行思赋》《思归赋》《愍思赋》《幽人赋》《浮云赋》《白云赋》《祖德赋》《述先赋》，乃是隐括他生平所作的这些重要作品辞句而为之①。这一方面进一步证明了陆机的"体物"论在题材上包含了"体事"；另一方面无异于指明，"事"类题材的抒写易及于情，具体策略正是通过"感物"而抒写的。"悲缘情以自诱，忧触物而生端。"在这里，诗之"缘情"和赋之"体物"打破了界限，"事""物""情"三者在文本的表达中融通为一，"体物""缘情"被完好的地结合在一起。其中关键正是主观情感融入之后的强大感召力，意味着赋的抒情性的张扬和凸显。章学诚《文史通义·文德》："古人论文，惟论文辞而已矣。刘勰氏出，本陆机氏说而倡论文心。"② 可谓卓识，特别是就赋的情况来看，陆机显然有了从"文辞"到"文心"的重要转向。盖此前汉赋主"丽"，汉人虽以《诗》衡赋，在创作的过程中却是以辞章之学展开的；曹丕强调"诗赋欲丽"踵事增华，皆在"文辞"一路。"文心"则指刘勰所言"为文之用心"③。陆机的"体物"，虽是从体道而来，从体物理而来，却并不排斥体物情，毋宁因为体物蕴含了"事"类题材，而在具体的创作中喜好于体物情；前指其所存的"事"类赋 17 篇，大于"物"类赋的 13 篇，亦呼应了这一导向。只是从另一个角度看，这些大量的"感物"书写，尽管是"事"类题材的必要手段，从属于赋"体物"的题中之义，但究竟"感物"而扬情，在某种程度上侵占了诗"缘情"的领土。

"感物"与"物感"乃一体之二面。罗宗强推许陆机"物感说"第一次将心与物联系起来，形成了创作构思论的一部分④，影响了后来的

---

① 饶宗颐：《饶宗颐二十世纪学术文集》卷十一，第 495—496 页。
② 叶瑛：《文史通义校注》，第 278 页。
③ 范文澜：《文心雕龙注》，第 725 页。
④ 罗宗强：《魏晋南北朝文学思想史》，第 133 页。

刘勰与钟嵘之说，所说甚是；但论陆机则仅止于《文赋》的理论抉发，重视不够，学界亦将此说的成熟归之于刘勰。实际上陆机于此具有大量的实践，上论其赋作的抒写便丰富了这一命题。同时，我们发现其诗中也多这种写法，如"载离多悲心，感物情凄恻"（《东宫作诗》）；"感物多远念，慷慨怀古人。"（《吴王郎中时从梁陈作诗》）"感物恋所欢，采此欲贻谁。"（《拟〈庭中有奇树〉》）"踯躅感节物，我行永已久。"（《拟〈明月何皎皎〉》）① 这仅是直接标示"感物"的描写，具体之物的感写则不胜枚举，正可见出"感物"而"缘情"的本色之属。总之，所谓"何物不感"，"感物"抒写似乎已成为贯穿其诗赋创作而念兹在兹的观念。就诗而言，"感物"适得其体；就赋而言，"体物"而"感物"昭示的正是其体诗化的进程。我们无法判断是赋的"感物"抒写影响于诗，还是诗的"感物"因其"缘情"体格的需要，而得到张扬后反过来影响于赋，可以确定的就是，这一观念是从赋"物"传统开始的，并最终转化成为他创作的一种普遍意识。

　　有趣的是，同代夏靖《答陆士衡诗》评价陆机"为物之主，为士之林"②，前句明确意识到了陆机对"物"主题的执着，足见其"体物"书写的影响；"为士之林"指向于陆氏独标士林的为人品性，当然也包含了其作为"为物之主"在士人中的影响。但是全诗都是围绕他的才和德来表述的，并无一辞提及其"感物"和主情。似乎陆机逞藻而不及情。实际上，陆机确实也没有从理论上明确揭橥赋体的抒情性，这是值得注意的。通观其赋，迳表"缘情"也仅有两例，《思归赋》："悲缘情以自诱，忧触物而生端。"正是将"缘情"与"体物"相结合的典型赋论，可惜仅此一见。又《叹逝赋》："乐隤心其如忘，哀缘情而来宅。"更不如其"感物"书写明显。此外《遂志赋序》"岂亦穷达异事，而声为情变乎"亦隐有此意。其中原因，应该缘于他对"体物""缘情"的诗赋体格分疏：设如再对赋的"感物"以扬情的品格作强调，则势必因诗化而进一步消解或遮蔽其论赋"体物"的体格特征。从理论上讲，尽管"体物"包含了"感物"，但"感物"的抒情性的泛

---

① 分别见逯钦立《先秦汉魏晋南北朝诗》，第 685、685、689、687 页。
② 逯钦立：《先秦汉魏晋南北朝诗》，第 694 页。

滥，是会因情的张扬而削弱物的铺写的。像陆机的《瓜赋》《羽扇赋》《白云赋》《桑赋》《鳖赋》等正宗"物"题材之作，都颇能客观地体物；而其《思归赋》《叹逝赋》《感时赋》《怀土赋》《述思赋》，实属"事"类的题材，虽并归于"物事"，究竟"事"中多"情"，所以尽管亦能"体物"，却多抒情性而不如前类题材的"体物""铺张"明显，因此往往被后代论家视为抒情赋。所谓两种写法的并存，昭示的是陆机在创作中一方面要理性地保持着赋"体物"而诗"缘情"的强烈体格分疏，另一方面却因"感物"抒写的诗性吸引力，促使他信笔"体物"而导向"感物"。陆机在理论上对"体物"的强调，和其在实践中大量呈现出来的"感物"抒写，似乎存在言行之间的两难和尴尬，实际上就根本而言，正是其"体物"论中蕴含着"感物"的逻辑进路，其在当时，最少是不矛盾的。

四 陆云"情"本理论的催化

赋体的"感物"而扬情，是由陆云从理论上来说破的。陆云自称"四言、五言非所长，颇能作赋"[①]，他主要的心思在作赋上，理论意识中便没有了诗"缘情"和赋"体物"的强烈体格分疏意识，也没有赋"体物"的体格规限，因之直截了当地道出了"情"的重要性。从现存资料看，在陆云今在与其兄长陆机的通信计39通里，竟然无一字涉及赋"体物"。按前论陆机创作《文赋》时对赋已然有了深入的思考，因之才有这篇佳作的问世，但陆云《与兄平原书》提到《文赋》："《文赋》甚有辞，绮语颇多。文适多体，便欲不清，不审兄呼尔不？"[②] 带有批评的意味，说明此文进入了陆云的讨论视野。陆云若对陆机"体物"之说有赞赏甚至异议，按理在这大谈赋文创作的30多封信里，不会无一点痕迹；又从陆云的信来看，陆机也有不少回信，今存陆机的回信已散佚，除了《晋书·左思传》里收了一条关于评价左思作《三都赋》的文字外[③]，便再无一词关系到回应其弟论诗文创作。据史载陆云

---

① 刘运好：《陆士龙文集校注》，第1044页。
② 刘运好：《陆士龙文集校注》，第1111页。
③ 即"此间有伧父，欲作《三都赋》。须其成，当以覆酒瓮耳"。见《晋书》，第2377页。

过程之美

"虽文章不及机,而持论过之"①,则陆云持论多而精,陆机作赋多而发论反之,所以各以不同受重视程度的姿态流传于后世,这是可以理解的。但陆云不提赋"体物",则是一件奇怪的事,我们合理的猜测就是,陆云大量强调"情"的重要性,是有一整套体系化的理论依据的,而使得他从根本上无视陆机的"体物""缘情"的体格分疏;从前引夏靖称陆机"为物之主"来看,应该说陆机称赋"体物"已然是当时的常识,所以才不值得再谈。另外,陆云讨论《文赋》仅从"辞"的角度切入,则陆机此赋只是作为一篇论作文题材的一般赋文而进入其视野的。而二陆并称,长于"持论"的陆云,其赋作的文坛影响,当时也不下于陆机②,所以他在理论上对"体物"论的无视和对"情"的强调,必然会冲击到陆机的观念和创作。

按陆云在信中反复提到赋主"情":

1. "四言、五言非所长,颇能作赋,为欲作十篇许,小者以为一分生于愁思。"(第4通)
2. "往日论文,先辞而后情,尚洁而不取悦泽。尝忆兄道张公父子论文,实自欲得,今日便欲宗其言。"(第8通)
3. "文章既自可羡,且解愁忘忧。……前登城门,意有怀,作《登台赋》。"(第12通)
4. "愁邑忽欲复作文,欲定前,于用功夫,大小文随了,为以解愁作文,临时辄自云佳。"(第13通)
5. "情言深至,《述思》自难希。"(第15通)
6. "省《述思赋》,深情至言,实为清妙,恐故复未得,为兄赋之最。"(第23通)
7. "忧邑聊作之(指作《愁霖赋》),因以言哀思。"(第29通)
8. "视仲宣赋集《初征》《登楼》,前耶甚佳,其余平平,不

---

① 房玄龄:《晋书》,第1481页。
② 在第29通信里,陆云谓自作《喜霖赋》而"此间人呼作者皆休",可见其赋当时颇有影响。又从他批评陆机赋来看,似乎当时陆机赋的影响并没有后来那么大,尤其《文赋》的理论内容。陆机在当时为人称颂的是有才而难追摹,陆云善于"持论"则多示门径,或许如此才导致陆云当时的影响更大。

得言情处。"(第35通)①

陆云论赋不称"体物"而极力提倡"情",这与他追求"清省""洁净"的文章审美有关系,当本于一整套理论体系的考量,在此不遑展开②。无论是对于赋体的功能,还是对赋文的鉴赏,他都以"情"为关键批评话语来展开。他以此来评价陆机之赋,则极力推许陆机的《述思赋》,从今天的观念来看,《述思赋》的抒情实不如《豪士赋》的深沉有致,也远比不上《文赋》的理论贡献,但这些反而是当时的他所不重视的。他又在与陆机的信中评价自己的《岁暮赋》:"倾哀思,更力成《岁暮赋》,适且毕,犹未大定,自呼前后所未有,是云文之绝无。"③ 认为此赋为平生所作最佳,仍是"情"本之论。如此论赋作赋,无视诗赋的体格分疏和赋的"体物"之格,一律以抒情性为标准,似乎赋之抒情功能才是其体格的关键,这些说法无疑是对赋"体物"之说的消解。可惜我们现在不能见到陆机的任何回应痕迹,已经无法知道陆机当时的反应了。

上引这篇陆云自视甚高而"倾哀思"的《岁暮赋》序也值得注意:

> 余祗役京邑,载离永久。……自去故乡,荏苒六年,惟姑与姊,仍见背弃。衔痛万里,哀思伤毒,而日月逝速,岁聿云暮。感万物之既改,瞻天地而伤怀,乃作赋以言情焉。④

序文交代赋作缘由,乃属实事,而抒情则宕开一笔,谓"感万物之既改,瞻天地而伤怀"。以"感万物之既改"而"作赋以言情",从赋体功能而非题材的角度重视"情",则何异于感物而作诗以言情。换言之,其"倾哀思"的"情"也是通过"感物"而作的,亦即包含了诗化的抒情写法。又其《寒蝉赋》序:"且攀木寒鸣,负才所叹,余昔侨

---

① 分别见刘运好《陆士龙文集校注》,第1044、1056、1067—1068、1071、1078、1111、1129、1141页。
② 刘运好于此问题有系统的讨论,见其《陆士龙文集校注》,第1111页。
③ 刘运好:《陆士龙文集校注》,第1146页。
④ 刘运好:《陆士龙文集校注》,第52页。

处,切有感焉。"《登台赋》序:"登高有感,因以言崇替。乃作赋云。"悉皆属于扬情,只是以"感事"而非"感物"扬情,考虑到"物"主题首先统摄"物事",可同谓之"感物"扬情。显然,对"情"的重视落实到具体的赋文创作中,则是"感物"的抒写,这二者是体和用的关系;以此反观,他在理论和创作中将"情"本说和"感物"抒写勾连了起来,相当于直接道破了"感物"的抒情本质。何以物能感人?他的解释是"类族知感,有命自天"①,即万类相通,人与外物有同构类比的可能,这其实是源于比兴中"引譬连类"的诗学传统。由此陆云的"情"本理论表征为"感物",极可能是借自诗学的原理,而非如其兄是从体物理的玄学中来。兹观其赋与诗,确实亦多"感物"的直接言说。赋如《岁暮赋》:"长叹息而永怀兮,感逝物而伤悲";《愁霖赋》:"永言有怀,感物伤心";《登台赋》:"感旧物之咸存兮,悲昔人之云亡"。诗如《答兄平原诗》:"感物悲怀,怆矣其伤";《赠郑曼季诗四首》:"感物兴想,念我怀人";《大将军宴会被命作诗》:"颓网既振,品物咸秩";《赠顾骠骑诗二首》:"哀哉行人,感物伤情"。② 总之,陆云极力强调"情",在诗和赋之中都多"感物"之说,其"感物"论也具有明显的诗学痕迹。

按陆云既无视赋的"体物",而且在其诗赋中又有大量的"感物"创作,特别是在与其兄的通信中对"情本"理论的表彰,无疑就会影响到陆机的创作观念。陆机的"体物"论本就隐含有"感物"的因素,这使得他很容易接受陆云的"情"本说和"感物"创作,从而触发其赋体创作的诗化转向。换言之,陆机诗赋中的"感物"抒写,应当与陆云主"情"的理论抉发有着重大关联:他的赋中并存"体物"之作和抒情诗化之作,并非是"变调处理"那么简单,而是暗含了对深思熟虑后认定的文体观念的坚守,以及对陆云理论的接受和调整。③ 如果说陆机在理论上以"体物"强调赋的体格,在创作中喜好赋的"感物",陆云则是在理论和实践中都旗帜鲜明地强调赋的"情"本功能,

---

① 逯钦立:《先秦汉魏晋南北朝诗》,第712页。
② 逯钦立:《先秦汉魏晋南北朝诗》,第710、710、698、703页。
③ 陆机对赋"感物"的接受,可能也与时风有关,一个明显的证据是,潘岳赋重感物而抒情,潘当时是"二十四友"之首,大他14岁。

第四章 咏物题材与体物诗化

这就将陆机的体格说转变为功能说，完全在理论层面将赋的诗化合理化了。但不管是暗中诗化还是理论的明显张扬，都能从他们的诗赋作品中找到"感物"抒写的呼应。同代人郑曼季《答陆士龙诗四首》的首篇《鸳鸯六章》："感物兴想，我心长忧。""感物兴想"四字出自陆云《赠郑曼季诗》的"感物兴想，念我怀人"，此诗序又谓"鸳鸯，美贤也，有贤者二人"①，则可视为并答二陆之作。这与前引夏靖评价陆机"为物之主，为士之林"一样，不仅体现了二陆之说在当时已引起文人之注意，还反映了"感物"抒写已成为一种诗赋的创作观念，并逐渐影响于当时文坛。下至刘勰总结咏物小赋：

> 至于草区禽族，庶品杂类，则触兴致情，因变取会。拟诸形容，则言务纤密；象其物宜，则理贵侧附。斯又小制之区畛，奇巧之机要也。②

不仅旗帜鲜明地指出"触兴致情"的创作实情，并从物的角度提出赋"睹物兴情""情以物兴""物以情观"，这既是二陆以下赋体发生诗化倾向后的创作现象之总结，又是对二陆赋论及创作诗化路向的理论提升。其所提出的物情互兴的观点庶几同于诗，表面上是要在题材之"物"和主体之"情"两者间建立起新的平衡，实际上却带有时代取向而极力凸显赋体应具"抒情"之功能。显然，从二陆之论到刘勰，其中隐含了一条赋的"体物"体格如何发生文体位移而诗化的演进路径。

有必要稍作补充的是，后代论者之所以忽略二陆对赋体诗化的重要作用，还在于建安赋的"抒情诗化"。诚然，建安赋亦有一定的"感物"书写③。问题的关键在于，建安赋的"诗化"从根本上讲缺乏诗

---

① 逯钦立：《先秦汉魏晋南北朝诗》，第719页。
② 范文澜：《文心雕龙注》，第135页。
③ 如上章所说，建安文章俱为抒情性所裹挟，如二曹便不乏感物书写。如曹植《幽思赋》："感岁暮而伤心。"《节游赋》："感气运之和润，乐时泽之有成。"《归思赋》："感荒坏而莫振。"《闲居赋》："感阳春之发节，聊轻驾而远翔。"又如曹丕《戒盈赋》："资物类之相感，信贯微之通灵。"《悼夭赋》："感遗物之如故，痛尔身之独亡。"《柳赋》："感遗物而怀故，俯惆怅以伤情。"曹丕甚至将赋题径作《感物赋》。这里当然有着作者创作和题材互动的内在机制，即主客、物我的互融和达成，所以这种情况在诗赋中都会偶见。如张华《杂诗》："怀思岂不隆，感物重郁积。"

169

过程之美

赋二体间体格的辨正,甚至可以说是一个伪命题:建安赋的"感物"书写是抒情浪潮之下的无意识行为,这本于诗文创作总是关系到物我主客的交融、互动,乃是一种普遍的文学原理在发挥作用,严格说来在当时是不存着有意诗化的倾向,而只能说是开出了包含"感物"书写的赋的抒情化写法。不过,与建安赋的抒情相比较,恰恰可以反观出陆论的价值:陆机从"物"主题处总结出赋的体格,正是对建安赋抒情浪潮后的理性审思和反拨;与之相映照,他的创作则从客观体物转向主观感物,反映的是对赋体认识的转变,以及对建安以来抒情之赋的兼取。①

第三节 "浏亮"对"体物"的规限和导引

一般说来,赋的诗化指向于功能的抒情化,篇幅的短制化,语言的诗意化等方面。② 功能的抒情化已如前节所言,篇制的简短化,则是由诗初起时的音乐限制和形式轨范所决定的,会驱使以抒情为本质的中国诗具有言约意丰的追求导向,所以才会发展出七绝、五绝等短小篇章;语言的诗意化则较为复杂,包含用字锤炼、形象追求、意象化处理等诗性特征。三者间功能的抒情化是最本质的因素③,后二者皆与之相关。而功能抒情化正是从陆机"体物"的题材标举到统摄"抒情"功能、从陆云的"情"本强调到刘勰时的抒情功能位移而完成的,这已如前所述;这一进程本来就对"体物"中物的肖象表达有所消解或遮蔽,

---

① 以赋抒情自建安以来未绝,如张华便"先辞而后情"(陆云《与兄平原书》),傅咸《仪凤赋》中亦有"赋微物以申情"之说,这些作家都是陆机前辈,陆机在理论上不提"情",似乎可以看作他的反思。而创作则在时风中,可看作他不拘于单纯的体格强调。

② 王琳以为赋的诗化包含普遍的抒情化、篇制的普遍简短化、语言形式上的积极探索三个方面唯所论较为简单,特别在第三方面。王琳:《六朝辞赋史》,第23—25页。

③ 西方汉学界曾以中西比较的角度而推崇中国文学的"抒情传统",此说形成较大的影响,代表人物是陈世骧。抒情传统之说从整体看大致是不错的。陈也注意到"乐府和赋拓宽并加深了以抒情精神为主导的中国文学传统的主流",具体就赋而言,他还注意到"赋中若有些微的戏剧或小说的潜意向,这意向都会被转化,转成抒情式的修辞",是颇有识见的。而他又谓"赋中常见铺张声色、令人耳迷目眩的词藻,就是为了要达成这抒情效应",则显得粗疏,无视赋的辨体,这恰恰是赋体诗化进程最为重要的方面,也是本书所要关注的焦点。陈世骧:《中国文学的抒情传统》,生活·读书·新知三联书店2015年版,第4—6页。

连并影响及篇幅的缩减和语言的追求方向,更为重要的是,陆机在"赋体物"后接上"浏亮"一词作为风格追求,于焉更加影响了篇幅和语言这两个要素。换言之,陆机的"浏亮"说对"体物"的处理方式有所规限,其中同样蕴含强烈的诗化因素,这亦是理解二陆和晋人赋诗化的关键。

这里包含两个方面,一是赋"体物"中物的书写导向,二是"浏亮"对"物"的书写方式的规限和导引;前者是前提和基础,后者是重点和关键。按陆机"体物"论对"物"主题的重新发掘和表彰,本承自汉人以来"感伤造端,材知深美""赋以物显,事以颂宣"的赋物传统。所以在创作上首先会紧承汉人对"物"描摹的重视,刘勰所谓"拟诸形容""象其物宜",沈约评价"相如工为形似之言",刘熙载总结"赋取穷物之变""按实肖象""凭虚肖象",云云,既是汉人为赋的总结,亦大致适用于陆机时代的"体物"书写。准其肖象而求其形似,实际上是赋物而求其贴切的必然路径,这是由物之起于有形实物的名学取径所决定的;只是在汉人这里更多的只是重其形貌,并有大量名物铺陈的平衡书写,迄东汉又注入了厚重的礼制经学,皆未能独标一格而由"肖象"发展到"神似"的阶段。这样一来,赋物的强调就会发展向两种可能:曼衍而征实,精细而琐屑。赋物而肖象必然容易曼衍篇幅,进而有所转化。章太炎谓汉世之论与辞赋合流,"千言之论,略其意不过百名。"① 易闻晓师指出,西汉之赋尚能凭虚构象,因物敷衍巨篇气势,至扬雄转向,东汉经学化以后则变为征实板重②,实际上正是赋体附《诗》而经学化后,礼颂敷篇的发展结果,已如前章所言。所以下至晋代仍之,如陆机《文赋》谓"虽离方而遁员,期穷形而尽相","穷形尽相"便是从赋物的肖其形似来讲的,这必然容易出现篇幅的曼衍,以呼应于汉大赋的奥博翔实。陆云便谓当时"有作文唯尚多,而家多猪羊之徒,作《蝉赋》两千余言,《隐士赋》三千余言,既无藻伟体,都自不似事"③,又极力宣称"文实无贵于多";挚虞批评赋之四害:"夫假象过大则与类相远;逸辞过壮则与事相违;辩言过理则与义相

---

① 章太炎:《国故论衡》,第81—82页。
② 易闻晓:《汉赋"凭虚"论》,《文艺研究》2012年第12期。
③ 刘运好:《陆士龙文集校注》,第1089页。

失；丽靡过美则与情相悖。此四过者，所以背大体而害政教。"① 虽是经学的立场，恰恰从侧面证明当时不少赋作就有曼衍无当的态势。当然，最值得注意的是左思的征实，其在《三都赋》序中说："美物者贵依其本，赞事者宜本其实。"② 指明体物而依本，故推出"宜本其实"，延续的是汉人"造耑"之说叙物溯源的名实思维方式，能推见由体物而征实的历史逻辑。可以说，由赋物"造耑"（亦可看作"体物"）而导致篇幅曼衍，进而转入征实，是必然的发展进程。从这点讲，左思的"讽谏征实"之说并不与陆机"体物"论构成所谓理论上的"双峰并峙"③，而是对赋体不同维度的界定，一强调题材书写，二强调功能观念，二者乃是统一相因而非并峙对立的关系。

再看体物而必然容易走向精细而琐屑，这一书写的导向在汉代尚不明显，概因经学批评建立起了汉赋的宏大叙事。但当离开了经学的功能性批评后，赋的辞章艺术得到大力张扬，所谓"赋惟博丽为能"④，则容易走向客观细节的烦琐描摹，以获得体物的妥切为要。李元度《赋学正鹄》列"细切类"：

> 细切类者，陆士衡云："赋体物而浏亮。"不细不切，断不能体物也。有双关题宜细切者，有咏物题宜细切者，须用比例法、串合法、映带法、刻画法、双管齐下法。有数目题宜细切者，有干支题宜细切者，须用核算法、掩映法、衬巾法，总贵有巧思，而复运以妙笔。⑤

真是方家法眼，指明文学纯然的"体物"必然要做到有"巧思"的"细切"，"细切"就是以精细化、技巧化的描摹而达成切于咏物之题的

---

① 严可均：《全晋文》，第819页。
② 李善注：《文选》，第74页。
③ 这是程章灿在1991年就提出的说法，见其《魏晋南北朝赋史》，第158页。此说影响颇大，实际上，左思的赋论可谓"征实"，合以"讽谏"，似有不妥，因为他的"讽谏"与汉人的"讽谏说"并不太一样，重点已转向艺术表达本身。
④ 王芑孙：《读赋卮言》评孙绰《游天台山赋》，谓"江左清言，寝流诗界，赋独不然"，因为"诗有清虚之赏，赋惟博丽为能"。《历代赋论汇编》，第209页。
⑤ 孙福轩、韩泉欣：《历代赋论汇编》，第719页。

表达宗旨。这里先不论精细化的作用，看他所列各类体物方法，"比例法""串合法""映带法""刻画法""双管齐下法"，皆是极细致的描写技巧；李元度又说"若夫修辞以炼字炼句为要，尤以六朝人为宗"①，则可见体物精细化引导了赋的修辞炼字炼句，凡此等等，都容易导向琐屑繁芜。陆云给陆机的书信中，讨论到赋的用韵、句式、修辞等问题，从某种程度上也反映了这一点。两晋之际的葛洪直接批评"惑诗赋琐碎之文"②，尽管是本于经学的立场，却反映了当时赋域多倾向于琐细无当的"细碎小文"。宋人蔡梦弼指出"晋宋间人专致力于此，故失于绮靡，而无高古气味"③，比较批评的视野也反衬出这一倾向。确实，相较于汉代客观显物的"体国经野，义尚光大"，晋以来之赋沿着出脱经学后的纯粹艺术之路行进，在精细化、琐屑化的雕琢中失去了汉赋的高古、浑成、大气。

陆机提"体物而浏亮"，则以"体物"为过程而强调体格，"浏亮"为旨趣而强调时风；究其实，"浏亮"指向于风格，而必然会规限到"体物"表达中上述两种"物"的书写倾向。按李善注"浏亮"句：

> 浏亮，清明之称。《汉书》《甘泉赋》曰："浏，清也。"《字林》曰："清，浏，流也。"④

又张凤翼释"浏亮"为"爽朗"，方廷释为"达而无阻"，皆与李善"清明"之解释相近，足见无所争议。关键则在于如许文雨所云："谨按陆氏诗赋二条，止用新义。"⑤ 单从"物"主题来看，系有所本；"浏亮"之说则为陆机新造，是"新义"的关键。曹虹注意到"浏亮"一词与玄学的渊源，如嵇康、阮籍便有"体亮""亮达""体清""淑清"之说，这些说法和"明"字都用于描述"体道"过程及其境界。⑥ 据

---

① 孙福轩、韩泉欣：《历代赋论汇编》，第720页。
② 葛洪：《抱朴子》，《诸子集成》本第8册，第185页。
③ 蔡梦弼：《杜工部草堂诗话》，丁福保《历代诗话续编》，第200页。
④ 李善注：《文选》，第241页。
⑤ 张少康：《文赋集释》，第112页。
⑥ 曹虹：《中国辞赋源流综论》，第163—167页。

此，则"浏亮"作为风格术语指向于"清明"之境，意谓体物的宗旨，是要将其物及其背后的理、情表现出来，达到一种清妙明亮的境界。可以说，作为风格术语的"浏亮"，蕴含了一种主体描写物之形貌和情理相统摄的境界，这正是经由玄学之思的浸润而得来的，应和于"体物"中蕴含的体道玄学，此亦即"新义"的具体内涵。陆机这一"新义"的提炼概括，足可代表时风。《文心雕龙·才略》称："张华短章，奕奕清畅。"①"清畅"便和"浏亮""清明"相近，二陆又是受张华影响的。陆云在与陆机的通信中也大量提出类似说法，他曾批评陆机："兄文章之高远绝异，不可复称言。然犹皆欲微多，但清新相接，不以此为病耳。"②又称赞其《述思赋》"实为清妙"，此外，信中还提到"清省""清美""清绝""清约""清工"等说法。而刘勰则评价陆云"雅好清省"③，皆意旨相近，指向于行文的雅洁清新，简约高妙，应和于魏晋玄学，透露出一种玄妙精简而能生发想象的境界。按鲁迅谓《世说新语》"记言则玄远冷俊，记行则高简瑰奇"④，其实正是玄学表征于文学的特点，有此等学方有此等人，方有此等人的言行及文章。从这个意义上讲，"浏亮"的"新义"专属于玄学浸润后的魏晋以下之赋，胡应麟《诗薮》："马扬诸赋，古奥雄奇，聱涩牙颊，何有于浏亮？"便明确意识到陆机此说乃"六朝之赋所自出也，汉以前无有也"。⑤谢榛《四溟诗话》也说"'浏亮'非两汉之体"，皆表明"浏亮"之说指向于两晋以还的时代风格。

可以看到，"浏亮"的"新义"内容在于"清明"所要求的简约化倾向，融涵了玄思所浸润的清远之境，实与玄学有关。正是"浏亮"作为赋体风格所具有的玄学意味和诗学意蕴，规限着"体物"所导致的曼衍征实和精细琐屑化倾向，引导了赋体的诗化发展。玄学功能的关键在于"言意之辨"所形成的思维，这犹如 Occam's razor（"奥卡姆的

---

① 范文澜：《文心雕龙注》，第 700 页。
② 刘运好：《陆士龙文集校注》，第 1056 页。
③ 范文澜：《文心雕龙注》，第 544 页。
④ 鲁迅：《中国小说史略》，商务印书馆 2011 年版，第 56 页。
⑤ 胡应麟：《诗薮》，第 141 页。

剃刀")可以消除一切芜杂①。据此以论,"浏亮"的玄学意蕴首先规限和制约赋物向篇幅的曼衍化和内容的征实化方向发展。按玄学以"名学之原则"为"首要之方法"②,章太炎《五朝学》:"凡为玄学,必要之以名,格之以分。"③故能综核名理,以简破繁,此王弼能以之廓除汉人解经烦琐之因,所以才能规限体物表现在篇幅上的曼衍无际,而约之以短篇为上。陆机《文赋》:"要辞达而理举,故无取乎冗长。"谓慎防"冗长"而取"辞达","理举"二字本就从玄学的综核名理中来,即体现了玄学对长篇的约束。二陆明明知道大赋易传世,陆云写信劝陆机:"兄作大赋,必好意精时,故愿兄作数大文。""云谓兄作《二京》,必传无疑。久劝兄为耳。"可是另一方面,陆云不仅自己不作,称"大文难作"④,反而在面对陆机的《文赋》时又予以"绮语颇多""文适多体,便欲不清"的批评,其理也在于此。至于左思《三都赋》,乃是因为作者出身寒门,欲以之干谒功名,在篇幅形态上已然是特殊的个案。又以玄学重虚无,起于无象无名的"道"本体推论,所以"其言循虚"⑤,这可以制约赋物在内容上的征实化。章太炎对学问之病下了一个有趣的判断,认为学者病于实当施泻,病于虚当补实;汉学家的考据烦琐亦即实,而必以玄理之虚相济,他自谓"夙治汉学,颇亦病实。数年来,以清谈玄理涤荡灵府,今实邪幸已泻尽"⑥,亦即此意。拟之于赋,则"浏亮"的玄学要求会洗涤和冲淡体物的"病实"倾向,而注重于导向表达情理之虚。这在二陆尤其是陆机赋中不难见到,其所贯穿的大量感物之"理""情",已如前节所述;陆机诗称"物情竞纷纭,至理自宜贯",陆云《岁暮赋》序谓"感万物之既改,瞻天地而伤怀,乃作赋以言情焉",皆可为代表。如果施之于物的具体描写,无疑容易导向以虚灵不著为旨趣的诗境化追求,这点下文再详论。

再看"浏亮"的玄学意蕴对赋物表达的精细琐屑化倾向的规限。

---

① 汤用彤:《魏晋玄学论稿》,上海世纪出版集团2005年版,第181页。
② 汤用彤:《魏晋玄学论稿》,第21页。
③ 傅杰编:《章太炎学术史论集》,云南人民出版社2008年版,第319页。
④ 刘运好:《陆士龙文集校注》,第1079、1082—1083、1054页。
⑤ 傅杰编:《章太炎学术史论集》,第319页。
⑥ 章太炎:《书信集》,《章太炎全集》本,上海人民出版社2017年版,第28页。

过程之美

玄学主于辩抽象名理，注重本体的体悟，汤用彤于此有一段精彩的论述："学贵玄远，则略于具体事物而究心抽象原理。论天道则不拘于构成质料（Cosmology），而进探本体存在（Ontology）。论人事则轻忽有形之粗迹，而有专期神理之妙用。"①赋"体物"的体格要求从文章学上讲恰恰需要究心于"具体事物"，这就与时代风气相乖；而彼时虽已辨体，在赋上却未形成文体的稳定形态，远不如后代（以明代为代表）的定格之辨，这就使得不稳定的体格让位于风格，所以"浏亮"作为时代风格要求，就必然规限和制约"体物"的精细化、琐碎化倾向，导向即物而出情理的"神理之妙用"。陆机讲"立片言以居要，乃一篇之警策"，陆云讲"了不见出语""但无出言耳"②，"警策""出语""出言"，指的都是在一篇之中需要有振起的句子，能够超越当下的平面维度表达；从另一方面看就是对细节琐碎化的反拨和规限，显然应和于玄学超越"具体事物"而期于"神理之妙用"。祝尧为此批评陆机的"警策"说，认为"辞之所以能动人者，以情之能动人者，何待以辞为警策，然后能动人也哉"③，分解了辞和情，便是不明白陆机之说，是基于对烦琐细节的超越，是玄学视阈中"物"与"情""理"的融通，不可割离"情""辞"而视之。

　　规限制约的另一面是导引。"浏亮"既作用于"体物"方式的导向，又是时代风格的创作要求，所以对体物而曼衍无际的篇幅的规限，也意味着对短篇时风的引导，即所谓"要辞达而理举，故无取乎冗长"；对体物的内容过度征实化的制约，也意味着对借物以出情理的虚化引导，即所谓"物情竞纷纭，至理自宜贯"。并且在冲淡体物过度精细琐碎化的同时，又引导着物的书写发挥精雕巧镂的艺术魅力，终指向于"神理之妙用"，追求立"警策"、求"出语"。篇幅导向短制，"体物"求切本又精细化技巧化，写物主张一着即离，同时注意以物传"情""理"的虚化引导，玄学的清远之境的追求即类于诗境化的追求，凡此等等，都意味着作为风格要求的"浏亮"规限和导引

---

　　① 汤用彤：《魏晋玄学论稿》，第19—20页。
　　② 陆云《与兄平原书》："兄文不复稍论常佳。然了不见出语，意谓非兄文之休者。""《刘氏颂》极佳，但无出言耳。"刘运好：《陆士龙文集校注》，第1047、1052页。
　　③ 孙福轩、韩泉欣：《历代赋论汇编》，第49页。

着赋的"体物"转向诗化的可能。理论的分疏只是为了理解的方便,从当下临文创作的角度来看,文本必然是体格要求、风格规限、时代风尚、个人情性等合力融通和调整而产生的结果,因之陆机"体物"和"浏亮"之说最终还要合而理解。必须要看到"体物"与"浏亮"风格之间"相互制约",有一种"必然的关系"①,恰如有论者所言:"'赋体物而浏亮',实则是胎息于玄学而第一次铸成的新语,要求物—意—文三者之间达到圆照契合的'清明'之境,对物象的描摹刻画则是关键。"② 不妨以魏谦升《赋品》所列"浏亮"一品,来对之进行统合诠解,其曰:

> 朗如行玉,清若流泉。疑义雾解,藻思芊绵。聪明冰雪,呈露坤乾。微辞奥旨,无弗弃捐。体物一语,士衡薪传。光明白地,濯锦秦川。③

这是摹拟《二十四诗品》的作法,每一"品"皆指向风格,在表达上注重于以诗传境。此品以"浏亮"作为风格,标举"体物一语,士衡薪传",不仅指明"体物"于赋体的重要性,还指明其与"浏亮"互相制约的关系。"朗如行玉"二句当指"清明"之境,"藻思"一句,出自陆机《文赋》"或藻思绮合,清丽芊眠。炳若缛绣,凄若繁弦",看到了"浏亮"新体辞藻的一面,乃是"体物"精细化倾向所带来的艺术追求;"疑义雾解""呈露坤乾""光明白地"等,与体物小赋语用表达的诗意化相关;"微辞奥旨"四字,更是明白无误地指出语言的诗境化倾向,这当然与玄学清远之境的规限是分不开的。可以说,这一"赋品"亦如"诗品"。

试以陆机《漏刻赋》为中心,来观察晋赋篇幅的导向、体物的表达、语句的追求等等,凡此皆并归于"物"主题在理论向度中的诗化可能:

> 伟圣人之制器,妙万物而为基。形罔隆而弗包,理何远而不

---

① 曹虹:《中国辞赋源流综论》,第166页。
② 冷卫国:《汉魏六朝赋学批评研究》,第403页。
③ 何沛雄:《赋话六种》,第28页。

之？寸管俯而阴阳效其诚，尺表仰而日月与之期。玄鸟悬而八风以情应，玉衡立而天地不能欺。既穷神以尽化，又设漏以考时。尔乃挈金壶以南罗，藏幽水而北戢。拟洪杀於编钟，顺卑高而为级。激悬泉以远射，跨飞途而遥集。伏阴虫以承波，流𫟹吞其如挹。是故来象神造，去犹鬼幻。因势相引，乘灵自荐。口纳胸吐，水无滞咽。形微独茧之绪，逝若垂天之电。偕四时以合最，指昏明乎无殿。笼八极于千分，度昼夜乎一箭。抱百刻以骏浮，仰胡人而利见。夫其立体也简，而效绩也诚；其假物也粗，而致用也精。积水不过一钟，导流不过一筵。而用天者因其敏，分地者赖其平；微听者假其察，贞观者借其明。考计历之潜虑，恻日月之幽精。信探赜之妙术，虽无神其若灵。①

从题材上看，这是咏具体的物，是"体物"赋的正宗代表，不同于"事"类题材之赋容易导向抒情，所以最能见出"体物"的时代倾向、"浏亮"的规限和导引。按荀子《赋篇》分咏云、蚕、箴已开咏物之格，及至汉代枚乘《柳赋》、孔臧《杨柳赋》，一脉相承而鲜有变化，迄祢衡《鹦鹉赋》、傅玄《瓜赋》等仍之。此篇题材相类，写法表面相同，其实大异。从篇幅看，计48句，与陆机同类咏物赋相当，同类咏物的《鼓吹赋》今存42句，《羽扇赋》主体部分今存48句，《瓜赋》今存48句，《浮云赋》40句，《白云赋》50句；又其《桑赋》24句《鳖赋》20句，这两篇都有两句散佚出自后人注本，足见非为完篇。值得注意的是，这类赋句式比其抒情赋要多，其抒情赋多在30句之间，与其诗的20句左右相类。② 为何这类赋和诗的句式大致相当，则似无

---

① 陈元龙：《历代赋汇》，第60页。按严可均辑《全晋文》，据李善注《文选》陆佐公《新漏刻铭》引陆机《漏刻铭》二句，在最后补入了"瘖蟾蜍之栖月，识金水之相缘"这二句。但从正文看，全文意思完结，而此二句用韵不合，若转韵而必有数句；据此二句的体物描写和用韵，可能是在"仰胡人而利见"句之后。或者另有一种可能，那就是唐人注《文选》所引二句当是引铭语补《新漏刻铭》，即陆机另有一篇别于《漏刻赋》的《漏刻铭》。而《艺文类聚》亦未收此二句，考虑到失此二句不影响赋的整体理解，故取《历代赋汇》本内容。
② 王琳《六朝辞赋史》曾作过统计，其抒情赋除了《叹逝赋》92句外，从10句到42句不等，以30句左右为多；其乐府诗则从20句到40句不等，以20句左右为主。考虑到六朝赋的散佚，今天所见大都极可能不是完篇，因此仅取概数以为参考。王说见其书第24页。

人注意。赋句不能再少，诗句从后代的角度看则反亦为多，这应该是陆机强调"或托言于短韵，对穷迹而孤兴"的担心，篇幅太短则无法"应"（即呼应）[1]，故赋不可太短；诗则被当作长篇来处理，也呼应于他的体格分疏，说明陆机辨体是从题材功能等写法的角度来立论的，诗尚未发展成为稳定的形式立体。又以抒情类赋虽以"事"类题材而同属于"体物"表达的作品，但由"事"及"情"的抒情性极强，体"物事"亦即体"物""情"，所以呈现出明显的诗化，故在篇幅上最近于诗的句数；咏物类题材则以具象之"物"的限定而必须作"物自体"的铺陈展开，唯此才符合于"体物"的体格要求，所以篇幅会稍长。但显然也不会如大赋一样曼衍无际，如果说《漏刻赋》继承的是荀赋以来的短篇题材写法，那么我们看他的《羽扇赋》就会得到另一种答案。此赋模仿宋玉《风赋》，主要写楚王、宋玉的对话，后又加入唐勒的赋物，完全是文赋的结构，内容却是短篇写法，其中宋玉咏羽扇部分计48句，正是该赋主体。也就是说，体物的巨幅篇制已然得到了警戒于"冗长"的规限，尽管还保留了大赋的结构框架，实际上已向简约化的短篇靠拢了。这种情况，在潘岳的《沧海赋》、潘尼的《东武馆赋》和《西道赋》、张协的《玄武馆赋》、张载的《濛汜池赋》中，皆能找到呼应，本当属于可以写成巨篇的题材，却最多保留了长赋的框架，而出之以简约化的短篇。反观《漏刻赋》，我们可以说，40—50句左右，是咏物赋的大致篇幅，一方面句数略多于"事类"题材是要保持"体物"的体格特征；另一方面远较大赋为短则体现了慎于"冗长"、主于"清省"的规限和导引。

　　体物的表达更值得注意。开篇接连以四句振起，"圣人制器""万物为基"点明漏刻作为计时器所具有的非凡性质，切于"物"主题，而又称"形罔隆而弗包，理何远而不之"，即承前二句而以物理设论，为下文赋物以求理垫下基础。以下描写漏刻的整体组成部分，分别从"寸管""尺表""玄鸟""玉衡"来加以展开，不主名物铺陈而以体察传神为旨趣，转以"穷神以尽化"的"神理"虚写间破铺陈描写。比

---

　　[1] 陆机《文赋》："或托言于短韵，对穷迹而孤兴。俯寂寞而无友，仰寥廓而莫承。譬偏弦之独张，含清唱而靡应。"他又系统提出"应"和"悲""雅""艳"的文章美学要求，"应"亦即篇内的呼应，是首先要考虑的。

较荀赋的"爰有大物"和孔臧《杨柳赋》"嗟哉杨柳"的直陈引物,以下全以铺陈建构篇幅,只变以句式和铺陈的角度,则发现陆赋颇有安排,开篇即取虚理构篇,同时铺陈描写一着即离,物的描写联通于"神理妙用"的虚写,似乎不受制于铺陈之立体原则,反以"神理"来规限和导引物的描摹。"尔乃"以下八句写"设漏考时"的精细构造及其原理,赋物既重形似肖象,又重神似诗思,如"激悬泉以远射,跨飞途而遥集"写水从供水壶到受水壶的悬流冲击之貌,便颇运巧思而能开阖有度,但未及酣畅,即以"是故来象神造,去犹鬼幻"两句评价性虚化语间破,庶几为铺陈中的"警策"或"出语";至此似完成一乐章,重以"因势相引"以下十二句描写漏刻计时的情貌,复以"夫其立体也简,而效绩也诚;其假物也粗,而致用也精"四句蕴含物理的虚写间破此前的精细化描写;迄"积水不过一钟"以下八句用议论作评价,亦成铺陈之势,转以"信探赜之妙术,虽无神其若灵"两句体察物理的虚写结尾。迫而察之,则全篇处处显示出理性的安排,大不同于荀赋以来赋物直接铺陈、在结尾比德或说理的二元构结模式。即体物抒情而言,如《鹦鹉赋》祝尧评为:"凡咏物题当以此等赋为法,其为辞也,须就物理上推出人情来。"① 则以铺陈来描写物形,以得妥切之要,最后推出"人情",虽用"比法"实亦自荀赋一脉。但陆赋显然不是这样的,只有中间八至十句表明赋物的必要性,关键在于"神理"之虚写对"体物"描写的本句加持和变句间破,即以"体道"和"浏亮"所内含的玄思来规限体物的描写铺陈,一方面赋物的整体气势不断被打破,失去了汉赋铺陈一顺而下"累句一意"的"高古气味";另一方面也规避了赋物在篇幅上烦琐曼衍的可能,因"神理之妙用"而获得一种清远之意境。从风格上讲,这就以蕴含"物理"的虚写构成了"警策"或谓"出语",挺起了体物的细致描摹,亦即在"体物"中实现了"浏亮",所以陆云才说"《漏赋》可谓清工"②。总之,此赋兼顾了"物"的描写传统和"浏亮"的风格要求,包含了以物推"情""理"的虚写方式和诗境化的表达。如果再以"事"类题材的"体物"

---

① 孙福轩、韩泉欣:《历代赋论汇编》,第48页。
② 刘运好:《陆士龙文集校注》,第1112页。

赋来相比较,就会发现"物"的描写比本篇更少,在以抒情意味融入"神理之妙用"后,虚写的意味更浓,诗境化的程度显然也更深,这点在其《叹逝赋》《述思赋》中皆能明显见出,不烦申论。

  语句的追求体现为精美细巧的辞章讲求,即陆机谓"或藻思绮合,清丽芊眠。炳若缛绣,凄若繁弦"的一面,其在当时便有"玄圃之积玉,无非夜光"①的美评。陆机之文的新声妙句,往往下笔不休,钟嵘评为"才高词赡,举体华美"②,乃是公论。就赋而言,则是出脱经学后"体物"的必然导向,即李元度所谓"修辞以炼字炼句为要,尤以六朝人为宗"。从炼字来讲,《漏刻赋》无一僻字,无一同类联边和联绵叠字,符合刘勰所谓"自晋来用字,率从简易"③,其实是玄学尚简约清通的"清明"赋风追求,晋以来的赋皆如此。又陆机《羽扇赋》追摹宋玉《风赋》,却几无《风赋》的僻难书写痕迹,中有"翩䎙䎙以微振,风飂飂以垂婉。"两句类于大赋的描写,但紧接着却以"妙自然以为言,故不积而能散"的"出句"虚写以间破,唯恐古奥僻难的用字影响了"浏亮"的风格,如此简约化的处理,则更易于诗化。至于炼字,亦不难见,如起二句炼首起字"伟""妙",遂使开篇能振起;又如"激悬泉以远射"之炼"激"字,"顺卑高而为级"之炼"顺"字,"笼八极于千分,度昼夜乎一箭"之并炼起首一字,皆能极尽形容,颇有力度感和动态之美,庶几如诗语炼字之有张力。此外造句的特征,一是在于"体物"描写的本句虚化,即将体物的具体肖象描写和想象的虚化写法结合起合,融"形似"与"神似"为一体,此乃体物描写的自然发展,如"玄鸟悬而八风以情应""激悬泉以远射"等。二是在骈对中追求流美,此是重点,如"寸管俯而阴阳效其诚,尺表仰而日月与之期","用天者因其敏,分地者赖其平",皆取阴阳二元形成对偶,遂有音韵协调之美。实际上陆机所有的赋都有这种骈美的追求,从诗化的积极角度来讲,这一写法不仅冲淡了赋物的精细烦琐,又以二元关系构建起了想象的空间,好的体物句遂有了诗境化的可能。陆机这种影响是不可小瞧的,此前东汉末虽

---

① 杨世文:《魏晋学案》(一),人民文学出版社2013年版,第685页。
② 曹旭:《诗品集注》,第162页。
③ 范文澜:《文心雕龙注》,第624页。

有俳偶，曹植赋甚至有不少，但曹赋至西晋影响不大，陆机则不同，沈德潜说他"遂开出排偶一家"①，孙梅《四六丛话》也称"左陆以下，渐趋整练"②，足见其影响于赋风的转变③。但句式不止于用骈，句与句之间极容易构成文章的肌理，如夏侯湛《夜听笳赋》："南间兮拊掌，北阁兮鸣笳；鸣笳兮协节，分唱兮相和；相和兮哀谐，惨激畼兮清哀。"④数句接连运用顶针格，造成流美之效。又如潘岳也是这方面的高手，不仅《悼亡赋》用顶针："入空室兮望灵座，帷飘飘兮灯荧荧。灯荧荧兮如故，帷飘飘兮若存"；又其《寡妇赋》："廓孤立兮顾影，块独言兮听响。顾影兮伤摧，听响兮增哀"。⑤运用分承形成交叉回环之效，加深了抒情性。凡此都恐怕已经不是简单的赋的诗化，而当属于以诗的精妙思维来作赋了，最终则在南朝小赋中发展为成熟的诗境化写法，我们后面再论。

可以看见，陆机之"体物"虽揭橥了赋的体格，而"浏亮"却又对之具有规限和导引，其中意蕴丰富，最少包含了玄学对赋学的影响、"体物"而"感物"的诗化理路、陆云"情本"功能的强调等内容。在这一诗化的进程中，赋发生了一定的文体位移，逐渐形成了区别于"两汉之体"的"六朝之赋"。省思"赋体物而浏亮"作为一个赋学理论的复杂性，显然其界定本身并不是严谨和完备的，刘勰所谓"昔陆氏《文赋》，号为曲尽，然泛论纤悉，而实体未该"⑥，从纯粹的理论上看，确实不是苛评。然而，诚如钱锺书所说："《文赋》非赋文也，乃赋作文也。机于文之'妍蚩好恶'以及源流正变，言甚疏略，不足以方刘勰、钟嵘；而于'作'之'用心'、'属文'之'情'，其惨淡经营、心手乖合之况，言之亲切微至，不愧先觉，后来亦无以远过。"⑦《文赋》所论确然属于辨体法则之中写作角度的总结借鉴之论。唯其以创作的甘苦体会重于"识"而不显于"学"，庶几可称为晋代以来玄学浸

---

① 沈德潜：《古诗源》，第134页。
② 孙梅：《四六丛话》，第69页。
③ 关于陆机对骈偶追求及其在形式美学上的意义，参见本书第六章。
④ 严可均：《全晋文》，第714页。
⑤ 潘岳著，董志广校注：《潘岳集校注》，天津古籍出版社2005年版，第94—97页。
⑥ 范文澜：《文心雕龙注》，第655页。
⑦ 钱锺书：《管锥编》（第三册），中华书局1979年版，第1206页。

润下"识见"型的理论家①,所以才给踵武者留下若干启发和讨论的余地,才留下了二体互涉的空间,成为观察赋物诗化的重要节点。只是,就汉赋以来文章造作所体现出来的赋体体格来讲,单论"物"题材导向及其表达是不够的,这还有赖于其与铺陈手法的结合,唯此才能积极地认识到晋赋别出"两汉之体"的美学意义,才能立体地展演出魏晋以下赋体的诗化历程。

---

① 关于晋人重玄学而尚"识"的相关特征,可参看汪文学《论汉晋间之尚通意趣与学风转移》,《文史哲》2000年第4期。

第五章　铺陈手法的分途流衍

　　历来关于赋的定义，以刘勰《文心雕龙·诠赋》影响最大："赋者，铺也，铺采摛文，体物写志也。"但刘勰自谓"同之与异，不屑古今，擘肌分理，唯务折衷"①，其书实多总括前人或折中之说，这是《文心雕龙》作为纯粹的文学理论的重要特征之一，而不同于如陆机"赋体物而浏亮"这样具有"时代新义"的创作体会总结之言。于是随着汉赋流变为六朝骈体、唐代律赋、唐宋文赋，其定义亦纷说异呈，不能凸显本末主次；今人取语料学的角度而谓一切存在皆合理，立论每求遍赅现象，遂失体制之本。按赋体本于铺陈敛物，《说文解字》谓"赋，敛也，从贝，武声"，段玉裁注："敛之曰赋，班之亦曰赋。经传中凡言以物班布与人曰赋。"②《诗·大雅·烝民》"明命使赋"，毛传谓"赋，布也"③。刘熙《释名·释书契》："敷布其义谓之赋。"④ 郑玄亦释六《诗》之赋为"赋之言铺"⑤，故王念孙《广雅疏证》谓赋字与"布、敷、铺，并声近而义同"⑥。可知刘勰先举"铺也"以推论"铺采摛文"乃是渊源有自的，只是他又称"体物写志"，遍赅手法、题材、功能，尤其"写志"一语的强大经学功用传统，遂使后人陷于以"赋用"论体。纪昀评刘勰之说"铺采摛文，尽赋之体；体物写志，尽

---

① 范文澜：《文心雕龙注》，第727页。
② 段玉裁：《说文解字注》，第282页。
③ 孔颖达等：《毛诗注疏》，第1785页。
④ 王先谦：《释名疏证补》卷六，清光绪二十二年王氏原刻本。
⑤ 郑玄等：《周礼注疏》，《十三经注疏》本，第717页。
⑥ 王念孙：《广雅疏证》，第250页。

赋之旨"①，此语甚为关键。清末民初林纾进一步辨析道："'赋者，铺也；铺采摛文，体物写志也。'一立赋之体，一达赋之旨。为旨无他，不本于讽谕，则出之为无谓；为体无他，不出于颂扬，则行之亦弗庄。"② 析言"铺陈摛文"为"立赋之体"而"体物写志"为"达赋之旨"，即有所突破；只是兼取"颂扬"而谓"弗庄"云云，仍受制于班固所建立的以《诗》学讽颂功用衡赋的传统。又近人刘咸炘亦称刘勰"斯二语者，该乎众类。铺采摛文，言赋之体，而飏颂符命诸体该焉；体物写志，言赋之旨，而义类分焉"③，持论更为精允，所称刘说"该乎众类"，即谓概括折中前人诸说，故必须予以辨正；他论铺陈为"言赋之体"而推及"飏颂符命诸体"的子类统涵，呼应于章学诚云"文之敷张而扬厉者，皆赋之变体，不特附庸之为大国"④，堪称推本摄流。迩来易闻晓师取"铺陈"为赋体之本，纵论汉代以下赋作在赋题、句式、属对、用字方面的变化，以解释"赋亡"的原因不在《诗》六义之消亡，而在于铺陈之丧失⑤，乃是出脱经学而以文学为本位的观察，于赋体诸要素本末主次及其体貌流变的理解亦资取益。

如第一章所论，赋作为一种文体不唯使用铺陈的手法，而且将此种手法升格为一种立体原则，并开新出诸种铺陈方法。关键在于赋之铺陈不是单一的手法指向，上引段玉裁谓"经传中凡言以物班布与人曰赋"，指明赋之初起即与"物"有关，当不可忽略物题材的"物""事""情""理"推衍及其在赋体体格中的重要性，换言之，赋之铺陈立体原则必规限于物之题材，表明铺陈手法与物事题材互为依存。亦即清人俞玚所称："赋家俱以体物为铺张。"⑥ 但"体物"之说既暗含有诗化的倾向，则此二字容易引发误解。日人铃木虎雄称"赋以事物为铺陈者"⑦，表意相近，相对中性客观，我们可取此说。概言之，铺陈原则规限于赋物的题材，表现于赋物的方法。所以赋体的演变固然本于铺

---

① 范文澜：《文心雕龙注》，第136页。
② 林纾：《春觉斋论文》，第49—50页。
③ 刘咸炘：《推十书》戊辑二，第728页。
④ 叶瑛：《文史通义校注》，第79页。
⑤ 易闻晓：《"赋亡"：铺陈的丧失》，《文学评论》2015年第3期。
⑥ 黄霖等：《文选汇评》，第367页。
⑦ ［日］铃木虎雄：《赋史大要》，第37页。

陈之本的丧失与否，还应当看到铺陈与物题材的离合程度，这会引发赋史的转向；及至诗体兴起，铺陈手法被汲纳入诗，对"物"主题的书写则有所转换，而应和于文体的本来特征。可以说，铺陈手法对"物"的书写呈现了诗赋二体的分异，也揭示了赋体的诗化进程和诗体的本来特质，这是本章要关注的重要问题。

第一节 以"物""事"为本的铺陈

铺陈的使用本于物题材的类别，虽推于"物""事""情""理"而以"物""事"为本，其施之于"物""事"题材而必然形成"弘丽"的风格，皇甫谧注意到"因物造端""敷弘体理"而"文必极美""辞必尽丽"，表明题材和手法、风格具有统合而互为依赖的关系。铺陈使用最明显的是汉赋，在策略上表现于名物铺陈和描写铺陈，在审美上分别指向于名物之"奥博"和风格之"渊丽"；其外关乎题材，其内则关乎用字和句式，尤其是句式运用与铺陈之关系，不为学者关注，需要重点展开。这一梳理是理解汉以后赋史演变及诗赋二体互动的基础。

一 题材·手法·风格的统合

铺陈展开的程度取决于"物"的题材属性，这同时也决定了诸类赋的高下主次。赋"物"传统所形成的题材演进分疏出了赋题的类别。王闿运《王志》解释陆机"赋体物而浏亮"："赋者，诗之一体，即今谜也。亦隐语而使人自悟，故以谕谏。夫圣人非不能切戒臣民，君子非不敢直忤君相，刑伤相继，政俗无裨，故不为也。庄论不如隐言，故荀卿宋玉赋因作矣。……要本隐以之显，故托体于物，而贵清明也。"① 此语多不为论家所关注，但以"托体于物"明确标举赋正赖"物"题材的书写而为体，可谓深契于早期赋史的实情。从语源上来看，赋之本义"赋敛"指向于实物；从历史语境中赋体产生的雏形来看，隐体为赋需藉物以为谏；从"荀况《礼》《智》，宋玉《风》《钓》，爰锡名号，与《诗》画境"的初起文本来看，赋体最初铺陈的也是实物。值

---

① 王闿运：《湘绮楼诗文集》，第46页。

得注意的是，荀子《礼》《智》二篇所赋乃抽象之物；宋玉《风赋》入《文选》"物色"类目，又其《高唐赋》《神女赋》虽承物题而已不止于仅赋一物，又《登徒子好色赋》《钓赋》等转向以事为题。这表明物题材在具体的运用中有具象、抽象、一物、多物、物事的多维扩容。按"物"义的语源引申，实际上也有着由具象名物而至抽象之物的推衍，又由"物"及"事"，周秦两汉文献多见以"事"训"物"者，这是"物""事"、"事""物"并举成词之因；由物之"形貌声色"以"知其所宜之事"，以及"行事各有其物类"的推论可知，物之后存在着类别、法则，于焉可进推出"情""理"来。清人叶燮《原诗·内篇下》："曰理、曰事、曰情，此三言者足以穷尽万有之变态。凡形形色色，音声状貌，举不能越乎此。此举在物者而为言，而无一物之或能去此者也。"① 从诗学上标举"物"为第一层面的总概念，然后析言物背后的理、事、情。这是平面维度的诗学理论总结，但实际上也是从"物"义的演进中推导出来的。《荀子·正名》："故万物虽众，有时而欲遍举之，故谓之物。物也者，大共名也。"② 已表明"物"的代指包含至广，据此广义的"大共名"，可以析言为"物"（从实物到抽象之物）"事""情""理"四者；只以"物""事"的形象可感，"情""理"的抽象难解，前人又每以二者对举。准之于赋体的题材，也正是沿着这一推衍理路而扩容的。汉赋皆不出这四者，"实物"类如贾谊《旱云赋》、枚乘《柳赋》、孔臧《杨柳赋》、刘安《薰笼赋》、王褒《洞箫赋》、刘向《围棋赋》、刘歆《灯赋》、班固《竹扇赋》等；"事"类如枚乘《七发》、司马相如《天子游猎赋》、扬雄《羽猎赋》、刘向《请雨华山赋》、班彪《北征赋》、蔡邕《述行赋》等。汉赋大都系"物""事"题材，与铃木虎雄之"赋以物事为铺陈"的观察相契合。"情"类有班固《幽通赋》、崔篆《慰志赋》、冯衍《显志赋》、马芝《申情赋》（存目）、繁钦《愁思赋》、赵壹《刺世疾邪赋》、刘桢《遂志赋》，计7篇；"理"类有扬雄《太玄赋》、刘騊駼《玄根赋》（残句）、蔡邕《玄表赋》（残句）、潘勖《玄达赋》（残句）、张衡《思玄赋》，仔细体察，

---

① 叶燮：《原诗》，丁福保辑《清诗话》，第593页。
② 王先谦：《荀子集解》，第278页。

这些"理"类作品其实泾渭不明,颇难区分,往往亦近于"事""情"之题,如张衡《思玄赋》亦可看作"情志"类题材,《文选》本收入"志"类,将其勉强计入亦只5篇。总之这两类的数量较之前二类都远有不逮,不是主流。

所谓"赋家俱以体物为铺张",指文体之赋、题材之物、手法之铺陈,这三者必须统合起来作立体的理解,反之则易失于偏颇。汉赋四类题材的分布现象,便与铺陈有关。陆机"赋体物而浏亮",六臣注《文选》李善曰:"赋以陈事,故曰体物"。李周翰曰:"赋象事,故体物"。① 虽然是从《诗》六义之赋来解释赋的"体物",但标举"事""物",恰恰说明了赋的题材主要在这两个领域;同时"体物"之说亦强调了所有题材之赋都是以"物"的书写为标格和中心的,我们在上一章已进行了深入的考察。只是析言之则因与铺陈的结合程度而呈现出高下之别。"情"之抽象,唯以真挚深沉而动人,反复铺陈必易失于真。楚辞深情乃是以楚物的点缀和寄托来反复言说,从而开创了"美人香草"的抒情传统,但后代变为骚体赋而铺陈情感便难再有上乘之作,而毋宁是招致朱熹"无所疾痛而强为呻吟者"② 的批评。所以汉代"情"类题材之赋并不多,且多取骚式,如崔篆《慰志赋》乃关乎情志,取离骚写法,以陈历史、写时局、摅心境、发想象、叙神游构组成篇,"物"的书写较少。"理"之抽象,唯以深邃清通而服人,益加铺陈则越枯燥而易使览者乏味,如扬雄《太玄赋》、张衡《思玄赋》等与司马相如《子虚赋》相比,便庶几"以议论为便,于是乖体物之本"③。唯以形象可感的"物""事",可以"图貌"求工,而能"蔚似雕画",愈加铺陈,则内容愈见汪秽博阔,气势愈呈恢宏磅礴。表现在具体的书写上,又有所交越,本于天人合一的中国文化思维模式,"情""理"每依托于"物""事",言"物""事"则包含了"情""理",所以赋体铺陈原则所规限的"物"题材,虽不排斥"情""理",而概以"物""事"为本。再具体细分,则"物""事"的书写当以名物实物的书写为起点和中心,这一方面契合于赋体生成时荀宋赋"与《诗》

---

① 李善等:《六臣注文选》,第312页。
② 朱熹:《楚辞集注》,第172页。
③ 何焯:《义门读书记》,第868页。

画境"所形成的赋物传统,铺陈更宜于施之于物所具有的"形貌声色";另一方面"事"主题在铺陈时也必托之于物,才能规避线性的叙事而向点面的铺张。所以我们可以说一切赋皆以写物为中心,舍之则有损体格,如汉代摹拟骚体的"情"类之赋,便因纪实性而舍弃了骚体的楚物点缀,每以纪行为线索,以情感体验为主,而于写物为寡,不仅在主题上招致了朱熹"强为呻吟"的批评,即以铺陈而言亦觉颇失赋格;而荀子赋礼、智,明明是说理,却分别以"爰有大物,非丝非帛,文理成章""皇天隆物,以示下民"来开头,显然是托之于具象名物而展开。只是"物"题材若直赋一物,势必不利于铺陈的展开,故大赋多取巨物大题,以容纳万物;又由于"事"中含物,以"事"为题则大有利于铺陈的空间预设。所以荀子直陈一物虽开启了赋物的传统,但独赋此物的传统却存而不张,及至宋玉《高唐赋》《神女赋》《风赋》具有变实物为事的倾向;迄汉班固《两都赋》、张衡《二京赋》之类皆用大题,司马相如《天子游猎赋》则取事为主,遂能纵横骋辞,极尽敷张之能事,既能容涵至广,遂使后来居上。刘勰谓"京殿苑猎,述行序志",虽并推"体国经野,义尚光大",实际上这个顺序也体现了析言之"物""事"题材的优越性及内部次第;萧统《文选》次赋的先后以及标举"物色"一目,也呼应了这一点。只以"物""事"不分,故推论赋体题材概以"物""事"为本。这才是铃木虎雄所称"赋以事物为铺陈"的主要意蕴。

赋以铺陈的手法规限赋物的题材,手法实为立体的原则,题材又以析言之"物""事"为本,所谓"赋之为体固尚辞"①,就必然形成一定的风格倾向,三者既相统合而又彼此依赖。这其中的因果关系,当以皇甫谧序《三都赋》的揭橥最为晓畅:

> 然则赋也者,所以因物造端,敷弘体理,欲人不能加也。引而申之,故文必极美;触类而长之,故辞必尽丽。②

---

① 祝尧:《古赋辨体》,《历代赋论汇编》,第47页。
② 严可均:《全晋文》,第756页。

过程之美

"因物造端"源自班固"感物造耑","敷弘"指敷陈弘扬,乃是承自汉人释赋为铺陈的政教之说,"体理"则为玄学浸润后的时代新义,"欲人不能加"系《汉书》传扬雄"竞于使人不能加也"的"悔赋","美丽"之说则承扬雄"丽则""丽淫"及曹丕"诗赋欲丽"而来,这固然是综合前人观点,但却不能看作简单的折中之论。其中既注意到了赋之为体的必要条件,包含了题材之"物"、手法之"敷弘",也注意到了这种体格特征所导致的风格倾向,包含了班固"感物造耑"的赋物思维方式、赋体的铺陈手法、铺陈物题材所必然追求的辞章丽藻和"欲人不能加"的"极美"风格。只要考虑到扬雄称作赋"将以讽"而"必推类而言",造成"丽靡之辞"的"闳侈钜衍",是本于"诗人之赋丽以则,辞人之赋丽以淫"的《诗》学批评视角,以及曹丕"诗赋欲丽"主于艺术的言说而无视"物"的题材指向,就会明白前人之说限于特定的取向而有失于偏颇,以此为据必然引发赋的体貌嬗变;借此对比凸显的是,皇甫谧之说相对客观地揭示了赋体的题材、手法、风格的内在逻辑关系,这才是颇为难得的。其后祝尧论汉赋"取鸟兽草木之名物,使其词赡"①,沈德潜《赋钞笺略序》称:"两汉以降,鸿裁间出,凡都邑、宫殿、游猎之大,草木肖翘之细,靡不敷陈博丽,牢笼溴涤,蔚乎巨观。"② 意皆一脉相承。

只要兼及铺陈的手法和赋物的题材,赋域的强调必然指向大赋。清人王芑孙《读赋卮言》:

> 赋者,铺也,抑云富也。裒一腋其弗温,钟万石而可撞,盖以不歌而颂,中无隐约之思,敷奏以言,外接汪洋之思,已画境于诗家,可拓疆于文苑。……太简非宜,兼赅为务。③

以"富"音训"赋",亦"铺陈"的另类解释;赋物不是"裒一腋"的点缀,而是"钟万石"的类辑,所以引"汪洋之思",而"拓疆于文苑",则非用大赋不可。所谓"用居光大,不可以小言",铺陈物事必

---

① 孙福轩、韩泉欣:《历代赋论汇编》,第209页。
② 沈德潜:《沈德潜诗文集》,第2007页。
③ 孙福轩、韩泉欣:《历代赋论汇编》,第209页。

然指向"兼赅为务",这是对"体国经野"的大赋气象的积极肯定,而非如扬雄执着于功用效果的自悔纠结。如果要从文章之学上客观地看到"赋以事物为铺陈"的意义,就必须要出脱扬雄班固的《诗》学功用视角。恰如《抱朴子·均世卷第十三》所称:"《毛诗》者,华彩之辞也。然不及《上林》《羽猎》《二京》《三都》之汪秽博富也。……若夫俱论宫室,而奚斯、路寝之颂,何如王生之赋《灵光》乎!同说游猎,而叔畋、卢铃之诗,何如相如之言《上林》乎!并美祭祀,而《清庙》《云汉》之辞,何如郭氏《南郊》之艳乎!等称征伐,而《出军(当作车)》《六月》之作,何如陈琳《武军》之壮乎!"① 所谓为赋"苞括宇宙,总揽古今",不能以今之文学的抒情审美标准去进行判断,章太炎称"《风》《雅》《颂》者,盖有未离于性情,独赋有异","乃若原本山川,极命草木,或写都会城郭游射郊礼之状",拟之相如《子虚》,扬雄《甘泉》《羽猎》《长扬》《河东》,左思《三都》,郭璞木华《江》《海》,皆见"奥博翔实,极赋家之能事"②。所谓"诗有清虚之赏,赋惟博丽为能"③,其"体裁自宜奥博渊丽,方称大家"④,乃是就"物""事"的极力铺陈而"追求全美、大美"⑤,从而成就为有"可以观"⑥者的独特文体。显然,根据题材、手法、风格的内在逻辑关系,赋之可以"观"者不唯体现在铺陈名物数量之"奥博",还体现在铺陈物事之于辞章风格的"渊丽",这二者本身又是互为因果的。

二 汉赋中两种铺陈的展开

从铺陈手法和"物""事"题材相结合的表达来看,大赋的"奥博"指向于名物,表现为罗列和堆砌,以数量之多取胜;"渊丽"指向

---

① 葛洪:《抱朴子》,《诸子集成》本第8册,第155页。
② 章太炎:《国故论衡》,第53页。
③ 孙福轩、韩泉欣:《历代赋论汇编》,第209页。
④ 王修玉:《历朝赋楷》卷首"选例",《四库全书存目丛书·集部》影印清康熙刻本,第404册,第3页。
⑤ 郭维森、许结:《中国辞赋发展史》,第10页。
⑥ 按此本传赞司马相如语:"文艳用寡,子虚乌有。寓言淫丽,托风终世。多识博物,有可观采。蔚为辞宗,赋颂之首。"《汉书》,第4255页。

191

过程之美

于物事之貌，表现为描写和形容，以质量之美为上。二者表现在句式和用字上皆具有一定的规律。易闻晓师《大赋铺陈用字考论》称"大赋以铺陈为本，落实于造语用字。……要在四言散语一顺，一于名物铺陈，一于描写铺陈"①，指明两种铺陈，从语用的角度揭示了铺陈用字和四言句式的特征，这有利于深入理解赋用铺陈手法与物、事题材的契合。易师论"名物铺陈"已甚精允，此处简单引论，重在讨论其与题材的契合程度。按"名物铺陈"即为"奥博"之因，主要运用于"物""事"类题材之中，体现为物的次第罗列，而不需任何锻炼和语序的调整，但以近《诗》的文章传统取古朴的四言陈列，不限于具体句数，直至足意以后才止，故称"四言散语一顺"。刘永济发现汉赋句式乃"累句一意"②，可谓妙识文章。如《子虚赋》称"其东则有蕙圃"，以下罗列"衡兰芷若，芎䓖昌蒲，茳蓠麋芜，诸柘巴苴"；其卑湿则生"藏莨蒹葭，东蘠雕胡，莲藕觚卢，菴闾轩芋，众物居之，不可胜图"；其北则有阴林，以下罗列其树"楩柟豫章，桂椒木兰，檗离朱杨，樝梨梬栗，橘柚芬芳"③，等等。"其东""其南""其高""其卑""其西""其中""其北""其上"，乃是铺陈空间的提引语，昭示着正欲"前后左右广言之"，这种广阔空间的预设势必须要大量的名物填充；故又称"其山""其土""其石""其树"云云，以提引起对具体类属名物的敷布，于是用四言散语累句罗列，文气一顺而下，纷至沓来，炫人耳目，读来节奏铿锵，符合"不歌而诵"的审美效果，及至"众物居之，不可胜图"云云，则意味着收束此类而另起一笔。由于名物的铺陈无需技巧，依次列叙即可，或一字一物，或两字一物，只以四字节奏的规律书写，堆垛名物，无一虚字，坚整有力，顺笔写去，一以逻辑的表意次第为主，不限于句数的多少，不同于《诗》四言受赋比兴手法的限定而呈现两句足意或一句足意的句式诗化特征，故称散语。

至其用字，则以铺陈的张扬而穷尽名物之所有，广搜博引，类辑诸方，以表无所不包，唯此才资炫耀，这不同于指物考实的描写，亦似不

---

① 易闻晓：《大赋铺陈用字考论》，《复旦学报》2017年第1期。
② 范文澜：《文心雕龙注》，第570页。
③ 李善注：《文选》，第120页。

考虑览者诵读识字的流畅，故多僻难之字，并以连类而"联边"。如《上林赋》："于是乎鲛龙赤螭，鯍鳙渐离，鰅鳙鰬魠，禺禺魼鳎，揵鳍掉尾，振鳞奋翼，潜处乎深岩。"六臣注："鲍鳙，李奇曰：'周洛曰鲔，蜀曰鲍。鳙，出巩山穴中。'司马彪曰：'渐离，鱼名也。'张楫曰：'未闻。'郭璞曰：'鰅，鱼有文彩。鳙，似鲢而黑。鰬，似鳟。魠，似鳡，一名黄颊。'"① 又"其兽则麒麟角端，騊駼橐驼，蛩蛩驒騱，駃騠驴骡。"六臣注："郭璞曰：'麒，似麟而无角。角端，似貃，角在鼻上，中作弓。'韦昭曰：'背上有肉似橐，故曰橐驼也。'郭璞曰：'驒騱，驹䮫类也。駃騠，生三日而超其母。'翰曰：'皆此方兽名。'"② 所列鱼兽，字多难识，即详求其义，亦见珍奇丰富，闻所未闻，其或凭虚驾危，不避诡异瑰怪。凡称草木则多草部木部，如《子虚赋》之列楩柟豫章桂椒楂梨梬栗橘柚；写虫鱼则以虫鱼之部，如《上林赋》之列鲍鳙鰅鳙鰬魠，毋宁是因为名物的类聚而呈现出"联边"堆砌的视觉效果。向谓扬马趣幽旨深，好事者载酒问字，正见赋家精于字学，以能驾驭僻难，敷陈日常未见名物，遂使览者惊悚折服。后世小学衰颓③，读之益觉困难，乃有"类书""谱录"之讥，实为不知赋者。谢榛谓"两汉赋多使难字，堆垛联绵，意思重叠，而不害于大义也"④；郑珍谓"屈宋滥觞，喜作体物语，……文士模山范水，以意鱼贯，……繁滋复赘，昫惑心目"⑤，皆表明汉赋用字是本于与体物的关系，从体制上讲当"不害大义"。刘熙载谓"赋与谱录不同。谱录惟取志物，而无情可言，无采可发，则如数他家之宝，无关己事。以赋体视之，孰为亲切且尊异耶"⑥，即知名物的铺陈是为了表达作者的情志，乃是出于"多识博物，有可观采"的赋体需要，当从文体、题材、字句、风格诸方面予以积极的关注。

---

① 李善等：《六臣注文选》，第158页。
② 李善等：《六臣注文选》，第159页。
③ 章太炎称"小学亡而赋不作"，即为理解大赋这种特征的注脚。章太炎：《国故论衡》，第92页。
④ 谢榛：《四溟诗话》，《历代诗话续编》，第1205页。
⑤ 郑珍、郑知同：《说文新附考》，王瑛点校《郑珍集·小学》，贵州人民出版社2002年版，第381—382页。
⑥ 袁津琥：《艺概注稿》，第455页。

过程之美

　　这种用字连并四言一顺的句式，凸显的是大赋以物事为铺陈的体制要求，唯有名物之多之奇之珍才可堪为赋，才能构成"铺也，亦云富也"的原则要求，才能丰盈汪秽博阔的大赋气象；唯有不限篇段字数的铺陈运用才能支撑起广阔的空间，才能容涵进怪怪奇奇的天地万物，才能彰显出"体国经野，义尚光大"的大赋题旨；唯有"推义穷类，靡不博观"①的名物，以及"苞括宇宙"、总揽人物的铺陈，才堪极"奥博翔实"之"能事"，而切合于大赋之体格。只是静态的罗列虽称博物可观，毕竟文章之学宜有动态之美，唯此才能完全避免"类书""谱录"的嫌疑，故而仅有名物的铺陈是远远不够的。

　　"渊丽"指辞章渊懿美丽的审美风格，表现为对物事之貌的描写特别是形容，此即"描写铺陈"之旨趣。"描写铺陈"与题材的组合较"名物铺陈"更为自由，皆能形成"渊丽"的风格，并且在影响于创作语用的用字和句式上，内容十分丰富复杂。本节重点关注于此。按今称描写实古之描摹，即描摹物事的形象、性质、状态等；其中对对象的形容是不可或缺的，亦即陈绎曾所称"比体"②。形容本指形体容貌，如《史记》称屈原"形容枯槁"③；引申为事物呈现之状态，则为描写中的一种，如《诗大序》释"颂"为"美盛德之形容"④，在汉赋中，即用为状物事之貌。由于就铺陈而言，有时仅以描写的直接描述性呈现为主，有时却以追求描写的形容而广加铺张，二者虽往往交越而密不可分，后者却体现最为明显，也是赋用铺陈的重要体现，故分称描述和形容而论之。相对来说，描述和形容的铺陈较名物的铺陈要复杂得多，这从根本上体现了赋体内在于铺陈原则的修辞讲求。为了便于综合理解，以下先列具有代表性的选段若干：

---

　　① 傅毅：《七激》，《全汉赋校注》，第429页。
　　② 许结《汉赋象体论》注意到赋的书写以"体物"见长，有从"象体"到"比体"的艺术规律演进，实际上"体物"之说本六朝赋之特征，汉赋写物不止于此；"象体""比体"二者皆是描写铺陈的主要内容，往往不可分割。但许文从创作的语言艺术范畴来揭示"象体""比体"的意蕴，却是非常重要的，这一命题和角度也是赋学界此前未尝注意的。许文载《文学评论》2020年第1期。
　　③ 司马迁：《史记》，第2486页。
　　④ 毛亨等：《毛诗注疏》，第22页。

(1) 枚乘《七发》：

观其所驾轶者，所擢拔者，所扬汩者，所温汾者，所涤汜者，虽有心略辞给，固未能缕形其所由然也。恍兮忽兮，聊兮栗兮，混汩汩兮；忽兮慌兮，俶兮傥兮，浩汻瀁兮，慌旷旷兮。秉意乎南山，通望乎东海，虹洞兮苍天，极虑乎崖涘。流揽无穷，归神日母。……其始起也，洪淋淋焉，若白鹭之下翔；其少进也，浩浩澄澄，如素车白马帷盖之张；其波涌而云乱，扰扰焉如三军之腾装；其旁作而奔起也，飘飘焉如轻车之勒兵。六驾蛟龙，附从太白。纯驰浩蜺，前后络绎。颙颙卬卬，椐椐强强，莘莘将将。壁垒重坚，杂沓似军行。訇隐匈磕，轧盘涌裔，原不可当。观其两旁，则滂渤怫郁，闇漠感突，上击下律，有似勇壮之卒，突怒而无畏。蹈壁冲津，穷曲随隈，逾岸出追。遇者死，当者坏。初发乎或围之津涯，荄轸谷分。回翔青篾，衔枚檀桓。弭节伍子之山，通厉骨母之场，凌赤岸，篲扶桑，横奔似雷行。诚奋厥武，如振如怒，沌沌浑浑，状如奔马；混混庉庉，声如雷鼓。发怒庢沓，清升逾跇，侯波奋振，合战于藉藉之口。鸟不及飞，鱼不及回，兽不及走。纷纷翼翼，波涌云乱，荡取南山，背击北岸，覆亏丘陵，平夷西畔。险险戏戏，崩坏陂池，决胜乃罢。汨汩潺湲，披扬流洒。横暴之极，鱼鳖失势，颠倒偃侧，沈沈湲湲，蒲伏连延。神物怪疑，不可胜言。直使人踣焉，洄闇凄怆焉。

(2) 司马相如《上林赋》：

于是乎背秋涉冬，天子校猎。乘镂象，六玉虬，拖蜺旌，靡云旗，前皮轩，后道游。孙叔奉辔，卫公参乘，扈从横行，出乎四校之中。鼓严簿，纵猎者，河江为阹，泰山为橹，车骑雷起，殷天动地，先后陆离，离散别追。淫淫裔裔，缘陵流泽，云布雨施。生貔豹，搏豺狼，手熊罴，足野羊，蒙鹖苏，绔白虎，被班文，跨壄马，凌三嵕之危，下磧历之坻。径峻赴险，越壑厉水。椎蜚廉，弄獬豸，格瑕蛤，鋋猛氏，羂要褭，射封豕。箭不苟害，解脰陷脑，弓不虚发，应声而倒。

(3) 扬雄《甘泉赋》：

于是大厦云谲波诡，摧唯而成观。仰挢首以高视兮，目冥眴而亡见。正浏滥以弘惝兮，指东西之漫漫。徒徊徊以徨徨兮，魂眇眇而昏乱。据軨轩而周流兮，忽块圠而亡垠。翠玉树之青葱兮，璧马犀之瞵珹。金人仡仡其承锺虡兮，嵌岩岩其龙鳞。扬光曜之燎爥兮，垂景炎之炘炘。配帝居之县圃兮，象泰壹之威神。洪台崛其独出兮，樱北极之嶟嶟。列宿乃施于上荣兮，日月才经于栱枅。雷郁律于岩突兮，电儵忽于墙藩。鬼魅不能自逮兮，半长途而下颠。历倒景而绝飞梁兮，浮蠛蠓而撇天。

(4) 王褒《洞箫赋》：

故其武声，则若雷霆輘輷，佚豫以沸㥜。其仁声，则若飘风纷披，容与而施惠。或杂逻以聚敛兮，或拔搐以奋弃。悲怆悦以恻惐兮，时恬淡以绥肆。被淋洒其靡靡兮，时横溃以阳遂。哀悁悁之可怀兮，良醰醰而有味。

(5) 冯衍《显志赋》：

瞰太行之嵯峨兮，观壶口之峥嵘；悼丘墓之芜秽兮，恨昭穆之不荣。岁忽忽而日迈兮，寿冉冉其不与；耻功业之无成兮，赴原野而穷处。昔伊尹之干汤兮，七十说而乃信；皋陶钓于雷泽兮，赖虞舜而后亲。无二士之遭遇兮，抱忠贞而莫达；率妻子而耕耘兮，委厥美而不伐。韩卢抑而不纵兮，骐骥绊而不试；独慷慨而远览兮，非庸庸之所识。卑卫赐之阜货兮，高颜回之所慕；重祖考之洪烈兮，故收功于此路。循四时之代谢兮，分五土之刑德；相林麓之所产兮，尝水泉之所殖。修神农之本业兮，采轩辕之奇策；追周弃之遗教兮，轶范蠡之绝迹。陟陇山以隃望兮，眇然览于八荒；风波飘其并兴兮，情惆怅而增伤。览河华之泱漭兮，望秦晋之故国。愤冯亭之不遂兮，愠去疾之遭惑。

(6) 张衡《思玄赋》

仰矫首以遥望兮，魂儵忽而无畴。逼区中之隘陋兮，将北度而宣游。行积冰之硜硜兮，清泉沍而不流。寒风凄其永至兮，拂穹岫之骚骚。玄武缩于壳中兮，腾蛇蜿而自纠。鱼矜鳞而并凌兮，鸟登木而失条。坐太阴之屏室兮，慨含唏而增愁。怨高阳之相寓兮，曲颛顼而宅幽。庸织路于四裔兮，斯与彼其何瘳？望寒门之绝垠兮，纵余缀乎不周。迅焱潚其媵我兮，鹜翩飘而不禁。越馣砑之洞穴兮，漂通川之砱砱。经重庮乎寂寞兮，愍坟羊之深潜。①

我们不妨从题材、用字、句式三个方面展开考察，以见描述与形容的铺陈是如何形成"渊丽"的体格导向的。

（一）题材

从题材上看，描写铺陈不像名物铺陈仅用于"物""事"类题材之中，而是所有题材皆取用的写法，只是以"物""事"类的形容最为典范。上引前四例皆物事之赋，描写多取形容，而且呈现出明显的规律性，使人一见就知是描写的铺陈。如第（1）例"观其所驾轶者，所擢拔者，所扬汩者，所温汾者，所涤汜者"，"所……者"构成描述性的排比，接连铺陈五类水势，一见即知；而"恍兮忽兮"以下十二句，大体上都是极有规律的形容句，属于对水的形容铺陈。第（2）例"生貔豹，搏豺狼，手熊黑，足斲羊，蒙鹖苏，绔白虎，被班文，跨壄马"，乃是斗兽的描述铺陈，皆以动宾式的三字排比，一顺而下，节奏坚整，递增气势。第（3）（4）例仍之。这类表达铺陈意图明显，铺陈效果极佳，后文我们再详加分析。第（5）例冯衍《显志赋》属情志类题材，选段接连描写"太行"之"嵯峨"、"壶口"之"峥嵘"、"丘暮"之"芜秽"、"昭穆"之"不荣"，构成了描写中的形容铺陈，仔细体察，前二景象的形容是为了引出后二者的抒情，具有描写的层次感，这就以抒情性冲淡了铺陈的意味。又"修神农之本业兮，采轩辕之奇策；追周弃之遗教兮，轶范蠡之绝迹"四句也接连描写四事，皆不同于楚骚的描写点缀，显然借用了大赋的罗列铺陈。第（6）例《思玄赋》勉强可看作"理"类题材，实亦以"情"为主，仍取物事描写的形容铺陈，如谓"积冰"之"砲砲"、"清泉"之"不流"、"寒风"之"骚骚"；又结尾六句写"继乎不周"的感受，分别从飙风之形貌、行进所见洞穴及深渊诸景、内心的直观感受等方面展开，注重从奔向不周山所见所闻所感的各个角度来作描写，虽同为铺陈，却因角度的不断变化，而冲淡了铺陈的意味。从根本上讲，描写的铺陈多用为形容物貌情貌，但以

---

① 《显志赋》见费振刚等《全汉赋校注》，第368页。其余5篇分别见李善注《文选》，第482—484、127、112—113、245、219页。

排比句或规律性组构而形成一种有节奏感的、一顺而下的表达气势；可见铺陈的标格不当在就近的空间之内切换变化描写的角度和句式，而宜在同一维度作"累句一意"的组合。以此观之，"情""理"题材类的写法有别，句和句之间注重不断的角度切换，自然就冲淡了排比式规律性铺陈的意味，这应当是源于楚骚求变的繁复写法，反映了"情""理"题旨不宜于大量以名物的罗列来表达，而必须取描写性的铺陈，唯此才可称为赋。

（二）用字

但不管如何，规律性的描写铺陈和就近切换角度式的描写铺陈，俱追求用字的辞章变化来组构句式，才会形成"渊丽"的风格。综括描写铺陈的用字，描述则变化为用，以炼字为上；形容除了形容字的单用以外，还体现为联绵字的大量使用，多有形成同类联边的现象，这与名物铺陈稍有相通之处。描述系陈述客观状态，固以切事切物为主，体现为炼字的审美效果。如第（1）例《七发》："鸟不及飞，鱼不及回，兽不及走。"乃侧面描写，接连三句铺陈水势之大，以"飞""回""走"来描写鸟、鱼、兽面对洪涛时惊慌失措的状态。又第（2）例《上林赋》描写天子校猎："乘镂象，六玉虬，拖蜺旌，靡云旗，前皮轩，后道游。孙叔奉辔，卫公参乘，扈从横行，……生貔豹，搏豺狼，手熊罴，足野羊，蒙鹖苏，绔白虎，被班文，跨壄马。"前数句描述出行时队伍的恢宏气势，以"乘""六""拖""靡"动作词或形容词来描写卫队，妥帖精准，颇能唤起当时动作的画面感；"前""后"系方位词铺陈，又以"奉辔""参乘""横行"写从卫将领的动作，参差交错，如在眼前。后边数句铺写校猎过程，"生""搏""手""足""蒙""绔""被""跨"皆为动作字，系以形容斗兽的各种状态，乃结合具体兽类而选择用字，具有炼字之味，遂生"渊丽"之辉。

由描述进而形容物事情貌，主要体现在用形容字上，这是最直接的途径。章太炎称"韵文贵在形容"[①]。来裕恂《汉文典·文章典》卷一

---

① 章太炎：《文学论略》，见陈平原编《章太炎的白话文》，贵州教育出版社2001年版，第149页。

第二章专论"形容法",谓"文章之声情神韵,全赖描写摹拟以传之,故其功用,悉在形容",其法有四:"单独形容字""复杂形容字""双声叠韵形容字""骈字形容字"。①"单独形容字"的单字运用在句式语境中很难见出作者匠心,"复杂形容字"乃是指形容字后面加虚字后缀,较为灵活,如"翼如""灿然",仍不甚明显,此两种形容的层级稍低。但"双声叠韵"和"骈字"在形容上则有叠加之效,大大优于前二者,而且在形态上也具有明确的可识性,今则统谓之联绵字,这正是汉赋铺陈用字的一大特色。按联绵字起于二字组构,用于形容物事"声形相"之貌,《诗》中已可见,如"一之日觱发,二之日栗烈",乃依声拟字。汉赋铺陈物事,类聚罗列名物而外,则重在形容物事之貌,故用之为多;其后声律兴起,仍亦是文学修辞的重点。但其理解却多争论,古今有异,主要在性质和分类两方面。从性质上看,实际上来裕恂所分四类,"复杂形容字"以下皆字之组合,今称为词;但古人本于创作用字的字本位临文组构,而不同于今之语法分析。站在创作阐释法的层面,宜从其说。从分类上看,唐代上官仪《笔札华梁》论属对有"联绵对",谓"不相绝也",实乃用叠字,又有"双声对""叠韵对"②,三者皆分别理解。宋代张有《复古编》首列"联绵字"类,但又并列有"形声相"和"形相"类,其中实亦多联绵字,足见分类不甚严谨。③ 明方以智《通雅》以"双声相转而语迤逶"定为"重言""譧语"④,即分为"重言"叠字联绵和上下二字连用的异字联绵两种组构方式。王国维《联绵字谱》按"双声之部""叠韵之部"和"非双声叠韵之部"分别排列,注意声转现象,亦将叠字重言归入其中。分类关乎性质,由于今人大多以词汇学的角度称为联绵词,故认定两字不可拆分;其实不然,如殷焕先《联绵字的性质、分类及上下两字的分合》便列举大量可以分割的联绵字来反对二字相连不可拆分之说,表

---

① 王水照:《历代文话》第九册,第8518—8522页。
② 张伯伟:《全唐五代诗格校考》,第36—37页。
③ 张有的《复古编》下卷入声之后附录《辨证》六篇:一曰联绵字,二曰形声相类,三曰形相类,四曰声相类,五曰笔迹小异,六曰上正下讹,皆剖析毫厘,至为精密。但分类不确,实亦数类并归于联绵字。清同治十三年抄本。
④ 方以智:《通雅》卷六,第241页。

明当回归于古人语用训诂的角度来重新理解。① 回到本文，文体研究的创作阐释法无疑是基于文本的客观现状以及文学创作的动态实情，从这点看，其分类势必要考虑铺陈表达的效果之别，故取方以智之说为上。盖"重言"叠字联绵承《诗》之传统，所谓"单举一字，不足以见其意味，必须骈举之，而后形容若绘焉"②，乃见其功效；此外它还有改变词性而为形容之效，如"采采苤苢"之重言转动作词为状事之貌，汉赋仍之。而"诶娄语"本不同的二字上下相连而组构，除了包含自音韵角度之分的双声、叠韵外，还包含非双声叠韵的意义转写；从文学功能的角度来看，"诶娄语"上下二字的声、韵、形相近，"发语迟缓"而有"双声叠韵自然之音义寓乎其中"③，本质上类同两字"骈举"，故亦具有"形容若绘"的功效。据此反观其性质，则无视二者拆分与否，关键在于表义的形容组合，而当视为临文用字的灵活现象。④

叠字重言的运用虽主要起于《诗》，顾炎武谓"诗用叠字最难"，下此如屈原《九章·悲回风》"连用六叠字"，宋玉《九辩》"连用十一叠字"⑤，皆为善用之者。这是连用，实际上单句使用在楚骚中亦俯拾皆是，这正是汉赋取用之源。如《离骚》有"索胡绳之纚纚""老冉冉其将至兮""时暖暖其将罢兮"，《湘夫人》有"目眇眇兮愁予""袅袅兮秋风"，《九思》有"伤余心之忧忧""心怛伤之憯憯"，等等。"冉冉"，蔡邕《青衣赋》用为"修长冉冉，硕人其颀"；又"眇眇"，张衡《思玄赋》则有"云霏霏兮绕余轮，风眇眇兮震余旟"。只是在楚骚中仅供点缀形容，汉赋中却是连篇累牍，以状气势。如上引第（1）例《七发》叠字联绵有："旷旷""淋淋""扰扰""飘飘""浩浩澄澄""颙颙卬卬""椐椐强强""莘莘将将""沌沌浑浑""混混庉庉""纷纷翼翼""险险戏戏""沈沈渼渼"。第（3）例《甘泉赋》有"漫漫""徊徊""徨徨""眇眇""仡仡""岩岩""炘炘""嶟嶟"。第

---

① 殷焕先：《联绵字的性质、分类及上下两字的分合》，《山东大学文科论文集刊》1979年第2期。
② 王水照：《历代文话》第九册，第8521页。
③ 王水照：《历代文话》第九册，第8520页。
④ 易闻晓：《赋用联绵字字本位语用考述》，《南京师范大学文学院学报》2015年第2期。
⑤ 顾炎武著，黄汝成集释：《日知录集释》，上海古籍出版社2006年版，第1190—1191页。

（4）例《洞箫赋》有"靡靡""悁悁""醰醰"。从用字的角度来看，多取音近而义近，或谓据音造字，如第（1）例"卬卬"，李善注"波高貌"，"将将"，李善亦注"波高貌"；当然最明显的是"沌沌浑浑"，其义当与"混混庉庉"一样，只是改变字形以资堆砌形容，恰如"恍兮忽兮"之后又以"忽兮慌兮"形容涛浪汹涌而予人的整体感受。

"诶语"亦即异字绵绵，当然以双声叠韵为主，上下二字相连的组构会凝结成一种相对稳定的结构，也因此后人有可拆分或不可拆分的争论，同属物事之形容而主要源于楚辞。在楚骚中，异字联绵现象较叠字为多，或因叠字重言相对简单，唯有不同形容字的连用组构才堪展现出语言的魅力。如《离骚》有"路幽昧以险隘""怨灵修之浩荡兮""忳郁邑余侘傺兮""望瑶台之偃蹇兮""曾歔欷余郁邑兮"等，皆取上下相异之二字联绵；而其"佩缤纷其繁饰兮，芳菲菲其弥章"则不惟两句联绵，还加用"繁""弥"两个形容字，如同《东皇太一》的"灵偃蹇兮姣服，芳菲菲兮满堂。五音纷兮繁会，君欣欣兮乐康"的句句形容，以及《湘君》"美要眇兮宜修"的字字形容，庶几为赋之铺陈。至赋之用则接连出现，更见文体特征。章太炎谓"乃若叠韵双声，连字连义，用为形容者，惟于韵文为宜，……所以者何？韵文以声调节奏为本，故形容不患其多"①。赋本铺陈的形容修辞在"韵文贵在形容"的讲求上又要超过以情为主的楚骚。上引第（3）例《甘泉赋》，有"冥晦""浏滥""弘惝""周流""块圠""燎燀""郁律""儵忽"等。第（4）例《洞箫赋》有"佚豫""沸㥜""纷披""容与""杂遝""聚敛""拔揵""怆恍""恻悷""恬淡""绥肆""淋洒""横溃""阳遂"等，皆以描写吹洞箫的"武声"和"仁声"之貌，不烦累句形容，句句变化角度，异彩纷呈，令人神往。这就使之呈现出两个特点：第一，这类异字形容既有据音造字，如"容与"实通于"犹豫"，而更多的则是取相近义的二字临文组合，所以也会导致同旁联边的用字现象，有近于名物类聚的堆垛，能致繁滋复赘，眩惑心目。如第（1）例状水之"温汾""涤汔""汃瀁""滂渤""沸汨""潺湲""流洒""浩浩溔溔""沌沌浑浑"，等等，皆取水部之字；以此类推，如《子虚赋》"其

---

① 章太炎：《文学论略》，陈平原编《章太炎的白话文》，第148页。

山则盘纡茀郁，隆崇崒崔，岑崟参差"，状山则多取山部之属，亦本于此。第二，形容铺陈和描述铺陈，其实都具有"累句一意"一顺而下的表达特点，因为唯此才能称为铺陈。如上举《洞箫赋》"其仁声"以下，以"则若"引发比喻性形容，连举六句："则若飙风纷披，容与而施惠。或杂沓以聚敛兮，或拔捈以奋弃。悲恍悦以恻㥄兮，时恬淡以绥肆。被淋洒其靡靡兮，时横溃以阳遂。"至最后才以"哀悁悁之可怀兮，良醰醰而有味"的状情貌来结尾。总起来看，同类形容，繁复堆垛，穷形尽貌，不避奇难，注重正反虚实，高低俯仰，最见辞藻功夫；同时表意一顺而下，主于节奏而又显变化，所谓"斯于千态万状、层见迭出者，吐无不畅，畅无或遏"①，唯此才见赋家才力，而能构成文章之"渊丽"。借以反观字学，则可推汉赋为产生联绵字的主要阵地。

（三）句式

形容和描述的句式最为复杂，这大不同于名物铺陈的主取四言，而恰恰不主一类，一以铺陈的效果追求为原则，唯以变化之多，才见情貌之"丽"。我们根据句式字数的多少，可以分为三字句、四字句、五字及以上的句式，大致对应于不同的铺陈领域和铺陈功效。需要说明的是，古人称字为言，所以四言四字、三言三字、六言六字等，除了特殊的说明之外，皆是等同的，我们据语境表达需要而取称。本来二字即可成句，成伯玙《毛诗指说·文体》："发一字未足舒怀，至于二音，殆成句矣。"② 二字多用为叹词或引语，从表意角度看，显然二字成句是不完足的。三字虽仍亦不完备，但稍可为用，若以今之语法分析，则其能涵盖主谓宾三个主干成分，只是在具体的表达中若以字字用实，则与口语无异，了无声情而无法"舒怀"，故未成体式。三字句在《诗》中已偶见，《诗·鲁颂·有駜》有"振振鹭，鹭于下。鼓咽咽，醉言舞""振振鹭，鹭于飞。鼓咽咽，醉言归"，杨慎《升庵诗话》以为"三言之始也"③。这种用法便并非字字用实而独立为体，而是与四言组成篇章，才能"舒怀"表意。兹观其节奏，则因不受三字一句足意的限定，从而有了虚字的介入，可分为1+2或2+1两种节拍，这是其能勉为

---

① 袁津琥：《艺概注稿》，第411页。
② 成伯玙：《毛诗指说》，文渊阁《四库全书》本，经部第70册，第177页。
③ 丁福保：《历代诗话续编》，第689页。

"舒怀"之因。明陆时雍《诗境总论》以为"三言矫而掉"①，即谓有力而不稳；唐佚名《文笔式》称"三言以还，失于至促"②，即谓三言字少，读音短促。按"四言简质，句短而调未舒"③，盖以四字为足意之句，庶几字字为实，一句仅能表意，尚不能显出辞藻功夫；则三言更难表一完足之意，所谓"矫而掉""失于促"，用为文句诗句，亦必只能是组句的成分，故只能反映为1+2节拍的动宾式和2+1节拍的主谓式两种。这恰恰有利于描写物事动作而以为铺陈，盖以字数少而节奏明，语词促而力度健，便于累句一顺而下，以增铺张气势。只因动作词的组构能增三言之张力，故以动宾式为多，上举《上林赋》选段便用了三组："乘镂象，六玉虬，拖蜺旌，靡云旗，前皮轩，后道游。""生貔豹，搏豺狼，手熊罴，足壄羊，蒙鹖苏，绔白虎，被班文，跨壄马。""椎蜚廉，弄獬豸，格虾蛤，鋋猛氏，羂騕褭，射封豕。"这种1+2节拍的组构，单字为动作字，双字则为名物，从文学的角度讲，必然会落实到单字的锻炼讲求上，指向于动作与名物的切合，以有力而妥帖为上。如"豺狼"乃猛兽则以"搏"，"蜺旌"乃旗帜则以"拖"，"鹖"系鸟禽则以"蒙"④，"封豕"次于"豺狼"则以"射"，皆昭示了作文求炼字的讲求。此外如《子虚赋》《七发》《羽猎赋》等赋中皆不难见到这类句式，悉以动作词的力度感和动宾式的妥切搭配，以及宾语作为名物而呈现出来的罗列堆砌感，昭示着赋体的铺陈原则。林联桂谓用"三字叠句"，会使"其势更耸，调更遒，笔更峭，拍更紧，所谓急管促节是也"，评张衡《西京赋》间用三字句作"转笔"而最"遒劲"⑤，颇得其中之妙。至于主谓式则只表客观的陈述，如《子虚赋》有"双鸽下，玄鹤加。""榜人歌，声流喝。水虫骇，波鸿沸。涌泉起，奔扬会。"亦有作为四字句的间破而偶然出现，显然在铺陈、节奏感、力度感方面都不如

---

① 丁福保：《历代诗话续编》，第1402页。
② ［日］遍照金刚撰：《文镜秘府论汇校汇考》，卢盛江校考，中华书局2015年版，第1413页。
③ 胡应麟：《诗薮》，第21页。
④ "鹖苏"乃鹖尾之"析羽"，李善注"鹖以苏为奇，故特言之以成文耳"，"蒙"则谓"蒙覆而取之"；结合此前语境，知李说甚是，这一组合运用正见赋体辞章之讲求。后人以为"鹖苏"乃是鹖作的流苏，以为冠饰，彼实为引申义，若以此为蒙覆冠饰，则非也。李说见《文选》，第127页。
⑤ 何新文：《见星庐赋话校证》，第10—11页。

动宾式为佳。

　　四字句赋中为多，这应该与辞章之学源于《诗》四言、四言古朴"简质未舒"而有利于大赋之高古浑成气息、四言利于名物堆垛等方面的原因有关。赋中四言不同于《诗》四言，我们在第一章已对之进行讨论，指出《诗》一句适足表意，但以字字用实"简质未舒"而无法咏叹抒情，故而追求两句足意；两句足意则使用字疏阔，故以重言叠字和虚字补足之，如"昔我往矣，杨柳依依"，造成了"四言优而婉"①的审美功效，刘勰视之为"雅润为本"的"正体"②。这是《诗》四言的重要特点，与其体制有关，比兴手法便统合于这种表达机制。另一方面，《诗》三百可入弦歌，而且吟诵按拍也是声律讲求的必然限定，故四言追求2+2的节奏，这促使两句足意的抒情句式在按拍吟咏的过程中，容易走向追求双音词特别是叠韵联绵词的出现和运用，以使其意义节奏符合音律节奏，这就产生了诗意的韵律和意味。从诵读的效果来讲，单字表意字字用实，不切合于诵读的2+2节奏顿逗，不如前者畅谐有味。总之，《诗》四言乃是从散句发展而来、统合于两句足意的《诗》体体制、契合于按拍吟诵之节的诗意句式。赋四言无此形式的限定，一以物的铺陈为主，则必然追求适合于物的铺陈原则；又以铺陈本质上是靠直陈堆砌来实现的，所以导向直言一顺的散化句，而不限于句数的多少，甚至是多多益善。根据前论描写铺陈的分类，可以将赋四言分为"形容堆砌式"和"一般描述式"，在前者最能体现铺陈的功效，而有类于四言一顺的名物堆垛。如第（1）例《七发》中"观涛"的选段有："恍兮忽兮，聊兮栗兮，混汩汩兮；忽兮慌兮，俶兮傥兮。""颙颙卬卬，椐椐强强，莘莘将将。壁垒重坚，……""如振如怒，沌沌浑浑，状如奔马。混混庉庉，声如雷鼓。""沸沸潎潎，披扬流洒。""颠倒偃侧，沈沈湲湲，蒲伏连延。""訇隐匈磕，轧盘涌裔。""澎渤怫郁，闇漠感突。"等等。皆是在描写中展开形容，以并列式重合形容组成2+2的节拍，数句为用，缜密坚整，有类于《诗》四言的节律。相较于四言名物一顺的静态罗列，此段"文势真如潮涌，锐不可遏，所以

---

① 陆时雍：《诗境总论》，《历代诗话续编》，第1402页。
② 范文澜：《文心雕龙注》，第67页。

藻涤其沉郁也"①，乃是以形容的千状万态，层见叠出，一气贯注而下，遂致静中生动，铿锵有力，直令人骋辞想象当时的波涛之貌，有身临其境之感，何焯推为"波澜相推，才情横溢"②，读来令人叹服。"一般描述式"的字词组构不同于前者，有疏离《诗》式2+2节拍的意味，一以散句表意为主，或为单式形容，或为动作、状态描述，亦赋中不可少。单式形容如《七发》"观涛"选段的"洪淋淋焉""回翔青篾"，胜在用字而非句式。动作描述是叙物事、陈因果的必需句式，如"观其两旁""决胜乃罢""不可胜言"，这类句式若用于段首或段尾，则作引语或小结语，重在表意，不在形容。唯有"鸟不及飞，兽不及回"这种置于形容的进程中数句动作描述并用，才表铺陈之功；又如"所擢拔者，所扬汩者，所温汾者，所涤汔者"，数句描述并用，亦属类似情况。实际上这类动作或状态描述本质上已通过数句排比的罗列并用，转化为表形容铺陈，可以将之看作前举"形容堆砌式"的另一种形态。凡此皆不囿于《诗》四言的二二节拍，悉归于散句表意之用。要之"一般描述式"既可能形成铺陈，亦是赋中叙事的必要元素。

　　五字及以上的句式看似复杂多变，其实亦有规律可循，故统为一类。因为这种句式主要源于骚体，只要了解了骚体的构句特点，就知道其实五字六字七字皆无甚区别，故可统而观之。介于问题的复杂性，我们必须从源头讲起。从形式上看，楚骚"书楚语，作楚声，纪楚地，名楚物"③，所谓"楚声""楚语"，主要是指虚字"兮"包含少量的"些""只"作为语气词的标识性运用，今代论者大多以"兮"为骚体句式的重要表征④。按"兮"字的长言吟咏具有加强慨叹之效，而能深化情感的表达，正适于吟诵；程廷祚《骚赋论》谓"骚则长于言幽怨

---

① 黄霖等：《文选汇评》，第1170—1171页。
② 何焯：《义门读书记》，第947页。
③ 黄伯思：《翼骚序》，陈振孙《直斋书录解题》卷十五"楚辞类"转引，上海古籍出版社2015年版，第436页。
④ 郭沫若《屈原研究》认为："如像'兮'字、'些'字是人人知道的《楚辞》特征。"《郭沫若全集·历史编》第4卷，人民出版社1982年版，第38页。游国恩等主编的《中国文学史》、郭预衡的《中国古代文学史》也持相近观点，今人大多持此观点。分别见游国恩《中国文学史》，人民文学出版社2002年版，第90页；郭预衡《中国古代文学史》，上海古籍出版社1998年版，第144页。

之情",其声"宜于衰晚之世,宜于寂寞之野,宜于放臣弃子之愿悟其君父者"①,其中的主要原因即在于此。强调"兮"字固然不错,但"兮"及"些""只"之外的虚字充当语气词在楚骚中遍见,从文学意味的表达及至赋体的角度来看,仅及于此是远远不够的。刘熙载《赋概》特别提出了骚句还存在句腰虚字的重要现象:

> 骚调以虚字为句腰,如之、于、以、其、而、乎是也。腰上一字与句末一字平仄异为谐调,平仄同为拗调。如"帝高阳之苗裔兮","摄提贞于孟陬兮","之""于"二字为腰,"阳""贞"腰上字,"裔""陬"句末字,"阳"平"裔"仄为异,"贞""陬"皆平为同。《九歌》以"兮"为腰,腰上一字与句末一字,句调谐、拗亦准此。如"吉日兮辰良","日"仄"良"平,"浴兰汤兮沐芳","汤""芳"皆平。②

这一段话对理解骚体句式的性质相当重要,指出"兮"及此外的虚字在构句中的声律诵读标志功能,似未引起足够的注意。我们可从三个方面来说明:首先楚骚大量的句式确实是存在着句腰虚字的,句腰虚字表明骚体句式乃是散句,而不同于《诗》整饬四言的诗化追求,这是楚骚不同于《诗》最主要的体制分野,今人但称广义之诗,亦以诗或诗歌的标准来理解楚骚,原不合古人体制之辨。楚骚句式只是大致相近,其实长短不一,参差交错,根本的原因就在于散句表意的需要,如《离骚》:"吾令凤鸟飞腾兮,继之以日夜。"《涉江》:"吾不能变心以从俗兮,固将愁苦而终穷。"完全是顺序的表达方式,符合生活叙事的逻辑,冥契于文法的构句原则,并不存在诗化的语序、句法等问题;只以句腰虚字作为支撑复杂散句的标志,庶几才能配合"兮"字形成吟咏深情之感,也因此才成为"散体大赋"取法的主要对象。姚华《论文后编》谓"楚隔中原,未亲风雅,故屈原之作,独守乡风,不受桎梏,自成闳肆,于《诗》为别调,于赋为滥觞"③,洵具卓识。只以汉

---

① 程廷祚:《青溪集》,第65、69页。
② 袁津琥:《艺概注稿》,第472页。
③ 姚华:《弗堂类稿》,第29—30页。

人以骚附《诗》的宗经观念影响，历来学者多据经学为论，今代有不少论者认为骚句是对《诗》句的拓展，甚至以《诗》句的节奏结构来考察骚句的诗化倾向，都是不妥的。可以说以虚字连接组构成的散句才是骚体句式特征的关键。

其次是关于"兮"字的运用及句式的划分。不少论者据"兮"字在句中所处的位置将骚体句式分为三类：即分为句中式，如《东皇太一》"吉日兮辰良，穆将愉兮上皇"；首句尾式，如《离骚》"帝高阳之苗裔兮，朕皇考曰伯庸"；两句足意的末句尾式，如《橘颂》"后皇嘉树，橘徕服兮"。各家称谓不同，实则一致，可观骚句大概。其中第三类并不多见，有学者以为乃是从《诗》中来，实亦执于字数而未识散句的本来特征。其实如果注意到了大量句腰虚字的现象，那么，据"兮"字位置为划分标准的说法未必能完全体现出骚体句式特征。比如"长余佩之陆离"和"抚长剑兮玉珥"，这样的句式，"兮"和"之"完全可以互换，即是说"兮"的句法结构功能并不是独有的，骚体句式就算没有兮字亦有着相似的文体意蕴。上引刘熙载称"骚调以虚字为句腰"，列举"之、于、以、其、而、乎"等字，又称"《九歌》以兮为腰"，兮字和其余虚字皆有充当句腰之文法功能。闻一多注意到《九歌》"兮"字可以与"之、于、其、夫、之、以、而、与"等义代释①，姜亮夫也有类似的看法②，即本于此。如果考虑到句腰虚字之说，就只需结合"兮"字将骚句分为句中式和句末式两种即可：其中句中式的"兮"字即类属于句腰虚字，这类句式既可独立表意，亦可两句表意；句末式大都另有句腰字，如"朝发轫于苍梧兮"，别有"于"字作句腰③，同时这类句式不能独立成句，还要另与一个无"兮"字句组为合成复句才能完足表意，从复句的组成来说，"兮"字也相当于连接前后分句的句腰虚字，其组合方式多为上七下六式。

---

① 闻一多：《九歌兮字代释略说》，刘晶雯《闻一多诗经讲义》，天津古籍出版社2005年版，第154页。
② 姜亮夫：《楚辞通故》，齐鲁书社1985年版，第324页。
③ 就是说，也有极少数句尾"兮"字句在句中并无虚字，如"吾令羲和节兮""后皇嘉树，橘来服兮"，但不多见；如后句出自《橘颂》，该篇却并非都是这种整齐之言，而不断杂入"四言＋五言＋兮"式的写法，具体原因我们后边再讨论。

之所以如此区分，当然是由句腰虚字引发的文学功能所决定的，这正是我们要重点关注的第三个方面。句腰虚字功能既是两分法的重要理由，也是汉赋取骚体作形容铺陈的关键。从表达的效果来看，句腰虚字有三种功能，单句复句皆如此，我们可以单句为主进行考察。一是连接功能，如《山鬼》："雷填填兮雨冥冥，猨啾啾兮狖夜鸣。"《离骚》："屈心而抑志兮，忍尤而攘诟。"句腰虚字"兮""而"连接的前后结构近似，颇能形成句内自对之效，从而具辞章意味，这比较容易理解；只是后一例的"兮"字又充当了前后两个分句的复句句腰连接虚字，亦可推而理解。二是在停顿的强调中增进前后表达结构的独立性。虚字虚化，它出现在句腰时，就会在诵读完前一个短语后语音流减弱虚化而稍显停顿，从而凸显出前后两个短语各自的表达，具有强调而凸显的意味；刘熙载指出腰上字和句末字的或谐或拗，本质上就是由虚字的停顿性强调，所形成的诵读节点的呼应问题。如《哀郢》："皇天之不纯命兮，何百姓之震愆？"其中"之"字介入弱化了诵读的语音，先对比凸显主语"皇天"、后则强调结果"不纯命"，"天""命"二字则以强调的节奏点而呈现出平仄谐拗的诵读效果；"何百姓"句亦然，先引发追问，"之"字弱化而停顿，于是进而强调结果"震愆"，两句皆以虚字的句腰介入而使得前后两个短语结构因强调而具有独立性。同时合观二句，"兮"字则可视为组合复句的连接虚字，功能仍可类推。第三点最为重要，即句腰虚字具有"召唤"补足的趋使功能。这里借用接受美学"召唤结构"的理论进行理解。句腰虚字的连接和强调功能，使前后两个短语具有相对自足的意义，又因为散句的性质，使得句腰虚字之前的短语结构已然具有主干表意的文法功能，这个短语多由二字或三字构成。如"带长铗之陆离兮"，"带长铗"三字的动宾结构已足主干之意，于是虚字一顿遂产生"召唤结构"的想象态势，以趋使补足主干，完足一句之表达；单以"带长铗"论虽可成三字句，但加"之"字则意味着其后另有修饰，于是在这句腰虚字一顿中就产生了"召唤"补足的未来想象，唯以趋使"陆离"的补充，才算完善句意。要注意的是，虚字之前的短语结构并不全然是完备的主干成分，有时也要补充虚字后的短语，才算完足，如"帝高阳"只是人名，"之"后补足"苗裔"二字，主干方见完备。于是虚字之后的补足就有两种情况，一是补充主干成分以完足表意，二是补足对此前主干成分的修饰。在前者则为客观静态的陈述，如"朝发轫于苍梧兮"；在后者则从辞章方面凸显出了骚体的文学意涵，多为对主干的形容修饰，这正是楚骚最有文学魅力的地方，也是其体深情幽怨、仪态万方的重要原因。如《离骚》："佩缤纷其繁饰兮，芳菲菲其弥章。""高余冠之岌岌兮，长余佩之陆离。"《涉江》："带长铗之陆离兮，冠切云之崔嵬。"《东君》："载云旗兮委蛇。"等等。骚体正以句腰虚字统率前后短语结构而支撑句式为标识，于是不再限于固定的字数，只是大略相等，恰好在参差交错中展示了句内对等之美、强调了短语的特指意蕴、产生了"召唤"补足的想象。借以反观整个楚辞，只有极少数单句没有句腰虚字，如"吾令羲和弭节兮"，"受命不迁，生南国兮"，于是只能字字用实，以散句充当叙事表意，起着辅助抒情的作用，而不能成为主要的句式，只以楚声"兮"字的存在而徒得其名。在此基础上来看所谓"兮"字句的两种模式，都因连接功能而具有强大的容纳能力，可广托名物或形容：句中"兮"字式为单纯的句腰虚字句，功能明确单一；句末"兮"字式则无意间形成了一个句腰虚字"召唤"补足句加上另一个句腰虚字句的合成式表达，更具有广阔的描写和形容空间，这既给汉赋铺陈的描述和形容提供了便利的句式，也给汉赋的描写铺陈提供了文学书写的经验。

兹观汉赋铺陈五字句及以上者，悉以虚字为句腰，即本于此种骚体句式的文学功能。若谓五字，除了陈述连带而表意外，就是连接形容式描写，但不为多。如《七发》选段中，有"秉意乎南山，通望乎东海。虹洞兮苍天，极虑乎崖涘"，系一句一描写，"乎""兮"字在陈述连带中引出宾语；又"其波涌而云乱"，去除引首词"其"字，实为以句腰"而"连接的描写形容。这类句式只是间破，整体上还是以四言或六言及以上为主。显然，句尾"兮"字所形成的合成句式，由于容纳的空间更大，更多为赋家所用。如扬雄《甘泉赋》"翠玉树之青葱兮，璧马犀之瞵珫"，则全然取用骚句，前三字系主干，句腰虚字"之"召唤补足的"青葱"则系形容，下句略同而复以形容构成铺陈。又同篇有"仰挢首以高视兮，目冥眴而亡见。正浏滥以弘惝兮，指东西之漫漫。徒徊徊以徨徨兮，魂眇眇而昏乱。据轸轩而周流兮，忽坱圠而亡垠"，又有所变化，"仰挢首"两句已先交代将写的内容系仰首所见，属主干表意的客观陈述；至"正浏滥以弘惝兮，指东西之漫漫"则全以形容，李善注"浏滥"为"犹言清净而泛滥也"，"弘惝"则引服虔曰："惝，大貌也。"① 句腰虚字"以"充当连接功能，又以"兮"结尾引出下一句腰虚字六言句，构成形容的不断连接，环环相扣，一顺而下，接连铺陈，旨意略同，遂能形成千状万态、层见叠出的形容效果。又如王褒《洞箫赋》："其仁声，则若飓风纷披，容与而施惠。或杂沓以聚敛兮，或拔捈以奋弃。悲怆恍以恻惐兮，时恬淡以绥肆。"亦相类似，特别是用"或"字领头的"兮"字句，改造的痕迹更为明显，最后二句的"悲……兮"和"时"字开头，亦相类似，都已改变了骚体两句一顿的表意写法，只吸收了句腰虚字句有利于铺陈的优势。显然汉赋描写铺陈虽用骚句，但赋物铺陈的原则赋予了其对句式的改造能力，更多的则是发挥"兮"字结尾合成句的容纳能力，一改为形容铺陈。由于尚存"兮"字和本于骚句的两句一顿，不如四字句铺张直接罗列堆砌的表征明显，遂易使览者忽略其铺陈的功能，实际上较之四言而别有表现力。在这类句式里，字数的多少根本不是问题的关键，只以铺陈的需要和语感节奏的把握而任意加减，比如《甘泉赋》，既有独立的五字句，亦有上七下六的骚体变句，亦有如"金人仡仡其承锺虡兮，嵌岩岩其龙鳞"这种由此延伸出来的上九下六式；甚至司马相如《大人赋》"驾应龙象舆之蠖略委丽兮，骖赤螭青虬之蚴蟉宛蜒"，用了十字以上的加长版组合式。按唐佚名《赋谱》论赋句，称三字句为"壮"，四字句为"紧"，五字以上的句式为"长"，其中所用最多者为"上二字下三字句"和"上三字下三字句"，又称"六七者堪常用""八次之，九次之"，所举"长句"句例，皆含句腰虚字，而有别于"壮句""紧句"②；其论虽是出自创作的体悟，实亦资说明赋句一旦四字以上，则字多不堪用实，必以虚字组构而凸显其"散化"性质。有见于此，我们可以将这类句式统称为"句腰虚字长句"。要补充的是，对这类句腰虚字句的理解，必须要破除单句复句之分，而当一以铺陈的表意为主，不宜独以单句为限；今人囿于单句复句的语法分析，以此观察赋句，未免肢解了其鲜活

---

① 李善注：《文选》，第 112 页。
② 孙福轩、韩泉欣：《历代赋话汇编》，第 11—12 页。

的文学功能。

句腰虚字长句还有一种复杂情况宜单列出来讨论，那就是形容词前置的"兮"字句，虽亦可当作骚体句式，实有所不同而尤具形容的铺陈功能。如同我们在第一章所讨论到，这类句式起源较早，在《老子》中即已接连出现，赋体初起时即以援用，如荀子《赋篇》的《蚕》："儳儳兮其状。""儳儳"前置强调蚕的形状，杨倞注"无毛羽之貌"；"兮"字后接"其状"，指明状物以形容。《云》："忽兮其极之远也，攭兮其相逐而反也，卬卬兮天下之咸蹇也。"凭着形容词的前置，以"兮"字一顿而先凸显情貌，形成先声夺人（其实是先"貌"夺人）的形容效果，由于"兮"字之后尚有解释的意味，于是更能增起"召唤"之想象。此为"荀法"首用于铺陈之功。宋玉《九辩》："萧瑟兮草木摇落而变衰""廓落兮羁旅而无友生""泬寥兮天高而气清，寂寥兮收潦而水清""廓落兮羁旅而无友生，惆怅兮而私自怜"，略为相同。但宋玉在《高唐赋》中则有所改变："其始出也，晰兮若松榯；其少进也，晰兮若姣姬，扬袂鄣日，而望所思；忽兮改容，偈兮若驾驷马、建羽旗。"① 在"兮"字后又加以形容，组合成双重形容，别具铺陈之效，而接连使用，屡变句式，令人目不暇接；似乎作者发现赋体更适于用这类句式，显较荀赋为胜。这种句式后来广为汉代赋家所用，如贾谊《鵩鸟赋》："澹乎若深渊之静，泛乎若不系之舟。"朱穆《郁金赋》："远而望之，粲若罗星出云垂。近而观之，晔若丹桂耀湘涯。赫乎扈扈，萋乎猗猗。"而曹植《洛神赋》则有精彩的发展："其形也，……髣髴兮若轻云之蔽月，飘飖兮若流风之回雪。远而望之，皎若太阳升朝霞；迫而察之，灼若芙蕖出渌波。"② 等等。当然，最典型的还有前引枚乘《七发》："其少进也，浩浩澄澄，如素车白马帷盖之张。其波涌而云乱，扰扰焉如三军之腾装。其旁作而奔起也，飘飘焉如轻车之勒兵。"前置形容词变成三字或四字，甚至独立一句，"兮"字或变为"焉"，或干脆取消，变化为用，长短不一，气势澎湃，读来令人倾倒，确然"千态万状、层见迭出"，只有赋家才堪为此"吐无不畅，畅无不

---

① 李善注：《文选》，第265页。
② 李善注：《文选》，第270页。

遏"的笔力。而若究其实，仍类通于形容词前置"兮"字句的铺陈原理。

概括以上所论描述和形容类铺陈的句式，我们可以看到不同于名物铺陈的只宜以四字句呈现物事之"奥博"，在这里，三字句、四字句、句腰虚字长句，皆有各自的铺陈功效，相对来说，三字句宜于叙事描述，四字句宜于组合形容，五字及以上的句腰虚字长句源于楚骚而广有形容铺陈的效果，尤其是其中的形容词前置"兮"字句，最能体现出赋体的语言魅力。我们又可以横向总结一篇之中句式运用的特点为三：第一，不避句式种类，交叉运用才能"层见迭出"，才能显出"渊丽"，亦即《文镜秘府论》所称"句无定方，或长或短"，句有异而声亦从之，按"句长声弥缓，句短声弥促"，则"施于文笔，须参用焉"①；第二，同种句式多以单向度的"累句一意"②来表达，所谓单向度，是指不追求多层次多维度的技巧探索，而是以"累句一意"的单一平面维度来作铺陈表达，从而使得汉赋古拙正大，浑成肃穆；第三，运用何种句式，与描述还是形容、描写物还是事，皆有莫大关系。

对比名物铺陈的"奥博"和物事描写铺陈的"渊丽"，我们发现，名物铺陈的"奥博"从属于静态的类聚、罗列、堆砌，不需任何修辞技术的考量，呈现出一种正大、厚拙、浑成的气象，这能反映大赋的宏大、繁多、博富，亦即"奥博"以数量之多为追求的审美意蕴。而物事的描述与形容在导向风格的"渊丽"中，则包含了一种动态之美，亦即情貌形容的态势。按刘勰《文心雕龙·定势》"因情立体，即体成势"③之说，则一体有一体之体势，有学者注意到"诗偏重'意境美'"而"赋偏重'体势美'"，赋体的创作本身就在于"绘象骋势"④，颇具识见。只是就汉赋而言所说显得粗疏，起码落实于文本层面还需要阐释清楚赋的"体势"与铺陈的关系。"势"即"乘利而为制"，故称态势、趋势，它指向于一种规律呈现所引导出来的走向，有着由静到动或动而复动的匀速、加速发展的意味，故成为艺术审美的重要术语。由

---

① 卢盛江：《文镜秘府论汇校汇考》，第1412—1413页。
② 刘永济：《文心雕龙校释》，第108页。
③ 范文澜：《文心雕龙注》，第529页。
④ 参读许结《赋体"势"论考述》，这是目前唯一注意到赋的体势的专文。《湖南科技大学学报》2018年第1期。

于书法的线条会形成平面流动之感，故这一美学范畴最早起于书论，比如汉代崔瑗就已有《草书势》。赋的"即体成势"，正在于铺陈物事所导向的趋势，刘熙载称"赋起于情事杂沓，诗不能驾驭，故为赋以铺陈之。斯于千态万状，层见迭出者，吐无不畅，畅无或竭"①，庶几可以理解；即铺陈以出"千态万状"，在"层见迭出"中要导向一种流动感，达到如刘勰所称的"延寿《灵光》，含飞动之势"。按赋的铺陈既包含名物的罗列和物事的描写，则前者导向名物"奥博"之势，可称"多"和"大"，流动感不太明显；关键在于后者，物事的描写特别是形容容易导向物事情貌飞动的"渊丽"之势，可称"美"和"妙"。

这里借用西方莱辛《拉奥孔》区别诗画的理论可以深化理解，莱辛认为造型艺术和诗歌艺术相比，在于造型艺术为静态的罗列，是空间艺术；诗歌艺术是时间的艺术，语言的罗列列之不尽，必须"化美为媚"。据此则汉赋的名物铺陈亦是静态罗列，而必须经由描写形容达到"化美为媚"的生动感、流动感，才能算获得完足的赋体之"势"。亦即赋体之"势"是包含了这种"动态中的美"②的。严格来说，名物铺陈在数之不尽的表达态势中也隐含有"化美为媚"，只是较为隐性，不如描写物事情貌的态势；因为物事情貌不能止于对象的客观形状，不等同于名物的定型认知，尚需读者的想象参与，故有传神之进一步讲求。由是情貌的形容才致力于千态万状，层见迭出，吐无不畅，畅无或竭，从穷形尽相的铺陈中达成一种流动之势。刘咸炘谓"屈、荀、扬、马之作，一取其势，二取其辞。曾文正教其子读汉赋，取其气势之雄茂、训诂之精确是也"③，此语可资助成理解。这才是汉赋的用心之处，昭示了大赋的描写铺陈以艺术质量之"美""妙"取胜，恰恰与名物铺陈的以数量"奥博"之"多""大"取胜，构成了一动一静的立体表达艺术。只是历代论家或以铺陈物事而焦聚于赋体包含之"多"和气势之"大"，或以描写形容的辞章而焦聚于赋体风格之"丽"，而忽略了形容描写所导向的"飞动之势"。或许汉赋最吸引人眼球的正是"铺采摛文""体国经野，义尚光大"式的宏大书写，细节之精妙所体现出来的

---

① 袁津琥：《艺概注稿》，第411页。
② [德] 莱辛：《拉奥孔》，朱光潜译，商务印书馆2013年版，第132页。
③ 刘咸炘：《推十书》戊辑二，第1035页。

体势才为所遮蔽；但毕竟滥觞而导源，包罗万象的汉大赋给后人伏下了若干新路向的法门，这一点，就要等到"六朝之体"的转向来发扬光大了。

第二节 "六朝体"的转向

赋以铺陈的手法规限物事之题材，从而形成相应之风格，三者既相统合而互为依赖，则题材和手法的变化引发风格的随之变化，这是赋蔚为大国之后，内部体格嬗变的关键。明代祝尧《古赋辩体》分论"楚辞体""两汉体""三国六朝体""唐律体"，这里的体指向文体的风格形态，亦即体貌，诸体裂变也就主要表征于题材、手法的变化，体现为用字、句式的语用变化。明代谢榛、胡应麟都注意到陆机"赋体物而浏亮"不同于"两汉之体"，乃属"六朝之赋"，即知"三国六朝体"（以下简称"六朝体"）确实有大不同于汉赋之处。其实文学史上一向有所谓"六朝体"，论者大多注意到六朝诗相较于唐宋诗的特点，何诗海综论六朝文学，则以为其内涵主要在丽藻、骈偶、声律三端。[①] 只是从赋学史来讲，这是远远不够的，"六朝体"相对于"两汉体"有着明显而巨大的转向，至少开启了所谓的"赋亡"，从另一角度讲则下启了唐律赋。只是六朝时限较长，严格说来，三国、两晋、齐梁三个阶段都有所不同，所以以下我们从题材手法和语用句式的变化着手考察"六朝体"的形成及体貌意蕴，注重于三个阶段的演进。

一 描写铺陈的发展

从题材上看，六朝赋较汉赋有着渐进的演变，即从巨体大事为主逐步演变为以单物小事为主，由宏大事件为主演变为以诗意事件为主。在汉代虽不乏承自荀子《赋篇》一脉的咏物小赋，但多见于席间应制、雅玩清赏。前者如《西京杂记》载"梁孝王忘忧馆时豪七赋"，虽为后

[①] 文学上确有"六朝体"的说法，论者多就六朝诗而散论特征，主要是针对清代王闿运所兴起的诗法六朝现象，而引发的与唐宋诗学的比较讨论。将"六朝体"作为一个包含体貌指向的文体概念来进行讨论，目前只看到何诗海《清谈与六朝体》一文，参见何诗海《汉魏六朝文体与文化研究》，北京大学出版社2011年版，第91—110页。

人见疑，实亦符合小赋应制语境，后来三国时蜀国的费祎和东吴的诸葛恪即席作《麦赋》《磨赋》，又东吴张俨、张纯、朱异即席分赋犬、席、弩诸赋，是一脉相承的，在某种程度这类赋还体现了隐体为赋传统所形成的娱乐性；雅玩清赏类如刘胜《文木赋》、刘向《雅琴赋》、班固《竹扇赋》等，其间偶有借物以抒情，如孔臧《蓼虫赋》可为代表，但私人领域的抒情主要是骚体赋，亦同与咏物小赋不为主流。只有像司马相如《子虚赋》《上林赋》，枚乘《七发》，扬雄《甘泉赋》《羽猎赋》《河东赋》《长杨赋》《蜀都赋》，杜笃《论都赋》，班固《两都赋》，张衡《二京赋》之类的鸿篇巨制才堪为代表，即所谓"京殿苑猎"类题材，悉为巨题大事，包括至广，这本质上与"体国经野，义尚光大"的政治宏大主题分不开，而体现为广被史家录入，在《史记》《汉书》《后汉书》中多有全篇保留。但下至魏晋则渐少此类，而多系单物小事，在咏物类当然只是承续荀赋一脉进而凸显为要，如曹丕《弹棋赋》《玛瑙勒赋》《莺赋》，曹植《扇赋》《芙蓉赋》《白鹤赋》，傅玄《笔赋》《筝赋》《郁金赋》，傅咸《纸赋》《镜赋》，夏侯湛《宜男花赋》《瓜赋》，潘岳《相风赋》《莲花赋》等；关键是即事而赋，感物而赋，呈现出疏离宏大题材而指切于当下诗意抒情的导向，如曹丕《愁霖赋》《喜霁赋》《哀己赋》《悼夭赋》，曹植《慰子赋》《娱宾赋》，傅玄《辟雍乡饮酒赋》《投壶赋》，成公绥《慰情赋》《射兔赋》，潘尼《苦雨赋》，陆机《思亲赋》，陆云《羊肠转赋》，等等，皆写单物小事，逐步导向诗意的抒情；及至齐梁之际，渐受诗的影响，而多由赋物推至赋诗意之事，如沈约《高松赋》，陈叔宝《夜亭度雁赋》，谢灵运《悯衰草赋》，江淹《水上神女赋》，萧绎《采莲赋》，等等。当然六朝不是没有大题，如何晏《景德殿赋》，左思《三都赋》，谢灵运《郊居赋》，但一则数量较少，二则不为时风，似乎大题难越汉代[①]，时风更倾向于小巧化。

要注意的是，题材不是最主要的方面，一则题材之变仍以物事为

---

① 《世说新语》中引庾阐《扬都赋》"屋下架屋"的评价值得注意，可见此际赋已然视汉代为高标了。《世说新语·文学》："庾仲初作《扬州赋》成，以呈庾亮。亮以亲族之怀，大为其名价云：'可三《二京》，四《三都》。'于此人人竞写，都下纸为之贵。谢太傅云：'不得尔。此是屋下架屋耳。事事拟学，而不免俭狭。'"余嘉锡：《世说新语笺疏》，第225—226页。

主,即便走向情理,亦归于"体物"的表达中心,我们在上一章已有所讨论。题材虽与手法相关,但主要不在于题材影响手法,而是手法规限题材;即是说铺陈手法运用的程度完全由作者决定,而不全关系到题材。比如同是咏物,王褒《洞箫赋》便善于铺陈声情,能骋辞发摅,六朝的音乐类赋如写琴、筝、笛等,皆不"前后左右广言之",而反取荀赋赋物的点到为止,这也可以证明,铺陈立体居于赋体体格的核心进位。

"六朝体"较之于"汉赋体"的最大转向,就是铺陈的变化,主要在于舍弃了汉赋的名物铺陈和改造了描写铺陈,反映在用字和句式皆有别于汉赋,并在精细化的进程中伏下了律化的可能。六朝赋题既单取一物,或取小事抒情,则以篇幅短小,大都不再类聚名物;虽今所见文本多系类书辑出残篇,这一趋势亦在在可见。有些赋题可以写为大赋,但却不作展开,如曹丕《校猎赋》、曹植《藉田赋》、傅玄《朝会赋》、潘岳《沧海赋》等,是传统京殿苑猎类的宏大题材,其篇幅内容与汉人相比却去若霄壤。最值得注意的是,很多赋采用大赋的构结形式,具体书写却又点到为止。如仲长敖《覈性赋》的篇章颇有讲究,取荀卿与弟子李斯、韩非对话,正主客问答的汉赋作法,全篇却只有近四百字,便完成了讽世而抒情的内容。陆机《羽扇赋》以主客问答构结,分列宋玉与诸侯、唐勒之辞,仍系短篇。江淹小赋多用大赋作法,其《江上之山赋》用扬子赋法,以乱辞结尾;《灯赋》取宋玉《风赋》的大王庶人之别而展开;《学梁王兔园赋》明显是仿古,称"聊为古赋,以奋枚叔之制焉"①,篇幅也不长。庾信《竹杖赋》取桓宣武与楚丘先生的主客问答展开,并以歌来结尾,所谓大赋五脏俱在,其实就是抒情小赋;他的《枯树赋》以殷仲文之赋和桓大司马之叹来构结,结尾系之以歌和叹,也是同类作法。这些赋或以主客问答来展开,或系之以歌诗乱辞以结尾,悉皆借大赋之制来作小赋,显然是赋家想借大赋体制作文章改造,而一以短制小篇为旨归,致使有限的文本空间无法容纳汪洋博富的名物。

小赋既以空间之限,则唯取描写形容,不克名物铺陈。偶有如陆机

---

① 江淹著,丁福林校注:《江文通集校注》,上海古籍出版社2017年版,第338页。

《瓜赋》："夫其种族类数，则有括蒌定桃，黄觚白搏，金文蜜筒，小青大班，玄骭素碗，狸首虎蹯。"① 虽跳出刘桢《瓜赋》的全取描写，其实亦只有这几句罗列瓜的种类，全篇仍以描写为主。即便篇幅较长的几篇存世之赋，其名物的博阔也不及汉赋，如何景《景福殿赋》虽属宫殿类巨题，内容却多描写形容，已不及王延寿《鲁灵光殿赋》名物罗列的繁复生动，只有少数如"文以朱绿，饰以碧丹，点以银黄"的颜色描写略有名物铺陈的影子。又左思《三都赋序》称：

> 余既思摹《二京》而赋《三都》，其山川城邑，则稽之地图；其鸟兽草木，则验之方志。风谣歌舞，各附其俗；魁梧长者，莫非其旧。何则？发言为诗者，咏其所志也；升高能赋者，颂其所见也。美物者贵依其本，赞事者宜本其实。匪本匪实，览者奚信？②

虽在架构上完全规摹张衡《二京赋》，在内容上却已注重"稽之地图""验之方志"，理据在于"美物者贵依其本，赞事者宜本其实"，其"征实"的强调已较汉赋有别。程大昌《演繁露》称司马相如赋《上林》乃"该四海言之"，故自不限于上林苑中之物；刘熙载谓"相如一切文，皆善于驾虚行危"③。但《三都赋》既已转为征实，则三都之中的"山川城邑""鸟兽草木"数之有尽，自无"吐无不畅，畅无或竭"的可能。只以左思规摹京都大赋的作法，尚有明显的名物铺陈，略见内容的"奥博翔实"。及至孙绰《游天台山赋》，远有不逮；惟木华《海赋》郭璞《江赋》，稍见名物；谢灵运《郊居赋》落入琐细，亦近于左思《三都赋》征实一路。此外之赋，不见物事堆垛，失却汪秽博富之气象，遂转向在描写上大下功夫；即便潘岳《西征赋》《藉田赋》等长篇，亦复如此。

六朝赋的关键在于描写铺陈的损益，这承自汉赋而有所改造，体现于用字尤其是句式取向的明显不同。转向的起点在建安赋，所以赋学史

---

① 严可均：《全晋文》，第1029页。
② 李善注：《文选》，第74页。
③ 袁津琥：《艺概注稿》，第432页。

也有"建安体"的说法①。建安赋既转以抒情为主,则注重于返向骚体的表达经验,即刘熙载所谓"乃欲由西汉而复于楚辞者"②;具体的进程较为复杂,主要是取骚体之抒情而改长篇为短制,又与张衡、蔡邕的领衔转向有关,我们在第二章已加详论。以短篇来抒情则无法容纳名物的堆砌,名物罗列也不利于发摅情性,所以只能于从"物"—"情"的表达模式上下功夫,而围绕描写的铺陈大肆展开。李调元《赋话·新话一》称:

> 邺中小赋,古意尚存。齐梁人效之,琢句愈秀,结字愈新,而去古亦愈远。③

所指建安为一转折,齐梁更进一步,这是赋论家几乎都认可的说法。只是抉论字句,稍为简单,须加阐发。"古意尚存"一面指向建安赋承汉赋之体格,另一面指向于有所变化。谢榛《四溟诗话》卷二称"子建骨气渐弱,体制犹存"④,虽单指曹植,意思相近,即是说建安赋渐渐丧失了汉赋的气格,但尚见体制余绪。如其名篇《洛神赋》:

> 其形也,翩若惊鸿,婉若游龙,荣曜秋菊,华茂春松。髣髴兮若轻云之蔽月,飘飖兮若流风之回雪。远而望之,皎若太阳升朝霞;迫而察之,灼若芙蕖出渌波。秾纤得衷,修短合度,肩若削成,腰如约素。延颈秀项,皓质呈露,芳泽无加,铅华弗御。云髻峨峨,修眉联娟,丹唇外朗,皓齿内鲜。明眸善睐,靥辅承权,瑰姿艳逸,仪静体闲。柔情绰态,媚于语言。奇服旷世,骨象应图。披罗衣之璀粲兮,珥瑶碧之华琚。戴金翠之首饰,缀明珠以耀躯。践远

---

① 祝尧《古赋辨体》卷六论谢庄《月赋》:"希逸七岁能文,为《月赋》,假托陈王及王仲宣以设宾主之词,盖陈思王曹植与王粲仲宣及应玚休琏、刘桢公干,并以文章驰名于魏初,时号'建安体',故假托焉。"《历代赋论汇编》,第54页。清沈叔埏《征梦出山二图赋》序:"庄亭叔编修属题令叔,亦和夔明府二图,因效'建安体',各为小赋。"沈叔埏:《颐彩堂文集》卷一,清嘉庆二十三年(1818)沈维鐈武昌刻本。
② 袁津琥:《艺概注稿》,第435页。
③ 李调元:《赋话》,《历代赋论汇编》,第81页。
④ 丁福保:《历代诗话续编》,第1163页。

游之文履,曳雾绡之轻裾,微幽兰之芳蔼兮,步踟蹰于山隅。①

重在描写神女外貌和神态,其实全篇都在于描写,而不重名物的铺陈,本段则较为典型。本来描写神女包含衣、饰、琚、金、珠、履、腕等,若先后罗列,便无法突出题材所限的神女神态,故而依次形容,点到为止,寓名物于描写中,变成以描写为要。可以对读王粲《登楼赋》开篇:"登兹楼以四望兮,聊暇日以销忧。览斯宇之所处兮,实显敞而寡仇。挟清漳之通浦兮,倚曲沮之长洲。背坟衍之广陆兮,临皋隰之沃流。北弥陶牧,西接昭丘。华实蔽野,黍稷盈畴。虽信美而非吾土兮,曾何足以少留。"② 按登楼览物,广及万方,本有可资取凭的大赋铺陈空间,但以抒情为主的短制限定,于是只作空间的提要描述,所谓"背""临""北弥""南接",悉皆点到为止,一归于"显敞而寡仇"的形容。至于望中物什,只以"华实蔽野,黍稷盈畴"两句即概括写完,"蔽野""盈畴"仍资于描写的形容,都是为了引出"虽信美而非吾土兮,曾何足以少留"的慨叹。

至其描写的铺陈,则不仅承自汉赋,且能极力张扬而有所拓展,这正是所谓"古意尚存""体制犹存"的地方。《洛神赋》写远望神女之貌,在"未通词之先,陡然望见,将艳丽、态度、服饰极力形容一番",其中颇有层次,按"先写体貌大概,次就肩腰等细写,次乃写其服饰"③。开篇"其形也"三字限定描写内容,以下"翩若""婉若""皎若""灼若""肩若""腰若",全系"比体"形容;但以体貌、肩腰、服饰的层次变化,讲求以"琢句""结字"来表意,从而打破了汉赋形容铺陈的"累句一意",而获得描写的生动形容之美。孙洙许《洛神赋》为"本《高唐》《神女》之遗,形容尽致"④,可谓善读赋者,表明此赋"古意尚存"而发展一端。按曹植《洛神赋》这一段描写是取自朱穆的《郁金赋》,试比较二者:

---

① 李善注:《文选》,第270页。
② 俞绍初:《建安七子集》,第104页。
③ 黄霖等:《文选汇评》,第518页。
④ 孙洙:《山晓阁重订文选》,收入黄霖等《文选汇评》,第523页。

> 岁朱明之首月兮，步南园以回眺。览草木之纷葩兮，美斯华之英妙。布绿叶而挺心，吐芳荣而发曜。众华烂以俱发，郁金邈其无双。比光荣于秋菊，齐英茂乎春松。远而望之，粲若罗星出云垂；近而观之，晔若丹桂曜湘涯。赫乎扈扈，萋兮猗猗。清风逍遥，芳越景移。上灼朝日，下映兰池。睹兹荣之瑰异，副欢情之所望。折英华以饰首，曜静女之仪光。瞻百草之青青，羌朝荣而夕零。美郁金之纯伟，独弥日而久停。晨露未晞，微风肃清。增妙容之美丽，发朱颜之荧荧。作椒房之珍玩，超众葩之独灵。①

朱文以六言为主，但在描写的形容铺陈上较为平面化，而且不太讲求层次感，这正是汉赋铺陈手法的重要特点。一如上节所言，因为唯有同一维度上的罗列堆砌，才能达到绘像骋势、穷形尽相的赋物之效，本质上乃是铺陈原则的内在规限，这保证了汉赋正大浑成、板重肃穆的"古意"。曹植赋则以四字句为主，承四言之"雅润为本"，又变四言名物堆垛为句内描写，如"芳泽无加""修短合度"，皆在句内有主谓动宾的描述，遂导向了诗意的描写；关键是极为注重结构布局，依次描写，虽有形容铺陈，却在层次的讲求中导向了一种精致化的艺术效果，逐步转向描写形容的修辞化和技巧化。于是在保存四言和形容铺陈这一赋的"体制"的同时，又逐步丧失了汉赋的"古意"。王粲《登楼赋》的写法，在这点上与曹赋也是相通的。所以建安赋都是在描写上大下功夫，开始注重在"琢句""结字"中争奇斗胜，注重细节的精细化和描写的修辞化，无意中使赋的写法向诗靠拢，于是不再"奥博翔实"，逐渐失却浑然板重的正大之气。这才是建安赋"骨气渐弱"的关键所在。两晋赋和齐梁赋在整体上也正是沿着这条路子发展的，而且走得更远。

二 以句式为中心的转变

这种"骨气渐弱"虽由描写铺陈之损益而造成，具体的表征却本于用字和句式的文章语用。首先看铺陈用字。汉赋用字往往因体成势，系于凭虚造作，繁滋复赘，不避奇难，反以炫博才学，多致眩惑心目，

---

① 费振刚等：《全汉赋校注》，第839页。

但建安赋有所变化。曹植已谓"扬马之作,趣幽旨深,读者非师传不能析其辞,非博学不能综其理"①,足见扬马之精于字学;曹说旨在批评,故建安赋已不在这方面下功夫,而是走向浅易,上引《洛神赋》便以常用字为主,不像汉赋取名物的联边堆砌和形容的僻难铺陈,连并脱弃了临文造字的可能。刘勰《文心雕龙·通变》称"魏晋浅而绮"②,虽指风格,其实已与用字相关。《文心雕龙·练字》又说:"自晋来用字,率从简易。"所指益明。二陆、两潘之赋都是显著代表,左思《三都赋》规摹《二京》,只是构结和功用的强调类同,在用字上已然不同于汉代京都大赋;钱锺书称其"承《两都》《二京》之制,而文字已较轻清,非同汉人之板重"③,确实看到了关键所在。北朝颜之推《颜氏家训》引沈约语:"文章当从三易:易见事,一也;易识字,二也;易读诵,三也。"④ 沈约是南朝文宗,不仅提出用字简易,还提出用事、读诵的简易,则文章越发清浅,描写中的形容铺陈自然不能在层见迭出方面取胜,而只能沿着精细化、修辞化、意境化的方向发展。由此综观六朝人提出的"诗赋欲丽"、赋乃"美丽之文"、强调"缛旨星稠,繁文绮合"⑤,虽承自汉代扬雄表彰赋体的"丽辞",实际上"渊丽"的审美意蕴已有所转变:不是博阔绚丽,仪态万方,而是指向用字简易精巧、华美清通,并用于物事的描写形容,注重细节的指切精工,以此极易导向诗境化。

其次是句式的变化,这仍是重点。汉代赋三字句、四字句、句腰虚字长句皆有取用,不主一类,但亦可见演进态势。大致来说,骚体赋之外,西汉赋以四字句为主,扬雄为一转关,盖其早年摹拟《离骚》作《反离骚》,对楚辞写法有深切体会;又以其一代文章大家的身份,特好作新的文体实践,颇多开创之功,所以他将楚骚长句用为骋辞大赋的实践。其《甘泉赋》有明显创新意识,虽然难字为多,但不害形容,故结涩之苦,反资炫博,不失铺陈要义;《河东赋》亦有这类句式,但

---

① 范文澜:《文心雕龙注》,第 624 页。
② 范文澜:《文心雕龙注》,第 520 页。
③ 钱锺书:《管锥编》(第三册),中华书局 1979 年版,第 1154 页。
④ 颜之推:《颜氏家训》,中华书局 2015 年版,第 156 页。
⑤ 沈约:《宋书》,第 1778 页。

不以为常，能见变化之方。至张衡《二京赋》则已然注意六字句，上引朱穆《郁金赋》乃咏物小赋，便以六字句为主。建安赋虽多取自骚体，但不是以扬雄式的长句追求形容的"累句一意"式铺陈，而是即句描写的多层次铺陈，注重炼字炼句，所以别是一格。上引《洛神赋》仍可视为典型，选段以四言句式为多，不取名物和形容的重叠铺陈，几乎都是一句一描写形容；其中"翩若惊鸿，婉若游龙，荣曜秋菊，华茂春松""秾纤得衷，修短合度，肩若削成，腰如约素"，或以虚字连接，或取描写构句，皆能化去汉赋罗列铺陈的板滞厚重，变为描写形容的流丽潇洒。从表意上看，可谓句句有形容，句句有主干，句句换角度，一句得一完足之意，虽有一顺而下之意，却稍不同于汉赋明确的"累句一意"式复句写法。同时，赋中亦有六字句和长句，长句如"髣髴兮若轻云之蔽月，飘飘兮若流风之回雪"，为典型的兮字前置形容句；至"远而望之，皎若太阳升朝霞；迫而察之，灼若芙蕖出渌波"，可以看作此类句式的变化形态，只是稍不同于前类，变成了先陈述动作，再以前置形容字句式作重复铺陈，并连用两句为骈。这种较长的组合型句腰虚字句和六字句悉有间破四言之效，而且间破的力度很大，庶几遮蔽四言为主的可能，而不主一类，特见追求句式变化的良苦用心。可以说《洛神赋》在建安赋中最能变化句式，又其《大暑赋》《芙蓉赋》皆有这种意识，反映了曹植极为讲求句式的参差错落。概而言之，句式的变化大都应和于描写的层次变化，体现了建安赋的精细化讲求；即是说，多层次、多维度的描写形容才是其根本的旨趣，句式之变化不过是与之相呼应，这对汉赋"累句一意"单一维度的罗列铺陈就具有了消解的可能。由是建安赋的这种写法虽仍可看作铺陈，实则已渐渐让位于描写。

　　四字句的逐渐退场与六字句的最终胜出特别值得关注。曹植《车渠碗赋》《洛神赋》，皆取六言，但不拒四言，王粲等七子之赋亦然；何晏《景福殿赋》仍之。但下至太康，可以看作句式演进的第二转关，这是"六朝体"的关键所在，那就是纯以六字为主，四言只偶用于间破调节。二陆、潘岳可为代表。其后左思、木华等赋稍有"两汉体"意识，赋中四言不少，余外之赋，皆以六字句为主，故为晋代时风。试举陆机《述思赋》为例：

情易感于已揽，思难戢于未忘。嗟伊思之且尔，夫何往而弗臧。骇中心于同气，分戚貌于异方。寒鸟悲而饶音，衰林愁而寡色。嗟余情之屡伤，负大悲之无力。苟彼涂之信险，恐此日之行戾。亮相见之几何，又离居而别域。观尺景以伤悲，抚寸心而凄恻。①

所见全篇皆以句腰虚字六言作成，或述情事，或写物色，或直抒胸臆，或借物发摅，或作比兴，或以直言，篇短而情深。故其弟陆云甚为推崇，以为"流深情至言，实为清妙，恐故复未得，为兄赋之最"②。今见陆机赋，除此篇外，《别赋》《感时赋》《祖德赋》《述先赋》《遂志赋》《怀土赋》《行思赋》《感丘赋》《列仙赋》《陵霄赋》《桑赋》纯为六言；《思亲赋》《豪士赋》《思归赋》《幽人赋》《愍思赋》稍有破六言者，或以四言开头，或以四言结尾；《叹逝赋》《漏刻赋》《瓜赋》《鳖赋》《白云赋》《大暮》中间偶有四言间破；《浮云赋》《鼓吹赋》稍见变化，有三言、四言、六言，诸种句式交互杂用；《羽扇赋》较为特殊，属于借用大赋的主客对话体，而仍以六言为主；此外《文赋》篇幅较长，也几乎全以六言写成，只是偶以四言或五言间破之。陆云赋的用句和陆机类似，都可以看作已然转向以六字句为主。太康文人以陆机和潘岳为首，潘岳的四言和六字以上的句腰虚字句稍多一些，盖其主要用骚体句形容，但仍有不少的六言，像他的《西征赋》《悼亡赋》《怀旧赋》《笙赋》等的句式就和陆机无甚区别。

为何四字句逐渐消退，六字句渐成主体？这是值得注意的现象。其中最为主要的原因，就是名物铺陈的消失和描写形容的凸显。四字句适于名物堆垛，已见前论，既然魏晋以来的赋舍弃了名物的铺陈，四字句就失去了主要的表达任务；所以只有在陆机《瓜赋》、潘岳《沧海赋》这样极少数的篇幅偶尔用为罗列名物，算是对汉赋回光返照般的呼应。另外，曹植虽变四言堆砌为四言描写，但是从描写形容的功效来看，雅正四言又远不如六言。刘勰比较句式注意到"六字格而非缓"，亦即六言在"密而不促"③和"声长舒缓"之间，显得适中合用。又其句腰虚

---

① 杨明：《陆机集校笺》，第131页。
② 刘运好：《陆士龙文集校注》，第1111页。
③ 范文澜：《文心雕龙注》，第571页。

字多在第四字上，虚字的句法功能会凸显出前后两个短语的独立性，根据散句的文法功能，虚字之前的三字在表意上就显得尤为重要：或作动宾结构，如"观尺景以伤悲，抚寸心而凄恻"；或作主谓结构，如"寒鸟悲而饶音，衰林愁而寡色"。不仅三字节奏铿锵，有"矫而掉"之势，还能明示散句之主干，于是虚字一顿进而发挥出召唤形容修饰之审美意趣，遂使六字一句的描写功能完足，远甚四言描写的狭促不安。这是承自"骚调以虚字为句腰"的表达传统，正是陆机等人作赋转向以六言句腰虚字句为主的根本原因。此外，前引潘岳除了用六字句外，其《秋兴赋》《藉田赋》《寡妇赋》都用骚体长句，其实取用的是扬雄用骚体形容铺陈的写法，这也从另一个侧面证明晋人作赋主于探索描写形容，在根本上与他们取用六言的观念是相通的。以"潘陆特秀"的晋代文坛地位，波及江左，及至刘宋，六字句完全成为赋的主要句式。如何承天、傅亮等皆为历东晋而至宋的重臣，所作《木瓜赋》《喜雨赋》《九月九日登陵嚣馆赋》《征思赋》《感物赋》《芙蓉赋》等皆承此嗣响，稍后谢朓的《酬德赋》有一千余字，居然只有一句非六言的间破，足见时风。

　　上引《述思赋》的句式，还有一个最大的特点就是骈偶，这也是陆机赋的重要特点之一。本来"扬马之赋，语皆单行，班、张则间有俪句"①，下至曹植虽多骈句，但注意句式变化，并未形成一心以骈偶形式为追求的写法。陆机则大张其事，上引许多赋都是两句一骈，从头至尾皆如此，这是后人推其文采的重要表现。要注意的是，如曹植的《洛神赋》在晋代并未产生文学的影响，反而是绘画的重要题材，或许由此而引发文学家注重，下至刘宋谢灵运《江妃赋》、江淹《水上神女赋》的摹写才引起文坛注意②，其地位重被提及亦与陆机有关。而在晋人的眼中，陆机的地位实非太康之首，不如潘岳，前辈张华评陆机已"讥其作文大冶"，"至子为文，乃患太多也"③；东晋孙绰评"潘文浅而净，陆文深而芜""潘文烂若披锦，无处不善；陆文若排沙简金，往

---

① 孙福轩、韩泉欣：《历代赋话汇编》，第80页。
② 可参读戴燕《〈洛神赋〉：从文学到绘画、历史》，《文史哲》2016年第2期；王晓东《中古语境中的〈洛神赋〉》，《郑州师范教育》2012年第2期。
③ 余嘉锡：《世说新语笺疏》，第228页。

往见宝"①，仍是带有批评的意味。潘岳赋不似陆机好用骈偶，他一则深于情，乃是从骚句处探索"物"—"情"的表达；二则"策勋于鸿规"，其《藉田赋》《西征赋》等都是鸿篇巨制，在当时为上层重视；三则不受骈偶拘囿，善于结合汉赋的形容铺陈。要下至齐梁时期，曹植、陆机的地位才被凸显出来。《北史》卷八三《文苑传》："梁使张皋写子升文笔传于江外，梁武称之曰：'曹植、陆机复生于北土，恨我辞人，数穷百六。'"②已并推曹陆，不谓潘岳。魏收《魏书·文苑传序》也称"曹植信魏世之英，陆机则晋朝之秀，虽同时并列，分途争远"③。齐梁时人虽然也表扬潘岳，但却存着潘陆地位之升降，钟嵘的《诗品》称"陆才如海，潘才如江"④可堪代表。曹、潘、陆的这种地位消长体现了文风之变，正可以解释骈偶和句式的发展历程：二者之转始自曹植时代，但六言句式和骈偶都要在二陆手中才成为主要的表达方式，潘岳赋用骈偶和六言句相对较少而在当时地位最高，故迄东晋六言和骈偶只是逐渐流行，要至齐梁曹、陆地位提升以后才成为文坛绝对主流的表达方式。二者皆以声律化的注入而获得新的生命力，至齐梁可称之为形式美学的时代，当属"六朝体"的第三关。只因为齐梁用骈偶仍以描写形容为主，在句式功用上不出本章所论"六朝体"的铺陈转变，故不必再作展开。但形式美学的追求所导致的诗赋趋同问题则显得非常复杂，需要放到下一章节去单列讨论。

我们要重点观照陆机赋用六字句趋使描写铺陈的演变，这是承汉赋、曹植赋而来，同时在曹植的路向上走得更远。汉赋描写铺陈或以同类描述句式复叠累加，或以形容状貌而作单一维度铺陈。上论曹植赋注重描写而形容，尤以《洛神赋》为代表，乃是以不断转换角度而获得多维层次的展开，包含句式骈散短长的角度、描述的角度、形容的角度等，可谓极尽技艺之能事，而已有别于汉赋单一维度的"累句一意"。至陆机则变为完全以六字句为主，外加上骈偶的使用，于是转为描写的愈加精细化，虽仍多形容，而愈失铺陈之义，这也是赋用铺陈的空间罗

---

① 余嘉锡：《世说新语笺疏》，第228页。
② 李延寿：《北史》，第2785页。
③ 魏收：《魏书》，中华书局2000年版，第1265页。
④ 曹旭：《诗品集注》，第174页。

过程之美

列遭遇篇幅的压缩后的不得不然。六字句既长于描述和形容，则一句即已足意，有利于描写层次的展开；另一方面，又因句腰虚字的强调和召唤，会导引出炼字炼句之功。如上引陆机《述思赋》"情易感于已揽，思难戢于未忘"，乃是上句言"情"，其意已足，为一层，下句言"思"，另起一义，可作第二层；又以句腰虚字"于"之前的"情易感""思难戢"是完足的文法主干，因为要召唤出"已揽""未忘"作为宾语的状态描述，致使与之呼应的"易感""难戢"等词具有明显的锻炼意味。又如"观尺景以伤悲，抚寸心而凄恻"，乃是"物"—"情"的表达方式，上句言观物生情，下句为纯粹的抒情，可作两个层次理解；而虚字所导引出的"伤悲""凄恻"，都系用联绵字以修饰形容虚字之前的完足主干，体现了用字的精心选择。六字句还能促进俳句的使用，同样能消解赋之铺陈。按俳体早先本于意义对形式的趋使和规限，由于六字句能完成一个描写层次，且包含了炼字炼句之可能，就会使得其具有完全自足的表意抒情功能；然而基于两句一韵的临文使用，和形容需以多维角度构成"千状万态，层见叠出"的效果，这就容易促成两句一个体物角度的骈对表达①；以此类推，一骈之后另起骈对，也就很容易导向联联转换的多维变化。变化越多，描写就越丰富，转换去初起之描写角度就越远，铺陈的意味也就越发减少。在曹植的作品中，已然通过部分成熟的书写提供了一定的骈句经验，陆机踵武其事，遂以两句一顿，开启了大量早期联对的探索。如"寒鸟悲而饶音，衰林愁而寡色。嗟余情之屡伤，负大悲之无力。苟彼涂之信险，恐此日之行艮"，则以"寒鸟""衰林"、"余情""大悲"、"彼涂""此日"构成一联之内的同类骈对，于是在一联之内固然有两句之间的层次细微之分，而在一联之后又起一联，形成了描写角度和表达意义的转移。相对来讲，可谓两句一顿，一联一转，总之不再"累句一意"，不再一顺而下，而是注重一联之内的炼字、遣词、描述、形容等；及至齐梁联对结合声律化以后，变得更加精工整饬。就艺术的精巧化来说，描写指向所谓"为俳者则必拘于对之必的，为律者则必拘于音之必协，精密工巧，调和便

---

① 骈偶基于意义趋使形态的整饬化，其间有一个复杂的演进过程，可参读下章。

美，率于辞上求之"[1]，自然更甚于曹植的多层次铺陈；就赋的体格来讲，则与后来的精工联对和声律化益发消解铺张，形成"六朝体"重描写的独特体貌，这正是赋学史上"潘陆特秀"而"体变曹王"[2]、下启齐梁之风的关键所在。

罗宗强注意到，陆机的赋大量写象物而运用叠字，在同代作家中显得很突出[3]。如"天悠悠""雾郁郁""心懔懔""志眇眇""理翳翳""思乙乙""发青条之森森""飞落叶之漠漠"，等等。这其实正是他用六言"体物"以描写、描写而形容的集中表现；按"体物"需要"细心体会，善于形容，方为写生妙手"[4]，"写生"就是描写，可知六朝赋的体物虽以描写为主要任务，但体现出水平的地方却是描写中的形容。称陆氏用叠字表现突出，当为针对晋代赋家的相对之说。如上节所论，叠字应以形容铺陈之效来考量其文体表达功能，所以要纳入联绵字以合观，于焉陆机赋用叠字、双声、叠韵等联绵字都应当看作是汉赋形容铺陈的余绪，如此一来，则前不如曹植，更不用说汉人了。但这不是说陆机没有铺陈，赋之为赋，在于"以体物为铺张"，陆机有"赋体物"的体格省思，自然注意到了这一点。他的赋中也有四句甚至更多的句式组合作接连描写，如《行思赋》："遵河曲以悠远，观通流之所会。启石门而东萦，沿汴渠其如带。"只以骈偶联对表意的功能趋使和描写形容的多维度表达追求，消解了接连描写的铺陈意味。当然亦有不乏明显的铺陈者，兹观其《瓜赋》：

佳哉瓜之为德，邈众果而莫贤。殷仲和之淳祜，播滋荣于甫田。背芳春以初载，近朱夏而自延。奋修系之莫莫，迈秀瓞之绵绵。赴广武以长蔓，粲烟接以云连。感嘉时而促节，蒙惠露而增鲜。若乃纷敷杂错，郁悦婆娑。发彼适此，迭相经过。熙朗日以熠

---

① 孙福轩、韩泉欣：《历代赋论汇编》，第50页。

② 《谢灵运传论》："降及元康，潘陆特秀，律异班贾，体变曹王，缛旨星稠，繁文绮合。缀平台之逸响，采南皮之高韵，遗风余烈，事极江右。有晋中兴，玄风独秀，为学穷于柱下，博物止乎七篇，驰骋文词，义单乎此。自建武暨乎义熙，历载将百，虽缀响联词，波属云委，莫不寄言上德，托意玄珠，遒丽之辞，无闻焉尔。"沈约：《宋书》，第1778页。

③ 罗宗强：《魏晋南北朝文学思想史》，第120页。

④ 余丙照：《赋学指南》，《历代赋论汇编》，第274页。

耀，扇和风其如波。有葛虆之罩及，象椒聊之众多。发金荣于秀翘，结玉实于柔柯。蔽翠景以自育，缀修茎而星罗。夫其种族类数，则有栝楼定桃，黄胍白传，金叉密筥，小青大班，玄骭素椀，狸首虎蹯。东陵出于秦谷，桂髓起于巫山。五色比象，殊形异端。或济貌以表内，或惠心而丑颜，或摛文以抱绿，或被素而怀丹。气洪细而俱芬，体修短而必圆。芳郁烈其充堂，味穷理而不餲。德弘济于饥渴，道殷流于贵贱。若夫濯以寒水，淬以夏凌。越气外敛，温液密凝。体犹握虚，离若剖冰。①

开篇标举"佳哉"，正是形容铺陈句的写法。全篇句式以六言为主，杂有四言，"夫其种类"以下用汉赋四言句堆垛瓜的种类，连列六句十二类，这种四字句作名物铺陈在六朝赋中已然罕见，而且一篇之中亦有不少联绵字以资形容。值得注意的是"五色比象，殊形异端"以下四句的形貌描写："或济貌以表内，或惠心而丑颜，或摛文以抱绿，或被素而怀丹。"连举四种，以"或"字开头构成了排比铺陈，不似一般六言句的独立描写。这里要稍作回顾，才能可见此类句式的功用。按荀赋即有语气词结尾的排比句构成铺陈，汉人亦有，王褒《洞箫赋》甚至有"或"字开头的形容排比铺陈句，但只连用两句，而后变化形容，傅毅《舞赋》连用了三个"或有"式复句组合。陆赋本以大量带骈偶手法的六字句构成精细化的描写，消解了传统的描写铺陈，而此处反以四句"或"字排比句铺陈，则应当反过来看成对骈偶六言的间破，或者说是对赋主铺陈的体性的保存。林联桂《见星庐赋话》于此有所发现：

> 赋之中幅，有一句一意，层出不穷，如天花乱落，梅瓣纷披，令人应接不暇，而皆以一虚字排纂出之者。如晋成公绥《啸赋》："或舒肆而自反，而徘徊而复放，或冉弱而柔扰，或澎濞而奔壮。"傅毅《舞赋》云："或有蹋埃赴辙，霆骇电灭，蹴地远群，闇跳独绝。或有跂足郁怒，盘桓不发，后往先至，遂为逐末。或有矜容爱仪，洋洋习习，迟速承意，控御缓急。车音若雷，骛骤相及。络绎

---

① 杨明：《陆机集校笺》，第76页。

而归，云散城邑。"陆机《文赋》云："或因枝以振叶，或沿波而讨源。或本隐以之显，或求易而得难。或虎变而兽扰，或龙见而鸟澜。或妥贴而易施，或岨峿而不安。"①

所谓"赋之中幅"安排，正体现出了描写进程中的技法考量。称"以一虚字排奡出之"，其实就是以虚字开头所形成的排比句，所举例皆以"或"字领头；谓如"天花乱落，梅瓣纷披，应接不暇"，就是形容的铺陈功效，不过是以比喻（实为以比喻作形容）的方式来表达。但所举几个例子统归一类却易致误会，这是值得注意的：其中傅毅《舞赋》是汉代作品，使用的是"或有"式复句，其实每个"或有"都指向一种舞蹈动作的形容，前两个用了四个四字句，第三个则连用了八句四言描写形容，本质上乃是"两汉体"的单一维度式形容铺陈，属于"两汉体"的题中之义，这正好与另两例"六朝体"构成对比。成公绥和陆机二作，都是有句腰虚字的六言，这才称得上"一句一意"，其连用"或"字构成的排比铺陈，却反而构成了通篇六字骈偶句的间破；特别是陆机《文赋》，连篇累牍的六字骈偶，陆云便径直批评为"绮语颇多，文适多体，便欲不清"，其中插入了这几句排比式铺陈，适可振起气势，多少化去了流美之敝，可以看作"两汉赋"的回响。只是陆机这种写法相对较少，他大多数的铺陈都类属于骈句式描写，具有自我消解的倾向，形容铺陈的意味不浓。相对来说，同代潘岳的形容铺陈较陆机为多，取用骈偶六言较少，他既遥接汉赋，又善于表情，只是在专注于描写及辞藻方面同于陆机。赋学史的演进虽以潘陆为转折，却主要是沿着喜好六言骈偶句的陆机方向前进的，陆氏注意在描述和形容中达成体物的旨趣，其间还偶见各类铺陈的间破，下至南朝齐梁之际，赋家们从他的描写探索中进一步将赋体推向形式美学，并最终导向赋体的诗化，当然纯粹的铺陈也就随之而变成遥远的风景了。

三 "六朝体"之美

综括言之，相较于"两汉体"，显然六朝赋铺陈渐失，具体而言，

---

① 何新文：《见星庐赋话校证》，第11—12页。

表现为舍弃了名物的罗列，而从描写的铺陈转化为专重描写形容，导向了精细化的技巧讲求，自三国至两晋而迄齐梁，刚好呈现出转向、中点、终点的演进。根据这一点，我们可以将"六朝体"界定为"以体物为描写"，亦即"体物以描写"。其用字由奇僻厚重转向轻浅易识；句式则呈现出四言的消退和六言的凸显，并导向了骈偶之风等形式美学的讲求；在风格上就形成了从"楚汉侈而艳"到"魏晋浅而绮"的"通变"①，以及在"结藻清英，流韵绮靡"②中走向齐梁的繁缛唯美。按清人陈祚明评六朝诗"自成一体可耳"，盖因"时各有体，体各有妙"③，所论诗的体貌，移之于赋亦然；作为赋的"六朝体"自有其妙，需抉发出其审美内涵与汉赋之别。

汉大赋体被一代，震烁两百余年而不绝，"因物写志"之"志"固然重要，历代论家也多执经学功能批评为标尺，但在文章之学的视角看来，其文本如何实现"以事物为铺陈"才是最重要的。反之历史的文本终归是博物馆的死物，而无法为后代提供美感的愉悦，而无法成为文学通变的资源，这一点，准之六朝赋亦然。如上节所言，汉赋"以体物为铺张"在于一动一静的立体表达，静则以名物铺陈之"奥博"昭示了汉赋之"多"之"大"，动则以描写铺陈之"体势"致力于表达物事千状万态之"美"之"妙"，形成了正大浑成和瑰玮流动相交织的文体态势。我们不妨借用王世贞的分析比较"六朝体"对此的通变与区别：

> 作赋之法，已尽长卿数语。大抵须包蓄千古之材，牢笼宇宙之态。其变幻之极，如沧溟开晦，绚烂之至，如锦霞照灼，然后徐而约之，使指有所在。若汗漫纵横，无首无尾，了不知结束之妙；又或瑰伟宏富，而神气不流动，如大海乍涸，万宝杂厕，皆是瑕璧，有损连城。……赋家不患无意，患在无蓄；不患无蓄，患在无以运之。④

---

① 范文澜：《文心雕龙注》，第520页。
② 范文澜：《文心雕龙注》，第674页。
③ 陈祚明：《采菽堂古诗选》，上海古籍出版社2019年版，第955页。
④ 王世贞：《艺苑卮言》，《历代诗话续编》，第962页。

这是从《西京杂记》所载司马相如谈"赋心""赋迹"的话展开而论的，所谓"变幻之极"，主要指向名物之"奥博"，及至句式之变化，内容之丰富；"绚烂之至"则指向描写铺陈的"渊丽"风貌，故谓"锦霞照灼"。大赋以铺陈之规限而必求篇幅累牍，但不是无止境的，"徐而约之"指向铺陈所导向的"体势"，反对纯粹静态的罗列堆垛，不然"皆是瑕璧"而有损连城之价；但这还不够，在王世贞看来，关键是要追求"神气流动"，也就是描写铺陈的流动之势。这正是汉赋的"即体成势"。清人洪若皋评价晋赋："自潘左以下，徒得其流动耳，所谓声光郁勃者，概未之见也。"① 尽管是对六朝赋提出批评，但"得其流动"一语适与王说之"神气流动"相通，正道出了"六朝体"的渊源。六朝赋既然舍弃了名物的堆砌，注意力就集中在了"患在无以运之"的技巧上，亦即延着汉赋的描写铺陈，着意于通过物事描写的精细化讲求来实现"六朝体"的"流动"之美。按"赋家佳妙，全在声貌，但取其词，固以夸饰为美"②，"六朝体"就是从汉赋的"声貌"处拓展深化，大下功夫，变"夸饰"为深邃的体物描写。如果说汉赋的"神气流动"是靠铺陈的"徐而约之"而形成的体势审美，那么，六朝赋则是在消解铺陈的进程中，凭借六言的句式规限和表达优势来"体物"描写而形成自己的体势审美。换言之，汉赋"以事物为铺陈"，有体有势，即体成势，在铺陈罗列中追求体势；六朝赋"以体物为描写"，破体求势，解体益势，在句内描写的锻炼中追求体势。这才是"六朝体"区别于"两汉体"的关键，亦即谢榛所称"'浏亮'非两汉之体"③，胡应麟所论"'赋体物而浏亮'，六朝之赋所自出也，汉以前无有也"④，二子区分两种体貌的文学意蕴。

按照莱辛所说："诗想在描写物体美时能与艺术争胜，还可用另一种方法，那就是化美为媚。"⑤ 六朝赋既然解体益势，"争胜"唯在于能

---

① 洪若皋：《梁昭明〈文选〉越裁》，踪凡《司马相如资料汇编》，中华书局2008年版，第308页。
② 刘咸炘：《推十书》戊辑二，第968页。
③ 丁福保：《历代诗话续编》，第1146页。
④ 胡应麟：《诗薮》，第141页。
⑤ ［德］莱辛：《拉奥孔》，第132页。

从"描写物体美"上去获得"化美为媚",也就是在精细化的描写追求中所形成的流动趋势、生动态势,这是超越汉赋而值得发掘和表彰的,唯此才能发现"两汉体"和"六朝体"的"体各有妙"。如果说汉赋体势美的关键在于铺陈,那么,六朝赋体势美的关键就在于句式。根据"时各有体"的文体通变规律和新体独标的审美倾向,这里最少包含两层意蕴。第一,从句式的诵读功能来看,以六言散句为主的"六朝之赋"在开阖顿送之间形成萧散流丽之势,这契合于六朝玄学之风流美。六朝赋当然也有四言五言及多种句腰虚字长句,但至陆机以句腰虚字的六言为主后,渐渐成为时风,其他句式只供间破,即便所谓"骈四俪六",四言也远不如六言多,这里当然有着句式功能与声气表达的关联选择,我们下章再论。单就六言看,"格而非缓"的字数特征决定了其描写表达的优先性,关键在于句腰虚字的运用和字数的适中。刘勰特别注意到语助词的"发端""送末"和句中连接功能,所以他称之为"之而于以者,乃劄句之旧体"①,牟世金注"劄"同"扎",系"刺入"之意,周振甫也认为"劄句,在句中"②,后来唐人提出"之、于、而、以,间句常频"③,亦即此意,即是说以虚字间入散句之中,有利于诵读的声气吐纳。之所以如此,在于句腰虚字的间入获得了轻读稍顿之感,改变了虚字前主干表意的 1+2 或 2+1 诵读节奏,从而召唤出了两字表意的双音节节奏,造成了错落动宕的态势,并产生一种萧散悠扬的韵味。近人孙德谦《六朝俪指》:"作骈文而全用排偶,……亦当少加虚字,使之动宕。""文章贵有虚字旋转其间,不可落入滞相也。"④ 以"虚字旋转其间"而规避"滞相",和"少(稍)加虚字"而"使之动宕",指的就是虚字的间入而使得句子更加灵活。清人陈鳣称"实字其形体,而虚字其性情也"⑤,最能道明两类字在句法中的功能;只是"性情"之于句腰虚字,应当指向诵读时在开阖顿送间所形成的萧散悠

---

① 范文澜:《文心雕龙注》,第 572 页。
② 詹锳:《文心雕龙义证》,第 1282 页。
③ 卢盛江:《文镜秘府论汇校汇考》,第 1416 页。
④ 王水照:《历代文话》第九册,第 8435 页。
⑤ 陈鳣:《简庄集·对策》,转引自范文澜《文心雕龙注》,第 586 页。此语可能出自刘淇《助字辨略》序:"构文之道,不过实字虚字两端,实字其体骨,而虚字其性情也。"中华书局 1954 年版,第 1 页。

扬的声律审美，亦即余丙照《赋学指南》所称"虚字传神"①而获得的诵读韵致。本来晋世群才就"采缛于正始，力柔于建安"②，由是才进而形成"缛旨星稠，繁文绮合"的辞藻风格，这是六字句往往多用叠字、双声、叠韵等形容词修饰的原因所在，于是六言骈偶化的追求就会在萧散动宕之中形成一种"流丽"之势。而这种诵读的体势审美，从文学精神上讲，恰恰符合六朝人妙赏玄远、重视品藻、追求名士风流的时代气象，两相印证完全可以获得融通性的理解③；这也可以解释六朝赋何以一变汉赋的"变幻之极"的句式铺陈，为六字句为主的描写形容。比如潘岳本不为骈偶所囿，而善于借骚体以描写铺陈来抒情，但却仍导向六言骈偶的节奏寻找。如其《寡妇赋》："时暧暧而向昏兮，日杳杳而西匿。雀群飞而赴楹兮，鸡登栖而敛翼。归空馆而自怜兮，抚衾裯以叹息。思缠绵以瞀乱兮，心摧伤以怆恻。"颇善于描写，所谓"雀群飞、鸡登楼，点缀何等寂寥"④，从句式上看，借用了以楚骚兮字结尾的复句来形容，这承自扬雄的改造；其所取联绵字和形容词如"暧暧""杳杳""缠绵""瞀乱""摧伤""怆恻"等，虽较陆机为多，只以六言表意的句式规限而仍导向骈偶的讲求，尽管不如陆机工整，但萧散动宕、绮丽流动的体势追求还是尽合于时风。

第二，从句式的表达功能来看，"六朝之赋"的六言"体物"在虚字的构结强调中凸显出描写炼造之势，导向于诗歌的意境美。陆机《文赋》谓"其会意也尚巧，其遣言也贵妍"完全可以从六言的"体物"描写来理解：六言散句本身是充满变化而不恒定的，即便多以四字为句腰虚字，前三字既可为主干描述，也可以作形容修饰，与之相应，后两字就既可以以状语的成分对主干构成修饰形容，也可以作为主

---

① 孙福轩、韩泉欣：《历代赋论汇编》，第273页。
② 范文澜：《文心雕龙注》，第67页。
③ 冯友兰《论风流》以为"风流"是一种人格美，他解释要成就这种人格美须有玄心、洞见、妙赏、深情，其表现也是多方面的。但不为人注意的是，这种"风流"其实还表现在文章诵读和文体发展的一面，著名的"但使常得无事，痛饮酒，熟读《离骚》，便可称名士"，便与之相关，盖《离骚》深情，其句式之诵读有妙赏处；六朝赋之取句腰虚字六言，从句式诵读的审美上讲，也与这种深情妙赏的追求有关。关于诵读的审美，可参见本书第六章。冯文收入《三松堂全集》第五卷，河南人民出版社2001年版。
④ 黄霖等：《文选汇评》，第416页。

干的描述而补足句意，这是晋赋"体物以描写"选择相应的句式以作表达的关键；又以句腰虚字的强调和凸显，会导引前后短语结构形成锤炼内部用字的趋势。按《世说新语·文学》：

> 庾阐始作《扬都赋》，道温、庾云："温挺义之标，庾作民之望。方响则金声，比德则玉亮。"庾公闻赋成，求看，兼赠贶之。阐更改"望"为"俊"，以"亮"为"润"云。①

庾赋今存部分，收于《艺文类聚》。此赋乃京都大赋写法，故有三、四、五六七言等多种句式交叉混合运用，不主一类。但所讨论的四句，正是有虚字句腰的五字句，与六字句有相同处；庾阐改"望"为"俊"，改"亮"为"润"，是炼造动作字和形容字，在句末节奏点字上。可见在关键处炼字，当时赋家必以为常。六言则更进一步，如陆机《文赋》：

> 遵四时以叹逝，瞻万物而思纷。悲落叶于劲秋，喜柔条于芳春，心懔懔以怀霜，志眇眇而临云。咏世德之骏烈，诵先人之清芬。游文章之林府，嘉丽藻之彬彬。②

前二句主要为描述，表现为虚字连接前后合成主干；三四句转为描写形容，表现为虚字之前为主干而召唤后二字修饰；五六句转为先以叠字"懔懔""眇眇"修饰主词，后补足主干结构；尾四句又转为与三、四句相同的先主干后形容的写法。五对俳句变换了四次，造成多样表达的错落之美，体现出了六言句式"体物"而可炼句的灵活性。第一、二句本表描述，前后短语为层进的连接而并无形容的意味，虚字前的三字结构必然用实为主干，但仍以六字句的规限而形成炼字之效，所以"遵""瞻"的运用便能发扬三言"矫而掉"的铿锵力度；其实只要虚字前三字用为主干，皆容易在动作字上形成炼字的导向，如"悲"

---

① 余嘉锡：《世说新语笺疏》，第225页。
② 李善：《文选》，第240页。

"喜""咏""诵""游""嘉"等字，皆不比前举《世说新语》例中对五言炼字主要在于句末节奏点上。又看"悲落叶""咏世德""游文章"所在三联，皆是先作主干，再以虚字召唤形容，后置描述语"劲秋"以配"落叶"、"芳春"以配"柔条"，后置形容词"骏烈"以配"世德"、"清芬"以配"先人"、"林府"以形容"文章"、联绵字"彬彬"以形容"丽藻"，两相冥切，颇有选词妥帖之效，其描写的精准可令读者作诗意之想。而接连的描写则呈现出辞藻缤纷之感，达到了刘熙载所说"随其所值，赋像班形"，所谓"惟其有之，是以似之"①，正是"体物而浏亮"的本色写法。这种追求体物妥切、在句式和炼字选词上都充满着炼造之势的描写，是极为可能产生充满诗意的"警策"之句的。刘师培认为："大抵南朝之文，其佳者必含隐秀，然开其端者，实惟晋文。又出语必隽，恒在自然，此亦晋文所特擅。"②准之于六言之赋，可谓卓见，所谓两晋南朝之文"出语必隽""佳者必含隐秀"，根本原因即在于此。"隐秀"必在推敲炼造和精准描写中产生，加之六言句腰虚字本有"传神"的诗意想象，当然也就由此而导向了诗歌意境美的追求。余丙照《赋学指南》："赋以传神为极致，盖不呆诠题面，只于无字处摄取题神，空中摹写，然亦须带定题意。使语在环中，神游象外方妙。"③所谓"空中摹写"和"神游象外"，乃是诗家的重要任务，虽论律赋诠题，却是本于"六朝体"的进一步诗境化要求。而六言诗境化的韵致表达，反过来又有补于句式的诵读，增益了六言赋句在开阖顿送之间所形成萧散流丽之势，反映的正是"体各有妙"的六朝赋的独特审美。

这种由描写炼造之势所形成的诗境化导向在六朝赋是普遍存在的，"必含隐秀"的佳句也随处可见。陆机《文赋》之所以流芳后世，除了论作文多能切中肯綮外，诗境化的警句本身就不少，上引几句即是"含隐秀"者。即便如左思《三都赋》摹拟汉大赋作法，而一旦用了六

---

① 刘熙载《艺概》："赋取穷物之变。如山川草木，虽各具本等意态，而随时异观，则存乎阴阳、晦明、风雨也。""赋家之心，其小无内，其大无垠，故能随其所值，赋像班形，所谓'惟其有之，是以似之'也。"袁津琥：《艺概注稿》，第461—462页。
② 刘师培：《中国中古文学史讲义》，第62页。
③ 孙福轩、韩泉欣：《历代赋论汇编》，第273页。

字句，便亦有萧散流丽之势，能在描写炼造中呈现出诗境美，如"笼鸟兔于日月，穷飞走之栖宿""仰南斗以斟酌，兼二仪之优渥"① 等。大家如此，那些不出名的小家亦然。如东晋谢万《春游赋》："奏羽觞而交献，罗丝竹以并陈。咏新服之璀璨，想舞雩之遗尘。抚鸣琴而怀古，登修台而乐春。"② 可以和王羲之《兰亭集序》并读。晋末湛方生《风赋》："穆开林以流惠，疏神襟以清涤。轩濠梁之逸兴，畅方外之冥适。"《怀春赋》："麦芃芃而含秀，桑蔼蔼而敷荣。华照灼以烂林，叶婀娜以媚茎。"③ 晋宋之际羊徽《木槿赋》："挹宵露以舒采，晖晨景而吸晛。"④ 凡体物描写，大费周章，悉皆流丽轻绮，诗意盎然，反映了六字句的内在规限和描写优势。至于下至南朝以下的唯美化和声律化，那就更不用说了，如萧绎《采莲赋》、庾信和萧悫的《春赋》都是名篇，到处是"含隐秀"的警句，不烦赘列。

如此说来，我们就可以将"六朝体"解体益势的体貌追求再向前推一步，那就是六朝赋不像汉赋那样以体势为旨归、从铺陈的"徐而约之"处求势，而是解体益势，即势求境，注重在六言描写的体势中导向追求诗境之美，虽以体势为中心却不仅以体势为最终旨趣。要补充的是，之所以如此，除了"体物"炼造的六字句本身所包含的体势之外，其诗境化的生发路径也是冥契于诗歌的即势求境的体格讲求的。按初唐人论诗已极重诗格，乃是从写法技艺中推向诗境的追求，王昌龄《诗格》直接列了"十七势"，这些"势"法全系探索如何在具体的句式本身、篇法结构中形成一种流动、生动的态势，从而获得意在言外的诗境；包含"直把入作势""直树一句""第二句入作势""比兴入作势""感兴势""含思落句势""景入理势"⑤ 等。相较而言，六朝赋只是即句求势，不受篇幅的限定，唐诗却已注重篇法形式，所以其论势既有具体的用句本身，也有句与句之间的结构处理，这样在即句求势以出境的方面，二者就有了书写路径的重合。于是我们就可

---

① 严可均：《全晋文》，第 783、785 页。
② 严可均：《全晋文》，第 882 页。
③ 严可均：《全晋文》，第 1518 页。
④ 严可均：《全晋文》，第 1534 页。
⑤ 张伯伟：《全唐五代诗格校考》，第 129 页。

以说，从文章生成的角度来看，赋学上的"六朝体"，不仅是一个以体貌为内涵的文体学概念，还是一个包含了修辞技术、带有诗化倾向的体貌概念。

第三节　铺陈入诗的文体改造

随着"两汉体"铺陈的渐次退场，"六朝体"在建安时代开始转向，其后大力发扬"体物以描写"的一面。然而这一进程却与诗颇不同步。按"汉世为赋者多无诗"①，徒诗并不发达，乃是以赋为《诗》教，在"六朝体"转向的建安时代，却是五言大力发展的起点。如我们在第三章所讨论，按照赋影响诗的文本书写，除了"诗赋欲丽"是承自扬雄"丽辞说"的文体推衍以外，赋体铺陈赋物的写法对诗的影响也非常大，特别是建安赋的铺陈手法对建安诗的影响最为明显，学界于此早已有所关注；我们要接着追问的是，建安诗受汉赋影响之后，是走上了独立发展的道路，还是继续受赋的影响？六朝诗是否在具足自性之后反向影响于赋？站在铺陈手法和赋物题材指向相结合这个角度，诗和赋的演进呈现出了怎样的文体接纳能力？这些问题显然是复杂的，系统的，重要的，尤当在整体上予以关注。

一　诗用铺陈之演进

朱光潜的观点给我们提供了一定的启示。他按照中国诗"大半是情趣富于意象"的角度来考察，认为古诗的演进是从"情趣逐渐征服意象"到"征服的完成"，最后再到"意象蔚起"而"几成一种独立自足的境界，自引起一种情趣"。三阶段的演进尤与赋体相关：

> 转变的关键是赋。赋偏重铺陈景物，把诗人的注意渐从内心的变化引到自然界变化方面去。从赋的兴起，中国才有大规模的描写诗；也从赋的兴起，中国诗才渐由情趣富于意象的《国风》转到六朝人意象富于情趣的艳丽之作。汉魏时代赋最盛，诗受赋的影响

---

① 章太炎：《国故论衡》，第92页。

也逐渐在铺陈词藻上做工夫，有时运用意象，并非因为表现情趣所必需而是因为它自身的美丽，《陌上桑》、《羽林郎》、曹植《美女篇》都极力铺张明眸皓齿艳装盛服，可以为证。六朝人只是推演这种风气。①

他所说的意象实际上指的是自然物象，三阶段演进说的本质其实指向于物我地位的消长与融合。就揭示"情趣富于意象"的诗艺进程而言是比较复杂的，最少以赋之铺陈入诗来解释情趣与意象（物象）相配合这一诗艺的演进，并不能推出三个阶段的递进深化关系。或许他自己也注意到了这一点，所以才说这种演进"不可概以时代分"而只是"就大略说"②。但单就六朝诗艺的演进与赋体的助力关系，这里最少提出三个颇有创见的观点：一是赋的铺陈影响到了诗的描写，二是六朝诗受此影响而关注于意象（物象）本身，三是六朝人（二谢为代表）的这种追求是承自建安曹植及乐府的写法。这一观察大致符合史实，只是显得粗略，尚需若干补充和切于肌理的论证。事实上，铺陈入诗关系到两个问题，一是汉赋之铺陈入诗后其本身的演进史和改造史，这是重中之重；二是铺陈消减之后的六朝赋"体物以描写"，是如何促进诗本身的物情化表达的，是否真的就"诗艺的演进"促成了诗学史上理想化的物情表达。这两个问题虽然都与赋法有关，又互有渗透，但在整体上入诗之后有着不同的发展轨迹，分属两个维度，不能简单地以此释彼。厘清这些问题当然又与二体的体格规限和文体接纳能力有关，或者说，厘清了这两条线，可以让我们更深入地认识到

---

① 朱光潜：《诗论》，第62页。
② 朱光潜的说法主要包含两个部分：一是三阶段说是诗艺的演进，二是赋是助推这种演进的动力；而以"情趣与意象的配合"为角度则体现出了这个演进是递进而精深的。由于他对"意象"一词的使用比较含混，将客观物象和涵情之诗学意象合为一体，所以其三阶段精深推进之说就难以自圆。按其所说则必以第三阶段"独立自足的境界"引发情趣为最高境界，实际上这是山水诗的成熟形态，尚不能界定为"情趣与意象的配合"达到最佳。根据后代情景之说的理论，反而是他称之为"情景吻合，情文并茂"的第二阶段为诗艺之最佳，他自己下文也说"诗的最高理想在情景吻合"。从根本上讲三段说乃是情景把握的诗学史，并不表现为诗艺的线性精进；他谓赋作为演进的助推，也是有道理的，只是并非为助推诗艺的精深演进，而是文体互动内在理路的自然发展。朱说虽然较为模糊含混，却颇多发明，在诗赋文体的关系方面尤有表彰，所以引以为辨。本节所论也是在此基础上的调整，不敢专美，特此说明。

二体的体格。

铺陈入诗之后的演进和改造较为复杂，这一维度与"物""事"的题材指向有关，在乐府和徒诗中的表现也有所不一。从整体进程来看，建安诗首先展开铺陈之法，在乐府和徒诗中皆体现明显；正始诗则大都不用赋法，只有在阮籍和嵇康的部分徒诗中可以见到一些痕迹；西晋徒诗大都转向描写，只有乐府尚用赋法；迄齐梁之后乐府用此法渐渐较少，但咏物诗兴起，并用赋的铺陈和诗的描写，反而有接近于建安诗的地方。从二体对物题材的关注来看，三国时受抒情浪潮的影响，赋风较浓而"五言腾涌"，所以难免有赋的题材入诗；晋代咏物赋大兴，乐府叙事未受影响，但徒诗在理性的辨体中对赋法有所疏离；梁代咏物的题材跑到诗里来了①，这导致文人创作取资的眼光重返于赋，故而又多用赋法。由于铺陈入诗有着被改造的过程，所以各个历史时段所用赋法侧重点和表征是不一样的。我们可以分以下两个阶段来描述这一演进和改造的进程。

（一）从汉赋的两种铺陈到铺陈式描写

这集中体现于建安时代而并见于徒诗和乐府，迄晋则主要体现在乐府之中，此后渐渐消歇于诗。在汉赋写物的两种铺陈中，名物的静态罗列很难呈之于五言诗，除了名物铺陈适于四字句而不宜于五言诗句外，诗句的去文法化、非逻辑构组也拒绝名物的堆砌，而描写的铺陈可以完全移用，因此名物对象可借之于描写以入诗。同时，描写的铺陈以铺陈为文体原则，在层见迭出中追求赋的体势美，最能昭示这种表达的就是形容铺陈；移之于诗则受了篇法结构的限制，也会逐渐将描写的铺陈转化为铺陈的描写，也就是改造名物铺陈和借用已成熟的描写铺陈入诗，在诗化的进程中将之转化为多维度的描写，并以描写为旨趣，而最终促成主题的表达。建安乐府及徒诗完好地呈现了这一转化的过渡状态，最能看出用赋的痕迹。我们在第三章第四节已列举过这种现象，这里详于讨论原理。按建安乐府之所以用赋，一在空间之条件，二在散句之合

---

① 诗赋对咏物题材的关注是此起彼伏而完全不同步的，王琳《六朝辞赋史》的统计最能说明这个问题，按咏物赋和咏物诗的篇数比例，三国为 82∶7；两晋为 295∶23；宋为 38∶26；齐为 13∶32；梁为 52∶310；陈为 15∶60。其中差距最明显的就是晋代和梁代。见王琳《六朝辞赋史》，第 21 页。

拍，三在题材之移用。汉代乐府在文人眼中地位不高，班固称"亦足以观风俗，知厚薄云"①表明了这种心态；乐工取以入乐，往往"随意并合裁剪"而呈现出"重声不重辞"②的特点，所以文人未及将赋法移之于其中。但是乐府"感于哀乐，缘事而发"③的文学特点却传承了下来，萧涤非注意到"大抵西汉之作，朴茂直梗，东汉则趋于平妥"④，这反映了叙事的演进，显然是受文人的染指渐多。"朴茂直梗"乃近于歌谣之作，颇为原始，如《薤露》《蒿里》《平陵东》可见与赋别若云泥；"平妥"乃是相对之言，其实主要是丰满了叙事的细节，渐多描写，冲淡了简易质朴之感，这就拓展了乐府篇幅的叙事空间。明陆时雍评《孤儿行》："事至琐矣，而言之甚详。"⑤王世贞评《孔雀东南飞》："质而不俚，乱而能整，叙事如画，叙情若诉。"⑥这正是文人染指的结果，不受空间限制的叙事而暗合于赋法。如《相逢行》《艳歌行》的叙事，《陌上桑》还推及于描写，显得相当成熟⑦，都渐渐在整体上有了铺陈叙事甚至是铺陈描写的意味。这些乐府皆属东汉之作，愈成熟者愈晚出，在建安时代则可以见出明显的改造意识。总之叙事空间的拓展为诗人移用赋法准备了充足的条件。

第二是散句之合拍。散句是以文法为构结原则的句式称谓，首先表现为句式的整齐不一。乐府叙事本具有民间语言的意味，最初起于散语，大多数的汉乐府句式并不齐整，这与赋用散句完全一致，所以文人引赋法入乐府，便不会产生两种体制在句式兼容上的龃龉感。汉乐府的作者及具体写作时限多杳不可考，但建安乐府特别是三曹的拟乐府却可以明确见出这种改写；曹丕、曹植所拟乐府，有不少都是不齐整的散句，最大限度地保留了原始乐府的形态。如《秋胡行》《上留田行》

---

① 班固：《汉书》，第1756页。
② 余冠英：《汉魏六朝诗论丛》，第17页。
③ 班固：《汉书》，第1756页。
④ 萧涤非：《汉魏六朝乐府文学史》，第59页。
⑤ 丁福保：《历代诗话续编》，第1404页。
⑥ 丁福保：《历代诗话续编》，第980页。
⑦ 萧涤非称《陌上桑》是"五言诗歌发展史上之明珠"，确然此作有文人改造痕迹。今见曹丕有拟乐府《陌上桑》，由三言、七言、五言组成，反不如汉乐府《陌上桑》的齐整，可知他所拟的乐府非今见的五言《陌上桑》，而当更为原始，亦可推见五言《陌上桑》的作成时限恐离建安不远，亦文人改造。萧涤非：《汉魏六朝乐府文学史》，第86页。

《大墙上蒿行》《艳歌何尝行》《陌上桑》等皆用杂言；曹植所拟《妾薄命行》《平陵东行》《来日当大难》《桂之树行》《当墙欲高行》等也是这样，表明了乐府初起的杂言散句形态，以及文人拟作的风味追写。其中有两首值得征引：

（1）曹丕《大墙上蒿行》（节选）：

适君身体所服，何不恣君口腹所尝？冬被貂鼲温暖，夏当服绮罗轻凉。行力自苦，我将欲何为？不及君少壮之时，乘坚车、策肥马良。上有仓浪之天，今我难得久来视；下有蠕蠕之地，今我难得久来履。何不恣意遨游，从君所喜？

带我宝剑，今尔何为自低卬，悲丽平壮观？白如积雪，利若秋霜。驳犀标首，玉琢中央。帝王所服，辟除凶殃。御左右，奈何致福祥？吴之辟闾，越之步光，楚之龙泉，韩有墨阳，苗山之铤，羊头之钢，知名前代，咸自谓丽且美，曾不知君剑良，绮难忘！

冠青云之崔嵬，纤罗为缨，饰以翠翰，既美且轻。表容仪，俯仰垂光荣；宋之章甫，齐之高冠，亦自谓美，盖何足观！

排金铺，坐玉堂。风尘不起，天气清凉。奏桓瑟，舞赵倡，女娥长歌，声协宫商，感心动耳，荡气回肠。酌桂酒，脍鲤鲂，与佳人期为乐康。前奉玉卮，为我行觞。①

（2）曹植《桂之树行》：

桂之树，桂之树，桂生一何丽佳！扬朱华而翠叶，流芳布天涯。上有栖鸾，下有盘螭。

桂之树，得道之真人，咸来会讲仙，教尔服食日精。要道甚省不烦，澹泊无为自然。乘蹻万里之外，去留随意欲所存。高高上际于众外，下下乃穷极地天。②

两首乐府句式长短参差，并不凸显一种句式为主，几乎完全是散语表达；其间只有部分单元表达是整饰的，这完全同于赋句的表现。从手法

---

① 夏传才、唐绍忠：《曹丕集校注》，第29—30页。
② 王巍：《曹植集校注》，第96—97页。

过程之美

上看,既有"前后左右广言之"的空间预设,亦有如"吴之辟闾,越之步光,楚之龙泉,韩有墨阳,苗山之铤,羊头之钢"之类的名物铺陈,还有如"冠青云之崔嵬,纤罗为缨,饰以翠翰,既美且轻。表容仪,俯仰垂光荣。宋之章甫,齐之高冠"的描写铺陈。总之可以视作拟乐府用赋法的典型之作,可以观察到赋法入诗的早期形态。

第三是题材之移用,拟乐府的题材有近似于赋之处,则就近借取,只是赋用散句而齐整不一,乐府借用则为了表示区别而渐改为整齐的句式。曹植的《鼙舞歌》五首乃是"依前曲"而"改作新歌"①的作品,便可以和舞类之赋对读;其中第五篇《孟冬篇》以四言写成,则完全可以当成一篇狩猎赋来读。而他的《名都篇》有"左挽因右发,一纵两禽连。余巧未及展,仰手接飞鸢""脍鲤臇胎鰕,炮鳖炙熊蹯"这样的描写铺陈,也是可以找到司马相如《上林赋》、扬雄《羽猎赋》的影子的。至于他的《美女篇》和《洛神赋》的关系,前文已经讨论过,同为显证。曹丕的残诗亦有如校猎赋者,如"行行游且猎,且猎路南隅。弯我乌号刀,骋我纤骊驹。走者贯锋镝,伏者值戈殳。白日未及移,手获三十余",虽为叙事乐府的写法,风味却一似于赋。又如"巾车出邺宫,校猎东桥津。重置施密网,罘罕飘如云。弯弓忽高驰,一发连双麋"②,可作同类看。此外他的徒诗《寡妇诗》用六言兮字散句作成,与其《寡妇赋》的写法如一,也可视为佐证。这些题材的就近移用悉皆不同于非整饬化的模拟乐府,而多用五言,显得整齐如一,注重辞藻之美,文人气息颇浓。

但是,拟乐府一旦整饬化后,铺陈的意味就消减,无论是名物的罗列转写还是描写本身的运用,都呈现出了描写的旨趣,变成了铺陈式描写。可以举魏鼓吹曲中的《应帝期》为例:

> 应帝期,于昭我文皇。历数承天序,龙飞自许昌。聪明昭四表,恩德动遐方。星辰为垂耀,日月为重光。河洛吐符瑞,草木挺嘉祥。麒麟步郊野,黄龙游津梁。白虎依山林,凤凰鸣高冈。考图

---

① 逯钦立:《先秦汉魏晋南北朝诗》,第427页。
② 逯钦立:《先秦汉魏晋南北朝诗》,第404—405页。

定篇籍，功配上古羲皇。羲皇无遗文，仁圣相因循。期运三千岁，一生圣明君。尧授舜万国，万国皆附亲。四门为穆穆，教化常如神。大魏兴盛，与之为邻。①

全诗以五言为主，开篇以三言起保存了乐府散语叙事的原始形态，结尾两个四字句亦是散语。中间一句六言疑是五言之衍字，余皆为五言，然仍以散语为主，却在五字句的规限中具有了炼字而诗化的意味。关键是"星辰为垂耀，日月为重光。河洛吐符瑞，草木挺嘉祥。麒麟步郊野，黄龙游津梁。白虎依山林，凤凰鸣高冈"，这几句可以看作名物"星辰""日月""河洛""草木""麒麟""黄龙""白虎""凤凰"的罗列转写，虽然前三种是一类，后五种是一类，而仍有铺陈的意味；转用于诗后，为了体现圣帝祥瑞，则对这些名物的状态一一加以描写，以期合于题旨。于是铺陈的意味相对弱化，描写的意味得以凸显，只是接连数句描写的结构相同、风格相近，看成铺陈似亦为可。这种情况在曹植整饬化的拟乐府《名都篇》《美女篇》《仙人篇》《孟冬篇》中有进一步的变化，或者描写的句数变少，或者描写的角度增多，皆冲淡了铺陈的气息，而凸显了描写的况味，昭示出对散句改造的诗化进程。像《名都篇》"脍鲤臇胎鰕，炮鳖炙熊蹯"这样夹杂着名物铺陈的描写，仅此两句而已；《美女篇》对美女的描写，如"柔条纷冉冉，叶落何翩翩。攘袖见素手，皓腕约金环。头上金爵钗，腰佩翠琅玕。明珠交玉体，珊瑚间木难。罗衣何飘飘，轻裾随风还。顾盼遗光彩，长啸气若兰"，这些句子虽然有一气呵成之感，但或以比兴，或作白描，或写身体，或写服饰，或以侧面描写，或求传神摹态，颇多描写角度的转移；散语性质进一步弱化，或省阙成分、或注重形容、或注重非逻辑的语序，皆体现了文人描写的精细化和修辞化讲求，呈现出了诗意的审美。反之如阮瑀《驾出北郭门行》、陈琳《饮马长城窟行》纯用叙事，亦是铺陈的写法，不过依次叙事，不能见出铺陈转以入诗的体势美，似乎只可看作乐府"缘事而发"的本色词章，所以终不足为文人广取。

铺陈式描写在徒诗中得到了进一步的加强，前论曹植的《洛神赋》

---

① 逯钦立：《先秦汉魏晋南北朝诗》，第529页。

过程之美

《美女篇》《闺情诗》刚好体现了从赋到乐府再到徒诗的铺陈影写,此外他的《斗鸡诗》《弃妇诗》也可见到这种写法。而曹丕的《代刘勋妻王氏杂诗》《芙蓉池作》《于玄武陂作》《黎阳作三首》(其一)《至广陵于马上作》,刘桢的《公䜩诗》《赠从弟》《斗鸡诗》《射鸢诗》,也都有明显的赋法痕迹。如曹丕的《芙蓉池作》中间全是描写:"双渠相溉灌,嘉木绕通川。卑枝拂羽盖,修条摩苍天。惊风扶轮毂,飞鸟翔我前。丹霞夹明月,华星出云间。上天垂光采,五色一何鲜。"辞藻渊丽,读来颇有几分赋体描写铺陈的层见迭出之感;细察之则发现每句的描写角度不同,或直写结果,或描绘状态,或同类相比,或注重动作,或注重色彩,或以陈述,或以反问,总之极尽物态描摹,读来满口生香,乃觉山光水树,尽是生机,诗意盎然而意境优美,浑使人忘却出自赋法的移用,而只会击赏诗笔的高妙。杜挚《赠毌丘俭诗》值得注意,此诗中间接连罗列"伊挚为媵臣,吕望身操竿。夷吾困商贩,宁戚对牛叹"①,虽为用典,其实也是赋法的移用,可见时风。所以许学夷《诗源辨体》反复称"建安体""体多敷叙",亦即诗中用铺陈,所论确然;他又称"语多构结""犹有浑成之气"②,其实就是赋法入诗而在文人化的进程中,转为描写的旨趣所获得的审美。在整体上正可以见出建安诗处于铺陈入诗而改造的过渡阶段,而且是与"六朝之赋"的铺陈转向相呼应的。要指出的是,诗中的铺陈式描写本身在诗化的进程中会呈现出一种自足之美,如前举曹丕《芙蓉池作》、曹植《美女篇》选段,乃至《陌上桑》的描写,都是极富美丽的诗境的,恰如朱光潜所说,这种描写"并非因为表现情趣所必需而是因为它自身的美丽",可以见出诗体对汉赋的两种铺陈改造之后,所转化成的铺陈式描写这种技法本身的魅力。

这种铺陈式描写在建安以后有所分化,乐府的运用表现最为明显,毕竟叙事空间和原初散语性质使之最容易吸收赋法。太康之初的领导张华是一个很好的观察点,本传称其"性好人物,诱进不倦"③,足见延誉后代之功,据《晋书》和《世说新语》载,受到他表彰的后代包含陆机、陆云、左思、范乔、陶侃、束皙、陈寿、成公绥、索靖等十余

---

① 逯钦立:《先秦汉魏晋南北朝诗》,第419页。
② 许学夷:《诗源辨体》,第79、87页。
③ 房玄龄:《晋书》,第1074页。

人，陆云《与兄平原书》论文便多次引张华的言说为据。其《轻薄篇》《游侠篇》《游猎篇》《壮士篇》《箫史曲》诸篇都用赋法，大致前半铺陈描写，后半抒情或议论，形成一定的书写模式。描写则最少四句连用，然后转写事情，叙事整体减少，不如此前乐府所用为多。他的汲取赋法入诗，以其地位声名之隆而生发影响。傅玄《有女篇》辞似用陈思《洛神赋》，虽为改写《艳歌行》，也在致力于对美女的铺陈式描写上大下功夫。陆机《日出东南隅行》是同类题材，系拟《陌上桑》而改写罗敷，颇为有趣，通篇都不重叙事性，只于铺陈美女外表处极尽辞藻；此外其《悲哉行》以及张协《杂诗》的前几首也在此列。

  从徒诗来看，在强大的建安诗用赋传统及乐府赋化的影响之下，仍可见出铺陈式描写的痕迹。正始时期阮籍五言《咏怀》偶见这种写法，"西方有佳人"一首的多角度描写可与曹植《洛神赋》《美女篇》对读；"幽兰不可佩"一首也较为明显，罗列"幽兰""朱草""修竹""射干""葛藟""瓜瓞"进行描写，稍见变化；"生命辰安在"一首罗列描写"高鸟""燕雀""青云""素琴"则有类别的变化，描写亦见角度切换。迄西晋像束皙《崇丘》："瞻彼崇丘，其林蔼蔼。植物斯高，动类斯大。"① 石崇《楚妃叹》："荡荡大楚，跨土万里。北据方城，南接交趾。西抚巴汉，东被海浽。"② 这样明显用大赋铺陈的诗更是少之又少，或许是四言容易使临文写作归趣于大赋立体的手法，所以才有显性的空间预设意识乃至描写，不足为常。而前引张华的徒诗便受乐府用赋的影响，如其《上巳篇》一似散文，叙事娓娓道来，纯用散语；《答何劭诗三首》的"穆如洒清风，焕若春华敷"，两句形容，稍带痕迹，又"散发重阴下，抱杖临清渠。属耳听莺鸣，流目玩鲦鱼"③，则系典型的铺陈式描写。相比之下，太康时期善于在赋中使用形容铺陈的潘岳，其诗用赋法最多，如其《金谷集作》《河阳县作》二首、《在怀县作》二首、《内顾》二首，都有明显的铺陈式描写，罗宗强便指出这些作品是"罗列的描写方法"而"带着赋的一些特点"④，不过开始转向

---

① 逯钦立：《先秦汉魏晋南北朝诗》，第641页。
② 逯钦立：《先秦汉魏晋南北朝诗》，第642页。
③ 逯钦立：《先秦汉魏晋南北朝诗》，第618页。
④ 罗宗强：《魏晋南北朝文学思想史》，第122页。

了写实。此外如曹摅的《赠石崇》《哭友人》，左思《咏史》第八首和《招隐诗》亦见有所运用。而左思《娇女诗》、陶渊明《桃花源诗》则是长篇创制所必然取用的手段，也是值得注意的。概括铺陈式描写在徒诗的运用，远不如乐府，只有在张华、潘岳二人身上表现明显，此外作家，除了长篇的体制需要外，大都只在部分诗中略见痕迹。这种情况，可能与正始玄言的冲击、太康之际陆机"体物"的强调、西晋诗多有序而倾向于写实性等因素相关，它们的限制会使得诗中铺陈的意味不断被消解。至东晋则这种描写的赋体铺陈意味进一步弱化，更加注重诗体本身的诗化探索，像张骏《东门行》、江逌《咏秋诗》、王鉴《七夕观织女诗》，及至南朝谢灵运的山水诗，表面看似有明显的赋法，其实已经是铺陈式描写入诗之后的自身改造和再发展，在承中求变而有了新的修辞特征。其中或者不乏特例，如刘绘《咏博山香炉》，然而都已是建安诗用赋法描写的回光返照，这也意味着铺陈入诗之后有了体制调适的新发展。

（二）从铺陈式描写到体物式描写

陆机的表现值得注意，他的作品其实除了上举两首外，铺陈描写的意味较弱，拟《古诗十九首》尤其如此。但是沈德潜仍评价"苏李、十九首每近于风，士衡辈以作赋之体行之"①，黄子云也称"至五言、乐府，一味排比敷衍"②，今人杨明谓他作诗的长处乃在"力求说得尽、说得透"③，抉出他的以赋入诗。其实这是独标之说，如果对时风加以比较，就会发现他的诗用铺陈式描写既不如前辈张华，亦不如同侪潘岳。而他恰恰是从"铺陈式描写"转向"体物式描写"的关键人物，换言之，诗用铺陈的改造在他身上具有转折性的意义。

铺陈式描写本身以描写为旨趣，所以才会消减铺陈意味，入诗以后，大力发展描写的一面；同时铺陈本身以实物为中心，这导致描写的对象也焦聚于物，所以铺陈式描写本身也不断在向体物靠近，在曹植的一些描写中即已见出。只是作为一个理论的正式提出，要待陆机"赋体物而浏亮"的标举，才逐步形成一种将赋之"体物"移用于诗的自

---

① 沈德潜：《古诗源》，第134页。
② 杨明：《陆机集校笺》，第1045页。
③ 杨明：《陆机集校笺》，第6页。

觉意识。萧纲《昭明太子集序》称"至于登高体物，展诗言志"①，径以"体物"言诗，指明"体物"领域的成功转移；张戒《岁寒堂诗话》谓"建安陶阮以前诗，专以言志；潘陆以后诗，专以咏物"②，特标潘陆为界，而以陆机独有理论影响。这样看来，"体物式描写"与"铺陈式描写"的区别并不是绝对的，它对铺陈入诗的演进和改造，只是因更加诗化和艺术化而变得可识，从而渐渐失去了赋之铺陈的性质，增强了诗性的张力，呈现出诗之描写本身的魅力。

由于赋之铺陈本系于物，所以这种转向与赋物题材入诗的导引是分不开的，有必要先作交代。换言之，诗的写物题材演进，实际上与赋影响于诗有关，这里具有一种文体影响的内在理路。按赋初起于赋实物，虽广为物事情理，而在汉代以巨物大事为题呈现为宏大叙事，终以物的铺陈为中心和起点；但所谓"诗言志"的传统在汉代乃是《诗》教的政治化表述，汉魏之际诗的兴起实际上是承自乐府的叙事传统而转为抒情。所以建安以下的诗歌乃是以生活日常之事着手而抒情，所谓"世积乱离，风衰俗怨"，虽不乏宏阔叙事，终以私人化的视角为主，只以"行事各有其物类"的"事"题材性质决定了诗的具体创作有染于物。另外，尽管从题材上讲此时仍是以赋体独占咏物领域，然而受限于抒情浪潮及"诗赋欲丽"的时代追求，物题材在此段并不被特别拈出予以理论的关注和转移的自觉。即是说，汉赋主于物，魏诗主于事，建安文人大张以赋为诗之风，却因时代审美追求而使诗题未及于物；只是既然开了以赋为诗之风，则赋物的体格必然迟早对诗有所影响。于是下至太康时期陆机以"缘情""体物"分疏诗赋二体的体格，代表着理性的文体思辨，在咏物赋得到前所未有的凸显这一背景之下，诗之"体物"也就踵武其法，步履当然也要等到咏物赋大行之后而晚出。赋中实物名物为先，客观景物乃是必要的部分，晋室南渡而发现自然山水，赋域对此之书写乃承"体物"之传统；也要迟至此时，诗领域受"物"题材的影响才有所呈现，进而以自然山水诗的面目兴盛起来。其中包含兰亭诗、玄理诗，如张翼《赠沙门竺法頠三首》其一、曹毗《咏冬诗》、孙

---

① 严可均：《全梁文》，商务印书馆1999年版，第127页。
② 丁福保：《历代诗话续编》，第450页。

绰《秋日诗》、谢万《兰亭诗》、苏彦《西陵观涛诗》等等，皆是中间接连数句描写山水景物，有的虽并不标题为山水诗，实际上也完全可以看作自然山水诗的一部分。我们当然肯定玄学的体道自然激发了东晋人的诗写山水自然，历来文学史家皆看低玄言诗以为"理过其辞，淡乎寡味"①，其实乃是以偏概全，孙绰谓"散以玄风，涤以清川"②，实是"以玄对山水"③的诗学化，在这里自然山水何尝与玄理有所分别。清商曲的吴歌反复吟咏"何必丝与竹，山水有清音""慷慨吐清音，明转出天然""丝竹发歌响，假器扬清音"④，审美的趣味充满着声色娱人之感，皆已直指山水清音本身，都可以看作东晋人的山水审美宣言。像张骏《东门行》本拟乐府，而内容竟然完全脱去叙事，纯粹用为写景以抒情⑤，亦为时风。嗣后刘宋新体诗"声色大开"，大谢的山水诗成为一时风气，其实不必单独标出"诗运转关"⑥，不宜割断刘宋新体诗与东晋玄言山水诗的联系；连并齐梁咏生活日常物事的咏物诗大量增多，及至最后转向宫体诗的咏人，尽管在咏物的具体所属对象上确然与贵族宫廷享乐的时风有关，其实从赋物题材影响于诗体对物的关注来看，都是一脉相承的，隐含了赋体影响于诗的内在理路。⑦一直到初唐上官仪《笔札华梁》有"八阶"，第一就是"咏物阶"，所举诗例："双眉学新绿，二脸例轻红。言模出浪鸟，字写入花虫。"又曰："洒尘成细迹，

---

① 曹旭：《诗品集注》，第28页。

② 逯钦立：《先秦汉魏晋南北朝诗》，第899页。

③ 《世说新语·容止》刘孝标注引孙绰《庾亮碑》："公雅好所托，常在尘垢之外，虽柔心应世，蠖屈其迹，而方寸湛然，固以玄对山水。"《诸子集成》本第8册，第162页。

④ 逯钦立：《先秦汉魏晋南北朝诗》，第1048页。按"何必丝与竹，山水有清音"本左思《招隐诗》。

⑤ 张骏（307—346年）《东门行》："勾芒御春正，衡纪运玉琼。明庶起祥风，和气翕来征。庆云荫八极，甘雨润四坰。昊天降灵泽，朝日耀华精。嘉苗布原野，百卉敷时荣。鸤鹄与鸳鸯，间关相和鸣。菉萍覆灵沼，香花扬芳馨。春游诚可乐，感此白日倾。休否有终极，落叶思本茎。临川悲逝者，节变动中情。"逯钦立：《先秦汉魏晋南北朝诗》，第877页。

⑥ 这样的说法在文学史上是多见的。著名者如刘勰《文心雕龙·明诗》："宋初文咏，体有因革。庄老告退，山水方滋。"范文澜：《文心雕龙注》，第67页。沈德潜《说诗晬语》："诗至于宋，性情渐隐，声色大开，诗运一转关也。"王宏林：《说诗晬语笺注》，人民文学出版社2013年版，第128页。

⑦ 关于齐梁咏物诗，明代郎英之说可为代表："咏物之诗，即古赋物之体之变也。"《七修类稿》卷三七诗文类《咏物诗》，上海书店出版社2001年版，第398页。

点水作圆文。白银花里散，明珠叶上分"。① 都还可以明显见出诗之体物这一传统的影响。

这正是铺陈式描写转向"体物"式描写的发展概况，大致皆受赋体之影响而推进。可以看到，陆机的"体物"理论要运用于诗，也必须要等到诗歌创作有意识关心于物；由此而发展出来的"体物"式描写，也因此而在自然山水诗中才见成熟。我们可以将这种描写的明显可识化归纳为三个方面：修辞技巧，表现形态，美学追求；三者较之铺陈式描写都显得更加诗化，而尤能和物题材相冥契。从修辞上看，呈现出精细巧妍化和骈化的色彩，前者尤其是"体物"的关键。太康时风已然注重为文的精细化，上节我们讨论"六朝体"时已见赋之一斑，诗则更进一层。陆机《文赋》明确提出"会意尚巧"，钟嵘评张华诗"巧用文字，务为妍冶"，评张协则谓"巧构形似之言"②，可见晋代诗风已转。严羽《沧浪诗话》称"汉魏古诗，气象混沌，难以句摘。晋以还方有佳句"③；沈德潜《说诗晬语》也称"晋以下始有佳句可摘"④，这当然是承自胡应麟所说魏诗"句法字法，稍稍透露"⑤ 的递转，"佳句"的出现正源于对诗歌细节书写的把握。诗歌注重在细节上推敲，注重炼字选词，追求繁丽的辞藻，自然会形成"研冶"而"华艳""结藻清英，流韵绮靡"的风格；关键在于，精细巧妍化的追求是在和"体物"相结合的进程中形成的，不可孤立评价。这种体物在陆机《文赋》中也有所标举，他称"期穷形而尽相""夸目者尚奢"，乃是"作文利害之所由"的经验之谈，"文"当然是包含了诗的；后来刘勰《文心雕龙·物色》称"文贵形似，窥情于风景之上，钻貌于草木之中""体物为妙，功在密附""巧言切状，如之印泥"⑥，即是承此而来；钟嵘评张协的"巧构形似"指的是状物，评鲍照"善制形状写物之词"⑦ 亦是从这一角度来讲的。

---

① 张伯伟：《全唐五代诗格校考》，第33页。
② 曹旭：《诗品集注》，第275页。
③ 郭绍虞：《沧浪诗话校释》，人民文学出版社1961年版，第151页。
④ 王宏林：《说诗晬语笺注》，第124页。
⑤ 胡应麟：《诗薮》，第31页。
⑥ 范文澜：《文心雕龙注》，第694页。
⑦ 曹旭：《诗品集注》，第185、381页。

过程之美

骈化的讲求也是陆机大量掀起的，此前曹植诗亦偶见骈偶，但总的来说，以陆机最为推崇，他的乐府《长歌行》《君子行》《从军行》《苦寒行》《塘上行》《饮马长城窟行》《梁甫吟》《壮哉行》等，大都除却首尾之外，中间全用骈句，体式竟近于后世之排律。这种写法在乐府史上是从未有过的，不仅破除了叙事性，而且还对铺陈有所消解。黄子云《野鸿诗的》便说他"一味排比敷衍，间多硬句"[1]，"排比"即是骈偶，但谓"排比敷衍"，其实排比已经消解了"敷衍"的叙事性和铺陈意味，反而于描写有所凸显。如其乐府《悲哉行》："游客芳春林，春芳伤客心。和风飞清响，鲜云垂薄阴。蕙草饶淑气，时鸟多好音。翩翩鸣鸠羽，喈喈仓庚吟。幽兰盈通谷，长秀被高岑。"虽然接连描写"和风""鲜云""蕙草""时鸟""幽兰""长秀"，但两句一骈，则"和风""鲜云"为一组，"鸣鸠""仓庚"为一组，"蕙草""时鸟"为一组，"幽兰""长秀"为一组；细察联联描写，首先表空中物象（气候），其次表大地名物，其次承鸟而写，其次表植物，皆有层次的变化。而每一组描写都极注重用词的配合，以求达到"体物为妙，功在密附"，其中写鸟的一联还变换了以名物开头的句法，更间破了铺陈式描写的意味，转向于注重体物的细节。刘勰称"俪采百字之偶，争价一句之奇。情必极貌以写物，辞必穷力而追新"[2]，虽然指的是宋初文坛，其实在陆机这里已然发端了。只是作为诗的"体物"，从逻辑上讲必然在强调赋的"体物"之后，此时物性作为文学对象的观照体察尚为不够，客观外物和主体"缘情"的关系处理也尚欠成熟，所以陆机之诗，不如其赋的"体物"明显，其通过"体物"所营造的诗境，也不如东晋以后的山水诗。

从表现形态看，"体物"式描写体现为对篇幅的有意识调节，一般由四句两骈的组合构成。在陆机之前已有这种形态，如曹植《鰕䱇》："鰕䱇游潢潦，不知江海流。燕雀戏藩柴，安识鸿鹄游？"这种两句一意的写法，大约是从《诗经》四言比兴两句足意的经验来，自然形成表意的骈对。所以嵇康的四言《赠秀才参军》，四句体物的描写更多，

---

[1] 杨明：《陆机集校笺》，第1045页。
[2] 范文澜：《文心雕龙注》，第67页。

如"穆穆惠风，扇彼轻尘。奕奕素波，转此游鳞。""息徒兰圃，秣马华山。流磻平皋，垂纶长川。"前四句乃是《诗经》式的两句足意组合复句表骈，后四句则变为两句之内一骈，这一变化表明作家在逐步跳出《诗经》比兴两句足意而自然表骈的模式化作法。而陆机《赴洛道中作》中间四句描写可为显例："山泽纷纡余，林薄杳阡眠。虎啸深谷底，鸡鸣高树巅。"表面上看是接连描写四物，但细察之则"山泽""林薄"相骈而表景的描摹，"虎啸""鸡鸣"相骈而表动类状态，于是形成了层次的推进，和赋的骈对描写本质上是相通的，只是句数的拘限愈加消减了铺陈，凸显了"体物"。需要注意的是，这种句数规限在晋代是有意识的追求，刘勰谓句数的多少在于"使口吻调利，声调均停"①，《世说新语》称王珣评袁宏《北征赋》"恨少一句，得'写'字足韵，乃佳"②，明显是注意到句数多少与诵读的效果；刘勰又称"两韵辄易，则声韵微躁"，是指赋文的四句一转难免丧失铺陈之功。但陆云《与兄平原书》已称"四言转句，以四句为佳"③，明确指出四言四句一韵，根据意随声转，可以推见四句一转与内容表意及写法相关；考虑到四言的使用不同于六言的"两韵辄易，则声韵微躁"，那么五言诗也是适于四句一韵的。后来唐人《文镜秘府论》亦明确指出"假令一对之语，四句而成"（原注："笔"则四句合成一对），四句合成一对，意谓类似的写法最多四句而止，两句则"势不相依，则讽读为阻"④；又唐佚名《文笔式》称"笔以四句而成"，"四句而成，在于变通"⑤，都是从表意上讲的。这是准之于文的章句讲求，确实六朝之赋在描写上多四句一转（由用韵及表意），只是因体物的铺陈体格规限而不严格受制于一定要四句，我们可以推想在诗用赋法而未作句数明确限定时，当随赋而取，故亦求四句完成一个相对完足的表达，亦即体物式描写的表现形态。从文艺心理与时代审美来看，四句两骈的描写可能刚好兼顾了铺陈描写之就近传统和讽诵长短之声律吐纳；另一方面，在重辞章的六

---

① 范文澜：《文心雕龙注》，第585页。
② 余嘉锡：《世说新语笺疏》，第237页。
③ 刘运好：《陆士龙文集校注》，第1060页。
④ 卢盛江：《文镜秘府论汇校汇考》，分别见第1416、1405页。
⑤ 张伯伟：《全唐五代诗格校考》，第70页。

朝，诗的篇章不如赋长，两句描写显然着力不够，四句以上又难免执着于物象形迹，不合于玄学的言意之辨，或许这也助成了此风。

郭璞《游仙》有"明道虽若昧，其中有妙象"①，意味着玄理显于形象，以庄子齐物发展出的万籁参差表明物象汇通于玄学物理，以是赋"体物"而转移至诗"体物"后，同样能汇通于万象玄理。但玄言有洗去绮丽之效，东晋以下对玄学言意之辨已产生文学的化学反应，四句两骈以体物写象于斯大为流行。这在自然山水诗中随处可见，如苏彦《西陵观涛诗》："洪涛奔逸势，骇浪驾丘山。訇隐振宇宙，漰磕津云连。"②形容波涛颇得《七发》"观涛"之气势，细察构结，不过两两骈偶，变化组篇。何承天《芳树篇》开头四句："芳树生北庭，丰隆正徘徊。翠颖陵冬秀，红葩迎春开。"③便注重体物的精微，"北庭""徘徊"骈对虽不精工，但以前二句从大处描绘，后二句从细节着手，而仍能在变化中突出芳树的况味；其后第五、六句"佳人闲幽室，惠心婉以谐"，不再骈偶化，在内容上也转入了人的描写，以下再另行写景叙事。又谢惠连《咏冬诗》："繁云起重阴，回飙流轻雪。园林粲斐皓，庭除秀皎洁。"④四句描写皆重体物形似，但前后二骈有着远近的层次感，捕捉景物略得其神，充满了诗的审美境界。而其《捣衣诗》中间四句的描写："白露滋园菊，秋风落庭槐。肃肃莎鸡羽，烈烈寒螀啼。"⑤这是赋之手法转为诗之手法的不得不变，前二句先陈名物以开头，后二句变为先叠字修饰开头，两骈错落展开，完全可以看作诗歌对铺陈赋法的句式改造，至于景中着情还在其次。其他如谢混《游西池》、刘骏《游覆舟山》、鲍照《松柏篇》等篇中皆有这类描写。当然最为典型的还是谢灵运，其《从游京口北固应诏诗》："远岩映兰薄，白日丽江皋。原隰荑绿柳，墟囿散红桃。"《晚出西射堂诗》："连鄣叠巘崿，青翠杳深沉。晓霜枫叶丹，夕曛岚气阴。"《石壁精舍还湖中

---

① 逯钦立：《先秦汉魏晋南北朝诗》，第866页。
② 逯钦立：《先秦汉魏晋南北朝诗》，第924页。
③ 逯钦立：《先秦汉魏晋南北朝诗》，第1207页。
④ 逯钦立：《先秦汉魏晋南北朝诗》，第1196页。
⑤ 逯钦立：《先秦汉魏晋南北朝诗》，第1194页。

作》："林壑敛暝色，云霞收夕霏。芰荷迭映蔚，薄稗相因依。"① "远岩"以"映"，"白日"称"丽"；晓霜之枫叶谓"丹"，夕曛之岚气谓"阴"；林壑之暝色谓"敛"，云霞之夕霏谓"收"，悉皆"体物"精细妥帖，注重骈对的炼字炼句，更注重在整体的描写中穿插远近、虚实等变化。这种写法下至永明新体"声色大开"，注重"好诗圆美流转如弹丸"②之后，越发显得清丽化、诗境化，赋法的痕迹也越来越弱化了。

这种表现形态显然应当归功于诗体的改造，可以说，将那些优美精巧、体物妥切、充满诗境化的描写抽离出来，几乎都能看作一首境界自足的五绝小诗。有趣的是，吴声西曲也多是四句描写的完足体式，这就引发了文人的兴趣，于是我们看到了大量四句组构足篇的描写诗。如陶渊明有《四时诗》："春水满四泽，夏云多奇峰。秋月扬明晖，冬岭秀寒松。"③ 写四季物候，每一句选一景物来描写季节特征，选取典型，描绘妥帖，颇含明丽之境。又王微《四气诗》："蘅若首春华，梧楸当夏翳。鸣笙起秋风，置酒飞冬雪。"④ 亦属描摹四季，不过前二作景，后二加入了人事变化。宋孝武帝刘骏亦有《四时诗》："堇茹供春膳，粟浆充夏餐。飓酱调秋菜，白醛解冬寒。"⑤ 则变为从饮食角度写四季的变化。此外，齐代王融还有《四色咏》："赤如城霞起，青如松雾澈。黑如幽都云，白如瑶池雪。"⑥ 纯为形容四种颜色，从赋法上看略有"累句一意"的铺陈意味，从诗上看变化反不如前列四季之诗，殊乏诗境。然而梁代范云不仅有《拟古四色诗》："丹如桓公庙，青如夕郎门。黑如南岩碅。白如东山獶。"写法如一；还有《四色诗》四首，改变了这种直接比喻形容的写法，而是取四象拟四色，一如四季诗的选景描摹，又要较原作高明得多了。如第一首："折柳青门外，握兰翠疏中。绿苹骋春日，碧渚澹时风。"⑦ 我们当然不能把这种写法看成完全是从

---

① 逯钦立：《先秦汉魏晋南北朝诗》，第1158、1161、1165页。
② 李延寿：《南史》，中华书局1975年版，第609页。
③ 见袁行霈《陶渊明集笺注》，第218页。此诗据《艺文类聚》题作《神情诗》，乃顾恺之诗的摘句，然颇为存疑，从四时小诗的描写传统来看，摘句之说似不可信。
④ 逯钦立：《先秦汉魏晋南北朝诗》，第1200页。
⑤ 逯钦立：《先秦汉魏晋南北朝诗》，第1223页。
⑥ 逯钦立：《先秦汉魏晋南北朝诗》，第1405页。
⑦ 逯钦立：《先秦汉魏晋南北朝诗》，第1553页。

过程之美

吴歌四句形构的影响而来，或许这只是巧合，只是"体物"式描写的句式形态在诗体的改造之下，四句充满意境的描写本身极易抽离成独立之诗，一旦遇到适合于以四句构成一事的题材，则极易出之为体，如前引四季、四色，便是如此。当然，从后代五绝构篇的起承转合来看，这种四句描写是颇无结构的张力的，唯此正好彰显了五绝形态肇始的诗学源流。

根据以上考察可以得知，"体物"式描写是铺陈式描写发展出来的精细化写法，是赋法入诗之后受改造而具有可识性形态的文学修辞。曹植之初始拟写、陆机之理论、东晋山水诗之体物诗境书写、四句两骈式五言小诗之特殊形态，这些重要节点构成了铺陈入诗的发展史。当山水景物进入诗人视野，物的观照得以加强后，"体物"式描写的长处得到淋漓尽致的发挥，由此形成了朱光潜所称的"六朝人意象富于情趣的艳丽之作"，其间不少段篇都是蕴含优美清丽之境的佳作。迄梁陈之际大量的咏物诗仍有这一特征，但"物"题材的宫体诗转化则着重于人物服饰、形貌神态的描写，至此"体物"变成了观察宫女技艺，描写的手法完全诗艺化，铺陈赋物的写法在诗中痕迹全无，诗艺在声律化的讲求中完全自足独立了。可以看到，铺陈入诗演进和改造的路向大致是清晰的。

我们要进一步讨论"体物"式描写的美学追求及至诗学意义，仍以东晋至齐梁的山水体物描写为典型。首先，这种写法追求一种"体物为妙"的诗艺美。陆机称"穷形尽相""夸目尚奢"是论一切文章，刘勰谓"体物为妙，功在密附"倾向于辞章藻绮，作为赋学的术语进入诗中必须导向诗境的讲求；而钟嵘称"巧构形似""善制形状写物之词"包含了"构""制"的写作学话语。这样看来，如果说铺陈式描写尚带有赋的美学特征，并有"浑成之气"，那么"体物"式描写则导向精于雕琢，更加注重字句的修辞，注重以诗艺营构诗境。换言之，"体物"式描写既追求对物象的体察，如清人俞琰所称"穷物之情，尽物之态""体物者不可以不工，状物者不可以不切"[1]，这是从赋"体物"学习来的长处；同时又要追求诗境的获得，而不能过

---

[1] 俞琰：《咏物诗选》自序，成都古籍书店1987年版，第2页。

分拘泥于形迹，于焉后世乃有导向从"赋形"到"摹神"①的进阶。东晋以下的"体物"式描写之所以能尽其美，正在于承续了赋体察物态注重形容的传统，以及玄学浸润下四句两骈形态的诗境追求。如上引苏彦《西陵观涛诗》："洪涛奔逸势，骇浪驾丘山。訇隐振宇宙，漰磕津云连。"可以说是对《七发》赋写观涛的成功改造，"奔""驾""振"诸字锻炼振起诗势，"逸势"及声音的形容可谓从"赋形"到"摹神"，本身能形成妥帖而宏阔的意境。即便在那些以自然物喻人的品藻诗中，仍有此种风味。如王胡之《答谢安诗》："哲人秀举，和璧夜朗。凌霄矫翰，希风清往。"②"哲人"称"秀"而"举"，写人亦如体物，以"朗"来标举"和璧"之光在夜晚之品性，又以"翰""矫"于"凌霄"来体写鸟之物性，最后将人物置之于"希风清往"的场景中，写人和体物相结合，体物固从其性，喻人则颇得神采。

其次，"体物"式描写追求自足的审美境界。亦即朱光潜所说的"有时运用意象，并非因为表现情趣所必需而是因为它自身的美丽"，显然这是从铺陈的趣味所转化而来，建安时代曹植《美女篇》《陌上桑》等诗成段描写人物服饰之美，本身就是一种充满意趣的审美境界，朱光潜接着说"六朝人只是推演这种风气"，这是非常正确的。我们要强调的是，东晋以后"推演这种风气"更加具有诗化的特征，审美意境的韵味更足；这种审美意境主要表现为自然山水之物性造境，因之也可能和玄理融合。固然建安时如曹丕《芙蓉池作》所描写的山光水树也充盈着明丽的意境，但与业经玄学浸润后东晋以还的"体物"式描写相比，以四句两骈为主的构组形态确实要多了一种轨范成"秀"外之"隐"的"形式美学"。如谢万《兰亭诗》：

> 司冥卷阴旗，句芒舒阳旌。灵液被九区，光风扇鲜荣。碧林辉杂英，红葩擢新茎。翔禽抚翰游，腾鳞跃清泠。③

---

① 谢章铤《赌棋山庄词话》卷九："宋人咏物，高者摹神，次者赋形。"唐圭璋编《词话丛编》第四册，中华书局1986年版，第3443页。
② 逯钦立：《先秦汉魏晋南北朝诗》，第886页。
③ 逯钦立：《先秦汉魏晋南北朝诗》，第907页。

过程之美

我们完全可以分为两层来读，前后四句两骈各自构成自足的山水世界，前者描绘天气，一天道施予一自然受泽；后者写自然之生机，一为林野之斑斓，一为动类之欣忭。晋室南渡，南方山水清音的忽然发现抚慰了文人焦灼的心灵，于是他们在谈玄中流连自然，在发现"山水以形媚道"① 后赏山水而体道；其时赋"体物"的书写传统早已深入文人之心，遂有风云际会，能于诗篇中作山水的"体物"描写。迄刘宋谢朓所称"物色盈怀抱，方驾娱耳目"②，齐梁间裴子野所称"深心主卉木，远致极风云"③，皆反映了东晋以还文人发现山水自然、赋予其独立的美感意识的事实。或许从唐诗"骨气端翔，音情顿挫"的角度来看，这些描写尚不能及于情，有"彩丽竞繁，兴寄都绝"④ 的缺点，但拓宽审美境界，我们会发现，这类描写诗以物性和诗格的契合为旨趣，不断排除个人的知性干扰，确实称得上是一种"接近自然于天然的美学理想"的"纯山水诗"⑤，营构了许多群籁参差、明丽清秀、合于天道的自然诗美境界。或许"山水有清音，何必丝与竹"就是他们观照外物的信仰，于是我们就看到了像谢灵运在诗中对山水景物乐此不疲的"体物"描写，如上引《从游京口北固应诏诗》《晚出西射堂诗》《石壁精舍还湖中作》等，都足称典范。当这种写法遇合了四句描写的吴歌清音之后，四句一意的五言小诗就此诞生，那些四季诗、四色诗表征了一个个完全独立自足的审美世界；也正是在这样的历程中，中国诗才开拓出了形制最小、而能自足为"秀"中见"隐"的五言绝句。

---

① 宗炳：《画山水序》，人民美术出版社1985年版，第1页。
② 逯钦立：《先秦汉魏晋南北朝诗》，第1450页。
③ 裴子野：《雕虫论》，李昉《文苑英华》，中华书局1966年版，第3874页。
④ 陈子昂：《陈子昂集》，徐鹏校注本，上海古籍出版社2013年版，第16页。
⑤ 关于山水诗自足的美感意识，可以参看叶维廉《中国诗学》中《中国古典诗中山水美感意识的演变》一文，他称："道家由重天机而推出忘我及对自我能驾驭自然这种知性行为的批判，在中国诗中开出了一种可谓'不调停'的调停的观物感应形态，其结果，由演绎性、分析性及说明性的语态的不断递减而达到一种极少知性干扰的纯山水诗，接近了自然天然的美学理想。"可以见到山水诗与玄言的密不可分。本节从赋法入铺陈的演进和改造这一角度考察，所得到的结论是一致的。所以我们反对沈德潜称刘宋"性情渐隐，声色大开"为"诗运转关"的说法，就是担心割离了东晋体物山水诗与刘宋二谢诗的递转关系，也因此本文极少使用"玄言诗"一词。叶维廉：《中国诗学》，生活·读书·新知三联书店1993年版，第83—98页。

第五章　铺陈手法的分途流衍

所谓诗用铺陈"并非因为表现情趣所必需而是因为它自身的美丽",如果站在创作的角度,则可以说是诗用描写昭示了一种过程之美。这种过程之美的追求,使人沉溺于体物描写本身的旨趣,庶几同步于"文章道弊五百年"——站在唐人的角度看,确然延缓了导向"既多兴象,复备风骨"①这一审美追求的诗学史进程。但是,文学的发展并非按照后人的意愿作上升式推进,回转或者延宕的发展本身就是一种演进过程的态势,昭示的是细节的丰富和过程的丰满。借用蒋寅强调研究者需从各个角度"进入过程的诗学史"之说②,其实文学的演进也急需丰富的细节过程来酝酿,这提醒我们考察唐前诗需要关注那些延缓了的、具有丰富细节的文学进程。于焉铺陈式描写的物事书写、体物式描写的山水书写及至对玄理的融涵,乃至宫体诗对人物服饰体态的描摹,都是丰富的文学资源,如后代诗学中被推得极高的"体物"之说③、词学中的香艳描写与"词媚"的本色追求、宋代说理诗的融物经验与机趣推求,都可以在这里找到发轫的辙迹。如果没有体物描写的探索经验,那么最少唐诗中李白的风光描写、杜甫的物情处理、王孟的山水诗境追求等,就不会那么精准迅速地找到自己的定位;如果没有体物描写的探索历程,那么在理论上就不会理解为何初唐上官仪会将"八阶"诗学的第一位列为"咏物阶"④,也不会理解王昌龄"三境"说为何以"物境"居首,并以"了然境象,故得形似""张泉石云峰之境,极丽绝秀者"来解释"物境"。⑤因此我们可以说,以"体物"式描写

---

① 这是初唐从陈子昂到殷璠的诗学史进程。按《河岳英灵集》:"历代词人,诗笔双美者鲜矣。今陶生实谓兼之,既多兴象,复备风骨,三百年以前,方可论其体裁也。"傅璇琮:《唐人选唐诗新编》,陕西人民教育出版社1996年版,第142页。
② 蒋寅:《进入"过程"的文学史研究》,《山西大学师范学院学报》2001年第1期。
③ 叶梦得《石林诗话》:"诗语固忌用巧太过,然缘情体物,自存天然工妙。虽巧而不见刻削之痕。老杜'细雨鱼儿出,微风燕子斜',此十字殆无一字虚设。雨细著水面为沤,鱼常上浮而沁,若大雨则伏而不出矣。燕体轻弱,风猛则不能胜,唯微风乃受以为势,故又有'轻燕受风斜'之语。至'穿花蛱蝶深深见,点水蜻蜓款款飞','深深'字若无'穿'字,'款款'字若无'点'字,皆无以见其精微如此。"此说可为代表。何文焕:《历代诗话》,第431页。又张炎:"诗难于咏物,词为尤难。体认稍真,则拘而不畅;模写差远,则晦而不明。"钱锺书:"观物不切,体物不亲,其患在心腹者乎。"分别见夏承焘校注《词源注》,人民文学出版社1981年版,第21页;钱锺书《谈艺录》,中华书局1999年版,第396页。
④ 上官仪:《笔札华梁》,《全唐五代诗格校考》,第33页。
⑤ 王昌龄:《诗格》,《全唐五代诗格校考》,第149页。

过程之美

为中心的过程之美的追求，形成延缓的、丰富的诗学史细节，有鉴于此，后代诗学的辨析必须具有六朝诗学深邃的细节洞察，才能获得"因枝以振叶"的通透理解。

需要补充的是，从创作上讲，过程之美的诗学也长期被忽略。唐人为了出处志节的需要，不断呼喊着儒家政教的口号，像李白称"大雅久不作，吾衰竟谁陈""自从建安来，绮丽不足珍"①，杜甫称"致君尧舜上，再使风俗淳"②，多少含有门面话的意味，实际上李白何尝不喜好"绮丽"之词，杜甫对诗的兴趣和功夫何尝比当政治家要少③；诗学技艺的书写过程本身昭示了一种艺术创造的迷人魅力，迄唐诗将"有意味的形式"与风骨之追求完美结合，将辞章之技艺与人生之理解打成一片，这种创作过程更是充满令人着迷的艺术趣味。今人一面渐渐失去了创作的语境，一面受反映论的影响，太过注意作品主题及作者思想情感，忘记了诗首先是本于修辞的观念艺术，然后才是当下"此在"思想情感的表现，其间所隐含的事实因素，实在是有着诗史"虚""实"之分际④。从这点讲，诗改造铺陈

---

① 李白：《古风》（其一），王琦注《李太白全集》，中华书局2015年版，第105页。
② 杜甫：《奉赠韦左丞丈二十二韵》，仇兆鳌《杜诗详注》，第74页。
③ 李杜诗学本身首先在于追求作诗的过程享受，其过程乃是将人生理解和辞章艺术打成一片。这是今天研究者所容易忽略的。大致来说人们喜好以诗文本作为论诗人出处志节的证据，而容易割离自足诗学以辞章技艺来规限和调整情感主题的融洽性。诗语不可轻易当作个人志意出处的标识语，其中多有基于文学自足的"门面话"，《唐才子传》早已有所发现。其杜甫条云："甫旷不自检，好论天下大事，高而不切也。"该条下又云："能言者未必能行，能行者未必能言。观李杜二公，崎岖版荡之际，语语王霸，褒贬得失，忠孝之心，惊动千古，骚雅之妙，双振当时，兼从善于无今，集大成于往作，历世之下，想见风尘。异乎长謇未骋，奇才并屈，竹帛少色，徒列空言。"辛文房著，傅璇琮等校笺：《唐才子传校笺》，中华书局1987年版，第396—397页。后来王夫之在评杜甫《漫成》一诗时也说："杜又有一种门面摊子句，往往取惊俗目，如'水流心不竞，云在意俱迟'，装名理为腔壳；如'致君尧舜上，再使风俗淳'，摆忠孝为局面。"这些都是今人所谓"以诗证史""知人论世"宜所警戒的卓识。见其《唐诗评选》，上海古籍出版社2011年版，第125页。
④ 诗史"虚""实"之分际，在诗学史上是一个久远的命题，古代论家一般较少以诗中语作为史家语，古代诗话注重的也是"辨句法、备古今、纪盛事、录异事"等，而非从中得出严肃的志人品格证据，即便偶见之，也是作为佚事来讲述的。诗学鉴赏和创作，及至辞章之学的研究，重视辞章技艺的过程之美是第一位的。今之研究受考据学和科学主义的影响，在这点上恰恰相反。其实现代学术兴起后，学者兼诗人的陈寅恪论"以史明诗"就非常注重诗中"虚""实"，钱锺书的反对意见便是有的放矢；今人容易误解陈氏的方法，由此大行"以诗证史"之风。从这点讲，"钱陈之争"很有典范意义。参见拙文《陈寅恪以史明诗的虚实分际》，《中国文化》2020年秋季号。

而注重描写的过程之美,与唐诗美学仍有汇通之处,这是我们不应该忽略的。

二 诗之物情化及相关问题

相较于铺陈入诗后其自身的演进史和改造史,铺陈消减之后的六朝赋"以体物为描写",对促进诗的物情化表达功效甚微。朱自清《诗言志辨》有一个著名的观察:"从陆氏起,'体物'和'缘情'渐渐在诗里通力合作,他有意的用'体物'来帮助'缘情'的'绮靡'。"① "体物"和"缘情"在诗里的"通力合作",实际上就是物情化的表达,这确与陆机有关系;只是"渐渐在诗里通力合作"的进程异乎寻常的缓慢,考虑到这个问题对诗学是至关重要的,我们仍简加讨论。

首先我们要说明的是,物情化的表达在陆机"体物""缘情"之说提出之前就存在,陆机的意义仍在于理论上的自觉。从文本形态来看,最早当然是出自《诗》中的"兴",不管其本义是手法还是"六诗"之体,它们总是与名物的书写分不开。孔子标举《诗》的"兴""观""群""怨"功能时,就注意到了是基于"多识鸟兽草木之名"的,这反映了《诗》中表达与名物的密切关联。汉代郑玄注"取善事以喻劝之"②、孔安国注"引譬连类",他们的注意力都在政教上,多未及于兴的文本形态特点。只有郑众论及"兴者,托事于物"③,下至挚虞称"诗人比兴,解物圆览",萧统《文选序》"四曰兴",唐张铣亦注为"感物曰兴"④,皆注意到兴始于物,其中唐人还注意到兴的"感物"特性,摄入了主体情感。及至宋李仲蒙谓:"触物以起情谓之兴,物动情也。"⑤ 朱熹:"兴者,先言他物以引起所咏之辞也。"⑥ 才成为创作手法上触物兴情的定论。所以"兴"的物情表达模式在汉代及至建安时期

---

① 朱自清:《朱自清古典文学论文集》,第223页。
② 郑玄等:《周礼注疏》,《十三经注疏》本,第158页。
③ 郑玄等:《周礼注疏》,《十三经注疏》本,第796页。
④ 李善等:《六臣注文选》,第2页。
⑤ 胡寅:《斐然集》,第386页。
⑥ 朱熹:《诗集传》,第2页。

都没有得到理论的标举。至于触物所兴之"情",亦在汉代被纳入"志"的统摄范围,这在《诗大序》"诗者,志之所之也,在心为志,发言为诗。情动于中而形于言"的表述中即肇其端。"发乎情,止乎礼义"①的儒家政教要求使得诗歌抒"情"的表达功能被遮蔽于"诗言志"的传统之中,直至汉末建安经学式微才有所松动,从而为论家所重视。朱自清敏锐地指出:"'缘情'的五言诗发达了,'言志'以后迫切的需要一个新标目。于是陆机《文赋》第一次铸成'诗缘情而绮靡'这个新语。"②可以说《诗》中之"兴"的物情表达在有汉一代是存而不论的,汉魏之际无论四言还是五言都有这种写法,只是多半都在《诗经》两句足意进而比兴的形构传统之中,像秦嘉《赠妇诗》、汉乐府《陌上桑》、曹植《赠白马王彪》都有所体现;这在四言句式的固定规限中乃是不得不然,遂形成二二结构的模式化形态,往往使"物"和"情"的互融显得牵强,转入五言以后更有累芜之弊。另一方面,楚骚虽用比兴,其实与《诗》触物兴情的本质有所不同,在写物上往往融入自己的情志,采用的是寄托象征之法,譬诸鸷鸟不群、美人芳草、鹈鴂先鸣、嘉树不迁,乃是以人的情感投射于外物,有主体的强力干预。只有在一代屈原"自铸伟辞"的气魄中构建起斑斓纷呈的楚骚世界,久之必成固定的寄托套路,不能以即时的情景遇合触发诗兴的想象,不必说汉代模拟楚骚的失败,即以整饰的短小诗制亦难为用。所以建安赋虽"欲由西汉而复于楚辞",诗却甚少借用此法。值得一提的是正始时期阮籍的五言,如其《咏怀》"薄帷鉴明月,清风吹我襟",这样的句子不多,但跳出了比兴的先物后情的叙述模式,颇近于后来唐诗的路数,能够在写景中融情,但刘勰已称"阮旨遥深"③,又谓"阮籍使气以命诗"④,并不推许这种物情化的表达。钟嵘则许为《诗品》一百多位诗人中唯一的"其源出于《小雅》",黄节解释道:"今注嗣宗诗开篇'鸿号翔鸟,徘徊伤心',视《四牡》之说'翩翩者鵻,载飞载下,集于苞栩。王事靡盬,我心伤悲',抑复

---

① 孔颖达:《毛诗注疏》,第6、19页。
② 朱自清:《朱自清古典文学论文集》,第223页。
③ 范文澜:《文心雕龙注》,第67页。
④ 范文澜:《文心雕龙注》,第700页。

何易？嗣宗其小雅诗人之志乎？"① 这是以《小雅》表达的"怨诽而不乱"② 来移评阮籍，其中关系到即物而兴情；实际上阮籍此诗的写法是中间数句描写物貌以比兴，已不太类于《诗》以物"兴"情而发端，反似骚之寄托象征。又其《咏怀》中有"宁与燕雀翔，不随黄鹄飞""愿为双飞鸟，比翼共翱翔。""云间有玄鹤，抗志扬哀声。一飞冲青天，旷世不再鸣。岂与鹑鷃游，连翩戏中庭。""鸿鹄相随飞，飞飞适荒裔。……朝餐琅玕宝，夕宿丹山际。抗身青云中，网罗孰能制。"③ 这些表达正相类似，描写浑成而不事雕琢，颇有几分赋体铺陈直言的意味。但以物类作整体的寄怀，同为写鸿鹄，有时取褒义而象征，有时取贬义而比较，不主一格，说明未将之作为固定的意象，只是随诗的语境需要而取义，较之骚的象征又有所不同；其中关键，在于"使气以命诗"，以意为主而技法次之，表明物情化的探索并未成熟。只是其诗寄托的雅怨，包含了蕴藉深沉的情境，所以严羽称其"咏怀之作极为高古，有建安风骨"④。

要讨论陆机理论的抉发及其实际作用，必须还要明白理想的物情表达形态是什么，才能借以观察和比较。建安时期的赋已有以"感物"为题者，但不见于诗，至陆机、刘勰始有理论的表彰；刘勰称"情必极貌以写物"，带有赋"体物"的意味，非指切于诗。只有钟嵘高标"滋味"说言及于此：

> 岂不以指事造形、穷情写物最为详切者邪？故诗有六义焉：一曰兴，二曰比，三曰赋。文已尽而意有余，兴也。⑤

五言"滋味"的获得在于"指事造形，穷情写物"，这仍近于刘勰之说，有赋"体物"说的影子；但他谓内含物情表达模式的"兴"为"文已尽而意有余"，本质上是将"兴"释为审美范畴。在此基础之上，

---

① 黄节：《阮步兵咏怀诗注》（与《曹子建诗注》合订本），中华书局2008年版，第308页。
② 司马迁：《史记》，第2482页。
③ 逯钦立：《先秦汉魏晋南北朝诗》，分别见第498、499、500、501页。
④ 郭绍虞：《沧浪诗话校释》，第155页。
⑤ 曹旭：《诗品集注》，第43、47页。

过程之美

齐梁迄唐的论家才标举"兴会""兴情",乃至殷璠所提出的著名的"兴象"说,这些说法当然也融合了盛行于魏晋言象意的玄学思辨,以及画家"若拘以体物,则未见精粹,若取之象外,方厌膏腴"① 的传神写照精神。也就是说,齐梁迄唐人所标举的诗美理想是从想象意境的获得而非表达的方式来评价的,于斯钟嵘"穷情写物"的技法说就容易遮蔽。但殷璠高评孟浩然"众山遥对酒,孤屿共题诗"乃"无论兴象,兼复故实"者,他又称齐梁间诗"都无兴象"②;按孟诗此句融景、事、情一体,大不同于"都无兴象"的齐梁诗咏物执着于描写,则知最高诗美"兴象"在技法上指向于恰当的物情交融书写。又初唐佚名《文笔式》"六志"中有"比附志":"谓论体写状,寄物方形。意托斯间,流言彼处。即假作《赠别》诗曰:'离情弦上急,别曲雁边嘶。低云百种郁,垂露千行啼。'"③ 以后代物情表达的观点来,"离情"附于"弦上","别曲"正在"雁边",其实就是颇能运用意象,能达到即景(物)即情交融的审美;这里确实也有"体物"和"缘情"二者"通力合作"的意味。可以见出美好的物情化表达也被唐人推许,但只为他们的诗格之一,或者可以达成诗美理想,却并未被高自标出。物情表达的集中讨论是在宋代之后,而且是以情景的话语模式进行的,从宋范晞文"情景兼融""景无情不发,情无景不生",到谢榛称"作诗本乎情景,孤不自成,两不相背",及至王夫之"情景名为二,而实不可离。神于诗者,妙合无垠"④,这才将其理想模式揭示出来⑤,下至王国维"一切景语皆情语"在理论上亦不过是宋明人的推衍。根据这个梳理我们可以知道,最少在唐人眼里,六朝人物情化的理想表达多半是没达标的。从逻辑上看,这种理想写法能获得普遍的认同,必须最少满足三个件:物感理论的确认,对物的深入观照和体察,对兴寄之情的重视。理论的确认意味着方法的自觉,才会引发时风;《诗》"兴"的形

---

① 严可均:《全齐文》,商务印书馆1999年版,第260页。
② 殷璠:《河岳英灵集》,傅璇琮《唐人选唐诗新编》,第107页。
③ 张伯伟:《全唐五代诗格校考》,第48页。
④ 王夫之对此的探索可谓集大成,有所谓"活景""状景""状情"诸说,在《古诗选评》《唐诗选评》《明诗选评》《姜斋文集》等著作中都有不同程度的提及。可参见戴鸿森《姜斋诗话笺注》,上海古籍出版社2012年版,第72—73页。
⑤ 易闻晓:《中国诗法学》,第417—418页。

态本含有物情,但正因一直缺乏文学理论的探讨,所以汉人才会以儒释《诗》,斩断了《诗》中比兴之"物"和"情"的有机联系,丧失了风诗中那些活泼灵动的文学趣味。对物的深入观照和体察意味着体物之切,也意味着物性诗意的抒写可能诞生,如此才会导向主体情感和外物的同构和合,才可能在不同的物对象中营构出不同的物情一体的诗境,反之则如《诗经》中比兴,终究容易模式化。对兴寄之情的重视既意味着对执着写物的警戒和疏离,也意味着对主体情感的深沉挖掘,容易形成物情同构而蕴藉深远的诗境,广遭唐人批评的齐梁诗则可以为此提供反面的例证。

综括这三个条件,前两个与陆机具有一定关系,并在六朝皆得到了较好的发展;最后一个却显得较为私人化,不为时风。物感理论的核心在于讨论外物形貌与主体情感的关系,确认彼此的互动与同构,从属于心物论。三国曹丕有《感物赋》,乃是睹"天下城郭丘墟"唯余"太仆君宅"而产生的"兴废之无常"[①]的体悟,曹植亦有《感时赋》《感节赋》《感婚赋》等,皆注重到主体的抒情性,显然尚未提升到理论层面。陆机《文赋》则大量提及这个问题,比如称"应感之会""瞻万物而思纷",明确指出创作乃是基于对一种主体情感观念的书写,这种情感观念即对外物感应所引发的思绪,他在《感土赋》序中明确提出"何物不感",更表明了二者之关系确然具有普遍性;又《文赋》"情曈昽而弥鲜,物昭晰而互进"则描述了心物互动在创作中的推进,"昭晰"之"物"显然不仅是指向纯然的客观外物,而是包含了外物进入创作构思之中所成为的物象心象。表面上看,陆机论心物关系是基于赋体,未及于诗,加上他分疏"赋体物"和"诗缘情",似乎皆与诗无关,而明人顾起元在《锦研斋次草序》中说:"昔士衡《文赋》有曰'诗缘情而绮靡',玷斯语者,谓为六代之滥觞,不知作者内激于志,外荡于物,志与物泊然相遭于标举兴会之时,而旖旎佚丽之形出焉。"[②]于此不满,明确指出作者情志与外物的标举兴会相遇合,自然会产生出"旖旎佚丽之形",恰如后世沈德潜称"江山与诗人,相为对待者也"[③],

---

① 夏传才、唐绍忠:《曹植集校注》,第57页。
② 黄宗羲编:《明文授读》卷36,清康熙己卯年四明张氏味芹堂刊本。
③ 沈德潜:《芳庄诗序》,《沈德潜诗文集》,第1525页。

这是正确的文学原理。只是他误会了陆机讲"诗缘情"乃是标举体格分疏，其实是不排斥"体物"而"缘情"的，不知道陆机之说本来就内含了题材和写法交迭互用的可能；加之他的赋论本有"体物"而"感物"诗化的倾向，他在诗中直称"感物"也就是顺理成章的事了。如"载离多悲心，感物情悽恻"（《东宫作》），"感物多远念，慷慨怀古人"（《吴王郎中时从梁陈作》），"感物恋所欢，采此欲贻谁"（《拟〈庭中有奇树〉》），"踟蹰感节物，我行永已久"（《拟〈明月何皎皎〉》），凡此表明了他的物感说同样适宜于诗。所以刘勰的《文心雕龙·明诗》标举"人禀七情，应物斯感，感物吟志，莫非自然"，钟嵘《诗品》序称"气之动物，物之感人，故摇荡性情，形诸舞咏"①，皆是踵武其论。可以说，六朝人在诗歌领域普遍认可的物感理论完全发轫于陆机，及至唐人论感物兴会、感事发摅，都是从这里发展出来的。② 这一考察同时也佐证了朱自清称"从陆氏起，'体物'和'缘情'渐渐在诗里通力合作"是完全正确的。至于对物的深入观照和体察，上文已讨论到陆机标举赋"体物"而对诗"体物"的转折性意义，指出了从陆机开始，诗中开始焦聚于"体物"的描写。深入的观照和体察一方面要指向于体察物性的精准妥切，另一方面要表现为锻造字句的诗化，才有可能最终导向成熟的物情化表达。按"潘陆以后，专意咏物，雕镌刻镂之工日以增"③，陆机乃是始作俑者；后来刘勰《文心雕龙·物色》称"文贵形似，窥情风景之上，钻貌草木之中"，钟嵘推许"指事造形，穷情写物"为五言诗"滋味"说的获得标准，皆本于此。然而，陆机在诗体物方面的作用仅是理论的推出和风气的转移，真正的成功则要等到晋宋山水诗的体物描写才趋于成熟。此外，陆诗也并无多少兴寄之情，一如沈德潜《古诗源》所批评："士衡以名将之后，破国亡家，称情而言，必多哀怨，乃词旨敷浅，但工涂泽，复何贵乎？"④

---

① 曹旭：《诗品集注》，第 1 页。
② 关于六朝物感说对唐人感物兴会、感事抒情的影响，可参蒋寅《大历诗风》，凤凰出版社 2009 年版，第 139—145 页。
③ 张戒：《岁寒堂诗话》，《历代诗话续编》，第 450 页。
④ 沈德潜：《古诗源》，第 134 页。

直指有辞无情；而陈祚明《采菽堂古诗选》亦有其诗"不及情"① 的批评。

所以尽管陆机是有意用赋的"体物"来"帮助"诗的"缘情"，而且"体物"和"缘情"渐渐在诗里"通力合作"，但实际"帮助"乃至"通力合作"的效果，却是需要加以检讨的。首先，陆机提出的物感说在理论上是以赋为主，诗领域的心物理论要待刘勰和钟嵘的后来标举，其诗歌创作的"体物式描写"也尚未达到深刻的自觉，未能取得较好的业绩。其次，其诗好求精雕细镂以及骈偶化，不断消解了"诗缘情"的情本内涵。所谓"一味排比敷衍，间多硬句"，因而"不能流露性情，均无足观"②，"雕镌刻镂之工日以增，而诗人之本旨扫地尽矣"③，古人早已道破；尤其是其诗一味求两句一俳偶，在形式的张力上进不能深入洞察物情一体的交融遇合，退不如后来晋宋之际成熟的诗中四句式体物描写，能营造出玄远的诗境。再次，陆机本好求辞藻，而不重兴寄之情，这也是太康时风。凡此皆说明陆机文论中确有以"体物"来帮助"缘情"的意蕴，而实际的功效却是较小的，毋宁是消解了"缘情"，他在诗学史上最大意义不在于此。④ 理解了这一点，也就能正确评价赋体铺陈逐渐消解的同时，其"体物式描写"对诗的物情表达的具体影响。在物情表达理想化的三个条件中，物感理论自陆机迄齐梁已然成熟，物的深入观照和体察要至晋宋山水诗才趋完成，而兴寄之情却一直未成时风⑤，则唐前已得其二，这指明了物情化的进程是缓慢的、渐进的。由此，赋领域的"体物式描写"对促进诗的物情化表达

---

① 陈祚明：《采菽堂古诗选》，第300页。
② 杨明：《陆机集校笺》，第1045页。
③ 张戒：《岁寒堂诗话》，《历代诗话续编》，第450页。
④ 陆机的诗学史意义，一在于开启了诗领域的"体物式描写"路向，迄晋宋山水诗趋向成熟；二在于开启了转移近体的风气，即《诗源辨体》所称"至陆士衡诸公，则风气始漓，其习渐移，故其体渐排偶，语渐雕刻，而古体遂湮"。许学夷：《诗源辨体》，第87页。
⑤ 自太康迄齐梁诗，多被唐人否定而加以批评，如陈子昂所谓"文章道弊五百年矣"、齐梁间诗的"彩丽竞繁""兴寄都绝"，殷璠评齐梁间诗"都无兴象"。需要补充的是，因为兴寄之情带有私人化性质，在时风未成之际，物情化而能具"兴象""风骨"审美的表达，在陆机之后唐人之前并非没有，只是不占主流，如左思、陶渊明、鲍照、江淹、何逊、阴铿的许多作品，都呈现出了与六朝主流相疏离的一面，而近于后人所追求的情景交融、物情一体。这与我们要讨论的铺陈入诗相去渐远，在此就不作枝蔓了。

的贡献也就清晰呈现了出来：那就是促进了诗领域物感理论的成熟①，促进了诗歌重锤炼字句和体察物性相结合的"体物式描写"，为物情化表达的理想模式准备了充分的条件②。

　　总览赋体的铺陈入诗，我们看到，一个维度是由"物"的空间罗列描写式铺陈转为"物""事"描写和客观描写，无论是铺陈式描写还是体物式描写，都还有着赋法的影子。只是在体物式描写中愈加诗化，融涵了体察物性和炼造字句，从审美上看形成了朱光潜所谓"着眼点在自身的美丽"，初步建构起了诗学的过程之美；另一个维度则是赋的体物式描写对物情化表达的促进，表征为"体物"和"缘情"的"通力合作"，但效果是缓慢的、轻微的，作用是间接而非直接的。两个维度自有发展的轨迹，前者是主线，迄唐人尚且有着一定的分野，初唐上官仪《笔札华梁》中的"八阶"首列"咏物阶"，最明显的是佚名《文笔式》"六志"第一二分属"直言志"和"比附志"，虽都是用物来讲，前者却是直言咏物，后者是物情化的写法；而托名王昌龄《诗格》中所提出的"三境"，其一便是"物境"，其二才是"情境"。两个维度又互有交叉，前者对后者具有一定促进作用，但不是直接推进物情表达的理想化；从诗学史来看，物情化的完美表达必须基于体察物性和炼造字句的完美结合，因此，晋宋间人注重"文贵形似，窥情风景之上，钻貌草木之中""情必极貌以写物""穷情写物"，他们先强调写物，再强调表情，或者说重于写物而轻于写情，既是时风，同时也是达到物情表达的理想状态、达到唐人"兴象"美学的必经之路和必备

---

① 赋的体物式描写影响于诗，更多的是理论的抉发，不如赋之铺陈入诗后自我演变为诗体物的效果明显；或者说诗本有铺陈而体物的写法，赋之体物式描写对此仅具促进之功。晋代只是在玄学中发展出感物诗境，未及情境，如支道林《咏怀》"感物思所托，萧条逸韵上"，情的介入不够，反倒有玄学的意味。二陆之后直接的感物书写亦多，如张协《杂诗》："感物多思情，在险易常心。"曹摅《答赵景猷》："感物兴怀，愤思郁纾。"陶渊明《和胡西曹示顾贼曹诗》："感物愿及时，每恨靡所挥。"下至南朝则如宋孝武帝刘骏《秋夜诗》"睹辰念节变，感物矜乖离。"颜延之《直东宫答郑尚书道子》："君子吐芳讯，感物恻余衷。"鲍照《赠故人马子乔》："欢至不留日，感物辄伤年。"谢灵运《游南亭》："戚戚感物叹，星星白发垂。"江淹《鲍参军昭戎行》："铩翮由时至，感物聊自伤。"这些诗句，仍有不少是"感物"的空洞言说，缺乏情感抒写的深邃性。分别见逯钦立《先秦汉魏晋南北朝诗》，第 1081、746、754、980、1223、1233、1285、1161、1580 页。

② 物情化是一个比较复杂的命题，本节讨论的三个方面仅止于基本条件，注重于与赋的文体互动。实际上其理想模式与诗的意境讲求相关，发挥重要作用的是永明声律下的句篇轨范，将平面的体物描写逼向立体的诗境营造，本书下章对这一问题亦有一定讨论。

前提。从这点讲，唐人批评六朝人"彩丽竞繁""兴寄都绝""都无兴象"，可谓过河拆桥，得了好处说痛处，或者说得之越多而体会越深，故笔伐得最多。

这一考察不仅昭示了铺陈入诗的演进史、改造史，也昭示了诗体对此的改造能力。从汉赋的铺陈转入到诗中铺陈描写，再到物色之动人和物感说的确认，是基于经学的消退和情本表达的凸显这一背景而演进的；诗中铺陈式描写既然以描写为旨趣，失去"浑成之气"、导向体物的妥切和字句的锤炼、注重诗境的营构也是必然的。于是物的书写逐渐转向注重物中的生机感、生命感，转成加持声色感；所以在"声色大开"的宋诗时代，已然不能满足于"文贵形似"，而必然要导向追求体物的"神似"，比如从大谢到小谢的诗便有从注重客观刻画到心象创造的进阶①，又比如南齐谢赫从画学上标举"若拘以体物，则未见精粹；若取之象外，方厌膏腴"的体物取象进阶。至此，赋法入诗的痕迹全无，诗学手法的魅力尽显。这是"兴象"审美发生的前奏，体现了诗歌对赋法入诗的文体改造历程；唐人也是以从这里获得的诗学经验，进而对太康以后的诗坛进行批评的，从诗歌创作的演进来看，这是肯定之后的扬弃否定，故而其进程的丰富细节是不应当被忽略的。②

至此我们可以进一步分疏诗赋二体对铺陈赋物的接纳和冥契。按赋家"以体物为铺张""以事物为铺陈者"，这是体格规限，固得其宜而已见前文，谢榛所称"诗赋各有体制，两汉赋多使难字，堆垛连绵，意思重叠，不害于大义也"，在文体学的视域下，这当予以积极的关注；更进一步，"六朝之体"转向"以体物为描写"，注重物色的描摹形容，大力发展描写式铺陈以突出体势美的一面，所谓"体各有妙"，亦得一格，但这一路向本身又是消解铺陈手法的，而只宜于小题材，具有诗化的倾向，从而导向了后代论赋体的"每况愈下"。③ 铺陈入诗形

---

① 罗宗强：《魏晋南北朝文学思想史》，第269页。
② 韩经太注意到，唐诗"兴象"美学的生成语境，正是晋宋以来自然山水诗兴起并走向成熟的诗歌艺术实践。见韩经太《中国意象诗学原理的生成论探询》，《北京大学学报》2020年第2期。
③ 这方面的论家较多，可以祝尧为代表，参看本书结束语部分。

成重修辞、倾向于四句两两骈偶形态、重审美诗境追求的"体物式描写"以后，固然丰富了物的描写，但却给我们提供了不少反面的经验。如刘咸炘称"铺陈物色固有宜赋不宜诗者"①，陆机《文赋》提出"情瞳昽而弥鲜，物昭晰而互进"，对赋来说，以铺陈为立体原则本就包含有静态罗列的倾向，"物"是可以"昭晰而互进"的；抒情诗却不适宜缓慢地呈现"物"对象，意境是其最终的追求，所以"铺陈物色"在诗中必然要转向包含修辞和炼造的体物式描写，并最终向着物情化的方向演进。陆机虽于转移诗赋的时风皆居功至伟，但其诗的本身创作却是不成功的，其中原因即在于还没有真正从审美上发展出二体分野的文学品格。贺贻孙《诗筏》："士衡惊才绝艳，乃其为诗，不及其《文赋》《豪士赋序》《吊魏武帝文》《辩亡》《五等诸侯论》远甚。盖惊才绝艳，宜于文，不宜于诗。"② 从另一方面看，亦即谓陆机以赋为诗。至于沈德潜《古诗源》称"苏李、十九首每近于风，士衡辈以作赋之体行之，所以未能感人"③，黄子云《野鸿诗的》称其"至五言、乐府，一味排比敷衍，间多硬句，……不能流露性情，均无足观"④，其意皆近，所指益明，强调陆机以赋为诗不利于"缘情"的凸显，最终不能营构出诗境。对于这个问题，我们不妨以钟嵘的讨论作为结尾：

  五言居文词之要，是众作之有滋味者也。故云会于流俗，岂不以指事造形、穷情写物最为详切者耶？故《诗》有六义焉：一曰兴，二曰比，三曰赋。文已尽而意有余，兴也；因物喻志，比也；直书其事，寓言写物，赋也。弘斯三义，酌而用之，干之以风力，润之以丹彩，使咏之者无极，闻之者动心，是诗之至也。若专用比兴，患在意深，意深则辞踬；若但用赋体，患在意浮，意浮则文散，嬉成流移，文无止泊，有芜漫之累矣。⑤

---

 ① 刘咸炘：《文学述林》，黄曙辉编校《刘咸炘学术论集·文学讲义编》，广西师范大学出版社2007年版，第20页。
 ② 郭绍虞：《清诗话续编》，第160—161页。
 ③ 沈德潜：《古诗源》，第134页。
 ④ 黄子云：《野鸿诗的》，丁福保辑《清诗话》，第895页。
 ⑤ 曹旭：《诗品集注》，分别见第43、47、53页。

钟嵘以《诗》中的兴、比、赋来说诗，其实已然出脱了《诗》中之手法所指。他称"专用赋体"，不唯指《诗》中之赋，还兼及了赋体的赋法；又释兴为"文已尽而意有余"，是从诗的审美意境来立论的。作为"居文词之要"的五言，要想获得"滋味"的艺术审美，就是合理运用好兴、比、赋：其中比兴和"意深"与否相连，则主于情，及至"干之以风力，润之以丹彩"，已透露出了初唐"兴象""风骨"说的消息；"赋体"则与"意浮"而"文散"相连，隐含着赋主散句而区别于诗的体格分疏，但赋法的借用乃是治"意深"之弊，反之则要警惕于"芜漫之累"。在赋家那里，"拟诸形容，象其物宜"①"赋以象物""能构象，象乃生生不穷"，表明即物拟象是其本质，故以名物铺陈和描写铺陈；在诗人手里，拟诸形容、求得"物境"只是众多的写法之一，"兴象"审美、象外之象的意境获得才是其文体的旨趣。于是，一切赋法入诗，都落入了第二义，只具有工具的作用，要么在改造中散发出合乎诗体的手法魅力，要么就与其他手法"酌而用之"，共同承担起营构言外之意的诗法功能。

---

① 见《文心雕龙·诠赋》，《文心雕龙注》，第135页。此本《周易》系辞语："圣人有以见天下之赜，而拟诸其形容。象其物宜，是故谓之象。"表明赋之赋物，乃与象通。然此象非诗中之象。楼宇烈：《周易注校释》，第245页。

第六章　形式探索与体格兼融

从文本形态看，唐前赋的演进具有较为明显的"形式"表征。李调元《赋话》称："扬马之赋，语皆单行，班、张则间有俪句，……下逮魏晋，不失厥初。鲍照、江淹，权舆已肇；永明、天监之际，吴均、沈约诸人，音节谐和，属对密切，而古意渐远；庾子山沿其习，开隋唐之先躅。"① 所叙句式演变虽较粗略，而大致如是。西汉之赋浑成高古，东汉变为整练，已兆俳偶之风；建安"诗赋欲丽"，开始在声色藻绘中有意识杂入俳偶；孙梅《四六丛话》谓"左陆以下，渐趋整练；齐梁而降，益事妍华：古赋一变而为骈赋"②，明确表示"六朝之体"的"骈偶"特征，只是"齐梁而降"的"妍华"导向实际上已然内含了"俱五色之音响"③ 的声韵讲求。相较于"六朝之体"在手法上变两种铺陈为描写体物，其在文本"形式"特征的演进上同样复杂，一在于"俪句"的运用，"属对""骈四俪六"即其进阶；二在于"音节谐和"的声律化探索，沈、周"永明"新体足其格。骈偶句式的明确标举在"左陆"之际，盖已由俪句的手法追求转为一种文体风貌，即吴讷所称"俳体"；而沈约等的四声八病之说，则进一步将"俳体入于律"。④ 所以有学者提出，同为骈赋，齐梁与晋宋别是一体，"在齐梁时繁缛极矣；晋宋之间，往往神韵萧疏。"⑤ 这种以"形文"之骈偶和

---

① 孙福轩、韩泉欣：《历代赋论汇编》，第80页。
② 孙梅：《四六丛话》，第69页。
③ 萧子显：《南齐书》，中华书局1972年版，第907页。
④ 祝尧：《古赋辩体》，《历代赋论汇编》，第50页。
⑤ 孙德谦：《六朝俪指》，《历代文话》第九册，第8485页。

"声文"① 之声律为中心的形式探索，同样体现于诗，当诗最终在形式美学的探索上取得了巨大的成就后，又反过来影响了唐律赋的形成。我们可以这样说，六朝的形式探索将中国诗文的"形式美学"发展到了极致，此后的一切再发展皆是在此基础上的调适和反拨。

然而这却未得到深入的理论发掘和积极的文学评价。传统文论本就以服务创作实践为旨趣而不以理论的精进独立为尚。从汉代儒家《诗》教政教观建构，到唐宋文以载道观的发展，皆表明主流文艺在于对现实"风""雅"的积极关注，具有内容和功能的政治规约；但汉末经学式微，"诗缘情"的强大主体抒情功能的标举，使得诗文获得了独立自足的艺术发展，这一植根于道家和玄学的新传统，保证了创作主体积极发展其超功利的心灵美学和过程美学，从而构成了文艺上的儒道互补。由此在二者之间形成了彼此制约而反拨的创作机制，所以六朝人骨子里标举"缘情"，在表达上却常常借"言志"以缘饰，终不敢无所顾忌②；唐宋"文以载道"的古文运动对六朝骈文的反拨，同样在实践中积极地兼融着骈散的表达。在此宏大的历史文化语境中，六朝形式美学虽不至于被极力深研表彰，亦不至于被痛诋为历史的糟粕；明清以后不少人专事骈文研究，清代复起骈文一派，阮元广论齐梁"文""笔"之说，"六代之骈语"甚至被赋予"一代之文学"③ 的至高地位，皆表明了这一点。迄清末民初经学彻底解散，章太炎、刘师培、黄侃等皆能跳出传统文艺观念而平视骈散，刘师培尤其大张骈偶文之美。本来沿此而下，当能重新建构起具有理论深度的"形式美学"中国学派，但新中国成立以后，理论界受苏联反映论的影响，阐释文本注重思想内容的正当性，这和传统中国注重儒家《诗》教政教的文论观刚好一拍即合，由是"形式主义"成为意义匮乏、苍白消极的标签式术语，消解了"形式美学"的丰富内涵。但"形式美学"本与普遍的文艺心理结构戚戚相关，不分东西不论古今皆如此，所以直到"形式主义"批评、陌生化理论、结构主义、新批评主义流行学界时，我们才能回省六朝曾经盛极一时的"形式"探索，实际上不当以"彩丽竞繁"而施予"兴寄都

---

① 范文澜：《文心雕龙注》，第537页。
② 朱自清：《朱自清古典文学论文集》，第224页。
③ 王国维：《宋元戏曲史》序，上海古籍出版社1998年版，第1页。

绝"的猛烈苛评，这本是发展至唐代近体诗"形式美学"的必由路径。由此，本章我们需要借用西方发展极为成熟的"形式主义"理论以为参照和阐释，考察六朝以骈偶句式和声律为中心的形式探索历程，庶几可以发掘六朝形式追求的历史原因，清理句式和声律的形式探索进程；借以辨析二体于形式追求的兼融性，并对二体发展的必然态势进行理论的阐释。

第一节　形式追求的必然进程

西方形式美学的独立追求具有哲学的先验性和必然性。柏拉图继承苏格拉底从心灵来认识对象事物的原则与方法，提出"理念"的先验本体论，对象世界则是感官可感的"模仿"存在，于是诗人就成了对"理念"模仿的再模仿，所以和"王者或真实隔着两层"①；从哲学思维方式讲，他彻底把世界进行了感官把握和理性认知的形上形下区分。正是因此怀特海才认为整个西方哲学史都是柏拉图的注脚。沿着这种分析哲学的思维，这一区分就从文艺美学的角度分离出了艺术模仿的人为技艺。亚里士多德《诗学》便紧承其说而集中探讨文艺的摹仿原理，他一方面认为摹仿的作品能引发快感乃在于摹仿的本能；另面则是因为"音调感"和"节奏感"，所以他最终走向研究"一个美的事物"中"各部分"所应有的"安排"原理，包含体积、形状、情节长度等。②落实到最能体现摹仿快感的悲剧则关注于音和词、词性、词汇、情节等修辞艺术；同时受柏拉图"理念"本体论的影响，他还强调艺术摹仿的形式应当揭示出对象事物的内在规律和必然性。贺拉斯主张艺术的"合式"仍然是一脉相承的，他讨论作品的有机统一、人物性格的"定型化"以及诗格、节奏、用词等③，表明了形式美学走向独立自足的倾向。下至康德则发展成为完全自足的形式美学，他强调本于感性"先验形式"的"审美判断"，认为审美对象具有"形式的合目的性的机

---

① ［古希腊］柏拉图：《理想国》，郭斌和译，商务印书馆2017年版，第309—403页。
② ［古希腊］亚里士多德：《诗学》，罗念生译，人民文学出版社2002年版，第10—23页。
③ ［古希腊］贺拉斯：《诗艺》，《诗学·诗艺》，杨周翰译，人民文学出版社1962年版，第137页。

能"，审美判断乃是"主观合目的性"所引发的情感愉悦，是"对象的合目的性的形式"而使得主体"不凭赖概念"能将之"当作一种必然的愉快底对象"①，由此审美对象具有了"形式""合目的性"的先验美学内涵，这是对柏拉图割离形上形下、亚里士多德走向研究艺术摹仿修辞的必然结果。20世纪俄国"形式主义"从关注语言的形式演变、程度方法和功能，转向"陌生化"的讲求，再到结构主义语言学、"新批评"强调文本的绝对地位，甚至鲁道夫·阿恩海姆从心理学美学所强调的"艺术与视知觉"，都不过是柏拉图、亚里士多德讨论艺术摹仿而走向形式自足的必然路向，皆与对对象"形式""合目的性"的深入分析相关。但是中国哲学的天人合一思维则与之不同，主客融合观照的思辨决定了中国形式美学的论断不可能完全独立而获得自足的意义，形式的探索要受限于"实用理性"②的当下关注，一切形式、辞章的讲求必然依违于儒家的政教文艺，由此而形成体用合一、形式和内容共生的文艺美学。根据这一历史逻辑，在创作上将形式美学发展到极致的六朝句式和声律讲求，就不能从中国哲学的先验必然性上去获得圆满的解释，而当另有原因。

  这一原因是合力作用的结果，主要包含了赋文本演进的必然理路、哲学思想的影响以及外缘的政治历史因素。刘勰《文心雕龙》专列《丽辞》一章论骈偶，他认为骈句的形成是一种自然现象："造化赋形，支体必双；神思为用，事不孤立。夫心生文辞，运裁百虑，高下相须，自然成对。"故而如上古《尚书》"满招损，谦受益"之类"岂营丽辞，率然对尔"。③他推论骈句产生之源在于"神思为用，事不孤立"的自然文化现象，隐约注意到了创作与文艺心理的关系，当然还不能科学完足地予之以解释。唐代皎然《诗式》谓"如天尊地卑、君臣父子，盖天地自然之数"④，所论相近，但从刘勰称许"圣人之妙思"的《周易·系辞》着手，有着以经典哲学文化为解释角度的倾向。所以清代李兆洛《骈体文钞》序称"天地之道，阴阳而已，奇偶也，方圆也，

---

① ［德］康德：《判断力批判》上卷，商务印书馆1985年版，第47、74、79页。
② 李泽厚：《中国古代思想史论》，天津社会科学院出版社2003年版，第288—290页。
③ 范文澜：《文心雕龙注》，第588页。
④ 皎然：《诗式校注》，李壮鹰校注，人民文学出版社2003年版，第57页。

皆是也。阴阳相并俱生，故奇偶不能相离，方圆必相为用"，便径从这一角度来衍释骈偶现象。他进而称："《易》六位而成章，相杂而迭用。文章之用，其尽于此乎！"①这完全代表了中国古代哲学文化观念下的骈偶解释。骈偶观念确与哲学文化心理学有关，但并非全系于此。近人刘永济注意到"文家之用对偶，实由文字之质性使然。我国文字，单体单音，故可偶合"②，这才是问题的根本所在；因为据此组字成句、构句用意，皆"不离单复二类"，一句之用字则有单字和复词，而句式的形态则可分为单行和骈偶。这种现象和阴阳之道的哲学观念是相通的。问题的关键在于，何以骈偶句连并复词叠字都大量出现在赋体之中，或者说何以骈偶句只有在赋中发展而成熟，而不是从周秦诸子之文或两汉史传之文发展出来，似未引起古今论家的注意。其中实有着文体演进理路的必然导向。

骈偶句的大量运用入文，往往被称为"俳体"。按《说文解字》："俳，戏也。"段注"以其戏言之谓之俳，以其音乐言之谓之倡，亦谓之优，其实一物也"③。故引为"俳体"指注重音律、讲求字句对仗、具有游戏雕琢打磨而疏离实用品质的骈偶之体。有趣的是，汉人枚皋称"为赋乃俳，见视如倡"④，扬雄称"颇似俳优淳于髡、优孟之徒"⑤，虽然属于对赋家地位的省思，但从另一面恰恰告诉我们，赋体的技法要求就是如"俳"如"优"如"倡"，就是注重声音、表意等辞章细节打磨，唯此才会发展成为"俳体"。然而仅从赋体重视诵读效果、重视雕琢打磨的层面来讲，理据尚显不坚实。按祝尧《古赋辨体》评司马相如《子虚赋》《上林赋》值得注意：

　　此赋虽两篇，实则一篇。赋之问答体，其原自《卜居》、《渔父》篇来。厥后宋玉辈述之，至汉，此体遂盛。此两赋及《两都》、《二京》、《三都》等作皆然。盖又别为一体，首尾是文，中

---

① 李兆洛：《骈体文钞自序》，上海书店出版社1988年版，序言。
② 刘永济：《文心雕龙校释》，第110页。
③ 段玉裁：《说文解字注》，第365页。
④ 班固：《汉书·贾邹枚路传》，第2366—2367页。
⑤ 班固：《汉书·扬雄传》，第3575页。

间是赋。世传既久，变而又变。其中间之赋以铺张为靡，而专于词者，则流为齐梁唐初之俳体；其首尾之文，以议论为驶，而专于理者，则流为唐末及宋之文体。①

所论赋之文本形态，分解为"首尾是文"和"中间是赋"，是专门针对散体骈辞大赋而言。而两类流变则别为"俳体"和"文体（文赋）"，据此则祝说隐含有骈偶和单行的二分思路。我们的关注点在"中间之赋"流为"齐梁唐初之俳体"的文体原因。祝尧称是"以铺陈为靡而专于词"的流变，注重于铺陈手法下的用词，所以他称一切"词人之赋"（大赋）皆可同比参看，可以分解为"词夸""词媚""词赡""词藻""词壮"等赋格，这足资启发"俳体"的形成与铺陈为词有关。首先不必局限于"词人之赋"，实际上不管骚体还是荀子咏物小赋一脉，皆以赋体本质的铺陈手法而规限于用词遣句，因为它们都具有"中间为赋"的部分，唯此才堪称赋，如此则一切赋皆具有流变为"俳体"的可能。祝尧又称"盖自楚骚'制芰荷以为衣兮，集芙蓉以为裳'等句，便已似俳，然犹一句中自作对。及相如'左乌号之雕弓，右夏服之劲箭'等语，始分两句作对，其俳益甚"②，楚骚中既已有骈偶的写法，则不待汉赋开出；实际上楚骚之用与《尚书》《周易》中的"自然成对"并无二致，关键在于明确的骈偶建构意识，这才是观照"中间为赋"铺陈用词的重要意义。所以他引吕大临之语称"文似相如殆类俳，流至潘岳首尾绝俳"③，从"类俳"的表达发展到"绝俳"为体，才是认识赋体发展为骈偶的主要线索。铺陈注重空间的建构，朱光潜称："赋侧重横断面的描写，要把空间中纷陈对峙的事物情态都和盘托出，所以最容易走上排偶的路。"④ 乃是精允的判断，需要深入的则是如何走上排偶的必然性问题。无论是名物铺陈还是描写形容铺陈，都必须要同类排列，一面堆砌为效，另面构成表意单元排比的文本空间结构。不必说名物的堆砌，比如《上林赋》"滭弗宓汩，偪侧泌㴘，横流

---

① 孙福轩、韩泉欣：《历代赋论汇编》，第44页。
② 孙福轩、韩泉欣：《历代赋论汇编》，第49页。
③ 孙福轩、韩泉欣：《历代赋论汇编》，第49页。
④ 朱光潜：《诗论》，第184页。

过程之美

逆折，转腾潎洌，滂濞沆溉，穹隆云桡，宛潭胶戾"①，描写水势联绵形容，构成一顺而下的"体势"之美。这种铺陈不必考虑语法造句，只是联绵形容的排列，造成了结构的相同，所以我们截取相邻的两句观察，确实有如骈对；但以"累句一意"的"类俳"表达判别于骈偶之联对，实际上还不当视为骈偶，只是在"和盘托出"的过程中凸显出了骈偶的可能。再看《上林赋》"于是乎卢橘夏熟，黄甘橙楱，枇杷橪柿，亭奈厚朴，樗枣杨梅，樱桃蒲陶，隐夫薁棣，荅遝离支，罗乎后宫，列乎北园"，这里的名物堆砌与上引形容铺陈性质如一，但小结上林苑中植物之丰富，则用了"罗乎后宫，列乎北园"两句，可以看作空间标识的简省概括，"罗""列"作为动作词可以互训，"后宫"以对"北园"，铺陈用词具有明确空间选择的意识，这一组句昭示了明显的骈偶意识；而上下句虚字处皆重复作"乎"，不规避为用，表明了发展中的早期俳句形态。就是说，当那些"空间中纷陈对峙的事物情态"不必大肆展开时，作者则只需提点空间"对峙"的关键标识词以概括成句，这时就无意中构成了骈偶。祝尧所引"左乌号之雕弓，右夏服之劲箭"，就是属于这一种情况，这在重铺陈的汉大赋中是较少使用的，只偶见于概括或提引之句。据此可以推断，当赋体的铺陈空间变小，或者说篇幅缩小时，"累句一意"的铺陈组句就容易简省为骈偶。借此反观荀子一脉的咏物小赋，因受限于篇幅而有较多的不甚工整的早期骈偶句，其理即在于此。在汉代当然以大赋为主，故不甚突出这一点，到了东汉末及至三国之际，抒情浪潮影响及短篇成为赋域主流，骈偶组句的特征就明显地体现了出来。如张衡《归田赋》"尔乃龙吟方泽，虎啸山丘。仰飞纤缴，俯钓长流；触矢而毙，贪饵吞钩；落云间之逸禽，悬渊沉之鲨鰡"②，改变了大赋空间中同一维度堆砌罗列的铺陈写法，舍弃了"事物情态"的空间"纷陈"之貌，而是提点"方泽""山丘"组构成"对峙"的高下空间，以下数句皆取此高低俯仰的"对峙"来概括表述，构成了标准的早期骈偶句式。所以从赋以铺陈立体的角度来看，走向骈偶乃是其文体质素的必然结果，关键在于篇幅的缩

---

① 李善注：《文选》，第123页。以下司马相如赋皆选自此，不再注。
② 张震泽：《张衡诗文集校注》，第244页。

减；只要稍加比较诸子文及史传文、策论等实用文，就能见出这是唯有赋才最容易形成的流变。据此以论魏晋之际的赋走向骈化，并非只是骈化而丧失了铺陈，从而改变汉赋为"六朝体"，而也可以说是赋之铺陈必然走向骈化：当抒情化影响于篇幅的缩减时，也就催生了明确的骈偶意识，由此而形成了导向骈偶化、重体物描写的"六朝体"。

　　声律化的讲求则当归属于赋体之优先发展。首先是用韵问题，只有在韵文中才有可能进一步发展出声律。《周礼》称六诗"皆与六律为之音"①，《诗》三百篇"未有不可入乐者"，在周代完全以合乐的形式来发挥礼仪功能；合乐只需有韵即可，所以《诗》乐的表现形态只能从音乐学上去发展，形成以词就乐，甚至凭乐改词的可能。②尽管孔子以《诗》为教学文本从关注音乐转为关注内容，但迄汉代《诗》教皆以用《诗》为主，创作上则转而为赋；乐府诗被《汉书·艺文志》同列入"诗赋略"，然与音乐相关，不遑发展出声律讲求，而仍要让位于赋。五言徒诗与改造乐府相关，后起于赋和乐府，诗之诵自然后于赋之诵。《汉书·艺文志》称"不歌而诵谓之赋"③，则赋不须合乐，只以口诵即可。赋的起源亦与诵有关，郑玄谓"赋者或造篇，或诵古"④，《楚辞·招魂》"人有所极，同心赋些"，王逸注曰"赋，诵也"。⑤这是它与《诗》在展演形式上的本质区别。刘熙载《艺概·诗概》总结"赋不歌而诵，乐府歌而不诵，诗兼歌、诵"⑥，可见读者接受几种韵文体式之别。而只有脱离音乐而又不失对节律的探索，才可能优先发展出声律，赋之"诵"则最先满足这个条件。按汉人已有意识于赋的诵读，《史记·司马相如列传》载汉武帝"读《子虚赋》而善之"⑦，《汉书·王褒传》载汉宣帝"征能为《楚辞》九江被公，召见诵读"，又称"太子喜褒所为《甘泉》及《洞箫颂》，令后宫贵人左右皆诵读之"。⑧诵读

---

① 郑玄：《周礼注疏》，《十三经注疏》本，第796页。
② 马瑞辰：《毛诗传笺通释》卷一，中华书局1989年版，第1页。
③ 班固：《汉书·艺文志》，第1755页。
④ 毛亨等：《毛诗注疏》，第808页。
⑤ 洪兴祖：《楚辞补注》，第213页。
⑥ 袁津琥：《艺概注稿》，第369页。
⑦ 司马迁：《史记》，第2999页。
⑧ 班固：《汉书》，第2821、2829页。

过程之美

讲求按节抚拍，汉赋承自纵横家的"恢张谲宇，紬绎无穷"①，故最宜于声气诵篇：其中铺陈排比句式所构成的一顺气势、联绵用字所形成的谐音反复，皆能在诵读中传达出音节的美感、空间的气度、名物的繁多、形容的情态，庶几昭示出汉赋的体势之美。传为司马相如答盛览"赋心""赋迹"说所称的"一经一纬，一宫一商"，"宫""商"当为以乐拟声，可与之相参。所以赋的诵读是极容易发展出声律来的，只是汉赋的铺陈注重罗列，不重语法和动字的锻炼，尚不及于一字一词的宫羽探索；从条件上来看，仍需篇幅的缩减和转向炼字体物，才能形成在细节上吟诵推敲的创作习惯，发展出精细化的声律之学。后来"六朝体"既转向六言句式为主的体物描写，注重锤炼，自然就会思考"暨音声之迭代，若五色之相宣"的声韵辞藻理论，关注于"作金石声"②的诵读效果，及至于沈约王筠击赏"驾雌霓之连蜷"中"霓"字的入声读法③，终于走向了精细化的声律之路。尽管这种声律探索也会同步影响于诗，但根据赋之诵先于诗之诵，赋的地位迄晋代仍居主流，所以在先唐文论中我们仍是先看到大量的赋音讨论，这在魏晋之际就已屡见不鲜。诗的声律讲求则要等到这种风气形成之后。下至齐梁才出现"永明"新体，及至钟嵘《诗品》专论诗体，而仍称："余谓文制本须讽读，不可蹇碍，但令清浊通流，口吻调利，斯为足矣。"④不径言诗之"清浊通流"，而从"文制"谈起，隐含了齐梁区分"文""笔"而尚文的文学思想，逻辑上则隐含了从文到诗的进推理路。总之，它与骈偶所构成的形式追求都是赋体演进的必然结果，或者说，先唐形式美学的探索隐含了一条赋文体演进的内在理路。

尽管赋体以空间铺陈和"不歌而诵"的文体特点必然发展出句式骈偶和声律讲求的形式之学，但何时转向、何时达到高潮，则有赖于哲学思潮的影响和外缘的政治历史因素。这两个方面从属于文学思想史研

---

① 章太炎：《国故论衡》，第91页。
② 《世说新语·文学》载："孙兴公作天台赋成，以示范荣期，云：'卿拭掷地，要作金石声。'"余嘉锡：《世说新语笺疏》，第234页。
③ 姚思廉：《梁书·王筠传》，中华书局1973年版，第485页。
④ 何文焕：《历代诗话》，第5页。

究的重要内容，早已为学界所关注，并形成了不少定论，这里我们只简单概述。所谓哲学当然是以学术思想为主，为了理解的方便仅作概念的借用。魏晋之际玄学对儒家经学的冲击，齐梁之际佛学风气的盛行都为形式之学的发展提供了充足的条件。玄学是从儒学的罅隙中破空而生的。汉代儒学在经学的建构中形成了绝对的话语权力，儒学思想演变成了一种意识形态，思想中的个人便失去了自由性与超越性①；但是儒家在"性"与"天道"的终点处始终存而不论，汉人"治一经得一经之益"的"通经致用"②观，延续的正是孔孟原典儒学的当下关怀品质，于是玄学就从这里作为切口，着力于阐释本体形上之学，来解放束缚了的个人心灵。在玄学的四对重要命题中，有无之辩、才性之辩、言意之辩、名教自然之辩表面是指向于体用的阐释，实际上却有着挣脱和超越形而下，体悟和徜徉于形而上的倾向，也即具有"由具体人事"抵达"抽象玄理"③的逻辑进路。抽象玄理的清谈和对本体的洞察，转变了士人的生活态度，正始嵇康的"越名教而任自然"就是这一产物，究其质当然是本于士人心态的转变，即定儒学一尊的"理性的心灵世界，已经让位于一个以自我为中心的感情的世界了"④。个体的自由既然得到了解放，表现于文艺，自然就挣脱了对政教的束缚，比如赋就冲破了"《诗》教"的经学意蕴，走上了独立的道路。如果说在曹丕提出"诗赋欲丽"尚是抒情浪潮及道家思想复苏视域下的文学自觉，那么陆机提出"诗缘情而绮靡"就完全是玄学背景下的文学自觉，所以哲学家汤用彤考察哲学对文学的影响，才称"文以寄兴"的"缘情"一路"是从文艺活动本身引出之自满自足，而非为达到某种目的之手段"⑤。正是这一点，才为形式美学的自足发展提供了充分的条件，使之在晋代以后能获得疏离内容而独立发展的正当性。另一方面，言意之辩尽管以"抽象玄理"为旨归，但自庄子"言不尽意""得鱼忘筌"及至王弼提出的"言""象""易"解释路径，都表明了玄学对语言的必要依赖。

---

① 葛兆光：《中国思想史》（第一卷），复旦大学出版社2001年版，第301页。
② 皮锡瑞：《经学历史》，第90页。
③ 汤用彤：《魏晋玄学论稿》，第10页。
④ 罗宗强：《玄学与魏晋士人心态》，中华书局2019年版，第56页。
⑤ 汤用彤：《魏晋玄学论稿》，第189页。

这就导向了清谈的语言策略，形成了一种载道倾向的话语修辞表达。比如傅嘏的"谈言虚胜"、荀粲的"谈尚玄远"、张凭的"言约旨远"①，及至那些品藻人物的白驹鸣鹤、玉山岩风、茂松琼树般的譬喻，在"山阴道上行"中对自然"云兴霞蔚""林岫皓然""自相映发"的体察，都是一种语言的游戏和演练；也正是这种语言的策略，才将他们对玄学的理解转化为风流儒雅的审美人生。需要说明的是，玄学发展所导向的语言修辞追求，由于受其"抽象玄理"的旨趣约束，其在当时并未发展成完全独立之学；换言之，玄学既引发了人们对语言修辞的重视，又因自身形上性质的关怀而限制着这种发展，所以晋代骈偶的追求并不成为绝对的主流，声律化也还未得到深入的发展，只是为它们的成熟准备了一切充足的条件。究竟中国文论因为哲学"原道"思维的规限，而注重于在体用互通中发展形下实践之学②，所以一旦玄学式微，它所发展出来的语言修辞就会受到极大重视，这是此后的齐梁益加注重语言形式之学的历史哲学逻辑。齐梁之际之所以将语言修辞发展向声律之学，与佛教的盛行分不开，主要是佛经翻译和梵呗、转读、唱导等佛讲活动的影响。佛教虽然在东汉就已传入，但本土思想内部的发展尚且有着强劲的生命力，如上所论，儒学意识形态化本已为道家留下发展的罅隙，所以要等玄学的浪潮消退之后，佛学才能挤进思想的主流。东晋不少士人已然笃信佛教，如戴逵、殷浩、王恭等，他们和僧人有交往酬唱，由于"晋代佛学与玄学之根本义，殊无区别"③，于是消歇之玄学与渐兴之佛学就呈现出了合流的态势。刘宋佛学大张以后，佛教本土化仍然依赖于语言策略，南朝文士"主要以诠释、谈说、论辨、译经、著述等语言活动为策略对'有无''形神'等命题进行逻辑推论"，梵呗、唱导等形式往往因为音腔讲唱的需要，而译成四言、五言、六言、七言等整饬形式的佛偈经文，这便从声韵、词汇、语法等方法刺激了文学文体。④ 比如陈寅恪所提出的印度转读佛经依照声之高低分为三类，启发

---

① 余嘉锡：《世说新语笺疏》，第206页。
② 参见拙作《"原道"观与中国文论的生成特征》，《重庆邮电大学学报》2019年第5期。
③ 汤用彤：《汉魏两晋南北朝佛教史》，北京大学出版社1997年版，第191页。
④ 韩高年：《南朝文学的形式美学倾向及其价值》，《文学评论》2007年第2期。

了国人对汉语声调的区分①；钢和泰注意到在佛教中音译梵书发音必须精准，否则会以印度念咒出错得祸的传统而受到惩罚②，无疑都促进了字词声律的讲求。

外缘的政治历史因素与哲学思潮的影响往往是互为一体的，我们仍只择其大者。汉末政治上的外戚专政，致使处士横议，形成婞直之风，刺激了士人的群体自觉，钱穆强调"文苑"立传始有"文人立传"，形成"文人之文"③，实际上《后汉书》所立《独行传》亦同是这种现象的反映。在经学式微而玄学兴起的前夕，正是历史政治的因缘才形成重个性、重抒情的风气；下至建安时代"世积乱离"则加剧了这一时风。时势已然显示出经学的失效，思想界需要新的学术思想来调节人心，此所以玄学之能在正始之际出现，而影响两晋百余年。而从汉末至三国至晋初，时局在战争和政治斗争的交替中演进，士人朝不保夕，故此波及他们全生避祸，饮酒吃药狂狷任诞，回向林下自然清谈玄虚，又促进了玄学的进一步发展。迄东晋政权南移，南方山水清音、庄园经济恰恰契合于体天道于自然；如果说魏晋之际的玄学还是士人精神世界的被动转向和无奈逃逸，那么此际则变成了士人对玄赏清音的主动逢迎，玄学已然融进士人的血液，形成了他们风流自得、高雅飘逸、从容潇洒的生活态度。尽管此际偏安一隅，政局摇摆不定，北方杀戮不断，但士人的玄赏似乎表明他们降临人世"不是来承担而是来享受人生的"④。这些都足以为语言的形式探索提供从容发展的种种语境。迄刘宋玄学未灭而佛学兴盛，崇文的风气就起来了。南朝朝代更迭旋如走马，确然是他们没有远大的政治抱负，大部分统治者都没有北伐的魄力，他们沉浸于吴歌声情，痴迷于声色犬马，即是说他们生活的旨趣全在文艺（包含佛学）和生活享受上。刘宋已然推崇文章，《资治通鉴》"齐纪二"称"自宋世祖好文章，士大夫悉以文章相尚，无以专经为业者"⑤，宋明帝开儒、

---

① 陈寅恪：《四声三问》，《陈寅恪集·金明馆丛稿初编》，生活·读书·新知三联书店2009年版，第367页。
② 钢和泰：《音译梵书与中国古音》，《国学季刊》1923年第1卷第1期。
③ 钱穆：《读文选》，《新亚学报》1958年第3卷第2期。
④ 罗宗强：《玄学与魏晋士人心态》，第352—353页。
⑤ 司马光：《资治通鉴》（第六册），中华书局2013年版，第3570页。

玄、文、史四学，《南齐书》载高帝萧道成于永明二年幸青溪旧宫"设金石乐，在位者赋诗"①，一代文宗沈约历三朝而好奖掖后学，梁代竟陵王萧子良开西邸所形成的"竟陵八友"文学集团，萧衍、萧绎、萧纲父子对文学的大力提倡，凡此表明南朝统治阶层独爱文学的贵族化和宫廷化倾向。这使得他们有了更多的时间和更大的兴趣，去探索形式之学，去精细化推敲"四声八病"的声律讲求，从而引发了文学形式之美的探求的时代思潮。刘勰称"辞必巧丽"②，张融称文学为"言之业"③，萧绎谓"至于文者，唯须绮縠纷披，宫徵靡曼，唇吻遒会，情灵摇荡"④，颜之推亦推许"至于陶冶性灵，从容讽谏，入其滋味，亦乐事也"⑤，皆足此义。可以见出，齐梁之际宫廷淫乱，贵族生活充满了糜烂的气息，梁简文帝萧纲标举"立身先须谨重，文章且须放荡"⑥，其实立身未必"谨重"，文章倒是完全在贵族化的气息中"放荡"了；只是，这种"放荡"一方面固然使形式主义获得了发展的温床，另一方面也脱弃了现实内容的深切关怀。这也意味着精细化的"永明"声律发展，有可能导致另一种转向。

　　概观促成形式美学发展的诸重要素，赋体所包含的文体质素才是决定其最先走向形式之学的必然因素，而来自哲学思潮和政治历史的影响，则为这种演进不断提供条件和营造语境，它们共同决定了必然性发展中的偶然性发展，共同决定了骈偶和声律的发展历程将获得哪些具体内容，是如何先后展开的。相较于西方形式主义美学独立发展的先验必然性，中国形式美学尽管以其哲学文化决定了它不可能完全独立自足，但是仍可获得阶段性的极致发展；获得发展的场域主要指向于赋体及其所影响的诗，根本上则是由汉字的特点和赋体的质素所决定，而哲学思潮及历史政治诸因素则影响了骈偶化、声律化的内容指向和展开次第。"形文"和"声文"的探索进程，一方面起于文字和文体的必然性，另

---

① 萧子显：《南齐书·高帝本纪》，第49页。
② 范文澜：《文心雕龙注·诠赋》，第136页。
③ 严可均：《海赋》（并序），《全齐文·全陈文》，商务印书馆1999年版，第145页。
④ 萧绎著，许逸民校笺：《金楼子校笺》，中华书局2011年版，第966页。
⑤ 颜之推：《颜氏家训》，第141页。
⑥ 严可均：《全梁文》，第113页。

一方面这种发展也是在政教文学解散之后、在"诗缘情"的文艺自觉维度所推动的结果。当形式追求达到一定程度之后，具有当下实用性的政教文艺就会反过来制约其发展，所以在齐梁之际形式探索成为时风，具有折中倾向的刘勰《文心雕龙》，就会批评语言形式之学，不断申说语言形式和内容相平衡的重要性，反映在其《诠赋》《定势》《物色》《情采》等篇俯拾可见①；这也意味着反形式主义时代即将到来，形式美学的探索将止步于贵族阶层的创作游戏。借此也提醒了我们，以西方较为成熟的形式美学理论作为参照性阐释的重要性和必要性。

第二节 从表意"排类"到骈偶联对

通过上节的讨论，我们可以看到，无论作为"形文"的骈偶导向，还是"声文"的声律追求，都以赋为先导探索；诗虽然后来在这两方面获得巨大的发展，仍是紧承于赋之后。朱光潜以为在"意义的排偶""声音的对仗""意义的排偶先于声音的对仗"三个方面，都是赋先于诗②，故有次第影响。我们的具体分析，不仅仅是从赋开始而次及于诗，更重要的是要通过梳理去回答两个问题：赋体是如何促进骈偶的阶段性发展的？为何诗后来能在这两方面大放异彩，反而掩抑了赋的光芒？

先唐文章的骈偶化历程，历代学者有不同的划分，主体部分当然是赋体用骈的演进。刘勰《文心雕龙·丽辞》以为有"自然成对"，尔后"扬马张蔡"追求"俪句与深采并流"为一阶段，至"晋世群才""析句弥密，联字合趣"③而成熟；孙梅《四六丛话》以为两汉为"四六造

---

① 如《定势》："自近代词人，率好诡巧。"《诠赋》："丽词雅义，符采相胜。"《情采》："立文之道，其理有三，一曰形文，五色是也。二曰声文，五音是也。三曰情文，五性是也。"又其《物色》有"物沿耳目，辞令管其枢机，枢机方则，则物无隐貌"，王元化以为是"是对于语言与思想关系问题的根本观点"，根据他在该篇言可达意的认同，则"必然认为文学艺术的内容与形式的统一"，这个说法是有道理的；但同时也要看到，这是折中主义的刘勰对形式美学的一种无力反拨，因为刘勰的《文心雕龙》本身就充满着骈偶化和辞藻化的形式主义色彩，倒是可以将此看作形式探索即将让位于政教内容的消息。王说见其《文心雕龙创作论》，上海古籍出版社1979年版，第111页。

② 朱光潜：《诗论》，第189—195页。

③ 范文澜：《文心雕龙注》，第588页。

端"，晋代"左陆以下，渐趋整练"为一转关，"齐、梁而降，益事妍华"则"古赋一变而为骈赋"①；李调元《赋话》以为"班、张间有俪句"，迄魏晋"不失厥初"，鲍照江淹"权舆已肇"，转折的关键在于吴均、沈约诸人讲求"音节谐和，属对密切"，庾信则开律赋之先②；近人刘师培则强调东汉一变，建安为又一变，因其"以声色相矜，以藻绘相饰"而"开四六之先"③；刘永济也强调两汉之不同，此外齐梁声律化又为之一变④。实际上诸家所站角度不同，其间并无多少冲突，但皆是简单的切分，未能呈现出骈偶进阶的具体特征。要完整的考察骈偶化在赋及诗中的发展，需以现代形式美学的观念和原理重加清理，大致可以划分为无意为骈的萌芽期、整饬化的发展期、成熟期、深入期四个阶段。

第一阶段从战国到西汉，无意为骈的萌芽期。为了更深入地了解赋体用骈的萌芽性质，我们有必要先跳出赋体讨论骈偶之生成真相。自周秦至西汉，这一时段都具有刘勰所说的"不劳经营"而"自然成对"⑤的特点，呈现于句式形态特征就是由以意为主的"排类"（排比事类）表达而带来形式的"类俳"倾向。但"不劳经营"是站在文学创作的骈偶观念而言，重要的是何以"神思为用"会促成"事不孤立"的"自然成对"，也就是说需要从文艺心理美学的角度去解释何以会形成骈偶现象。通观先秦之文，在《诗》《骚》《书》《易》《老子》《论语》《左传》《庄子》等典籍中，俱都不难看到这种"自然成对"的骈例，下至西汉赋仍如此，只是文体的原因而表现较为明显而已，从这一点讲，孙梅论四六称西汉之初"胎息微萌，俪形已具"⑥是不确的。之所以如此，与排偶的条件构成和骈偶的促力因素相关，从逻辑上看则应当是由意义"排类"而形式"类俳"（形式上类于俳偶）而骈偶的推进。

---

① 孙梅：《四六丛话》，第69页。
② 孙福轩、韩泉欣：《历代赋论汇编》，第80页。
③ 刘师培：《论文杂记》，《刘师培中古文学论集》，第234页。
④ 刘永济：《文心雕龙校释》，第110页。
⑤ 刘永济：《文心雕龙校释》，第588页。
⑥ 孙梅：《四六丛话》，第532页。

第六章 形式探索与体格兼融

首先从条件构成上看，普遍的艺术知觉原理、中国文化"轴心时代"哲学的突破特点、汉字的特征三个因素合力建构起以表意为主的"排类式表达"。文章写作毫无疑问是知觉活动的过程，鲁道夫·阿恩海姆根据"格式塔心理学"原理，指出人的知觉能力并不是一种从个别到一般的活动过程，不是始于概念的建构和理性的判断，而是从一开始就能把握对象的"粗略结构特征"，随着这种"突出结构特征"而发展起来的；在这种把握过程中，大脑皮层会产生"与这些性质相对应的"简略的"结构图式"。① 要据此来讨论周秦文章造作，离不开当时的文化特征，中国文化"轴心时代"的哲学突破不同于西方，具有重建秩序的"人间性"的特点②，张舜徽据《淮南子》明确指出诸子"皆起于救世之弊，应时而生"③，也因此决定了诸子的文章写作不是承续文化人类学上的巫史游戏和娱乐艺术，而是"明道救世"重建"礼""乐"秩序的用世宣言，故而最终形成了"以立意为宗，不以叙事为主"的"实用理性"表达。即是说，实用性的意义建构，在士人的观念活动中具有突出的第一性地位。由此而导向对文学修辞的任意虚饰、加工，而一以表意为上，可谓中国特殊的"文学发生学"④；这可以说是诸子特别是纵横家的话语表达特征，后来流为赋家自然一脉相承。另一方面，根据人类知觉思维活动容易形成相应的"粗略结构特征"，以及汉字恰恰又是单体单音的特殊表意，可以使得多个类似表意单元的建构，能够形成句式单元构结上的形态近似；其中的每一个近似的意义单元，因其形态近似性也就构成一个中国式的"粗略结构特征"。所以在周秦文章的创作进程中，作者"以意为主"的知觉创作活动，本质上就是对表意文字所形成的"粗略结构特征"的运用；又因为反复表意或多元表意的效果追求，就会形成具有"突出结构特征"的近似表意单元的排列，我们将之称为意义"排类"。这种"排类"一以近似意

---

① ［美］鲁道夫·阿恩海姆：《艺术与视知觉》，滕守尧译，中国社会科学出版社1984年版，第52—55页。
② 可参读余英时《论天人之际》一书，中华书局2014年版。
③ 张舜徽：《汉书·艺文志通释》，第204页。
④ 先秦诸子的表达乃是以立意为宗，这一点张舜徽已有很好的指出，据之可见文学修饰的生发路径。可参见拙文《卞和献宝：一个文学发生学的典型案例》，《重庆邮电大学学报》2017年第6期。

的排列表意为主，只是由于汉字的单体单音而无意形成句式在形态上的"类俳"（即上述祝尧引吕大临语所称"类俳"）；受表意第一性所支配的"类俳"，在形态上就既可能是奇数的，又可能是偶数的，既可能是整饬的，也可能是非整饬化的，只要是整饬化程度稍高的偶数句式，就无意在形成了俳偶。

兹举数例以作详细观察：

(1) 罪疑惟轻，功疑惟重。（《尚书·大禹谟》）①
(2) 知我者谓我心忧，不知我者谓我何求。（《诗·王风·黍离》）②
(3) 余既滋兰之九畹兮，又树蕙之百亩。（《楚辞·离骚》）③
(4) 莫春者，春服既成，冠者五六人，童子六七人，浴乎沂，风乎舞雩，咏而归。（《论语·先进》）④
(5) 始臣之解牛之时，所见无非全牛者。三年之后，未尝见全牛也。方今之时，臣以神遇而不以目视，官知止而神欲行。（《庄子·养生主》）⑤
(6) 太上，下知有之；其次，亲而誉之；其次，畏之；其次，侮之。（《老子·道德经》）⑥

从表意层面的"粗略结构特征"来看，第（1）（2）例是二元结构，第（3）（4）例分别为两次和三次的并列重复表意结构，第（5）（6）例分别是三元和四元表意结构；根据以上原理，这五个例子虽然形态有异，却本质如一，皆是由"排类"的结构意义表达而构成形式上的"类俳"。从形态上看，前三例皆是最小偶数句式，而只有第（1）例是整饬化的，第（2）（3）例则是半整饬化，第（2）例还可以断句为"知我者，谓我

---

① 孔安国等：《尚书正义》，《十三经注疏》本，第135页。
② 毛亨等：《毛诗注疏》，第345页。
③ 朱熹：《楚辞集注》，第7页。
④ 杨伯峻：《论语译注》，第118页。
⑤ 郭庆藩：《庄子集释》，《诸子集成》本，上海书店出版社1986年版，第56页。
⑥ 陈鼓应：《老子注释及评介》，第128页。

心忧"这样的两句足意式表达,在《诗》中颇多成例。后三例都是非最小偶数句式"排类",第(4)例的叙事在中间写人两句最为整饬,但最后三句,连写三个动作,又变得非整饰化,"以意为主"的意味甚浓;第(5)例在形式上最不能见出"类俳"的整饬性,但仔细观察,则以"始""三年之后""方今之时"所连接的复句对解牛技术表征进行描写,构成时间递进上的表意"排类",同篇写"良庖岁更刀,割也;族庖月更刀,折也;今臣之刀十九年矣,所解数千牛矣,而刀刃若新发于硎",性质相同,或许可以看作以前两类的描写作比较来凸显后一类,实际上都是结构近似的"排类"书写;第(6)例虽为半整饬化,却具有四个表意"突出结构特征"的不规整句式形态。综合比较可见,"以意为主"的意义单元句式,既可能是单句,也可能是复句,同时也并不以形式的整饬化为标准:其中如第(5)(6)例的非整饬化复句,最具有"粗略结构特征";而如第(2)(3)例半整饬化的偶数单句排列,则构成了早期俳偶,亦即"类俳",值得注意的是此二例都是韵文;只有第(1)例完全整饬化的单句,可以看作"自然成对"的骈偶。

所以我们可以说,早期"自然成对"的骈偶,本质上是意义俳偶,只能算是表意"排类"中最为整饬化的偶数句式构组,是表意"排类"中"类俳"形式的偶见句式,并不具有骈偶形态追求的自觉性;比较而言,韵文两句一韵的形式规限,相对容易产生偶数型"类俳"句。在此条件之下,骈偶的促力因素则发挥了重要的推进作用:一是中国哲学中本于《周易》的阴阳二元观念,这是最为本质的文化原因,"奇偶""方圆"的天地阴阳认知思维决定了"事不孤立"的表达,由是建构起了汉民族的偶合文化心理。二是艺术视知觉的诵读促进,文本一旦独立自足,则在接受者的诵读中重新产生意义,这种诵读是基于视角和听觉、感觉的艺术活动,因为汉字象形的表意内涵,以视觉和听觉为中心的诵读活动就更容易传达出意义形象。按照"视觉实际上就是一种通过创造一种与刺激材料的性质相对应的一般形式结构来感知眼前的原始材料的活动",诵读就会不断创造二元俳偶的"形式结构";这一"知觉过程"就是不断形成二元俳偶这一"'知觉概念'的过程"[1],从

---

[1] [美]鲁道夫·阿恩海姆:《艺术与视知觉》,第55页。

而促进了对俳偶的认同和再创造。三是文体在句式形态层面的具体推进作用，这也就回到了本章的论题。可以看到只有在强调排比气势、罗列物事物态时，句意的表达才容易构成多个意义单元的"排类"；在秦汉文章中，纵横家、《孟子》、《庄子》和赋体中最讲排比气势，所以其表意"排类"最多，产生骈偶的概率也最大。

相较于周秦《诗》、《骚》、诸子文等恒定的经典文本，赋的表意"排类"不仅以罗列的规整化最容易形成形式"类俳"，它作为诵读型文体还最具有建构"类俳"作为接受者的"知觉概念"的功能。早期赋体句式呈现出更加明显的意义"排类"而形式"类俳"的特征，其中偶见骈偶，仍属无意为骈。试观以下数例：

（1）爰有大物，非丝非帛，文理成章；非日非月，为天下明。生者以寿，死者以葬，城郭以固，三军以强。（荀子《赋篇》）①

（2）夫何神女之姣丽兮，含阴阳之渥饰，披华藻之可好兮，若翡翠之奋翼。其象无双，其美无极；毛嫱鄣袂，不足程式；西施掩面，比之无色。（宋玉《神女赋》）②

（3）龙门之桐，高百尺而无枝。中郁结之轮菌，根扶疏以分离。上有千仞之峰，下临百丈之溪。湍流溯波，又澹淡之。其根半死半生。冬则烈风漂霰、飞雪之所激也，夏则雷霆、霹雳之所感也，朝则鹂黄、鸤鸠鸣焉，暮则羁雌、迷鸟宿焉。（枚乘《七发》）③

（4）于是历吉日以斋戒，袭朝服，乘法驾，建华旗，鸣玉鸾，游于六艺之囿，驰骛乎仁义之涂，览观《春秋》之林，射《狸首》，兼《驺虞》，弋玄鹤，舞干戚，载云䍐，揜群雅，悲《伐檀》，乐乐胥，修容乎礼园，翱翔乎书圃，述《易》道，放怪兽，登明堂，坐清庙，次群臣，奏得失，四海之内，靡不受获。（司马相如《上林赋》）④

---

① 王先谦：《荀子集解》，《诸子集成》第2册，第313页。
② 李善注：《文选》，第267—268页。
③ 李善注：《文选》，第479页。
④ 李善注：《文选》，第129页。

第（1）例以"爰有大物"开篇，以下两个复句"非丝非帛""非日非月"正是以对"物"的否定加肯定的双向阐释，构成二元结构意义上的"排类"，而"文理成章"和"为天下明"在形态上则并不整饬化，反映了"排类"以"立意为宗"的表达效果追求；其后"生者以寿"以下连用四个句式对谜底"礼"构成肯定的功用描写，实际上不当割离前后二句看作是骈偶，而只能看作"累句一意"原则下四句所构成的"类俳"，非常明显地体现了萌芽期无意为骈的特征。第（2）例依然如此，第一句点出神女"姣丽"，后边连用三句"排类"描写；"其象无双，其美无极"乃是无意为骈的概括式总提句，可以看作骈偶，而实际上仍不当孤立地割离语境来理解，它和后面的两个复句描写是合为一体的，"毛嫱鄣袂，不足程式；西施掩面，比之无色"稍见骈偶形态。第（3）例最能见出赋为铺陈的空间罗列，"高""中""根"的描写构成三点式标识的空间感，是"排类"表意；"上有千仞之峰，下临百仗之溪"则是明显的二元式方位空间建构；以下"冬""夏""朝""暮"的描写构成形式"类俳"，而仍以意义为上，并不注重形式上字数的相等。第（4）例略同，其中连用了四个三字句、三个句腰虚字长句、八个三字句、两个六字句腰虚字句、六个三字句，都具有"累句一意"的表达特征，所连用的句式，只是结构大致相近，字数大致相同，构成意义为主的"排类"；在那些偶数句中，抽出相邻两句都有类于骈偶，而唯一的两个六字句"修容乎礼园，翱翔乎书圃"因为显得最少，最能见出骈偶的形态。但总的来看，赋句的"散体"性质十分明显，除了早期荀赋用四言尚未脱离隐体即兴为赋的精短构结外，大都错落有致，不求整饬化。更关键的是，大赋中的"排类"表意及至"类俳"句式形态都远较周秦其他文体为多，这是由赋体重视雕琢打磨、重视手法表现、重视表达和诵读效果所决定的。落实到具体的技法而言，则是本于铺陈手法的同类罗列，是赋为"类书"的表达思维特征；在一个相对足意的铺陈表意单元中，许多表意子类结构罗列"排类"而构成了形式上的"类俳"，由此才容易在形式的"类俳"中标举出骈偶。将那些具有明显骈偶形态的句式和其他或整饬或不整饬的"类俳"句式相比较，就可以看到，这是以意为主的铺陈表达导致的无意为骈"自然成对"，其中虽然有骈偶构建意识,却不能看作为骈偶而骈偶,只能算是为文体之表意而作骈偶,是在铺陈的空间概括或铺陈不克展开时作提领式表达的结果,根本上还是由于赋体注重就"空间中纷陈对峙的事物"铺陈而"和盘托出"的写法所导致。

  第二阶段是从东汉到魏的句式整饬期,愈加呈现出骈偶化的形态,其实质是从表意原则转为有意兼顾形式的追求。两汉之际有承续,这种区分也只是相对之说,不可胶着。但大体来说,西汉由于重表意而以意运句,不拘囿于句式的形态,所以"气体高古,殊有远致";东汉则以"才力富赡"而"弥以整练"①,致使"文句对偶为多"。刘师陪也认为东汉"渐尚排偶","东京以降,论辩之作,往往以单行之语,运排偶之词,而奇偶相生,致文体迥殊于西汉。"②而且魏代更进一步。不过从句式性质来看,东汉到三国皆无质的改变,都是以注重整饬化的形式讲求而愈加凸显出骈偶,而仍有"以意为主"的"排类"余绪。如班固《西都赋》:"其宫室也,体象乎天地,经纬乎阴阳。据坤灵之正位,仿太紫之圆方。树中天之华阙,丰冠山之朱堂;因瑰材而究奇,抗应龙之虹梁;列棼橑以布翼,荷栋桴而高骧;雕玉瑱以居楹,裁金璧以饰珰;发五色之渥彩,光焰朗以景彰。"③除了提引句"其宫室也"的总起外,以下全是整饬化的描写,两个五字句在形式上已然较为工整,随之而全用整练的六字句。仔细体察,实有层次变化,"据坤灵"两句总写方位,构成骈偶;"树中天"以下八句皆描写宫殿具体的建筑形貌,而其中在"雕玉瑱"两句已就建筑转入装饰,所以最后两句顺承装饰写视觉光色感受。除了体现出形式上业经修剪过的整饬化外,值得注意的是其中含有一种趋势,那就是渐有两句合成一个相对完足之意的倾向,也就是刘师培所说的"以单行之语运排偶":在前四句的描写中是明显的,后边数句既有"累句一意"的铺陈意味,亦可大致切分为两两骈偶表达的组合,在形态上则更加明显可见,如"华阙"之对"朱堂"、"布翼"之对"高骧"、"玉瑱"之对"金璧"、"渥彩"之对"景彰";只是上下两个组构句之间在意义上的关联较为密切,尚不能

---

① 刘永济:《十四朝文学要略》,第99页。
② 刘师培:《论文杂记》,《刘师培中古文学论集》,第233页。
③ 李善注:《文选》,第24—25页。

使每一个组构句在内外两方面都能凸显出骈偶的意味而已。对比其《两都赋序》，序文不受铺陈原则的拘限而较为自由，庶几皆用整练的两句一骈的表达，就可以见出班固明确的骈偶意识。张衡《二京赋》、杜笃《论都赋》、傅毅《洛都赋》、马融《长笛赋》等皆如此，不必一一引证。何以东汉之赋走向整练，渐有两句内俳之意？可能有三个主要原因：第一是东汉礼制化、经学化所影响的创作观念的转变。东汉赋以班固强调"炳焉与三代同风"为代表，而注重以赋代《诗》的经学功能建构，多以礼颂敷篇，如班固《东都赋》既重"宪章稽古"，更重"京洛之有制"，强调"临之以《王制》，考之以《风》《雅》"的"礼官整仪"；傅毅《洛都赋》注重"革服朔，正官寮，辩方位，摹八区"的朝廷礼仪书写；张衡《二京赋》下篇《东京赋》转向"以礼制为本，以遵俭尚朴为指归"①，强调"观礼"中的"历数大典，安祥整暇，气肃度舒"②，皆能形成以赋附《诗》，达到"恭俭庄敬似《礼》"③的典重肃穆之风。这必然影响创作态度的严肃笃实，从而注重文章形式整练严谨，注意句式斟酌而删去繁芜，以就礼制之整严。第二是楚辞体的引入。楚辞以歌的性质而形成两句一意的表达方式，这有近于《诗》，韵文特征十分明显。《楚辞》中有不少"类俳"的句子，有些去掉兮字即是完整的骈偶句，如"朝饮木兰之坠露兮，夕餐秋菊之落英"，显然在两句一意的"粗略结构特征"中最容易构成骈偶的形态。骚体赋在西汉已然分出一脉，用于抒情，但多与大赋不相杂越。扬雄引骚句入赋以铺陈，正是因其句腰虚字的连接功能和两句一意的召唤表达，这种写作方式会促进两句内俳的形成。所以下至东汉，不少赋将骚体和四字句、其他句式混为一体，甚至逐渐取消了"兮"字形成句腰虚字句，遂生成了两句一骈的表达。在前者可以傅毅《舞赋》为例："文人不能怀其藻兮，武毅不能隐其刚。简惰跳踃，般纷挐兮；渊塞沉荡，改恒常兮。……貌嫽妙以妖蛊兮，红颜晔其扬华。眉连娟以增绕兮，目流睇而横波。珠翠的砾而照耀兮，华袿飞髾而杂纤罗。顾形影，自整装；顺微

---

① 费振刚等：《全汉赋校注》，第725页。
② 黄霖等：《文选汇评》，第85页。
③ 袁栋：《书隐丛说》卷十一，《继修四库全书》第1137册，第545页。

风,挥若芳。动朱唇,纡清阳。"① 前二句含"兮"字,一"文"一"武",两句即止,乃是意义"排类"而形式如骚的书写;接着的两个"兮"字复句则整练化了;以下间破两句,又"眉""目"二句和"珠翠"二句,各为"类俳",构成二句一意的内在意义俳偶;最后变为三个三字句,表面骈偶,实际上亦有层次变化。此例杂用"兮"字句,俳与不俳交错,但却透露了对两句一意这一表达思维的明确借用。另外,班姬《捣素赋》能变句式而注意俳偶,此赋主要是以去掉"兮"字的六言句腰虚字句和四字句为主,间有三字句,两句一俳的地方非常多,林联桂论三字骈赋之体便举以为例②,更能典型地体现出楚辞句脱落"兮"字后对骈化的促进③。第三个原因则是创作活动中对"骈偶"图式结构的接受和助推,这是本于知觉活动的"知觉概念"形成后的反复运用,已如上所论。按照西汉兆萌,东汉"渐崇整饬"的发展,"因之文句对偶为多"④ 是自然的演进历程,这是极易理解的,在此不必深论。

  建安时期在"整练"而渐俳的基础上更推进了一步,只有从大赋的残篇看几未用骈,关键的原因在于抒情化原则下的篇幅缩减,致使铺陈的空间压缩,整饬化的书写简化为大量的骈偶句。这进一步证明了骈偶的大量形成有赖于铺陈空间的缩小。只是建安时期相较东汉只有量变而未有质变,不当分开理解。以曹丕曹植为例,其用句呈现两个特点:

---

① 李善注:《文选》,第247页。
② 何新文:《见星庐赋话校证》,第11页。
③ 林晓光《从"兮"字的脱落看汉晋骚体赋的文体变异》以为唐前赋的保存多有脱落"兮"字者,这提醒我们要注意文本的原生形态。此篇或有文体保存的抄写脱落,但从语用角度推绎其文,有好些骈偶地方应该本无"兮"字而非脱落,因为不合骚体句的表达习惯。如:"胜云霞之迩日,似桃李之向春。""翔鸿为之俳徊,落英为之飒沓。""皎若明魄之升崖,焕若荷华之昭晰。"骚体中并没有这种并列式描写的"兮"字句。这种情况另有佐证,虽然确实存在着文献保存上"兮"字脱落的情况,但并非没有作者有意去"兮"字之作,汉末短篇化必然导向去"兮"的尝试,只是多少的问题。如汉末张超《诮青衣赋》:"彼何人斯,悦此艳姿。……凤兮凤兮,何德之衰。"据惯例,两个四言组成的八字句的"兮"字,必在第一个四言之后;但这里两组句式都不可能在四字后真有"兮"字,因为前组"斯"本身已为虚字,后组"凤兮"以有"兮"在亦不可能再加"兮"字,"兮"与另一虚字并用结尾殊不成语。类似的情况在班固《竹扇赋》里也能看到,总之汉代不少散句是有意去除"兮"字的试验。林文见《中国社会科学》2018年第8期。
④ 刘永济:《文心雕龙校释》,第110页。

一是以六言句腰虚字句为主,形成了大量两句一意的骈偶。刘师培谓"建安之世,七子继兴,偶有撰述,悉以排偶易单行",且"合二语成一意"①,这可以进一步看到骚体"兮"字脱落对骈偶的促进。即便如王粲《登楼赋》那样以用骚体为主的赋,仍然多"类俳"。二是小赋句式多有参差变化,表面看似不整练,其实却是表意求"诗赋欲丽"而逞辞采的文学探索。曹植在建安作家中用骈最为突出,其《大暑赋》《芙蓉赋》,便不断变化句式,大多不离两句一意的表达,其中又以四言和六言为主,可以见到赋家对句式的探索;同时,六言善于体物而骈的优势也渐渐被发掘出来了。不过总的说来,仍同东汉一样,乃是本于追求表意兼及形式的整练,如曹植《洛神赋》:"其形也,翩若惊鸿,婉若游龙。荣曜秋菊,华茂春松。髣髴兮若轻云之蔽月,飘飖兮若流风之回雪。远而望之,皎若太阳升朝霞;迫而察之,灼若芙蕖出渌波。秾纤得衷,修短合度。肩若削成,腰如约素。……"选段悉为描写洛神的形貌,仍有"累句一意"的余绪;但两句一骈的形态指向非常明确,这完全是由句式结构、用词、句式之间的变化等所凸显出来的。要注意的是,四言的骈偶形态似乎很明显,但恰恰是汉赋以来的传承。四言的表意指实,不及虚字,所以结构很紧,往往在表意"排类"时容易形成形态上的骈偶,这是由其句式特征本身所决定的,所以不当视为骈偶成熟的表征。如在"荣曜秋菊,华茂春松"中工整有加,但在"翩若惊鸿,婉若游龙"则有了虚字的重复;与之相对应,文中四个前置形容词长句两两相骈,还具有虚字的重复,就明显体现出形式追求不脱表意为主的特征。这皆与东汉赋一脉相承,体现为表意为主而兼顾形式的整饬化,未及在骈偶形态的细节上进行完美雕琢。最后,建安时代的诗也应略加提及,受赋的影响,诗开始引铺陈和描写为用,所以仍多空间罗列,如汉乐府、拟乐府,甚至文人徒诗皆有,这在上章我们讨论铺陈入诗时已见。相对来说,诗的句式就更加整饬,因而常有骈偶的写法,只是整体上不如赋的表现集中,且有意为骈的意识也不明确,这里就不作展开了。

骈偶的成熟期主要体现在"左陆以下"迄刘宋之际。历代论家都

---

① 刘师培:《论文杂记》,《刘师培中古文学论集》,第234页。

注意到晋代在文学史上的独特性，刘勰称"晋世群才""析句弥密，联字合趣"，孙梅称"左陆以下，渐趋整炼"，其间陆机的作用不容忽视。对于骈偶的成熟来说，是指赋中的句式脱离了汉魏间"以意为主"、表意"排类"的拘限，进而获得了完全自足的形式追求，并且影响及诗。具体体现在以六字为骈对、句腰虚字复用的规避、多种骈偶句式的探索、骈偶的形式对内容的规限这四个方面。首先，魏晋赋并用四字句和六字句，曹植的《洛神赋》甚至四字句比例还要多一些，正始以下作家，或用骚体，或四、六并用，迄西晋文坛前期领袖张华，其赋渐多六字句，时风之下，像夏侯湛、枣据、孙楚、傅咸、潘岳、潘尼，都多用六字句；这里体现了自建安以来六字句逐渐胜出的过程，既与六言有利于体物描写有关，又与六言有利于骈偶化有关。六字句从楚辞来，以句腰虚字造成散化之感，将一个句式切分为前后两部分，虚字多在第四字上，由此形成"XXX＋虚字＋XX"的常见模式，使得前三字既可以作主干完足表意，以虚字召唤后二字作修饰，也可以在前三字兼容主干的修饰，而以虚字召唤后二字来补足一意，正因如此，六字句才有利于体物的描写；同时又以六言一句足意、虚字散缓之效，引发另起一句的同结构补叙书写，从而极易形成骈偶化，这点我们在上一章已有所讨论。像陆机的作品，纯粹用六言的竟有《述思赋》《别赋》《感时赋》《祖德赋》《述先赋》《遂志赋》《怀土赋》《行思赋》《感丘赋》《列仙赋》《陵霄赋》《桑赋》十余篇，由于悉皆具有两句一骈的特征而被称为"俳体"；其余赋也完全以六字句为主，根本原因就在于他好以骈偶来体物，进而探索到六字句的有效表达。下至刘宋时何承天、傅亮、江淹等人仍然一以六言骈偶为主，足见影响。其次是句腰虚字复用的规避，这与以曹植为代表的建安赋具有本质的不同，昭示着作家的重心转移到句式形态美的精细化上了，也意味着骈偶形式追求的完全自足。此前赋或多或少受表意的规限，故求表意"排类"而兼及形式整饬，并不计较骈偶间句腰虚字的重复与否，此则转为注重形式的骈偶区别，而仍以陆机的表现最为突出。如其《怀土赋》计28句14对骈偶，有10句5对骈偶注意了虚字复用的规避，占了三分之一还要多一点，规避复用的自觉意识非常明确；又其《行思赋》今存残篇计28句14对骈偶，仍有12句6对规避了虚字，如"遵河曲以悠远，观通流之所会。启石门而东萦,沿汴渠其如带"①,句式结构中同位词语悉皆骈类而对,"以"和"之"、"而"和"其"的虚字规避运用更体现了形式骈化的细节讲求。至其《文赋》,虽为长篇,亦复如此。其他作家作品也能见出这种写法,如潘岳《闲居赋》"服振振以齐玄,管啾啾而并吹","奉周任之格言,敢陈力而就列。几陋身之不保,尚冀拟乎明哲。仰众妙而绝思,终优游以养拙"②,王羲之《用笔赋》"忽瓜割兮互裂,复交结而成族""时滔滔而东注,乍纽山兮暂塞"③ 等等,都在虚字上大下功夫,意味着跳出了汉魏以来整饬化的形式兼顾,具有反客为主的转变。由此而延展的形式自足追求,就是多种骈偶句式的探索。陆机赋虽然整体上以六言为主,但亦不乏长句短句的间破使用,特别是他对长骈句的探索。如《羽扇赋》的八字为骈:"反寒暑于一堂之末,回八风乎六翮之杪。"《漏刻赋》的九字为骈:"寸管俯而阴阳效其诚,尺表仰而日月与之期。玄鸟悬而八风以情应,玉衡立而天地不能欺。"④ 又其《豪士赋》的序不仅用长骈句,且皆以骈作成,篇幅一胜于正文。潘岳在这方面亦有探索,他注意借用骚体的形式,在骈偶中多用联绵词以形容情貌。左思的长骈句则更进一步,打破了单句为骈的主流写法,追求以复杂的复句组合表意。其《三都赋》既有四五组句,如"简其华质,则凯费锦缋;料其虓勇,则鹰悍狼戾";亦有五五组句,如"窥东山之府,则环宝溢目;观海陵之仓,则红粟流衍";也有三个复句组成骈对,如"剑阁虽嶣,凭之者蹶,非所以深根固蒂也;洞庭虽潴,负之者北,非所以爱人治国也";亦有四个复句形成隔句骈对,如"中夏比焉,毕世而罕见,丹青图其珍玮,贵其宝利也;舜禹游焉,没齿而忘归,精灵留其山阿,玩其奇丽也"⑤。且类似句式颇为不少。按复句骈偶,本于"排类"表达中的表意"粗略结构特征"的复杂形态,在纵横家言辞中可以见到,只是周秦当属以意为主的表达,无关乎形式骈偶的自觉追求;汉赋中如马融《长笛赋》有连用七个四五组合的"也"字句,实际上

---

① 杨明:《陆机集校笺》,第101页。
② 董志广:《潘岳集校注》,第71、72页。
③ 严可均:《全晋文》,第205页。
④ 杨明:《陆机集校笺》,第168页。
⑤ 李善注:《文选》,第93、87、96、94页。

也是铺陈"排类"的排比句;《诗》中两句足意倒是偶见整练的简单复句俳偶,如"昔我往矣,杨柳依依。今我来思,雨雪霏霏",这是四言表意的不得不然,汉赋中偶见《诗》式承续,刘师培发现魏代之文"亦以四字成一语","合二语成一意"①,所用更多。但左思的这种写法与《诗》四言两句足意的无意为骈、与前人"排类"表意所形成的"粗略结构特征"句式形态都不同,无论是四五组句、还是五五组句,都已超越了以意为主的传统写法,加入了虚字,注重文句散化和复句组合为骈,显然是业经明确的骈偶规限后作出的句式探索。这种写法一方面为稍后的骈四俪六开了先导;另一方面,隔句骈对在"排类"意义单元结构上既吸收了大赋"累句一意"而铺陈的写法,又能发挥骈偶整饬相合之美,颇有创新之功,有学者便认为影响了八股文的写作。② 最后,骈偶的句式形态要求已然开始反过来对内容有所规限,这促使左陆以下的骈偶向联对构结的方向发展。汉魏以来的骈偶,之所以被称为未成熟状态,正在于骈偶的形式仍然或多或少受内容表意的支配,骈偶的两句之内尚未形成独立自足的表达。迄晋代"祈句弥密,联字合趣",追求骈偶成为一种风气;反过来,骈偶句式的表达要求作为一种"有意味的形式",就容涵了传统思维中阴阳二元偶合、互补、共建的民族文化诉求。吕大临称"为俳者则必拘于对之必的"③,即是说骈偶的表达实际上就具有了以形式规限内容的倾向。胡晓明认为陆机《文赋》所描述的复杂文思,在很大程度上是因为骈赋文体特征所要求的对偶思维,让他不得不采取命题互补、陈述对立等方式,这恰好建构起了交织着情理、隐显、一多等诸种对立要素的混沌文思。④ 所以骈偶的成熟就运用于赋而言,必然会消解"累句一意"、进而形成两句足意的表达。换言之,形式成熟的骈偶要求"对之必的",促进了两句之内的意义生成往往具有二元互补、对立、共建或者同类并列表意的倾向,从而逐渐走向了联对的意义空间构造。在西

---

① 陈引驰:《刘师培中古文学论集》,第234页。
② 郭维森、许结:《中国辞赋发展史》,第242页。
③ 祝尧:《古赋辩体》,《历代赋论汇编》,第50页。
④ 胡晓明:《〈文赋〉新论:骈赋特征的内化与思维优势的形成》,《华东师大学报》1988年第4期。

晋赋中这种表达随处可见。由于赋本铺陈的内在文体要求，也不至于通篇联对，相对来说，四句两两体物描写是常态，只是，这里的两两体物仍有层次上的差别，表明联对并未完全成熟。顺着这条路向前发展，就会注重形式与内容的互动，注重骈偶在意义联对构造中追求表意的相对独立性，就会进一步注重声律炼字炼句的运用。

　　讨论晋代以后骈偶的成熟，还需要看到骈风的流行程度和诗的用骈现象。就前者而言，太康作家已形成骈偶之风，表现最为成熟和明显的当是陆机和左思，尤以陆机通篇用骈，形成了"俳体"。但是"采缛于正始"的太康作家，在整体风格上更追求"结藻清英，流韵绮靡""缛旨星稠，繁文绮合"，这方面潘岳更具代表性，也因此，"潘陆"特秀而潘岳的实际地位在当时要高于陆机。左思追求隔句骈对，实际上就是通过意义单元表现辞藻的"缛旨星稠"，但他当时是寒门，地位亦不高；陆机的地位，也要等到南朝才不断被文史家提升而超过潘岳，这一点我们在上一章已然有所讨论，所以左陆用骈的成熟表现并未立即形成"俳体"之风，潘陆地位的消长，从某种程度也反映了骈偶之风的起伏。从现存作品来看也可以印证这一点。当时潘岳只是"首尾绝俳"，骚体不规则句式很多；张载《濛汜池》《叙行赋》《扇赋》等皆以骈为主而多有散句间破。迄东晋赋家多写山水，而仍少"俳体"，如袁宏赋骈中有散；孙绰《游天台山赋》较能将玄学和山水描写相结合，句式以骈为主而骈散相间，颇显"金石之声"，值得注意的是其《望海赋》虽系残篇，然全用骈偶；庾阐《海赋》《涉江赋》皆佳，亦只是偏于骈偶，《狭室赋》《藏钩赋》亦然，《闲居赋》《浮查赋》篇短则取"俳体"；郭璞《江赋》与木华《海赋》皆显整练，亦多骈偶，但能用文字和铺陈而不觉骈，尚有大赋余绪，似乎是特例，然而郭氏的《井赋》则篇小而整饬骈化；又晋末顾恺之《雷电赋》《观涛赋》《冰赋》《凤赋》皆短篇而有"俳体"之味，能在体写自然中彰显意境；释支昙谛《庐山赋》亦写游观山水，庶几通篇用骈颇显萧散之境。可以见出，太康之后的赋虽然骈化，通篇为骈不多，只是偶以短篇的为文便利才取"俳体"；并且"繁文绮合"的热情有所消退，这与题材的移向山水、内容的玄道指涉皆有关系，体现了玄学对辞藻骈偶化的反向制约，以及山水和玄学的意境汇通，愈向东晋之后愈如此，呈现出一种"神境萧疏"① 的格调。迟至东晋末期，骈风渐有复盛之势，迄刘宋则再次达到了高潮。实际上这亦与文学思想有关，即如刘勰所说："宋初文咏，体有因革；庄老告退，而山水方滋。俪采百字之偶，争价一句之奇；情必极貌以写物，辞必穷力而追新。"② 脱弃了玄学的制约，题材仍沿山水前进，则将骈偶的形式追求发挥得淋漓尽致。何承天、傅亮等皆为历晋至宋的重臣，所作《木瓜赋》《喜雨赋》《九月九日登陵嚣馆赋》《征思赋》《芙蓉赋》《感物赋》《登龙冈赋》等，除了最后两篇各有四句四字句外，其余皆以六言腰虚字句为骈；稍后谢朓的《酬德赋》有一千余字，居然只有结尾为"齐天地于倏忽，安事人间之纡幸哉"③ 的慨叹不显整练，其余全是标准的六言句腰虚字句作骈偶。足见陆机用六字句为骈的复兴盛况。元嘉三雄作为文坛代表，皆以能骈称名，而且有独特而理性的发展。④ 晋宋六言为骈既盛，谢灵运以一代高才行吟山水，更注重骈偶句式的变化，无论其长篇《撰征赋》《山居赋》，还是短篇《罗浮山赋》《岭表赋》《孝感赋》《感时赋》等，皆不纯用六言，而有四言、五言为骈的间破，其中以四言和六言交替为用最多，形成了骈赋的新写法，逐步开出了"骈四俪六"的句式组合；此风一起，迄谢庄《月赋》《舞马赋》《赤鹦鹉赋》更有三言、四七组合式隔句长骈。而《南齐书·文学传论》则称颜延之"缉事比类，非对不发"⑤，其《赭白马赋》序亦骈化，正文能铺陈，善用典，颇见气骨，不避句式变化，不避虚字重复，特名家能不受骈化时风所囿，又其《七绎》序并正文亦复如此；后人每以《三月三日曲水诗序》赞其为骈文大家，清人李兆洛《骈体文钞》称"织词之缛，始于延之"，谭献云其"开阖动宕，情文相生，俪体之上乘也"。⑥ 鲍照也是骈体高手，清人许梿《六朝文絜》称"明远骈体，高

---

① 孙德谦：《六朝俪指》，《历代文话》第九册，第8486页。
② 范文澜：《文心雕龙注》，第67页。
③ 曹融南：《谢宣城集校注》，第3页。
④ 韩高年《魏晋南北朝诗赋的骈偶化进程及其理论意义》一文注意到，六朝文人对骈偶化的创作追求，在心态上呈现为"部分趋同—过度趋同—理性认同"的进阶，本文考察骈偶的具体演进，与这一整体性看法大致可以呼应。韩文载《辽东学院学报》2008年第3期。
⑤ 萧子显：《南齐书》，第908页。
⑥ 李兆洛：《骈体文钞》，第64页。

视六代"①,他除了注意骈偶组合的句式变化,还注意散句的间破,而能以句驱意,在铺陈、叙事、写景、抒情、构篇诸方面皆有深入的考虑,形成"孤蓬自振,惊沙坐飞"的格调,如其《芜城赋》便被高许为"驱苍凉之气,惊心动魄之词,皆赋家之绝境也"②。

诗的普遍用骈也值得注意。在魏晋之际,诗中尚多用铺陈描写,一至太康,潘陆等人便全以骈入诗,更甚于赋。潘岳的赋虽有骈偶却不用俳体,反之诗中虽然还有明显的赋之铺陈写法,但却大量用骈,如其名作《河阳县作》《悼亡诗》便如此,只有首尾两句不为所拘。陆机之诗表现最为明显,其乐府大都除却首尾两句之外而通篇为骈,许学夷、沈德潜等人都注意到他在诗史上开俳偶风气之功;不过整体来看其诗却未能获得"诗缘情"的表达效果,而多被后代论家批评,这点我们在上一章已讨论到,可以说陆机诗对骈偶的追求大于对内容的要求。其后晋人之诗,也普遍比赋的骈偶化程度要高。上引许学夷又说:

> 五言自士衡至灵运,体尽俳偶,语尽雕刻,不能尽举。然士衡语虽雕刻,而佳句尚少,至灵运始多佳句矣。③

中间上百年的诗未多"佳句",形式承骈只是历史的延续,虽取骈偶却没有较大的突破;与赋一样,受东晋玄风的影响,诗的重心在写景体玄悟道上,乃于其造境有功④,而不逮于骈偶的深化。要待宋初庄老造退后,谢灵运颜延之等人出来,才将"穷貌写物"与"穷力追新"相结合,才将"俪采百字之偶,争价一句之奇"的形式骈偶技巧发展到一种新高度,这是"骈偶大兴"——"转向造境"——"骈偶深化"的曲折进阶。后人总结各种属对,在此时都已然见出典型了,罗宗强据王

---

① 许梿评选黎经诰笺注:《六朝文絜》,上海古籍出版社2020年版,第136页。
② 姚鼐:《古文辞类纂》,上海古籍出版社2016年版,第781页。
③ 许学夷:《诗源辨体》,第109页。
④ 钱志熙以为从西晋到东晋的文学,可以概括为由"情绪化"到"境界化"的转变。对西晋"情绪化"的概括姑且不论,但谓东晋"境界化"则是符合实情的,盖玄言参与了诗境化的进程,在诗和赋上都有所表现,本书第五章第三节的讨论中我们也可以看出这一点。钱志熙:《唐前生命观和文学生命主题》,东方出版社1997年版,第300页。

力《汉语诗律学》中所列十一类二十八门属对为标准,发现其中二十五种对句在元嘉文学中都已出现,而谢灵运诗中就有二十一种,如天文门"日末涧增波,云生岭逾叠",时令门"林壑敛冥色,云霞收夕霏",文学门"贵史寄子长,爱赋托子云",地名对"暝投剡中宿,明登天姥岑",连绵对"依稀采菱歌,仿佛含嚬容",助词对"凄矣自远风,伤哉千里目",等等,足证日人古田敬一认为谢灵运已集对句之大成的说法。① 颜延之诗既"缉事比类,非对不发",则与谢灵运略有不同,他注意引古事入诗,汤惠休称其为"错彩镂金",钟嵘则谓"颜延、谢庄,尤为繁密"②,也是就此而言的,这为后代杜甫律法用典开出了路径。尽管元嘉时期的诗赋都复兴了尚骈偶的风气,但总的说来,诗的追求较赋更为细密精巧,这也预示着诗的地位在形式之学的演进中越发提升,将要超位于赋了。

声律的引入影响了骈偶转向联对的深入发展,进入了"丽辞"即"骈俪化"的阶段,这一阶段主要发生在齐梁时期,当以"永明体"的兴起为中心。刘勰《文心雕龙》中单列《丽辞》一篇,讨论"骈俪化"的问题,标举"言对为易,事对为难;反对为优,正对为劣"③,其"言对""事对""反对""正对"的提出,已由形式骈偶完全转入了与意义类合的关系探讨,实际上就是联对的意义构建问题,表明骈偶在技法层面的深化,进入了理论的深度自觉时期。刘勰在《文心雕龙·情采》中又明确提出:"立文之道,其理有三,一曰形文,五色是也。二曰声文,五音是也。三曰情文,五性是也。"④ 以"形文""声文"并提于"情文",形式主义美学的"骈偶"和"声律"并属形式之学,而须与"情文"之"五性"相结合,这讲得再清楚不过。他的理论分析是分而论之,实际上"形文"的深入发展与"声文"的注入是分不开的。前引萧绎《金楼子·立言》称"至于文者,唯须绮縠纷披,宫徵靡曼,唇吻遒会,情灵摇荡",《宋书·谢灵运传论》称"欲使宫羽相变,低昂互节,若前有浮声,则后须切响。一简之内,音韵尽殊,两句

---

① 罗宗强:《魏晋南北朝文学思想史》,第252—255页。
② 何文焕:《历代诗话》,第4、14页。
③ 范文澜:《文心雕龙注》,第588页。
④ 范文澜:《文心雕龙注》,第537页。

之中，轻重悉异"①，皆表明声律引入文学的时风。同时此段形成了大量的隶事活动，兴起编纂类书的风气，实际上也是为了促成"丽辞"属对之用②，凡此表明永明时期骈俪化的深入发展倾向。像谢惠连的《雪赋》、谢庄的《月赋》、江淹之《恨赋》《灯赋》，都注重骈偶，有着声韵起伏之美。在诗中，联对追求的倾向更加明显，《文镜秘府论》南卷论文意引萧绎《诗评》："作诗不对，本是吼文，不名为诗。"③ 可为代表。介于其作为形式美学的复杂性和重要性，详情我们放到下节讨论。

回顾以上骈偶化的四个阶段，我们可以从性质上对之加以描述，无意为骈的萌芽期本质上属于表意"排类"带来的形式"类俳"，整饬化的发展期开始注意形式的骈偶而兼顾于表意"排类"，骈偶的成熟期则表现为形式的完全骈偶化，深化期则进一步注意到声律和联对构结等骈俪化问题。四个阶段的演进具有从意义到形式、从简单到深入、从"自然艺术"转变为"人为艺术"④ 的特点，按其发展的"渐崇整饬""由简趋繁，昭然不爽"，可谓"文章进化之公例"⑤，既是诗赋句式作为辞章之学演进的必然结果，又符合事物发展的一般态势。

中国诗赋的着意于此，在于骈偶作为形式美学具有重要的文学意蕴。首先，形成了中国艺术典型的平衡之美。格式塔心理学家们认为，每一个心理活动领域"都趋向于一种最简单、最平衡和最规则的组织状态"，这是通过由外物刺激大脑皮层中的"生理力的分布"达到"可以互相抵消的状态"而实现的，艺术要追求的则是包含"平衡、和谐、统一"的"方向性的力所构成的式样"，人类欣赏艺术也正是为了达到这种本于文艺心理的知觉力的平衡。⑥ 在中国艺术中，其他艺术语言无论书、画、音乐，都不具有非常稳定的形态，只有依赖于汉字独体单音表意、且具有一定形象性的文学语言，最具有稳定的形态，最容易形成稳定的表意"结构特征"。所以讲求字词类对、结构类同的骈偶句式，

---

① 沈约：《宋书》，第1779页。
② 王瑶：《中古文学史论》，商务印书馆2011年版，第293—297页。
③ 卢盛江：《文镜秘府论汇校汇考》，第1305页。
④ 朱光潜：《诗论》，第181页。
⑤ 刘师培：《论文杂记》，《刘师培中古文学论集》，第234页。
⑥ [美]鲁道夫·阿恩海姆：《艺术与视知觉》，第13—40页。

形式整饬，节奏呼应，意义相关，最能容涵均衡、和谐、对称的形式美学意蕴，具有典型的形式平衡美。

其次，骈偶化能促进中国诗赋炼句炼字的艺术张力。赋取六言句腰虚字句为骈，本身就隐含有骈偶思维下自觉选择的意味。六言散句能在开阖顿送之间形成萧散流丽之势，有赖于虚字对前后结构成分的分隔和召唤，本身就能统摄炼句、炼字、择词的多种可能。从炼句上讲，句腰虚字促使句式灵动，会使得前后的主干表意和修饰具有多种组合的可能；同时，虚字一顿的强调作用，会趋使前后结构中的单字、形容字、动作字都形成锤炼的态势。① 骈偶化的追求不仅会使下句在对应的位置上形成择字以相类对的推敲过程，而且还会反过来省视和调整上句的用字，特别是在那些节奏点上的用字体现明显。如李调元《赋话》卷一："梁沈约《高松赋》云：'经千霜而得拱，仰百尺而方枝。''得'字、'方'字，清劲有力，可为琢句之法。"②"得"表结果的"获得"，"方"表正当、方才，虚用为动作呈现状态，确为炼字的"清劲有力"。而以"得"修饰"拱"，变高松主动经霜寒而求此挺劲之势，以"方"修饰"枝"，则强调唯此松树称"枝"的独特禀性；"方"字的锻炼必以对应于上句"得"字的不俗，才能获得句子的艺术张力，从理解的层面是先"得"后"方"，但临文写作亦可能是先得下句之"方"，再反向调适以炼上句对应之字。所谓"琢句"，即是通过这样的炼字来营构句子的独特意境，使句式在骈偶化的讲求中获得整体文学品质的提升。凡此皆能带上文学的意味，拉开与以生活逻辑表意为原则的一般文句的区别，也拉开与赋中一般散句的区别。赋犹如此，诗本以形式的限定而去文法化为句法追求，于炼句炼字自不待言。

再次，促进意义结构的诗性张力。这是由骈偶句式所必须要求的平衡美所规限的，平衡指向"每一件事物都达到了一种停顿状态时所构成的一种分布状态"，分布的图式结构在平衡的力场作用下，不允许"形状、方向、位置"发生细微的改变。"整体状态"中的"分布状态"作为组成部分，就会显示出一种极力想改变自己"所处的位置或形

---

① 参读第五章第二节。
② 李调元：《赋话》，《历代赋论汇编》，第81页。

状",以便达到一种"更加适合于整体结构状态的趋势"。① 另一方面,艺术品不仅意味着"运用理性能力有意识地去组织"对象的形式,而且要在对象的"式样"中去营构一种"方向性的力",只有当平衡"帮助显示某种意义时,他的功能才算是真正地发挥出来"②。由此可以解释中国诗赋骈偶化倾向的审美空间建构。按照一句足意的表达,这种"停顿状态"会趋使另一句形成具有同样图式结构,以等构成"整体状态"中的"分布状态",句式组构的位置、词性、组合就成为图式构成的关键,从而致使骈偶的对句会按照相同元素的标准进行创作的安排;从表意上讲,更会促成下句根据上句进行有机整合推敲,从而形成统合的"方向性的力"。用中国诗学的术语讲,就是以"类合"的张力求得审美意境。这关系到属对以"类"的重要观念理解③:一切句式的内部组合都是词的组合,骈偶要求则在于对应词的"类"的选择,恰如唐代上官仪论属对称"苟失其类,文即不安"④,关键在于"联类"的精巧组构。这种形式对内容的规限,在中国二元思维的促力下,会趋向具有两句表意的内指倾向的同类联对构结,从而符合于形式主义语言学家所称的"对等原则"。索绪尔主张语言学具有"联想关系",一切话语本质上是线性"句段关系"中一切要素的连续组合,句段关系是"在现场的(in praesentitia)",相反,联想关系"却把不在现场的(in absentia)要素联合成潜在的记忆系列"。⑤ 雅各布森将这种联想理论运用于诗歌的"对等原则",认为语言的诗歌功能是"纯以话语为目的(Einstellung)"⑥,"话语"本质上是选择,选择则是"在对等的基础上,在相似与相异、同义与反义的基础上产生的";高友工以之展开诗

---

① [美]鲁道夫·阿恩海姆:《艺术与视知觉》,第16页。
② [美]鲁道夫·阿恩海姆:《艺术与视知觉》,第38—40页。
③ 《文镜秘府论》北卷"论对属"称"凡为文章,皆须对属",谓"对属"或"属对"就是本于所"属"之"类"相对之意,所以明确提出:"除此以外,并须以类对之。一二三四,数之类也。东西南北,方之类也。青赤玄黄,色之类也。风云霜露,气之类也。鸟兽草木,物之类也。耳目手足,形之类也。道德仁义,行之类也。唐虞夏商,世之类也。王侯公卿,位之类也。及于偶语重言,双声叠韵,事类甚众,不可备叙。"卢盛江:《文镜秘府论汇校汇考》,第1582页。
④ 张伯伟:《全唐五代诗格校考》,第44页。
⑤ [瑞士]索绪尔:《普通语言学教程》,高名凯译,商务印书馆1999年版,第170—171页。
⑥ [俄]雅各布森:《语言学与诗学》,波利亚科夫编《结构—符号学文艺学——方法论体系和论争》,佟景韩译,文化艺术出版社1997年版,第181页。

歌的结构主义批评，认为按此"对等原则"，当"两个词构成对等关系时，会产生新的意义或引申意义"，而且这种"对等"包含了并存的"相似性与相异性"，往往具有"互相吸引"而又"互相排斥"的效果①；正是"互相吸引"同时又"互相排斥"的"对等"效果，造成了诗学想象的张力，超越了语言所指的本义。在中国文化语境中，常常以"类"观念对复杂的对象进行选择、进行把握和描述，比如《礼记·学记》强调学习的"知类通达"②，《周易·系辞》强调理解的"引而申之，触类而长之"③。回到诗赋用骈偶进行联对构结的意义规限，则"类"的临文选择是能否体现"对等原则"而造成"联想关系"的关键。刘勰论"言对为易，事对为难，反对为优，正对为劣"即本于此："为易"则具有就近取类的便利性，"为难"具有意义偶合的选择性，"为优""为劣"则取决于选"类"能否产生"新的意义"和"引申义"、能否兼融"互相吸引"和"互相排斥"、能否就此而产生想象的张力。钱锺书称"使不类为类"④，范德机门人编《总论》谓"不要太切，太切则拘滞""亦不要太泛，太泛则不伦"⑤，本质上都是强调"对等"原则下如何取"类"以获得诗学的张力。这使得赋用联对构结具有诗化艺术想象的倾向，同时诗用联对构结则更容易获得类合空间的审美想象。当然，这仅是理论的阐发，实际上联对构结的具体形成是有由粗而精的演进历程的，尤与声律有关，我们于下一节再行补论。

最后，骈偶化促进了文体的变革。骈偶本是手法，以其必须在单元结构中展开，而必然呈现为以句式为载体；于是骈偶句的大量运用，就有可能由量变到质变，引发体貌的改变。后人称陆机用"俳体"，即指向于通篇用骈。由此可知骈文不是文体，而是文类。清人李兆洛《骈体文钞》序称"台阁之制，例用骈体"⑥，此体指向体貌；又分上编铭刻、颂、箴等18体为庙堂之制，中编书、论、序等8体为指事述意之

---

① ［美］高友工、梅祖麟：《唐诗三论》，商务印书馆2013年版，第139—144页。
② 郑玄等：《礼记正义》，阮元刻《十三经注疏》整理本，第1227页。
③ 楼宇烈：《周易注校释》，第241页。
④ 钱锺书：《谈艺录》，第185页。
⑤ 范德机门人编：《总论》，张健《元代诗法校考》，北京大学出版社2001年版，第217页。
⑥ 李兆洛：《骈体文钞》，第1页。

作，下编设辞、连珠等5体为缘情托兴之制，昭昭可见。"六朝之赋"好以六字句为骈而作"体物描写"，细分之又有骈赋专好骈句；如上所论，又以间破六字用骈探索而渐推出四六组构，形成了句式相对稳定的四六骈文。为何四六句式最终胜出，刘勰已意识到"四字密而不促，六字格而非缓"①，实际上"句既有异，声亦互舛，句长声弥缓，句短声弥促"，四字句"最为平正，辞章宜用，凡所结言，必据之为述"②；整饬板重的"结言"还有赖顺承而散化的描述，而六字句恰恰跌宕缓散，能顺而承之，于是两相组合，遂能形成一紧一松、一张一弛、一密一疏的形式美学构组，既利于叙事，又能形成音韵谐畅的组句，还利于对偶的实施，由此四六成为骈偶文的代称。按太康时期陆机的赋、他与潘岳的诗，大都除了首尾两句外皆用骈偶，迄南朝骈赋亦多此类，像沈约、江淹、谢朓、萧绎等人之作，大都去掉了奇行的提领句，形成无句不对的"俳体"。虽亦是就体貌而言，实际上通篇只有一种句式的对偶尚多呆板之气；所以要齐梁人探索而形成了更胜一筹的四六句式，特别是徐、庾两家，形成了影响更为深远的骈文、骈赋。是知后人称骈文、骈赋，尽管仍不乏多种骈偶句式的变化，而必是以四六句式为主③，唯此才能代表辞章；唐柳宗元《乞巧文》谓"骈四俪六，锦心绣口"④、李商隐《樊南文集》人称"樊南四六"，清孙梅《四六丛话》专论及此，而近人孙德谦《六朝俪指》谓"骈文与四六异"⑤。凡此表明骈偶对于文体体貌的影响，亦当返本于此而获得切近的理解。

第三节　从文章讽诵到声律讲求⑥

声律之学起于"以读促写""读写互促"的文学活动。中国文学是

---

① 范文澜：《文心雕龙注》，第571页。
② 卢盛江：《文镜秘府论汇校汇考》，第1413页。
③ 王瑶《徐庾与骈体》考察骈文的形成，认为徐庾二家最大限度地发挥了骈偶，故为骈文之代表。又指出"徐庾虽多四六语，但变化多，并没有凝成了像后来的定型；因此也就比较疏逸散朗，而不至有沉滞呆重的毛病了"。《中古文学史论》，第324—327页。
④ 柳宗元：《柳宗元集》，吴文治等点校本，中华书局1979年版，第489页。
⑤ 王水照：《历代文话》第九册，第8425页。
⑥ 本节曾刊于《中华文化论坛》2022年第1期，收入本书时有增改。

伴随着声音的生成而传播的，上古巫史传统下的文章造作，多是为了国家典制而产生，故有诵读的遗留。有学者注意到，像《尚书》中的"曰若稽古"，本身是史官讲诵的口气，而"诰""训""誓""命"等本身也是讲诵的动词。① 只是声律的讲求容易在韵文中得到发展，毕竟用韵的声音性质明确。《诗》的声音性质以此更强，黄节指出"诗之兴其始于《颂》乎？……惟《颂》专为郊庙述功德而作。……诗之有学，此其初期也"②，同样是国家典制诵读之用，后来与乐合为一体。古人注意音乐与情感的密切关系，以为"乐者，音之所由生也"，其本在于"人心之感于物也"③，所以《诗》用乐就会使得《诗》文本的乐律问题全在音乐的性质上进行发展，而无关乎多少文字读音本身。只有诗歌脱离音乐以后，才能进一步发展其文字的声音品质。按钟嵘《诗品序》："古曰诗颂，皆被之金竹，故非调五音，无以谐会。若'置酒高堂上''明月照高楼'，为韵之首。故三祖之词，文或不工，而韵入歌唱，此重音韵之义也，与世之言宫商异矣。今既不被管弦，亦何取于声律邪？"④ 这是反对沈约声律说的言论，却证明了古诗"被之金竹"的"五音"与"世之言宫商异"；就是说，诗中声音之学别是一途，与其曾合于乐没有本质的关系⑤，后人常混而为一，很可能是因为前人在描述作文声律时常借用音乐话语而造成的误解⑥。王瑶称"诗自完全脱离乐府以后，对于诗的欣赏方法，便由'唱'而转变为'吟'了"⑦，就是说诗的声律最终是由"吟诵"的口耳之学所发展出来的，与古之散文诵读又合流了。诗离乐以后，如何吟诵我们已不可知，但其发展应当

---

① 伏俊琏：《中古音学著述与文学诵读》，《光明日报》2020年11月9日第13版。
② 黄节：《黄节诗学诗律讲义》，天津古籍出版社2007年版，第5—6页。
③ 郑玄等：《礼记正义》，阮元刻：《十三经注疏》整理本，第1253页。
④ 何文焕：《历代诗话》，第5页。
⑤ 朱光潜称"诗源于歌，歌与乐相伴，所以保留有音乐的节奏"；郭绍虞也持这种看法，他认为"古代诗乐相合，诗的节奏是以乐为主，随乐调为抑扬。后来诗不歌而诵，逐渐注意到诵读的音节"。其实诗的节奏本于形式的限定，本文有所讨论，它保留"音乐的节奏"乃在于诵读的传播原理。朱说见《诗论》，第120页；郭说见《文镜秘府论》，人民文学出版社1980年版，"前言"第5页。
⑥ 陈澧谓"古无平上去入之名，借宫商角徵羽以名之"，这是需要注意的常识，因此古人常有宫商声律之论，必须弄明白他们讲的究竟是音乐还是文学，钟嵘的说法也证明了这一点。陈说见《切韵考》卷六《通论》，广东高等教育出版社2004年版，第160页。
⑦ 王瑶：《中古文学史论》，第301页。

只能在三个方面展开：用韵，意义，节奏①；用韵保证声音单元的和谐调利，诗脱乐后以意为主，所以声音要受意义的影响，节奏与形式切分有关，保证诵读的声气吐纳找到韵律感。赋亦为韵文，其起源不仅与《诗》有千丝万缕的关系，且上承楚辞，楚辞本就与楚歌关系密切，而适于唱诵，故有"楚音"之说。汉代称"不歌而诵谓之赋"，则不歌的"诵"应当有着不同于一般诵读的技巧讲求；又因为汉魏以来赋的地位重于徒诗，所以诵读的声音讲求能先在赋中发生，我们推测仍然不离用韵、意义、节奏三个方面。当然，由于文体的原则最终又呈现出高下之别，这点后文再论。

汉人虽称"不歌而诵"的读赋，但文献所见赋的声音讨论，实在不多但似尚无"以诵读促写作"的意味。司马相如较早提出"合綦组以成文，列锦绣而为质。一经一纬，一宫一商"的"赋迹"说②，从"赋迹"的表达来看，这应当是指赋的空间铺陈之法，"经""纬"和"宫""商"并用，前者指向空间架构，后者可能指向声音的高低交错。尽管《西京杂记》具有托伪的性质，然而不影响此说所内含的晋代以前对赋音的关注。下至曹操有"嫌于积韵"之说，应当是指用韵的问题。汉魏以后赋走向短篇抒情，铺陈转向体物描写，所以从关注手法气象转为关注用韵炼字等细节问题，是顺理成章的事。陆云《与兄平原书》称"四言转句，以四句为佳"③，后来刘勰也说"两韵辄易，则声韵微躁"④。小赋篇短，容量有限，体物写事几句换韵既关系到内容，也关系到诵读的"口吻调利"；《世说新语》王珣评袁宏《北征赋》"恨少一句，得'写'字足韵，当佳"⑤，即是用韵句数之用于诵读的实

---

① 诗的诵读作为技术形式已不可考，我们只能作理论的推测，但这是研究诗律化的起点，不可不论。关于这个问题，朱光潜注意到诗的声音受意义的影响，也注意到节奏的作用。他的讨论一是注重将诗的节奏和音乐联系在一起，二是注重西方诗中节奏的比较，虽尚多待发覆，而仍有开创之功。见其《诗论》第五章《诗与乐—节奏》，第110—123页。
② 刘歆：《西京杂记》，第19页。
③ 刘运好：《陆士龙文集校注》，第1060页。
④ 范文澜：《文心雕龙注》，第571页。
⑤ 余嘉锡：《世说新语笺疏》，第237页。陈寅恪《四声三问》考辨梵呗起于曹植乃属晋人之伪造，但据曹植作品来看，确已有声律运用之痕迹，或者具体的梵呗之说属后人伪造，然当不会全无因由，亦可视为当初曹植与佛教音读有一定关系所致；且据曹植与繁钦书信讨论歌妓和音乐的记载，亦能推出这种可能性。陈说见《金明馆丛稿初编》，第378—381页。

例。严格说来，用韵句数的讨论尚未及于声律的核心，尚未关系到细微的声学知识，只有字词本身声音韵调的精研，才意味着声律之真正作用于文学。在这点上曹植倒是有着一定的可能，据《高僧传》："原夫梵呗之起，亦兆自陈思。始著《太子颂》及《睒颂》等。因为之制声，吐纳抑扬，并法神授。今之皇皇顾惟，盖其风烈也。"① 可见他曾受佛教影响，传梵呗（佛经歌赞）之法，其"制声"必然要考虑声气的"吐纳抑扬"。尽管没材料能证明曹植曾以此法移用于诗赋创作，但他的作品注重双声字的组合，确实有一定的音律畅谐之感。② 后来提倡声律说的沈约便曾赞扬"子建'函京'之作，仲宣'霸岸'之篇"，也就是曹植的《赠丁仪王粲诗》（诗中有"从军度函谷"）和王粲的《七哀诗》（诗中有"南登霸陵岸"），"正以音律调韵，取高前式。"③ 有趣的是，反对声律说的钟嵘也说"曹刘""不闻宫商之辩，四声之论"，而仍为"文章之圣"。④ 所以不排除他在写作时对声律运用的讲求。当然，这种声律讲求还是十分粗略的，相对于后来沈约等人之说，或许只能算是"暗与理合，匪由思至"⑤。传魏时李登有《声类》十卷，又"晋吕静仿品登之法作《韵集》五卷，宫、商、角、徵、羽各为一篇"，所以刘师培说"宫羽之辩，严于魏、晋之间，特文拘声韵，始于永明耳"⑥，可能是单纯的论音之作，尚未及于作文。

陆机《文赋》则具有明确的理论标举："暨音声之迭代，若五色之相宣。"他说"音声""迭代"若"五色之相宣"，显然是本于五音入文的比拟角度，应该是指用字声音的高低起伏交错，本于创作中对选字用词组句的口诵耳听进行推敲调适。刘勰称"左碍而寻右，末滞而讨前，则声转于吻，玲玲如振玉；辞靡于耳，累累如贯珠"⑦，可以当作

---

① 释慧皎：《高僧传》，汤用彤校注本，中华书局1992年版，第508—509页。
② 俞必睿在《曹植诗、赋双音语词声纽考析》中考察曹植诗的诗赋用语，发现多双声的人为韵律组合，可推曹植特别注重诗赋的韵律节奏。双声叠韵的敏感是四声兴起的一个重要条件，详见下文。俞文载《湖北社会科学》2009年第5期。
③ 沈约：《宋书》，第1779页。
④ 何文焕：《历代诗话》，第5页。
⑤ 沈约：《宋书·谢灵运传论》，第1177页。
⑥ 刘师培：《中国中古文学史讲义》，第101页。
⑦ 范文澜：《文心雕龙注》，第553页。

此说的注脚,所以黄侃称"范、沈声律之论,皆滥觞于此,实已尽其要妙也"①,所说甚是。沈约《宋书·谢灵运传论》讨论声律开始就提"夫五色相宣,八音协畅,由乎玄黄律吕,各适物宜",正是从陆氏此语讲起的。陆机能提出这一理论,并非独标一枝,实与晋代以来士人清谈注重音辞、佛门梵呗诵经风气相呼应。束皙《读书赋》称"垂帷帐以隐几,被纨素而读书,抑扬嘈囋,或疾或徐,优游蕴藉,亦卷亦舒"②,抑扬、疾徐、优游、卷舒的描述断非无意作腔,表明晋人诵读文学作品已注意声气吐纳和内容意义的协调,以及语言表达的听觉效果。《晋书》载裴遐"善言玄理,音辞清畅,泠然若琴瑟"③,音辞是注重话语表达效果的语言艺术,与清谈的兴起有关,既称"泠然若琴瑟",则不乏声韵的追求,故有论者以为"一在音之动听""二在辞之绚烂"④。《世说新语》所载名士谈玄,多有赞其有音辞者,如谓王湛(汝南)"答对甚有音辞",桓温"音调英发"。⑤ 一时风气,盛行不衰,迄齐梁时仍未消歇。《南齐书》载"(周)颙音辞辩丽,出言不穷。宫商朱紫,发口成句",又称"(张)融音旨缓韵,(周)颙辞致绮捷"⑥,周张两人皆是发现四声的关键人物,足见其间之关系。按《世说新语·言语》:

  道壹道人好整饰音辞,从都下还东山,经吴中。已而会雪下,未甚寒。诸道人问在道所经。壹公曰:"风霜固所不论,乃先集其惨澹。郊邑正自飘瞥,林岫便已皓然。"⑦

好"整饰音辞"的道壹道人,对吴中雪景的描述乃是即兴作答,表明读写一体,文章之"写作"是依赖于"音辞"之"诵读"的。其中"澹"在定母谈韵,平声,故二四句末字"澹""谈"押平韵;又其形式整饰,表述不取直陈,融入了观景的一己体验,内容充满起伏的动宕

---

① 程千帆:《文论十笺》,黑龙江人民出版社1983年版,第170页。
② 严可均:《全晋文》,第929页。
③ 房玄龄:《晋书·裴秀传》,第1052页。
④ 王允亮、郑瑞娟:《昭音令辞:先唐音辞艺术发展探论》,《海南大学学报》2020年第4期。
⑤ 余嘉锡:《世说新语笺疏》,第520页。
⑥ 萧子显:《南齐书》,第731、841页。
⑦ 余嘉锡:《世说新语笺疏》,第129页。

> 过程之美

感。从后来的"四声八病"看，这四句除了押韵外声律不合要求，也不完全切合于陆机的"音声""迭代"，尚不及四声的详细推求。值得注意的是，道壹的整饬音辞与佛家经师之转读（咏经）、梵呗（歌赞）有关系，《高僧传》谓"但转读之为懿，贵在声文两得"，道壹为名僧法汰之徒，曾居吴中虎丘山，当时虎丘山支昙籥精转读之法。① 道壹所诵的吴中雪景亦是"声文两得"，我们怀疑这是将转读运用于音辞，起码在用韵节拍、声气腔调上是有所讲究的；虽然仍未及在文章层面作声律的精研，但即兴已能如此，则可以看到名士贵族注重音律言谈的风气。佛教在东汉即已传入中土，上引曹植始用梵呗诵经，《高僧传》谓"其后居士支谦，亦传梵呗三契，皆淹没而不存"，支谦以下，支昙籥及与之有交集的康会、上引道壹道人、高座道人，都是有明文记载善音辞和诵经的。东晋清谈名士多有与名僧交接者，孙绰《道贤论》将竺法护、竺法乘、帛远、竺道潜、支遁、于法兰、于道邃七僧比为"竹林七贤"，并与之交好，《世说新语》载支遁清谈音辞不少，一时风气，表明这些新的语言活动形式在名士名僧间互为流传。梵呗、转读和音辞虽未及深研四声之学，但既重韵，又重声气的"吐纳抑扬"，它们的大量流行，也就离四声的发现不远了。按《高僧传》载鸠摩罗什译经：

什每为叡论西方辞体，商略同异，云："天竺国俗，甚重文制，其宫商体韵，以入弦为善。凡觐国王，必有赞德，见佛之仪，以歌叹为贵。经中偈颂，皆其式也。但改梵为秦，失其藻蔚，虽得大意，殊隔文体。有似嚼饭与人，非徒失味，乃令呕哕也。"②

天竺之经"改梵为秦"而"殊隔文体"，"经中偈颂"仅得"其式"，最大的丧失就是"入弦"的"宫商体韵"之味道没有了，所以要用梵呗、转读尽量来保存佛教原典中的声韵之味。值得注意的是，当时通梵呗的名僧，多半又著诗赋，今见释支昙谛有《庐山赋》和《赴飞蛾赋》，前者写游观山水，在骈偶中有清丽玄远之感，颇可诵读；又据逯

---

① 龚斌：《世说新语校释》，上海古籍出版社2011年版，第294—295页。
② 释慧皎：《高僧传》，第53页。

钦立《先秦汉魏晋南北朝诗》统计，晋代有康僧渊、佛图澄、支遁、鸠罗摩什、释道安、释慧远、史宗、帛道猷、竺僧度、释道宝、竺法崇、竺昙林等十余人存诗作，其中以支遁最多，计18首。善诵读的经师能诗赋，且又都善音辞，他们又和一流的文士交往，故至此际离四声的发现仅余一纸之距。于焉文士论其作品，多谓金石宫商，亦与前代的声学意涵有所不同，当有更精进处。如《世说新语》载王导和诸葛恢的"王葛""葛王"、"马驴""驴马"读音先后的问题，已然发现平上声并列诵读先后之别，余嘉锡谓"必以平声居先，仄声居后，此乃顺乎声音之自然"①。范晔《狱中与诸甥侄书以自序》谓作文："抽其芬芳，振其金石耳。此中情性旨趣，千条百品，屈曲有成理。自谓颇识其数，尝为人言，多不能赏，意或异故也。性别宫商，识清浊，斯自然也。观古今文人，多不全了此处。……年少中，谢庄最有其分，手笔差易，文不拘韵故也。"②范文澜以为范晔之说"似调声之术，已得于胸怀，特深自秘异，未肯告人"；不仅如此，亦见出他所表扬的谢庄"深明声律，故其所作《赤鹦鹉赋》，为后世律赋之祖"。③按谢庄长于识双声叠韵字④，双声叠韵乃联绵字，主用于赋物形容，对它们的熟悉关系到字音的反切。其时钟嵘《诗品序》已引王融言"宫商与二仪俱生"，唯"范晔、谢庄颇识之耳"，近人刘师培乃称"试即南朝之文审之，四六之体，粗备于范晔、谢庄，成于王融、谢朓"⑤，凡此可见，范、谢二人于沈、周发现四声之承续关系⑥。所以陈寅恪《四声三问》考佛经之影响四声，谓齐武帝永明七年二月竟陵王子良大集善声沙门造经呗新声事之重要，得出中国文士"实依据及摹拟中国当日转读佛经之三声"而用之于"中国之美化文"⑦，实际上并不意味着此一孤立事件引发了

---

① 余嘉锡：《世说新语笺疏》，第684页。
② 严可均：《全宋文》，商务印书馆1999年版，第142页。
③ 范文澜：《文心雕龙注》，第555页。
④ 《南史·谢庄传》："王玄谟问庄何者为双声，何者为叠韵。答曰：'玄护为双声，碻磝为叠韵。'其捷速若此。"此事亦为《文镜秘府论》西卷所引。李延寿：《南史》，第554页；卢盛江：《文镜秘府论汇校汇考》，第979页。
⑤ 刘师培：《中国中古文学史讲义》，第106页。
⑥ 王运熙称范、谢是"永明声律论的先驱人物"，《中国文学批评通史》（魏晋南北朝卷），上海古籍出版社1996年版，第225页。
⑦ 陈寅恪：《金明馆丛稿初编》，第367页。

四声之用，而应当是文章诵读注重声音之学以来，经由音辞、梵呗、转读等语言艺术运用进一步演进的必然结果。①

陆机之后，声律仍是主要在赋中发展，这种情况迄永明而有所扩容。不仅晋宋以来有袁宏作《北征赋》"得益写韵一句，或为小胜"的用韵句数推敲之例，亦有赋中用字声色高下之记载。《世说新语·文学》：

> 孙兴公作《天台赋》成，以示范荣期，云："卿试掷地，要作金石声。"范曰："恐子之金石，非宫商中声！"然每至佳句，辄云："应是我辈语。"②

这是值得注意的一例。孙绰谓其《登天台山赋》赋有"金石声"，按《晋书》和《世说新语》都载孙绰善吟咏而胜于许询③，当注重赋中字词的声音诵读效果；范荣期以为恐非音乐中的声律，虽是言外之意的文学话语，似亦可看出当时人已稍有在赋中区分文章声律与音乐声律的自觉意识。范最终认可孙作佳句"应是我辈语"，可推这些佳句也符合粗略的声律要求；刘孝标注"此赋之佳处"为"赤城霞起而建标，瀑布飞流而界道"④，此二句颇有合于后来的"四声八病"之处，适可佐证"我辈语"的"声情两得"。又《梁书·王筠传》：

> 约制《郊居赋》，构思积时，犹未都毕，乃要筠示其草，筠读至"雌霓（五激反）连蜷"，约抚掌欣抃曰："仆尝恐人呼为'霓'（五鸡反）。"次至"坠石碍星"，及"冰悬坎而带坻"。筠皆击节称赞。

---

① 今人大都将永明声律当作一种静态的语言音韵学或诗学现象来加以研究，其实郭绍虞很早就提出声病说是逐渐深变蜕化的，只是他论沈约之前为自然的音调，此后为人为的音调，同样只重于后者，且未免有人为强分的嫌疑。郭说见其《永明声病说》，收入《照隅室古典文学论集》（上），上海出版社2009年版，第218—219页。

② 余嘉锡：《世说新语笺疏》，第234页。

③ 《晋书·孙绰传》："孙绰与（许）询一时名流，或爱询高迈，则鄙于绰；或爱绰才藻，而无取于询。沙门支遁试问绰：'君何如许？'答曰：'高情远致，弟子早已伏膺；然一咏一吟，许将北面矣。'"刘义庆《世说新语·品藻》："支道林问孙兴公：'君何如许掾？'孙曰：'高情远致，弟子蚤已服膺；一吟一咏，许将北面。'"分别见《晋书》，第1544页；《世说新语笺疏》，第462页。

④ 余嘉锡：《世说新语笺疏》，第234页。

约曰:"知音者希,真赏殆绝,所以相要,政在此数句耳。"①

沈约与王筠讨论的是赋中"霓"字当读平仄的问题,宋王楙《野客丛书·雌霓》解释道:"筠读雌霓为雌鶃。约喜谓曰:'霓字惟恐人读作平声。'司马温公谓非霓字不可读为平声也,盖约赋协侧声故尔。"② 沈约是声律说最主要的人物,他邀人赏赋,"政在此数句"的关键乃是读音问题,足见其以声律之用于赋的深入造作和自得心境。又此赋《梁书》卷五《刘杳传》和《南史》卷二二《王筠传》均有提及,可以见到其影响,亦可推以声律入赋为当时的共同风气。时风渐染,声律学遂由赋推及一切文章,如沈约评价刘杳的《赞》"辞采妍富,事义毕举,句韵之间,光彩相照","故知丽辞之益,其事弘多"。③ 这里的"丽辞"必然指向赞体的"句韵"。萧绎《金楼子·立言》称"屈原宋玉枚乘长卿之徒,止于辞赋,则谓之文",又称"至如文者,惟须绮縠纷披,宫徵靡曼,唇吻遒会,情灵摇荡"④,他明确指出"文"须"宫徵靡曼,唇吻遒会",宋玉枚乘等赋固属其类,则一切区分于"笔"的"文"都蕴含了辞藻和声韵的讲求。所以孙梅《四六丛话》称"齐、梁而降,益事妍华",孙德谦《四六俪指》称"在齐梁时繁绮极矣"。⑤

毫无疑问,永明声律化的成熟促进了文章之变,这是"以谪促写""谪字互促"的文学活动传统所造成的必然结果,其中当以"永明体"为关捩。按《南齐书·陆厥传》:

> 永明末,盛为文章,吴兴沈约、陈郡谢朓、琅琊王融以气类相推毂。汝南周颙善识声韵。约等文皆用宫商,将平上去入为四声。以此制韵,有平头、上尾、蜂腰、鹤膝。五字之中,音韵悉异,两句之内,角徵不同,不可增减。世呼为"永明体"。⑥

---

① 姚思廉:《梁书》,第485页。
② 王楙:《野客丛书》,中华书局1987年版,第170页。
③ 姚思廉:《梁书·刘杳传》,第715页。
④ 许逸民:《金楼子校笺》,第966页。
⑤ 王水照:《历代文话》第九册,第8486页。
⑥ 萧子显:《南齐书》,第898页。

永明是齐武帝年号,在483—493年之间,"永明末"当在490年左右。据此传可知"永明体"的关键有二:一在四声的发现;二在以之人文形成一定之规,亦即后人概谓之"四声八病",这是"永明体"的主要业绩。二者不可分,提出四声完全是为了文学创作的音声迭代,而非为音韵学而音韵学,换言之是文学创作促进了四声的发现。陆厥在信中举了《长门赋》《上林赋》《羽猎赋》《初征赋》《暑赋》等,沈约回信称前代"律吕自调"暗合音理的作品则举曹植《洛神赋》,并引陆机"焕若缛锦"的赋论,何知他们讨论声律,仍以赋为中心,应和了前举声律由赋推及一切"文"之运用。然而沈约又称:"十字之文,颠倒相配,字不过十,巧历已不能尽,何况复过于此者乎?"①"十字之文"指向五言诗的两句为骈,这点是毫无疑问的。沈称"何况复过于此",则可推出,他们论声律从以赋为中心开始转向以诗为中心了。

平、上、去、入"四声"运用于文学的"八病"轨范,其中主要的部分,正是在诗的节奏讲求中形成的。据《南齐书》和《南史》中的《陆厥传》《周颙传》《沈约传》、《梁书》中的《庾肩吾传》,唐人封演《封氏闻见记》、日人空海所辑《文镜秘府论》等材料,声律理论的实际倡导者以沈约周颙为主,沈约撰有《四声谱》,周颙撰有《四声切韵》;此外有谢朓、王融、刘绘、范云、王斌等人"慕而扇之",由是"声韵之道大行",嗣后梁代则有徐摛庾肩吾父子、陆杲、刘滔、刘孝仪等人。上引《南齐书·陆厥传》所论沈约等以四声制韵入诗,有"平头、上尾、蜂腰、鹤膝",唐人则多有称沈氏之论为"四声八病"者②,在佚名《文笔式》、托魏文帝《诗格》、空海辑《文镜秘府论》中皆有近似论述。为讨论方便,兹依摄其大成的《文镜秘府论》引八病如下:

---

① 萧子显:《南齐书》,第899页。
② 关于"四声八病"的问题,学界尚有许多争议,如"四声"首创有沈约、王融、周颙诸说;"八病"说亦有怀疑始于唐人者,卢照邻以为"八病爱起,沈隐侯永作拘囚"开沈约制"八病"之说,南朝文献并无明确记载,《南史》和《南齐书》中的《陆厥传》都只有近似的前四病说法,今见明确的"八病"解释在《文镜秘府论》西卷"文二十八种病"中。本文主要探讨这种声律现象对文体的损益,不拘于此,在尚无明确的反对证据的情况下,我们仍将"四声八病"看作沈约等人发现并制定、其后为诗人逐步完善的理论。关于"四声八病"的研究情况,参看刘跃进《中古文学文献学》,江苏古籍出版社1997年版,第183—187页。

第一平头。平头诗者,五言诗第一字不得与第六字同声,第二字不得与第七字同声。同声者,不得同平上去入四声,犯者名为犯平头。平头诗曰:"芒时淑气清,提壶台上倾。"(如此之类,是其病也。)

第二上尾。上尾诗者,五言诗中,第五字不得与第十字同声,名为上尾。诗曰:"西北有高楼,上与浮云齐。"(如此之类,是其病也。)

第三蜂腰。蜂腰诗者,五言诗一句之中,第二字不得与第五字同声。言两头粗,中央细,似蜂腰也。诗曰:"青轩明月时,紫殿秋风日。朣胧引光辉,晻暧映容质。"

第四鹤膝。鹤膝诗者,五言诗第五字不得与第十五字同声,言两头细,中央粗,似鹤膝也,以其诗中央有病。诗曰:"拨棹金陵渚,遵流背城阙。浪蹙飞船影,山挂垂轮月。"

第五大韵。大韵者,五言诗若以"新"为韵,上九字中,更不得安"人"、"津"、"邻"、"身"、"陈"等字,既同其类,名犯大韵。诗曰:"紫翮拂花树,黄鹂闲绿枝。思君一叹息,啼泪应言垂。"

第六小韵。小韵诗,除韵以外,而有迭相犯者,名为犯小韵病也。诗曰:"搴帘出户望,霜花朝濻日。晨莺傍杼飞,早燕挑轩出。"

第七傍纽。傍纽诗者,五言诗一句之中有"月"字,更不得安"鱼"、"元"、"阮"、"愿"等之字,此即双声,双声即犯傍纽。亦曰,五字中犯最急,十字中犯稍宽解。如此之类,是其病。诗曰:"鱼游见风月,兽走畏伤蹄。"

第八正纽。正纽者,五言诗"壬"、"衽"、"任"、"入",四字为一纽。一句之中,已有"壬"字,更不得安"衽"、"任"、"入"等字。如此之类,名为犯正纽之病也。诗曰:"抚琴起和曲,叠管泛鸣驱。停轩未忍去,白日小踟蹰。"①

通观其八病之说,前四病讲声,后四病讲韵,而且其间还有"巨病""不必须避"和轻重之分;《南齐书》载沈约论诗只谈"平头、上尾、蜂腰、鹤膝"前四种病,说明尤为重中之重,后四病论韵的规避实际

---

① 卢盛江:《文镜秘府论汇校汇考》,第866—987页,限于篇幅,每类仅举一例。

上也非常简单，且多为后来唐人所忽略，所以我们也重点讨论前四病。这四病看似复杂，不过是初制声律时运用不熟的表述问题，可以从三个方面获得理解。一是论一二字、五六字、第五字与第十五字，其实都是骈偶联对的讨论，如"平头"乃指一联之内上下间头一二字皆不得同声（即要上下相对），"上尾"是指一联之内上下句尾字异声，"蜂腰"乃一句之内二五字异声，"鹤膝"乃首联和次联的上句尾字当异声。即是说，永明声律内容是和骈偶化要求融为一体的。二是据此而推，可以看到在诗中其实不必要求四声全部错落为用，大致只需"异声"两分即可，这具有导向平仄二元化的倾向。《文镜秘府论》西卷论"蜂腰病"引梁武帝时刘滔之语值得注意：

> 四声之中，入声最少，余声有两，总归一入，如征整政只、遮者柘只是也。平声赊缓，有用处最多；参彼三声，殆为太半。①

说明当时已然发现四声中的字数多少及其用处的相关规律：根据"入声最少""平声赊缓"而"参彼三声"，可推出潜在的意思是平声字多，而其声调"赊缓"，其余三声皆不"赊缓"而字少，合之则可与平声字相参，这就隐约有了将四声平仄二元化的意味。回看沈约《宋书·谢灵运传论》称"欲使宫羽相变，低昂互节，若前有浮声，则后须切响。一简之内，音韵尽殊，两句之中，轻重悉异"，正与之相呼应。可见虽然他们发现了四声，而在运用于文的理论上，只讲在句、联之间的异同，并未标示哪一位置应用哪一声调，反而强调"浮声""切响""轻重悉异"，也就是说，沈约"四声八病"已隐然包含了二元化的意味。王力从音理出发称平声调长而"不升不降"，上去入三声短而"或升或降"，所以平仄选用"也就是长短递用，平调与升降调或促调递用"②，这个描述就反映了从永明体到唐代近体诗的声律承续。从这一点来看，确实可以如有学者所说，大致可以将永明诗律概括为"是一种四声分用、二五异声且上下句声调亦别的声律格式"③。第三也是最重要的一

---

① 卢盛江：《文镜秘府论汇校汇考》，第908页。
② 王力：《汉语诗律学》，中华书局2015年版，第6页。
③ 杜晓勤：《六朝声律与唐诗体格》，北京大学出版社2017年版，第85页。

点，为何要在二五字上异声？在一联之内的"平头"规避、两句尾字的"上尾"异声及至"鹤膝"异声都好理解，因为这是骈偶句式中一句的起始处，其异声和处理符合沈约"浮声""切响""轻重"的声律讲求。但一句之内何以在二五字上而不是一二字、二四字上异声，都需要作出形式美学的解释。按《文镜秘府论》西卷《文二十八种病》论"蜂腰"：

> 刘氏云：蜂腰者，五言诗第二字不得与第五字同声。古诗云："闻君爱我甘，窃独自雕饰"是也。此是一句中之上尾。沈氏云："五言之中，分为两句，上二下三。凡至句末，并须要煞。"①

刘氏指刘善经，沈氏指沈约。这里解释一句之中二五异声的问题，引沈约的话为证，即表示五言可截分为"上二下三"的结构；又同书"天卷"《诗章中用声法式》："上二字为一句，下三字为一句。"② 亦论五言之切分，所谓"上二""下三"各为"一句"，必然是指五言诗的内切分停顿，实际上就是诵读节奏的"顿"，在读音上稍有一停，所以沈约才称"句末""须煞"，"煞"即收束、停止。就是说，五言诵读，以前二字为一顿，后三字结束再一顿，因此在"顿""煞"之处的这二字不可同声，须得形成"浮声"和"切响"的宫羽之变。

值得注意的是，同条"蜂腰"又引刘滔的话：

> 又第二字与第四字同声，亦不能善。此虽世无的目，而甚于蜂腰。如魏武帝《乐府歌》云"冬节南食稻，春日复北翔"是也。……且五言之内，非两则三，如班婕妤诗云："常恐秋节至，凉风夺炎热。"此其常也。亦得用一用四。若四，平声无居第四。如古诗云"连城高且长"是也。用一，多在第二。如古诗云"九州不足步"，此谓居其要也。……犹如丹素成章，盐梅致味，宫羽调音，炎凉御节，相参而和矣。③

---

① 卢盛江：《文镜秘府论汇校汇考》，第908页。
② 卢盛江：《文镜秘府论汇校汇考》，第163页。
③ 卢盛江：《文镜秘府论汇校汇考》，第908—909页。

刘滔认为二四异声，虽"世无的目"，其实也是不可犯的大毛病。按此则一句之内的第二、四、五字都要有所变化，所以才说"非两则三"；即每句注重这三个字的变化后，平声一般就只有两个字或三个字，若一个平声则多在第二字位，四个平声则不能在第四位上出现平，否则就违背了二四异声的规律。而且，这里以平声来断其位置，呼应于平声"参彼三声"，有明显的平仄二元化倾向。显然，刘滔的说法是在沈约"蜂腰"要求上的更进一步。按王利器注此刘滔即梁代刘绍，大同中曾为尚书祠部郎。① 而据《梁书》卷四九《庾肩吾传》：

> 初，太宗（萧纲）在藩，雅好文章士，时肩吾与东海徐摛，吴郡陆杲，彭城刘遵、刘孝仪，仪弟孝威，同被赏接。及居东宫，又开文德省，置学士，肩吾子信、摛子陵、吴郡张长公、北地傅弘、东海鲍至等充其选。齐永明中，文士王融、谢朓、沈约文章始用四声，以为新变。至是转拘声韵，弥尚丽靡，复逾于往时。②

文中回忆永明沈约等人的"四声""新变"之学，一在表传承，二在表比较，以推出"至是"（梁大同年间：535—549年）在"转拘声韵，弥尚丽靡"方面"逾于往时"（齐永明末：490年前后）。而《文镜秘府论》多引刘滔之说，其声病之论较为完善，则刘氏讨论声韵亦当在此一大同时风中。按此刘滔之说晚于沈说四五十年左右，在这期间，声律说又有了巨大的进阶：关键是二四异声表明诵读节奏的切分，从"上二下三"的粗略把握进入了"2+2+1"的细化节奏；也就意味着他进一步体察到一句中除了二、五两字之外，第四字也是节奏点，故而需要"宫羽调音""相参而和"。这已经是后来近体的说法了，即以今天的"构词韵律学"来看，此说完成了最基本的韵律切分，合乎于诗中诵读节奏的韵律指向。③ 杜晓

---

① 弘法大师撰：《文镜秘府论校注》，王利器校注，中国社会科学出版社1983年版，第81—82页。
② 姚思廉：《梁书》，第690页。
③ 冯胜利"韵律构词学"以"二分枝音步"构成节奏，单字则成为附在相邻的双音步上的"超音步"韵律词，按此则五言成为2+3音节节奏，但3表示一个二分枝音步节奏加上一个附着的单音词，因此在第四字的停顿上就要比第一个节奏短一些。冯胜利：《汉语的韵律、词法与句法》，北京大学出版社1997年版，第1—4页。

勤统计了永明体和大同年间诗人王融、谢朓等的用句在二五异声和二四异声上的变化，发现大同年间确实呈现出声律讲求的进一步深化①，可见诗之声律在节奏的讲求中又越发精进②。至此，就只有从属于篇法的联对相粘尚未明确标举，近体诗已经呼之欲出；从形式美学的发展来看，这也就意味着声律之用于五言诗句式的探索达到了极致，形式之学的自足发展即将要画上句号了。

声律说的发现及运用于诗赋，对文学的意义是重大的，对于一个真正了解中国文学之美的人来说，怎么表扬它可能都不过分。当时沈约已自许"自灵均以来，此秘未睹"③，在他眼里，此前名家虽偶有佳句，也是"暗与理合"而"匪由思至"，不足为奇④；只有他们永明体的做法，才算得上是独发此秘，才有以人力雕刻之功夫，获得夺天造化之可能。但是声律的要求乃是依附于文字而实现，其作用不是独立的。俄国形式主义学派重要代表学者艾亨鲍姆说：

> 在形式主义中，音韵作为一种语言结构的组成成分被加以分析，而在同一语境内，语言结构的主要成分则是在使语言系统化的过程中去寻求的。这些问题使形式演变、程序方法和功能，都处于同一关联域中了。⑤

作为汉字的音韵，更与字形和字义有一定关系，故传统训诂学有声训一途，按此则六朝声律之学更是表现为一个整体的"关联域"。即是说，永明声律运用的文学意义并不表现为独立性，而是依附于句式运用，主要是骈偶运用所形成的语境"关联域"。刘永济所称"齐梁声律既兴，

---

① 参看杜晓勤《六朝声律与唐诗体格》第四章"大同句律形成过程及与五言诗单句韵律结构变化之关系"，第104—143页。
② 刘师培也提出梁陈文学当与大同为界，"梁武帝大同以前与齐同，大同以后与陈同，故可分隶两期。"《中国中古文学史讲义》，第119页。
③ 萧子显：《南齐书》，第898页。
④ 这也是沈约与陆厥在通信中反复强调的观点，正如阮元《文韵说》之论："休文所矜为创获者，谓汉魏之音韵，乃暗合于无心，休文之音韵，乃多出于意匠也。"见阮元《揅经室集》，第1065页。
⑤ ［比］艾亨鲍姆：《形式方法的理论》，见［比］J. M. 布洛克曼《结构主义 莫斯科—布拉格—巴黎》，李幼蒸译，商务印书馆1980年版，第69页。

平仄谐适,尤足助成斯美"①,是非常卓越的论断,声律化的文学功能,正在于促进骈偶的运用达到一种极致,故而在骈偶的平衡美学、炼字炼句、联对构结、文体变革四个方面都有助推作用。介于上节我们主要以赋为中心,而声律又多用于诗,以下我们则以诗为主。

四声的提出固然是本于句式运用的"浮声""切响","四声八病"运用于诗的主体部分更是围绕骈偶句式的平衡美而提出的。如上所述,"平头""上尾""鹤膝"三者分别就一二字和六七字、第五字和第十字、第五字和第十五字提出异声要求,本质是在一句之内"律吕自调"的基础上(以"蜂腰"之病及至"二四异声"的大同句律为轨范),考量一联之内和联联之间的"宫羽调音",形成"相参而和"。沈约称"十字之文,颠倒相配",已有将诗的基本单位界定为十字一联的导向;进而言之,就是对骈偶的字词类对、结构类同、形式整饬、节奏呼应、意义关系、构句联对,进行声韵和谐的再轨范,使其在一个线性句式和两句组构对应空间方面,都达到均衡、和谐、对称等形式之美的自为极致。这时的骈偶句,无论在视觉上还是声音上都具有了一种先验之美,恰如形式美学家贝尔(Clive Bell,1881—1964)所说的"有意味的表式"。按他所说,"对纯形式的观赏使我们产生了一种如痴如狂的快感,并感到自己完全超脱了与生活有关的一切观念。"面对声律化后的骈偶句式,读者不须考虑意义所指,而确然能够欣赏"隐藏在事物表象后面"的"终极实在本身"②,此处的"终极实在本身"当然就是本于汉字音形的"对等"组合、句式节奏、二元思维心理等的先验形式意涵。这种"有意味的形式"是经过字词的推敲而实现的,因此很容易产生轨范内容的佳对,由此获得形式美和内容美的统一。比如江淹"愁生白露日,思起秋风年"(《无锡县历山集诗》)③,沈约"折风落迅羽,流恨满青松"(《伤王融》)、"持身非诡遇,应物有虚舟"(《伤王谌》),何逊"促膝今何在,衔杯谁复同。水夜看初月,江晚溯归风"(《赠韦记室黯别》)、"振衣喜初霁,褰裳对晚晴。落花犹未卷,时鸟故余声"(《春

---

① 刘永济:《文心雕龙校释》,第110页。

② [英]克莱尔·贝尔:《艺术》,周金环、马钟元译,中国文联出版公司1984年版,第4、47页。

③ 逯钦立:《先秦汉魏晋南北朝诗》,第1561页。以下诸家选诗不详注,皆取此本。

暮喜晴酬袁户曹苦雨》），吴均"荷香带风远，莲影向根生"（《采莲曲》）、"水中千丈月，山上万重云。海鸿来倏去，林花合复分"（《赠鲍春陵别诗》），萧绎"日宫佳气满，月殿善风清"（《和刘尚书侍五明集》）、"年光遍原隰，春色满汀洲"（《别荆州吏民》），谢朓"四面动清风，朝夜起寒色"（《临高台》）、"秋河曙耿耿，寒渚夜苍苍"（《暂使下都夜发新林至京邑赠西府同僚》）、"天际识归舟，云中辨江树"（《之宣城郡出新林浦向板桥》）、"寒灯耿宵梦，清镜悲晓发"（《冬绪羁怀示萧谘议虞田曹刘江二常侍》）、"寒槐渐如束，秋菊行当把"（《落日怅望》），等等。这些诗句大都符合永明四声之说和大同二四异声的句律，无不句内协调，属对精工，读来音韵铿锵，和谐调畅，构意丰盈，即便放到唐诗之中，也丝毫不见减色。如严羽谓谢朓之诗有"全篇似唐人者"，而许学夷则进一步发现其"五言平韵者，上句第五字多用仄，即休文八病中所忌'上尾'之说也。此变律之渐"，以声律带动其诗的"调俳而气今"①，从上举诗例也是可以推见的。需要补充说明的是，对这种极致平衡美的追求，可以形成一种重视整体平衡的思维方式，我们看南朝人论诗赋的许多观点，皆可与之相呼应。如萧绎《金楼子·立言》称"至如文者，惟须绮縠纷披，宫徵靡曼，唇吻遒会，情灵摇荡"，则既注重外在的声律辞章，还注重内在的"情灵摇荡"，至于他的实际创作是否达到这一点姑且不论，但最少有这种思维意识。《南齐书·文学传》称："缉事比类，非对不发，博物可嘉，职成拘制。"② 此齐梁隶事骈偶之风。然而另一面我们看沈约又提出"易见事""易识字""易读诵"的"三易"之说，《颜氏家训·文章》："文章当从三易……邢子才常曰：'沈侯文章，用事不使人觉，若胸臆语也。'深以此服之。祖孝徵亦尝谓吾曰：'沈诗云：崖倾护石髓。此岂似用事邪？'"③ 沈约是三朝文宗，其说自不当视为一家之言。所以只要将骈偶、隶事、"三易"合在一起观察，就会发现尽管文有分派，各家之说有一定分歧，但就整体作品格调来看，齐梁之际在这三者之间是达成了某种平衡的。谢灵运称"好诗圆美流转如弹丸"，"圆美流转"指向于声律、意义、气韵的

---

① 许学夷：《诗源辨体》，第122页。
② 萧子显：《南齐书》，第908页。
③ 颜之推：《颜氏家训》，第156页。

立体平衡与和谐追求。所以罗宗强先生认为，永明诗人追求的是一种对称均衡的美，从骈偶化转向声律讲求，乃是"追求圆美流转的审美趣味的产物"①。只是齐梁形式之学的大张，以及齐梁文学贵族化的题材内容倾向，遮掩了后代论家的眼光而已。

  如果说骈偶化主要促进了六言赋句"体物"的炼句、诗的炼字，那么声律讲求就进而推进了诗赋辞藻的骈俪化，尤其是形式诗学产生艺术张力的关键。声律化的追求促使赋在关键字的选择上有着四声的推敲，由此使得炼字更加诗化，如上引李调元评沈约《高松赋》"经千霜而得拱，仰百尺而方枝"中的"得""方"二字，"得"为入声韵，"方"平声阳声韵，其"琢句"的"清劲有力"是包含了声律的推敲的，颇显诗性的艺术张力。又王筠所击赏沈约《郊居赋》中的"坠石堆星"实与"乔枝拂日"相对，"冰悬坎而带坻"则与"雪萦松而被野"相对，仔细体察，不难发现其间关键处用字，实是本于"浮声""切响"的声律追求而作出的推敲选择，特别是"堆"（平声）和"拂"（入声）、"带"（去声）和"被"（平声）这类动作字较为明显，亦彰诗化之效。孙德谦《六朝丽指》指出"六朝工于炼字"，发现六朝人多于"一句之内"注重"虚字""陶炼"，每有"戛戛独造之妙"②，在沈约、江淹、王褒、萧绎、萧纲、庾信等人的赋中，这种据声律而炼字的现象随处可见，不劳引证。至于永明声律对诗的炼字炼句的推进，这里则可稍作申论。沈约强调"蜂腰"的二五异声，实际上就是注重节奏点上之字的声律化，这种节奏点上的字在诵读中最有推敲之可能，必然容易促成同步炼字。这是随处可见的，如沈约"调与金石谐，思逐风云上"（《伤谢朓》），王融"坐销芳草气，空度明月辉"（《古意二首》）、"枝分柳塞北，叶暗榆关东"（《春游回文》），谢朓"鱼戏新荷动，鸟散余花落"（《游东田》），范云"草低金城雾，木下玉门风"（《别诗》）、"风断阴山树，雾失交河城"（《效古》），这些炼字都是二、五单字表动作或形容，大都平仄轻重交错，颇能呈现出锻炼的艺术张力。至于大同律句强调二四异声

---

① 罗宗强：《魏晋南北朝文学思想史》，第290页。
② 王水照：《历代文话》第九册，第8478页。

之后，这种表现就更为细密了，炼二四字则在在皆是，如庾肩吾"荷低芝盖出，浪涌燕舟轻"（《山池应令》），刘孝绰"夏叶依窗落，秋花当户开"（《夜不得眠》），徐陵"山寒微有雪，石路本无尘"（《山斋》）、"竹密山斋冷，荷开水殿香"（《奉和简文帝山斋诗》），庾信"日落含山气，云归带雨余"（《奉和山池》）、"涧险无平石，山深足细泉"（《奉和赵王隐士》）、"负锸遂移山，藏舟终去壑"（《和张侍中述怀诗》），等等。同样，节奏点上的用字多为动作字或形容字，根据上面我们讨论谢朓提出的诗求"圆美流转"，这样的句式就兼有声音、意义和意境的追求，三者合一而极易推敲出诗性的张力。如此看来，诗的声律化炼字与其节奏有密切的关系。如果据此进一步来考察，我们就会发现，"上二下三"以及二四异声所包含的"2＋2＋1"节奏切分，所促成的诗体句式变化具有一定的美学规律。在"上二下三"的切分中，一个句子被分解成两个结构，本质上是前后两者的互为描述或补充，是单一维度的表意，如上引范云诗"草低金城雾，木下玉门风""风断阴山树，雾失交河城"，谢朓诗"四面动清风，朝夜起守色""秋河曙耿耿，寒渚夜苍苍"，前者是后三字作宾语补足此前的物态描写，后者后三字本身有着描写的组合，稍显复杂而使句子益有张力，然而它们本质上都是表意与诵读节奏的吻合，呈线性关系。到了大同律句里，则呼应为追求炼句契合于节奏的深化倾向，如刘孝威"雷奔石鲸动，水阔牵牛遥"（《奉和六月壬午应令》），江总"天寒旗彩坏，地暗鼓声低"（《雨雪曲》），萧纲"云斜花影没，日落荷心香"（《苦热行》），庾肩吾"尘飞远骑没，日徙半峰寒"（《赛汉高庙》），庾信"霜天林木燥，秋气风云高"，这些例句都打破了"上二下三"式的线性单一表意，具有立体复杂的诗思。根据"2＋2＋1"的节奏理解，在前二字和后二字的构组上，形成意象组合、因果渲染等关系；而最后一字的节奏附着，呈现了一种特殊的炼字功效，它既可与后一节奏单元组合而营造出意境，又能与前一节奏单元、甚至前两个节奏单元的意义所指构组成意境，是具有修饰的灵活性的。比如庾肩吾"尘飞"联，"远骑"是"尘飞"之因，但同时又因"没"的炼字而指向骑乘渐行渐远；可"没"字又是可以修饰"尘飞"的，由是遂能形成人不见而尘渐消的动态场景。这种组合实际

过程之美

上就是思力的立体嵌合，乃是通过象和意的复杂组构来形成诗句的艺术张力。① 林庚曾总结中国诗语，提出"诗歌是有节奏的语言"，并认为节奏帮助诗歌实现了语言的飞跃，获得了一种暗示②，从这点上讲确是有体悟的。要补充的是，前举之例乃是吻合于二四异声节奏的写法，五言之灵活，还在于单字的位置变动，如其置于中，则对二四异声的诵读节奏造成内外相异的张力，由此亦能产生新的句法，亦能见出声律节奏对诗之思力深化的影响。如阴铿"栏高荷不及，池清影自浮"（《渡岸桥》），江总"秋蓬失处所，春草屡芳菲"（《遇长安使寄裴尚书》），仅举一斑，可推其余，这是本于五言诗节奏构组的必然现象，在此不必详细分析。可以见到永明以后的诗歌，确是在声律节奏的带动下走向深邃精警，而后来杜甫的炼字炼句，也是沿着这一条道路前行的。

声律化在促进联对构结的诗性张力方面也居功至伟。如上节所论，骈偶本有促成联对类合的审美空间的趋势，而声律音韵的注入，乃是对此骈偶"式样"的"助成斯美"，所谓"十字之文，颠倒相配"，是声律为先的句法达成，会使句子越来越远离日常语言的表达逻辑。这就趋使声律化后的骈偶结构超越了字面意义，形成一个形式主义的"关联域"；而"四声八病"的"程序方法"正是支撑这一"关联域"的核心。按照罗兰·巴特从形式主义推导至符号学的解释，这时的"文学就只能是一种语言，一种符号系统，它的本体并不存在于它的信息之中，而是存在于这个系统之中"③，站在读者角度的文学解释，自然就是努力去寻找"潜藏模式"中的"深层结构"④。这可以解释"四声八病"的声律讲求进入骈偶后，所造成的上下句联对关联"系统"，往往会构成超越字面意义的深层审美空间。在赋中，早期骈偶只有形式整饬的功能指向，随着"六朝之体"的推进及至声律的深化，渐有了

---

① 蒋绍愚站在语言学的角度称这种句式为"紧缩句"，杜晓勤《大同句律形成过程与五言诗单句韵律结构变化之关系》对此作了考察，也认为这种句式增强了艺术表现力，颇有发明。他据韵律结构将诗句分为三种，注重语法组合而较为复杂深入，能清晰地分解出各类句式组构；但谓依此而论这类句式可以产生"1+1>2"的艺术效果，则仅限于词语构组。所以本文讨论节奏、语象构组和诗之思力关系，不取其分类。参见《六朝声律与唐诗体格》，第104—137页。
② 林庚：《诗的语言》，《新诗格律与语言的诗化》，第33—34页。
③ ［法］罗兰·巴特：《什么是批评》，《外国文学报道》1987年第6期。
④ 杨波：《罗兰·巴特文艺思想流变研究》，云南人民出版社2020年版，第129—132页。

助成联对的趋势。因其两句一对而导向句意的内在关联，上论炼字炼句不过是为之服务，即"为俳者则必拘于对之必的，为律者则必拘于声之必协，精密工巧，调和便美，率于辞上求之"①，"对之必的"和"声之必的"其实所要营构的是"意之合成"。对于作家来说，当形成了声律化的骈偶体势以后，声律反而是基本的轨则，如吕东莱所言"凡作四六，须声律协和"，所以"语工而不妥，不若少工而浏亮"，所以"上句有好语，而下句偏枯，绝不相类"，不如"两句俱用常语"。②总之作家所要追求的是形式讲求与内容表意的和谐融通，这里的表意不是主体情感的纯粹再现，而是在声律骈偶轨范之下句式之间所营构的联对意义，是形式平衡美和内容联对组构所类合成的审美空间。孙德谦《四六俪指》专列"用典两句一意"条，其谓"上下四句，如每句各自一事，既不联属，则失之太易，几同杂凑，应两句为一意"，也就是说注重于联对构结的"意义"表达，这一点"征之梁元数篇，当不如是"③，唯此才见骈文的"难于属对"；这不当简单视作创作的要求，而可以看作以"法用谨严"的骈偶来营构意境之难，去体现"骈文之可贵"处。"法用谨严"当然是指向于"率于辞上求之"的推敲过程，也正因为如此，声律讲求下的骈偶赋句才越发显得诗化。如鲍照《芜城赋》："若夫藻扃黼帐，歌堂舞阁之基；璇渊碧树，弋林钓渚之馆。吴蔡齐秦之声，鱼龙爵马之玩。"骈偶化的讲求使得前边两个四六句凝成一体，在诵读上就会形成节奏和意义的内指；后两个六字句复为骈对，则有另起一联的节奏导向。但是"若夫"一词引发一顺而下的描写，遂使两对骈句皆共同表达往日繁华，联对意味不足，体物的诗化色彩倒是凸显了出来。迄经声律影响的江淹《别赋》："风萧萧而异响，云漫漫而奇色。舟凝滞于水滨，车逶迟于山侧。棹容与而讵前，马寒鸣而不息。"两句一逗，如"萧萧"对"漫漫"、"异响"对"奇色"、"凝滞"对"逶迟"、"水滨"对"山侧"，都有声律讲求而用字推敲的意味，遂使联对意味更足，形成以"风""云"渲染描写"舟""车"环境、以"棹""马"喻离别情态的意义递进，音韵和谐，

---

① 孙福轩、韩泉欣：《历代赋论汇编》，第50页。
② 孙梅：《四六丛话》，第563页。
③ 王水照：《历代文话》第九册，第8467—8468页。

节奏铿锵，颇有绵长之诗境。而抽绎任何一联来看，其中两句共建的意义都是相对自足的。

然而骈偶的声律化所促成的联对构结的诗性张力，在诗中表现更为明显。最为主要的就是声律讲求的"平头""上尾""鹤膝"都是就诗的属对而言，远较赋句的要求精细化，于是上下句的异音相对就构成了"音韵尽殊"的二元组合，更进一步规限一联之内形成两句足意的表达特点。宋人蔡居厚《蔡宽夫诗话》有论"晋宋人造语之病"条：

> 晋宋间诗人造语虽秀拔，然大抵上下句多出一意。如"鱼戏新荷动，鸟散余花落""蝉噪林愈静，鸟鸣山更幽"之类，非不工矣，终不免此病。其甚乃有一人名而分用之者，如刘越石"宣尼悲获麟，西狩泣孔丘"，谢惠连"虽好相如达，不同长卿慢"等语，若非前后相映带，殆不可读，然要非全美也。唐初余风犹未殄，陶冶至杜子美，始净尽矣。①

这是站在唐宋近体诗对仗角度的苛刻之论，批评晋宋人"上下句多出一意"固当属实，然而恰恰反映了骈偶而联对的演进。实际上自陆机开俳偶入诗以来便是如此，正如赋的早期骈偶，只是本于形式的整饬化，在一联之内字词属类、结构、字数相合即可，就内容而言多属平面描写，其导向意义的同步轨范是逐渐的进程；所以蔡宽夫所举的诗例，本质上与赋中的体物式描写骈句差别也不大。而"唐初风犹未殄"也就意味着在业经齐梁声律轨范之后，"上下句多出一意"的写法减少了。以唐宋近体对律诗中间两联对仗的严格要求，此即谓"合掌"，盖以两句皆表一意，而显得意思疏朗，不够丰富。胡应麟《诗薮》内编卷四："作诗最忌合掌，近体尤忌，而齐梁人往往犯之。"②"往往"二字，亦可反过来说明齐梁人于早期的骈偶有所改进。犹如大同句律的出现，使得五言句法精警而一胜于永明句律，站在骈偶演进的角度看，就会发现齐梁声律之作，多有联对构结者，逐渐由平面的体物式描写转向

---

① 郭绍虞：《宋诗话缉佚》，中华书局1980年版，第379页。
② 胡应麟：《诗薮》，第61页。

第六章　形式探索与体格兼融

立体的意境讲求，从而一胜于晋人，但未完全脱去"上下去多出一意"之写法而已。随举可见，如何逊"岸花临水发，江燕绕墙飞"（《赠诸游旧诗》）、"生途稍冉冉，逝水日滔滔"（《聊作百一体》），江淹"落叶下楚水，别鹤噪吴田"（《无锡县历山集诗》）、"有弇兴春节，愁霖贯秋序"（《张黄门协苦雨》），谢朓"寒灯耿宵梦，清镜悲晓发"（《冬绪羁怀示萧谘议虞田曹刘江二常侍》）、"山川隔旧赏，朋僚多雨散"（《和刘中书绘人琵琶峡望积布矶》）、"漠漠轻云晚，飒飒高树秋"（《侍筵西堂落日望乡》），庾信"清虚无尘滓，长夜对一魂""杖乡从物外，养学事闲郊"（《园庭》），等等。这些对句，即便放入盛唐人集中也不见丝毫逊色，无论是写景、抒情，还是叙事，皆能注重以精工整饬的对仗建构起超越字面的意义空间。以何逊"生途稍冉冉，逝水日滔滔"为例，联内字面精工，节奏点上的二、四、五字音声迭代，两句意思一顺而下，以生途之冉冉不觉，回看逝水如斯，每句单看皆属客观描写，而类合为一联以合观，则有互相映发之意，遂能生出尘事无奈之叹；又如庾信"杖乡从物外，养学事闲郊"，声音、属对的谨严和炼字的精警自不必说，上句谓策杖物外，似写一逍遥之隐者，而下句"养学"则转为强调耆宿深读之形象，复以"事闲郊"与前句相呼应，并成一逍遥而老成、饱学而悠闲的诗人形象。这些联对单句尚见客观体写之意，而一旦统合上下两句理解，就能生发出超越字面意义的类合审美空间，其中之功，是离不开潜藏在"深层结构"的"四声八病"在临文创作中，所发挥的声律轨范作用的。

按蔡宽夫又谓两句一意"陶冶"至杜子美始"净尽"，其实这种表达的剔尽，并不能全归功于杜甫。即是说，这不是骈偶而联对的自然演进，也全非个人之人力功夫，而是另与篇法的规限有关。尽管当时永明体在应酬尝试之中产生了大量的短篇之作①，毕竟没有固定句数，只有

---

① 这些短篇之作包含沈约《永明乐》、王融《永明乐十首》、谢朓《永明乐十首》等，钱志熙认为受西曲影响而具有乐章体的特征，故短小。钱志熙：《中国诗歌通史》（魏晋南北朝卷），人民文学出版社 2012 年版，第 419—421 页。曹道衡也认为"永明体"不应该只包含声律说，而应包含沈约所提出的"三易说"，他据谢朓所称"好诗圆美流转如弹丸"，推测这与南方民歌有关，吴歌如《子夜四时歌》等确实都是大量的短篇，这也可以佐证永明之际的诗篇幅的缩减与此相关。曹说见其《南朝文学与北朝文学研究》，商务印书馆 2015 年版，第 180 页。

等到初唐沈佺期宋之问出来，定型了五律八句的写法，才进一步轨范了律诗的句数篇幅；由此联对的表达就被约束在两联之内，诗人必须要用有限的句子营造无尽的意境，这才进一步逼出了去除疏朗、拓展诗境的联对表意。由齐梁短篇探索而至初唐沈宋五律定型而至杜甫的联对精造，正好体现了声律化促进近体诗的产生而成熟的过程。而诗体通篇用骈的写法在谢灵运、颜延之手里得到了加强，在声律化的影响中，也形成了排律一体。徐师曾《文体明辨·排律诗》："按排律原于颜谢诸人，梁陈以还，俪句尤切，唐兴，始专此体，而有排律之名。……大抵排律之体，不以锻炼为工，而以布置有序、首尾通贯为尚。"① "首尾通贯"，中间系徘偶合乎声律的"俪句"，正是排律当行之格。同时如祝尧《古赋辨体》所称："沈休文等出，四声八病起，而俳体又入于律。"② 赋体也因声律而演化成了律赋。今见梁代有《赋体》五篇，为萧衍、任昉、王僧孺、陆倕、柳憕五人所作，都用了"化、夜、舍、驾"四字为韵，用五、六、七言散语而各为八句，显属同题游戏之赋，殊无赋义之凸显，唯有骈偶辞藻和声律的讲求，似可看作律赋的前身。③ 又如张正见《石赋》，李调元《赋话》称"通章无句不对，实开律赋之先"④，庾信的一些小赋亦可见出律赋的雏形。凡此可见声律化对诗赋文体变革的促进也是较大的。只是声律的详细讲求主要是在诗中实现的，所以律赋的成熟又要反过来等到初唐律诗的成熟之后了。

第四节　骈俪化的省思与文体兼融

齐梁时期形式美学的极致发展，我们可以概称为"骈俪化"。亦即将"骈俪"发展为一种整体的文章追求风气。恰如胡适所说，从诗赋推及一切六朝文学都"骈俪化"了："议论文成了辞赋体，纪叙文（除了少数史家）也用了骈俪文，抒情诗也用骈偶，纪事与发议论的诗也用骈偶，甚至于描写风景也用骈偶。故这个时代可说是一切韵文与散文

---

① 吴讷、徐师曾：《文章辨体序说　文体明辨序说》，第108页。
② 孙福轩、韩泉欣：《历代赋论汇编》，第50页。
③ 郭维森、许结：《中国辞赋发展史》，第327—328页。
④ 孙福轩、韩泉欣：《历代赋论汇编》，第81页。

的骈偶化的时代。"① 这里有所谓"骈俪""骈偶"的不同运用，有必要稍加辨析。按"骈"本二马拉车，《广雅》："俪，耦也。"王念孙谓与"丽"相通，又作"离"。②《文心雕龙》有《丽辞》篇讨论骈偶。《说文解字》："丽，旅行也。……从鹿丽。"即指鹿皮之丽。段注："两而介其间，亦曰丽，'离'卦之'一阴丽二阳'。"又据郑注《聘礼》谓"'俪'即'丽'之俗，俪皮，两鹿皮也"③。所以诸家大都释刘勰"丽辞"为骈俪之辞，如范文澜云"丽辞，犹言骈俪之辞耳"④，许文雨《文论讲疏》称"丽辞即世所谓骈俪文也"，李曰刚《文心雕龙斠诠》解释得更细："此云'丽辞'，犹言骈俪之辞，为修辞中对偶之一法。案骈为二马并架之义。二马并架，须两两相俪，齐一步聚，故对偶之文称骈文俪辞也。"⑤ 诸家将讨论对偶的"丽辞"解释为"骈俪之辞"固不错，后来"骈四俪六"之说也是从这里发展来的。但析言之，"俪"通"丽"除了指"耦"，本也含有美丽的意思，可以用"丽辞"形容发展到成熟阶段的骈偶，可以将骈偶称之为"骈俪之辞"，就是说，"丽辞"之说除了音义之训联通于骈偶外，也隐含了文学的比喻；所以反过来，"骈俪"及至"骈俪化"，就不等于是单一的骈偶手法，起码还要包含骈偶精细化所注入的相关内容，以应和于"俪"或"丽"。"骈俪化"是骈偶手法发展到极致的一种风格倾向，虽以骈偶为中心，却还要包含声律和辞藻二者的追求；即骈偶发展到永明时期，在"隶事"之风中进一步拓展了辞藻追求，吸收了声律的内容。按刘勰《文心雕龙》分列《声律》《丽辞》，又列《情采》篇讨论"声文""形文"与"情文"的结合，他分而论之是为了阐释的方便，实际上"声文""形文"就被他又归入"文采"（藻饰）部分，以和"性情"构成体用离合之说；此外如他讨论"练字""章句""时序"时，都或多或少提到了文格调问题，而此时的辞藻又与声律分不开。所以"骈俪化"的三部分内容在当时的实际运用中常常不分彼此，主要是以骈偶为载体而兼

---

① 胡适：《胡适学术文集·中国文学史》，中华书局1998年版，第209页。
② 王念孙：《广雅疏证》，第320页。
③ 段玉裁：《说文解字注》，第471页。
④ 范文澜：《文心雕龙注》，第590页。
⑤ 詹锳：《文心雕龙义证》，第1293、1291页。

容其余二者的，比如辞藻往往本身就是骈偶炼字的一部分，声律更是直接以骈偶句式为载体。按此我们就可以从这三个方面去进一步检讨齐梁人"骈俪化"后的诗赋的进一步发展，借以省思在这一形式美学的发展中，二体的接受和兼融等问题。

曾经和萧绎、萧纲有交集，后半生在北朝并入隋生活的颜之推晚年所著《颜氏家训》，其中《文章篇》对此前文学有很多理性的观察。比如他说：

> 古人之文，宏才逸气，体度风格，去今实远；但缉缀疏朴，未为密致耳。今世音律谐靡，章句偶对，讳避精详，贤于往昔多矣。宜以古之制裁为本，今之辞调为末，并须两存，不可偏弃也。①

这里有身在其中的文学史料，有鲜明的文学观点，还有跳出时代的文学省思。他称古人之文"去今实远"，今世文章则"贤于往昔多矣"，完全是本于"音律谐靡，章句偶对"的角度；单就声律的运用于诗文来说，一如沈约自许"自灵均以来，此秘未睹"，确实有一代人的文学自信。自沈、周将四声八病运用于诗之后，谢朓、王融、刘绘、范云、徐摛和庾肩吾父子、陆杲、刘孝仪、刘孝威等人"慕而扇之"，风气渐移，成为一时之尚。今人刘跃进对宋、齐、梁三代部分诗人的作品进行详细的统计，表明严格的律句在这些诗人的诗中所占比例呈逐渐上升趋势：颜延之、谢灵运仅占35%，王融85%，沈约63%，谢朓64%，萧纲、萧绎占70%。② 声律入诗确实能将形式美学发挥得淋漓尽致，唯此才能引发众人的争先实践，及至唐人近体也仅是在此基础上的微调而已。③ 不过，沈约、颜之推等人的过度自我标举也抹杀了此前"章句偶

---

① 颜之推：《颜氏家训》，第155页。
② 刘跃进：《门阀士族与文学总集》，世界图书出版西安有限公司2014年版，第157页。
③ 唐人近体诗律较齐梁声律说其实并无本质的改变，主要在于一是明确将四声二元化，二是淡化了"大韵""小韵""旁纽""正纽"后四病，三是轨范了押韵。但梁代已然发现四声间的字数多少以及重要性的问题，而且并不强调四声皆用，本质上还是异同交错的二元相参观念；此外后四病本就强调不多，正史载沈约只提前四病，而押韵问题虽未在齐梁得到平仄的规定，却有久远的偶句用韵传统，唐代的改进只是锦上添花。而且唐人最大的业绩其实主要在于以句数定篇成体。

对"的功绩。如前所述,由简趋繁,昭然不爽,从骈偶到声律的发展具有文学的历史逻辑性,整个六朝文风的关键,实际上是骈偶化,声律乃是"助成斯美"。这种风气自曹、陆以来便已渐影响及文坛。黄水云《六朝骈赋研究》对从魏到隋的赋进行统计,计得1077篇,其中骈偶句占一半以上者492篇,这个数据随着年代的往后推移比例越大。① 此外,骈偶和声律的讲求也表征着辞藻的追求,辞藻追求体现于联对的选词构句不太容易看得出来,但当时的"隶事"活动和类书编辑却为此提供了佐证,后来诗的题材偏向宫体和咏物,整个齐梁诗赋不重内容气骨,也可以和这点相呼应,在此不作详论。这仍是对太康以来"繁旨星稠"的进一步发展,与前二者同步,在经过东晋玄学影响的稍入低潮之后,复以南朝贵族化的历史语境而获得了形式之学的发展温床。其实骈偶、声律、辞藻三者的形式美学追求都带有贵族化写作的倾向,精雕细琢,注重力全在文章形式之上,庶几为文字游戏。上举梁武帝萧衍等五人共写《赋体》,翻开南朝赋集,应制之作随处可见,在诗中,大量作品以"赋得"题名,咏风月而敷脂粉的同题酬唱之作随处可见;齐梁人的"文""笔"之辩、"丽辞"强调,皆在此列。萧绎《金楼子·立言篇》载卞彬的《禽兽决录》《虾蟆科斗赋》,尽管骈化,便因句俗而乏藻翰,不符合萧绎"绮縠纷披,宫徵靡曼,唇吻遒会,情灵摇荡"的标准而被他大加批评②。流风影响及至北朝,《魏书·成淹传》载成淹子成霄:"好为文咏,但词彩不伦,率多鄙俗。与河东姜质等朋游相好,诗赋间起。知音之士,共所嗤笑;闾巷浅识,颂讽成群,乃至大行于世。"③ 成霄赋今不见,但其朋友姜质的《亭山赋》为《洛阳伽蓝记》所引,骈化而辞直,当属"词彩不伦",谈不上多少"鄙俗",最多是辞浅乏味,这样的作品能"大行于世"却反为"知音之士"所笑,可以推见此处的"知音之士"当系讲求音律、重视辞藻的贵族士人。唐人批评六朝的"彩丽竞繁"、强调"别裁伪体"便直指这种辞藻追求,不过却容易致使人误会,以为贵族化的齐梁体悉在后

---

① 黄水云:《六朝骈赋研究》,附《六朝辞赋之作者、篇目、残佚、骈偶及其出处一览表》,文津出版社1999年版,第393—483页。
② 许逸民:《金楼子校笺》,第867—868页。
③ 魏收:《魏书》,第1755页。

人打倒之列。实际上齐梁体形式美学的重要业绩全为"兴寄都绝"背了锅，初唐人的诗格中尚且大谈属对和声律，他们倒是几乎完全把永明以来的声律之学继承了下来，而且也是承续着骈化的辞章路径前行而调整的，起码他们也并未把辞章中典雅的格调追求视作非革之不可的仇雠。

上引颜之推称"宜以古之制裁为本，今之辞调为末，并须两存，不可偏弃"，不难读出其中含有反思"辞调"追求骈俪化的意味。毕竟颜氏到北方受了北地贞刚之气的影响后，能理性地省思过度追求形式美学倾向之弊，所以他同时也直指"今世相承，趋本弃末，率多浮艳"①。其实，齐梁作家当时也对过度骈化具有一定的省思。随着玄学的退场，刘宋时期复起骈偶之风，何承天、傅亮、颜延之、谢灵运、谢庄等人的赋，几乎通篇为骈，而且悉以六字句为主，形成整饬的辞藻追求；像谢灵运的长篇《撰征赋》《山居赋》，张缵的长篇《南征赋》，竟只有少数的四字句五字句间破。但这种情况到了齐梁时期有所变化，很多赋家的作品对句比例有所下降，如江淹的赋，就有非常明显的变骈意识，通过半骈句、散化句、四五六言句式变化来不断间破骈俪化的写法。韩高年据《全上古三代秦汉三国六朝文》统计，宋赋对句比例都在80%以上，齐梁赋则普遍在30%—50%之间。② 诗中也有这种迹象，如沈约的诗，就有一些用对句较少，其《宿东园》共10联有3联非对句，《新安江至清浅深见底贻京邑游好》共7联有6联非对句，《别范安成》共4联全系非对句；又如张融《别诗》和谢朓《同谢谘议咏铜雀台》，孙鑛《文选集评》评价："婉似初唐风调，但未作对联耳。"③ 意味着齐梁人对过度骈偶化有一种理性的省思。即便在理论上，我们也确然能听到一些异样的声音。如《梁书·何逊传》说："倾观文人，质则过儒，丽则伤俗。"④ 钟嵘《诗品序》也提出"襞积细微，专相陵架""使文多拘忌，伤其真美"⑤ 的批评。刘勰《文心雕龙·定势》："自近代辞人，率好诡

---

① 颜之推：《颜氏家训》，第154页。
② 韩高年：《南朝赋的诗化倾向的文体学思考》，《文学评论》2001年第5期。
③ 黄霖等：《文选汇评》，第693页。
④ 姚思廉：《梁书》，第693页。
⑤ 何文焕：《历代诗话》，第5页。

巧，原其为体，讹势所变，厌黩旧式，故穿凿取新。……效奇之法，必颠倒文句，上字而抑下，中字而出外，回互不常，则新色耳。"① 他还在《文心雕龙·情采》中提出"声文""形文"须与"情文"相结合。

然而这种省思的力度和效果是值得怀疑的，我们必须要作出两点说明。一是这些反对的声音很弱小，是非主流的。何逊之说不为人注意，颜之推是私人领域的晚年之说；钟嵘之作在当时并无影响，他"尝求誉于沈约"而为"约拒之"②，直到他去世60年后刘善经才开始注意到《诗品》，而且对其反声律说持批评的态度③；刘勰立论本好折中，他的发论本就用讲求辞藻的骈偶文写成，时代的风气虽影响到他的系统理论省思，却在他的实践写作中留下了明显从随时风的痕迹。二是当时的骈偶化程度下降与声律讲求有关系，并不意味着骈偶追求的风气消歇。许学夷《诗源辨体》称赞元嘉体"虽尽入俳偶，语虽尽入雕刻，其声韵犹古"，至永明"玄晖、休文辈则文气始衰"，他分析其中原因，一方面认为"玄晖为工，休文才有不逮"，肯定谢朓诗更工整是因为才气问题；另一方面又称"休文全集较玄晖声气为优，然殊不工"。④ 指出沈作"声气优"而胜于谢，是非常重要的，侧面告诉我们作为声律说的倡导者，沈约是以追求"声气"为主，这是会影响到属对命意的精工追求的。对于今日客观的研究者来说，就古人文章利弊浪加褒贬是容易的，岂不知陆机《文赋》亦谓"非知之难，能之难也"，设许对创作有着一两分深入的"了解之同情"，就不难知道声律轨范对融之于属对、命意、篇法的理想化状态有着戴镣铐般的禁锢。齐梁人"四声八病"的讲求必然导致骈偶创作的命思节奏倾向于缓慢沉着，以导向诗性张力的深邃路径发展，何况初为声律尚有着程度的不适应性，凡此都可能影响创作中骈偶比例的下降。其实齐梁人念兹在兹的不是对骈偶和声律运用的理性省思，而毋宁是对形式之学深入探索的新变执着。谢灵运一方面称"诗以言志，赋以敷陈，箴铭诔颂，咸各有伦"，标举体格之辩；

---

① 范文澜：《文心雕龙注》，第531页。
② 李延寿：《南史》，第1779页。
③ 曹旭：《诗品集注》，第38—39页。
④ 许学夷：《诗源辨体》，第121、123页。

另一方面又称"文体宜兼，以成其美"①，从实际创作来看，是后者占了上风。张融一边称"文体英绝，亦而屡奇"；另一边也称"夫文岂有常体，但以有体为常，政当使常有其体"，其实际的创作也更重视"英绝"而"屡奇"的一面。② 这些都应和于萧子显在《南齐书·文学传论》中明确提出的"若无新变，不能代雄"③。一切陈规似都被统摄在追求文学之美的新观念中，并能予以辨证的解释，所以诗体入赋、赋入文章、诗赋趋同、声律施于一切文体，皆无甚大妨，都是新变的可取手段。据此也就可以理解，沈约等用四声入诗、独得此秘的"新变"为何自信能横扫前代诸雄，或许萧子显"若无新变，不能代难"的直陈才是齐梁人文章之道的时代宣言，在他们的眼中，即便有理性的省思也服从于这个第一性的目的。

这种从形式美学着手，去一味追求"新变""代雄"的做法，客观地看，问题显然不少，只要稍稍征引齐梁人的作品便不难看出。我们以为主要有三个方面。第一，句式过度骈俪化会显得僵化拘执，从而损坏了文章气脉。严羽称"建安之作，全在气象"，而"灵运之诗，已是彻首尾成对句矣，是以不及建安"④，过多的骈对反而僵化呆板，破坏了诗之"气象"。沈德潜《说诗晬语》称："（陆机）开出排偶一家。降自齐梁，专工对仗，边幅复狭，令阅者白日欲卧。"⑤ 陆机诗有不少都只有首尾两句不骈，篇幅亦不短，后至刘宋此风复炽，迄齐梁虽因声律的加入而时有佳对，然通篇为骈有句无篇，联对之间取意相近，而不能安排章法结构之开阖层次，才力低下者卒不可读。对于篇幅相对短小的诗，尚且以对仗的"边幅复狭"而令览者"白日欲卧"，可推长篇之赋其病益甚。《文镜秘府论》北卷"论对属"：

> 然文无定势，体有变通，若又专对不移，便复大成拘执。可于

---

① 严可均：《全宋文》，第295页。
② 见其《门律自序》，南齐书卷四十一《张融传》，其中还提到他的"吾文章之体，多为世人所惊"，亦可见其新变意识。萧子显：《南齐书》，第729页。
③ 萧子显：《南齐书》，第908页。
④ 严羽：《沧浪诗话校释》，第158页。
⑤ 王宏林：《说诗晬语笺注》，第122页。

义之际会，时时散之。……夫属对者，皆并见以致辞；不对者，必相因成义。何则？偶辞在于参事，孤义不可别言故也。①

确然指出属对太多便成"大拘执"，不比汉赋无须技法的堆砌正有助于浑成之气势，反而以精细化的联对构组重复罗列，连篇累牍而让人不及一一细品。这是对当时问题的洞见，反映了齐梁自初唐以来的认知，只是文中提出破除这"拘执"仅以"相因成义"的"不对"之句，这是远远不够的。② 如谢灵运的《撰征赋》自模拟潘岳《西征赋》而来，他自己便颇为看重，许为"俾世运迁谢，托此不朽"③；实际上长篇而取骈化，其中偶有少许四言、骚体的间破，全以六字骈俪化而逞才，读来了无赋以铺陈之义，既不如潘岳《西征赋》的散化铺陈之美，更未因"世运迁谢"而"托此不朽"——他倒是靠诗而不朽的，这又大大出乎其意料了。他的《山居赋》篇幅更长，在当时颇有一定影响，可是后代却不为论家极力推许，同样反映了骈偶的重视是一时风气，起码在当时所谓"拘执"尚未形成审美疲劳之后的真正理性省思。张缵的《南征赋》、萧衍的《净业赋》和《孝思赋》皆属这种骈化长篇，同样难以卒读，尤其后者以佛入赋，纯以说理，既不能状物敷事，骈化的手段亦不高明，读来真正是让人"白日欲卧"。其中的根本原因，孙德谦《六朝丽指》说得最为明白："骈体之中，使无散行，则其气不能疏逸"④，主要是骈偶易成联对，遂使两句构成内指性的自足一意，形成顿逗之感，破坏了行文意脉所形成的文气。反过来看，好的骈文则需"散行"间破，这里的"散行"要包含去手法化的非骈句和句数上的单行句。南朝赋之所以以庾信最为大家，正在于他能突破这种"拘执"，注意

---

① 卢盛江：《文镜秘府论汇校汇考》，第1589—1594页。
② 需要指出的是，这里仅提出了问题，并未完全解决问题。往下看他论"不对"的间破，不对者"必相因成义"，因为"孤义不可别言"，即是说，即便不对也要分两句一意"相因成义"来表达，本质上还是未脱骈偶思维的。如时人阐释所举例句"自兹以降，世有异人""委之三府，不可胜记"，皆取上下字数相等的整饬句，这是受骈化二元表达的惯性影响；又称"在于文章，皆须对属。其不对者，止得一处二处有之"，总之无论在句型的骈散还是在句数的奇偶上，间破的力度都并不大。这何尝不可以当作齐梁以来作文追求骈偶化的一点微末省思，实际却是收效甚微而仍见其弊。
③ 严可均：《全宋文》，第290页。
④ 王水照：《历代文话》第九册，第8443页。

"每叙一事，多用单行，先将事略说明，然后援引故实"①；韩愈以后的古文运动反对骈文，但并非彻底放弃，宋代如欧阳修、苏轼等人的古文，便能从这两个方面做到骈散结合。

第二，过度骈俪化容易消解乐府诗之叙事倾向和赋之铺陈原则。前引孙德谦谓若无"散行"，骈偶还会导致"叙事亦不清晰"②，这是容易理解的，因为骈偶在根本上会促进句式构成意义的联对，从而在两句一顿的自足表意中消解掉叙事的线性逻辑。在诗中，"缘事而发"的乐府本以叙事为其本质，汉乐府只有在描写罗列的时候用骈，其实是铺陈空间"纷陈对峙"之物事情态而"和盘托出"的自然呈现，尚无明确骈偶意识；陆机首开以骈偶写乐府，他的不少乐府皆通篇作骈，其后迄齐梁复成此风，像王融的乐府，就只有《三妇艳诗》保持了鲜明的叙事性，其《明王曲》《渌水曲》《采菱曲》等皆以骈句组成，有的在声律的轨范下竟似五律。我们看晋以下迄南朝的乐府，除了不骈而保持南方清音的吴歌和少数北方乐府之外，多不可读，其理即在于此。当然，过度的骈俪化也对抒情有一定的消解性，这是形式之学的追求脱离了内容的规限所至，表现并不明显，似乎只有在如陆机身上才招致追求"排偶"而"惟资涂泽，先失诗人之旨"③和"不及情"④的批评。但元代祝尧《古赋辩体》称赋的"辞尽而情不尽"，"辞愈工则情愈短"，故迄齐梁徐、庾等人"有辞无情，义亡体失"⑤，即以骈俪消解了赋之抒情，由此影响极大，吴讷《文章辨体序说》称引其说，徐师曾《文体明辨序说》承其意称"夫俳赋尚辞，而失于情，故读之者无兴起之妙趣，不可以言则矣"⑥，清毛奇龄认为律赋为"学童摹律之具，算事比句，范声而印字，劈其辞而画其韵"⑦，遂使六义丧失，缘情体物亦复不存。其实赋之抒情本于楚骚，骚体句式本多骈化，江淹、鲍照之名篇虽变骚

---

① 王水照：《历代文话》第九册，第8450页。
② 王水照：《历代文话》第九册，第8443页。
③ 王宏林：《说诗晬语笺注》，第122页。
④ 陈祚明：《采菽堂古诗选》，第300页。
⑤ 孙福轩、韩泉欣：《历代赋论汇编》，第49—50页。
⑥ 吴讷、徐师曾：《文章辨体序说 文体明辨序说》，第101页。
⑦ 毛奇龄：《西河集》卷55，文渊阁《四库全书》本，第1320册，上海古籍1987年版，第482页。

体而仍能以情动人，所以尚辞之骈化不至造成对情本的大量消解。这是需要明辨的。与此相对，大赋实不主情，所谓赋家"奥博翔实"，在于"以事物为铺陈"而求其体势之汪秽博富；骈偶属"文"，"文系于韵"而以"两句而会"①，由此规限表意上两句足意的联对构结，连并在意脉上都破坏了物事堆砌的博阔导向，消解了大赋"累句一意"的名物罗列或描写铺陈，遂使大赋体格不再，一变而为以体物描写为中心的"六朝之体"。只要比较一下宋玉的《风赋》和谢朓的《拟宋玉风赋》（奉司徒教作）、沈约及王融的《拟风赋》，比较一下宋玉《九辨》和萧詧《游七山寺赋》，后者都是齐梁人对宋玉散体大赋的改写，悉以骈偶为之；虽隐括宋玉物象，略见题材渊源，而已呈流丽之势，殊失大赋博阔宏富之美，可以见出铺陈的消解和体格的损益。

更进一步，乐府之叙事、赋之铺陈，乃二体的根本原则，骈俪化既容易对之造成消解，也就意味着乐府和赋都解体趋同的可能；换言之，过度强调声律骈偶的"新变"会造成解体趋同、体制混同。如上引谢灵运称"文体宜兼，以成其美"，萧子显也在其赋中提出"体兼众制，文备多方"②，形式美学导向下的文学新变超越了对体制内在质素的谨守，自然容易损失体格而解体，从而形成以骈俪为特点的文类之格，这是后世称"六代之骈偶"的关键所在——许多文体自身的界限都相对模糊了，唯有在手法和辞藻讲求所形成的体貌上彼此近似，都是以基于声律的骈偶化句式讲求组篇，所别者仅在于辞采的雅俗直婉和属对表意的深浅高下，故可统称一类。上引颜之推称"宜以古之制裁为本，今之辞调为末，并须两存，不可偏弃也"，称扬"制裁"而抑低"辞调"，显然已经意识到了体制之混同。如乐府之变而为骈，沈德潜《说诗晬语》："乐府之妙，全在繁音促节，其来于于，其去徐徐，往往于回翔屈折处感人，是即'依永''和声'之遗意也。齐梁以来，多以对偶行之，而又限以八句，岂复有咏歌嗟叹之意耶？"③ 骈俪不仅破坏叙事之"散行"意味，还以基于辞藻追求的联对内在构意消除了乐府中的虚字叠字，失去了"其来于于，其去徐徐"的"依永""和声"这一具音乐

---

① 佚名：《文笔式》，见张伯伟《全唐五代诗格校考》，第70页。
② 姚思廉：《梁书》，第512页。
③ 王宏林：《说诗晬语笺注》，第88页。

属性之体格，于是乐府徒得其名，实亦与徒诗无甚差别。当然最为明显的是在诗和赋的解体混同，比如孝武帝刘骏有《离合诗》，这本是承孔融《离合作郡姓名字诗》的游戏传统，乃是以四句诗拆分一个字而组篇，刘诗却以骈化的赋写成，其体称作赋亦可，诗亦可①；萧道成《塞客吟》名题作"吟"似诗，实际上却全用杂言；刘缓的《照镜赋》名题"赋"，却几乎全用五七言；萧绎的《秋风辞》题取"辞"名，而实乃用骚体和赋作成；朱异的《田饮引》题取"引"而实亦诗亦赋，袁淑的《咏寒雪诗》题亦作"诗"而实为杂"兮"字的赋，等等。总之这些作品都是题标某体，而实非依其本来之体格来作的，从整体上看都有混同、趋同的态势，以往明确的体制标识在其中反而显得自相矛盾，唯一相同的就是呈骈俪化。可见形式美学的"新变""代雄"才是关键。站在后人辨体的角度，我们当然可以标明"文章各有体，本不可相犯"，并且可以以"如杂用之，非惟失体，且梗目难通"②来对之进行传统辨体的批评；只是回到齐梁时代的文章之学，我们究竟很难对这些文章进行文体的归属，或许只有"骈文"的文类之称才可以统而摄之。

然而病则病矣，不夺其功。骈俪化作为"六代之骈偶"的极致表现，除了形式美学自身之美以外，其所融入诗赋文体而形成的华美辞章，是不当被忽略的。按照陈祚明评诗所提出的"时各有体，体各有妙"，"六朝之体"作为一个总的体貌概念虽已见前述，但魏、晋和齐梁别是一体，"齐梁体"以形式之学的极致讲求而自能获得文体学的独特之"妙"。由此对骈俪融入诗赋二体的体格之妙，以及此种兼融所带来的文体省思，就应当成为我们观照的重要方面。对于诗的骈俪而言，是可能在属对的推敲中产生具有诗境讲求的警句的，只要能注意控制篇幅，把握体制之要，则可以扬长避短发挥骈俪之美。许学夷称陆机开俳偶之风，要至谢灵运"始多佳句"③；如谢灵运《登池上楼》只有两联不是对句，几为"俳体诗"，陈祚明《采菽堂古诗选》评此诗"迢递圆

---

① 逯钦立：《先秦汉魏晋南北朝诗》，第1224页。
② 刘祁：《归潜志》，第138页。
③ 许学夷《诗源辨体》："五言自士衡至灵运，体尽俳偶，语尽雕刻，不能尽举。然士衡语虽雕刻，而佳句尚少，至灵运始多佳句矣。"第109页。

莹，章法、句法、字法，尤臻神化"①，从句到篇都不吝赞美之词，这便是较陆机以来的进步，所以胡应麟《诗薮》说谢诗"风神华畅，似得天授，而骈俪已极"②。而在注重声律化以后，谢朓的表现更胜一筹，当时沈约便称"二百年来无此诗也"，他挽谢朓的诗便有无限惋惜③，钟嵘则称他的诗"奇章秀句，往往警遒"④；自唐代近体发展成熟以后，他的地位被推得更高，李白对六朝诗人惟"一生低首谢宣城"⑤，宋代人大都看到了他能将齐梁诗学发挥到极致，有近于唐音的地方。随举二首：

> 高轩瞰四野，临牖眺襟带。望山白云里，望水平原外。夏木转成帷，秋荷渐如盖。巩洛常睠然，摇心似悬旆。(《后斋回望》)
> 沧波不可望，望极与天平。往往孤山映，处处春云生。差池远雁没，飒沓群凫惊。嚣尘及簿领，弃舍出重城。临川徒可羡，结网庶时营。(《和刘西曹望海台》)⑥

这样的诗，音韵和畅，造句精警，属对工整，篇法注重气脉连贯，无论押平韵还是仄韵，皆能发挥其长，确实做到了"好诗圆美流转如弹丸"，而有近于近体。严羽所评"谢朓之诗，已有全篇似唐人者"⑦，胡应麟认为唐人不法康乐而法宣城，"亦以其朗艳近律耳"⑧，许学夷历举其诗之警策者以为与唐人相近，又称其诗"词俳而气今"⑨，皆有一致的认识。又如庾信有同题《镜赋》和《镜诗》，显然注重同题书写的分体异趣，诗则取五言八句："玉匣聊开镜，轻灰暂拭尘。光如一片水，

---

① 陈祚明：《采菽堂古诗选》，第536页。
② 胡应麟：《诗薮》，第27页。
③ 其《伤谢朓》写得颇为伤感诚挚："吏部信才杰，文锋振奇响。调与金石谐，思逐风云上。岂言陵霜质，忽随人事往。尺璧尔何冤，一旦同丘壤。"逯钦立：《先秦汉魏晋南北朝诗》，第1653页。
④ 曹旭：《诗品集注》，第392页。
⑤ 王士禛：《戏仿元遗山论诗绝句三十二首》，李毓芙等《渔洋精华录集释》，上海古籍出版社1999年版，第327页。
⑥ 曹融南：《谢宣城集校注》，第230、336页。
⑦ 郭绍虞：《沧浪诗话校释》，第158页。
⑧ 胡应麟：《诗薮》，第179页。
⑨ 许学夷：《诗源辩体》，第122页。

影照两边人。月生无有桂,花开不逐春。试挂淮南竹,堪能见四邻。"注重发挥诗体属对体物的言意追求,颇可吟诵。吴均作《八公山赋》外又有《登寿阳八公山》,诗取五言十句,亦同此类。吴均与何逊、阴铿等人的很多作品都已同样接近唐音,杜甫之所以"颇学阴何苦用心"①,即在于他们的作品将声律和风骨结合得较好,颇能于联对中见出思力。当然,骈俪化的篇法追求在齐梁一直处于探索阶段,尚未在属对和声律上定量,直至初唐,大量诗格类的作品主要都是在关注声律和属对;要等到沈、宋的五律定型,及至王昌龄"十七势"和"三境"说的明确提出,才标志着诗在形式美学的句数篇体方面达成了相对恒定的标准,从而才集中转向篇和境的探求。

  相对于赋而言,骈偶本身有消解铺陈之处,遂不可能在"物""事"宏大主题上取胜;"六朝之体"无论转向体物描写还是写景抒情,骈俪化的精细化讲求都可以付诸实践,故每见佳句警策。但有句无篇是常态,即便有佳篇,也多在短篇,长篇则乏善可陈。赋的短篇也比诗长,加之其体格性质本从散体,句式的过度骈偶整饬化就会更加僵化拘执,所以齐梁赋中传世佳篇多有迥出时风处,或对句式的运用有一种省思,或能融其他文体之长以成其格。像鲍照、江淹、萧纲、萧绎、庾信等都是其中的佼佼者,尤以庾信最善于作骈偶的省思和文体的借鉴。萧子显《南齐书·文学传论》论当时文学有三体,颜谢各为一体,最后才称鲍照:"发唱惊挺,操调险急,雕藻淫艳,倾炫心魂。亦犹五色之有红紫,八音之有郑卫。"②谓其"雕藻淫艳",辞藻追求固为时风,"淫艳"则谓其俗,故称如"郑卫之风";《宋书·谢灵运传论》称"爰逮宋氏,颜谢腾声"③,钟嵘称"谢客为元嘉之雄,颜延年为辅",才评鲍诗"颇伤清雅之调,故言险俗者,多以附照"。④可见当时三家中鲍照地位最低,在时人眼里当属险俗一路,不为主流。实际上无论是他的乐府,还是他的赋文,都并不完全以骈偶辞藻为宗:其《芜城赋》系千古名篇,便颇注意骈句的句式变化和非骈句的间破,还注意脱去六

---

① 杜甫:《解闷》,仇兆鳌《杜诗详注》,第1515页。
② 萧子显:《南齐书》,第908页。
③ 沈约:《宋书》,第1778页。
④ 曹旭:《诗品集注》,第34、381页。

字句的清丽而追求气骨，无论开篇写城池地理、往日繁荣，还是中间写今日荒芜，都保存了汉赋"累句一意"一顺而下的铺陈意味，总之在铺陈、句式、抒情、写景诸方面的处理都极圆融浑成；又其《园葵赋》《飞蛾赋》《尺蠖赋》，都短小而句式多变，且以板重的四言为主，不同于六言为骈的时风，皆铿锵可诵；而他的《登大雷岸与妹书》中则杂用汉赋的名物铺陈之法，《瓜步山揭文》虽为骈文亦多四字句，并注重句式的变化，都是难得的好骈文。陈绎曾《诗谱》称"六朝文气衰缓，唯刘越石、鲍明远有西汉气骨"①，虽评其诗，移之于赋亦可，真不愧是能"高视百代"，造"赋家之绝境"的一代作手。《文镜秘府论》"南卷"《集论》称"骞琅玕于江鲍之树"②，文学史代有江鲍之并称。张惠言《七十家赋钞序》又谓："以情为里，为物为襮，镂雕云风，琢削支鄂，其怀永而不可忘也。垒乎其气，煊乎其华，则谢庄、鲍照之为也。江淹为最贤，其原出于屈平《九歌》，其掩抑沈怨，泠泠轻轻，其纵脱浮宕而归于大常。鲍照江淹，其体则非也，其意则是也。"③并颂江淹与鲍照之"怀永而不可忘"，二人"其意则是"，"其体则非"。江淹善借用骚体，本质上亦能反拨时俗，其《遂古篇》序自称"仆尝为造化篇，以学古制今"④，正是不随时风的"望今制奇，参古定法"。如其《恨赋》别能动人，除了用典的贴妥和题材的容易引起共鸣外，在句式和篇法上皆有着形式和内容的双重突破，每段先叙事以散句，中以骈，尾复以散，既重音律，还重结构的变化，加上能化用楚骚的深沉掩抑之思，何焯评其"自为杰作绝思"⑤，显然是蕴含了对过度骈化所带来的拘执呆板之弊的反拨。《恨赋》之外，钱锺书认为"《别赋》乃《恨赋》之附庸而蔚为大国者，而他赋之于《恨赋》，不啻众星之拱北辰也"⑥，则他又有篇与篇之间整体呼应的构思，细察此篇及《青苔赋》《石劫赋》《江上之山赋》等，皆各具特色，堪为代

---

① 鲍照著，钱仲联集注：《鲍参军集注》，上海古籍出版社2005年版，第446页。
② 卢盛江：《文镜秘府论汇校汇考》，第1497页。
③ 张惠言：《七十家赋钞目录序》，《茗柯文编》，第20页。
④ 丁福林：《江文通集校注》，第1766页。
⑤ 何焯：《义门读书记》，第859页。
⑥ 钱锺书：《管锥编》，第1411页。

表。此外萧纲的《采莲赋》《秋兴赋》，萧绎的《荡妇秋思赋》《采莲赋》，庾信和萧悫的《春赋》等，都是善于变化骈句、借鉴诗体的短篇佳作。

当然整体来看，能在赋中将骈俪的写法发挥到极致、集大成的作家是庾信[1]。庾信的小赋除了前举《春赋》外，还有《枯树赋》《小园赋》《镜赋》《灯赋》《伤心赋》等，皆是佳制。他的短篇骈赋在多方面都将做到了极致。比如注重句式变化的间破，其间虽有四字句、六字句、四六句、五七句的交错为骈，但小赋中六字句极少，不占主体，像《枯树赋》《伤心赋》竟是以板重的四言为主，足见对传统六言的用法有所省思；而《枯树赋》还有大量骈句和散句相互结合和调节的写法，倪璠《庾集题辞》谓"子山之文，虽是骈体，间多散行。譬如钟、王楷法，虽非八体六文，而意态之间，便已横生古趣"[2]，信是的评。他在以五七言诗句入赋来营造诗境上也别开了一格，倪璠注《春赋》云："《梁简文帝集》中有《晚春赋》，《元帝集》有《春赋》，赋中多有类七言诗者。唐王勃、骆宾王亦尝为之，云效庾体，明是梁朝宫中庾子山创为此体也。"[3] 他又善于从声色处着手营造诗境，许梿评其《灯赋》"音简韵健，当采焕鲜，六朝中不可多得"，又评其《镜赋》"选声炼色，此造极巅。吾于子山无复遗恨矣"。如"镂五色之盘龙，刻千年之古字。山鸡看而独舞，海鸟见而孤鸣。临水则池中月出，照日则壁上菱生"[4]，骈而俪，精而工，信是声色交加，斑驳烂然。他又善于将妥帖的隶事用典、写景、抒情等结合在一起，共造诗境，其中多有警句而能振起全篇。《世说新语·言语》载桓温北征，见"前为琅邪时种柳，皆已十围，慨然曰：'木犹如此，人何以堪！'攀枝执条，泫然流泪"[5]，他则敷衍为名篇《枯树赋》；《哀江南赋》命题也取自《招魂》。又《小园赋》中写景的"一寸二寸之鱼，三竿两竿之竹"，用典的"崔骃

---

[1] 清四库馆臣谓："其骈偶之文，则集六朝之大成，而导四杰之先路，自古迄今，屹然为四六宗匠。"永瑢、纪昀等编：《四库全书总目》，中华书局1965年版，第1275页。
[2] 庾信著，倪璠注：《庾子山集注》，中华书局1980年版，第3页。
[3] 庾信著，倪璠注：《庾子山集注》，中华书局1980年版，第74页。
[4] 许梿：《六朝文絜》，第60页。
[5] 余嘉锡：《世说新语笺疏》，第102页。

以不乐损年，吴质以长愁养病"等，都是警策的典型。他的大赋《哀江南赋》是骈赋长篇的巅峰之作，颇能集骈赋之大成，上述小赋的这些优点在此赋中都有所体现。其序已极骈俪而工整，以"不无危苦之辞，惟以悲哀为主"的沉郁情思定下全篇基调；其开篇称"我之掌庾承周，以世功而为族；经邦佐汉，用论道而当官"，则以散化的提领表达加上一个四六句以肇端而振起；以下急变句式，连用八对六言骈句一气呵成，接着变为两对四字句，一对六字句，一对七字句，才以发语"况乃"转入三对六字句，如急弦促柱，大小齐发，八音并奏，两间俱响，然后忽忽而止，归于杳冥；再以六言骈起，稳定行进，待节奏稍稳，忽又变起音节，间以四言、六言、七言，一入常节，舒缓有致。这一路写来，不断错落变化而开阖有致，密时极紧，疏时极缓，变时极宛，恰似一曲起伏变化的多重交响乐。又因全篇"惟以悲哀为主"，融入了家国之思，故虽用六言，但以句式的不断间破，用典的妥帖精深，骈偶的精工整饬，写景抒情的交错为文，化去了六言的风流散缓之味，外挹哀辞，内摅颓势，托之往史，发为伤情，故能深沉恸人。鲍桂星《赋则》评："其词密丽典雅，而精思足以纬之，灏气足以驱之，上结六代，下开三唐，不止为子山集中压卷。"① 其实不必子山集中，推为历代骈赋第一长篇亦当无愧。

总结"体各有妙"下的齐梁体之美，我们发现多在警句佳句，多为短篇之作，赋的长篇尤难出现佳制。其实齐梁间的诗相较太康诗而言，也渐渐缩减了篇幅，谢朓、鲍照、吴均、何逊、阴铿等人的诗不乏佳句佳篇；而好的赋作除了《哀江南赋》外都在短篇，普遍具有诗化的倾向，而且悉多对骈偶句式的间破，尤为值得注意的是，赋篇佳作都容涵了对骈俪化的省思。这完全可以见出，形式美学的极致发展，对于诗赋二体的兼融效果是不一样的，二体所能接纳的"有意味的形式"，不仅有着高下之别，而且能形成体制发展的新态势。概而言之，表现为赋不如诗和赋体诗化两个方面。

为何在对形式之学的运用上，赋不如诗？我们可以从体式与表达、

---

① 鲍桂星：《赋则》，王冠《赋话广聚》（第六册）影印道光二年刻本，北京图书馆出版2010年版，第264—265页。

句式与语法、节奏与逻辑三个方面作出理论的解释。从体式上看，姚华称"文章应时而生，体各有当"，而《诗》"无长言，由其简也"；赋则"动累篇幅，循其繁也"。① 赋只以铺陈的原则定体，并不限定篇幅，铺陈是要把空间的博阔物事和盘次第托出，即便转为体物式描写，也是以这种描写的方式来陆续推出；由此决定了赋的表达是在线性维度上推进的，万物的多样性决定的对它们的铺陈或描写的多样性，以此很难作出合乎骈偶规律的均衡安排。但诗之言志缘情都具有"意翻空而易奇"的灵活性，其体式从《诗经》开始就形成了两句一意的呼应式表达，需要表意的"相因以成义"；又因为受歌的影响必须要注重形式的整饬，所以其篇幅相对短小、形式要求整饬、表意导向两句一意，具有以形式决定表意的潜在指向，这就很能应和骈偶的均衡美学，能被切分为若干均衡的两句表意单元来作表达，每个表意单元本于汉字单音的上下应和构组也就能形成一个自足的诗意空间。② 相对于赋的线性维度写物，诗全赖多维度以表意。从句式上看，赋从散句，故称"散体大赋"，散体从文法，文法则本于表意而作线性的表达，故需散行以连文气；骈偶两句联对表意具有顿逗的导向，遂能隔断意脉，损伤文气。所以孙德谦才说骈偶若无散行，则"其气不能疏逸"，庾信骈赋之所以能取得重要业绩，也正在于他"每叙一事，多用单行，先将事略说明，然后援引故实"。而诗则从诗句，这里的诗句不是指一般的字词构组句式，而是指符合于诗体需要的语法句式，所以诗句从句法，即宋人论诗话"辩句法，备古今，纪盛德，录异事，正讹误"③ 的"句法"；句法不受线性表达的逻辑支配，而是在形式的限定中通过字词的诗意组合构成诗意空间，因此诗并不依赖于连续不断的散行文气，骈偶的两句足意

---

① 姚华：《曲海一勺》，《弗堂类稿》，第264页。

② 从写作程序看，诗也是以线性推进的方式进行，但是因为形式限定和表意呼应的条件，使之具有了转线性平面维度为均衡的空间单元维度的可能。易闻晓师借用形式主义对诗意空间的阐释可以为此提供理解，他说："任何语言的表达都是在时间中展开的线性过程，只是由于汉语单音独字四声的特点，在线性展开的同时可以构成一联上下的精确对举。从语序角度来说是按前后顺序展开，从上下字位的一一精确对举来看，实际上也存在着一种垂直的关系，类似于索绪尔图示的词的选择。仅从方块字的整齐排列就可以看到这一点，而且属于上下两句必须通过相互对举的互诠才具有相对的意义，联对是一个整体，构成一个语意单位，形成上下相合的诗意空间。"《中国诗法学》，第295页。

③ 许顗：《彦周诗话》，《历代诗话》，第378页。

式内指性表达无损于其体式的建构。从节奏上看，赋句除了四字句的堆砌罗列外，主要以句腰虚字句为主，这决定着它的表意和诵读：其表意的文法所决定的逻辑性是以虚字的连接为关捩，所以在诵读时的节奏不可能完全依据音步韵律，而是必须以句腰虚字为中心，以应和句式的表意逻辑指向，其节奏也因此并不稳定；然而形式美学的极致，恰恰是在恒定的节奏中追求"有意味的形式"，具有反形态变化和反日常逻辑倾向。诗句正好相反，由于篇中句式的规整使其节奏具有稳定性，可以以现代韵律构词去对之进行分析，无论四言五言六言七言悉皆如此，这种有节奏的语言完全可以省略虚字，其诵读的节奏和表意的节奏可以达成某种平衡，甚至可以通过两种节奏的相异而获得陌生化诗学的诗性张力。这就导致了形态稳定的诗句具有去散文化和反逻辑性的特征。林庚认为诗语"离开散文越远"而越有利于实现"诗化"的"飞跃"，甚至以"牺牲一部分逻辑而换取更多的暗示"[①]，这等于说诗是为具反逻辑倾向的形式美学所量身打造的艺术门类。可见，无论从哪一个方面来，赋都不如诗适合于形式美学的发展。

体式、句式、节奏这三者之间互为相关，句式是根本的原因，决定了其他两方面的走向。声律骈偶化的形式美学恰恰又主于用句而兼涵用字，由此我们可以概论，二体句式在文句文法逻辑化和诗句句法非逻辑化上的根本差异，决定了在形式美学发展上的高下程度和发展倾向。清冒春荣《葚原诗说》：

> 句法有倒装横插、明暗呼应、藏头歇后诸法。法所从生，本为声律所拘，十字之意，不能直达，因委曲以就之，所以律诗句法多于古诗，实由唐人开此法门。……唐人多以句法就声律，不以声律就句法，故语意多曲，耐人寻味。后人不知此法，顺笔写去，一见了然，无意味矣。如老杜"清旭楚宫南，霜空万里含"，顺之当云"万里楚宫南，霜空清旭含"。"北归冲雨雪，谁悯敝貂裘"，顺之当云"谁悯貂裘敝，北冲雨雪归"也。……玩此可以类推。[②]

[①] 林庚：《新格律诗与语言的诗化》，第117、35页。
[②] 冒春荣：《葚原诗说》卷一，载郭绍虞《清诗话续编》，上海古籍出版社1983年版，第1580页。

过程之美

这是传统诗论家的本位解释，完全可以说明诗体之适宜于形式美学的根本原因。诗主句法，句法乃是"从声律所拘"而来，也就是"以句法就声律"，声律形式的限定要求诗句不能"顺笔写去"，也就是沈约说的"十字之文，颠倒相配"；以声律为上，由此生成"倒装横插、明暗呼应、藏头歇后"等句法，故能"语意多曲，耐人寻味"。现代形式主义学派的说法可以解释得更为清晰，俄国艾亨鲍姆在其《形式方法的理论》中说："形式主义一方面按照语言功能，另一方面按照地域共时性语言类型，把并行存在的诗歌语言和实用语言加以区别。对诗歌语言、情绪语言和日用语言特别作了透彻的研究。"① 形式主义就是要区分"诗歌语言"与日常语言，从"日用语言"中提升陌生化的、有意味的"情绪语言"，具有反文法、反逻辑的倾向。中国诗歌语言以其稳定的形式和节奏天生就属于形式美学的表现载体，符合于形式美学向深邃方向发展的特征；而形式美学恰恰是在注入声律化后，才开始大量出现"颠倒相配"的，这也就促进了"句法"的大量产生，冒春荣说"律诗句法多于古诗"，正佐证了这一点，只是并非由唐人"开此法门"，而当始于"永明体"。但这种追求若施之于赋，既破坏了散体句法及其以虚字为中心的自由节奏这一体势，又破坏了其线性的表意逻辑，所以孙德谦才强调骈赋必须要有"散行"的间破，才能保持文气的"疏逸"。有学者注意到，骈文的极致"是在竭力顾全和制造声色丽语等形式美的条件下，而又使这些形式的规律不至妨碍到意义内容的表现"，要使骈体既符合形式轨范，又要"如散文一样流畅自然"②；其实这二者本质上就是矛盾冲突的，其"妙"也在此，其失也在此，何况"散行"的间破本身就是破坏形式的规律。再退而言之，即便有"散行"的间破，赋的体式也决定了其篇幅不受限定，鸿篇巨制必须要依赖于铺陈或叙事的原则来展开，而主于深邃发展的形式美学又要消解这两种表达，何况在实际创作中是难以在较大的篇幅空间中做到句句精细化的。所以我们看齐梁时期的长篇骈赋，多半要令阅者"白日欲卧"，《南史·陆厥传》称"约论四声，妙有诠辩，而诸赋亦往往与声韵乖"③，沈约自

---

① ［比］J. M. 布洛克曼：《结构主义 莫斯科—布拉格—巴黎》，李幼蒸译，第69页。
② 王瑶：《中古文学史论》，第346页。
③ 李延寿：《南史》，第1197页。

己也很难做到将声律全用于赋中。在《文镜秘府论》西卷"文二十八种病"中,"四声八病"的讨论悉以五言诗为主,先诗而后赋,诗多而赋少。又"蜂腰"条下引刘滔之论曰:"其诸赋颂,皆须以情斟酌避之。"① 这说明对赋的要求一是只需"斟酌避之",远不如诗严格;二是诗主而赋从,赋已经开始让位于诗了。从现存作品来看,这一时期的作家,如何逊、徐摛、王筠等人皆主于诗而略于赋,何逊存赋二篇,徐、王所存各一篇,他们的兴趣点全在于诗。而且这一段的骈文,都好杂用诗句,赋姑不论,如任昉《为庾杲之与刘居士虬书》、王融《三月三日曲水诗序》、孔稚珪《北山移文》、王僧孺《与何炯书》、徐陵《在北齐与杨仆射书》,等等,悉皆如此,足见形式美学上诗赋地位的消长变化。但赋并非没有好作品,相对来说,篇幅越短越便于实施形式美学,只是如此一来又带上诗化的倾向了。

有学者注意到,南朝形式主义思潮促进了"汉语诗性潜质的开掘"②,根据我们以上的理论分析可知,形式美学的极致发展本就有诗化的倾向,无论声律化在助成骈偶的平衡美、促进炼句炼字、促进联对构结方面,还是形式美学的反逻辑、深邃化发展倾向,都大致符合于诗体的美学要求。既然如此,赋体对形式美学的接纳导向诗化,就很容易理解了。当然,南朝赋诗化的原因是多方面的,除了形式美学的影响以为外,沈约的"易见事""易识字""易读诵"的"三易"说也是一个重要方面;只是形式美学是理论上的动因,所导致的诗化体现也较为复杂。在那些特别追求"骈俪化"的作家中,其小赋的诗化倾向表现最为明显,这是骈偶化、声律化追求本身就能不断刺激语言诗性张力的结果。比如萧纲的赋体用语,其所蕴含的诗味便可以从"删略""嵌合""倒装"等诗学特点上去进行分析③;这在萧绎、庾信等人的赋中亦有所体现,不劳展开。我们关注的重心乃在于文体层面的考察,这可以从赋变句式、赋用诗句、体物的诗境化倾向三个方面获得展开。

从赋变句式来看,有一个现象似未引起论家注意,那就是在南朝作家的赋中,大赋的句式稳定性要高得多,小赋则每多变化,不主一格。

---

① 卢盛江:《文镜秘府论汇校汇考》,第908页。
② 韩高年:《诗赋文体源流新探》,第313—318页。
③ 杨朝蕾:《语言张力与萧纲的诗意呈现》,《南昌大学学报》2014年第3期。

过程之美

毕竟赋体有着鸿篇巨制的传统，所以齐梁人亦偶见有作，但这些作品一以六言句腰虚字句为主，其间只偶有四字句的间破，这是承自晋代以来"六朝之体"的句式选择，或以六字流丽飞动，间入四字句以厚重其格；尽管骈俪化而导向句式的深邃发展，求联对而消解铺陈和叙事，赋体长篇却以其传统而不烦反复作骈，即所谓诗不夺赋。像张缵《南征赋》、谢灵运《山居赋》和《撰征赋》、萧衍《净业赋》和《孝思赋》、萧绎《玄览赋》等巨篇悉皆如此。然而亦正因如此，才致使这些赋进不能铺陈，退不能深化，句式累赘，反复作骈，偶见有句，终是无篇，颇无可取之处，只以保存了大赋之篇制而存世。或许作家们已然有这一意识，长篇终究在体式上与诗的距离太远，虽聊以逞才，终难尽形式之美，所以他们才在小赋中大力发挥形式美学。从句式变化上看，包含在骈散、工散、句式字数、句式构型等方面都下功夫，以求得破去连篇整饬同型的"拘执"，应和于形式美学的极致发展。比如萧纲《秋兴赋》：

> 秋何兴而不尽，兴何秋而不伤。伤二情之本背，更同来而匪方。复有登山望别，临水送归。洞庭之叶初下，塞外之草前衰。攸征人与行子，必承睑而沾衣。纷吾闲居有怡，优游多暇，乃息书幌之劳，以命北园之驾。尔乃从玩池曲，迁坐林间。淹留而荫丹岫，徘徊而搴木兰。为兴未已，升彼悬崖。临风长想，凭高俯窥。察游鱼之息涧，怜惊禽之换枝。听夜签之响殿，闻悬鱼之扣扉。将据梧于芳杜，欲留连而不归。①

开篇一骈吸收了潘岳《悼亡赋》交互回环的写法，以两对六字句起，然后以"复有"提引转入一对四字骈句，变为包含变化的两对六字骈句，以下则由提引语"纷吾"引发四字句、六字句的交互变化；其间错落有致，宛转多变，即以六字句为主，也注重不断调节句腰虚字，形成多种构型，使得全篇句式灵活，加以骈偶时工时散，音韵协调，注重写景造境，诵之诗味盎然。萧纲也是这方面的作手，如《采莲赋》《秋兴赋》《对烛赋》《梅花赋》同样如此，前举庾信的《枯树赋》《小园

---

① 严可均：《全梁文》，第84页。

赋》也可以作为这方面的典型代表。小赋成了赋家追求形式美学的试验田，赋家利用句式参差变化，一方面最大限度地保存了骈俪的写法，另一方面也在错落求变的句式组合中破除了形式美学的呆板"拘执"；句式在骈散、工散、字数、构型等方面的错综变化，本身就容易产生和谐交错的音乐美，应和于诗意的想象，这也进一步呼应了形式美学本所具有的诗化文学意蕴。然而赋家对在小赋中参差用骈以求诗化似不过瘾，"新变""代雄"的意识促使他们还大量引用骈偶的五七言诗句入篇。像萧纲《荡妇秋思赋》、萧绎《对烛赋》、江总《南越木槿赋》、庾信《春赋》等，都是其中的代表作，有些赋差不多通篇由五七言组成，这就在赋的诗化上由审美追求的量变转为体制上的质变，庶几可以称为"诗化赋"，不过这已经不是形式美学所能完全解释的了，我们留待下章详细讨论。

  赋的诗境化早就有了，除了魏晋时短篇抒情无意诗化外，像左思的《蜀都赋》结尾写歌舞宴饮的"合樽促席，引满相罚。乐饮今夕，一醉数月"，《吴都赋》的"里谯巷饮，飞觞举白""露往霜来，日月其除""刚镞润，霜刃染""笼鸟兔于日月，穷飞走之栖宿"，都是大赋中穿插诗境化的好句子，都是由赋描写物事情貌自然催生出来的。陆机开俳体后，骈偶化的赋因句式的轨范而渐有这种倾向，只是尚且守持着客观体物的理性，尚未大量形成明显的诗境化意识。潘岳的赋借自骚体，《悼亡赋》《寡妇赋》《秋兴赋》的诗境化都表现得较好，在细节上注重手法的运用，颇为用心雕琢。东晋如谢万《春游赋》、湛方生《秋夜赋》、周祗《月赋》、王劭之《春花赋》、陶渊明《闲情赋》等，都具有明显的诗境化追求。这里有一个重要的原因，那就是玄学将人的主体精神和自然外物联结了起来，所以太康时的客观体物就容易转化为主观体悟，赋之体物描写也转化为融涵有主体玄理的体察影写，这自然就容易通篇诗境化。在面对物象处理方式上，客观体物是穷物象以体写形容，到主观体悟则转为选意象以体察传神。东晋虽然联结了主客而引导出了文学的物我融会，但是另一方面玄学之寡淡妨碍着情的进入，一旦刘宋庄老告退，意象化的主体性情意识就得到了凸显，赋之客观体物就导向了据主观之情选象传神，形式美学的极致发展则助成斯美，于是诗境化倾向和意识就更加明显了；与之相应，南朝赋一旦骈俪化，体物状物能力就会下降，或者说就会转向。魏晋多以体物为宗旨，直接状物形貌是必不可少的重点，比如陆机的《漏刻赋》，只以骈偶炼字的形式规约而初具诗化倾向①，齐梁形式美学追求的诗化倾向则使体物逐步转向诗境的开拓，遂使体物指向下的直接状物描写减弱，而在骈俪的导向中发展出各种新的写法，来求得诗境化的表达旨趣。如谢灵运《逸民赋》与前代同题之作相比，不再痴于用典，而是以骈化转为描写逸民的生活境界，充满了诗情画意；又如他的《怨晓月赋》《长溪赋》，赋题即涵诗境，内容用"兮"字而颇显清丽；又其《罗浮山赋》《岭表赋》《孝感赋》《归涂赋》《感时赋》《伤己赋》等，或写景，或抒情，或述事，而全用骈句，了无僻字，转向描写的传神刻画和细微的情绪体察，不再铺陈以求气势之美或体物以求切贴物性，而是一以诗境的营构为追求。

这时期赋体物的技法较之潘陆时代更为丰富，在细节方面尤能经得住推敲。减少了直接状物，则发展为侧面描写、烘托、渲染、代以抒情等诸种立体的写法，愈见复杂，将丰富的文学描写手段和形式美学结合起来，越发显得诗意横生，妙趣无穷。在鲍照的《鹤舞赋》《野鹅赋》、谢朓的《高松赋》《杜若赋》《野鹜赋》等作品中表现都特别明显。不妨以提倡形式美学的代表人物沈约的《丽人赋》为例，可以看到对前代作品的体物承变和手法发展：

> 有客弱冠未仕，缔交戚里，驰鹜王室，遨游许史。归而称曰：狭邪方女，铜街丽人，亭亭似月，嬿婉如春。凝情待价，思尚衣巾。芳逾散麝，色茂开莲。陆离羽佩，杂错花钿。响罗衣而不进，隐明灯而未前。中步檐而一息，顺长廊而回归。池翻荷而纳影，风动竹而吹衣。薄暮延伫，宵分乃至。出暗入光，含羞隐媚。垂罗曳锦，鸣瑶动翠。来脱薄妆，去留余腻。沾妆委露，理鬓清渠。落花入领，微风动裾。②

---

① 关于陆机《漏刻赋》的分析，见本书第四章第三节，此赋以骈偶的导向而初具诗化意味，然而并不呈现为自觉的诗化新变。与齐梁赋相比，关键在于形式美学的极致轨范、客观体物与主观体察之间的不同。这里限于篇幅不再展开细节的比较。

② 严可均：《全梁文》，第275页。

且不说写"丽人"的宫体题材之变,实乃赋物题材的变相发展。开篇叙事交代因由,正文以描写丽人引起,"亭亭似月"由直接比喻而体情,接下去继续比喻烘托,加以两句服饰的直接描写和两句动作描写,这些虽都有晋赋体物的影子,然已破除晋赋四句"体物式描写"的模式;自"中步檐"以下愈加精细,在经此二句动作传神之后,转入"池翻荷"的侧面诗化的环境渲染,以四个四字句状行为情态,又转入服饰描写;最终以美人除妆的动作为收束,又以"落花入领,微风动裾"的侧面写景结尾,营造了一幅花影池竹、亭阁丽人的诗化图景。正文句句用骈,将客观状物、交叉状物互写、比喻烘托、环境渲染、写景点缀等融为一体,传达出丽人的形貌、动作、神态、情绪,情景人事皆浑成,声韵畅谐而流转,如果不纠执于脂粉气息的纤弱无力,单从手法上来看,是可称之为典范之作的。以之与因骈偶而初具诗化的陆机《漏刻赋》相比,简直有云泥之别。在这里,赋的铺陈原则了无痕迹,客观体物的知性判断已然退场,主体体察的介入性异常明显,诸种手法平行推进,交错进行,其体之妙唯在细节功夫,庶几等同于诗艺的精雕细琢,使人忘之为赋,率尔与诗争雄,令人叹服不已。这同时也昭示着,在形式美学的极致发展时期,赋体之变已势穷——或许这是赋体的宿命,因其散化铺陈而与诗别体,又以其铺陈而发展出骈偶,终在其自身理路发展出来的形式美学中消解了自我后,反而讫灵于诗。相对而言,诗却开启了新的征程,以"句法就声律"拉开了近体诗成熟的序幕,声律化的完成也就意味着这种一度和赋平分秋色的文体,即将大放异彩;至于此后再受其影响的律赋和文赋,都不过是赋域之余绪,对于广大深邃的诗国来说,皆已经不值一提了。

第七章　赋体用"诗"与文体混同

赋在文本形态上和诗的互动,是从篇末系乱辞开始的。按刘勰《文心雕龙·诠赋》:

> 夫京殿苑猎,述行序志,并体国经野,义尚光大,既履端于倡序,亦归余于总乱。序以建言,首引情本;乱以理篇,迭致文契。①

大赋是汉赋的主体,这段话包含了大赋的题材、旨趣、结构,其重要性不言自明。然"此虽专指大赋,实赋之通裁"②,故下论小赋称"因变取会",仍与之相关,表明对赋体的认识大致以这三方面为要。题材、旨趣为历代论家关注最多,至其结构,则从文本形态上反映了赋的体式,据此可分为序、主体、乱三部分。主体是"体国经野,义尚光大"的载体,论家考察赋之旨趣必焦聚于此;序乃"述客主而首引",关系到赋作的背景、性质,后来有的序甚至发展成具有独立品格的文章,往往具有重要的意义,如班固的《两都赋序》、左思的《三都赋序》、陆机的《豪士赋序》、庾信的《哀江南赋序》等,近年来亦有不少学者对此展开了系统的考察③;相对来说,乱的部分所受关注最少。但刘勰即

---

① 范文澜:《文心雕龙注》,第135页。
② 刘咸炘:《推十书》戊辑二,第731页。
③ 如马黎丽《赋序的生成与文体特征的确立》,《文学遗产》2018年第1期;褚旭、黄志立《赋论形态考察——以〈全上古三代秦汉三国六朝文〉赋序为中心》,《北方论丛》2019年第5期。

称"归余于总乱""乱以理篇,写送文势"①,则作为赋体形态的重要组成部分,其功能当不低于序,自不宜忽略。

"乱"的文本内容称为"乱辞"。"乱辞"属"赋尾作歌"而附于文章篇末,祝尧《古赋辨体》辨"楚辞体"的《渔父》篇时指出,除此以外还有"古今赋中或为歌",这两种形式皆"莫非以《骚》为祖"。② 是否皆起源于骚体姑不论,但他所注意到的"赋中作歌"和"赋尾作歌",其实正是赋在文体形态上借用歌诗作异体嫁接的两种形式。站在文体学的角度,二者功能和性质皆有近似之处,反映了赋体对歌诗亦即广义之"诗"体的借用、兼容,体现了赋体之自身改造和演进,可称为赋体用"诗";当对此的兼容和改造达到一定程度时,则引发了文体的转变乃至混同。然而学界对于此的关注远远不够,仅个别论家有专文注意到了赋末附诗,而且还是将所附之"诗"界定为完全自足的诗歌作品,所依据的是逯钦立《先秦汉魏晋南北朝诗》收入的部分,计止得十余篇,显然狭化了赋体用"诗"的现象。③ 此外郭建勋在讨论骚体句式和赋时,注意到了赋中和赋末用歌所反映的句式与文体融合问题④;而其专著《辞赋文体研究》则在"诗体赋"一节也有涉及,他认为赋中(含赋末)用"歌""乱辞",是赋的诗化进程中重要的一环,其论虽较简略,亦多胜义。⑤ 按赋用"乱辞"和赋中用"歌"原本不指向诗化,而是赋体的固有性质的体现;但这种使用是随着时代的变化和文体的发展而演进的,主要体现在"乱辞"和"歌诗"作为文本形态和文体性质的自足性变化,就是说,赋体所用广义之"诗",最终还纳入了自足成熟的诗句和诗体。由此所引发的赋体裂变,及至文体混同,都可以归入这一领域予以考察。凡此表明赋体用"诗"关系到赋家对赋体的改造和建构,关系到我们对赋体性质的进一步理解,以及赋体诗化的过程认知。

---

① 范文澜作"乱以理篇,迭送文契",但《文心雕龙》按唐写本作"乱以理篇,写送文势",从文中对赋体形态的功能描述来讲,当用"写送文势"理解较妥。
② 孙福轩、韩泉欣:《历代赋论汇编》,第39页。
③ 见李贺《汉魏六朝的"赋末附诗"及其文体学意义》,《江西社会科学》2017年第5期;李贺《汉魏六朝"赋末附诗"探究》,《齐齐哈尔大学学报》2015年第5期。
④ 郭建勋:《论楚辞句式对文体赋的浸淫》,《中国韵文学刊》2000年第2期。
⑤ 郭建勋:《辞赋文体研究》,第27页。

过程之美

第一节　从音乐之"乱"到文本展演

相对于"赋中用歌","赋尾作歌"的乱辞使用才是主体,其文体意义也更为重要。尽管赋体所用之"诗"后来从依附型的"歌诗"形态发展成为自足的诗句或诗体,而追溯其源,仍与乱辞之兴有关。因此这是讨论赋体在文本形态层面上用"诗"的基础,至为关键。刘熙载《艺概·赋概》:"虽赋之卒,往往系之以歌,如《楚辞》:乱曰、重曰、少歌曰、倡曰之类皆是也。"① 与前引祝尧讨论赋体用"歌"之说有相通之处。这可以推导出乱辞最少有三个方面值得注意:一是赋篇之末的"乱曰"仅为称呼,同类之说除了刘氏所举"重曰、少歌曰、倡曰"以外,尚有"嗟乎""歌曰""系辞""叹曰""诗曰"等说法,由是所引的文本内容则可对应称呼为"乱辞""系辞""歌辞"(歌诗)"叹辞""诗"等;二是赋用乱辞现象源于《楚辞》,这已为定论,此不必辞费;三是它们"往往系之以歌",表明乱辞初起时与音乐相关。三者之间,前两者关系到乱辞的源流演变,连并后者则进一步提醒我们,乱辞的考察要注意文学与音乐之关系、文体形态的异体组构功能、文本展演形式之文学意涵等层面的问题,这些都是我们要关注的重点。

不过,赋系乱辞仅溯及《楚辞》是不够的,尚需更进一层才能在其流变中发现它的文体意蕴。刘勰《文心雕龙》解释乱辞:

> 按《那》之卒章,闵马称"乱";故知殷人辑《颂》,楚人理赋。斯并鸿裁之寰域,雅文之枢辖也。②

"乱"虽篇幅短小,刘勰称"鸿裁之寰域,雅文之枢辖",显然注意到了其特殊的意义;由此他将这种现象追溯至《诗·商颂·那》篇,延及楚人理赋(骚)。由于早期赋中的乱辞在文本内容表达的组构层面作用不大,其构篇的文体意义自然成为关键,因此刘勰的追溯是必要的,

---

① 袁津琥:《艺概注稿》,第469页。
② 范文澜:《文心雕龙注》,第135页。

且其间的演进仍需清理。《那》是《商颂》的第一篇,《国语·鲁语》下:"昔正考父校商之名《颂》十二篇于周大师,以《那》为首,其辑之乱曰:'自古在昔,先民有作,温恭朝夕,执事有恪。'"韦昭注曰:"辑,成也,凡作篇章,义既成,撮其大要为乱辞。诗者,歌也,所以节舞者也。如今三节舞矣,曲终乃更,变章乱节,故谓之乱也。"① 据韦昭注《诗》中之"乱"有二义:总撮前文文意之大要,曲终变乱章节之合乐。《诗》本合乐舞一体,今见文本已无"乱"的话语标志;但据《论语·泰伯》孔子称"师挚之始,《关雎》之乱,洋洋乎盈耳哉"②,以及《礼记·乐记》"始奏以文,复乱以武"③ 的记载,可以确知《诗》乐是有"始"有"乱"的;新近发现的《周公之琴舞》每章开头结尾有"启曰""乱曰"的说明,更加证明了这一点,或许后来孔子删《诗》注重文本的整饬性将这类音乐性标志术语去掉了。《论语》讲"《关雎》之乱"只是指向乐章的结尾,与内容无关,孔子恰恰又是论《诗》从注重音乐性转向注重文本内容的关键人物,据此推论,似乎"乱"的音乐性功能要大过内容表意功能,或许它起先只是音乐术语,后来才由乐语转向规引乐词的内容指向;徐广才《楚辞"乱曰"探源》也从文字训诂的角度,注意到"乱"有"合乐"之义④,似乎周代的"乱"在《诗》中是先指向音乐性。值得注意的是,《国语》所引《那》的乱辞有四句,今见此诗后边还有"顾予烝尝,汤孙之将"两句,据此则与《国语》所载的四句卒章不合,这就引发了若干争论。元人赵惪《诗辨说》称:"《那》与《烈祖》二诗皆五章,章四句,以韵考之可见,独第五章各加'顾予烝尝,汤孙之将'二句以为乱辞。"⑤ 这两句不仅见于《那》,还同见于《商颂》中的《烈祖》,因此赵惪认为这是互证,能见出最后一章又加了这两句共同构成乱辞。这是有道理的,表明了"乱"的歌唱内容及方式都可能发生了某种变化。清华简《周公之琴舞》可以为此提供佐证。此简每章标明"启曰""乱曰",第

---

① 韦昭注:《国语集解》,中华书局2019年版,第218—219页。
② 杨伯峻:《论语译注》,第82页。
③ 郑玄等:《礼记正义》,阮元刻《十三经注疏》整理本,第1540页。
④ 徐广才:《〈楚辞〉"乱曰"探源》,《北方论丛》2015年第1期。
⑤ 徐乾学等编:《通志堂经解》第8册,广陵书社2007年版,第247页。

过程之美

一章与今本《诗·周颂·敬之》大致相同，今本音乐标示语"启""乱"已然删去，变得更加整饬化；此外八章不见今本《诗》中，而亦有明显的"启"+"乱"的音乐标示结构。按《礼记·乐记》载魏文侯和子夏讨论古乐今乐之变，则西周迄战国时期已有明显的乐律之变，乐变必然引发内容的相应调整；另一方面诗离乐也会影响到文本的删改，这两种条件都可能造成了《诗》文本的不断变化。所以《国语》中即称《那》之四句为"乱"，则应该是依据早先的乐章随词的内容而言，今见《那》之文本内容则可能已作了相关的整理增删，且最后这两句和《烈祖》是同一时期所加的。李辉《〈周公之琴舞〉"启+乱"乐章结构探论》以此清华简和《诗》中之"乱"相证，发现"乱"除了有音乐性上的乐章结尾、内容上的卒章显志外，还有歌者视角的转变①；这一点看似和总撮其意相近，但却相当重要，因为歌者视角的转变会促进乱辞对正文内容不同维度的超越性阐释。凡此证明了"乱"的复杂性、动态性、独立性。概而言之，其复杂性体现在，"乱"既可能是指纯粹的乐歌结尾，亦可能是指随乐标示的诗中某章节，还可能是据乐损益的诗中卒章，这个过程是动态而渐进的；"乱"的改写从根本上是受音乐性的规限而影响及内容，越到后来越呈示出乱辞在内容上与前数章的区别和独立性。当诗与乐分离后，文本形态的整饬性追求，就会进一步消解"乱"的标示语和存在形态，所以"乱"在孔子时代以后就几无明显的文本痕迹。此后之诗，今见汉乐府《孤儿行》《妇病行》、晋舞曲歌辞《穷武篇》有"乱"，如后者结尾作："乱曰：高则亢，满则盈。亢必危，盈必倾。去危倾，守以平。冲则久，浊能清。混文武，顺天经。"② 这是少见的特例，诗乐分途后文本意义的凸显，使得诗体获得了完全独立的文体功能，即便在庙堂雅乐中亦很少见到这种标示。一方面这种写法减少了；另一方面即如乐府中有"一解""二解"的乐律语，但在史书记载中这种音乐标示语乃是作为脚注而出现，不夺诗歌的整饬形制。作为文学之用，《穷武篇》已经是音乐性"乱辞"的余绪，倒是可以反推"乱"之存在形式。

---

① 李辉：《〈周公之琴舞〉"启+乱"乐章结构探论》，《文史》2020年第3期。
② 逯钦立：《先秦汉魏晋南北朝诗》，第840页。

第七章 赋体用"诗"与文体混同

《周公之琴舞》的九章结构,"启"+"乱"的组合意味着有角色轮唱,包含了一定的礼制仪式,可以推见其当时的展演场景。从文学的角度来看,会使得其文本记录较为散化,语言的"诗性"意味不足,这呼应于其作为制度性乐歌的使用功能。受这种乐律礼制传统的影响,后代作品的创作,只要与乐舞礼制稍加相关,便极容易形成"乱辞";而骚体作为本与乐歌有一定关系的"散体",自然就很容易发展这一音乐传统。南方的《楚辞》篇末用"乱"除《离骚》外,有《九章》中的《涉江》《哀郢》《抽思》《怀沙》以及《招魂》,所以不是偶然现象,从某种程度上反映了《楚辞》的文体特色。这不仅与《诗》有了相通之处,还能进一步窥探出"乱"进入文学作品的特殊意蕴。按表现明显的《离骚》结尾:

乱曰:已矣哉!国无人莫我知兮,又何怀乎故都!既莫足与为美政兮,吾将从彭咸之所居!①

王逸注:"乱,理也。所以发理词指,总撮其要也。"洪兴祖补注:"凡作篇章既成,撮其大要以为乱辞也。"②都只表明了"乱"在内容上的总撮意义。朱熹注"乱者,乐节之名"③,方注意到其音乐性。蒋骥大力发挥了这一点:"余意乱者,盖乐之将终,众音必会,而诗歌之节,亦与相赴,繁音促节,交错纷乱,故有是名耳。孔子曰'洋洋盈耳',大旨可见。"④"交错纷乱"是指八音齐奏的和而不同,不是指音乐纷乱扰耳。蒋说详细阐释了乱作为音乐卒章的合奏高潮性质,影响较大。按《楚辞·大招》有"叩钟调磬,娱人乱只",王逸注"乱,理也,言美女起舞,叩钟击磬"⑤,则"乱"作为音乐确实表示高潮之时众音齐奏。李陈玉说"凡曲终曰乱。盖八章竞奏,以收众声之成"⑥,音乐上的

---

① 朱熹:《楚辞集注》,第26页。
② 洪兴祖:《楚辞补注》,第47页。
③ 朱熹:《楚辞集注》,第26页。
④ 蒋骥:《山带阁注楚辞》,上海古籍出版社1958年版,第192页。
⑤ 洪兴祖:《楚辞补注》,第221页。
⑥ 崔富章:《楚辞集校集释》,湖北教育出版社2003年版,第700页。

"收众声之成"当然具有总结性,这是引发意义上的"总撮其要"的重要原因。凡此可见《楚辞》用"乱"之与《诗》相似处。值得注意的是,《楚辞》中用"乱"的篇章是《离骚》和《九章》,重乐的《九歌》却无一篇用"乱"。《九歌》乃祭祀之曲,其题已称"歌",有极强的音乐性,从文本上尚能推导出一些乐祀仪式痕迹,其中不乏"乱"的音乐意味。以一章论,首章《东皇太一》结尾"五音纷兮繁会,君欣欣兮乐康"乃乐章结尾,王逸注:"五音,宫、商、角、徵、羽也。纷,盛也。繁,众也。五臣云:'繁会,杂错也。'"①朱熹注亦大致相同,表明这确是"繁音促节"之"乱",但已经不用音乐标示语了。以《九歌》组诗的结构而论,最后一篇《礼魂》亦有小结之意,王夫之谓"言终古无绝,则送神之曲也"②,"送神曲"自相当于"乱",但歌词文本仍无标示。推测屈原在改写《九歌》时,因其本属于歌乐,改写为文学文本自当去掉音乐性术语,故不必标"乱";反之,《离骚》和《九章》本质完全属于改造楚声"自铸伟辞"的文学作品,故而兼取了音乐之"乱",昭示的正是屈原改造乐歌为文学作品后的取舍态度。这不仅说明了《楚辞》用"乱"兼有音乐和表意内容上的双重考虑,还说明了"乱"在文学创作中已由纯粹的音乐性标示术语转换为文学性话语了。由是《楚辞》成了观察古代文章用"乱"的重要窗口,可上推《诗》作为乐歌之用"乱",下启汉赋作为文学作品之用"乱"。

在上引诸家注《离骚》之"乱"中,我们发现早期王逸仅强调其意义,后人才依据先秦文献注意到其中的音乐性。这似可推测在汉代王逸眼里,《楚辞》中乱辞的音乐性已然让位于其内容意义。实际上汉人之视《楚辞》也确实如此,其中关系到《楚辞》作为一门辞章艺术的展演形式,由此推及于赋体用"乱"的取向。这是非常重要的。按刘熙载《艺概·赋赋》论汉赋的乱辞追溯到《楚辞》的用法,他说:

> 古人称"不歌而诵谓之赋",虽赋之卒,往往系之以歌,如《楚辞》"乱曰""重曰""少歌曰""倡曰"之类皆是也,然此乃

---

① 洪兴祖:《楚辞补注》,第57页。
② 王夫之:《楚辞通释》,上海人民出版社1975年版,第45页。

> 古乐章之流，使早用于诵之中，则非体矣。大抵歌凭心，诵凭目，方凭目之际，欲歌焉，庸有暇乎？①

赋末"系之以歌"亦即用"乱"，他对此的追溯是完全正确的，不需多作引证；他又说《楚辞》中的用法"乃古乐章之流"，也大致符合于上引历代论家对《离骚》之"乱"的解释，只是如何由乐章流变为乱辞，尚需补论。他称"歌凭心，诵凭目"，方凭目诵读之际，无暇为歌，却是绝大的误解；恰恰相反，"凭目"之"诵"与"凭心"之"歌"的组合能最大限度地体现出《楚辞》文学凭借音乐的意义。这正是《楚辞》较之《诗》中乱辞所具有的独特文体意义，由此才影响及赋的取法，需要加以申论。按刘氏所说，乱辞本质上是以"歌"入"诵"，这是值得注意的。早在《楚辞》中就有这两种不同的文本形态，刘氏在《赋概》的另一条也说："《楚辞·惜诵》无歌调，《九歌》无诵调。歌、诵之体，于斯可辨。"② "歌体""诵体"之分是理解骚赋用"乱"的关键。这里的"体"本指体貌；但他用"歌调""诵调"，"调"指向声腔节奏，则兼有从"文本展演"角度而言的意味。

所谓"文本展演"，乃是读者展示、演示文本的方式，常常包含艺术性的处理技巧，也表明凡能"展演"的作品具有较强的艺术属性，它在本质上不同于早期外交"赋诗言志"这类带有实用性的赋诵活动。"歌体""诵体"之别正在于展演方式"凭目""凭心"之不同，与两类文本的基本形态密切相关。实际上《楚辞》从句式形态和意义的关联性上讲，大致可分两类：一类是《离骚》和《九章》，乃是以两句合一意、以"兮"字作句末语气词来表达，无论是两个句腰虚字句组合而"兮"字置于上句末的复句式表达，如《离骚》"朝发轫于苍梧兮，夕吾至乎县圃"，还是四四组合"兮"字置于下句末的复句式表达，如《橘颂》"后皇嘉树，橘徕服兮"，都属于这种情况，从内容上看则具有强烈的自我抒情性；另一类是一句中用"兮"充当句腰虚字连接，亦即《九歌》句式，如"吉日兮辰良"，在内容上却与歌诗祭祀相关。前

---

① 袁津琥：《艺概注稿》，第469页。
② 袁津琥：《艺概注稿》，第469页。

> 过程之美

者亦即刘氏之谓"诵体",后者亦即刘氏之谓"歌体",本质上都是由句式功能决定。李炳海考察此前"兮"字句的用法,得出《九歌》借用的是如《越人歌》"山有木兮木有枝,心悦君兮君不知"类的句式,乃是普遍流行于春秋战国时期的新兴歌谣唱句,如《左传·哀公十三年》所载《申叔仪乞粮歌》,《史记·赵世家》载赵武灵王时的《鼓琴歌》;而《离骚》一类继承的却是歌谣吟诵型诗体的作法[①],宜吟诵而不宜歌唱。这是完全可信的,《九歌》用于唱而本与音乐密切相关,所以不必再标众音齐奏的音乐性乱辞。反之,如《离骚》不仅篇幅过长,没法入乐而歌,它所采用的与《九章》这类两句一"兮"字的长句型,也是不利于歌唱而只宜于吟诵的;而且《惜诵》中有"惜诵以致愍兮,发愤以抒情",《抽思》中有"道思作颂,聊以自救兮"(颂即诵),也表明屈原是把这类作品当成诵的。换言之,屈原在《离骚》《九章》这些"诵体"作品中,通过改变"歌体"类"兮"字句为诵句的写法,将歌词从音乐中剥离了出来,从而创造了属于自己的真正新兴文体;他所创造的这一新兴文体,只有在篇末乱辞中才对"歌体"的音乐性有所保留。这一考察所揭示的屈原对"歌体"作品的拟写、对"诵体"作品的改造,也符合于学界所认定的《九歌》是其早年作品、《离骚》《九章》是其晚年作品的论断。于焉我们可以说,站在文本展演的角度,对于有乱辞的《楚辞》文本来说,则兼顾了"诵"和"歌"二义。

要注意"诵"与"歌"的关联与区别。《说文解字》"言"部以"讽""诵""读"三字互释,"讽,诵也","诵,讽也","读,诵书也"[②]。表明"诵"就是"读","讽诵""吟诵""诵读"皆是近似的语言阅读形式,而与"歌"的展演形式判然有别,推测是按腔抚节而发声读书,注重于音节腔调舒缓诸艺术问题。《论语》载孔子"诵诗三百"之说,姜宸英《湛园札记》有较好的阐释:"孔子曰诵诗三百,孟子亦曰诵其诗。诵之者,抑扬高下其声,而后可以得其人之性情与其贞淫邪正忧乐之不同。然后闻之者,亦以其声之抑扬高下也,而入于耳而感于心,其精微之极,至于降鬼神致百物,莫不由此而乐之盛,莫逾

---

① 李炳海:《论楚辞体的生成及其与音乐的关系》,《中州学刊》2004年第4期。
② 段玉裁:《说文解字注》,第90页。

焉。当时教人诵诗，必有其度数节奏，而今不传矣。"① 认为"诵"是讲求声之"抑扬高下"，注重其"度数节奏"，关键在"入于耳而感于心"，按此则注重将音腔声节之美与内容意义的正解统合起来，类于今人朗读讲求口诵技艺与文本内容意境的融合。《楚辞》的"诵体"仍之，王逸注《惜诵》"惜诵以致愍兮，发愤以抒情"，称"论之于心，诵之于口，至于身以疲病，而不能忘"②，表明诵的功效在于口与心相冥契，而声之"抑扬高下"与"度数节奏"也意味着诵读与音乐艺术之美是共通的，唯此才能令人乐此而"身以疲病"。《周礼·大司乐》称："以乐语教国子，兴、道、讽、诵、言、语。"将"讽""诵"都作为"乐语"之一。而郑玄注："倍文曰讽，以声节之曰诵。"③ 即是说"诵""以声节"来"倍（背）文"，所以这里的"乐语"体现的不是音乐，而是类通于音乐声音节律美的"声节"腔调。"诵"的音乐性是不如"歌"的。按《说文》释"歌者，咏也"，"咏，歌也"。④ "歌""咏"互释。《礼记·乐记》云："歌之为言也，长言之也。说之故言之；言之不足，故长言之"；孔颖达正义："直言之不足，更宜畅己意，故引液长言之也"。⑤ 表明"歌"以"长言"的音乐性而合其乐律性质，"长言"胜于说话"直言"而能"宣畅己意"，关键则在于其音的"累累乎端如贯珠"。因为"乐者，音之所由生"，本于"人心之感于物也"，又是与情相通的，这样一来，依托于文本歌词之"歌"就有了音乐之美及意义内容之双重表情功能，其展演的艺术效果自甚于诵。而《汉书·艺文志》称"诵其言谓之诗，咏其声谓之歌"，明示汉代对"诵""歌"具有自觉的区分。《毛诗序》承上引《礼记·乐记》之言谓："诗者，志之所之也。在心为志，发言为诗。情动于中而形于言，言之不足故嗟叹之，嗟叹之不足故永歌之。"⑥ 从表情效果的角度进一步证明了，诗之"言""诵"不如"嗟叹"，"嗟叹"不如"咏歌"，即

---

① 姜宸英：《湛园札记》，文渊阁《四库全书》本第859册，上海古籍出版社1987年版，第572页。
② 洪兴祖：《楚辞补注》，第121页。
③ 郑玄等：《周礼注疏》，《十三经注疏》本，第787页。
④ 段玉裁：《说文解字注》，第54页。
⑤ 郑玄等：《礼记正义》，阮元刻《十三经注疏》整理本，第1338—1340页。
⑥ 孔颖达：《毛诗注疏》，第19页。

是说由"诵"到"嗟叹"到"咏歌"有着表情的递进性。《左传·襄公三十一年》载"文王之功,天下诵而歌舞之"①,《史记·宋微子世家》亦称"箕子朝周,过故殷墟,感宫室毁坏。……乃作《麦秀》之诗以歌咏之"②,对此清人刘熙载称"诵显而歌微。故长篇诵,短篇歌;叙事诵,抒情歌"③,则进一步解释了其中原理,最少在诗作为文本艺术展演的抒情功效上,"歌"是"诵"的高级形态。

根据这一点去考察《楚辞》的篇末乱辞,实际上就应当隐含了由"诵"而"歌"的表达层进。而那些用"乱"的篇章本质上又是抒情的文本,这就决定了"乱"不仅具有卒章合奏的音乐性、总摄其要的内容意义指向,在表达上也会因为"歌"的层进性而引导抒情的高潮进阶,且也呼应于《诗》中之"乱"具有歌者视角的转变。因之从普遍的理论意义上讲,"诵体"篇中的"乱"就具有文体文本形态的变化性、内容的独立性、表意的超越性。比如前引《离骚》之乱辞,就不能简单地理解成对前篇正文的"总摄其要",实际上前文抒情主体徘徊在去留之际,去而不舍,留而有愤,也并未指出此身将归何处,此处不怀故都和"从彭咸之所居"其实是前文迟迟未定的结论,不是对前文的简单概括,而是总括提升;于焉隐然有叙述视角的转变,其中所呈现的独立性和超越性是不难分析出来的。相对来说,《离骚》之乱辞在文本形态上所体现出来的"变章乱节"不甚明显,而《涉江》《哀郢》《抽思》《怀沙》以及《招魂》用"乱"的句式和正文差别更大,更能体现出文本句式和体式错落变化之美,在抒情的层进上也显得更加明显。

回看刘勰追溯赋体用"乱",从"殷人辑《颂》"到"楚人理赋",乱辞实际上发生了本质的改变。《诗》中之"乱"并不具有多少文学的意义,更多体现为文本配合音乐艺术的展演,甚至有可能是卒章之乐所规限出来的损益文本,与全篇的音乐性语境是统一和谐的;《楚辞》之"乱"则是"歌体"在"诵体"中的遗留,体现了文学独立之后对音乐性的"歌体"最大化地利用,具有重要的文体意义,在变章错落、总摄文意、提升内容、促进抒情表意等方面都具有不可或缺的作用。在此

---

① 杜预:《春秋左传正义》,《十三经注疏》本,第 2016 页。
② 司马迁:《史记》,第 1609—1610 页。
③ 刘熙载:《气概》,第 370 页。

基础上去观察从《楚辞》到赋的演进中"乱"的运用，就较为简单了。从早期赋体来看，荀子宋玉赋皆无乱辞。宋玉赋的文本形态明确，荀赋却有分歧，盖《赋篇》收录有《佹诗》及"小歌"，仔细斟酌，这恰恰从侧面佐证了赋体的乱辞是从《楚辞》中来的。按荀子《赋篇》在分赋礼、智、云、蚕、箴五物之后，又有"天下不治，请陈佹诗"；所陈之"佹诗"以四言句式为主而批判黑白颠倒、四时失序的反常世界，最后又附"小歌"以"矣""也"四言句式排比而作强烈的抒情。我们必须要明白，分赋五物和《佹诗》是两篇不同性质作品的组构，前面部分才符合于赋物而铺陈的传统，才是《赋篇》的主体代表；汉赋的近亲虽然是《楚辞》，其作为文体称名的起源却在于早先荀子赋物而铺陈的立体标格。《佹诗》具有浓郁的抒情性，很明显吸收了《楚辞》的写法，朱熹《楚辞后语》收录此"诗"，许其"出于幽忧穷蹙，怨慕凄凉之意"①，鲁迅《汉文学史纲要》则称"词甚切激，殆不下于屈原"②。可推《佹诗》实与赋体初起于咏物无甚关系，是附收入《赋篇》之末的。《佹诗》中的"小歌"大致是以两句足意的四言来抒情，计20句，前边所陈"佹诗"之内容亦以四言为主，计36句，足见"小歌"篇幅比例不小；杨倞注"小歌"为"总论前意"③，刘咸炘则谓"终以小歌，亦重曰、乱曰之例"④，则"小歌"吸收的正是抒情的《楚辞》之"乱"的写法，却又作了篇幅比例的调整。《韩诗外传》所引"小歌"的部分内容，不称"歌"而称"因为赋曰"，以此看来此《佹诗》包含了"歌"和"赋"，这正反映了早期文体不明，章太炎称"诗与赋未分离也"。可见荀子只是吸收《楚辞》的写法入诗，由此形成了行人之官退而"造篇"的过渡性文本；《佹诗》本质上还未成为赋，乃是借鉴《楚辞》的"造篇"书写。后人收为一篇，表明了他们看到赋体的一面起源于赋物，另一面也在向《楚辞》借势。

由于《佹诗》的文体意识并不明确，其"小歌"无论在篇幅比例还是句式形态上都并没有多少"变章乱节"的特征，只有在抒情的层

---

① 朱熹：《楚辞集注》，第9页。
② 鲁迅：《中国小说史略》，第349页。
③ 王先谦：《荀子集解》，第319页。
④ 刘咸炘：《推十书》戊辑二，第729页。

过程之美

次上延续了《楚辞》的写法。因此我们不能将之完全当成是赋体用"乱"的作品,而只能算是赋体用"乱"的过渡性文本。值得注意的是,无论是荀子本集中"小歌"的标示,还是其内容用虚字和排比以抒情的明确"歌"体性质,都表明《佹诗》承续了《楚辞》借"歌体"以入篇的传统,但《韩诗外传》却称"因为赋曰",则似已无视这部分内容作为"歌"的展演性质。我们知道《韩诗外传》是西汉初所编写,在思想上取荀子为主,那么据此似可以进一步推断,"小歌"的音乐属性在西汉初的独立性文章文本中,已被忽略了,或者说,文本中"歌"的展演可能已经有名无实了。这正应和于汉人"诵"的兴起。汉人不仅好诵读《楚辞》,他们又称"不歌而诵谓之赋",赋体在展演形式上也从属于"诵体"。《汉书·王褒传》称"宣帝时修武帝故事,讲论六艺群书,博尽奇异之好,征能为《楚辞》九江被公,召见诵读。……太子喜褒所为《甘泉》及《洞箫颂》,令后宫贵人左右皆诵读之",又《汉书·元后传》谓"左右常荐光禄大夫刘向少子歆通达有异材,上召见歆,诵读诗赋,甚说之"[1],皆表明对骚赋二体的诵读风气。而且此时的诵读似乎发展成为一门颇具难度的语言展演艺术。参照前引王逸注《离骚》之"乱"不取乐律、注《惜诵》之"诵"却大谈"论之于心,诵之于口,至于身以疲病,而不能忘",就可以看到,"诵"讲求一定的声腔节拍与表意的意境融合,绝非是音乐歌唱,而似已成为了一门专门的语言艺术,才令诵读者乐此不疲。由是用于"诵读"的楚辞也"代表着文学已脱离早期音乐文学体例而成为纯粹的文字之学"[2]。于焉我们有理由相信,尽管汉人"歌""诵"之声律腔调已不可见,《楚辞》中的《九歌》或《离骚》《九章》中的"乱",其中所含有的音乐性,已经在"诵"的展演中弱化或消解了;与之相呼应,赋中之"乱"虽和《楚辞》一样,在展演层面所具有以"歌"促"诵"的层进意味,其中的"歌"恐怕也已大异于音乐形式的乐歌,仅是略有别于"诵"之声腔而已。这一考察不仅可以完全解答前引刘熙载所疑惑的"歌凭心""诵凭目"相组合的矛盾,而且可以获得对

---

[1] 班固:《汉书》,第4018—4019页。
[2] 可参看汤洪《汉代楚辞诵读考论》,《文学评论》2019年第4期。

"乱"之演进的历史化理解——从《诗》到《楚辞》到赋,"乱"的意蕴应当具有从音乐性到文学性到文体性的重心转移。

第二节　从赋末系"诗"到赋借诗格

厘清了"乱"的来龙去脉,我们就可以进一步考察赋体用"诗"的现象了。乱辞从文体性质上讲,以其与音乐的关系而可归属于"歌诗",不管它是否具有独立自足的诗体形态,我们都可以将之称为广义之"诗"。另一方面,"乱"又大量演变为名并不标示为"乱"、而实亦一脉相承的写法,为了描述其相应的文体意蕴,我们将之统称为"赋末系'诗'"。根据费振纲《全汉赋校注》、韩格平《全魏晋赋校注》、马积高《历代辞赋总汇》(第一卷)、严可均《全上古三代秦汉三国六朝文》①,钩沉唐前赋尾用"诗"情况,统计如下:

序号	时代	作者	赋名	乱辞称名	句式性质	首数句数
1	汉	贾谊	《吊屈原赋》	讯辞	杂言骚句	1首24句
2			《旱云赋》	嗟辞	四言骚句	1首20句
3		刘彻	《悼李夫人赋》	乱辞	四言骚句	1首26句
4		王褒	《洞箫赋》	乱辞	四言骚句	1首30句
5		扬雄	《甘泉赋》	乱辞	四言骚句	1首20句
6			《太玄赋》	乱辞	四言骚句	1首24句
7		刘歆	《遂初赋》	乱辞	四言骚句	1首16句
8		班婕妤	《自悼赋》	重辞	五七言骚句	1首24句
9		班彪	《北征赋》	乱辞	四言骚句	1首12句
10		班固	《两都赋》（逯收）	颂诗	四言《诗》句+七言骚句	5首49句
11			《幽通赋》	乱辞	四言骚句	1首16句
12		班昭	《东征赋》	乱辞	四言骚句	1首20句
13		马融	《长笛赋》	辞	七言散句	1首10句

---

①　韩格平:《全魏晋赋校注》,吉林文史出版社 2008 年版;马积高:《历代辞赋总汇》,湖南文艺出版社 2014 年版;严可均:《全上古三代秦汉三国六朝文》,商务印书馆 1999 年版。

续表

序号	时代	作者	赋名	乱辞称名	句式性质	首数句数
14	汉	张衡	《思玄赋》	系辞	七言散句	1首12句
15			《南都赋》	颂诗	四言《诗》句	1首12句
16			《温泉赋》	乱辞	四言骚句	1首12句
17			《定情赋》	叹辞	七言骚句	1首4句
18		王延寿	《鲁灵光殿赋》	乱辞	四言骚句	1首21句
19			《梦赋》	乱辞	四言诗句+七言散句	1首8句
20		赵壹	《刺世疾邪赋》（逯收）	诗+歌	五言诗句	2首18句
21		蔡邕	《述行赋》	乱辞	四言骚句	1首16句
22			《释诲》	歌辞	七言骚句	1首7句
23		应玚	《撰征赋》	辞	四言骚句	1首8句
24	魏	曹植	《蝉赋》	乱辞	四言骚体	上首8句
25		卞兰	《赞述太子赋》	颂诗	四言《诗》体	1首22句
26		阮籍	《东平赋》	重辞	六七组合骚体句	1首64句
27		嵇康	《琴赋》	乱辞	四言骚句	1首12句
28	晋	孙该	《三公山下神祠赋》	乱辞	四言《诗》句	1首12句
29		潘岳	《寡妇赋》	重辞	骚体变句	1首40句
30			《藉田赋》	颂诗	四言颂诗句	1首20句
31		陆云	《逸民赋》	乱辞	六言骚句	1首12句
32			《寒蝉赋》	叹辞	四言诗句+六言散句	1首12句
33		左棻	《离思赋》	乱辞	四言骚句	1首12句
34		仲长敖	《覈性赋》	歌辞	杂言散句	1首12句
35	南朝	颜延之	《赭白马赋》	乱辞	四言骚句	1首16句
36		谢庄	《月赋》	歌辞	七言骚句+五言诗句	2首8句
37			《舞马赋》	歌辞	七言骚句	1首4句
38		鲍照	《芜城赋》	歌辞	七言五言组合骚句	1首4句
39		谢惠连	《雪赋》	歌辞+乱辞	杂言散句	3首32句

续表

序号	时代	作者	赋名	乱辞称名	句式性质	首数句数
40	南朝	刘骏	《华林清暑殿赋》（逯收）	歌辞	七言骚句	1首4句
41		萧道成	《塞客吟》	歌辞	五言骚句+六言散句	1首12句
42		江淹	《恨赋》	叹辞	杂言散句	1首7句
43			《去故乡赋》	少歌+重辞	八言骚句+六言散句	2首18句
44						
45			《倡妇自悲赋》（逯收）	诗	五言诗句+七言散句	1首6句
			《扇上彩画赋》	重辞	六言散句+七言骚体	1首6句
46			《江上之山赋》	乱辞	杂言散句+骚体句	1首4句
47			《学梁王菟园赋》（逯收）	诗+谣+歌	七言+七言骚体	3首8句
48		吴均	《碎珠赋》	歌辞	七言散句+骚句	1首七句
49		萧纲	《舞赋》	歌诗	五言诗句	1首6句
50			《悔赋》	叹辞	七言散句+七言诗句	1首6句
51			《采莲赋》（逯收）	歌诗	五言诗句	1首6句
52		萧绎	《荡妇秋思赋》	叹辞	七言杂句	1首5句
53			《采莲赋》（逯收）	歌诗	五言诗句	1首6句
54		陆云公	《星赋》	歌辞	七言骚句	1首2句
55		沈炯	《幽庭赋》（逯收）	谣辞	七言诗句	1首4句
56		江总	《南越木槿赋》	歌诗	五言诗句	1首10句
57	北朝	元宏	《吊比干墓文》	重辞	七六式骚句	1首102句
58		阳固	《演颐赋》	乱辞	四言骚句	1首28句
59		李谧	《神士赋》	歌诗	五言诗句	1首10句
60		刘璠	《雪赋》	吟诗	五言+六言散句	1首8句
61		庾信	《竹杖赋》	歌诗	四言诗句	1首6句
62			《枯树赋》	歌诗+叹辞	五七言诗句+四言诗句	2首10句

计得43人62篇有赋尾系"诗"，一共74首"诗"作，数量可观。但为逯钦立收入《先秦汉魏晋南北朝诗》的只有15首，表明绝大多数附"诗"都不具有独立自足的诗体文本形态，也正因为如此，赋末乱辞才

必须要纳入文体的角度来考察。当然这个统计并非确立不移,有两点需要说明,一是结尾不明者未收。赋末系"诗"本于乱辞自当用于篇末,但随着赋体的发展,有的作家追求将附"诗"与内容融为一体,故而淡化了结尾的结构性,比如谢惠连《雪赋》取散体主客问答结构,在系"诗"之后又加上另一方的简要回答。所以结尾的说法也是具有相对性的。我们依据正文的表达,如果在"诗"之后有自然结尾,然而没有了内容上的再补足意味,则视为附"诗";如果另有内容上的意义补足,则不归入表中。典型如谢朓《七夕赋》结尾"歌辞"有七言骚体四句:"清弦怆兮桂觞酬,云幄静兮香风浮。龙镳蹀兮玉銮整,眷星河兮不可留。分双袂之一断,何田气之可周"① 但之后另有20句描写,此歌没有明晰的结尾收束特征,则不当视作乱辞系"诗",而归之为"篇中用'歌'(诗)",我们放到下节讨论。又比如枚乘《梁王菟园赋》,结尾有"于是妇人先称曰:春阳生兮萋萋,不才子兮心哀,见嘉客兮不能归,桑萎蚕饥,中人望奈何!"② 这是附于篇末的歌辞是不错,但"先称"云云,表明似乎文章另有佚失尾段,而且从文中的描写看也似没有结束,王世贞称"据结尾妇人先歌而后无和者,亦似不完之篇"③,是有道理的,所以我们也当作赋中之歌辞来处理。第二是有争议者未收。如董仲舒《士不遇赋》中有"重曰"的重辞骚体,篇幅很长,正文只有18句四言,"重辞"却有46句长言骚句,但百三家集本无此"重曰"二字④,则情况不明;更关键的是,即便原本有"重曰"二字,以下的篇幅却反为主体,而已无"附诗"的性质,故弃之。但北朝李谧《神士赋》虽无正文,《魏书》本传中称其"不饮酒,好音律,爱乐山水,高尚之情,长而弥固,一遇其赏,悠尔忘归。乃作《神士赋》,歌曰:'周孔重儒教,庄老贵无为。二途虽如异,一是买声儿。生乎意不惬,死名用何施。可心聊自乐,终不为人移。脱寻余志者,陶

---

① 曹融南:《谢宣城集校注》,第23页。
② 费振刚:《全汉赋校注》,第24页,此"诗"后二句语气不畅,"望"字后似脱"兮"字,亦见内容之残损。
③ 丁福保:《历代诗话续编》,第984页。
④ 费振刚等:《全汉赋校注》,第146—148页。

然正若斯。'"① 歌诗乃十句五言，文意完全是自足的，从文中推论，当为赋尾之歌，才独录入传中，清代翟灏已然指出"李谧作《神士赋》，末为'歌曰'"②，所以我们暂将之收入。又萧道成的《塞客吟》，从表面看是诗，实际上在取杂言和结尾用歌上都是以赋为诗，这关系到二体互动的进程，较为重要，所以我们也将之收入，详情后文有所讨论。

通观上表中的唐前赋篇末附"诗"，大致可以归纳为几个特点：一是称名以"乱辞"为主，共计 21 篇，表明了附"诗"与音乐的密切关系。在其他不同称呼中，"重词"和"歌诗"次之，"讯辞""谣辞""少歌"都只有一次，"嗟辞"和"叹辞"其实意同，也有一定数量，也有的则直称"诗""辞"。值得注意的是，有些附"诗"并无明确的体式性质的标示语，表中乃是据句式而断，凡为整饬的非散化句式，则归入"诗"；凡为骚体或非整饬化句式，则归入"辞"。这种情况说明，赋体用"乱"实际上并不拘泥于"歌"的音乐特征。二是整体上以骚句为主，反映了乱辞受《楚辞》影响而来的基本事实，并包含有以"骚"作"歌"的意味。三是附"诗"的句数在整体上都不长，句式也与正文有明显的变化。除了正始阮籍《东平赋》一首 64 句、北朝元宏《吊比干墓文》一首 102 句这两篇可以看作特例外，大都在 20 句左右，这个数字对大赋来说是不多的，而且到南朝差不多又减到此前的半数以下。凡此表明赋末系"诗"承续了《楚辞》之"乱"总摄篇意、"变章乱节"的特征。四是附"诗"在分布上以汉代和南朝最多，可以据此而断其演进的分期。其中南朝江淹一人就有 6 篇用了系"诗"，魏晋时期最少，其中原因复杂，包含赋体受骚体影响、魏晋赋篇幅缩减以抒情为主、南朝赋诗化等。实际上从"乱"的演进特征上也可以据此而分为汉、魏晋、南朝三段。汉代共计 23 篇，大部分是东汉所有，大致以四言骚句为主，部分篇章杂有少数七言骚句，与《楚辞》具有明显的承续性；最特殊的则是班固《两都赋》用了 3 首四言《诗》体、张衡《南都赋》用了 1 首四言《诗》体、赵壹《刺世嫉邪赋》用了 2 首五言诗体，具有重大的文体意义，需要单列讨论。魏晋时期的系"诗"

---

① 魏收：《魏书》，第 1937 页。
② 翟灏：《通俗编》，商务印书馆 1958 年版，第 224 页。

则充满了变动性，骚体、《诗》体和杂言散体并存，句式从四言到六言、七言、杂言不等，这与此际赋体强烈的抒情倾向有关，体现了一种文章创作的自觉探索，尤以潘岳具有代表性。南朝系"诗"整体导向篇幅减小，而且开始具有了不少五、七言诗体句式，以谢庄、谢惠连、江淹、萧纲、萧绎等为代表，并与赋中用诗的现象共同体现了赋体诗化的融合探索。其中又以第一个阶段最能体现赋用诗体的文体意识，乃是我们要考察的重点；最后一个阶段则与赋中用"歌"的现象相关，我们则放到后一节与之相并而论。

赋末系"诗"虽然有各种不同的称名，大体上仍承续了《楚辞》"诵""歌"结合、以"歌"促"诵"的文学传统。当赋体成为一代之文学的流行文体后，篇末附"诗"也就被赋家赋予了文体结构层面的特殊意蕴，那就是刘勰所说的"乱以理篇，写送文势"的文学功能。按范文澜注"亦谓一篇之终，当文势充足也"①，"一篇之终"而形成呈送"文势"，使文章产生掩卷神思之感，这是容易理解的，关键在于所"送"之"势"的具体内涵。又清人王之绩《铁立文起》通论赋有专谈及此者：

> 凡作乱辞，必别有言语与前不同，得百尺竿头更进之法，方为尽善。若徒就前说而总作数句，又何取于乱？②

"百尺竿头更进之法"所说最为明白不过，绝非简单的总摄前文大意。根据赋体继承《楚辞》用"乱"的特点，我们大致可以作一概括："写送文势"乃是本于"诵""歌"异体嫁接的角度，"乱辞"相对于正文来说具有文本形态的变化性、歌诗内容的独立性、表意层面的超越性，在具体的修辞层面则从变章乱节、总撮文意、提升内容、促进抒情表意几个方面来展开。同时，赋末用"乱"不仅有着传统的规限，也有着时代的发展、辞章之法的演进，这些也会影响及文体意涵的变化，因此我们仍需对一些重要节点加以详细考察。

---

① 范文澜：《文心雕龙注》，第141页。
② 孙福轩、韩泉欣：《历代赋论汇编》，第878页。

我们看到最早在赋末系"诗"的是贾谊的《吊屈原赋》和《旱云赋》，可以具体窥见汉人承续《楚辞》用"乱"的观念及对此的改造。《吊屈原赋》正文主要取五四组合的"兮"字句，计34句，承《橘颂》而来，显然当为"诵体"。文章在"嗟苦先生，独离此咎兮"之后谓：

> 讯曰：已矣！国其莫我知兮，独壹郁其谁语？凤漂漂其高逝兮，固自引而远去。袭九渊之神龙兮，沕深潜以自珍。偭蟂獭以隐处兮，夫岂从虾与蛭蟥？所贵圣人之神德兮，远浊世而自藏。使骐骥可得系而羁兮，岂云异夫犬羊？般纷纷其离此尤兮，亦夫子之故也。历九州而相其君兮，何必怀此都也？凤凰翔于千仞兮，览德辉而下之。见细德之险征兮，遥曾击而去之。彼寻常之污渎兮，岂能容夫吞舟之巨鱼？横江湖之鳣鲸兮，固将制于蝼蚁。①

乃以七六式骚句为主，计24句；由于乱辞用的是长句，在篇幅上则显然不亚于正文。"讯曰"可能取自《礼记·乐记》"始奏以文，复乱以武，治乱以相，讯疾以雅"②。《史记》索引谓"讯犹宣也，重宣其意"③；而其内容的第一、二句显然是从《离骚》乱辞的"已矣哉，国无人莫我知兮"所来，所以张晏注曰："讯，《离骚》下竟乱辞也。如'乱曰'之类也。已，止也，言止矣，不可咨嗟之意也。"④ 据此可以推出三层意思：一是从表意上看，完全承续了《离骚》之"乱"的写法。正文描述屈原的处境，抨击方正倒植的黑暗时势；"讯辞"却不是简单的"重宣其意"，而与句式的"变章乱节"相呼应，在叙述上转变视角，表彰屈原的品行，即如刘熙载所称扬的"俱有凿空乱道意。骚人情境，于斯犹见"⑤。二是贾谊虽取《离骚》之"乱"，但变而为赋⑥，则似不肯有意袭用"乱曰"，而隐含了文章作法的通变意识。三是变

---

① 费振刚等：《全汉赋校注》，第4页。
② 郑玄等：《礼记正义》，阮元刻《十三经注疏》整理本，第1540页。
③ 司马迁：《史记》，第2495页。
④ 李善等：《六臣注文选》，第1117页。
⑤ 袁津琥：《艺概注稿》，第428页。
⑥ 关于此篇的文体，司马迁称其"为赋以吊屈原"，《史记》，第2492页；《文选》收入"吊文"类。实际上此时荀宋之赋已出，从此篇的内容和构成上看，称作赋完全是没问题的。

"乱"为"讯"而"已矣",前文又用"嗟苦先生",则"讯曰"的内容和上文紧相衔接,似乎"讯曰"只是为了强调表意上的"不可咨嗟"而层进之意。换言之,不用"乱"隐含了不拘执于音乐性,而只求表意上的"写送文势",与其乱辞句式用七六组合式"兮"字句"诵体"、而不用句腰为兮字的"歌体"也相呼应。这种对音乐性的淡化在他的《旱云赋》中表现更为明显。此赋正文以七六组合式"兮"字句写成,类属于《离骚》的"诵体"无疑,结尾用"嗟乎,惜旱大剧,何辜于天无恩泽"引发抒情,以下全用两句表意的四字句来"变章乱节"。共分三个层次:第一层计两组句式(即两个两句足意的四言),每组句末用"矣"字排比;第二层也是两组句式,但用了三个"也",除了每组句末用"也"字排比外,第一个四字句结尾也用了"也"字;第三层五组句式中,除了每组句末用"兮"字排比外,第一个四字句"憭兮栗兮"还用了两个"兮"。这一写法来自荀子《佹诗》最后的"小歌",但荀篇仅有"矣""也"结尾的排比,可证贾谊善于汲取前人写法而通变为文。① 同时在赋末淡化乱辞,用"嗟乎"引发系"诗",显然毫不顾忌《楚辞》之"乱"的音乐性传统。但从表意上看,"嗟辞"和他的《吊屈原赋》"讯辞"表"不可咨嗟"相通,与《毛诗序》"言之不足,故嗟叹之"的层进相呼应。换言之,在贾谊这里,赋末附"诗"的音乐性让位于赋体"写送文势"的表达功能,"嗟辞"的运用说明只需考虑比"诵体"更进一步即可,脱离音乐的文学也可以在自己的领域之内实现早期"诵""歌"合用的功能。

贾谊变赋末之"乱"为"讯"和"嗟乎",形成了不执着"乱"的称名的新写法。在汉赋中,用"乱"的称名以结尾的有12篇,不用"乱"者则有11篇,一是表明赋末系"诗"的称呼并无一定之规,二是表明"乱"的楚辞音乐传统开始逐步淡化。像班固《两都赋》中的五首颂诗、马融《长笛赋》中的"辞"、张衡《南都赋》中的颂诗、张

---

① 游国恩注意到,贾谊本荀卿再传弟子,其文学乃"糅合屈原、荀卿两派之辞赋而成者也",此说大致不错。他又谓"贾谊诸篇,特窃取荀子《赋》篇之名,而又兼采其形式,实为汉赋之权舆。故其《吊屈原赋》中,又有与荀子《赋》篇极相似者",则稍待有辨,准确地说,是此篇主拟屈,《旱云赋》段尾主拟荀。游国恩:《先秦文学 中国文学史讲义》,商务印书馆2015年版,第257—258页。

第七章 赋体用"诗"与文体混同

衡《定情赋》的叹辞、赵壹《刺世嫉邪赋》中的一首诗都明确不歌，此外尚有几篇不确定是否用歌。这种情况向后发展更有变化，如陆云《寒蝉赋》、江淹《恨赋》、萧绎《荡妇秋思赋》、庾信《枯树赋》，都没有用歌，承续的是嗟叹词以结尾的写法；其中江、萧二赋甚至取消了嗟叹词的提领语，直接以"已矣哉"引出内容。这些正反映了赋体借用《楚辞》，并改造而融合的过程。如果从淡化音乐性的角度来看，同样起于《楚辞》的"重辞"亦可归入一类。按洪兴祖谓"重者，情志未申，更作赋也"①，表示反复抒情之意，所以句式不像"乱"一样有明显的形态转变，篇幅也不受限制。如阮籍《东平赋》、潘岳《寡妇赋》、元宏《吊比干墓文》的"重辞"都比较长，庶几可比于正文；当然，这样一来"重辞"就没有了"写送文势"的赋体功能，远不如乱辞和嗟叹辞。所以江淹《去故乡赋》和《扇上彩画赋》的重辞就干脆大减篇幅，变得和乱辞一样。我们推测，或许作家创作的考量只是"写送文势"的层进表意，在强调诵读为专门之学的时代，音乐性结尾就被转化成"诵体"的进阶表达。即是说，篇末系"诗"在汉代以后的赋中，并不执着于一定要在"诵"中作"歌"，作家既无此约束性创作观念，则只要能发挥层进的表意，作"歌"还是作"乱""叹""讯""嗟"，都没有什么区别；与之相应，作为展演艺术的乱辞之诵读，则也可能和汉人对《楚辞》的诵读一样，弱化了音乐性，或许只是局部改变诵读的方式而在层进中更加体现出抒情的高潮意味。

《楚辞》传统中篇末系"诗"的文本形态，及其表意上的独立性和超越性，与具有讽上表达倾向的大赋一相遇合，就极容易在结尾的"曲终奏雅"中合二为一。因为骚体赋本用于私人领域的抒情，所以前举如贾谊、刘彻的赋中看不到这一点。大赋则不一样。枚乘《七发》、司马相如《子虚赋》《上林赋》承续纵横家和隐体为赋的传统，并不借用乱辞，但这些赋的结尾都有明显的本于娱乐讽上的"曲终奏雅"意味。王褒《洞箫赋》颇能体现文章造作之法，正文描写竹的生成环境、洞箫的制作、吹奏箫声的情貌，一变楚骚句式，既有不少七字以上句腰

---

① 洪兴祖：《楚辞补注》，第47页。

虚字的"兮"字句,亦有四字铺陈罗列句式,结尾乱辞则变为三个四字句作一表意单位、以尾句尾字作"兮"的排比式写法,而且又有两个四字句的间破,这又独创一格。显然不管是"歌"还是"诵",这里都多了一种"变章乱节"的句式变化之美,昭示的是注重"乱辞""写送文势"的独立性和超越性。其中有"赖蒙圣化,从容中道,乐不淫兮;条畅洞达,中节操兮;终诗卒曲,尚余音兮"①,这几句强调音乐的圣道节操,正是儒家音乐思想的点题,又以"终诗卒曲,尚余音兮"表明卒章奏雅的余音韵致,"乱辞"和赋的"曲终奏雅"在这里得到了完好的融合。稍后扬雄的《甘泉赋》和《太玄赋》也有这种倾向。实际上扬雄正是"曲终奏雅"的提出者,只是他以为赋的这种颂体讽用是达不到讽谏的目的的,为此提出"不已戏乎"的反对之说,表明他自己的赋的"曲终奏雅"已经具有了浓郁的礼制关怀②;其后皇甫谧《三都赋序》论汉赋"初极宏侈之辞,终以约简之制"③,也是这个意思。我们看其《甘泉赋》,正文句式如王褒《洞箫赋》注意骚体之变,吸收了骚句长于形容铺陈的写法,乱辞则变为四言两句足意的骚体句,中有"圣皇穆穆,信厥对兮""光辉眩耀,隆厥福兮。子子孙孙,长亡极兮","曲终奏雅"而约之以礼的意味非常明显,这里的乱辞就被导向了礼制的层进和超越。此外,刘歆《遂初赋》、班彪《北征赋》在乱辞上都体现了这种融合。

班固《两都赋》篇末的五首颂诗表明了东汉赋家完全脱出了乱辞的音乐性规限和文体形态传统,具有建构赋体地位的重要意义。可以从四个层次去理解。首先,赋末谓东都主人"授子五篇之诗",西都宾读诗赞许"义正乎扬雄、事实乎相如"、表示"即闻正道,请终身而诵之"④,以主客问答的方式引出五诗,"终身诵之"意谓附"诗"非"歌"乃"诵","义正""事实"预示着五诗为"曲终奏雅",这是对"乱曰"形态的彻底改造,表明五诗包涵了乱辞功能和"曲终奏雅"的

---

① 费振刚等:《全汉赋校注》,第 194 页。
② 许结以为,曲终奏雅关系到三个背景:献赋辞,陈礼乐,明《诗》志。参见其《从"曲终奏雅"到"发端警策"》,《湖北大学学报》2012 年第 6 期。
③ 严可均:《全晋文》,第 757 页。
④ 黄霖等:《文选汇评》,第 32 页。

双重意义。班固另有《幽通赋》，结尾用了骚体"乱辞"，正可佐证他是注重到这一用"乱"传统的。俞玚谓"五诗缀后，亦犹乱词歌词之例，以其为永平制度之盛，故特举而言之"①，所论便极为精允。其次，附"诗"意义得到了重要的提升。前三首《明堂诗》《辟雍诗》《灵台诗》用《诗》中颂体的写法，是"事实"和"义正"的具体体现；明堂、辟雍、灵台建于光武帝中元元年，在洛阳城郊，今可见遗址②，后汉以为光武帝之配享，所以这是通过三地的礼制描写来推许大汉之彪炳，呼应于赋序中武宣之世"崇礼官，考文章"的题旨。何焯以为"《明堂》《辟雍》《灵台》三诗，皆兴灭继绝、润色鸿业之事"③，这内含了作者欲以《诗》体来提升赋体地位，达到"雅颂之亚"的文体建构意图。换言之，篇末附"诗"的内容具有重要的文体建构意义，在提升赋体地位的功能上发挥了不可或缺的作用。再次，五首诗在内外结构上皆极考究，这体现了变乱辞以后的附"诗"仍保持了层进性、独立性、超越性的品格。如前所述，篇末是通过东都主人和西都宾对答所引出的五诗，较为自然，但东都宾谓"义正""事实""正道""终身诵之"云云，表明了对正文礼制描写的提升和超越，而直指精神层面的微言大义。明堂是帝王宣教之地，辟雍是太学教育之所，灵台是天子揽登休征之处，都是集中体现国家礼制的地方。但这三处实际上不待主客问答，在正文中描写"荐三牺，效五牲"的祭祀之后，已有"覲明堂，临辟雍。扬缉熙，宣皇风。登灵台，考休征"埋下伏笔。按《灵台诗》曰：

> 乃经灵台，灵台既崇。帝勤时登，爰考休征。三光宣精，五行布序。习习祥风，祁祁甘雨。百谷蓁蓁，庶草蕃庑。屡惟丰年，於皇乐胥。④

诗中"帝勤时登，爰考休征"与正文"登灵台，考休征"相呼应。按《诗·大雅》有《灵台》一诗，《毛诗序》谓"《灵台》，民始附也。文

---

① 黄霖等：《文选汇评》，第33页。
② 参见姜波《汉唐都城礼制建筑研究》，文物出版社2003年版，第80—84页。
③ 何焯：《义门读书记》，第860页。
④ 李善：《文选》，第35页。

王受命，而民乐其有灵德，以及鸟兽昆虫焉"，郑玄笺："天子有灵台者，所以观祲象，察气之妖祥也。"① 所以以此诗居中，引出后二诗"宝鼎""白雉"的祥瑞征兆。何焯批曰："后《宝鼎》《白雉》二诗，则皆众庶悦豫、福应尤盛之事。妙在此诗中'爰考休征'以下即上下相衔，联络血脉。仍不离望祲气、观云物本事，所以自然。"② 乃是卓见。在这些理解的基础上，我们就可以概观这一现象的文体学意义了。不少论家都注意到"五诗乃赋中之颂"③，这一处理方式显然具有以诗正赋之效，乃是真正的"六义助赋"④，提升了赋体作为大汉文章的地位。最后，按照"汉世为赋者多无诗"⑤的创作实情，班固赋中作诗其实开启了赋家作徒诗的历史进程，尽管这是四言诗，但仍具重要意义，他之所以能作五言《咏史》，并不是偶然的。更为关键的是，这写法打破了以"歌"或"辞"作乱辞的传统，所附五诗既与全文融为一体，内在结构上又是完全自足的，不再是作为赋体依附的广义之"诗"，而可以裁出为独立的诗体，后人将之收入诗歌选本也证明了这一点。由此形成了文体嫁接的新传统。从此，赋体具有了"《雅》《颂》之亚"而不让于《诗》的合理地位，赋末附诗的写法也获得了新的文体交融的意义，伏下了二体互动的无限可能。后来张衡的《南都赋》、赵壹的《刺世嫉邪赋》、卞兰的《赞述太子赋》、潘岳的《藉田赋》篇末所附之诗，以及齐梁人赋末所附之五七言，都是与这个新传统分不开的。

赵壹的《刺世嫉邪赋》在此的基础上有新的推进。此赋约作于党锢之祸（169年）稍后⑥，未取骚体作法，却具有强烈的抒情性和批判

---

① 孔颖达：《毛诗注疏》，第1495页。
② 何焯：《义门读书记》，第860页。
③ 黄霖等：《文选汇评》，第33—35页。
④ 祝尧《古赋辨体》："后代赋者多为歌以代乱，亦有中间为歌者。盖歌者，乐之音节，与诗赋同出而异名尔。今故载历代本谓之歌而有六义可以助赋者。"他集历代赋中之歌，以为歌有"六义助赋"的功能，这是错误的认识。如前所论，用歌是《楚辞》的乱辞传统，与六义无关，至班固用颂诗才符合六义精神。《历代赋论汇编》，第75页。
⑤ 章太炎：《国故论衡》，第92页。
⑥ 陈文新《中国文学编年史》认为，《后汉书·文苑传》叙其行状错误颇多，传中说灵帝光和元年（178）赵壹举郡上计入京曾见皇甫规，实际上皇甫规卒于熹平三年（174），故不可信。而据本传载"余畏禁"断其作此赋为党锢之祸后的169年前后，这是有一定道理的。参见《中国文学编年史》（汉魏卷），第319页。具体哪一年或无定论，但从传及赋作内容来看，确实应该写在党锢之祸以后。

性，可以称得上是东汉赋整体转向抒情的标志性作品。稍前和张衡、马融交好的王符《潜夫论·务本》已公然称"诗赋者，所以颂善丑之德，泄哀乐之情也"，意味着礼制为赋的时代已然渐行渐远，像张衡《思玄赋》（135年）、《归田赋》（138年），都已渐有抒情的倾向。我们看此赋正文主要以六字句和四字句组成，对浊世同流合污、谄谀好利等风气进了猛烈的嘲讽和批判，以直抒直讽为主，读来痛快淋漓。结尾写道：

> 有秦客者，乃为诗曰：河清不可俟，人命不可延。顺风激靡草，富贵者称贤。文籍虽满腹，不如一囊钱。伊优北堂上，抗脏依门边。鲁生闻此辞，系而作歌曰：势家多所宜，咳唾自成珠；被褐怀金玉，兰蕙化为刍。贤者虽独悟，所困在群愚。且各守尔分，勿复空驰驱。哀哉复哀哉，此是命矣夫！①

此前主客对答都是用在赋篇的开头，这里以秦客和鲁生的"诗""歌"对答结尾，不难看出对赋末乱辞的又一改造。根据前论汉赋对《楚辞》系辞的借用改写，我们知道这里的"诗""歌"主要不是为了突出"诵""唱"之别，而当是呼应"秦客""鲁生"的对话所作的变化表达。"诗"后用"系而作歌"，"系"字表明二者关系之紧密，更重要的是，"秦客"之"诗"重在描述秦制之统治所造成的乱象，以及士人在此局势中的无奈处境；"鲁生"之"歌"则呼应鲁地守礼之士人操持，所以重在抒发乱世之中士人的品格和气节，最后两句的虚字慨叹则呼应于"歌"篇，稍有别于"秦客"之诗体。可见二"诗"都已自足为篇，仍可以看作独立的诗体，故历代选本亦多有收录者。钟嵘《诗品》评："元叔发愤兰蕙，指斥囊钱。苦言切句，良亦勤矣。"② 按"被褐"句出自《老子》"知我者希，则我者贵，是以圣人被褐怀玉"；"兰蕙"句出自《离骚》"余既滋兰之九畹兮，又树蕙之百亩""兰芷变而不芳兮，荃蕙化而为茅"。二诗标举诗人对兰蕙化刍的激愤和对伊优囊钱的指

---

① 范晔：《后汉书》，第2631页。
② 曹旭注"勤，同'懃'，愁苦"。《诗品集注》，第471—475页。

斥，强调心中的酸苦激切之情，颇注重于贤和邪的对比，确然指向于诗境与诗人形象的统一。陈祚明谓"慷激之词，情极垒涌"①，刘熙载称"赵元叔《穷鱼赋》及《刺世嫉邪赋》，读之知为抗脏之士，惟径直露骨，未能如屈之味余文外耳"②。按文中的"抗脏"，李贤《后汉书》注"高亢婞直之貌也"③，可见二诗所蕴含的强烈抒情性，而且所抒的是诗人的自我形象。所以从文本意组构来看，这两首附诗都是对正文乱世抨击内容的总撮其要和抒情提升。

但刘氏谓此二诗"径直露骨"，虽用了屈原自抒操守的写法，却无其作品之余味，应当辩证看待，这正体现了文体借用的新尝试。此赋正文抒情，所取的句式却是散体大赋的写法，此前汉赋分公私二域，私人抒情都用骚体句式，此际王符、张衡等人已在理论和创作中渐开抒情之风，故狂狷激越的赵壹能进一步打破常规，开出不用骚句的新型抒情赋写法；顺此思路就不难理解，他在乱辞中借用五言诗体的开新作法，既包含了对班固赋用颂诗的承续，又具有汲取民间乐府俗体的探索勇气。须知此时五言诗尚未全面兴起，已获得《诗》教地位的赋仍占有文章之道的绝对主体地位，班固《咏史》初为游戏尝试之作，157年前后秦嘉作赠妇诗也未有多大的文坛影响，能进入文人视野的都是民间乐府，文人拟乐府也未免有游戏的心态；五言或用于歌谣乐府，或用于表现夫妇之情，总之尚为俗体。④ 这两首诗造语直切，不避俚俗，与正文中颇接地气的日常批判是一脉相承的，设使系诗雅致，必失正文旨趣，而不能发挥乱辞之功。所以"径直露骨"一方面体现的恰恰是那时五言诗普遍未成熟、一似乐府的散缓格调；另一方面也正是作者利用直切的新兴五言，助成新型抒情赋的必要手段。胡应麟《诗薮》外编卷一称"赵壹《疾邪诗》，句格猥凡，汉五言最下者"⑤，毛先舒《诗辨坻》称此二诗"愤气侠中，无复诗人之致"⑥，都要放到这一角度来看。

---

① 陈祚明：《采菽堂古诗选》，第104页。
② 袁津琥：《艺概注稿》，第434页。
③ 范晔：《后汉书》，第2631页。
④ 可参看葛晓音《八代诗史》，中华书局2007年版，第19—21页；蔡宗齐《汉魏晋五言诗的演变》，北京大学出版社2015年版，第10—14页。
⑤ 胡应麟：《诗薮》，第125页。
⑥ 郭绍虞：《清诗话续编》，上海古籍出版社1983年版，第24页。

此外，作者将乱辞散化到一问一答的文章结构之中，使得传统之乱与正文融合无间，此前《楚辞》的《抽思》虽然接连出现"少歌""倡""乱"，但是仪式性的痕迹明显，至班固赵壹，则乱辞渐渐与全文融为一体。可以说，自此以后，传统《楚辞》篇末系"乱"的写法都被打破了，赋末书写呈现出了多元化的局面：后代赋家固然有沿用《楚辞》或赋中乱辞者，而亦不乏用重辞、叹辞、颂诗、五言诗者；乱辞既可以像传统一样运用标志性术语提领，亦可以不用术语而径以自然成文；既可以用颂诗提升作品雅颂之格，亦可以用抒情诗来助成情感主题的深化，还可以在篇幅、句式、句型、语体、诗篇数量等方面作出不同的探索。总之，乱辞给予了赋体灵活探索的广阔空间，给赋体的发展提供了无限的可能。像后代仲长敖《覈性赋》用杂言，潘岳《藉田赋》结尾用"敢作颂曰"、《寡妇赋》却以句句骚体作"重辞"，谢惠连《雪赋》在对答中取邹阳二"歌"枚乘一"乱"，谢庄《月赋》中连作二"歌"，江淹《学梁王菟园赋》在对答中用不同的句式分写三首"诗""歌""谣"，江淹《恨赋》、萧纲《悔赋》、萧绎《荡妇秋思赋》取消乱辞而直用"已矣哉"引发附"诗"，萧纲与萧绎在附"诗"中径用五七言，庾信《枯树赋》将五七言和"歌""叹"等完好地融入对答之中，等等，诸家写法皆各有特色，而大致来说都可以在汉人这里找到渊源。只是越到后来，这样的乱辞在整体趋势上就越有诗化的倾向，这又有待我们的进一步讨论了。

第三节 从赋中用"歌"到同型诗化

赋中用"歌"的现象相对简单，不像赋尾之"乱"一样称呼多样化，大都具有明确的标识。但它的辞章学意涵不亚于后者，赋末系"乱"的演进也会影响到赋中用"歌"，而且两者之间也有着某种同步，所以我们仍据统计赋末系"诗"的文献统计如下表：

序号	时代	作者	赋名	歌称诗名	性质	歌者	首数|句数
1	战国	宋玉	《登徒子好色赋》	歌诗	七言骚体	章华大夫	2首4句

续表

序号	时代	作者	赋名	歌称诗名	性质	歌者	首数|句数
2	汉	枚乘	《七发》	歌辞	骚体	伯子牙	1首3句
3			《梁王菟园赋》	歌辞	骚体+杂言	妇人	1首5句
4		司马相如	《美人赋》	歌辞	骚体	女	1首5句
5		傅毅	《舞赋》	歌辞	六七言骚体	郑女	1首10句
6		张衡	《思玄赋》	舞歌	四言诗体	丽人	1首8句
7			《南都赋》	歌辞	六言骚体6句	鲐背之叟	1首6句
8			《舞赋》	歌辞	七言骚体2句	美人	1首2句
9	魏	嵇康	《琴赋》	歌辞	七言骚体6句	自为歌	上首6句
10	南朝	谢朓	《七夕赋》	歌辞	七言骚体	自为歌	1首6句
11		江淹	《莲花赋》	谣辞	七言骚体	自为谣	1首4句
12		萧子范	《七诱》	歌辞	七言骚体+六言	女	1首4句
13		萧统	《七契》	歌辞	七言骚体	佳人	1首3句
14		萧纲	《鸂鶒赋》	歌辞	七言骚体+七言	自为歌	1首4句
15			《筝赋》	歌诗	五言诗体	自为歌	1首6句
16			《七励》	歌辞	七言骚体	豪家女	1首4句

计得作者11人，共16篇17首歌诗，远较赋末乱辞为少，主要体现在汉代和南朝，以张衡和萧纲所用最多。根据统计我们不妨作几点概括性的说明：一是这个统计数据仍不能说是确立不移的。比如宋玉赋中用"因称诗曰""复称诗曰"，并不明示为"歌"，我们收入其中；萧纲《筝赋》歌诗虽在结尾，"歌"结束后还有六句非常明确的描写，我们也收入了；而谢惠连的《雪赋》末尾有歌辞亦有乱辞，但两个部分似都指向结尾，所以没有收入。尽管收入的标准主要是赋的中间篇幅插入之"歌"，而亦根据其性质、作用等作出了一定取舍。二是歌诗称名表达。除了宋玉"称诗曰"、枚乘《梁王菟园赋》用"妇人先称曰"、江淹《莲花赋》用"谣曰"外，都用"歌"或"歌曰"，这是容易理解的，毕竟赋中歌诗必须称"歌"，才能标识清晰而不致误解，不比赋末系"诗"具有固定的位置而不必依赖于统一之称名。三是歌诗性质确实为"歌"，"歌"的句数很短，都在10句以内。绝大多数都有骚体"兮"字句，这本于当时之"歌"与楚歌有一定的关系；只有张衡《思

玄赋》用四言诗体、萧纲《筝赋》用五言诗体是例外，其中别有深意，昭示了诗赋异体嫁接的进程，我们下文详论。四是歌者。有些篇目标有明确的歌者，但有些则在描写中顺势带出，并无准确身份。如谢朓《七夕赋》"抚鸣琴而修况，浩安歌而自伤。歌曰……"实际上前边也有"胜烛光于西极，命二妃于潇湘"的描写，意味着"歌"可以看作"二妃"之所为。其实这类书写多半是普遍的美女代称，并不指切，和"佳人""女"等歌者殊无区别；但汉代不少指实的诗歌者则别有意义，如"伯子牙"和"鲐背之叟"，这种歌者由指切而演进为代称，反映了一定的文章创作演进观念。① 五是赋中用"歌"和赋末系"乱"有同篇并用现象。主要是张衡《南都赋》《思玄赋》、嵇康《琴赋》这三篇，前后"歌"和"乱"的并用具有文本形态的变化，这也反映了一定的文章造作观念。详细情况后文一一分析。

　　按照前论祝尧刘熙载等人所说，赋中歌诗"亦莫非以骚为祖"，同属"古乐章之流"。如《楚辞·九章·抽思》文中："少歌曰：与美人抽思兮，并日夜而无正。""少歌"结束后就是"倡曰"，尔后"乱曰"，接连变换三种表达，颇似有一套陈辞仪式。但称赋中用"歌"源于《楚辞》值得怀疑，即便谓"歌"属"古乐章之流"亦甚勉强，只要稍加观察其概况即可知道。宋玉《登徒子好色赋》虽开此风，然不称"歌"，系章华大夫描写自己心仪"郑卫溱洧之间"的美女，继而"称诗"以求女之词。其"诗"第一首只有一句"遵大路兮揽子袪"，第二首有三句："寤春风兮发鲜荣，絜斋俟兮惠音声，赠我如此兮不如无生。"这实际上应和于美女"扬《诗》守礼"②的主题，所以历代注家都引《诗》为注，注意到文中用"诗"乃是如《诗·郑风·溱洧》中男女赠答之类。换言之，此赋中用歌诗乃是文章内容描写的自然需要，毫无《抽思》连用"少歌""倡曰""乱曰"的痕迹。汉代枚乘、司马相如、傅毅、张衡的作品其实也都是题材需要，枚乘《七发》用歌诗是在写音乐一节，乃属题中要义，《梁王菟园赋》用歌诗在采桑妇人"傧笑连便"之时，略有敷衍情趣的当下需要；后二者写美人（妇

---

① 郭建勋认为在骚体句式与赋的融合过程中，赋中"歌"的吟唱者变化揭示了"骚体句与赋的融汇由疏松走向紧密的实质"。见其《辞赋文体研究》，第 28 页。
② 李善注：《文选》，第 269 页。

人）和舞蹈用歌诗相得益彰，更不待言；而张衡的三篇作品中，写舞蹈用歌自是题材内容之趋使，另两篇则可能是一种文章写法的探索。以下嵇康写琴乃步《七发》写琴曲之余绪，江、谢两篇含文章之法，三萧则皆为七体，显然取的是枚乘《七发》的传统，相关具体情况我们下文再详细展开。凡此已资见出，赋的中间用"歌"，与《楚辞》"少歌"之类无甚关系，根本是由题材内容书写的内在要求所带来的，由此才开出一些作家对此的新探索。前人溯源《楚辞》，应是受宗经观念的影响而产生的误解。

赋中用"歌"虽然不多，然而本质上仍属"诵体"和"歌体"的结合，同样具有特殊的文学意义，不然不至于有赋家作出探索而有意为之。这与后来赋末系"乱"也有一定关系，故我们仍需对之进行考察。试观枚乘《七发》：

> 于是背秋涉冬，使琴挚斫斩以为琴，野茧之丝以为弦，孤子之钩以为隐，九寡之珥以为约。使师堂操《畅》，伯子牙为之歌。歌曰："麦秀蘄兮雉朝飞，向虚壑兮背槁槐，依绝区兮临回溪。"飞鸟闻之，翕翼而不能去；野兽闻之，垂耳而不能行；蚑、蟜、蝼、蚁闻之，柱喙而不能前。①

这是在赋史中明确赋中用"歌"的第一篇作品，可视为典型。用"歌"在"七发"中的第一'发'，主于描写音乐之动人。起首写"龙门之桐"高百尺无枝、其根半死半生，经受自然风雨，系极力铺写做琴器材的不凡，至此才写琴匠斫而为器，继而写琴师操而为曲，故有此"歌"。歌词内容也极精彩，取意于《麦秀歌》与《雉朝飞歌》，前者据《史记·宋微子世家》记载，系箕子朝周过故殷墟，感宫室毁坏，遍生禾黍，欲泣而不止，乃伤而为之作；后者崔豹《古今注》和吴兢《乐府古题解》皆有注，所引略有不同，称齐宣王时木犊子年迈无妻，出薪于野见雉鸟雌雄傍飞而自伤为歌，其声"中绝"动人②，唐李白作乐

---

① 李善注：《文选》，第479页。
② 韩愈：《五百家注韩昌黎集》，魏仲举等集注，中华书局2019年版，第46页。

府《雉朝飞》、韩愈亦据此为《琴操》之一。首句连接这两件悲恸之事，后二句全写鼓琴环境，琴师面向空谷，身依槁槐，坐沿悬壁，音响回溪，悉皆险绝欲坠，正与此前二事的悲恸情感相合，所谓"形容其琴音之精绝，有悲歌感慨之意"①。然而意犹未尽，"歌"后接着侧面描写鸟兽闻乐的反响，在虚实正侧之际留下余音之响。通观这一段描写音乐，歌诗是点睛之笔，是事件的中心，非有而不可；这是内容本身的自足所要求的，我们确然找不到一丝与《楚辞》篇中作歌的联系。从句式上看，歌曲是整饬的句中"兮"字七言，这是标准的战国以来的新兴"歌体"，而前后皆是非整饬的散句，于是就会在杂乱的叙事步调中形成焦聚感，戛然而入乐歌，转成疏朗的音律秩序节奏之美；若与内容两相结合，此前则如乌云渐涌，层层累势，万端情状纷至沓来，杂乱无方，陆续逼涌眼底，直有山雨欲来风满楼之境，忽然间琴歌俱起，怆然有序，一时万籁俯首，伤情无限，直令人掩卷叹思。凡赋中题材内容所限而不得不用歌者，皆可以此为参照来考察，如司马相如《美人赋》、傅毅《舞赋》、嵇康《琴赋》等。内容姑且不论，句式的变化也能见出歌诗之效，《美人赋》前后皆用四言为主，独歌诗五句用句中"兮"字七言；《舞赋》前以三字句、四字句为主，歌十句用七六组合式"兮"字句；《琴赋》前后皆四言，歌八句中，六句用句中"兮"字七言，两句变为句腰虚字六言。可见歌诗都用骚体句腰虚字长句，每句以虚字连接组合，散缓而虚化，颇能营构诗化之境；以此援入赋中所形成的句式节奏变化之效是明显的，可谓在"篇中"的"变章乱节"（本质是以"变章"而"整节"），同样表现了"诵体"和"歌体"组合为用的审美功效。从文体上看，汉赋主四言铺陈，常与杂言句式交替为用，四言板重而铺张密集，间入杂言则在高古中有散行之气，而变以为骚体"兮"字句的整饬歌诗，遂在板重散化之际转入疏朗虚灵、整饬有序之感，密而忽疏，张而又弛，乱而整节，能造成跌宕起伏的阅读效果，使赋的叙事在"歌曰"之后获得诗意的想象。

尽管是行文的需要，这种异体组合的明确标识，却很容易转向文章造作的自觉探索。上引嵇康《琴赋》不仅中间用歌，结尾也用乱辞，

---

① 黄霖等：《文选汇评》，第1163页。

但变为整饬的四四组合式"兮"字句,反映了他在同篇前后用"诗"而规避求变的写作观念。不过这种写法在张衡那里就已肇其端。张衡《思玄赋》《南都赋》《舞赋》皆赋中用歌,前两篇同时赋尾用乱;此外他的《二京赋》多写京都礼仪,也有拟《两都赋》而规避为文的表现,这与其赋中用歌诗的通变意识适可互证。《思玄赋》摹拟《离骚》,写自己上天入地,远游求索,在"追荒忽于地底兮,轶无形而上浮"的过程中,遇到了"太华之玉女"和"洛浦之宓妃",二女"并咏诗而清歌";以下引出歌词,歌曰:"天地烟煴,百卉含葩。鸣鹤交颈,雎鸠相和。处子怀春,精魂回移。如何淑明,忘我实多。"① 然后以"将答赋而不暇兮,爰整驾而亟行"转道远游。在《离骚》中亦写远游求美人,但未有歌,反在写求占时有灵氛之应;此处有歌不答则变而为之,此前皆为七六式"兮"字句,但歌词则转为两句足意的四字句,并无"兮"字结尾,这种篇中以句"变章"与前举枚乘、司马相如赋的写法一脉相承。明人卢之颐评为"忽作歌语缓节,文有虚趣"②,颇识篇中用歌之妙。但清人方廷珪的看法不同:"歌词虽属笔墨游戏,未免神趣近索,与上下文气亦不相类,愚意节去更妙。"③ 比较《离骚》仔细揣摩,文中二女之歌其实并非是题材内容的必然结果,而是文章手法的有意识探索,所以卢说得其文法之趣,方说却恰恰反映了歌词内容在行文表意上已着痕迹,不是赋文自足的内在需要。此外,文章最后的"系曰"则变成了整饬的七言散句,与正文和赋中之歌词句式俱不同,仍反映了他文章造作探索而规避重复为文的观念。如张衡《南都赋》:

  于是乎鲵齿眉寿,鲐背之叟,皤皤然被黄发者,喟然相与歌曰:"望翠华兮葳蕤,建太常兮裶裶。驷飞龙兮骙骙,振和鸾兮京师。总万乘兮徘徊,按平路兮来归。"岂不思天子南巡之辞者哉!遂作颂曰:皇祖止焉,光武起焉。据彼河洛,统四海焉。本枝百世,位天子焉。永世克孝,怀桑梓焉。真人南巡,睹旧里焉。④

---

① 李善注:《文选》,第 220 页。
② 黄霖等:《文选汇评》,第 381 页。
③ 卢、方之说俱见《文选汇评》,第 381 页。
④ 张震泽:《张衡诗文集校注》,第 192—193 页。

"歌"系鲐背之叟所唱，句式乃骚体而稍有参差；其后加了一句的议论，再以四言颂诗结尾，可见散化而复归于颂的南都赋题旨趣。将一"歌"一"颂"都看成乱辞附"诗"亦可，但中间一句的议论以反问慨叹出之，使得"歌"和"颂"之间在结构上浑然一体，而在体式上又别出两者之异；显然，"鲐背之叟"的"歌"有益于助成"曲终奏雅"之"颂"。无论在句式、构篇、人物选取方面，这都当看作文章造作之法，亦可视为文学自觉之观念体现，与他的《思玄赋》是可以对读的，都比前代枚乘、司马相如的题材需要而为歌多了不一样的文学意义。此外包含他的《舞赋》，及至后代江淹、谢朓、萧子范、萧统、萧纲的赋中用歌，大都是这种自觉写法的延续。

要注意张衡《舞赋》的歌诗探索并不成功，这倒是可以为赋中歌诗的发展提供理论上的思考。此赋今存残篇，歌诗一段结构完整，只是《古文苑》、百三家本作《观舞赋》，《文选》傅毅《舞赋》注引作《七盘舞赋》，《艺文类赋》《初学记》则作《舞赋》。而先前傅毅已有《舞赋》，故张赋虽存在异名之争议而不脱同题材摹写。兹录二赋用歌及语境以作比较：

（1）于是郑女出进，二八徐侍。……顾形影，自整装。顺微风，挥若芳。动朱唇，纡清阳。亢音高歌，为乐之方。歌曰："摅予意以弘观兮，绎精灵之所束。弛紧急之弦张兮，慢末事之骫曲。舒恢炱之广度兮，阔细体之苛缛。嘉《关雎》之不淫兮，哀《蟋蟀》之局促。启泰贞之否隔兮，超遗物而度俗。"（傅毅《舞赋》）①

（2）美人兴而将舞，乃修容而改袭。服罗縠之杂错，申绸缪以自饰。柎者啾其齐列，般鼓焕以骈罗。抗修袖以翳面兮，展清声而长歌。歌曰："惊雄逝兮孤雌翔，临归风兮思故乡。"搦纤腰而互折，嬛倾倚兮低昂。（张衡《舞赋》）②

从句式上看，傅赋先用三言和四言短句，在歌诗中变为规整的七六组合

---

① 李善注：《文选》，第247—248页。
② 张震泽：《张衡诗文集校注》，第257页。

式"兮"字句,歌诗之后又用三字句接着写歌声之妙,歌前歌后的句式反差都较大,歌诗的形态因此而得以凸显。张赋则先以带句腰虚字的六言为主,最后变成一个七六组合式"兮"字句,才引出歌诗,歌诗仅两句句腰"兮"字七言,歌后用六言和七六组合式"兮"字句,似乎是有意规避傅赋在歌诗前后注重句式之变的写法;但这种改变使得歌诗句式与近邻语境中的句式殊无差别,未能凸显出"歌"的独特形态。从内容上看,前者开篇借楚王和宋玉对答引出歌舞主题,接着写宴饮、叙舞蹈,才推出舞歌,尔后写歌声之妙,歌后的续写应该从《七发》写鼓琴而出;后者直接以"昔客有观舞于淮南者,美而赋之"发端,正文迅速点出宴饮乐舞环境,接着就写舞蹈,歌诗二句只是略加点染,似乎重点不在于此,以下则切入写舞容,总体来看,在立意构篇上规避前赋的意识仍是十分明显。张衡的这种探索与前论他作赋的摹拟规避而推陈出新是一脉相承的,只是《舞赋》的规避出新无论在句式还是内容上都效果不佳。就前者言,主要在于前后句式差别不大,不能特别凸显出歌诗篇中"变章整节"之效;就后者而言,乐舞合一而舞按乐节,但他的歌诗两句略加点染,根本没有发挥到在舞乐中的重要作用。值得注意的是,傅赋的句式变得较好,如其三言句法,"晋世舞蹈俱祖此",但内容上却仍遭到了论家"歌亦不动人"[①]的批评。何以如此?歌乐失传,后人当然不是批评其乐,而是就其歌词造境言。细察傅赋的歌诗内容,用辞略见高古雅致,直切典重,造境不纯,如后四句一"嘉"一"哀",又论"启泰贞"之"否隔"云,不重取象出境,充斥着空洞的说教气息,殊无歌诗之味;当然张赋虽两句稍多物象,仍不遑展开而止笔,颇显单一,仍乏韵致。

　　至此我们可以对赋中歌诗作一理论总结,这种用法要产生理想的文学审美效果,发挥"诵体"和"歌体"相结合的优势,关键有二:一是歌诗本身内容必须诗境化,方符合歌之审美意趣。乐歌本以长言为咏,故需用虚字整饬化,需用象语以表情,方能营构虚灵之意境;故反对用实字,反对用典重空洞的造语,以此破坏诗境而乏韵致。前举《七发》歌诗之所以堪称典范,便契合这一标准,其句式规整、用字取

[①] 清人洪若皋赞其句法,明人郭正域批其内容。见《文选汇评》,第457页。

象皆能营造诗境；反之则如傅毅《舞赋》虽用长句而造语典重质实、张衡《思玄赋》用四言板滞未舒而《舞赋》取象造境单薄，皆是不成功的写法。汉赋本铺陈而求"奥博翔实"，故有浑成高古之气，歌诗主于诗化抒情，乃求虚灵高妙之境，实际上歌诗诗境化的追求就是要与前后的表意倾向造成"异质组构"，亦即在体貌自足的追求上形成前后格调的和而不同。二是歌诗句式形态在前后语境中必须要能鲜明地凸显出来。换言之，整饬的歌诗必须与前后句式有所不同，前后句式要么散化而参差不齐，要么与歌诗形成强烈的形态反差，又或二者兼而有之，如此方有节奏变化，才能在篇中"变章"而"整节"以突出歌诗单元的独特形态。总之，歌诗要保持诗境化本色，必须要与前后语境形成"异质""异形"组构，唯此"形""质"的变化催生独特的艺术效果；而其中深层的文体理论依据，无疑仍是因为赋用歌诗现象本质上属于"诵体"和"歌体"的异体组合。如此看来，赋中用"歌"与赋末附"乱"有了近似的文学功能，那就是他们都具有相对的独立性和超越性；如果说篇末附"乱"之功能在于"写送文势"，那么我们则可以将篇中用"歌"之功能概括为"挺起文势"。由此我们也可以将赋中用"歌"和赋末系"乱"并而论之，而以其文本性质与音乐之关系，都可以将其文本统称为"歌诗"。"异形""异质"组构增强了赋用歌诗的文学魅力，一旦赋中或赋末歌诗与其依托语境的"形""质"近似了，丧失了篇中"整节"或卒章"乱节"的可能，它们的独立性和超越性也就被消解了，赋用歌诗的文体现象也就虚得其名，其文学的审美效果自然就大打折扣。

  然而事物总是具有两面性，近似"形""质"组构的失败探索，从积极的一面看，也开出了另一种可能。前举傅毅的歌诗遭批评在于"歌亦不动人"，也就是说，赋用"歌"的前提是"歌"的文本自足，"歌"有歌诗之境；推而言之，则篇末系"乱"和篇中用"歌"一样，所用之歌诗及至成熟的"诗体"，也就是凡赋体用"诗"所指向的全部广义之"诗"，皆当有自足之倾向。如果歌诗及至"诗"本色自足，它们与前后语境是近似"形""质"组构甚至是"同形""同质"组构，也可以形成一种新的文章审美。为了表述的方便，现在我们将这种文体现象概称为"同型化"，反之则为"异型化"，"型"指向具有意义生成的形态，包含"形"和"质"的组构方式；这里的"同型""异型"不是绝对的，而是相对的、近似的说法。也就是说，一切赋体用"诗"现象的文学意蕴在于"异型化"的美学生成；但反过来，在赋中之"歌"和赋末之"诗"体格自足的基础上，"同型化"也可以促成一种新的文章美学。

根据以上"异型"组合具体表现于诗境和句式两方面的考察，这种"同型化"也可以分为"诗境同型化"和"句式同型化"。"诗境同型化"主要指向于"质"的一面，亦即是通过诗境的同质化来达成的一种文体形态。从赋体用"诗"的演进来考察，诗境同质化是作家有意识的追求，而且较为复杂。先说复杂的一面，实际上，在前举枚乘《七发》用"歌"和张衡《南都赋》结尾用"歌"用"颂"中，其篇章的异体组构隐含了诗境同质化的意味，但总的说来诗境不夺赋格。如前所析，《七发》歌诗对两首凄美的古歌进行一种境界重造，以获得一种中绝悲恸的诗境，实际上此前写"龙门之桐"半死半生和此后的悲歌动人，都有异质而共造意境的倾向；张衡赋中"鲐背之叟"所唱歌词赞颂南都"翠华""葳蕤"，故起"平路""来归"之感，也是为赋末所系颂词作铺垫，总成南阳别都之典雅礼制与盛美气象。此可谓意境的同化合构，具有一定的同质化倾向，体现于歌诗与前后语境在意境上的合和生成；只是由于在句式形态、文体特征等方面的异型化现象明显，由此遮蔽了同化合造的文章之法，保证了"诵体"和"歌体"各自的文体自足性。换言之，赋体用"诗"的"异型化"美学生成，虽然是文体、文本形态、风格导向、表现手法等方面的异质组构，实际上却暗含了意境追求同化合构的文章法则，暗含了一定的意境同质化倾向。这种意境追求的同化合构一旦喧宾夺主，脱离了赋用铺陈而赋物的体格规限，就走向了"诵""歌"组合的完全同质化。如鲍照《芜城赋》：

> 泽葵依井，荒葛胃涂。……凝思寂听，心伤已摧。若夫藻扃黼帐，歌堂舞阁之基，璇渊碧树，弋林钓渚之馆，……东都妙姬，南国丽人，蕙心纨质，玉貌绛唇，莫不埋魂幽石，委骨穷尘，岂忆同舆之愉乐，离宫之苦辛哉？
>
> 天道如何，吞恨者多。抽琴命操，为芜城之歌。歌曰："边风

急兮城上寒，井径灭兮丘陇残。千龄兮万代，共尽兮何言。"①

此赋先稍加铺写当年广城之盛，从"泽葵依井"起，转入芜城今之荒凉景象描写，注重于"心伤已摧"的情感渲染，可谓"惨病极矣，览之可为挥涕"。写景为了抒情，所以"看来又是一首古诗"；以下"若夫"提领追叹盛时堂阁、池馆、声乐、珍玩，而一以昔时人们的声色享乐归之于"莫不埋魂幽石，委骨穷尘"，遂起人世兴亡盛衰之叹；忽以反问引发文气之变，使得"凄凉之调，弦促柱急"，故而向上一路，引出天道吞恨之感，点出芜城之歌；歌以"城上寒""丘陇残"返归芜城题旨，终以一极悲之慨叹收束，俞焯称为"正以简炼入妙，凄凉无限"，又称"于尺幅之中具长江大河之势"②，其实正是诗意的阐发。通观此赋，步步为营，从各个角度层层转入，已经只能隐约见出大赋铺陈和晋赋体物的痕迹了，更多的则是抒情的旨趣。不惟歌诗具有自足的诗境化，此前的芜城描写、追忆声色享乐，也具有明显的诗境化，因之即使歌诗用句腰"兮"字句与此前用四字句稍有反差，而仍未觉有异质隔体组构之感，根本在于全篇表达浑然，悉造诗化同质之境。只要对比早期新型抒情赋赵壹的《刺世嫉邪赋》，就会见出"诗境同型化"的转向。赵赋通篇多用四言，质实高古，收束以两首歌诗助成抒情，全都直切激愤，赋以高古语造"诵体"之赋境、乐府以浅直语造"歌体"之诗境的异质组合特征是明显的；本篇则处处着意于诗意的抒情，写法多变，虽有赋体的铺陈，但终以铺陈而言情，更明显的则是诗化的写景抒情、以情为主的人事追忆、篇章结构的抒情对比，等等。总之，赋中语境与歌诗皆指向对精巧深邃的诗境的和合营构，全篇有意同构诗境的意识十分明显，赋格已渐为诗格所掩。

下如江淹《学梁王菟园赋》亦然，此赋开篇称"聊为古赋"，实际上是针对"重古轻今"的赋家而提出古今一体，所以"奋枚叔之制"而导出今赋诗化之境。篇中"谣""歌"以对话体完成，计三首，其中"谣"用七言诗体、前"歌"用七言诗体、后"歌"用句腰虚字七言

---

① 钱仲联：《鲍参军集注》，第13—14页。
② 此节所引，俱可参看《文选汇评》所收诸家评点，见《文选汇评》，第271—272页。

体,歌诗之间与前后语境亦见变化;可全文步步为营,诗境化在"古""今"之制的演写中层层推出,浑不觉有异体之隔,反而见出三首歌诗并此前描写的同质合构诗境之功。而谢庄《月赋》也是典型。此篇前写素月流天,写月之来历、功用、瑞应,注重于从自然景象着手;尤其是"气霁地表,云敛天末,洞庭始波,木叶微脱"一节,写秋月之美注重与体物结合,未尝一字涉月,只觉"满纸是月情、月意",遂生"影漏峰头、光摇江上"之境,皆注重六言、三言、四言交替为用的句式变化;下以"情纡轸其何托?诉皓月而长歌"两句六言引出歌诗,系此前写怨遥伤远之景的总括转承,俞场称"妙在合当时情事于不即不离之间"①,一片诗情画意,正是本色的诗家写法,使人忘之为赋。以下转入歌词"美人迈兮音尘阙,隔千里兮共明月;临风叹兮将焉歇?川路长兮不可越";然而"歌响未终,余景就毕;满堂变容,回徨如失",故又称歌曰:"月既没兮露欲晞,岁方晏兮无与归;佳期可以还,微霜沾人衣!"歌诗句式和内容与此前语境表面有变,实际上此前写怨遥伤远,此后写皓月长歌,皆即景即情,俱为诗境化的合构抒写,站在诗境同型组构化的角度,句式的差异完全可以忽略不计。不仅二歌"犹有诗人所赋之情,故'隔千里兮共明月'之辞,极为世人所称赞"②,中间"洞庭始波"一段,亦能"素采寒光,奕奕动人",能将诗境化的追求融合于体物,并世"虽有作者,终不能驾出其上"③。此外,谢惠连《雪赋》、江淹《恨赋》,包含南朝绝大部分赋用歌诗的作品,情况皆相类似;特别是江淹的《恨赋》、萧纲的《悔赋》和萧绎的《荡妇秋思赋》,篇末乱辞术语已被取消,直接以"已矣哉"的慨叹引发抒情结尾之歌诗,实际上正是"诗境同型化"的追求旨趣对乱辞的消解,使得附尾歌诗与正文更加浑然一体。在这些作品中,"诗境同型化"的追求同时也消解了赋体铺陈体物的体格,赋中歌诗就成为"助成斯美"的一个环节,由"歌"乐所带来的独立性和超越性也渐次消亡了。

"句式同型化"虽亦复杂而实易理解。首先"诗境同型化"追求会影响到句式的变化,对后者的理解常需依赖于前者。"诗境同型化"的

---

① 黄霖等:《文选汇评》,第330—331页。
② 孙福轩、韩泉欣:《历代赋论汇编》,第54页。
③ 黄霖等:《文选汇评》,第332—333页。

抒情追求乃是整体题旨，歌诗从属于其中的抒情单元自然容易被并归于近似句式的运用。本来赋体主用散句，句式一旦同型化，就意味着形式的完全整饬，这在六言骈赋中表现最为明显。然而赋中之"歌"以及赋末系"乱"本就有着独立品格的传统，它与前后语境的句式是不可能完全绝对同型化的。要么形似而质异；要么形质仅是相似，否则就失去了歌诗存在的意义。前举张衡《舞赋》歌诗的句式近似已然说明，"异质"而同形态的句式构组是不成功的；换言之，赋中歌诗与周边语境在句式近似的表达上，只有配合合构于歌诗的诗境化趣味才能产生新的文章审美。如江淹《莲华赋》："著缥芰兮出波，揽湘莲兮映渚。迎佳人兮北燕，送上客兮南楚。知荷华之将晏，惜玉手之空伫。乃为谣曰：秋雁度兮芳草残，琴柱急兮江上寒，愿一见兮道我意，千里远兮长路难。"① 又如谢朓《七夕赋》："临瑶席而宴语，绵含睇而蛾扬。……抚鸣琴而修恍，浩安歌而自伤。歌曰：清絃怆兮桂觞酬，云幄静兮香风浮。龙镳跭兮玉銮整，卷星河兮不可留。分双袂之一断，何四气之可周。"② 江赋前文主要用以"兮"字为句腰的六言，以两句去"兮"字的同类六言稍作间破，其下谣词变而为句腰虚字七言，变化不大，句式具有近似的性质，然而前后的诗境化也是浑然一体的；谢赋情况相似，只是前用句腰虚字六言，歌词用句腰"兮"字的七言，用"兮"字和用非"兮"的虚字二者之区别，表面是骚体与骚体变格之异，实际上诗境化的语境却遮蔽了这种细微的差别。萧子范《七诱》、萧统《七契》、萧纳《七励》赋中用歌的写法都相类同。句式形态近似受诗境化的支配，如果歌诗并前后语境皆无诗化，则句式形态近似几无积极意义，反之则可助成诗境；如此一来，赋中歌诗的"歌体"独立意味同样也消解了，只有赋末的歌诗尚还能发挥一定的乱辞审美功能。

句式的同型与否还关系到一个非常重要的问题，那就是文体中句式的性质。我们在上一章讨论到，赋用"散句"而从文法，"散句"多用虚字连接；诗用"诗句"而从句法，"诗句"则不需虚字，具有疏离日

---

① 丁福林：《江文通集校注》，第149页。
② 曹融南：《谢宣城集校注》，第23页。

常逻辑和去散文化的文学品格。由此导致的"句式同型化",就有了形质异同与否的切分,这是讨论赋体用"诗"诗化程度的一个重要前提。换言之,赋体用"诗"还可以从句式是否"诗句"化的角度来考察。单独的四言很难"诗句"化,因为四字成句既可铺陈罗列,亦能描写形容,《诗》体四言拉开散文化的做法只能通过两句表意的组构,以及诵读节奏和意义节奏的尽可能融合;然而这本质指向于诗意化①而非"诗句"的"句法"化,毕竟四字结构注定很难形成倒装、省略等句法审美。五七言则有这种可能,上章我们有所讨论,在此不必展开。据此考察赋体的用"诗"现象,赋中用"歌"除了张衡《思玄赋》用了四言诗体、萧纲《筝赋》用五言诗体外,其余皆"兮"字句应和于"歌曰",毕竟赋中明示为歌,这点是容易理解的。赋末系"乱"却容易误解,我们看到马融《长笛赋》篇末的"其辞曰":

近世双笛从羌起,羌人伐竹未及已。龙鸣水中不见已,截竹吹之声相似。剡其上孔通洞之,裁以当簻便易持。易京君明识音律,故本四孔加以一。君明所加孔后出,是谓商声五音毕。②

又张衡《思玄赋》赋尾"系曰":

天长地久岁不留,俟河之清只怀忧。愿得远度以自娱,上下无常穷六区。超逾腾跃绝世俗,飘飘神举逞所欲。天不可阶仙夫稀,《柏舟》悄悄吝不飞。松乔高跱孰能离,结精远游使心携。回志揭来从玄谋,获我所求夫何思!③

包含王延寿《梦赋》乱辞用四七言中的四句七言,其实都不能看作是

---

① 参见葛晓音《四言体的形成及其与辞赋的关系》一文,葛氏注意到四言的诗意化,本书第一章也有所讨论,实际上这种诗意化与诗歌句法,与五七言的比较都尚需更进一步。亦即四言只能在用字的诗意化和句与句的组合上大下功夫,四字的组构形态决定了其在"句法"化上所拓展的空间很小。葛文见《中国社会科学》2002年第6期,收入其《先秦汉魏六朝诗歌体式研究》。
② 李善注:《文选》,第254页。
③ 李善注:《文选》,第222页。

"诗句"，而只能是广义之"诗"，本质上是"散句"。这些七言句有着明显的生活化文法逻辑，皆是顺序表意，全无"句法"；前赋如"截竹吹之声相似""刿其上孔通洞之""故本四孔加以一"，后赋如"愿得远度以自娱""松乔高跱孰能离""获我所求夫何思"，或有虚字连接，或以叙事作文法组构，散化的性质十分明显。此外班固《竹扇赋》竟然通篇作七言，论者多以为此等皆是七言兴起之证。其实不然，盖诸赋中七言散语只是散体句式探索之一种，七言之兴乃是出于乐府的规整化，转型于鲍照的住脚用韵①；又谓诗中亦有以"散句"作"诗句"者，不知"诗句"进化有序，此际"句法"未就，不比韩愈黄庭坚在经历"以句法就声律"之后，以文为诗而对既往规定的有意打破，性质不可同日而语。与之相呼应，赋中也有不少类似的五言，如前举马融《长笛赋》用七言散句的同时，亦有"屈平适乐国，介推还受禄。澹台载尸归，皋鱼节其哭。长万辍逆谋，渠弥不复恶。䩄聤能退敌，不占成节鄂。王公保其位，隐处安林薄。宦夫乐其业，士子世其宅"②，枚乘《梁王菟园赋》有"流连焉鏻鏻，阴发绪菲菲"③，司马相如《美人赋》有"玉钗挂臣冠，罗袖拂臣衣"④；又晋刘谧之《迷赋》《下野赋》《庞郎赋》残篇皆存五言，《庞郎赋》有"坐上诸君子，各各明君耳。听我作文章，说此河南事"⑤，这与枚乘之句式性质相同，显然是没有"句法"规限的散体。只是五言在东汉就渐渐兴起，如赵壹之赋所用歌诗直切，而马融赋中五言则稍有"句法"，较之七言不同。总体来看，晋代之前的赋家用五言是较少的，没有句腰虚字的七言更少，乃是本于赋家运用句式而普遍探索的结果。

但何以赋家后来所用这种句式甚少，亦需注意。王芑孙《读赋卮言》云：

七言五言，最坏赋体，或谐或奥，皆难斗接；用散用对，悉碍

---

① 易闻晓：《七言之起与七言体晚兴和律化》，《清华大学学报》2017年第3期。
② 李善注：《文选》，第253—254页。
③ 费振刚等：《全汉赋校注》，第23页。
④ 费振刚等：《全汉赋校注》，第126页。
⑤ 徐坚：《初学记》，中华书局1962年版，第459页。

经营。人徒见六朝、初唐以此入妙，而不知汉、魏典型，由斯阔矣，然亦自汉开之，如班固《竹扇》诸篇是也。①

这是经典的论断，在此需要笺疏。王氏所称五七言，其实并不明确指向具有"句法"的"诗句"，但绝非中有虚字的骚句或去"兮"字的变骚句，而当是没有或少用虚字、具有一定"句法"导向的五七言统称。他称"或谐或奥"，乃是就风格言，"谐"指向七言，"奥"指向五言。盖以唐前七言诗句未成熟，而且似不在诗歌之列，诗人别称"七言"一类②，晋傅玄《拟张衡四愁诗》序称"张平子作《四愁诗》，体小而俗，七言类也"③，可知未经"句法"轨范的七言直切诙谐，伧俗鄙俚，故而才有以之入赋而"谐"之说；"奥"指向的五言则容易理解，盖汉代五言已渐成熟，前引诸赋中五言多有"句法"者，这类句式已略具疏离日常逻辑、去散化去文法化的特征，故必使赋"奥"。"用散用对，悉碍经营"指向益明，盖以五七言导向"句法"化，少用或没有句中虚字，难以和散缓的文法句式连接在一起，难以获得"莽莽古直，罗罗清疏"④的赋体造句态势，不符合《文镜秘府论》强调的"势必相依"，而"势不相依，则讽读为阻"。⑤ 在当时作家或许没有这种理论的自觉，但创作本于经验的推导和临文的语感推敲考量，他们决然是有着句式优劣以成体的选择的。以此反观我们所讨论的赋用歌诗问题，在晋代以前，歌诗与前后语境的句式构组大都具有强烈的反差，但其实本质上却是相同的，都属"散句"，故只有形似与否之别。

王芑孙注意到六朝初唐有以七言五言入赋"之妙"，班固《竹扇赋》可看作源头，六朝（其实主要指南朝）确有七言五言入赋，但却未必以班作为源头。南朝人痴迷于赋用具有"句法"倾向的"诗句"，大不同于此前的赋用歌诗，本质上是"新变""代雄"的创新观念和诗化追求的审美旨趣所至。这就给赋体用"诗"在异体组合和"句式同

---

① 孙福轩、韩泉欣：《历代赋论汇编》，第210页。
② 余冠英：《汉魏六朝诗论丛》，第102—105页。
③ 逯钦立：《先秦汉魏晋南北朝诗》，第573页。
④ 孙福轩、韩泉欣：《历代赋论汇编》，第214页。
⑤ 卢盛江：《文镜秘府论汇校汇考》，第1405页。

型化"上都提供了另一种可能。如萧纲萧绎皆有《采莲赋》,篇末之歌同用五言诗,后者文曰:"夏始春余,叶嫩花初。……泛柏舟而容与,歌采莲于江渚。歌曰:'碧玉小家女,来嫁汝南王。莲花乱脸色,荷叶杂衣香。因持荐君子,愿袭芙蓉裳。'"① 全篇追求诗境的描写,但乱辞所用歌诗乃是自足的五言诗体,具有明确的用诗意识,此前句式则为"散句",表面二者字数接近,实则有着"散句"和"诗句"相互组构的痕迹,只在诗境一体化的抒写中稍稍保持了结尾歌诗的独立性和超越性;其中五言如"莲花乱脸色,荷叶杂衣香"的"句法"特征,用为歌诗,不如赵壹两首尚有虚字之效,是颇乏歌诗之趣味的。然而毕竟全篇以诗化为旨趣,这就开创了一种新的写法,激活了诗境同质化下的文体嫁接,也就是赋体和带有"句法"倾向之诗体的歌诗相组合。这种组合不再是赋主歌辅而以"歌"促"诵",而是逐步导向了赋体和诗体的平等组构,二者共建诗境之美。按庾信《枯树赋》:

况复风云不感,羁旅无归。未能采葛,还成食薇。沉沦穷巷,芜没荆扉,既伤摇落,弥嗟变衰。《淮南子》云"木叶落,长年悲",斯之谓矣。乃歌曰:"建章三月火,黄河万里槎。若非金谷满园树,即是河阳一县花。"桓大司马闻而叹曰:"昔年种柳,依依汉南。今看摇落,凄怆江潭。树犹如此,人何以堪!"②

前用四言,变为引用《淮南子》的"散句",以下歌诗则用两句五言和两句七言的组合,最后以桓大司马的四言叹词作结,皆围绕一片深情而来,亦可谓"不无危苦之辞"。如前章所论庾信善变句式,歌诗中用五言七言诗句组合,与萧绎的五言用法如出一脉,殊失"歌"之韵味,叹词虽取四言,却不难见出欲以之抒情的企图,颇不同于板重的《诗》式四言,五言、七言、四言在这里都有了诗的"句法"化同型化倾向,悉以诗境的营造为旨归。

而江总《南越木槿赋》则更进了一步:

---

① 严可均:《全梁文》,第167页。
② 倪璠:《庾子山集注》,第53页。

> 朝霞映日殊未研，珊瑚照水定非鲜；千叶芙蓉讵相似，百枝灯花复羞燃。暂欲寄根对沧海，大愿移华厕绮钱；井上桃虫难可杂，庭中桂蠹岂见怜？乃为歌曰：啼妆梁冀妇，红妆荡子家；若持花并笑，宜笑不胜花。赵女垂金珥，燕姬插宝珈。谁知红槿艳，无因寄狭邪？徒令万里道，攀折自咨嗟！①

这里的"句式同型化"，"歌"与此前语境的用句皆含"句法"，已经是诗句化同质了。我们看到的是，作者直接将七言和五言歌诗嫁接起来，似乎根本不再顾忌歌诗承自音乐传统的一面，唯有五七言的组合表达和诗化探索才是唯一的美学趣味。如前章所述，声律化之"句法"轨范，本就会导致"诗句"变成"有意味的形式"，于是五言诗句歌词和七言诗句组合就有了诗体同型同质化的形式"意味"；同时二者亦因"歌曰"的标准略有差异，形成质同而形略异的两个表意单元的诗化合构。在另一方面，"歌"的特点已然消解，音乐传统下以"歌"促"诵"的文体意义已完全让位于文学合构意义，只以表面异体的组构和诗境的营造共同昭示了此体之妙。如果说这类篇末赋"歌"（本质上是篇末附诗）对音乐性传统的消解尚不明了，我们看此际萧纲《筝赋》的篇中"歌曰"，竟也全用五言："年年花色好，足侍爱君傍。影入着衣镜，裙含辟恶香。鸳鸯七十二，乱舞未成行。"② 其后尚有数句描写以结尾，共同形容筝乐之美。篇中歌诗径取"句法"轨范后的五言，虽然尚有乐府直以抒情的意味，然而如"影入着衣镜，裙含辟恶香"这样蕴含诗体联对意味的句子，正在王芑孙《读赋卮言》所批评的"奥"而不能"斗接"之列，断断是不适宜于歌的。此外萧纲《鸂鶒赋》中歌诗亦用七言四句，情况正相类似。唐前赋篇中歌诗用五七言，今仅见此二篇，亦以资见出是不合时宜的改造了。下至北周刘璠受这种风气的影响，其《雪赋》结尾的乱辞在"本为白雪唱，翻作白头吟"下，竟然直称"吟曰"③，所"吟"内容自然是包含了"句法"化后的五言诗。他连传统的"歌曰"都不用，直呼为"吟"，凡此可见赋家在赋中用歌

---

① 严可均：《全隋文》，商务印书馆1999年版，第105—106页。
② 严可均：《全梁文》，第89页。
③ 严可均：《全后周文》，商务印书馆1999年版，第275页。

诗，都已完全不再考虑"歌"的音乐性传统，只是基于文学讲求而对传统的表面取用。相对于汉赋以来用歌诗于音乐性的无乐有实，"歌体"之称在此时可谓无乐且无名无实，也就不存在着所谓以"歌"促"诵"，与之相应，其"写送文势"或"挺起文势"的文体功能也已就荡然无存了。

至此，赋体用"诗"的演进昭然可见。从积极的一面说，汉赋所发展出的用法既形成了传统，又促使后人在规避为用中开出了新的可能。按照清人陈祚明评六朝诗"时各有体，体各有妙"的体貌观念，赋体用"诗"亦可分为由汉至晋的"汉赋体"和南朝的"齐梁体"。比较而言，"汉赋体"是在异型组构中突出歌诗之美，本于"异形"和"异质"的凸显之功；"齐梁体"是在同型组构中促成诗境之美，本于"近形"和"同质"的互益之功。"汉赋体"用歌诗保留了"诵体"和"歌体"各自的特征，歌体不夺赋格，具有较强的独立性和超越性，功在于"写送文势"或"挺起文势"，以变化节奏和助成斯美；"齐梁体"用歌诗—以诗化的美学追求为旨趣，诗境追求遮掩赋格，"歌体"从音乐传统中发展出来的文学趣味逐渐消亡，独立性和超越性亦随之有所消解，在意境同质化中合构斯美。需要注意的是，汉赋用歌诗的异型组构传统促成了"齐梁体"的"诗境同质化"追求，但是齐梁体用完足而具"句法"意义的诗体，却不全是由汉赋用歌诗的传统发展出来的。赋尾用自足之诗只是给赋中用诗在观念上准备了土壤，有了这种先例，当齐梁之际追求创新代雄和声律诗化的思潮兴起时，赋中用诗就会很轻松地被接受。当然，由此也带来了一系列新的问题：沿着这种文本形态的诗赋互动往前走，当"齐梁体"诗境化的追求遮蔽了赋格之后，赋还算是赋吗？这样的文学创新的空间究竟有多大？还能走多远？

第四节 诗化试验与文体混同

当齐梁赋所用之"诗"已经完全无视音乐传统所规限的歌诗意味、无视"写送文势"或"挺起文势"的文体组构功能、完全导向"句法"化的自足诗体时，赋中歌诗就只有表意单元的功能。与之相应，赋中歌诗之外的五七言诗句连用，特别是内含的五七言诗句在相邻空间能组成

过程之美

相对独立的表意单元、拆分下来即可视为自足之"准诗",这在本质上和此时的赋用歌诗又有什么区别呢！可以说,下至齐梁赋的赋体用"诗"现象,已然不是仅以独立的"歌""乱"文本形态为标识所能概括完备的。这种歌诗之外可拆分的诗句表意单元组合,已与歌诗在本质上相同,二者具有"意境同型化"和本于"句法"的"句式同型化",而同属于篇法中的合构成分;即是说,它们同样是赋体诗化或谓以诗入赋之试验的重要组成部分。站在诗赋文体互动的角度,这昭示的完全是赋体和诗体的平等组合,"歌"或"乱"之称名以其音乐传统的消解反可忽略不计,因此我们就有必要对之进行延伸讨论。

比如庾信的《春赋》：

> 宜春苑中春已归,披香殿里作春衣。新年鸟声千种啭,二月杨花满路飞。河阳一县并是花,金谷从来满园树。一丛香草足碍人,数尺游丝即横路。开上林而竞入,拥河桥而争渡。
>
> 出丽华之金屋,下飞燕之兰宫。钗朵多而讶重,髻鬟高而畏风。眉将柳而争绿,面共桃而竞红。影来池里,花落衫中。苔始绿而藏鱼,麦才青而覆雉。吹箫弄玉之台,鸣佩凌波之水。移戚里而家富,入新丰而酒美。石榴聊泛,蒲桃酸醋。芙蓉玉碗,莲子金杯。新芽竹笋,细核杨梅。绿珠捧琴至,文君送酒来。玉管初调,鸣弦暂抚。《阳春》《渌水》之曲,对凤回鸾之舞。更炙笙簧,还移筝柱。月入歌扇,花承节鼓。协律都尉,射雉中郎。停车小苑,连骑长杨。金鞍始被,柘弓新张。拂尘看马埒,分朋入射堂。马是天池之龙种,带乃荆山之玉梁。艳锦安天鹿,新绫织凤凰。
>
> 三日曲水向河津,日晚河边多解神。树下流杯客,沙头渡水人。镂薄窄衫袖,穿珠帖领巾。百丈山头日欲斜,三晡未醉莫还家。池中水影悬胜镜,屋里衣香不如花。[①]

读来珠圆玉润,颇有声律协调的音韵铿锵之感,极尽写春之能事,流溢出春光之秀丽明媚、春景之芳馥怡人、春情之潇洒风流,充盈着诗趣之

---

① 倪璠：《庾子山集注》,第 74—78 页。

美。第一段用七言，但韵则有平仄之转，可以截分为四句一转的两个表意单元；第二段虽以六言四言交替为用，中间又杂入了"绿珠捧琴至，文君送酒来"两句五言诗构成联对，段末还以四句五言和两句句中带虚字的散体七言组构成一个表意单元；最后一段则纯用"诗句"组构，同样完全可以从押韵上作出区分，第一个表意单元用两句七言四句五言，第二个表意单元为四句七言。如前所述，庾信颇能在骈句联对中变化句式，构成迭宕错落之美，就用诗句而言，同样体现了这种辞章意识。通观此篇五七言的运用，我们发现，规整的四句"诗句"表意组构，近于后代的近体绝句，此篇就包含三首"准"七绝。何以如此？这应该与赋中铺陈转为体物的四句传统有关，与诗体中偶见的四句构篇传统有关，与新兴的吴歌四句构篇诗体有关。但此外也有两句诗句为用者，这应是用"诗句"对"散句"进行间破，包含五七言组构或五七言和散句组构成表意单元者，其实都是在诗化的旨趣中对句式组构的探索。许梿评此赋称："六朝小赋，每以五七言相杂成文，其品致疏越，自然远俗。"① 所谓"品致疏越，自然远俗"，乃是诗句已然在声律轨范中获得了文学的高雅品格，不比当初七言"俗体"的切直为用。这种"五七言相杂成文"在庾信小赋中常见，如其《小园赋》《枯树赋》《镜赋》《鸳鸯赋》《对独赋》《荡子赋》《愁赋》《灯赋》等，皆有五言、七言或五七言组构的表意，其中不少用法都具有"准"五绝、"准"七绝的特征，尤以《对烛赋》《荡子赋》为著，在此不作详细展开。谢榛《四溟诗话》称"庾信《春赋》，间多诗语，赋体始大变矣"②，意谓庾氏首开此格。又前引许梿评庾赋称"初唐四子颇效此法"，晚清黎经诰紧承其说："《梁简文帝集》中有《晚春赋》，《元帝集》中有《春赋》，赋中多有类七言诗者。唐王勃、骆宾王亦尝为之，云'效庾体'，明是梁朝宫中庾子山创为此体也。"③ 皆标举庾氏不仅能开时风，还影响了后来初唐四子的效法。

按庾氏虽开"五七言相杂成文"之格，实际上只是以诗句入赋的更进一步，不可因此而忽略了此前赋家的以诗入赋，这是时风中的重要

---

① 许梿：《六朝文絜》，第56页。
② 丁福保：《历代诗话续编》，第1163页。
③ 许梿：《六朝文絜》，第52页。

组成部分。除了上举诸例之外，表现明显的尚有沈约《天渊水鸟应诏赋》，计22句，五言诗句用了12句，竟超出了总数的一半；梁代刘缓《照镜赋》计35句，七言用了5句，五言用了12句，同样用诗句在半数之列。而上引黎经诰所提到的萧纲《晚春赋》和萧绎《春赋》，全系诗化的写法，只是今见似皆为残篇未存五七言诗；而萧纲《悔赋》用七言4句、《筝赋》用五言6句、《对烛赋》用七言10句五言8句、《梅花赋》用五七言各2句、《鸳鸯赋》七言4句、《鸂鶒赋》七言4句五言4句，萧绎《荡妇秋思赋》用五言2句、《对烛赋》用七言7句五言4句、《鸳鸯赋》用七言2句五言4句，表明庾信开创五七言杂相入赋的写法，确实是在梁代东宫与萧氏的文学试验之时。然而一则彼此之间的共写正可见出一时风气之浓；二则以"句法"化的诗句入赋不始于庾信，下文我们还会讨论到，据此不宜夸大庾信的作用。梁代之后，这种写法更是屡见不鲜，如陈代陈暄《应诏语赋》、江总《南越木槿赋》和《夜亭度雁赋》、沈炯《幽庭赋》、陈后主《夜亭度雁赋》、北周刘璠《雪赋》、隋代萧悫《春赋》等，都或在赋中以五七言组成表意单元，或以五七言间破散句，或以五七言组构成篇。

在这些作品中，又以萧纲的《对烛赋》用诗句较突出，该赋计34句，用七言10句五言8句，比例竟在半数以上，五言七言既和散句交替为用，又注重独立组构成表意单元。其实庾信也有同题赋，用句更甚，计32句，含七言12句五言8句，余则四言三言各6句；但庾赋无论在非五七言的运用还是五七言组构表意单元的运用上，相对都要整饬一些，没用一个句腰虚字句，似乎当时两人曾同题竞作而为此诗化试验。下至隋代萧悫的《春赋》走得更远：

> 落花无限数，飞鸟排花度。禁苑至饶风，吹花春满路。岩前片石迥如楼，水里连沙聚作洲。二月莺声才欲断，三月春风已复流。分流绕小渡，堑水还相注。山头望水云，水底看山树。舞余香尚在，歌尽声犹住。麦垄一惊䴥，菱潭两飞鹭。①

---

① 严可均：《全隋文》，第153页。

此赋全由五七言诗句构成。先由四句仄韵五言构成一个表意单元，中间有四句七言变平韵构成，最后则由八句仄韵五言构成，完全可以截分为一首"准"五绝、一首"准"七绝、一首"准"五律。赋的散句了无踪迹，赋格已完全让位于诗格，剩下的只是五七言诗句甚至是五七言诗体的组构技巧，一以追求圆润协畅的音节节奏和流丽深远的诗化意境为旨趣，可真称得上名副其实的"诗体赋"！这种写法要一直延续到初唐王勃、骆宾王等人。其中王勃《春思赋》《七夕赋》堪为代表；前赋篇幅较长，计一百多句，除了极少数散句外，主要由七言诗句和五言诗句构成。而骆宾王《荡子从军赋》则差不多全用诗句组构：

> 胡兵十万起妖氛，汉骑三千扫阵云。隐隐地中鸣战鼓，迢迢天上出将军。边沙远离风尘气，塞草长垂霜露文。荡子辛苦十年行，回首关山万里情。远天横剑气，边地聚笳声。铁骑朝常警，铜焦夜不鸣。抗左贤而列阵，屯右校以疏营。沧波积冻连蒲海，雨雪凝寒遍柳城。
>
> 若乃地分元徼，路指青波。边城暖气从来少，关塞寒云本自多。严风凛凛将军树，苦雾苍苍太史河。既拔距而从军，且扬麾而挑战。征旆凌沙漠，戎衣犯霜霰。楼船一举争沸腾，烽火四连相隐见。戈文耿耿悬落星，马足駸駸拥飞电。终取俊而先鸣，岂论功而后殿？
>
> 征夫行乐践榆溪，倡妇衔怨守空闺。蘼芜旧曲终难赠，芍药新诗岂易题？池前怯对鸳鸯伴，庭际羞看桃李蹊。花有情而独笑，鸟无事而恒啼。见空陌之草积，知闺中休劝酒。闻道书来一雁飞，此时缄怨下鸣机。裁鸳帖夜被，薰麝染春衣。屏风宛转莲花帐，窗月玲珑悲翠帷。箇日新妆始复罢，只应含笑待君归。①

全赋计52句，只有8句为有句腰虚字的散句用为间破。共用8句五言36句七言，除第二段发语用"若乃"提起，余皆整饬，亦合于萧悫《春赋》的"诗体赋"性质，正是南朝追求辞藻骈化、音节圆转的延

---

① 骆宾王著，陈熙晋笺：《骆临海集笺注》，上海古籍出版社1985年版，第193—197页。

续；而主用七言，则以初唐人在声律轨范中发现了七言在"句法"和"纵畅"① 之间的形式审美，已完全脱去六朝"俗体"的观念。而且初唐四杰在题材上又"从台阁移至江山与塞漠"②，开始力矫南朝内容狭小的辞章书写，故此赋已少脂粉柔媚之气，读来慷慨激越，颇显边塞豪情的大唐帝国气象。

值得注意的是，王世贞对初唐赋的这种写法有所批评，《艺苑卮言》卷四：

> 卢骆王杨，号称四杰。词旨华靡，固沿陈隋之遗，翩翩意象，老境超然胜之。……《荡子从军》，献吉改为歌行，遂成雅什。子安诸赋，皆歌行也，为歌行则佳，为赋则丑。③

称四杰词旨承齐梁而颇能开拓意境，堪称卓识，已如前引骆赋中所见。又谓此等赋皆歌行，按献吉（李梦阳）裁成歌行之篇，则是"雅什"，但"为赋则丑"，表明了大量以诗体或诗句入赋的写法是不宜于赋体的。何以为"丑"，答案仍可从王芑孙论"七言五言，最坏赋体"而来，尽管七言已脱"谐"升雅，以之入赋仍是不妥的。王氏又谓"汉魏风规，一坏于五七言之诗句，再坏于四六格之文辞"④，从根本上讲，赋以铺陈赋物立体，但"五七言之诗句"本有去散文化的倾向，其"句法"属性跳跃而多艺术张力，只能营构诗化的美学旨趣，无益于铺陈原则的展开；另一方面，四六骈偶亦在声律轨范中导向诗化的可能，仍有消解铺陈的功效，永明体所追求的诗体声律本就是助成骈偶联对，我们在上一章已有所讨论。即便是转向晋赋乃至整个"六朝体"的"以体物为描写"，五七言诗句仍无益于此功，毕竟体物需要客观的刻画描摹，诗句在形式美学的轨范下却容易导向主体情绪的融入，形成主

---

① 陆时雍《诗镜总论》有"五言直而倨，七言纵而畅"之说，乃是相对之言。六朝人轻视七言，因为思维的不习惯，以及文学发展由简到繁的演进原理。七言自鲍照注重住脚字，庾信等以之入赋，渐有声律化和骈化的双重轨范，开始脱去乐府散化直切之感，向脱俗尚雅的方向挺进。初唐人好作七言，实亦自然之演进也。陆语见丁福保《历代诗话续编》，第1402页。
② 闻一多：《唐诗杂论》，上海古籍出版社1998年版，第25页。
③ 丁福保：《历代诗话继编》，第1003—1004页。
④ 孙福轩、韩泉欣：《历代赋论汇编》，第210页。

客交融的意境审美空间。退一步讲，即便在功能上五七言诗可以发挥出体物描写之效，然而在句式性质上，"诗句"的句法化却又泯灭了赋以直言的散化性质；赋之散语本宜"用虚字流通血脉"，使"通篇运转得法"①，省阙紧凑的诗句本无虚字，更无此功能，故用之必失赋的血脉文气。所以诗体连并五七言诗句入赋，都是会对赋体产生破坏性的，严重者势必失体而全无赋体散化之感。如萧悫的《春赋》，明代冯惟讷《诗纪》就干脆将之题为《春日曲水诗》；又如王世贞批评的骆宾王《荡子从军赋》，那就只能裁为歌行去读，歌行具有乐府的传统，可以有各类诗体句式的组合，五七言的组构和少量散句的杂入正得题中要义，如此才能应和于其体格的文学意趣。

然而沈约、庾信、萧纲、萧绎等人毕竟在赋的诗化追求中开出一格，将传统的赋用歌诗完全激活成异体平等组合的新文章。起码历代赋家即便反对律赋，也没有对齐梁赋完全加以否定，因此，我们还必须对之予以客观而积极的评价。

我们不妨通过对"诗体赋"这一概念的检讨来展开。在赋学界，马积高最先尝试着将"由《诗》三百篇演变而来的一类赋"命为此名②，郭建勋、曾伟伟对此有所拓展，他们认为"诗体赋"不仅仅是指从《诗经》演变而来的四言赋，还包括随着五、七言诗的兴起而产生的五、七言赋，而且并非是纯粹的五七言，绝大多数还杂有四言三言六言等，诗体赋愈成熟，其他杂言句式就愈少。③ 詹杭伦认为"诗体赋"之分类不妥，诗句入赋是六朝声律的延伸发展，不必把它看作赋的诗化现象。④ 诗句入赋确实是六朝声律的延伸发展，但由此所带来的体格之变，也是有着独特的赋学业绩的客观存在，有必要对之作出命名。关键在于"诗体赋"的说法具有内在的矛盾。首先，论家喜欢把四言赋看作《诗》四言的演变，正如我们在第一章通过荀赋所讨论，实际上赋四言是文法原则下的散化直言，与先秦诸子特别是老子才是近亲，与《诗》只有表面的关联，下至汉代四言赋亦然。其次，诗体本来就是一

---

① 王水照：《历代文话》第九册，第8452—8453页。
② 马氏自称"此类前人亦无定称，我认为可称为诗体赋"。马积高：《赋史》，第6页。
③ 郭建勋、曾伟伟：《诗体赋的界定与文体特征》，《求索》2005年第4期。
④ 詹杭伦之说见其《唐宋赋学研究》第七章引言部分，华龄出版社2004年版，第166—169页。

种文体的称谓,以之命赋,究竟是诗为主还是赋为主?若以赋为主,像萧悫《春赋》这样的作品就存在着名实不合的问题[①];更何况王芑孙有五七言"坏体说",既然诗以坏体,那诗体赋的命名就难免有自相矛盾之意[②]。再次,以相乖之二体相加的命名在文学史上亦无成例,没有"文体诗""诗体文""文体词""诗体词"这样的说法,而只有"以文为诗""以诗为词"等本于破体观念的创作取向之说;根本在于"诗""赋"二体的性质大异,不能像"骚体赋"那样作近邻组合。其实,我们可以根据赋用诗体或诗句、及其本于"散句"而追求诗化旨趣的特点,将之命名为"诗化赋"。"诗化赋"从属于后世所谓"破体为文"的现象,"诗化"当然是一个隐含程度倾向的词,但"诗化赋"指向于赋在美学旨趣上的整体诗化意境追求,在句式上则具有诗体化或诗句化倾向,也就是这类赋与诗具有同质化的特征;句式的问题相对较复杂,谓之诗体化或诗句化倾向,在形态上则可能包含散句、诗句、诗体(含歌诗)、诗句组合式表意单元等构成要素,但这些句式形态又都指向于意境化的表达。"诗化赋"从文体上看,乃是诗赋异体的平等组构,形式属赋,美学旨趣属诗,它包含了文体共生的品格。

  根据这个标准,整体上没有诗歌意境化追求的赋不是"诗化赋",比如《芜城赋》。然而因为五七言"坏体"的客观存在,如果诗句或诗体的组构超过了一定的比例,那就是失败的"诗化赋",会直接导致赋的失体而与诗趋同,比如萧悫的《春赋》和骆宾王的《荡子从军赋》。由于诗赋二体的根本区分在于句式的"散句"文法化与"诗句"句法化,因此"诗化赋"的句式使用是其成功与否的关键:没有"诗句"只有"散句"固然能体写诗境,却还尚未发挥出这类赋句式变化的优势,如谢庄的《月赋》;而过多的"诗句"使用却会造成"坏体"。按照庾信的探索,可以有两个使用标准:一是"诗句"句数似乎以半数为限,超越了这个上限就很容易"坏体"。他的《对烛赋》32句用20句五七言,是唯一一篇过半数的,但萧纲的同题赋亦计34句用五七言

---

  ① 姚华持"名学"思维批评宋代文赋的命名可以为"诗体赋"的理解提供一定的视角,他说:"以笔为文,作赋亦或由之。欧苏所制,号出荀子,亦杂庄生,或以为文赋,则又文质殊观,名实反戾矣。"姚华:《弗堂类稿》,第32页。
  ② 姜子龙、詹杭伦:《王芑孙"坏体说"论析》,《贵州社会科学》2008年第9期。

18 句，在半数线浮动，表明二人同题书写或先后竞写时，有着以诗入赋的句数标准的考量；又庾信比较著名的《春赋》计 64 句，用了 24 句五七言，未及过半，此外尚有沈约《天渊水鸟应诏赋》和刘缓《照镜赋》，都是在半数线上浮动，凡此说明，他们当时的探索确实有着"坏体"破散化的句式数量斟酌。深入的理论考究姑不论，然而临文造篇依据的是文学经验和当下语感，他们以诗入赋注重在吟诵中发现"诗句"的多少是否影响于赋的散化直陈，这是完全可能的。钟嵘《诗品》云："余谓文制本须讽读，不可蹇碍，但令清浊通流，口吻调利，期为足矣。"① 《文镜秘府论》也说："至如欲其安稳，须凭讽读，事归临断，难用辞穷。"② 都可以证明这一点。站在诗赋文体分异理论的根本性质来看，主要是因为"诗句"过半会损害赋之为"赋"的文体特征，会造成赋的"失体"。二是各类句式的变化组合，这是声律形式美学追求下的必然讲求。我们在上一章已然发现，齐梁赋家在大赋中不注重变化句式，悉以六言句腰虚字句为主，但在小赋中则不然，完全是注重以句式的变化来追求声律节拍的谐调与否。亦即刘勰所说以"使口吻调利，声调均停"③，目的在于以此来配合诗化的文章追求；《文镜秘府论》谓"句长声弥缓，句短声弥促，施于文笔，须参用焉"④，凡七言、五言、三言、四言、六言皆得其用，"散句""诗句"亦有不同，故仍相参。庾信《春赋》和《灯赋》、萧纲《对烛赋》和《采莲赋》、萧绎《荡妇秋思赋》和《采莲赋》等，都是能变化句式的成功"诗化赋"。这也是齐梁赋家留给赋史最大的贡献，使得赋域新添了一种充满着浓郁的诗味之美、华丽的辞章之美、趋同于诗而又不失为赋的新文体。

  反观赋学史，赋体一开始与《诗》纠葛不清，其后蔚成大国，它本于内在的铺陈原则使之不受形态的规限，于是在其内部就开出了若干可能。无论是主客问答的取舍、铺陈的恣肆、排比连珠的试验，还是铺陈转为体物、体物描写的精进，还是缘情的借势、篇幅的调整，还是玄学的浸润、声律形式美学的注入，都开出了许多精美的作品；当内部发

---

① 何文焕：《历代诗话》，第 5 页。
② 卢盛江：《文镜秘府论汇校汇考》，第 1413 页。
③ 范文澜：《文心雕龙注》，第 585 页。
④ 卢盛江：《文镜秘府论汇校汇考》，第 1413 页。

展到了一定的程度，而同属一类的相邻诗体成熟之后，赋的发展就转入到文体之外来了。可以说，"诗化赋"是赋体内部发展态势将穷、诗体发展后来居上后，二体嫁接所培育出来的一架荼蘼花。它虽开在晚春，但却能以其洁白芳香的身姿傲然殿后，其浓郁的诗味既让人对春天无限留恋，又让人在抚赏之际留下一声春事将除的叹息。

　　站在文体的角度，"诗化赋"诗句过半甚至全篇使用，其实相对来说还算好的，最多只算失体，或者说赋体趋同于诗体，尚体现了一定的文体执着。齐梁人在"新变""代雄"的观念下过度追求诗化的旨趣，出现一种有意淡化和模糊文体的写作现象，直接导致诗赋的体制混同。这同属于诗赋文体形态互动的内容。不过淡化文体在西晋以来就已有先例，有一些未标体名的作品，仅作题材的凸显，让后代论家很难归类。像西晋夏侯湛就有描写节侯的《春可乐》《秋可哀》《秋夕哀》《江上泛歌》，严可均以之为文而辑入《全晋文》，逯钦立却以之为诗而辑入《先秦汉魏晋南北朝诗》。此后东晋苏彦《秋夜长》、王廙《春可乐》、谢混《秋夜长》、湛方生《秋夜词》、何瑾《悲秋夜》等，都是同类作品，后代选家亦多有分歧而别录诗赋。我们看这些作品的内容，在句式体式上悉相类似，如夏侯湛《秋可哀》的完整段：

　　　　秋可哀兮，哀秋日之萧条。火回景以西流，天既清而气高。壤含素霜，山结玄霄。月延路以增夜，日迁行以收晖。屏绨绤于笥匣，纳纶缟以授衣。秋可哀兮，哀新物之陈芜。绸筱槊以敛稀，密叶椷以损疏。雁摧翼于太清，燕蟠形乎榛墟。秋可哀兮，哀良夜之遥长。月翳翳以隐云，星胧胧以投光。映前轩之疏幌，照后帷之闲房。拊轻衾而不寐，临虚槛而褰裳。感时迈以兴思，情怆怆以含伤。①

乃是从节侯着手，写悲秋之情。实际上全用有虚字连接的散句，虽未题赋名，当归之于赋。然而其中"秋可哀兮"出现三次，据《太平御览》所收，似乎另有"秋可哀兮"一章，表明此文写作在文体上是参考了乐府歌诗重章迭唱的形式，在手法上却全以赋的铺陈和体物描写来展

---

① 逯钦立：《先秦汉魏晋南北朝诗》，第596页。

开，题旨上又有抒情意味，所以才有选家将之断为是诗。这些文章不取赋名，但却不能将之简单地看作以赋为诗或赋的诗化。他们如此写作，一方面赋主诗从，乃以强大的赋学传统置之于其他文体，以为赋法的转写试验，即章学诚所谓"文之敷张而扬厉者，皆赋之变体"①；另一方面，全用散句，不包含"句法"化而去虚字的五言诗句，表明尚有着明确的诗界意识。刘咸炘称"六朝人有《春可乐》《秋可哀》《悲秋夜》《悲四时》，皆用《九章》篇名法"②，聊备一说，亦证此非诗化。多为今代论家忽略的是，夏侯湛另有《山路吟》《离亲咏》《长夜谣》《寒苦谣》，又湛方生也有《怀归谣》和《游园咏》，皆可与此参读。如夏侯氏的《寒苦谣》："惟立冬之初夜，天惨懔以降寒。霜皑皑以被庭，冰溏瀄于井干。草槭槭以疏叶，木萧萧以零残。松阴叶于翠条，竹摧柯于绿竿。"③从句式和表达上看，与前引《秋可哀》完全一样，可推这仍从属于他们以赋法作其他文体的实践。但其篇题用"谣""吟""咏"，就可以见出与诗的明确划界，换言之，无论题称有无"赋"，这类文章其实都是他们用赋来作乐府歌诗的试验品；不明确标示拟乐府，说明不是沿袭乐府旧题的改造，而是自制的新乐府歌诗（且并不一定要入乐）。在唐前，乐府和徒诗是判然分开的，刘勰《文心雕龙》分列《明诗》《乐府》两篇，最少从上举赋家的作品看，他们对歌诗和诗就有着句式散整区分的性质认知；因为赋的绝对主体地位所形成的强大文章传统，他们就近选择用于乐府歌诗，即便题不称体，无论是从句式性质还是从当时他们的观念认识上讲，也不当属于以赋为诗。

这很快形成了一种跨文体移写而题不标体的新传统，上引西晋人的赋写试验，到了东晋又有同题之作。就是说，可以不题体名而用赋体，在体式上则默认为是以赋法作歌诗乐府；实际上赋为文章大宗，很多时候作家作文不自然就用到了其写法，而在无类可归时就以题材为名，只是当篇幅短小时，就向歌诗乐府的体式靠拢。下至刘宋谢晦的《悲人道》用六言散句写成，篇幅较长，即属同类。但南朝时在整体上已有了转变，谢庄之作可以看成是这种转向的标志。谢庄《瑞雪咏》《山夜

---

① 叶瑛：《文史通义校注》，第79页。
② 刘咸炘：《推十书》戊辑二，第731页。
③ 逯钦立：《先秦汉魏晋南北朝诗》，第595页。

忧》《怀园引》三诗都是杂言，且杂有散句，从标题上看其体制，当然是前举晋人以赋作歌诗乐府的传统；从内容风格、句式上看却有所不同。如《山夜忧》：

> 庭光尽，山明归。松昏解，渚苕稀。流风乘轩卷，明月缘河飞。乃斡西枻，乱幽溁，山药屿而淹留，过香潭而一憩。屿侧兮初薰，潭垂兮菡萏。或倾华而闶景，亦转彩而途云。云转兮四岫沉，景闶兮双路深。草将濡而坰晦，树未飂而涧音。涧鸟鸣兮夜蝉清，橘露靡兮蕙烟轻。凌别浦兮值泉跃，经乔林兮遇猿惊。跃泉屡环照，惊猿亟啼啸。徒芳酒而生伤，友尘琴而自吊。吊琴兮悠悠，影戚兮心妯。逢镂山之既渥，承润海之方流。身无厚于蜩鼹，恩有重于嵩丘。仰绝炎而缔愧，谢泪河而轸忧。夜永兮忧绵绵，晨寒起长渊。南皋别鹤伫行汉，东邻孤管入青天。沉痾白发共急日，朝露过隙讵赊年。年去兮发不还，金膏玉沥岂留颜。回舻祏绳户，收棹掩荆关。①

写山夜之忧，描写所见夜景细腻动人，传达出清幽深朗的中宵情境。其实他的三首诗体式相近，篇幅近似，又都以散句为主，以杂言抒情，杂言的变化较此前晋人为多；此外，在造语炼句上也脱去了夏侯湛作品中厚重板滞之味，难字僻字减少，联绵形容亦下降，注意写景造境，风格显得清通流丽，接近于诗化的审美意境。这篇作品与前举作品还有一个最大的区别，就是其中有了明显的五七言诗句，共用了4句七言7句五言。又在他的《瑞雪咏》中，全系散句无一诗句，《怀园引》却用了10句七言12句五言，这一句式差别进一步说明，谢庄在践行以诗入赋的新写法，正是庾信"以五七言相杂成文"的前辈。如果站在赋体的角度，意味着赋开始导向诗化；但如果站在歌诗乐府的角度，则有了新创脱离音乐的"谣""吟"类乐府歌诗而逐步注入五七言诗句的新写法，实际上就是后世此类歌行之起源。谢庄另有《长笛弄》："月起悠悠，当轩孤管流。郁顾慕含羁，含楚复含秋。青苔蔓，荧火飞，骚骚落叶散

---

① 逯钦立：《先秦汉魏晋南北朝诗》，第1254页。

衣。夜何长，君吹勿近伤。夜长念绵绵，吹伤减人年。"① 虽用杂言，注重三言、四言、五言、六言的诗境营构，标题就长笛而附一"弄"字，而且全无句腰虚字散句，正是同种写法的延伸。这意味着杂言歌诗乐府开出了脱离散句而向诗域靠近的新写法，歌行一体已快成熟了。

前论谢庄《月赋》注重诗化，此处他的以诗句入歌诗乐府也是这种观念的发展，表征着受诗体地位上升的影响，晋代以赋为文（歌诗乐府或不题体文章）的传统行将转向以诗为文（歌诗或不题体文章）。这里有必要将刘宋以来诗体地位上升的背景略作交代，刘宋帝王提倡文章，但"自晋来用字，率从简易"，沈约称"易见事""易识字""易诵读"的"三易"说已是时风，用字从简，而利于作诗，此其一也。又"庄老告退，山水方滋"，在业经玄学自然的浸润后，所谓"物色盈怀抱，方驾娱耳目"，作家已深入到自然山水这一新的审美世界中，短篇流行，适得意境之趣味，此其二也。又声律渐起，拘限骈偶，如上章所论，赋不如诗，此其三也。又东晋以来吴歌流行，清商之音，明转天然，短歌弄弦，丝竹含烟，子夜四时之歌悉以五言小绝为之，让文人获得一种珠圆清润的审美，此其四也。一个有趣的现象是，历代郊庙歌辞皆以四言为主，盖"四言雅正"符合国家礼制，但谢庄作《明堂歌》，竟依"木数用三，火数用七，土数用五，金数用九，水数用六"②，一改汉代传统，像《赤帝歌》竟用前人视为"俗体"的七言，所谓依"木数""火数"，恐怕是事后理论追附的有意建构之辞，从根本上说乃是谢庄的诗化试验；此后齐梁郊庙辞亦接受了这种写法，昭示了此际诗体地位大升，文人趣味都在于此，最少，诗赋二体是可以发生平等的互动了。以此反观谢庄在歌诗乐府和不题体类文章中的写法，显然观念上有了重大转变：一是承续晋人以赋作新文章的传统，二是以诗体和诗化为中心而改造和影写这种文章传统；据此而论，表面看来所有作品都是亦诗亦赋，实质上晋人作品是赋化，自谢庄起的南朝作品却是诗化。上升到普遍的理论程度而言，就是主流的、强势的、高品位文体，会形成一种创作思维惯性和文体优势，从而波及对低品位

---

① 逯钦立：《先秦汉魏晋南北朝诗》，第1255页。
② 逯钦立：《先秦汉魏晋南北朝诗》，第1352页。

次文体的改写试验,这亦是文体学互动的内在原理之一。相对于"别子为祖"的文体先后互动,这可谓文体的高下互动。

诗化追求成为刘宋以来南朝人最核心的创作观念。这可以说是他们"新变""代雄"最重要的途径,一切骈偶和声律化的形式美学无不以此为中心,一切赋体传统的书写无不受此影响;而诗句化和诗境化、诗体化则是其最基本的内容。谢庄的这种写法转变的是以诗句写新体的传统,像萧综《听钟鸣》《悲落叶》就是承此而作。二文皆为三章,后篇云:

> 悲落叶,连翩下重叠。落且飞,纵横去不归。
> 悲落叶,落叶悲,人生譬如此,零落不可持。
> 悲落叶,落叶何时还?夙昔共根本,无得一相关。①

三五言结合,借景抒情,三复为之,亦有深意在焉。据《梁书》卷五五,这是身为梁代宗室萧综流落于北魏所作,家国命运,触景生悲,以诗句化写法和诗境化而抒情的旨趣为主,命名反在其次。和谢庄《长笛弄》的写法近似,由于题未标体,内容是杂言近赋却又无散句,我们当然也可以看作是乐府歌诗,然而不符合文章辨体的传统,所以不如谢庄之作涵有开出歌行的可能。此外如江淹好拟《楚辞》,则又是诗境化深情路向的个性选择,他的《山中楚辞》五首篇幅变短,而以"其源出于屈平《九歌》",能有"掩抑沉怨"之气②;所以他的很多文章,如《构象台》《访道经》《悦曲池》等文不题体,实亦都用骚体,注重短篇而能为"杰作绝思"③,从根本上讲,都是诗境化追求而作文章改造的组成部分。像萧统《示云麾弟》篇不取体名却用骚体,朱异《田饮引》题取歌诗乐府而内容亦取骚体,张缵《拟若有人兮》用为短篇骚体,也都可以作同类看。当然,表现显为明显的是沈约的"八咏",包含《登台望秋月》《会圃临春风》《岁暮愍衰草》《晨征听晓鸿》《解

---

① 姚思廉:《梁书》,第825页。此诗有两种版本,《艺文类聚》所录有所不同,后者当是对前者的改写。可参读葛志伟《萧综〈听钟鸣〉〈悲落叶〉诗版本考辨》,《南京师范大学文学院学报》2011年第4期。
② 张惠言:《茗柯文编》,第20页。
③ 何焯:《义门读书记》,第880页。

佩去朝市》《被褐守山东》《霜来悲落桐》《夕行闻夜鹤》，题目即含事含景而呈现为诗境，《玉台新咏》收入称为"八咏诗"，《艺文类聚》卷八一"草部"则称"赋"。如《愍衰草赋》：

> 愍衰草，衰草无容色。憔悴荒径中，寒荄不可识。昔时兮春日，昔日兮春风。衔华兮佩实，垂绿兮散红。岩陬兮海岸，冰多兮霰积。布绵密于寒皋，吐纤疏于危石。雕芳卉之九衢，翦灵茅之三脊。风急崤道难，秋至客衣单。既伤檐下菊，复悲池上兰。飘落逐风尽，方知岁早寒。流萤暗明烛，雁声断裁续。霜夺茎上紫，风销叶中绿。秋鸿兮疏引，寒乌兮聚飞。径荒寒草合，草长荒径微。园庭渐芜没，霜露日沾衣。①

标题表明似欲为诗，内容则由五言诗句和三言、五言和六言散句构成，计30句：含1句三言开头、17句五言诗句、8句五言散句、4句六言散句。诗句约占一半之数，散句皆用字简约、流丽清朗，注重声律联对，着重于表现诗境。又任昉《静思堂秋竹》，标题类同沈文而有诗境，内容包含6句五言诗句10句散句，散句则有三言、六言、十言，交错为用，皆指向诗境化的合构。需注意这是应制之作，表明以诗为文形成了一种新的传统，声律辞采的诗化追求才是终极目的，文体意识逐渐淡薄。站在后人辨体的角度，这类作品具有强烈的文体混同特征，谓之为诗亦可，谓之为赋亦可；可准之于南朝人只是以诗体为中心所作的文章试验，张融所称"夫文岂有常体，但以有体为常，政当使常有其体"，或许能够辩证解释这种现象。

除了以诗句入赋、诗写文章名不题体之外，诗赋的趋同混同还有一种表现，那就是以赋入诗。这不比建安以来诗体未定的情况下，借用赋的写法而改造诗体，而是在二体各自获得自足发展的基础上，所进行的以诗体为中心的跨文体实验。如宋武帝刘骏的《离合诗》：

> 霏云起兮泛滥，雨霭昏而不消。意气悄以无乐，音尘寂而莫

---

① 严可均：《全梁文》，第280页。

交。守边境以临敌，寸心厉于戎昭。阁盈图记，门满宾僚。仲秋始戒，中园初凋。池育秋莲，水灭寒漂。旨归涂以易感，日月逝而难要。分中心而谁寄，人怀念而必谣。①

这是一种游戏诗体，以猜谜的形式离合文字，一般四句一字。此诗离合的是"悲客他方"四字，纯用散句加四言构成。但"离合诗"本有传统，汉末孔融首创此体，乃是以四言诗体进行离合，称《离合作郡姓名字诗》，固得其体。此处改为散体，注重以描写来离合谜底，有着明显的以赋来改造诗、有意作诗体探索的意识；不过由于是娱乐化活动的游戏之作，似还不足以反映严肃的文体改造观念。而刘宋袁淑《咏寒雪诗》，亦全用七言句腰虚定句，《太平御览》作"七言咏雪"，《北堂诗钞》作"七言咏寒"，逯钦立收入《先秦汉魏晋南北朝诗》，亦隐有这种倾向。最为典型的则是萧道成的《塞客吟》：

> 宝纬紊宗，神经越序。德晦河晋，力宣江楚。云雷兆壮，天山鼷武。直发指河关，凝精越汉渚。秋风起，塞草衰。雕鸿思，边马悲。平原千里顾，但见转蓬飞。星严海净，月彻河明。清辉映幕，素液凝庭。金筱夜厉，羽辔晨征。斡晴潭而怅泗，枇松洲而悼情。兰涵风而泻艳，菊笼泉而散英。曲绕首燕之叹，吹轸绝越之声。歆园琴之孤弄，想庭藿之余馨。青关望断，白日西斜。恬源靓雾，垄首晖霞。戒旋鹔，跃还波。情绵绵而方远，思裒裒而遂多。粤击秦中之筑，因为塞上之歌。
>
> 歌曰：朝发兮江泉，日夕兮陵山。惊飙兮沛汨，淮流兮潺湲。胡埃兮云聚，楚旆兮星悬。愁墦兮思宇，恻怆兮何言。定环中之逸鉴，审雕陵之迷泉。悟樊笼之或累，怅迟心以栖玄。②

萧道成即齐高帝，此诗有所本。逯钦立引《齐书》称"高帝在淮上，……是时新失淮北，遣帝北戍，每岁秋冬间，边淮骚动。帝广遣侦

---

① 逯钦立：《先秦汉魏晋南北朝诗》，第1224页。
② 逯钦立：《先秦汉魏晋南北朝诗》，第1375—1376页。

候，安集荒余，又营缮城府。帝在兵中久，见疑于时，乃作《塞客吟》以喻志"，显然是作诗喻志，题取"塞客吟"，乃是据事实而写。但内容有四言、五言、散句，此际诗句亦成熟整饬，即便作"吟""谣"之类的歌诗乐府，此前也有谢庄的去散句写法，而且更独特的是，诗中尚有借自赋末乱辞的"歌曰"。凡此说明这是明显的以赋为诗。考虑到徒诗句式整饬，歌诗乐府能兼容散句，作者题名作"吟"可以看作固得其宜；可诗中又用"歌"，这样一来，就与齐梁间的"诗化赋"在本质上无甚区别了，若将标题"吟"字改为"赋"，亦何尝不可，是知诗赋二体已然混同为用。又萧纲有《伤离新体诗》，逯钦立称一作《伤离杂体诗》①，本收在《艺文类聚》卷二九"别诗类"作前名②，推测当依此作"新体"。此诗正文计 40 句，由 28 句五言诗句和 12 句七言诗句两类组成，称"杂体"似不妥；其中的七言不是柏梁体，有住脚字，表明对鲍照以来的七言作了汲收，实为"新体"造作。仔细斟酌作者称"新体"的文体意蕴，既非歌诗乐府类作品可以用多种句式组合，而"五七言相杂以成文"却又已属于萧纲萧绎和庾信所进行的"诗化赋"试验，那么"新"之所在，就只能指向于以赋的方式来作诗了。同样，去其标题，单看文本，我们亦可称"诗化赋"，亦表征了诗赋二体混同为用的事实。

郭建勋称"南朝是诗歌兴盛的时期，也是各类韵文在诗歌高潮的激活下互相渗透、影响的时期，诗、骚、赋三种体式往往融合为一，以致体式杂糅，难以区分"③，这一概括是恰当的。此前我们考察永明声律的发现使得诗超位于赋，在此再一次获得了佐证。"诗化赋"中"诗句"的过度使用、以诗为赋而题不称体淡化体制、以赋为诗有意标"诗"体，这三种情况表明了试验的角度有所不同，但确实都是围绕诗体中心作"新变""代雄"的文学试验而开出来的。站在诗赋二体互动的角度，从早期赋用"歌诗"到赋用"诗体""诗句"、再到"诗化赋"之形成，反映了赋与诗的异体组合从以赋为中心转向了以诗为中心，文体组合的程度也就越来越深化。在这一进程中，赋的地位从绝对

---

① 逯钦立：《先秦汉魏晋南北朝诗》，第 1979 页。
② 欧阳询：《艺文类聚》，第 802 页。
③ 郭建勋：《辞赋文体研究》，第 10 页。

的主体渐渐降为辅佐之体，诗则反之；当它们之间的地位此消彼长，完全反转的时候，表面看来是二体导向趋同和混同，实际上还意味着赋体渐渐迷失了自己的体性，诗体却即将走向了新兴，是谓"赋亡"而"诗兴"。

余　　论

刘永济针对两汉赋的消长变化曾有过一段议论：

> 西京气体高古，殊有远致，东京才力富赡，弥以整练；西京如天马之行空，东京则王良之揽辔。此其天机人事之间，盖有不可强者，要亦未可以一概论也。若夫子云之所讥弹，孟坚之所品列，仲洽之所衡论，则又一代得失所关。虽相如之才，不能免焉。盖日中则昃，月盈则亏，当中与盈之时，已具昃与亏之势矣。此文章消长之公例，不仅赋家为然也。①

他论西京东京赋学之变，比喻精当，在此不必详论。而以之为例，推出要在"天机人事"之间的"文章消长之公例"，这对于观察唐前的诗赋文体的总体发展，颇资启发。赋一开始就迅速放出夺目的光芒，其后不断发生体貌之变，不少古代赋论家都谓自汉赋迄"建安体""两晋体""齐梁体"，有着"每况愈下"的演进，真可谓"日中则昃，月盈则亏"。然而对于诗来讲，在历经汉代乐府的出脱后，文人诗一直在改造自我的道路上行进：汉魏之际以气驭诗，每多浑然之气；晋人以赋为诗，连篇累牍，往往使览者白日欲卧，只是另一面他们也注重体物体道，逐步开拓出融主体于物色的诗境；齐梁人以声律入诗，注重于形式美学的探索，篇幅开始减小，至此诗的形态才接近稳定，并逐步建立起了自己的深层结构，由此渐渐发光，弥久而愈盛。也就是说，诗赋二体

---

① 刘永济：《十四朝文学要略》，第 99—100 页。

之"文章消长",呈现为反向步调的演进路线,可谓"赋亡"而"诗兴";二体的这一演进主要是在彼此的交叉互动、助推影响中完成的,其间包含了自身的内在发展理路。谓唐前之诗"由简趋繁",由粗趋精,迄唐而大盛,此乃"文章进化之公例"①,学界应无异见;若谓赋由盛趋衰,变而愈下,迄唐而有所谓"赋亡",古代既有争议,当代学人抑或大都不认可。然而,何以文学史上只有"赋亡",却未有"诗亡"之说?何以在赋自明代迄晚近民国不断有论者探索"赋亡"之因,在诗却即便五四新文化运动"斩断文脉"后迄今亦无"诗亡"之说?这是极重要的追问,又一向不曾为人注意。其中之关键,正在于本于辞章之辨体。

文学史上的"赋亡"有两种内涵。一曰赋体之正变衰亡。元代祝尧《古赋辨体》大倡古赋,以为赋迄六朝而愈工,故至"有辞无情,义亡体失""益远于古"②;迄明代徐师曾则概括为"至于律赋,其变愈下"③之说,即是从体制正变的角度强调古赋之尊,衰亡之节点则在唐律赋之所出。二曰文体之代变兴亡。明代何景明谓:"经亡而骚作,骚亡而赋作,赋亡而诗作。秦无经,汉无骚,唐无赋,宋无诗。"④胡应麟所说相近:"骚盛于楚,衰于汉,而亡于魏。赋盛于汉,衰于魏,而亡于唐。"⑤李梦阳亦谓"唐无赋"⑥。明人所谓"赋亡",是他们"祖骚宗汉"而求复古的文学观的一部分,指向于赋体的衰歇和新体的代变兴盛,与前说有相通处。至于"赋亡"之因,或本于宗经而以为系经义(六义)之消亡,如前引祝尧之论;或本于创作而以为系声律之规限,清代毛奇龄之说可为代表。⑦ 由是赋学史上乃有所谓"古赋"

---

① 刘师培:《论文杂记》,《刘师培中古文学论集》,第234页。
② 孙福轩、韩泉欣:《历代赋论汇编》,第50页。
③ 吴讷、徐师曾:《文章辨体序说 文体明辨序说》,第101页。
④ 何景明:《大复集》,文渊阁《四库全书》本第1267册,上海古籍出版社1987年版,第351页。
⑤ 胡应麟:《诗薮》,第6页。
⑥ 李梦阳:《空同集》,文渊阁《四库全书》本第1262册,上海古籍出版社1987年版,第446页。
⑦ 毛奇龄谓"至隋唐取士,改诗为律,亦改赋为律,而赋亡矣",盖以"学童摹律之具,算事比句,范声而印字,襞其词而画其韵"。见其《西河集》,文渊阁《四库全书》本第1320册,第482页。

"律赋"之争、"赋亡""诗兴"之说。今人解释此二种"赋亡"说，大都断为"复古""保守"之论。值得注意的是，民国学人既浸润于传统赋写之语境，又汲取了西学之所长，却仍持此看法。如章太炎称"及为俪辞，文体卑近，无以宣其学"、迄唐而"赋遂泯绝"①；黄侃批评律赋"规矩则有破题颔接之称，其精采限于声律对仗之内。故或谓赋至唐而遂绝，由其体尽变。非复古义也"②；刘师培则称"以律赋取士，而赋体日卑"③；姚华亦称"自唐迄清，几一千年，或绳墨于场屋，或规矩于馆阁，其制益艰，其才弥局"④。他们又都将"赋亡"之因归于骈俪声律，以律赋为其限。介于像章太炎、姚华等人皆留学日本，广涉西方学术，具有一定的现代学术观念⑤，将他们的这些观点视为同前人一样的"复古""保守"，显然是不合适的。尽管自明人以来的"赋亡"说确有着"复古"的意味，然而我们亦不当忽略其中的合理成分——只要我们愿意跳出所谓"复古""保守""开新"的革命文学话语，跳出本于生物学和社会学的演进优化论；愿意从辞章审美之学上去追问何以只有"赋亡"而无"诗亡"之说，何以赋未能越发展越丰富，诗却迄今而绵延不死——我们就不得不理性地承认，"赋亡""诗兴"之消长是存在的，而且是由其立体原则这一根本原因所导致的必然结果。

这可以准之于二体互动的展演历程。先从赋的角度来看，其初起虽与《诗》有千丝万缕的关系，但以"诗""文"的分异而蔚为大国，以铺陈规限物事题材而立体。当赋之铺陈手法上升为立体原则后，一切手法只要有利于此原则，皆可转为之用；内在的铺陈原则并不规限外在的篇幅形式，所以赋体的形制是灵活的，自由的，可以说"文之敷张而扬厉者，皆赋之变体"，由是旁衍诸体，皆有似赋，这也是章学诚《文史通义·诗教》批评萧统编《文选》分类不妥的主要原因。汉大赋一开始就大力发展了这一点，能够铺陈宏大物事巨题，展示出博丽之能和

---

① 章太炎：《国故论衡》，第84、91页。
② 黄侃：《文心雕龙札记》，第60页。
③ 刘师培：《刘师培中古文学论集》，第255页。
④ 姚华：《弗堂类稿》，第31—32页。
⑤ 章氏赋论有着较强的西学参照视角，观其《文学说例》《国故论衡·文学总略》即可知道；姚华的赋论可参见拙作《姚华赋学观及其现代学术意涵》，《贵州文史丛刊》2020年第4期。

过程之美

流动之势，苞括宇宙，总览人物，仪态万方，正可谓"当中与盈之时，已具昃与亏之势矣"，遂使其后的文章皆能从中分脔得味，别成向深度发展的子类；无论是魏晋赋的转为体物描写，还是齐梁赋的体物诗化，都是沿着这一态势而深化发展的。赋以铺陈，铺陈必推及手法，终以辞章取胜，手法和辞章都有尽时，这使得赋体在内部的演进也终会势穷而转向其他文体乞灵。如果说晋代开始有意识打开了其与诗的互用通道，那么齐梁声律化下的"诗化赋"，就是成功的文体嫁接。然而尽管"体各有妙"，参照民国学人的文学价值判断，我们会看到，赋以事物为铺张者，必以辞采之助成体格要素而断乎高下：于焉可解最上者必以"汉赋体"之"奥博""渊丽"兼及流动的体势美居之，"魏晋体"仅得体物之流丽而次之，"齐梁体"体物消退而深化诗境又次之。赋体之辉光，正在于其内部苞括宇宙的大发展，从而能为其他文体提供丰富的文学资源，可一旦反过来借用其他文体，就意味着辞章之路已穷尽，形态移用的"非复古义"本质上则意味着减损了其体格要素。从这个角度讲，赋的诗化也就意味着其体格要素之消减乃至"消亡"。辞章之道既尽，自此以后，唐律赋和唐宋文赋的文体借用更是无益于赋体"铺陈原则"和"物事题材"的双重展开①：从"体各有妙"的审美高下判断来讲，它们在辞章的"渊丽"上退不能和唐前赋相比，在表意的深邃上进不能和近体诗相比；尽管功在新开出二体，甚至以律赋能在程式规限中检讨文士之腹笥而独有科考之功效，可对于"蔚为大国"的赋域来讲，亦只是江海之余波而已。这真是赋体的双重宿命，一方面，荀赋立体虽与《诗》分异，但其形态短篇化、结构二元制约化和功用经学化而又不离于《诗》学的规限，已伏下了自我消解的可能；另一方面，赋由于最善于"排类"表意，最善于将"空间中纷陈对峙的事物情态都和盘托出"，这又伏下了骈偶的可能，骈偶必然反过来消解铺陈，必然导向诗化而失体。然而，站在"新变""代雄"的创作角度，诗化乃是文体发展必要的探索，这是文学发展的内在趋动力。正如乔亿

---

① 易闻晓师《"赋亡"：铺陈的丧失》指出"赋亡"的根本原因在于铺陈手法的消亡，这是本于辞章之学的卓见，只是铺陈手法消亡的原因亦与文体、声律等相关，尚可进一步讨论。本书重点在于赋与诗地位的消长和体制的盛衰，注重于二体互动的原因解释，故不在"赋亡"的根本原因上过多展开。易文载《文学评论》2015年第3期。

所称:"汉魏六朝名赋,皆诗学之丹头。扬子云曰:'能读千赋,则能为之。'非为材料也。如此然后尽文章之变态。"① 赋家创作唯有规避前贤,特别是对于辞赋名家来说,他们"终不敢屋下架屋""更不袭屈宋一句"②。如果需要辨体,则势必要对创作之观念和文体发展之态势获得辩证的理解,我们可以借钱锺书《谈艺录》之说来对之加以阐释:"文章之革故鼎新,道无它,曰以不文为文,以文为诗而已。向所谓不入文之事物,今则取为文料;向所谓不雅之字句,今则组织而斐然成章。谓为诗文境域之扩充,可也;谓为不入诗文名物之侵入,亦可也。"③ 置之于赋的探索,那真可是"以不赋为赋,以诗为赋而已",故谓为赋域之"扩充"亦可,谓为"坏体"之诗句"侵入"亦可。只是探索不一定都会成功,还可能会失败——就文学本身而言,过程却是美好而丰富的。

当"诗化赋"盛行之时,赋体已然迷失了自身,无论是铺陈的立体原则,还是物事题材的展开,还是六朝赋发展出来体物的描写,在此都悄然隐退。我们不禁要追问,如果说齐梁人尚在"新变""代雄"的激烈探索中而不及理性地回视其体,那么,稍后的初唐人究竟怎么看赋呢?在律赋兴起之前,在他们眼里,究竟什么样的文体才算赋?对此的考察将有利于检讨我们对赋体的定义。很幸运,我们在初唐人论诗的话语中找到一些痕迹。按唐佚名《文笔式》云:"制作之道,唯笔与文。文者,诗、赋、铭、颂、箴、赞、吊、诔是也;笔者,诏、策、移、檄、章、奏、书、启等也。即而言之,韵者为文,非韵者为笔。"④ 初唐人分有韵为"文"、无韵为"笔",此承齐梁"文""笔"之辨,表明他们的辨体。如果以诗句入赋,体物在骈化中诗境化后,那么赋就只剩下用韵了,这和此外的诗、铭、颂等"文"又有何区别呢?而上官仪《笔札华梁》称"文无定势,体有变通"⑤,承续的是此前张融所谓

---

① 郭绍虞:《清诗话续编》,第1704页。
② 叶梦得《避暑录话》称:"古今文辞变态已极,虽源流不免有所从来,终不肯屋下架屋。……至于诸赋,更不蹈袭屈、宋一句,则二人(韩愈、柳宗元)皆在严忌、王褒上数等也。"叶梦得:《石林燕语 避暑录话》,田松青、徐时仪校点本,上海古籍出版社2012年版,第131页。
③ 钱锺书:《谈艺录》,第29—30页。
④ 张伯伟:《全唐五代诗格校考》,第70页。
⑤ 张伯伟:《全唐五代诗格校考》,第43页。

"夫文岂有常体，但以有体为常，政当使常有其体"，他们确然是承认文体通变的。那么，"有体为常"的"常"又是什么呢？前举《文笔式》论"属对"第七有"赋体对"，值得全加征引：

> 赋体对者，或句首重字，或句首叠韵，或句腹叠韵，或句首双声，或句腹双声。如此之类，名为赋体对。似赋之形体，故名赋体对。
> 诗曰：句首重字："袅袅树惊风，晒晒云蔽月。""皎皎夜蝉鸣，胧胧晓光发。"
> 句腹重字："汉月朝朝暗，胡风夜夜寒。"
> 句尾重字："月蔽云晒晒，风惊树袅袅。"
> 句首叠韵："徘徊四顾望，怅恨独心愁。"
> 句腹叠韵："君赴燕然戍，妾坐逍遥楼。"
> 句尾叠韵："疏云雨滴沥，薄雾树朦胧。"
> 句首双声："留连千里宾，独待一年春。"
> 句腹双声："我陟崎岖岭，君行峣峴山。"
> 句尾双声："妾意逐行云，君身入暮门。"①

诗之"属对"形态似"赋之形体"，故称"赋体对"。观其分类，不过重字、双声、叠韵三种，则其本质上是以辞章手法来代表赋体。又《文镜秘府论》西卷"文二十八种病"第八"正纽"中，亦有"除非故作双声，下句复双声对，方得免小纽之病也。若为联绵赋体类，皆如此也"②，"联绵赋体"同样指向双声叠韵。又旧题王昌龄《诗格》"常用体"中有"赋体五"曰："谢惠连诗：'皎皎天月明，奕奕河宿烂。'此呈其秋怀之物，是赋体也。"③ 所称之谢诗是直呈描写，且有叠字，亦相呼应。看来，在初唐人眼里，赋即是使用"重字""双声""叠韵"之辞章手法的文体。而"重字""双声""叠韵"的赋法具有久远的传统，我们在本书中曾予以讨论，荀赋、宋赋首开此格，汉人大力发扬名物铺陈与物事情态的形容铺陈，故能扬其波，晋人重视体物描写，亦有

---

① 张伯伟：《全唐五代诗格校考》，第52页。
② 卢盛江：《文镜秘府论汇校汇考》，第987页。
③ 张伯伟：《全唐五代诗格校考》，第155页。

所承续。按来裕恂《汉文典·文章典》谓"文章之声情神韵，全赖描写摹拟以传之，故其功用，悉在形容"，而在"单独形容字""复杂形容字""双声叠韵形容字""骈字形容字"这四种形容法中，前二者在辞章形态上的标识性不足；后二者更具形容功能而可据为标志，比如双声叠韵"不能单举"，"发语迟缓，以长有之故"，能有"双声叠韵自然之音义寓尔其中"，形容字单举不足以见其意味，骈举（即"重字"）而后"形容若绘"。① 所以以"重字""双声""叠韵"之标识称赋体，本质在于认同赋之形容，承续的是晋赋"体物以描写"的新传统；只是不再标举"物"的题材指向②，注重辞章修辞之法，根本上乃是诗学本位的修辞借用。由此可见，迄齐梁经过大量的"诗化赋"书写后，至唐人之赋，只剩下形容的辞章，仅余"以物事为铺张"的余绪了。至律赋兴起，这一形容的辞章标识进一步消退，创作的焦点转向"破题颔接"和"声律对仗"；下至唐宋文赋的新变，则退而再退，所谓"一片之文但押几个韵尔，赋于何有？今观《秋声》《赤壁》等赋，以文视之，诚非古今所及；若以赋论之，恐［教］坊雷大使舞剑，终非本色"③，展示的正是赋的体格要素逐渐减损失落的进程。此际之律赋文赋，何尝能见着多少"重字""双声""叠韵"的辞章标格？显然，"终非本色"的"尊体""破体"之说恐怕是不够的，体格要素之减损才是关键，唯有"赋于何有"的追问，才让我们理性地回头省思何所谓之曰"赋"。

　　诗之体能大张，能以其体之勃兴而承续"赋亡"，本质仍在于它与赋的立体差异。我们可以说，诗以相对稳定的篇幅形式规限表意（"言志""缘情"）而立体。《诗》虽以礼乐传统而逐渐发展为诗意的乐章，但文人诗却是从乐府中来；从乐府到拟乐府，再到文人徒诗，其中关键在于句式的从"散句"演化到"诗句"，声律化进而助成了"句法"的大量产生。根据现代汉语韵律构词学的研究，诗歌的形成是韵律在起作用，韵律规范音步节拍，于是从乐府到诗的这一发展，就体现了韵律节

---

① 王水照：《历代文话》第九册，第 8518—8521 页。
② 初唐人也称"赋叙物象"，然而包含了对前代遗产的清理意味，他们大都不热衷于写赋。下文有详细讨论。
③ 祝尧：《古赋辨体》，《历代赋论汇编》，第 61 页。

奏对散句文法的征服①；而这其中的前提，正是基于稳定的篇章句式，由此才产生了韵律节奏轨范"句法"的可能。另一方面，"诗有清虚之赏，赋惟博丽为能。"② 不同于赋之高下取决于辞章之铺陈名物"奥博"或情态"渊丽"，诗的"清虚之赏"乃意境的审美欣赏，本质上是由其立体的"言志""缘情"这一表意倾向所决定的。而相对稳定的篇幅句式，必然会轨范其表意追求导向曲折深微。故魏泰《临汉隐居诗话》云："诗者述事以寄情，事贵详，情贵隐，及乎感会于心，则情见于词，此所以入人深也。如将盛气直述，更无余味，则感人也浅，乌能使其不知手舞足蹈！"③ 诗之"情贵隐"，正指向诗以表意感人的文体倾向，这不同于赋之铺陈"博丽"，乃是以深远虚灵的意境取胜，亦即胡应麟所称"诗与文体迥不类，文尚典实，诗贵清空"④。由此决定了诗能在有限的形制下进行若干种思力的创新，所谓"意翻空而易奇"，不同于辞章之有尽。徐增《而庵诗话》称"作诗之道有三，曰寄趣，曰体裁，曰脱化"⑤，除却"体裁"的相对不变外，"寄趣"和"脱化"都属于"翻空而易奇"的部分，是无穷无尽而生生不息的。当辞章在业经赋体发展到了"渊丽"之极后，当句式和体制业经形式美学的极致轨范后，赋走到了尽头，诗在内则获得了自足的"有意味的形式"，在外则获得了无尽的辞章资源。各人有不同之意趣，各人有不同之体性，因此诗意就会在此规限之下写之不尽，也因此才会"赋亡"而"诗兴"，才会只有"赋亡"而并无"诗亡"。

"赋亡""诗兴"是一个诗赋文体彼此渗透、互促发展的动态过程，其中仍然有着主次之别。恰如当初赋占主体地位时，许多文体都会带上敷张扬厉的特点，强势的、占主流的文体，总会侵染到次一类的文体；

---

① 冯胜利的汉语韵律构词学在这方面提供了若干解释的思路，易闻晓师《中国诗法学》、杜晓勤《六朝声律与唐诗体格》等专著都在这方面具有成功的展开，本书中亦有一定讨论。关于韵律对诗句散句的作用，卢冠忠《论六言诗与骈文六言句韵律及句法之异同》讨论六言诗和六言骈句，可推及于韵律之作用于散文句和诗体句的适宜程度。卢文载《社会科学论坛》2014年第4期。
② 孙福轩、韩泉欣：《历代赋论汇编》，第209页。
③ 何文焕：《历代诗话》，第322页。
④ 胡应麟：《诗薮》，第120页。
⑤ 丁福保：《清诗话》，第439页。

现在此消彼长，诗在声律化中占据了主流，于是文人先以诗为赋，最后则转为以诗为绝对的主体，赋之写作都成了新探索的经验资源——它对铺陈的展开，对客观物色的描写，对物境的体察，对骈俪化的试验，对声律的追求，凡此都先后移之于诗。在初唐尽管仍有部分赋作①，但文人的兴趣全在改造新诗体上。前引佚名《文笔式》有"论体"，谓"陈绮艳，则诗赋表其华"，这是"文""笔"之辨中合论"文"体的视角；而唐人的批注更值得注意："诗兼声色，赋叙物象，故言资绮靡，而文极华艳。"② 所谓"赋叙物象"，不过是据以往经验明辨二体的区分，是对晋人"体物"之说的理论总结；起码初唐人的实际创作既不重赋，偶见之作仍在齐梁诗化赋的传统中，如前引骆宾王的《荡子从军赋》，就没有多少"叙物象"成分③。他们的兴趣和关键全在于强调"诗兼声色"，谈赋不过是以为"文"类资源借用的总结之论——所谓"诗兼声色"，卢盛江注"声"乃"声律"，"色"有"自然物色"和"语言华丽之色泽"④，则此"二色"同于赋之"声色"，所以诗是能"兼及"赋"叙物象"的传统功能的。他们在时兴文体中发现了新的文学趣味，赋体已经渐渐过时，诗才是最重要的；既然诗已能兼叙物色，那么，赋就只剩下形容的辞章之法可供采撷了。以此来看四杰的以骈赋改革歌行，站在后人的角度，往往批评他们的歌行骈偶而整密、铺陈而艳丽，实际上这一借用改造的必由之路⑤，本质仍在于诗本位的赋体资源借用。初唐元兢《古今诗人秀句序》为我们留下了这样一段材料：

> （余）常与诸学士览小谢诗，……美哉玄晖，何思之若是也。……余于是以情绪为先，直置为本，以物色留后，绮错为末，

---

① 今见初唐人赋作，远低于齐梁人，在诸名家中，陈子昂赋仅1篇，骆宾王仅2篇，卢照邻仅5篇，只有好辞采的王勃最多，计12篇。足见永明声律化之于诗赋文体消长的影响。
② 张伯伟：《全唐五代诗格校考》，第56页。
③ 初唐赋虽少，亦难以一概而论，大致来说，陈子昂、骆宾王皆反齐梁之风而不好为赋，王勃重华辞，卢照邻能承晋赋之"体物"而省思骈偶。相对于他们的诗来说，这些创作是不值一提的。在此不作详细展开。
④ 卢盛江：《文镜秘府论汇校汇考》，第1384页。
⑤ 可参看赵昌平《从初盛唐七古的演进看唐诗发展的内在规律》一文，载《赵昌平自选集》，广西师范大学出版社1997年版，第1—21页。

> 助之以质气，润之以流华，穷之以形似，开之以振跃，或事理俱惬，词调双举，有一于此，罔或孑遗。时历十代，人将四百，自古诗为始，至上官仪为终。①

元兢曾与上官仪同修《芳林要览》，他收古今诗人秀句，下限断自上官仪，当有着诗学史的贯通考量。他赞美小谢之诗，意味着对大谢"颇以繁芜为累"②的出脱，大谢诗尚有赋之铺陈体物的痕迹，小谢则圆美流转，既重声律，复求诗境，已完全有别于赋。更重要的是，"以情绪为先""以物色留后""绮错为末"，"物色""形似""事理"云云本是赋的本色追求，这里标举先后，并入于诗，则成功解决了以赋法入诗、将诗赋写法融为一体的问题，与前举"赋体对""诗兼声色"诸说适相呼应。并且在他们眼里尚不止于此，士人发言为论，关键是"足以纬俗经邦，岂止雕章缛句，韵谐金奏，词炳丹青"③，诗学终将呼唤"纬俗经邦"的诗教精神，章句声律问题都成了基础，盛唐气象的表达才是最大旨趣，重辞章的赋自然不足为论。于焉赋的写法渐渐在唐人诗论话语中消退，并与诗格诗话打成一片，呈现为诗法之要义。

清代黄承吉《金雪舫文学（赋钞）序》说：

> 古今文章体制之变迁不一者，惟诗为綦多；而境地之变迁不一者，则惟赋为至广。④

这可以补注二体兴衰规律之迥异。诗以篇制规限表意，只有"言志""缘情"的翻空称奇才能呈现诗人之无穷创造力，虚灵无着的情感意绪和思力创新无法成为体制之标准，于是不得不逼出因形而立体的子类探索，故而开出绝句、律诗、歌行、乐府等多种体裁。但赋以铺陈规限物事题材立体，篇幅的长短皆无关紧要，一切其他文体凡能铺陈扬厉者，亦可看成赋之旁衍，故如"七体"之类，亦可看作赋，却不能因之将

---

① 郭绍虞等：《中国历代文论选》（第一册），上海古籍出版社2001年版，第322页。
② 曹旭：《诗品集注》，第395页。
③ 刘昫等：《旧唐书》，中华书局1987年版，第4982页。
④ 黄梦吉：《梦陔堂文集》卷六，清道光十二年（1832）江都黄氏刻本。

"七体"看成一自足品性之赋体子类——因为赋体的关键在铺陈体物，一切的判断皆从此来，"七体"若无铺陈物事，自然也就不能当作赋来看。故所谓"境地之变迁"云云，实指向于赋之体貌，"六朝体""诗化赋""抒情小赋""骚体赋""咏物小赋"，及至主用铺陈的"七体""杂文"，皆属其类。诗多体裁之子类，赋多体貌之变迁，皆由它们的立体原则而决定。自唐"赋亡"后，赋在铺陈和体物两方面所形成的体貌探索已近尾声，各人之体性表达则被笼罩于此前的诸种体貌之内，后代之赋亦不出此等写法，更不可能因为后世语体的改变而产生所谓"白话赋"[①]；诗却以形式美学的自足而进一步伏下了表意的翻空称奇，于焉人人可凭思力和辞章开出自己之体性。按照韦勒克《文学理论》的说法，文体学的核心内容之一"正是将文学作品的语言与当时语言的一般用法相对照"[②]，在区分"日常语言"与"文学语言"的层面，不管是声音、词序、句子的结构，"以声律就句法"的诗，都较从"文法"散句之赋要更能背离"日常语言"，其所呈现的文学趣味较之赋也远为深邃。不过，"赋亡"却无碍于文学的演进。一种文体衰落了，另一种文体接上去；文学之美却在不断演绎着，并越来越精致，越来越复杂。赋由浑成高古之美，转成散缓风流之美，转成音节整饬之美，则变成了诗的天下；然而这是不够的，它还要转向复杂化、多样化，转向于"寓杂多于整一"的诗体，只有在这里，美的历程才会踵武往古，开出五彩绚烂之花。

[①] 郭绍虞在《赋在中国文学史上的位置》中说："骈文盛行的时期有律赋，古文盛行的时期有文赋，则当现在语体盛行的时期，不应再有语赋——白话赋——的产生吗？"这一说法常为论家所引用。实际上这是不可能的，赋体的流变是同语体之内的体貌之变，郭氏混同了语体和文体，"白话"是另一种语体，性质不一，就算真产生"白话赋"，也和文言系统之内的赋关系不大了。郭文见《照隅室古典文学论集》（上），第86页。

[②] ［美］勒内·韦勒克、奥斯汀·沃伦：《文学理论》，第166、170页。

征引书目

一 著作类

（一）古籍

（汉）班固：《班固集校注》，侯文学校注，人民出版社2019年版。

（汉）班固撰，（唐）颜师古注：《汉书》，中华书局1997年版。

（清）鲍桂星：《赋则》，王冠《赋话广聚》（第六册）影印道光二年（1822）刻本，北京图书馆出版2010年版。

（南朝）鲍照：《鲍参军集注》，钱仲联集注，上海古籍出版社2005年版。

（宋）蔡居厚：《蔡宽夫诗话》，郭绍虞《宋诗话辑佚》本，中华书局1980年版。

（宋）蔡梦弼：《杜工部草堂诗话》，丁福保辑《历代诗话续编》本，中华书局1987年版。

（魏）曹丕：《曹丕集校注》，夏传才、唐绍忠校注，河北教育出版社2013年版。

（魏）曹丕：《魏文帝译注》，易健贤译注，贵州人民出版社1998年版。

（清）曹雪芹：《红楼梦》，光明日报出版社2012年版。

（魏）曹植：《曹植集校注》，王巍校注，河北教育出版社2013年版。

（魏）曹植、阮籍：《曹子建诗注、阮步兵咏怀诗注》，黄节注，中华书局2008年版。

（清）陈澧：《切韵考》，广东高等教育出版社2004年版。

（晋）陈寿撰，（宋）裴松之注：《三国志》，中华书局1997年版。

（清）陈绎曾：《文筌》，《续修四库全书》本。

（清）陈元龙：《历代赋汇》，凤凰出版社2004年版。

（宋）陈振孙：《直斋书录解题》，上海古籍出版社2015年版。

（唐）陈子昂：《陈子昂集》，徐鹏校注本，上海古籍出版社2013年版。

（清）陈祚明：《采菽堂古诗选》，上海古籍出版社2019年版。

（唐）成伯屿：《毛诗指说》，文渊阁《四库全书》本，上海古籍出版社1987年版。

（宋）程大昌：《演繁露注》，周翠英注，中国社会科学出版社2018年版。

（清）程廷祚：《青溪集》，宋效永校点本，黄山书社2014年版。

（清）储大文：《存砚楼文集》，文渊阁《四库全书》本。

（汉）董仲舒：《春秋繁露》，上海古籍出版社1989年版。

（唐）杜甫：《杜诗详注》，（清）仇兆鳌注，中华书局1979年版。

（晋）杜预等注：《春秋左传正义》，阮元刻《十三经注疏》影印本，中华书局1980年版。

（唐）段成式：《酉阳杂俎》，曹中孚校点本，上海古籍出版社2012年版。

（清）段玉裁：《说文解字注》，上海古籍出版社1981年版。

（元）范德机门人编：《总论》，张健《元代诗法校考》本，北京大学出版社2001年版。

（南朝）范晔撰，（唐）李贤注：《后汉书》，中华书局1997年版。

（明）方以智：《通雅》，上海古籍出版社1988年版。

（唐）房玄龄：《晋书》，中华书局1997年版。

（晋）葛洪：《抱朴子》，（清）孙星衍校正《诸子集成》本，上海书店出版社1986年版。

（清）顾炎武：《日知录集释》，（清）黄汝成集释，上海古籍出版社2006年版。

（战国）管仲：《管子》，（清）戴望校正《诸子集成》本，上海书店出版社1986年版。

（宋）郭茂倩：《乐府诗集》，中华书局1979年版。

（汉）韩婴：《韩诗外传集释》，许维遹集释，中华书局1980年版。

（唐）韩愈：《五百家注韩昌黎集》，（宋）魏仲举等集注，中华书局2019年版。

（清）何焯：《义门读书记》，中华书局1987年版。

（明）何景明：《大复集》，文渊阁《四库全书》本。
（清）贺怡孙：《诗筏》，郭绍虞辑《清诗话续编》本，上海古籍出版社1983年版。
（宋）胡寅：《斐然集》，中华书局1993年版。
（明）胡应麟：《诗薮》，上海古籍出版社1958年版。
（汉）桓谭：《新辑本桓谭新论》，朱谦之校辑《新编诸子集成续编》本，中华书局2009年版。
（清）黄梦吉：《梦陔堂文集》，清道光十二年（1832）江都黄氏刻本。
（清）黄子云：《野鸿诗的》，丁福保辑《清诗话》本，上海古籍出版社2015年版。
（清）黄宗羲编：《明文授读》，清康熙己卯年（1699）四明张氏味芹堂刊本。
（清）纪晓岚：《纪晓岚文集》，孙致中校点本，河北教育出版社1995年版。
（南朝）江淹：《江文通集校注》，丁福林校注，上海古籍出版社2017年版。
（明）姜宸英：《湛园札记》，文渊阁《四库全书》本。
（清）焦循：《孟子正义》，中华书局1987年版。
（唐）皎然：《诗式校注》，李壮鹰校注，人民文学出版社2003年版。
（汉）孔安国等：《尚书正义》，阮元刻《十三经注疏》影印本。
（清）来裕恂：《汉文典·文章典》，王水照编《历代文话》本，复旦大学出版社2007年版。
（明）郎瑛：《七修类稿》，上海书店出版社2001年版。
（清）劳孝舆：《春秋诗话笺注》，董运庭笺，中国社会科学出版社2013年版。
（春秋）老子：《老子注译及评介》，陈鼓应注译，中华书局1984年版。
（唐）李白：《李太白全集》，（清）王琦注，中华书局2015年版。
（清）李调元：《赋话》，孙福轩、韩泉欣编《历代赋论汇编》本，人民文学出版社2014年版。
（宋）李昉：《文苑英华》，中华书局1966年版。
（明）李梦阳：《空同集》，文渊阁《四库全书》本。

（唐）李延寿：《北史》，中华书局1974年版。

（唐）李延寿：《南史》，中华书局1975年版。

（清）李元度：《赋学正鹄》，孙福轩、韩泉欣编《历代赋论汇编》本。

（清）李兆洛：《骈体文钞》，上海书店出版社1988年版。

（战国）列子：《列子集释》，杨伯峻集释，中华书局2012年版。

（清）林联桂：《见星庐赋话校证》，何新文校证，上海古籍出版社2013年版。

（清）刘宝楠：《论语正义》，中华书局1990年版。

（元）刘祁：《归潜志》，中华书局1983年版。

（清）刘淇：《助字辨略》，中华书局1954年版。

（清）刘熙载：《艺概注稿》，袁津琥注，中华书局2009年版。

（汉）刘向：《战国策笺证》，范祥雍笺，上海古籍出版社2006年版。

（梁）刘勰：《文心雕龙义证》，詹锳义证，上海古籍出版社1989年版。

（梁）刘勰：《文心雕龙注》，范文澜注，人民文学出版社1958年版。

（汉）刘歆：《西京杂记》，王根林校点，上海古籍出版社2012年版。

（五代）刘昫等：《旧唐书》，中华书局1987年版。

（南朝）刘义庆：《世说新语》，（南朝）刘孝标注《诸子集成》本，上海书店出版社1986年版。

（南朝）刘义庆：《世说新语笺疏》，余嘉锡笺，中华书局2011年版。

（南朝）刘义庆：《世说新语校释》，龚斌校释，上海古籍出版社2011年版。

（唐）柳宗元：《柳宗元集》，吴文治点校本，中华书局1979年版。

（唐）卢照邻：《卢照邻集笺注》，祝尚书笺，上海古籍出版社2011年版。

（晋）陆机：《陆机集校笺》，杨明笺，上海古籍出版社2016年版。

（晋）陆机：《文赋集释》，张少康集释，人民文学出版社2002年版。

（明）陆时雍：《诗境总论》，丁福保辑《历代诗话续编》本。

（晋）陆云：《陆士龙集校注》，刘运好校注，凤凰出版社2010年版。

（唐）骆宾王：《骆临海集笺注》，（清）陈熙晋笺，上海古籍出版社1985年版。

（清）马瑞辰：《毛诗传笺通释》，中华书局1989年版。

（汉）毛亨等：《毛诗注疏》，《十三经注疏》整理本，上海古籍出版社2013年版。

（汉）毛亨等：《毛诗注疏》，阮元刻《十三经注疏》影印本。

（清）毛奇龄：《西河集》，文渊阁《四库全书》本。

（清）毛先舒：《诗辨坻》，郭绍虞辑《清诗话续编》本。

（清）冒春荣：《葚原诗说》，郭绍虞辑《清诗话续编》本。

（唐）欧阳询：《艺文类聚》，上海古籍出版社2013年版。

（晋）潘岳：《潘岳集校注》，董志广校注，天津古籍出版社2005年版。

（清）皮锡瑞：《经学历史》，中华书局1959年版。

（清）浦铣：《历代赋话校证》，何新文校证，上海古籍出版社2007年版。

（清）钱澄之：《田间文集》，上海古籍出版社2011年版。

（清）乔亿：《剑溪诗说》，郭绍虞辑《清诗话续编》本。

（战国）屈原等：《楚辞补注》，（宋）洪兴祖补注，中华书局1983年版。

（战国）屈原等：《楚辞集注》，（宋）朱熹集注，上海古籍出版社1979年版。

（战国）屈原等：《楚辞通释》，（清）王夫之释，上海人民出版社1975年版。

（战国）屈原等：《山带阁注楚辞》，（清）蒋骥注，上海古籍出版社1958年版。

（战国）屈原等：《重订屈原赋校注》，姜亮夫校注，天津古籍出版社1987年版。

（清）阮元：《揅经室集》，中华书局1993年版。

（唐）上官仪：《笔札华梁》，张伯伟《全唐五代诗格校考》本，陕西人民教育出版社1996年版。

（清）沈德潜：《古诗源》，中华书局2018年版。

（清）沈德潜：《沈德潜诗文集》，潘务正校点本，人民文学出版社2011年版。

（清）沈德潜：《说诗晬语笺注》，王宏林笺，人民文学出版社2013年版。

（清）沈叔埏：《颐彩堂文集》，清嘉庆二十三年（1818）沈维鐈武昌刻本。

（南朝）沈约：《宋书》，中华书局1974年版。

（梁）释慧皎：《高僧传》，汤用彤校注，中华书局1992年版。

（宋）司马光：《涑水纪闻》，邓广铭点校本，中华书局1989年版。

（宋）司马光：《资治通鉴》，中华书局2013年版。

（汉）司马迁撰，（唐）司马贞等三家注：《史记》，中华书局1997年版。

（清）孙德谦：《六朝丽指》，王水照编《历代文话》本。

（明）孙鑛：《姚江孙月峰先生全集》，嘉庆十九年（1814）孙氏重刊本。

（清）孙梅：《四六丛话》，人民文学出版社2010年版。

（晋）陶渊明：《陶渊明集笺注》，袁行霈笺，中华书局2011年版。

（晋）王弼：《周易注校释》，楼宇烈校释，中华书局2012年版。

（晋）王弼等：《周易正义》，阮元刻《十三经注疏》影印本。

（魏）王粲等：《建安七子集》，俞绍初辑校，中华书局2014年版。

（唐）王昌龄：《诗格》，《全唐五代诗格校考》，张伯伟《全唐五代诗格校考》本。

（清）王夫之：《古诗评选》，上海古籍出版社2011年版。

（清）王夫之：《姜斋诗话笺注》，戴鸿森笺，上海古籍出版社2012年版。

（清）王夫之：《唐诗评选》，上海古籍出版社2011年版。

（汉）王符：《潜夫论》，（清）汪继培笺《诸子集成》本，上海书店出版社1986年版。

（清）王闿运：《湘绮楼诗文集》，岳麓书社1996年版。

（宋）王楙：《野客丛书》，中华书局1987年版。

（清）王念孙：《广雅疏证》，中华书局2019年版。

（清）王芑孙：《读赋卮言》，孙福轩、韩泉欣编《历代赋论汇编》本。

（清）王士禛：《渔洋精华录集释》，李毓芙等集释，上海古籍出版社1999年版。

（明）王世贞：《艺苑卮言》，何文焕辑《历代诗话》本，中华书局1981年版。

（清）王先谦：《释名疏证补》，清光绪二十二年（1896）王氏原刻本。

（清）王修玉：《历朝赋楷》，《四库全书存目丛书》影印清康熙刻本。

（宋）王应麟：《玉海》，江苏古籍出版社1987年版。

（清）王之绩：《铁立文起》，孙福轩、韩泉欣编《历代赋论汇编》本。

（三国）韦昭集解：《国语集解》，中华书局2019年版。

（清）魏谦升：《赋品》，何沛雄《赋话六种》，生活·读书·新知三联书店1982年版。

（北朝）魏收：《魏书》，中华书局1974年版。

（明）吴讷、徐师曾：《文章辨体序说　文体明辨序说》，人民文学出版社1962年版。

（清）吴曾祺：《涵芬楼文谈》，王水照编《历代文话》本。

（晋）习凿齿：《校补襄阳耆旧记》，黄惠贤校补，中华书局2018年版。

（宋）项安世：《项氏家说》，孙福轩、韩泉欣编《历代赋论汇编》本。

（梁）萧统编：《六臣注文选》，（唐）李善、吕延济等六臣注，中华书局2012年版。

（梁）萧统编：《文选》，（唐）李善注，胡克家刻本影印，中华书局1977年版。

（梁）萧统编：《文选李注义疏》，（唐）李善注，高步瀛疏，中华书局2018年版。

（梁）萧绎：《金楼子校笺》，许逸民校笺，中华书局2011年版。

（南朝）萧子显：《南齐书》，中华书局1972年版。

（南朝）谢朓：《谢宣城集校注》，曹融南校注，上海古籍出版社1991年版。

（清）谢章铤：《赌棋山庄词话》，唐圭璋编《词话丛编》本，中华书局1986年版。

（明）谢榛：《四溟诗话》，丁福保辑《历代诗话续编》本。

（元）辛文房：《唐才子传校笺》，傅璇琮等校笺，中华书局1987年版。

（唐）徐坚：《初学记》，中华书局1962年版。

（南朝）徐陵：《玉台新咏》，上海古籍出版社2007年版。

（清）徐乾学等：《通志堂经解》，广陵书社2007年版。

（清）徐增：《而庵诗话》，丁福保辑《清诗话》本。

（清）许梿选评：《六朝文絜》，（清）黎经诰注，上海古籍出版社2020年版。

（明）许学夷：《诗源辨体》，人民文学出版社1998年版。

（宋）许顗：《彦周诗话》，何文焕辑《历代诗话》本。

（清）薛雪：《一瓢诗话》，丁福保辑《清诗话》本。

（战国）荀子：《荀子集解》，（清）王先谦集解《诸子集成》本，上海书店出版社1986年版。

（清）严可均：《全后周文》，商务印书馆1999年版。

（清）严可均：《全梁文》，商务印书馆1999年版。

（清）严可均：《全齐文·全陈文》，商务印书馆1999年版。

（清）严可均：《全宋文》，商务印书馆1999年版。

（清）严可均：《全隋文》，商务印书馆1999年版。

（清）严可均辑：《全后汉文》，商务印书馆1999年版。

（清）严可均辑：《全晋文》，商务印书馆1999年版。

（清）严可均辑：《全三国文》，商务印书馆1999年版。

（宋）严羽：《沧浪诗话校释》，郭绍虞校释，人民文学出版社1961年版。

（北朝）颜之推：《颜氏家训》，檀作文译注，中华书局2015年版。

（汉）扬雄：《法言义疏》，汪荣宝疏《新编诸子集成》本，中华书局1987年版。

（明）杨慎：《升庵诗话》，丁福保辑《历代诗话续编》本。

（清）姚鼐：《古文辞类纂》，上海古籍出版社2016年版。

（唐）姚思廉：《梁书》，中华书局1973年版。

（宋）叶梦得：《石林诗话》，何文焕《历代诗话》本。

（宋）叶梦得：《石林燕语 避暑录话》，徐时仪校点本，上海古籍出版社2012年版。

（清）叶燮：《原诗》，丁福保辑《清诗话》本。

（唐）佚名：《赋谱》，孙福轩、韩泉欣编《历代赋论汇编》本。

（唐）佚名：《文笔式》，张伯伟《全唐五代诗格校考》本。

（唐）殷璠：《河岳英灵集》，傅璇琮编《唐人选唐诗新编》本，陕西人民教育出版社1996年版。

（清）永瑢等编：《四库全书总目》，中华书局1965年版。

（清）余丙照：《赋学指南》，孙福轩、韩泉欣编《历代赋论汇编》本。

（清）俞琰：《咏物诗选》，成都古籍书店1987年版。

（北周）庾信：《庾子山集注》，（清）倪璠注，中华书局1980年版。

（清）袁栋：《书隐丛说》，《续修四库全书》本。

（清）翟灏：《通俗编》，商务印书馆1958年版。

（汉）张衡：《张衡诗文集校注》，张震泽校注，上海古籍出版社2009年版。

（清）张惠言：《茗柯文编》，上海古籍出版社2015年版。

（清）张惠言：《七十家赋钞》，《续修四库全书》本，上海古籍出版社2002年版。

（宋）张戒：《岁寒堂诗话》，丁福保辑《历代诗话续编》本，中华书局1983年版。

（宋）张炎：《词源注》，夏承焘校注，人民文学出版社1981年版。

（明）张有：《复古编》，清同治十三年（1874）抄本。

（宋）章樵：《古文苑》，明成化十八年刻影印本，中国书店2000年版。

（清）章学诚：《文史通义校注》，叶瑛校注，中华书局1985年版。

（清）赵翼：《廿二史札记》，《赵翼全集》本，凤凰出版社2009年版。

（汉）郑玄等：《礼记正义》，《十三经注疏》整理本，北京大学出版社2000年版。

（汉）郑玄等：《礼记正义》，阮元刻《十三经注疏》影印本。

（汉）郑玄等：《周礼注疏》，阮元刻《十三经注疏》影印本。

（清）郑珍：《郑珍集·小学》，王瑛点校本，贵州人民出版社2002年版。

（晋）挚虞：《文章流别志论》，穆克宏编《魏晋南北朝文论全编》本，上海远东出版社2012年版。

（梁）钟嵘：《诗品》，何文焕辑《历代诗话》本。

（梁）钟嵘：《诗品集注》，曹旭集注，上海古籍出版社2011年版。

（宋）朱熹：《诗集传》，中华书局2011年版。

（宋）朱熹：《四书章句集注》，中华书局1983年版。

（明）祝尧：《古赋辩体》，孙福轩、韩泉欣编《历代赋论汇编》本。

（战国）庄子，（清）郭庆藩集释：《庄子集释》，《诸子集成》本，上海书店出版社1986年版。

（南朝）宗炳：《画山水序》，人民美术出版社1985年版。

　　（二）今著及西籍

［古希腊］柏拉图：《理想国》，郭斌和译，商务印书馆2017年版。

［俄］波利亚科夫编：《结构—符号学文艺学——方法论体系和论争》，佟景韩译，文化艺术出版社1997年版。

［日］遍照金刚编撰：《秘府论汇校汇考》，卢盛江校考，中华书局2015年版。

［日］遍照金刚编撰：《文镜秘府论》，人民文学出版社1980年版。

［日］遍照金刚编撰：《文镜秘府论校注》，王利器校注，中国社会科学出版社1983年版。

蔡宗齐：《汉魏晋五言诗的演变》，北京大学出版社2015年版。

曹道衡：《南朝文学与北朝文学研究》，商务印书馆2015年版。

曹道衡：《中古文学史论文集续编》，中华书局2011年版。

曹虹：《中国辞赋源流综论》，中华书局2005年版。

陈世骧：《中国文学的抒情传统》，生活·读书·新知三联书店2015年版。

陈文新：《中国文学编年史》（汉魏卷），湖南人民出版社2006年版。

陈寅恪：《金明馆丛稿初编》，生活·读书·新知三联书店2009年版。

陈寅恪：《金明馆丛稿二编》，生活·读书·新知三联书店2009年版。

程千帆：《程千帆古诗讲录》，张伯伟编，人民文学出版社2020年版。

程千帆：《俭腹抄》，上海文艺出版社1998年版。

程千帆：《文论十笺》，黑龙江人民出版社1989年版。

程章灿：《魏晋南北朝赋史》，江苏古籍出版社2001年版。

崔富章：《楚辞集校集释》，湖北教育出版社2003年版。

杜晓勤：《六朝声律与唐诗体格》，北京大学出版社2017年版。

冯胜利：《汉语的韵律、词法与句法》，北京大学出版社1997年版。

冯友兰：《三松堂全集》，河南人民出版社2001年版。

傅刚：《魏晋南北朝诗歌史论》，商务印书馆2017年版。

傅杰编：《章太炎学术史论集》，云南人民出版社2008年版。

［美］高友工、梅祖麟：《唐诗三论》，商务印书馆2013年版。

葛晓音：《八代诗史》，中华书局2007年版。

葛晓音：《先秦汉魏六朝诗歌体式研究》，北京大学出版社2012年版。

葛兆光：《中国思想史》，复旦大学出版社2007年版。

龚克昌：《中国辞赋研究》，山东大学出版社2003年版。

顾随：《中国古典文心》，叶嘉莹笔记，顾之京整理本，北京大学出版社2014年版。

贵阳文史研究委员会：《姚华评介》，阳文史研究委员会编1986年版。

郭建勋：《辞赋文体研究》，中华书局2007年版。

郭沫若：《郭沫若全集》（历史编），人民出版社1982年版。

郭绍虞：《照隅室古典文学论集》，上海古籍出版社2009年版。

郭绍虞等:《中国历代文论选》,上海古籍出版社2001年版。

郭维森、许结:《中国辞赋发展史》,江苏教育出版社1986年版。

郭预衡:《中国古代文学史》,上海古籍出版社1998年版。

［美］哈罗德·布鲁姆:《影响的剖析:文学作为生活方式》,金雯译,译林出版社2016年版。

［美］海登·怀特:《后现代历史叙事学》,陈永国等译,中国社会科学出版社2003年版。

韩高年:《诗赋文体源流探》,巴蜀书社2004年版。

何丹:《诗经四言体起源探论》,中国社会科学出版社2001年版。

何诗海:《汉魏六朝文体与文化研究》,北京大学出版社2011年版。

［古罗马］贺拉斯:《诗艺》,《诗学·诗艺》,杨周翰译,人民文学出版社1962年版。

侯立兵:《汉魏六朝赋多维研究》,人民出版社2007年版。

侯文学:《汉代经学与文学》,人民文学出版社2010年版。

胡适:《中国文学史》,《胡适学术文集》本,中华书局1998年版。

胡适:《中国哲学史大纲》,上海古籍出版社1997年版。

黄节:《黄节诗学诗律讲义》,天津古籍出版社2007年版。

黄侃:《〈文心雕龙〉札记》,上海古籍出版社2000年版。

黄水云:《六朝骈赋研究》,文津出版社1999年版。

［比］J.M.布洛克曼:《结构主义 莫斯科—布拉格—巴黎》,李幼蒸译,商务印书馆1980年版。

简宗梧:《汉赋源流与价值之商榷》,文史哲出版社1980年版。

姜波:《汉唐都城礼制建筑研究》,文物出版社2003年版。

姜亮夫:《楚辞通故》,齐鲁书社1985年版。

蒋寅:《大历诗风》,凤凰出版社2009年版。

蒋寅:《清代诗学史》(第一卷),中国社会科学出版社2012年版。

［德］康德:《判断力批判》,宗白华译,商务印书馆1985年版。

［英］克莱尔·贝尔:《艺术》,周金环等译,中国文联出版公司1984年版。

［美］勒内·韦勒克、奥斯汀·沃伦:《文学理论》,刘象愚等译,浙江人民出版社2017年版。

冷卫国：《汉魏六朝赋学批评研究》，商务印书馆 2012 年版。
李剑国：《唐前志怪小说史》，天津教育出版社 2005 年版。
李泽厚：《美的历程》，广西师范大学出版社 2001 年版。
李泽厚：《中国古代思想史论》，天津社会科学院出版社 2003 年版。
廖国栋：《魏晋咏物赋研究》，台北文史哲出版社 1990 年版。
林庚：《唐诗综论》，商务印书馆 2011 年版。
林庚：《新格律与语言的诗化》，经济日报出版社 2000 年版。
林语堂：《散文二集》，《中国新文学大系》本，上海文艺出版社 1986 年版。
［日］铃木虎雄：《赋史大要》，殷石臞译，山西人民出版社 2015 年版。
刘汝霖：《汉晋学术编年》，华东师范大学出版社 2010 年版。
刘师培：《汉魏六朝专家文研究》，《中国中古文学史讲义》本，上海古籍出版社 2000 年版。
刘师培：《刘师培中古文学论集》，陈引驰编，中国社会科学出版社 1997 年版。
刘师培：《中国中古文学史讲义》，上海古籍出版社 2000 年版。
刘咸炘：《刘咸炘学术论集》（文学讲义编），黄曙辉编校本，广西师范大学出版社 2007 年版。
刘咸炘：《推十书》戊辑二，上海科学技术文献出版社 2009 年版。
刘永济：《十四朝文学要略》，中华书局 2007 年版。
刘永济：《文心雕龙校释》，武汉大学出版社 2013 年版。
刘跃进：《门阀士族与文学总集》，世界图书出版西安有限公司 2014 年版。
刘跃进：《中古文学文献学》，江苏古籍出版社 1997 年版。
刘知渐：《建安文学编年史》，重庆出版社 1985 年版。
［美］鲁道夫·阿恩海姆：《艺术与视知觉》，滕守尧译，中国社会科学出版社 1984 年版。
鲁迅：《鲁迅全集》，人民文学出版社 2005 年版。
鲁迅：《中国小说史略》，商务印书馆 2011 年版。
陆侃如、冯沅君：《中国诗史》，百花文艺出版社 1999 年版。
逯钦立：《汉魏六朝文学论集》，陕西人民出版社 1984 年版。
吕思勉：《秦汉史》，上海古籍出版社 2005 年版。
罗根泽：《乐府文学史》，东方出版社 2012 年版。

［法］罗兰·巴特：《写作的零度》，李幼蒸译，中国人民大学出版社2008年版。

罗宗强：《魏晋南北朝文学思想史》，中华书局2016年版。

罗宗强：《玄学与魏晋士人心态》，中华书局2019年版。

马积高：《赋史》，上海古籍出版社1987年版。

牟世金：《文心雕龙研究》，人民文学出版社1995年版。

南京大学中文系编印：《章太炎先生国学讲演录》。

钱志熙：《唐前生命观和文学生命主题》，东方出版社1997年版。

钱志熙：《中国诗歌通史》（魏晋南北朝卷），人民文学出版社2012年版。

钱锺书：《管锥编》，中华书局1979年版。

钱锺书：《谈艺录》，中华书局1999年版。

钱宗范：《周代宗法制度研究》，广西师大出版社1989年版。

饶宗颐：《饶宗颐二十世纪学术文集》，台北新文丰出版有限公司2003年版。

舒芜编：《近代文论选》，人民文学出版社1999年版。

［瑞士］索绪尔：《普通语言学教程》，高名凯译，商务印书馆1999年版。

汤用彤：《汉魏两晋南北朝佛教史》，北京大学出版社1997年版。

汤用彤：《魏晋玄学论稿》，上海世纪出版集团2005年版。

陶秋英：《汉赋之史的研究》，中华书局1939年版。

［德］瓦尔特·本雅明著，汉娜阿·伦特编：《本雅明文选》，张旭东等译，生活·读书·新知三联书店2012年版。

汪文学：《汉晋文化思潮变迁研究——以尚通意趣为中心》，贵州人民出版社2019年版。

王德华：《唐前辞赋类型化与辞赋分体研究》，浙江大学出版社2011年版。

王国维：《观堂集林》，中华书局1959年版。

王国维：《宋元戏曲史》，上海古籍出版社1998年版。

王力：《汉语诗律学》，中华书局2015年版。

王琳：《六朝辞赋史》，世界图书出版西安有限公司2014年版。

王瑶：《中古文学史论》，商务印书馆2011年版。

王元化：《文心雕龙创作论》，上海古籍出版社1979年版。

王运熙：《中国文学批评通史》（魏晋南北朝卷），上海古籍出版社1996

年版。

王运熙、杨明：《魏晋南北朝文学批评史》，上海古籍出版社1989年版。

闻一多：《唐诗杂论》，上海古籍出版社1998年版。

闻一多：《闻一多诗经讲义》，刘晶雯整理本，天津古籍出版社2005年版。

吴承学：《中国古代文体学研究》，人民出版社2011年版。

吴承学：《中国古典文学风格学》，北京大学出版社2011年版。

萧涤非：《汉魏六朝乐府文学史》，人民文学出版社1984年版。

徐复观：《两汉思想史》，九州出版社2014年版。

许结：《汉代文学思想史》，人民文学出版社2010年版。

许结：《中国辞赋理论通史》，凤凰出版社2016年版。

［古希腊］亚里士多德：《诗学》，罗念生译，人民文学出版社2002年版。

杨波：《罗兰·巴特文艺思想流变研究》，云南人民出版社2020年版。

姚华：《弗堂类稿》，中华书局仿宋本1930年版。

叶维廉：《中国诗学》，生活·读书·新知三联书店1993年版。

易闻晓：《诗赋研究的语用本位》，中国社会科学出版社2015年版。

易闻晓：《中国古代诗法纲要》，齐鲁书社2005年版。

易闻晓：《中国诗法学》，商务印书馆2017年版。

游国恩：《先秦文学 中国文学史讲义》，商务印书馆2015年版。

游国恩：《中国文学史》，人民文学出版社2002年版。

余冠英：《汉魏六朝诗论丛》，商务印书馆2016年版。

余英时：《论天人之际》，中华书局2014年版。

余英时：《士与中国文化》，上海人民出版社2003年版。

余英时：《中国近代思想史上的胡适》，联经出版事业公司1984年版。

余英时：《中国思想传统的现代诠释》，江苏人民出版社2004年版。

詹杭伦：《唐宋赋学研究》，华龄出版社2004年版。

章太炎：《国故论衡》，上海古籍出版社2003年版。

章太炎：《国故论衡疏证》，庞俊疏，中华书局2008年版。

章太炎：《书信集》，《章太炎全集》本，上海人民出版社2017年版。

章太炎：《太炎文录初编》，《章太炎全集》本，上海人民出版社2014年版。

章太炎：《章太炎的白话文》，陈平原编，贵州教育出版社2001年版。

赵昌平：《赵昌平自选集》，广西师范大学出版社1997年版。

赵逵夫：《屈原和他的时代》，人民文学出版社 2002 年版。
赵敏俐：《中国诗歌通史》（汉代卷），人民文学出版社 2012 年版。
朱光潜：《诗论》，北京出版社 2009 年版。
朱自清：《朱自清古典文学论文集》，上海古籍出版社 2009 年版。
费振刚等：《全汉赋校注》，广东教育出版社 2005 年版。
韩格平等：《全魏晋赋校注》，吉林文史出版社 2008 年版。
胡旭等笺：《历代文苑传笺证》，凤凰出版社 2012 年版。
黄霖等编：《文选汇评》，凤凰出版社 2017 年版。
林纾：《春觉斋论文》，人民文学出版社 1959 年合订本。
逯钦立：《先秦汉魏晋南北朝诗》，中华书局 1983 年版。
马积高：《历代辞赋总汇》，湖南文艺出版社 2014 年版。
王承略等编：《二十五史艺文经籍志考补萃编》（第 2 卷），清华大学出版社 2011 年版。
王承略等编：《二十五史艺文经籍志考补萃编》（第 4 卷），清华大学出版社 2011 年版。
徐志啸：《历代赋论辑要》，复旦大学出版社 2001 年版。
杨伯峻：《论语译注》，中华书局 1958 年版。
杨世文：《魏晋学案》，人民文学出版社 2013 年版。
张舜徽：《汉书艺文志通释》，湖北教育出版社 1990 年版。
踪凡：《汉赋研究史论》，北京大学出版社 2016 年版。
踪凡编：《司马相如资料汇编》，中华书局 2008 年版。

二　论文类

褚旭、黄志立：《赋论形态考察——以〈全上古三代秦汉三国六朝文〉赋序为中心》，《北方论丛》2019 年第 5 期。
戴燕：《〈洛神赋〉：从文学到绘画、历史》，《文史哲》2016 年第 2 期。
邓稳：《由〈汉志〉编撰实情考论"赋略"分类与排序》，《古典文献研究》第十八辑下卷，凤凰出版社 2016 年版。
段凌辰：《汉志诗赋略广疏》，《河南大学学报》1934 年第 1 期。
段凌辰：《西汉文论概述》，《河南大学学报》1934 年第 2 期。
伏俊琏：《杂赋与乐府诗的关系》，《西北师大学报》2007 年第 4 期。

伏俊琏:《中古音学著述与文学诵读》,《光明日报》2020年11月9日第13版。

钢和泰:《音译梵书与中国古音》,《国学季刊》1923年第1卷第1期。

葛晓音:《四言体的形成及其与辞赋的关系》,《中国社会科学》2002年第6期。

葛志伟:《萧综〈听钟鸣〉〈悲落叶〉诗版本考辨》,《南京师范大学文学院学报》2011年第4期。

郭建勋:《论楚辞句式对文体赋的浸淫》,《中国韵文学刊》2000年第2期。

郭建勋、曾伟伟:《诗体赋的界定与文体特征》,《求索》2005年第4期。

韩高年:《赋的诗文两栖特点的成因》,《社会科学战线》1999年第5期。

韩高年:《南朝赋的诗化倾向的文体学思考》,《文学评论》2001年第5期。

韩高年:《南朝文学的形式美学倾向及其价值》,《文学评论》2007年第2期。

韩高年:《魏晋南北朝诗赋的骈偶化进程及其理论意义》,《辽东学院学报》2008年第3期。

韩经太:《中国意象诗学原理的生成论探询》,《北京大学学报》2020年第2期。

侯文学:《扬雄辞赋观的形成及其文学史意义》,《清华大学学报》2020年第1期。

胡晓明:《〈文赋〉新论:骈赋特征的内化与思维优势的形成》,《华东师大学报》1988年第4期。

姜子龙、詹杭伦:《王芑孙"坏体说"论析》,《贵州社会科学》2008年第9期。

蒋晓光:《思想史视阈下的"赋者古诗之流"》,《四川师范大学学报》2019年第6期。

蒋寅:《进入"过程"的文学史研究》,《山西大学师范学院学报》2001年第1期。

蒋寅:《中国古代文体互参中"以高行卑"的体位定势》,《中国社会科学》2008年第5期。

[美]康达维:《论汉赋的源流》,《文史哲》1988年第1期。

李炳海：《论楚辞体的生成及其与音乐的关系》，《中州学刊》2004 年第 4 期。

李炳海：《荀子赋文本生成的多源性考论》，《诸子学刊》2017 年第 1 辑，上海古籍出版社 2017 年版。

李贺：《汉魏六朝"赋末附诗"探究》，《齐齐哈尔大学学报》2015 年第 5 期。

李贺：《汉魏六朝的"赋末附诗"及其文体学意义》，《江西社会科学》2017 年第 5 期。

李辉：《〈周公之琴舞〉"启 + 乱"乐章结构探论》，《文史》2020 年第 3 期。

李若晖：《中国早期的"物"观念》，《陕西师范大学学报》2017 年第 1 期。

林晓光：《从"兮"字的脱落看汉晋骚体赋的文体变异》，《中国社会科学》2018 年第 8 期。

卢冠忠：《论六言诗与骈文六言句韵律及句法之异同》，《社会科学论坛》2014 年第 4 期。

[法] 罗兰·巴特：《什么是批评》，《外国文学报道》1987 年第 6 期。

马积高：《略论赋与诗的关系》，《社会科学论坛》1992 年第 1 期。

马黎丽：《赋序的生成与文体特征的确立》，《文学遗产》2018 年第 1 期。

马世年：《荀子赋篇体制新探——兼及其赋学史意义》，《文学遗产》2009 年第 4 期。

钱穆：《读文选》，《新亚学报》1958 年第 3 卷第 2 期。

钱志熙：《汉魏六朝"诗赋"整体论抉隐》，《文学遗产》2019 年第 4 期。

孙少华：《孔臧四赋与西汉诗赋分途发微》，《文学遗产》2009 年第 2 期。

孙振田：《〈汉书·艺文志·诗赋略〉赋类前三种分类义例再考释》，《四川师范大学学报》2016 年第 5 期。

汤洪：《汉代楚辞诵读考论》，《文学评论》2019 年第 4 期。

唐定坤：《"原道"观与中国文论的生成特征》，《重庆邮电大学学报》2019 年第 5 期。

唐定坤：《卞和献宝：一个文学发生学的典型案例》，《重庆邮电大学学报》2017 年第 6 期。

唐定坤：《陈寅恪以史明诗的虚实分际》，《中国文化》2020 年秋季号。

唐定坤：《李白接受崔颢〈黄鹤楼〉诗考论》，《中南民族大学学报》2020年第1期。

唐定坤：《六朝声律形式美学的文章学考察》，《中华文化论坛》2022年第1期。

唐定坤：《荀赋变〈诗〉效物与诗赋二体的分异趋同》，《中山大学学报》2021年第6期。

唐定坤：《姚华的治曲方法与现代学术转型》，《戏曲研究》第110辑，文化艺术出版社2019年版。

唐定坤：《姚华赋学观及其现代学术意涵》，《贵州文史丛刊》2020年第4期。

唐定坤：《姚华戏曲研究的辨体意识》，《四川戏剧》2018年第11期。

唐定坤：《章太炎文学界定的文体学意涵》，《贵州师范学院学报》2012年第4期。

汪文学：《论汉晋间之尚通意趣与学风转移》，《文史哲》2000年第4期。

王承略：《四家〈诗〉在汉代不同的学术地位和历史命运》，《儒家典籍与思想研究》，北京大学出版社2011年版。

王思豪：《中国早期文学文本的对话：〈诗〉赋互文关系诠解》，《文学评论》2018年第3期。

王晓东：《中古语境中的〈洛神赋〉》，《郑州师范教育》2012年第2期。

王允亮、郑瑞娟：《昭音令辞：先唐音辞艺术发展探论》，《海南大学学报》2020年第4期。

郗文倩：《从游戏到赞颂——"汉赋源于隐语"说之文体考察》，《中国文学研究》2005年第3期。

徐公持：《诗的赋化与赋的诗化——两汉魏晋诗赋关系之寻踪》，《文学遗产》1992年第1期。

徐广才：《〈楚辞〉"乱曰"探源》，《北方论丛》2015年第1期。

许结：《从"曲终奏雅"到"发端警策"》，《湖北大学学报》2012年第6期。

许结：《二十世纪赋学研究的回顾与瞻望》，《文学评论》1998年第6期。

许结：《赋体"势"论考述》，《湖南科技大学学报》2018年第1期。

许结：《汉赋象体论》，《文学评论》2020年第1期。

许结、王思维：《汉赋用〈诗〉的文学传统》，《中国社会科学》2011 年第 7 期。

杨朝蕾：《语言张力与萧纲的诗意呈现》，《南昌大学学报》2014 年第 3 期。

易闻晓：《"赋亡"：铺陈的丧失》，《文学评论》2015 年第 3 期。

易闻晓：《楚辞与汉代骚体赋流变》，《武汉大学学报》2020 年第 2 期。

易闻晓：《大赋铺陈用字考论》，《复旦学报》2017 年第 1 期。

易闻晓：《赋用联绵字字本位语用考述》，《南京师范大学文学院学报》2015 年第 2 期。

易闻晓：《汉赋"凭虚"论》，《文艺研究》2012 年第 12 期。

易闻晓：《乐府古辞与古诗十九首关系考辨》，《贵州文史丛刊》2009 年第 1 期。

易闻晓：《七言之起与七言体晚兴和律化》，《清华大学学报》2017 年第 3 期。

易闻晓：《谢灵运诗赋的关联与分异》，《山西师大学报》2011 年第 6 期。

殷焕先：《联绵字的性质、分类及上下两字的分合》，《山东大学文科论文集刊》1979 年第 2 期。

尹海江：《〈汉书·艺文志〉中赋的分类与排序》，《江汉大学学报》2010 年第 5 期。

俞必睿：《曹植诗、赋双音语词声纽考析》，《湖北社会科学》2009 年第 5 期。

周汝昌：《陆机〈文赋〉"缘情绮靡"说的意义》，《文史哲》1963 年第 2 期。

周兴陆：《"文学"概念的古今榫合》，《文学评论》2019 年第 5 期。

后　　记

春秋代谢，殊觉藐姑山远。对于起步较晚的人来说，要完成一项研究是不容易的，特别是生计转蓬而仍欲将爱好与职业合二为一时。我家先世自明洪武年间从江西临江府（今江西樟树市）迁入黔东北播州和思州交接处的一个边远小村后，六百余年来便未尝离开此地，向谓消息闭塞适成坎井之蛙，亦无过于此；至祖父父亲之时又历"文化大革命"之劫，所余仅田一廛宅一区而已。我少时虽受祖父影响稍好文墨，在这样的条件下亦无若何。后以师范毕业先后在地方教过小学、初中、高中，并又自考专科，连读两个中文本科，等到开始读古代文学的研究生时，已经是二十九岁的大龄青年了，然而这仍未使我从容于研究。像我这种纯粹得山野气十足的农村人，这一段旅程与稻粱谋的冲突亦是必然的，我先后打过工，办过公司，创过业，甚至被朋友骗进过传销队伍；加之天性的坦率任真、不工计划，一心二用的结局自可想见。更甚的则是读书治生两无成于个人情感世界之冲突，所以一直要到我遇见现在的妻子汪燕博士之后，才开始逐步得以从容进入自己喜好的文学研究世界，屈指算来，这竟然已经是我毕业十年之后的事了。

我非常佩服学界那些在艰苦的环境下仍能用心治学、并结下硕果的耆宿先贤，并常以此自责不已。直至我读到王充《论衡·书解》的话，才觉得稍有所安，他说："或曰：著作者，思虑间也。未必材知出异人也。居不幽，思不至，使著作之人，总众事之凡，典国境之职，汲汲忙忙，（何）暇著作？"刘盼遂集解"间，当作闲"。王充虽举司马相如、扬雄未为卿相才能有闲著作赋文，然而栖遑不定的心境未必就比职事填委多出了三余之隙。在最艰难的日子里，我从未放弃的就是读书和诗赋

过程之美

写作的互为促进，为了慎防中道改悔，我与一干同人创建了南雅诗社，以社课作业和志节态度相砥砺，企图将日常体察转为文字书写，幸以吾道不孤而迄于今。现在回看种种经历，倒应和于本书所要竭力展演的"过程之美"。诗赋从鸿蒙时代走来，古拙厚重而不事雕琢，其间千回百转，及至玲珑精巧，才伏下了诗艺化为皇冠明珠之可能；以此回视，当初自有气质高古浑成之美，其间的种种细节虽有不耐看处，唯此才能丰富充满了肌理感的发展过程，才能历霜寒之劫而转成枝上之春。不唯严肃创作古诗文辞的"在场"摹拟形成了我近乎固执的中国文学的辞章本位理解，那种"事上磨"所得出的"欲说还休，却道天凉好个秋"的复杂人生况味，让我对教条化的反映论作品思想分析充满了深深的怀疑，亦让我对诗赋的发展历程有一种执着于细节的痴迷。恰如我在绪论中所说，学殖不厚与"救偏"选择所带来的舛误在所难免，唯请方家教之，稍可告慰的则是一以贯之的严肃人生态度。

严格说来，这是我的第一部学术专著，必须要诚挚感谢这一路走来扶持我成长的师友亲人。遵义师范学院的简澈老师在我思想最为贫瘠的年代将我引领入中文之门，从此使我未尝一日忘记于那种神思于人文世界的愉悦。章黄学派传人周复纲先生及贵州教育学院的诸位老师改写了我的人生，周先生先强小学而再攻文学的治学观念、海纳百川而放任鱼游的宗师风范早已融入了我血液之中。导师易闻晓先生虽常对我的固执顽劣失望，却要求我也严，表扬我也多，人生路上亦从未放弃过我，幸得时闻謦欬之音，我治辞章之学的观念和方法沾溉亦夥，此书更劳先生拨冗作序，奖掖批评，益增鞭策之力；由此上溯师门，让我在最艰难的日子里仍痴迷于阅读陈寅恪先生和余英时先生，并在先辈的精神世界里汲取应对浊世的力量，亦是我此生难忘的。本书系教育部人文社科一般项目"唐前诗赋文体交叉研究"（179GC751035）的研究成果，初稿送审蒙侯文学教授、汪文学教授、王允亮教授、马黎丽教授、冷江山教授的指正，并研究生彭梦嘉、宋菁菁有注释校对之功；又得学院领导关怀，列入贵州师范大学文学院学科建设经费资助出版，列入易闻晓师所主持国家社科重大项目"历代赋论整理及研究"（19ZDA249）系列成果，且出版得到了我在社科院访学的指导老师郑永晓先生、冷川博士，及郭晓鸿博士等的大力帮助，在此一并致谢。最不能忘怀的是家人在背后的默默付出，尤其对于像我这种不易获得研究条件的农村人。当初若非兄弟及至亲的不离不弃，我很难从那些艰苦的岁月中挺过来；内子及岳父母的支持让我得以在近两年的时间里闭门写完了此书，小儿沛之全仗二老哺育，家中时时充满了稚子戏侧的咿呀之语，这给枯燥而愉悦的日常研究注入了许多童趣。感谢父母赐予我坚韧的生活力量，谨以此书献给他们：去岁远在乡下的母亲初学会用智能手机，给父亲拍了一张充满收获感的割稻图，瞬间将我拉回了那片生我养我的土地和那些充满着烟火意趣的成长记忆，曾题《老父割稻歌》一首，兹迻录于此以为志：

老父老父卓不群，手持镰刀割秋云。七十胼胝欺酒意，风涌稻浪来纷纷。老父老父岂生计，巡山巡水老将军。望中遍是金黄色，卒伍戢立竞殷勤。老父老父聊自足，蓠边蔬果何必荤。有时稗草团瘿俗，一笑畚畲举火焚。老父老父已槁项，年年不忘三献芹。剥枣获稻竟何如，尤有新米滑牙龈。老父只喜杯中物，拼它岁月挤皱纹。全村都已徙小镇，独好谷口坐氤氲。生年到此只送老，朝菌大椿略得闻。等闲事业吾不废，大中小儿异耕耘。漫将秋草挽刍狗，自随月令劳赅筋。肃霜涤场橐囊在，吾自来时问灵氛。

庚子年除夕前一日于黔中花溪